헐리우드 키드의 20세기 영화 그리고 문학과 역사

영화 삼국지

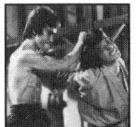

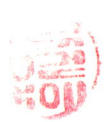

헐리우드 키드의 20세기 영화 그리고 문학과 역사

영화 삼국지 ⓒ 안정효 2003

초판 1쇄 발행일 | 2003년 11월 15일

지 은 이 | 안정효
펴 낸 이 | 이정원

펴 낸 곳 | 도서출판 들녘
등록일자 | 1987년 12월 12일 | 등록번호 10-156
주   소 | 서울시 마포구 합정동 366-2 삼주빌딩 3층
전   화 | 편집 (02) 323-7366 / 마케팅 (02) 323-7849 / 팩스 (02) 338-9640
홈페이지 | www.ddd21.co.kr

ISBN 89-7527-392-X (03810)

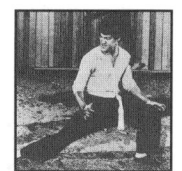

[헐리우드 키드의 20세기 영화
그리고 문학과 역사]

영화 삼국지

안정효 지음

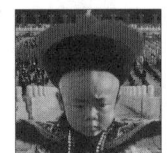 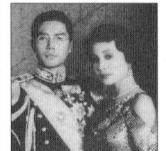 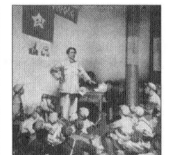 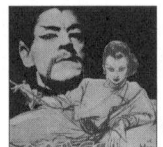 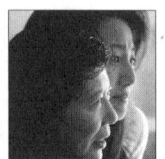

영화 삼국지

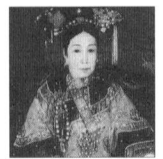 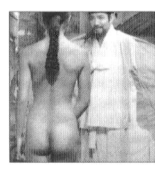 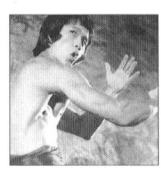 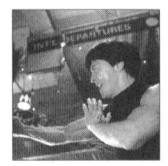 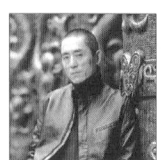

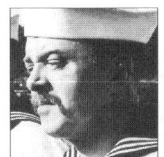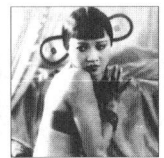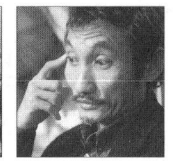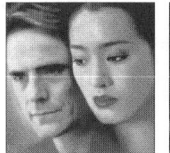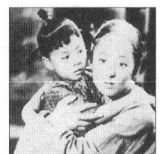

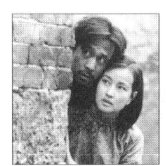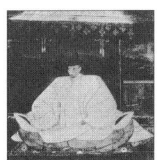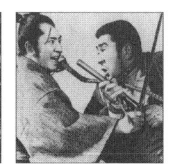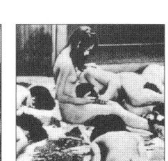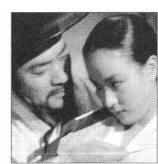

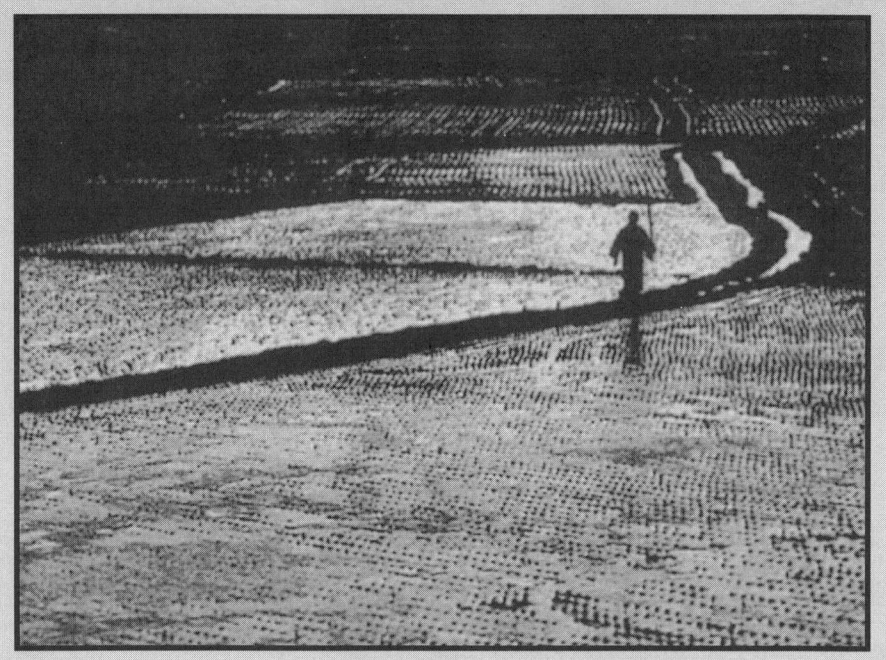

레너드 몰틴의 안내서는 20세기의 영화 수만 편을 열거하며 일본과 중국 작품은 꽤 많이 소개하지만, 우리나라 영화는 「달마가 동쪽으로 간 까닭은」(사진) 달랑 한 편만 언급한다.

영화 삼국지

「영화 삼국지」는 한국 그리고 (적어도 지리적으로는) 우리나라와 가장 가까운 두 나라 일본과 중국의 영화를 얘기한다. 그러나 세 나라에서 만든 영화를 먼저 살펴보는 대신, 동양 3국을 서양의 시각(영화)에서 어떻게 보아 왔는지를 우선 간단히 소개하겠다. 물론 서양의 시각이 더 좋다는 뜻으로서 그러려는 것은 아니고, 지금까지 서양에서 만든 영화를 제국주의적 오만함 따위 관념에 입각하여 동양의 시각에서 덧살펴보았던 바와 같은 맥락에서, 서양인들의 눈에 세 나라가 어떻게 비쳐졌는지를 엿보려는 생각이다.

특히 마지막 부분에서는 우리나라 영화를 서양에서 왜 여태까지 소홀하게 다루어 왔고, 어째서 아직까지도 그런 원시적인 수준을 넘지 못하는지를 반성해 보겠다. 예를 들면, 우리나라 여러 언론 매체 등에서 널리 참고 자료로 사용되는 레너드 몰틴(Leonard Maltin)의 『영화와 비디오 안내서(Movie & Video Guide)』의 서기 2000년 판을 처음부터 끝까지 찾아보더라도, 수만 편의 영화 가운데 일본과 중국에서 만든 영화는 제법 많이 나오지만, 우리나라 영화는 달랑 꼭 한 편, 「달마가 동쪽으로 간 까닭은」뿐이다.

이런 참담하고도 냉담한 현실은 서양에서 출판되는 대부분의 영화 서적에서도 확인이 가능하다. 『홀리월의 영화 인명록(Halliwell's Who's Who in the Movies)』에서 소개한 "세계의 영화(World Movies)" 항에는 아르헨티나, 오스트렐리아, 브라질, 중국, 쿠바, 체코슬로바키아, 덴마크, 핀란드, 프랑스, 독일, 영국, 그리스, 홀란드, 헝가리, 인도, 에이레, 이스라엘, 이탈리아, 일본, 멕시코, 노르웨이, 폴란드, 러시아, 에스파냐, 스웨덴, 미국을 소개하지만, 한국에 관한 항목은 아예 없다.

『영화 인명록』보다 훨씬 권위를 자랑하는 『옥스포드 영화 연구(The Oxford Guide to Film Studies)』의 제3부 "세계 영화에 대한 비평적 접근(World Cinema : Critical Approaches)"에서는 일본을 본격적으로 소개한 것은 물론이요, 중국에 대해서는 본토와 홍콩과 타이완으로 항목을 나눠 무려 20여 쪽을 할애했지만, 한국에 관한 항목은 어디를 찾아봐도 없으며, 방대한 분량의 영화 서적임에도 불구하고 책 전체에서 한국에 관한 내용이라고는 "스크린 쿼터제 폐지를 반대한다"는 내용 두 줄밖에 없는 실정이다.

그렇다면 3국 가운데 우리나라의 영화가 해외 진출에 가장 부진했던 까닭은 무엇일까? 일본과 중국 영화가 세계적으로 인정받은 창조적 예술성은 한국 영화에서 왜 발견되지 않았을까? 그리고 예술성의 도전이 힘들어서 우리 영화가 외국에 널리 알려지지 않았다면, 홍콩 영화가 찾아낸 상업적인 성공의 공식이나마도 어째서 우리나라 영화는 찾아내지 못했을까? 그리고 영화 예술에 대한 국가의 통제는 지금까지 어떤 장애가 되어 왔던가? 이러한 여러 문제도 나름대로 생각해 보고자 한다.

일본과 중국은 지정학적·역사적·이념적 특수성으로 인해서 우리에게는 가장 가까우면서도 아득하게 먼 두 나라였다. 일본은 식민 통치로 인해서 오랫동안 우리의 적이었고, 반일이라는 감정적인 정치 논리로 인해서 가요와 더불어 영화는 20세기가 다 가도록 끝까지 차단된 상태였다. 그리고 중국은 한국전쟁 당시의 적국이었다는 이유로 역시 문화적 교류가 막혔고, 그래서 종합적인 접근이 일반인에게는 어려웠다. 지금도 '중국' 영화라면 자유 진영(Free Bloc)이었던 홍콩과 타이완은 비교적 많은 교류가 이루어졌지만, 중화민국 영화 예술은 제5 세대 작가들의 출현 이전에는 우리에게 철저히 접근이 통제되었었다.

3국 가운데 중국의 영화를 가장 먼저 다루려는 까닭은 부분적으로나마 우리가 접할 기회가 상대적으로 일본보다 많았다는 체험 때문이다. 이어서 현실적으로 우리가 극장에서 접할 기회는 거의 없었더라도 세계적인 지명도가 우리보다는 높은 일본의 영화를 살펴보겠으며, 마지막으로 문학과 역사가 얽힌 우리 영화들을 찾아보겠다.

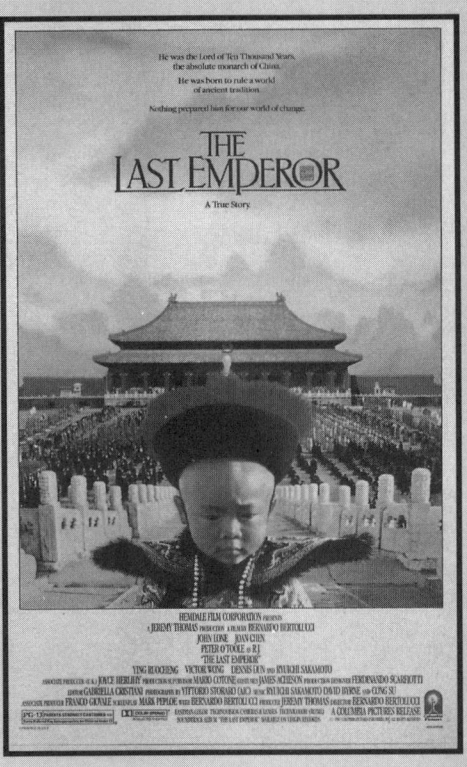

「마지막 황제」는 푸이의 '가정교사'였던 스코틀랜드인 레지날드 플레밍 존스톤(영화에서는 피터 오툴)의 저서 『쯔진청의 황혼』에 나타난 시각을 반영한 서양 작품이다.

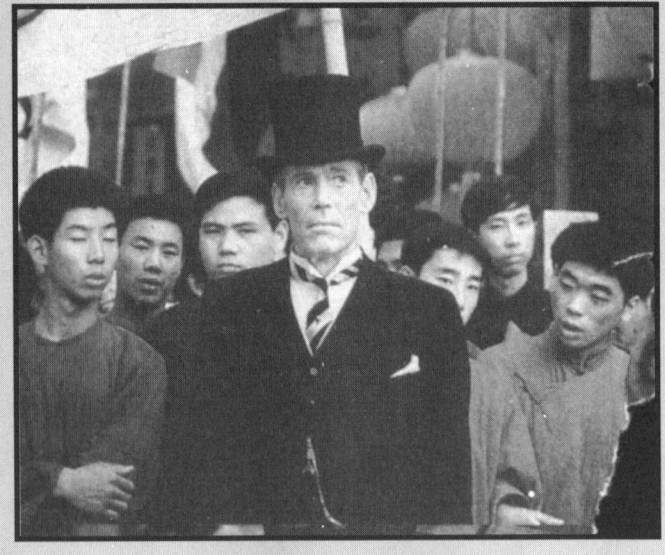

황제의 착각, 붉은 악마의 대장정

　중국의 역사를 다룬 영화 얘기는 어떤 종말로부터 거꾸로 시작해 보기로 하자. 그 '종말'은 「마지막 황제」 푸이(溥儀, 1906~67, '통치' 기간 1907~12)의 생애이다.

　1908년 광서제의 뒤를 이어 세 살의 나이로 청나라 마지막 황제에 즉위한 그는 신해혁명으로 인해 제위에서 물러나지만, 베이징의 쯔진청(紫禁城)에서 계속 머무르며 유폐 생활을 하다가 1924년 펑위샹의 쿠데타로 쫓겨나 톈진(天津) 주재 일본인 조계(租界, concession)에 살면서 일본 공사관을 지냈다. '조계'란 19세기 중국 개항 도시의 외국인 거주 지역으로서, 다른 나라들이 나름대로 행정 · 경찰권을 행사하여 열강의 중국 진출의 근거지가 되었던 곳이다.

　1932년 푸이는 만주군 집정관을 거쳐 34년 일본에 의해 황제로 추대되어 연호를 강덕(康德)이라 정했으나, 제2차 세계대전이 끝나고 만주국이 무너지면서 소련군의 포로로 잡혀 억류되었다가, 한국전쟁이 발발하던 해에 중국으로 송환당해 전범 재판에 회부되었다. 1959년

특사로 풀려난 그는 베이징으로 들어갔으며, 『황제에서 시민으로 (1964~5)』라는 자서전을 남겼다.

푸이의 자서전은 이미 홍콩에서 '동양 영화'로 제작되었었지만, 텔레비전을 위해 훨씬 길게 연속물로 기획된 베르똘루찌의 호화로운 의상시대극「마지막 황제」는 푸이의 '가정교사'였던 레지날드 플레밍 존스톤(Sir Reginald Fleming Johnston, 1874~1938)의 저서 『쯔진청의 황혼(Twilight in the Forbidden City)』에 나타난 시각을 반영한 서양 영화이다.

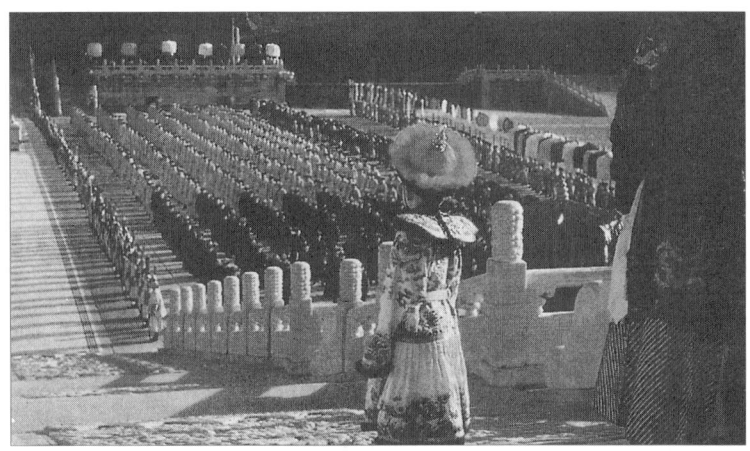

어린 중국 황제의 시각은 울타리 너머의 세계를 보지 못한다. 위 사진은 어려서 철모르는 푸이가 황제놀이를 하는 모습이고, 아래는 쯔진청 문 밖을 마음대로 출입하지 못하는 답답한 상황을 보여 준다.

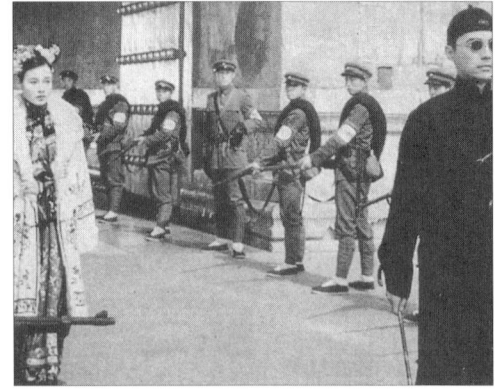

영국의 동양학자이며 홍콩 총독의 비서(1900~2)였던 스코틀랜드인 존스톤은 황제가 14살이던 1919년부터 6년 동안 푸이(영어 이름 Henry Pu-yi)의 개인교수였고, 런던대학교에서 중국어 교수로 일했는데, 영화 「마지막 황제」에서 그는 자신의 타고난 운명을 파악조차 못한 채로 열 살까지 유모의 젖을 빠는 통치자 푸이가 서양 문화를 접하는 창구 역할을 맡는다.

어린 푸이는 상징적인 존재로서의 황제여서, 백성은 감히 쳐다보지도 못하는 안하무인의 아이가 되고, (「성의」에서 로마의 황제 칼리굴라가 "그리스도의 마력"을 시험하기 위해 취했던 행동을 연상시키지만) 자신이 황제임을 증명하기 위해 신하에게 먹물을 마시게 할 정도로 세상을 알지 못하는 철부지이다. 그는 거대한 국가를 통치할 능력이 없고, 정치적인 격변기를 이겨낼 힘도 없이 그냥 역사의 격랑 속으로 침몰한다. 그래서 그는 남들이 시키는 대로 황제가 되었다가, 역시 타인들의 결정으로 6살 때 왕위를 빼앗기지만, 국민 감정을 생각한 예우에 따라 1천2백 명의 환관과 3백50 명의 시녀와 1백85 명의 요리사와 경호원 등 다른 식솔 8백40 명을 구시대의 유령처럼 거느리고 갇혀 살면서, 어머니가 아편 덩어리를 삼키고 자살했을 때도 집으로 갈 수가 없다.

공화국의 함성과 구호와 더불어 말발굽과 총성 따위 격동의 음향이 담 너머로 들려오는 격리된 세상에서 청년기를 맞은 푸이에게 서양 문물을 가르치려고 도착한 존스톤을 접하면서 몰락한 황제는 새앙쥐를 주머니에 담아 허리춤에 차고앉아 "자동차가 갖고 싶다"고 포부를 얘기한다. 그리고 그는 남들이 간택한 황후와 후궁이 아니라, 영어와 불어를 잘하고 서양 춤을 추는 여자와 결혼하기를 원한다. 그리고, 끝내 희망을 이루지 못하지만, 옥스포드로 유학을 가려는 준비에 착수한다.

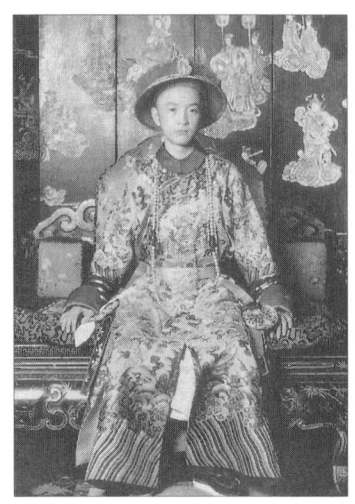

푸이는 서양 사상을 접하고는 세상을 개혁하겠다며, "망측하다"는 주변 사람들의 반대를 무릅쓰고 시력을 보완하기 위해, 외국인 가정교사의 설득과 활약에 힘입어 안경을 쓰고, 담 너머 새로운 세상에서는 이미 모두들 그랬듯이 변발을 칼로 잘라 버리고, 8백 년 동안 부정부패를 일삼아온 환관들을 내쫓지만, 나중에 쯔진청에서 쫓겨난 다음, "당신도 이제는 평범한 시민이니 아내를 둘씩이나 거느릴 필요가 없다"며 후궁이 이혼을 해달라는 요구만큼은 거절한다.

텐진으로 간 다음에도 정신을 못 차린 푸이는 피아노와 아스피린 따위 온갖 서양 물건들만을 좋아하고, "우리 처음부터 현대적인 부부생활을 해요"라며 결혼 초야부터 남자보다 훨씬 능동적인 개성을 보이던 아내와 찰스턴을 추면서 부박한 생활을 즐긴다. 황후는 훗날 아편에 중독되고, 운전수의 아이를 임신하고는 일본인들에게 쫓겨나 폐인이 된다. 무도회에서 황후가 심심해하며 꽃잎을 뜯어먹고 눈물을 흘리는 장면은 중국을 침략하기 위해 일본이 세운 만주국의 꼭두각시 황제가 된 푸이의 아내가 살아야 했던 비참한 삶을 참으로 실감나게 보여 준다.

「마지막 황제」의 황후 역을 맡아 세계적인 명성을 얻은 여배우 조운 첸(중국 이름 陳沖)의

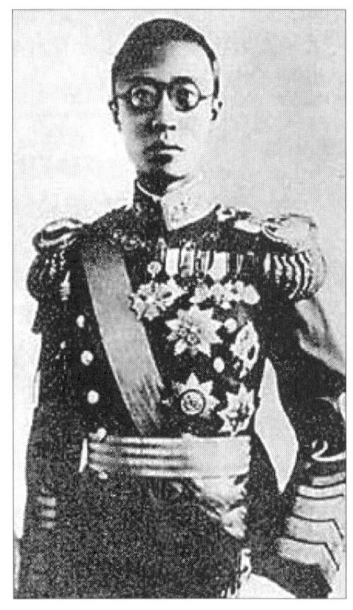

성년기의 푸이는 서양 문물을 동경하면서도, 열강에 짓밟힌 동양 제국의 마지막 황제로서의 필연적인 비운을 겪는다. 아래는 실존인물 푸이의 사진이다.

삶도, 비록 아직 젊은 나이이기는 하
지만, 중국의 역사 못지않게 파란만
장하다. 그녀는 어렸을 때 연기자가
되려는 생각은 전혀 없었고, 학교 사
격단의 최우수선수로서, 자라면 공
수대에 들어가 훌륭한 여군으로서
미제국주의자들과 싸우는 것이 꿈이
었다. 하지만 장칭(江靑)이 문화혁명
을 선전하는 영화 「샤오화(小花, Little
Flower)」에서 샤오화 역을 맡길 신인

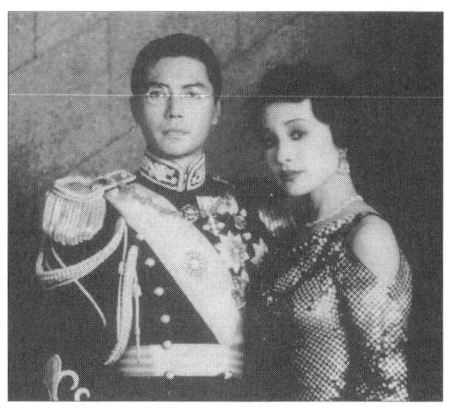

「마지막 황제」에서 황후 역을 맡아 세계적인 명성을 얻은 조
운 쳰(오른쪽)의 삶도 중국의 역사 못지않게 파란만장하다.

배우를 찾아 헤매다가 총을 쏘는 쳰의 모습을 보고는 마음에 들어 발
탁하게 되자, 어린 한 소녀의 인생은 완전히 바뀌게 된다.

마오쩌둥의 아내 장칭은 열 살 때 담배공장에서 일하다가 스무 살
에 칭다오와 농촌에서 신극 순회공연에 참여했고, 란핑(籃蘋)이라는
예명으로 연기자로도 활동했으며, 1964년에는 발레 「홍색낭자군(紅色
娘子軍)」의 개작지도(改作指導)를 맡아 문화대혁명을 촉발시켰고,
1967년 군문혁소조(軍文革小組)의 고문이 되어 홍위병을 직접 지휘했
다. 영화의 주인공 샤오화는 혁명에 적극 참여하는 십대의 어린 여성
유격대원으로서, 벙어리에 귀머거리이지만 결정적인 순간에 "마오 주
석 만세!"라고 외쳐 말문이 트이게 되는 감동스러운 상황을 통해 홍위
병의 상징적인 인물이 되었다.

「샤오화」로 이름이 알려진 다음 신선한 미모로 초특급 인기배우가
된 쳰은 스무 살이 되자 "얼굴로 성공했다"는 사실에 회의를 느끼게
되었고, "정상 생활로 돌아가기 위해" 의학을 공부하러 미국으로 유학
을 떠나지만, 그녀의 '유명한 과거'를 알고 있었던 미국의 영화계가
쳰을 가만히 내버려 두지를 않았다. 월남전 참전 용사인 뉴요크 경찰

관이 차이나타운의 부패상을 파헤치는 올리버 스톤 각색의 「용의 해」를 영화로 만들기로 계획했던 마이클 치미노 감독은 중국계 미국 여성 방송기자 역으로 첸의 영입을 시도한다. 그러나 중국 정부는 "혁명의 꽃 샤오화"가 범죄자들에게 시달리는 "지저분한" 역을 맡게 되자 압력을 넣으며 방해하기에 이르고, 치미노 감독의 역을 얻지 못한 첸은 크게 좌절한다. 그리고 「용의 해」에서 범죄조직의 두목 역을 맡았던 존 론과 함께 2년 후 그녀는 「마지막 황제」에 등극하지만, 동양 여성이라는 한계 때문에 올리버 스톤 감독 「하늘과 땅(Heaven and Earth, 1993)」의 어머니나 「타이판(Tai-Pan, 1986)」의 첩 같은 비슷비슷한 역만 맡아 결국 중국 정부를 실망시키면서 자신도 다시 좌절에 빠진다.

세계화(globalization)라는 미명으로 백색 인종의 정복과 지배를 도모하는 최신 형태의 식민지전쟁이 진행되는 속에서, 동양 여성의 한계성을 벗어나 자신만의 정체성을 찾기 위해, 조운 첸은 1998년 최초의 중국 여성 감독이 되어 고국으로 건너가 「하방소녀 시우시우」를 만든다. 16살의 명랑한 도시 소녀가 역사의 격랑에 밀려 시골로 쫓겨가지만 인정많은 티베트의 말 조련사를 만나 푸른 초원의 희망을 찾는다는 내용을 담은 얀 겔링(Yan Geling)의 소설을 원작으로 삼은 「하방소녀」는, 부모가 과학자여서 하방(下放)을 당할 조마조마한 운명이었지만 사격 솜씨와 애국심으로 위기를 겨우 모면했던 첸의 어릴 적 경험이 생생하게 삼투된 작품이었다. 제작과 각본까지 맡았던 첸은 장을 보러 가려면 이틀이나 걸리는 중국 오지의 황야에서 야크 고기와 양파만 먹기도 하면서 온갖 고생 끝에 작품을 완성하지만, 조국에서는 상영금지와 벌금형을 당하고 만다.

중국으로 돌아가지도 못하게 된 조운 첸은 이듬해 미국식 사랑 이야기 「뉴요크의 가을」을 연출한다. 그러나 4천만 달러의 제작비를 들여 미국내 흥행 수입 3천8백만 달러를 회수하는 데 그치고, 샌프란시스코에서 거주하는 친구 얀 겔링의 원작에 다시 한 번 의존하여 중국과 미국 두 문화 사이에서 정체성을 잃지 않는 주인공을 부각시킨 영화를 만들려는 작업에 착수했지만, 아무래도 행동반경은 여전히 좁아 보인다.

동서양 사이에서 표류하는 듯한 조운 첸의 인생을 따라 흐름을 잠시 벗어났지만, 다시 '마지막 황제'의 운명을 쫓아가 보면, "나에게 등을 돌린 중국을 증오하며, 내 나라를 세우겠다"고 만주로 가서 일본의 앞잡이 노릇을 하면서도 푸이는 히로히또와 동등한 지위를 요구할 만큼 어리석은 행각을 계속한다. "세상은 결코 변하지 않는다"고 믿었던 그는 일본이 패망한 다음, 공산주의 세력인 소련이 아니라 미국에 항복해야 생명을 건지겠다는 계산에 따라 비행기를 타고 일본으로 탈출하려다 공항에서 소련군에 붙잡히지만, 그렇게 끌려가면서도 "나는 황제다"라는 관념에서 푸이는 벗어나지를 못한다.

전범자 형무소에서 학습 과정을 거치면서 푸이는 제대로 주제 파악을 하지 못해 감방의 다른 죄수('측근')들로 하여금 그의 구두끈을 매게 하고, 칫솔에 치약을 발라놓지 않았다고 야단을 치다가 적발을 당해 격리 수용된 다음 식사 당번, 화장실 청소, 마루 청소를 도맡아 하기도 한다.

그러나 영화를 보면 연내와 지명만 간단히 자막으로 소개할 뿐, 정치적 및 역사적 사실에 대한 비판적 서술이 거의 없다. 이것은 쯔진청 현지 촬영을 허락해 준 중국 정부에 대한 답례로 (시대에 따라 달라진 새 정치 세력에 대한) 이념적 편들기가 어려웠기 때문이겠다. 하지만, 그럼으로 해서, 오히려 설명을 삽입하느라고 흐름을 막아야 하는 무리한 장치가 없어지는 결과를 가져와, 서술과 주인공 재현에 크게 도움이 된 듯한 인상이다. 그리고 동양의 멸망을 마음놓고 편안하게 지켜보는 서양의 시각이 보장되기도 한 셈이다.

10 년의 학습 과정을 거쳐 "새 사람으로 교화되어" 53세의 나이로 석방된 푸이는 평범한 '시민'(정원사)으로 여생을 보내다가 8 년 후에 생애를 마감한다. 그러나 하나의 종말은 다른 시작으로 이어지고, 영화에서 보여 주는 마지막 새로운 시작은 마오쩌둥(毛澤東)과 홍위병 '붉은 악마'들의 문화혁명이다. 대형 깃발을 휘두르고 손풍금 연주에 맞춰 춤을 추며 행군하는 붉은 물결은 2002년 한국에서 월드컵 축구 대회가 개최되었을 때 전국을 붉게 물들였던 집단 열광과 이상한 인연을 맺게 된다.

'붉은 악마(the Red devils)'란 본디 마오쩌둥의 유명한 '대장정(大長征)' 당시, 위험하니까 뒤에 남으라는 어른들의 만류에도 불구하고 '혁명의 길'에 따라나섰던 어린아이들에게 서양 언론이 붙여준 이름이었는데, 여기에서 '악마(devil)'란 우리가 흔히 알고 있는 사악한 존재가 아니라 물불을 가리지 않는 용맹한 사람이나 좋은 뜻에서의 '악동'을 의미한다. 한국이 남 아메리카에서 개최된 월드컵에 참가했을

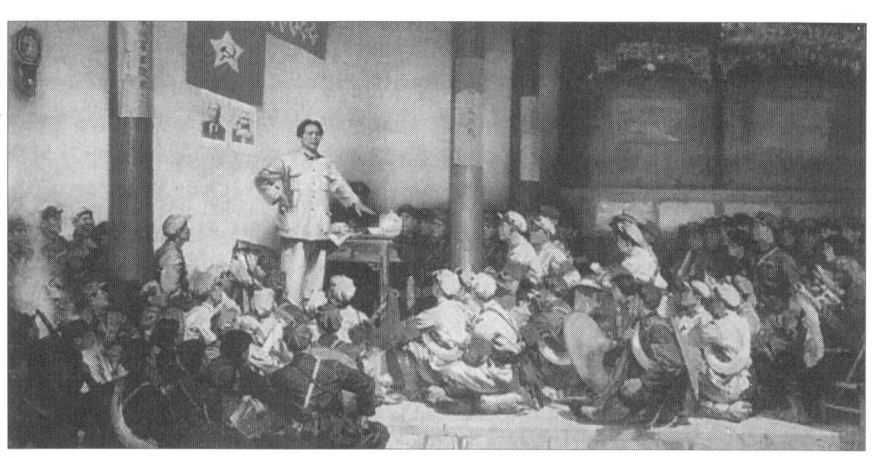

'붉은 악마'는 마오쩌둥의 대장정 '혁명의 길'에 따라나섰던 열성적인 어린 공산당원들을 지칭하던 명칭이었다.

때 서양 언론은 빨간 운동복 차림으로 악착같이 분투하던 한국 선수들에게도 '붉은 악마'라는 별명을 붙였는데, 어느 틈엔가 이 명칭이 우리나라에서는 슬그머니 와전되어 응원단으로 옮아갔다.

숨은 뜻을 자세히 모르면서 열광하는 응원단의 붉은 셔츠에 적힌 "Be the Reds!"라는 구호도 와전되기는 마찬가지였다. 그것은 '붉은 악마' 응원단이 아니라 그냥 "빨갱이가 되라!"는 대단히 선동적인 말인데, 수백만 명이 길거리에서 그런 표어를 붉은 깃발처럼 걸치고 몰려다녀도 무사했으니, 붉은 편견(red complex)이 지배하던 시대와는 세상이 분명히 달라진 모양이다.

붉은 악마와 더불어 마오쩌둥의 대장정을 서방세계에 본격적으로 널리 알린 사람은 1937년부터 〈런던 데일리 헤럴드〉의 극동 지국장을 지낸 미국의 유명한 언론인 에드가 스노우(Edgar Parks Snow)로서, 그는 『극동 전선(Far Eastern Front, 1934)』, 『중국의 붉은 별(Red Star Over China, 1937)』, 『아시아의 전투(The Battle For Asia, 1941)』 같은 저서를 남겼다.

스노우 특파원이 1938년 6월 마오쩌둥을 만나 직접 취재해서 전한 바에 의하면, 함께 쑨원(孫文)의 사상을 이어받은 마오쩌둥과 장제스(蔣介石)는 항일 투쟁을 위해서 경쟁과 반목 속에서도 연합 세력을 형성하여 불편한 동조 관계를 유지했지만, 상하이에서 공산주의자들과 회담을 끝낸 다음 권력을 장악하기 위해 상제스가 공산주의자들을 무차별 사냥하기 시작했으며, 마오쩌둥의 제거를 위해 총공세를 가하면서 결국 대장정이 시작되었다.

2만여 명의 부상자와 가족을 버리고 1934년 10월 16일 마오쩌둥은 10만 명의 붉은 군대 병력을 이끌고 야음을 타서 국민당 병력의 포위망을 벗어나 서쪽으로 도망치기 시작하지만, 이듬해 1월까지 장제스의 추격을 받아 5만 명이 목숨을 잃은 다음에야 겨우 양쯔강을 건넌다. 이어서 그들은 북쪽으로 방향을 바꿔 무려 18개의 산맥과 24개의 강을 건너, 새도 날아 오르지 못한다는 따쉐산(大雪山)을 넘는다. 고춧가루 국으로 기운을 차리고, 짐승의 배설물에서 낱알을 찾아 죽을 끓이고 가죽 허리띠를 삶아 먹어 생명을 부지하며, 1935년 10월 25일 만리장성을 지나 옌안(延安)에 도착하여 동굴지대에다 본부를 설치했을 무렵에는 처음 행군을 시작한 10만 명 가운데 4천여 명밖에 살아남지를 못했다.

이때부터 마오쩌둥은 장제스의 정규군에 맞서 싸우기 위해 유격 전략을 구사하여, "농민은 물이요 유격대원들은 물고기나 마찬가지여서" 농민들의 협조가 없이는 투쟁에서 이기지 못한다는 전술을 수립한다. 훗날 베트남에서 호치민이 그대로 답사하여 미국과의 전쟁을 승리로 이끌게 한 '민중과의 연대' 전략에 힘입어 마오쩌둥은 천여 명의 게릴라 병력을 20만으로 키우면서 장제스를 몰아내고 중국 대륙을 30여 년 동안 통치하게 된다.

그러나 마오쩌둥의 절대 권력도 1976년에는 종말을 고한다.

마오쩌둥을 취재한 에드가 스노우 기자말고도 대장정과 관련된 두 명의 서양인이 있었는데, 그 가운데 한 사람은 정규전 맞대결이 아니라 농민 유격대를 선택한 마오의 전략을 못마땅하게 생각한 소련 공산당에서 파견한 금발의 독일인 오토 브라운(Otto Braun)이었다. 중국말을 전혀 못하면서도 중국 공산당의 지도자 노릇을 했던 그는 대장정이 끝나자 실권을 잃고 돌아갔다.

한편, 파시즘에 반대하는 인도주의자였던 캐나다인 의사 노먼 베튠 박사(Dr. Norman Bethune, 중국명 白求恩)는 대장정 동안 68시간의 연속 수술 기록까지 세우며 마오쩌둥의 군대를 '영웅적으로' 돌본 결과로 전설적인 인물이 되었다. 국고 보조나 공영에 의한 의료 사회화 제도(socialized medicine)를 주창했으며 에스파냐 내전에도 참가했던 베

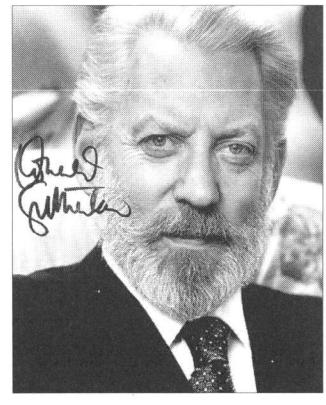
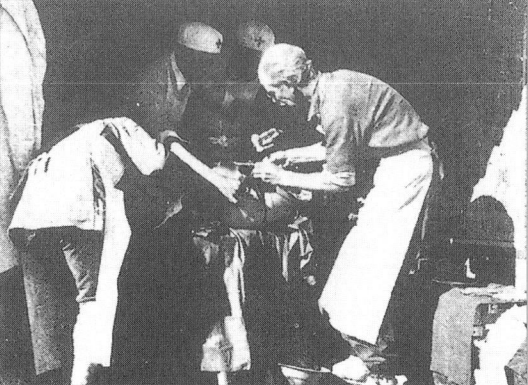

대장정 동안 마오쩌둥의 군대를 '영웅적으로' 돌본 캐나다인 의사 노먼 베튠 박사의 생애를 다룬 두 편의 영화에서는 모두 도널드 서덜랜드(왼쪽)가 주연을 맡았다.

튠 박사의 생애를 다룬 텔레비전 영화 「베튠」이 1977년에 캐나다에서 선보였으며, 「베튠」에서나 마찬가지로 역시 도널드 서덜랜드가 주연을 맡아서 같은 인물의 일대기를 담은 「영웅 베튠」이 나중에 극장용으로 다시 제작되기도 했다.

찾아보기 ●---

▌「마지막 황제(The Last Emperor, 1987, 이탈리아-영국-중국, 160분 또는 218분)」, 감/Bernardo Bertolucci, 출/John Lone, Joan Chen, Peter O'Toole, Ying Ruocheng, Victor Wong, Dennis Dun, Ryuichui Sakamoto, Maggie Han, Ric Young
▌「용의 해(Year of the Dragon, 1985, 미국, 136분)」, 감/Michael Cimono, 출/Mickey Rourke, John Lone, Ariane, Leonardo Termo, Ray Barry, Caroline Kava, Eddie Jones
▌「하방소녀 시우시우(Xiu Xiu the Sent-down Girl, 1999, 중국-홍콩-미국 , 99분)」, 감/Joan Chen, 출/Lu Lu, Lopsang, Gao Jie, Li Qian-qian, Lu Yue
▌「뉴요크의 가을(Autumn in New York, 2000, 미국, 103분)」, 감/Joan Chen, 출/Richard Gere, Winona Ryder, Anthony LaPaglia, Elaine Stritch, Vera Famiga, Sherry Stringfield, Jill Hennessy

■ 「베튠(Bethune, 1977, 캐나다, 88분)」, 감/Eric Till, 출/Donald Sutherland, Kate Nelligan, David Gardner, James Hong

■ 「영웅 베튠(Bethune: the Making of a Hero, 미국 제목 Dr. Bethune, 1990, 캐나다-중국-프랑스, 115분)」, 감/Phillip Borsos, 출/Donald Sutherland, Helen Mirren, Colm Feore, James Pax, Ronald Pickup, Guo Da, Harrison Lieu, Anouk Aimée

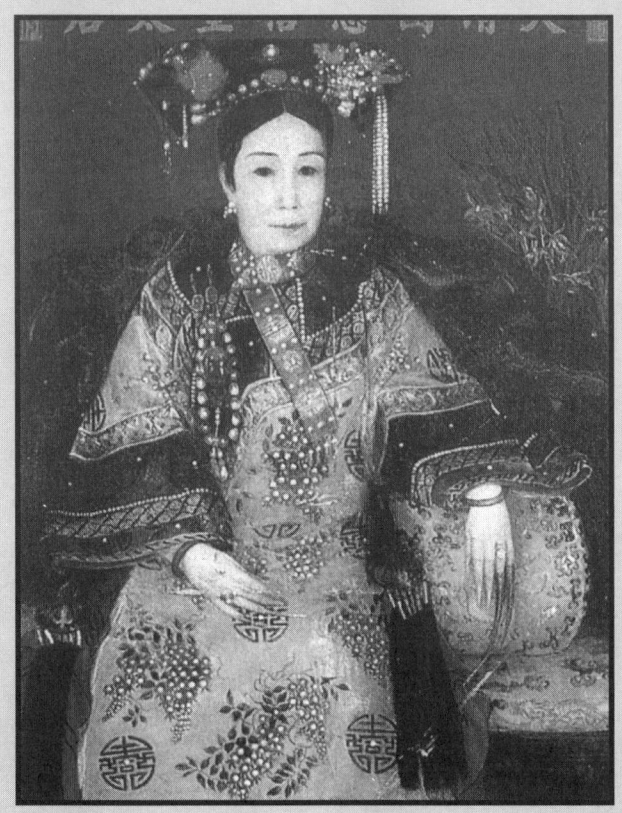

'용의 나라' 중국을 청나라 말기에 반세기 동안 지배했던 '무서운 여자' 서태후는 의
화단의 농민투쟁을 이용하여 열강의 침략을 막아 보려고 적극적으로 나섰다가 서양
으로부터 '용의 여인'이라는 별명을 얻었다.

용의 나라, 무서운 여자

　서양에서는 중국을 흔히 '용의 나라'라고 생각하여 조운 첸을 좌절시켰던 치미노 감독의 영화에도 「용의 해」라는 제목을 달았으며, 「마지막 황제」의 도입부에서 푸이를 쯔진청으로 불러들여 권력을 물려주는 서태후(西太后, 1835~1908)에게는 무섭고도 맹렬한 여자라는 뜻으로 '용의 여인(the Dragon Lady)'이라는 별칭을 붙여 주었다. '붉은 악마' 못지않게 인상적인 서양 별명이 따라다녔던 서태후는 「베이징의 55일」에서는 「마지막 황제」에서보다 훨씬 중요한 역할을 맡는다.

　세9내 왕인 함풍세(咸豊帝)의 비 서태후는 아들 동지세(同治帝)가 6세로 즉위하자 섭정을 시작하고, 동치제가 죽은 후에는 조카인 광서제(光緒帝)를 내세우며 섭정을 계속하여, 태평천국의 난 이후 내란과 외압에 시달리던 청나라 말기 약 반세기 동안 중국을 지배했다. 서양이 그녀를 '무서운 여자'라고 했던 까닭은 의화단의 농민투쟁을 이용하여 열강의 침략을 막아 보려고 적극적으로 나섰기 때문이었다.

　'의화단 운동(義和團運動)'을 영어로는 'the Boxer Rebellion'이라

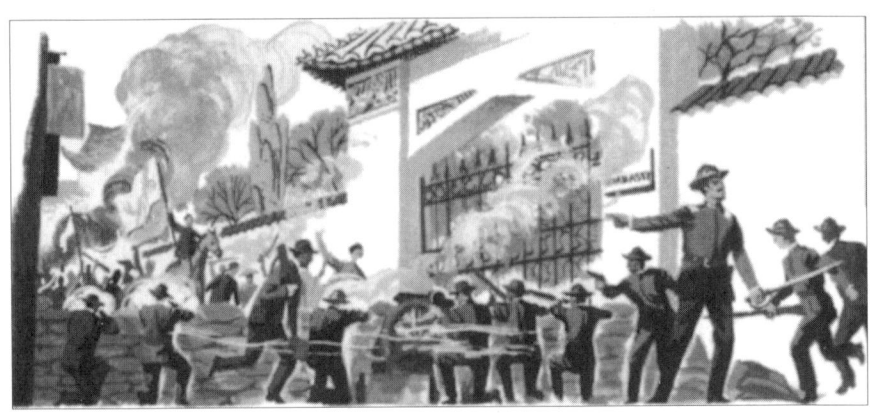

외세를 몰아내려던 서태후와 의화단의 '반란'은 미국, 영국, 독일 등의 열강이 무력으로 진압하여 실패로 끝나고 만다.

고 하는데, 서양에서 붙인 이 명칭 또한 예사롭지 않다. '의화단(righteous uniting band)'이라는 말을 'righteous uniting fists'라고 오역하여 마치 권투선수단 같은 명칭이 되었다고 웹스터에서 펴낸 『뉴월드 사전(New World Dictionary of the American Language)』은 설명하지만, 'the Boxers'라는 표현은 아마도 의화단의 다른 명칭인 '권비(拳匪)'에 대한 번역인 듯싶다. 그보다도 문제는 열강의 침략에 대항하여 일어난 배외(排外) 운동이 누구의 시각에서 '반란(rebellion)'이었느냐는 점이다.

의화단 운동의 과정을 살펴보면, 1899년 캉유웨이(康有爲)를 위시한 개혁파가 급진적인 변법자강운동(變法自彊運動)을 일으켜 지배층과 일반 대중 사이에 배외운동이 확산되고, 산둥(山東) 지방에서 세력을 떨치던 백련교(白蓮敎) 계통의 의화권교도(義和拳敎徒)들이 반기독교 폭동을 일으켜 교회와 백인들을 습격한다. 재해 등으로 급격히 늘어난 유민들이 합세하면서 대폭동으로 발전한 이 운동은 '부청멸양(扶淸滅洋)'의 구호를 내걸었고, 조정에서는 의화단을 지지하는 보수파와 반대하는 혁신파 사이에서 대립이 일어난다.

이러한 상황에서 영화 「베이징의 55일」이 시작되는데, 때는 1900년 여름, 1천 명 이상의 외국인이 거주하는 베이징 해외 공관 지역에서는 여기저기서 여러 열강이 국기 게양식을 하며 군악대가 저마다 다른 국가(國歌)를 연주하고, 귀가 따가워진 어느 중국 노인은 "중국을 내놓으라(We want China)면서 저렇게 야단들"이라고 투덜거린다. 미국 해병대를 이끌고 이곳에 도착한 루이스 소령(Maj. Matt Lewis, Charlton Heston)은 "영어를 못한다고 해서 (그들의 문화를) 얕보지 말라"고 부하들에게 훈시를 하지만, 선임하사 해리(Sergeant Harry, John Ireland)는 도착 즉시 사소한 사건에 말려들어 의화단원 한 명을 아무렇지도 않게 사살하고, 루이스 소령은 '사람값'으로 20달러짜리 금화 한 닢을 내놓는다.

노련한 영국의 외교관 아더 경(Sir Arthur Robertson, David Niven)은 루이스 소령에게 "아메리카에서 인디언을 죽이듯 여기서 함부로 중국

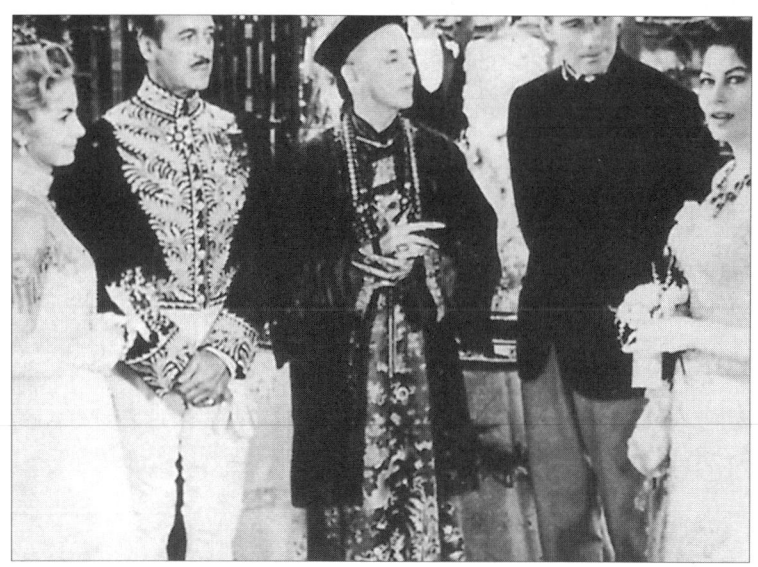

영국의 외교관 아더 경(왼쪽에서 두 번째, David Niven)은 미국 해병 루이스 소령(오른쪽에서 두 번째, Charlton Heston)에게 "아메리카에서 인디언을 죽이듯 여기서 함부로 중국인을 쏘면 안 된다"고 경고한다.

인을 쏘면 안 된다"고 경고하면서, 그렇게 도발을 계속하려면 이곳을 떠나라고 한다. '멸양' 분위기가 고조되어 길거리에서 독일인 목사가 의화단원에게 살해당하면서 긴장이 고조되자 서태후는 아더 경에게 "중국의 18 개 성(省) 가운데 13 곳에 서양인이 포진했고, 여러 항구에 군함까지 배치해 놓았으며, 외국의 신을 숭배하라고 강요하기 때문에 중국인들이 분노했다"면서, 모든 외국 공관을 24 시간 내에 철수하라고 통고한다.

열강 11 개국은 "자국민을 보호한다"는 명목으로 철수를 거부하고, 결국 서양의 연합 세력과 중국인들 사이에서 55 일 동안의 치열한 공방전이 벌어진다. 그러다가 8월 14일 톈진에서 증원군이 도착하여 서양 연합군은 빛나는 승리를 거두고, 서태후는 어두운 방에서 한숨을 지으며 말한다. "청국은 끝났다.(The dynasty is finished.)"

영화가 끝난 다음 열강은 신축조약(辛丑條約)을 맺고 베이징에 병력을 주둔시키고는 거액의 배상까지 받아냈으며, 청나라를 지탱하던 세력이 와해되면서 식민지화 작업은 박차를 가한다.

「산 파블로」는 그로부터 25 년 후에 상하이에서 얘기가 시작된다. 필자가 리처드 매케나(Richard McKenna)의 소설 『전함 산 파블로(The Sand Pebbles)』를 읽었던 대학 시절은 1960년대 초반으로서, 아직 적국으로 차단된 '중공(中共)'에 대해서 역사적·정치적·문화적 이해가 부족했기 때문에 어째서 이렇게 재미없는 소설이 미국에서 그토록 널리 읽히는지 이해가 가지 않았었다. 이제 뒤늦게 영화를 보면, 왜 우리는 서양인들만큼도 당시에는 중국을 이해하지 못했었는지 납득이 간다. 그것은 '적국'은 미워해야지, 이해해서는 안 된다는 이념적 집단 교육의 탓이었던 모양이다.

주인공 제이크 홀맨(Jake Holman) 수병은 해군 복무 9 년에 일곱 번이나 전출을 다닐 만큼 '적응력'이 모자라고, 중국에서만 7 년을 복무한 끝에 낡은 소형 전함 샌드 패블스 호로 배치된다. 그리고 그가 도착한 이후 불상사가 거듭되어 함장을 비롯한 거의 모든 다른 선원들로부터 요나(Jonas) 취급을 받는다.

작품은 열강에 짓밟힌 중국을 이해하고 동정하는 시각이어서, 선교사 제이미슨(Jameson)은 중국이 "부당한 조약에 의해서 노예가 된 나라"이며, 미국과 영국 같은 제국주의 국가들은 세금을 착취하며 면책권까지 누린다고 비판한다. 영화가 제작될 당시 미국의 베트남 정책을 겨냥한 이런 발언은 SOFA를 앞세워 한국에서 살인과 강간 따위의 범죄를 저지르고도 당사국의 법위에 서는 미군, 그리고 국제재판소에서 면책권을 인정하지 않으면 보스니아 평화유지군을 더 이상 주둔시키지 않겠다고 UN에서 거부권을 행사한 최근 미국 정부의 입장에서도 그대로 나타난다.

그러나 홀맨('구멍 뚫린 사람'이라는 뜻) 수병은, 다시 제이미슨의 표현을 빌면, "별다른 생각 없이 명령에만 복종하면서 아주 간단한 한 가지 철학에만 의존해서 살아간다.(They reduce life to a very simple point. Or no point at all. They obey orders and the navy takes care of them.)" 그래서 홀맨은 기관실에서 일하는 중국인 노동자(coolie, 꿀力)들과 문화적인 갈등을 일으킨다. 그것은 군대식 논리적 실용주의와 절대적으로 부족한 물자와 장비로도 버티어 나가야 하는

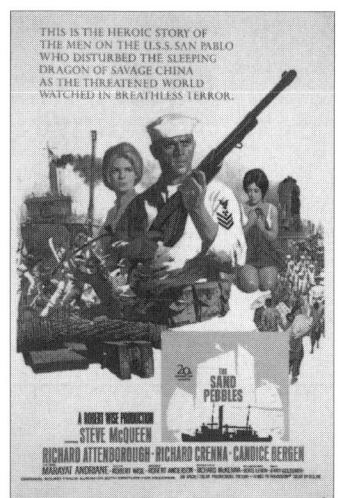

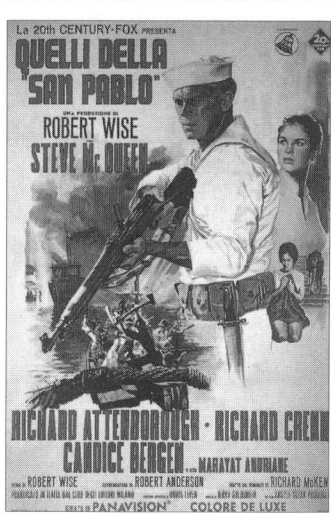

「산 파블로」는 열강에 짓밟힌 중국을 이해하고 동정하는 시각의 작품이어서, 선교사 제이미슨은 중국이 "부당한 조약에 의해 노예가 된 나라"라고 정의한다. 포스터는 각각 미국(위)과 이탈리아(아래)에서 제작한 것이다.

중국의 현실 사이에 존재하는 괴리에서 비롯한다.

기계의 원리를 이해해야 한다고 주장하는 홀맨과는 달리 기관에 귀신이 붙었다고 믿는 쿨리들의 '총두목(boss coolie)' 챙은 자존심 싸움에서 보기좋게 패배한 다음, 체면을 유지하기 위해 싸우는 치열한 몸부림 끝에 기계에 깔려 목숨을 잃는다. 총 한 자루를 잃지 않기 위해서라면 인간의 목숨을 아까워하지 않고 버린다는 일본의 군신(軍神) 사상을 월남전에서 섬겼던 한국군과는 대조적으로, 사이공 함락 당시 인간의 목숨을 하나라도 더 구해서 싣기 위해 헬리콥터를 항공모함의 갑판에서 바다로 밀어넣고 공간을 만들어내던 미군의 인본주의가 생각나게 하는 대목이다.

기계의 기능과 작용에 관한 과학적인 서양의 지식 그리고 두려움과 미신으로 쇳덩이를 설명하는 동양의 감정이 일으키는 마찰과 대립은 몸집이 왜소한 쿨리 포한(Po Han, Mako)과 육중한 고깃덩어리 미군 수병이 술집에서 벌이는 권투시합으로 이어지고, 쿨리와 홀맨의 화해와 우정은 프렌치(Frenchy Burgoyne, Richard Attenborough)와 중국 여인 메일리(Maily)의 사랑으로 이어진다. 메일리는 어릴 적에 미국 선교사들이 데려다 키운 여자이지만, 성장한 다음 양부모가 선교사로 일생을 보내라고 요구하자 자유를 찾아 상하이로 가려고 돈을 훔쳐 달아나다 붙잡힌 '죄(sin)'로 술집에 팔려온 몸이었다. 그리고 결국 홀맨과 마코, 프렌치와 메일리는 모두 죽음을 맞는다.

마오쩌둥과 장제스가 세력을 키우며 '서양 귀신(foreign devils)'을 몰아내려는 혁명이 점점 거세어지는 사이에 전함 산 파블로(샌드 패블스)는 양쯔강을 따라 항해하다가 여기저기 항구에서 수모를 당하고 쫓겨나는가 하면, 정크선들에게 포위되어 치욕을 당하지만, 난징 대학살에 이어 미해병대가 상하이에 상륙했다는 소식을 접한 함장은 마오쩌둥의 뒤를 밀던 "소련이 중국을 대신 차지하는 꼴을 봐서는 안 된

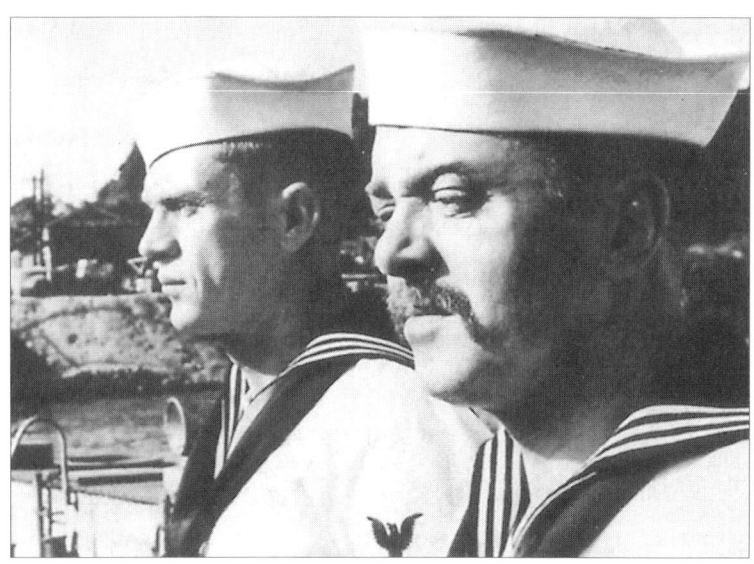

다른 선원들로부터 요나 취급을 받는 「산 파블로」의 주인공 제이크 홀맨(왼쪽) 그리고 중국 여인 메일리를 사랑하던 프렌치(오른쪽)는 두 사람 다 길을 잃어버린 이방인으로서 죽음을 맞는다.

다"는 대의명분을 앞세워 분연히 최후의 일격을 가한다.

「너에게 내일은 없다」는 「산 파블로」와 마찬가지로 시간적인 배경이 1920년이며, 중국에서 '반란'이 일어났을 때 총기를 조달하던 밀반입자가 주인공이다. 이상주의자로 부각된 주인공(케빈 코스트너)은 고향으로 돌아간 다음 주류 밀수업에 종사한다. 미국적 이상주의가 숭배하는 가치관이 혼란스러워지는 상황이다.

외세를 몰아내고 통일된 다음 공산화한 중국 본토에 관한 미국 영화들을 보면 반공애국적인 시각이 주류를 이루어서, 「중공 탈출」은 다양한 중국인들과 함께 미국인 주인공들이 중공군에게 쫓기며 강을 따라 홍콩으로 탈출하는 얘기이고, 「상하이 이야기」는 중공군 때문에 오도가도 못하게 된 미국인들이 주인공이고, 「중국으로 가는 여권」도 중공에서 탈출하려는 난민을 도와주는 내용이다.

마를레네 디트리히와 동양계로서는 헐리우드에서 가장 크게 성공한 여배우 안나 메이 웡이 주연을 맡은「상하이 특급(上海特急)」은 중국 혁명(서양인의 관점에서는 '내란'이나 '반란')의 소용돌이 속에서 베이징을 출발하여 상하이로 가는 기차가 용맹한 파르티잔 훼 페이(Hue Fei)와 잔인한 헨리 창(Henry Chang) 일당의 위협을 받자, '상하이의 백합꽃(Shanghai Lily)'이라는 별명이 붙은 창녀 매들린(Madeline)이 구해준다는 내용이다.

「상하이 특급」은 20년 후에「베이징 특급」으로 제목이 바뀌어 다시 영화로 만들어진다.

상하이가 배경인 영화로는 미국인 아가씨가 신비한 유라시아인 디미트리(Dimitri Koslov)를 만나 사랑을 나누는「상하이의 사랑」, 전혀 모험가다운 면모가 없는 숀 펜이 촬영 당시 그의 아내였으며 전혀 여전도사 같은 면모가 없던 마돈나의 부탁을 받고 도둑맞은 의료용 아편을 찾아내는 활극「상하이의 아편」,「황야의 결투(My Darling Clementine)」에서 셰익스피어를 줄줄 암송하는 닥 할리데이(Doc

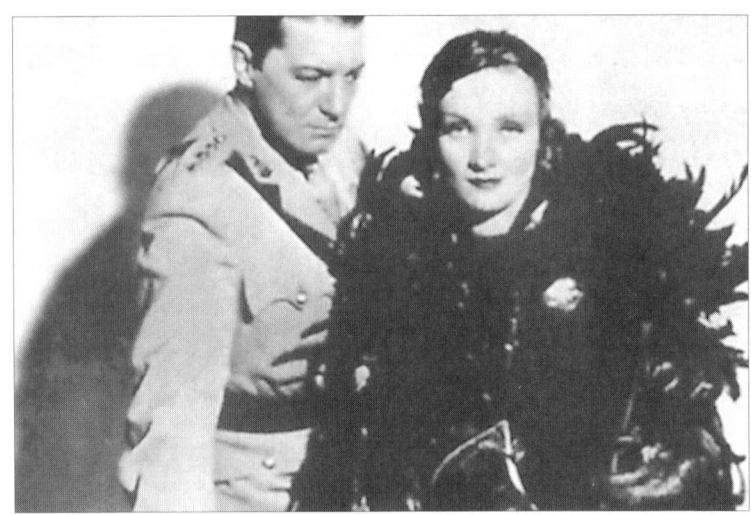

중국 혁명 당시 베이징을 출발하여 상하이로 가는 기차「상하이특급」에서는 창녀 '상하이의 백합꽃' 마를레네 디트리히가 영웅 노릇을 한다.

Holliday)만큼이나 어울리지 않는 철학적인 아랍인 역을 맡은 빅터 머튜어(Victor Mature)와 도박장 여주인과 여주인의 딸과 전남편이 복잡하게 관계가 얽히는「상하이 제스처」, 군대에서 불명예스러운 기록을 남긴 주인공이 명예를 찾기 위해 상하이 범죄 조직을 경찰에 넘기는「음모」, 악명높은 밀수업자로 가장한 주인공이 악당들에게 쫓기면서도 범죄자들은 끝까지 분쇄하는「상하이 음모」가 있고,「상하이의 서쪽」에서는 중국의 음흉한 독군(督軍, warlord)이 무고한 사람들을 붙잡아 두고 괴롭힌다.「마지막 황제」에서 푸이 역을 맡았던 존 론(John Lone) 주연으로 1991년 미국과 홍콩 합작으로 제작한「상하이 1920년(Shanghai 1920)」은 1900년 어렸을 때 친했던 미국인과 중국인이 성장하여 20 년 후 역사의 격동기에 재회하는 얘기이다.

찾아보기 ●

Carreras, 출/Richard Basehart, Alan Gifford, Athene Seyler, Burt Kwouk, Eric Pohlmann

▐ 「상하이 특급(Shanghai Express, 1932, 미국, 80분)」, 감/Josef von Sternberg, 출/Marlene Dietrich, Anna May Wong, Warner Oland, Clive Brook, Eugene Pallette, Louise Closser Hale

▐ 「베이징 특급(Peking Express, 1951, 미국, 95분)」, 감/William Dieterle, 출/Joseph Cotten, Corinne Calvet, Edmund Gwenn, Marvin Miller

▐ 「상하이의 사랑(Shanghai, 1935, 미국, 75분)」, 감/James Flood, 출/Loretta Young, Charles Boyer, Warner Oland, Fred Keating, Charles Grapewin, Alison Skipworth

▐ 「상하이의 아편(Shanghai Surprise, 1986, 미국, 97분)」, 감/Jim Goddard, 출/Sean Penn, Madonna, Paul Freeman, Richard Griffiths, Philip Sayer, Clyde Kusatsu, Kay Tong Lim

▐ 「상하이 제스처(The Shanghai Gesture, 1941, 미국, 98분)」, 감/Josef von Sternberg, 출/Gene Tierney, Walter Huston, Victor Mature, Ona Munson, Maria Ouspenskaya, Phyllis Brooks, Albert Bassermann, Mike Mazurki

▐ 「음모(Intrigue, 1947, 미국, 90분)」, 감/Edwin L. Marin, 출/George Raft, June Havoc, Helena Carter, Tom Tully, Marvin Miller, Dan Seymour, Philip Ahn

▐ 「상하이 음모(International Settlement, 1938, 미국, 75분)」, 감/Eugene Forde, 출/George Sanders, Dolores Del Rio, June Lang, Dick Baldwin, Leon Ames, John Carradine, Harold Huber

▐ 「상하이의 서쪽(West of Shanghai, 1937, 미국, 64분)」, 감/John Farrow, 출/Boris Karloff, Gordon Oliver, Beverly Roberts, Ricardo Cortez, Sheila Bromley, Vladimir Sokoloff, Richard Loo

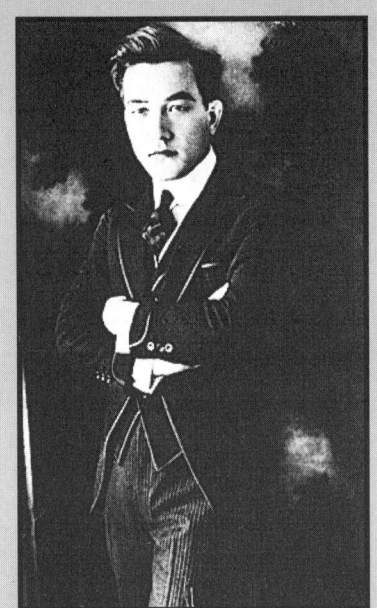

중국계 미국인 여배우 안나 메이 웡(아래)이 독일과 영국에서 영화
뿐 아니라 무대에서도 크게 활약했음에도 불구하고 백인 남자와 사
랑을 나누는 여주인공 역할을 맡지 못했던 까닭은 헐리우드의 인종
차별 때문이었다고 영화학자가 지적했다. 그러나 일본계 배우 하야
가와 세수에(오른쪽)에게는 백인 여자와 사랑하는 주연을 맡겼던 까
닭은 동양인이기는 했지만 그가 남자여서 '정복'이 가능했기 때문이
었다고 한다.

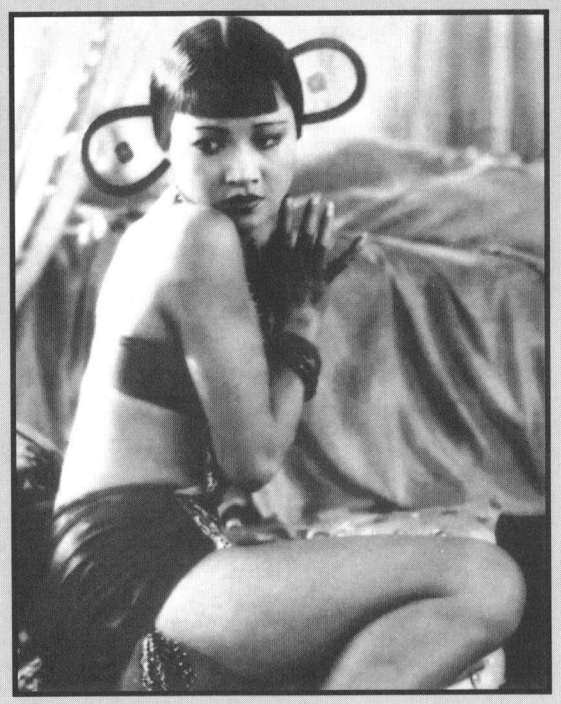

황인종과 백인종의 사랑

「상하이 특급」에서 마를레네 디트리히와 동서양의 맞대결을 벌인 여배우 안나 메이 웡(Anna May Wong, 1907~61, 본명 Wong Liu Tsong)은 로스앤젤레스에서 태어난 중국계 미국인으로서, 1919년 무성영화 「홍등(The Red Lantern)」에 출연한 지 9년 만에 더글라스 페어뱅크스가 주연한 「바그다드의 도적」에서 몽골인 노예 역으로 명성을 얻었으며, 도이칠란트어가 유창하여 독일은 물론이요 영국에서도 영화뿐 아니라 무대에서 크게 활약한 여배우이다. 그럼에도 불구하고 백인과 사랑을 나누는 여주인공 역할을 낱시 못했던 까닭은 헐리우드의 인종차별 때문이었다고 어느 영화학자(James Limbacher)가 지적했다. 그러나 일본계 배우 하야가와 세슈에(Hayakawa Sessue)에게는 백인 여자와 사랑하는 주연을 맡겼던 까닭은 동양인이기는 했지만 그가 남자였기 때문이었다는 설명이다. 그러니까 여성보다는 남성이 우월하고, 동양 남성은 아무리 우월해도 백인 여성하고만 동격이라는 이상한 계산법이다.

    이러한 인종 차별과 성 차별은 미국인들이 일상에서 직접 부딪혀야
하는 흑백 문제에서 특히 심각하여, 흑인을 멸시하는 경향이 유난해
서 비판의 대상이었던 D. W. 그리피드의 경우, 「국가의 탄생(The
Birth of a Nation, 1915)」에서는 백인 연기자의 몸에 손이 닿는 사람은
아무리 흑인 역이라고 해도 백인이 검게 분장을 하고 대신 나왔다고
한다. 이런 전통은 차마 흑인에게 주연을 맡기기가 내키지 않아 앨 졸
슨(Al Jolson)에게 흑인 분장을 시켰던 「재즈 가수(The Jazz Singer,
1927)」로 이어졌다.

    동양인 역도 마찬가지였다. 한때는, 단역인 경우라면, 동양인은 국
적을 가리지 않고 거의 모두 도산 안창호의 아들인 필립 안에게로 돌
아가서, 「전송가(Battle Hymn)」의 한국인이나 「호놀룰루의 찰리 찬
(Charlie Chan in Honolulu)」의 중국인 그리고 일본인(「Thank You Mr.
Moto」)은 물론이요, 동남아인(「전쟁과 애욕, Never So Few」)에서부터
인도네시아 할아버지(「자바의 태풍, Fair Wind to Java」)에 이르기까지,
필립 안의 얼굴이 모든 동양인 노릇을 했다. 교과서에서 우리들이 늘

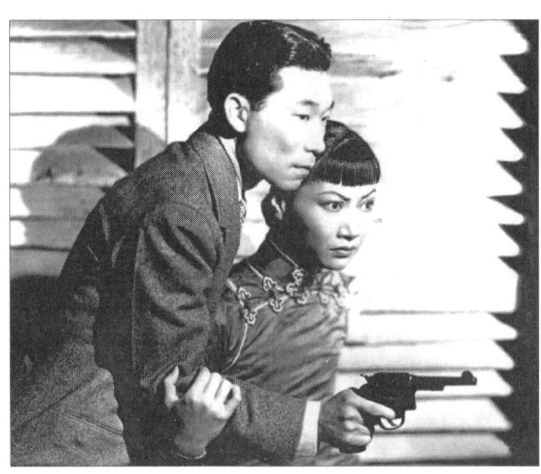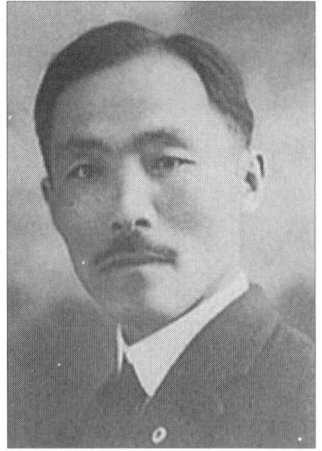

도산 안창호(오른쪽)는 퍽 서구적인 인상이지만, 아들 필립은 영락없는 "동양 촌사람"이어서 힐리우드에
서는 웬만한 동양인 역은, 단역인 경우라면, 거의 모두 필립 안에게로 돌아갔다.

보아 왔던 터라 눈에 익은 안창호의 사진은 그토록 서구적인 인상인데, 아들 필립은 영락없는 동양 촌사람이어서, 헐리우드의 눈에는 그만큼 만만해 보였는지도 모를 일이다.

그러나 조금만 무게가 나가는 역이면, 한국인 등장인물(집사)을 아예 없애 버린 「에덴의 동쪽」에서처럼 줄거리를 바꾸거나, 백인종이 황인종을 대신해서 카우보이 존 웨인이 칭기즈칸("The Conqueror") 노릇을 하고, 미키 루니가 토끼 이빨을 붙이고는 우스꽝스러운 일본인(「티파니에서 아침을」의 Mr. Yunioshi)으로 나오고, 리 J. 코브(Lee J. Cobb)가 태국인(「Anna and the King of Siam」)이 되기 위해, 그리고 말론 브란도가 일본인(「8 · 15의 찻집」)이 되려고 눈두덩을 부풀려 째진 눈을 만들었다.

심지어는 "Excuse please" 같은 이상한 영어(pidgin English, 풀이 · 'business English'를 중국식으로 표기한 말임)를 유창하게 구사하는 중국인 명탐정 찰리 찬(Charlie Chan)까지도 인기가 올라가자 그 배역을 서양인들(Sidney Toler, Roland Winters, J. Carrol Naish, Ross Martin, Peter Ustinov)이 차지해 버렸고, 틀림없이 '만주(滿洲)'라는 지명에서 이름이 유래했을 흉악한 푸 만추(Fu Manchu) 역 또한 서양 배우들(Harry Agar Lyons, Warner Oland, Boris Karloff, Henry Brandon, Christopher Lee)의 차지였다.

아무리 그렇다고 하더라도,

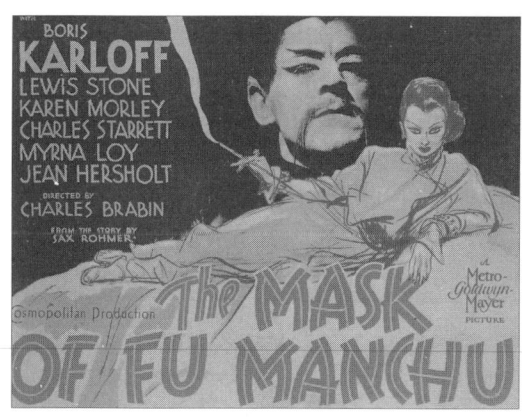

1950년대까지도 헐리우드 영화에서는 동양인의 역할이 조금만 비중을 갖게 되면 서양 배우가 맡았으며, 그래서 영국 소설가 삭스 로머(Sax Rohmer)가 탄생시킨 유명한 동양의 악당 푸 만추 역도 서양 배우들의 차지가 되었다. 1932년 작 「푸 만추의 가면」에서는 괴기영화로 유명한 보리스 카를로프가 주연을 맡았다.

중국 여자라면 얼굴이 둥글넓적하다고 전세계적으로 알려진 터에, 지극히 도시적이고 예리한 캐더린 헵번의 얼굴에 째진 눈(「Dragon Seed」에서)을 그려넣고는 시치미를 떼어도 좋은지, 참으로 알다가도 모를 일이다.

하지만 세월이 흐름에 따라 무어인(Moor)「오텔로」역이 1995년에는 비슷한 인종을 찾아 흑인에게 돌아갔고,「흑과 백(The Defiant Ones)」에서 토니 커티스와 시드니 푸아티에가 쇠사슬로 함께 결박되고,「초대받지 않은 손님」에서는 시드니 푸아티에가 백인 여자와 결혼하고, 덴젤 워싱턴도 하얀 피부의 여자와 사랑을 하기에 이른다.

흑과 백 사이에서뿐 아니라「산 파블로」의 프렌치와 메일리처럼 동양과 서양의 남녀 또한 영화에서 인연이 맺어진다.「산 파블로」에서 제이크 홀맨이 호텔에 도착하자마자 제일 먼저 눈에 띄는 중국 창녀를 데리고 방으로 올라가듯, 동물적 번식욕(繁殖慾)이나 이국적인 체험과 낭만적인 경험을 추구하는 동서양 남녀의 만남은 현실에서 흔한 일이고, 해외 출장을 위한 '현지처' 확보 같은 비뚤어진 모험도 흔히 하나의 일상으로 받아들여진다. 그래서 대부분의 관계는, 마르그리뜨 뒤라스의 두 작품(「내 사랑 히로시마, Hiroshima mon amour」와 「해벽, Un Barrage contre le Pacifique」)을 제외한다면, 거의 언제나 공격적인 서양 남자와 수동적인 동양 여자 사이에서 이루어진다.

뛰어난 각색(「애정, The Yearling」,「에덴의 동쪽」,「제니의 초상」,「사요나라」,「남태평양」)으로도 이름난 폴 오스본(Paul Osborn, 1901~88)의 브로드웨이 희곡을 영화로 만든「수지 웡의 세계」가 바로 그런 내용이어서, 미국인 예술가와 중국인 창녀를 주인공으로 설정했다.「수지 웡」말고도 윌리엄 홀든은 2 년 후에 다시 중국으로 가서 공산당에게 활동 무대를 빼앗긴 두 명의 서양 신부와 중국 여자 사이에서 벌어지는「유혹의 밤」을 만들기도 했다.

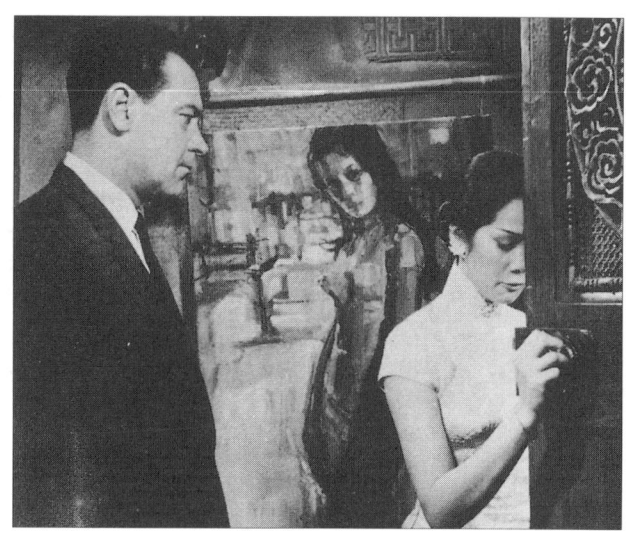

동양과 서양의 남녀가 헐리우드 영화에서 인연이 맺어질 때는, 「수지 윙의 세계」에서처럼, 거의 언제나 공격적인 서양 남자와 수동적인 동양 여자 사이에서 이루어진다.

　이러한 주제가 별다른 거부반응을 일으키지 않고 은막에 등장하는 까닭은 해외에 주둔하는 미군이 워낙 많아서 창녀를 비롯한 다른 인종 여러 계층 여성과의 접촉이 일반화된데다가, "나라 밖에서 하는 짓"(출장)에 대해서 사람들이 비교적 너그럽기 때문이다.

　한수인(Han Suyin)의 자전적인 소설 『사랑은 아름다워라(Love Is a Many Splendored Thing, 1952)』를 원작으로 삼은 헨리 킹의 영화 「모정(慕情)」에서는 등장인물들이 훨씬 격상된 신분이다. 여주인공 한수인은 어머니가 영국인인 중국 여성으로서, 런던으로 유학까지 갔던 의사이며, 장제스 휘하의 장군이었던 남편이 공산군에게 처형을 당한 젊은 미망인이다. 그리고 그녀가 사랑하게 되는 미국 남자는 "전형적인 지식인"으로 영화 대사를 통해 분류한 마크 엘리오트(Mark Elliott)로서, 항상 '출장' 상태에서 살아가는 특파원이다.

　한수인은 자신이 유라시아인이기 때문에 순수한 중국인보다는 우월하다고 믿으며, 그녀의 수녀원 동창생인 다른 혼혈 여성은 아예 동양인의 피를 숨기고 백인 행세를 한다. 한수인 역은 물론 미국 여배우

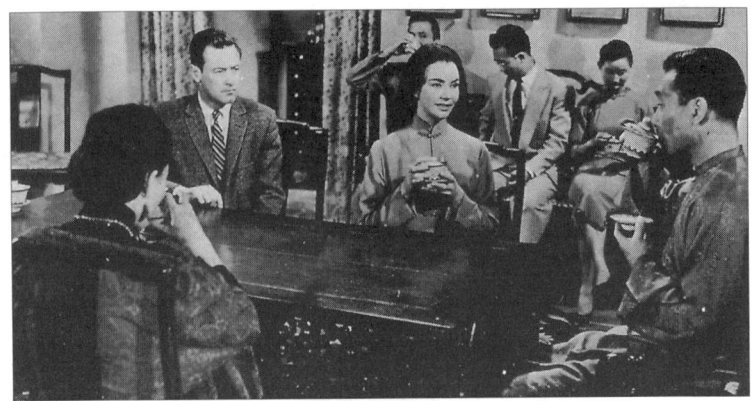

「모정」의 중국 여인 한수인은 런던으로 유학까지 갔던 의사이며, 그녀가 사랑하는 미국 남자는 "전형적인 지식인"으로서, '동서양 연애영화'의 격을 한층 높였다. 하지만 동양 여인의 역은 역시 미국 백인 여배우이며 셀즈니크(David O. Selznik)의 아내였던 제니퍼 존스(가운데)에게 돌아갔다. 오른쪽 끝에서 차를 마시는 '중국인'은 한국계 미국인 필립 안이다.

에게 돌아갔고, 그래서 한자가 적힌 족자를 옆으로 들고 읽는가 하면, 그녀가 돌보는 난민 소녀의 이름도 일본식으로 오노(영어로 적어서 'Oh-No')이다.

엘리오트에게는 싱가포르에 아내가 멀쩡하게 살아 있다. 그는 아내와 이혼하고 한수인과 결혼하려고 노력하지만, 한국에서 전쟁이 터져 취재를 갔다가 죽을 때까지 그 계획과 약속은 현실로 이루어지지를 않고 불륜의 관계로 끝나서, 두 사람이 마카오에서 한 주일 동안의 밀회를 즐긴 다음 한수인은 "유라시아인이기 때문"이라는 애매한 이유로 병원에서 쫓겨난다.

우리말로 번역까지 되어 크게 유행했던 주제가("Once on a high and windy hill...")와 더불어 50년 전 썰렁한 공항과 한가한 홍콩의 풍경은 시네마스코프 화면 가득히 아름다웠으며, 아무리 '불륜'이라도 뒷동산 나무 밑에서 만나는 사랑이 퍽 아름답다는 생각이 들게 했던 이 영화의 시간적인 무대는 1949년, 상하이가 함락되어 공산당의 본격적인 지배가 이루어져 하루에 3천 명씩 홍콩으로 난민이 쏟아져 들어가던 무렵이어서, 백인들은 홍콩을 "한 명 값으로 하인 열 명을 고용할 수 있으니 얼마나 좋으냐"고 즐거워한다. 베트남이나 인도네시아에 대해서 비슷한 말을 하는 한국인들을 만나면, 돈벌기 정복의 길에 나선 백인들의 이런 오만함이 생각나고는 한다.

그리고 영화 「모정」에서는 말끝마다 "좋은 징조 나쁜 징조"를 따지는 지식인 여주인공의 미신을 동양의 신비한 아름다움처럼 부각시키는 헐리우드의 오만함 역시 여전하다.

홍콩에서는 한수인과 미국인 특파원만이 아니라, 서양 사람들끼리도 사랑을 해서, 항공 재난영화의 원조 『진홍의 날개(The High and the Mighty, 1954)』를 쓴 모험소설가 어네스트 간(Ernest K. Gann)의 소설을 원작자 자신이 각색한 「홍콩(香港)의 밤」에서는 수잔 헤이워드가 남편을 찾아 달라고 고용한 클라크 게이블과 정크선들 사이로 누비고 다니며 총격전을 벌이는 틈틈이 사랑과 모험을 하고, 「홍콩의 정사」에서는 재산 점검을 위해 동양을 찾은 미국 남자가 뜻밖의 인연과 사건에 얽혀든다.

영국의 영토였기 때문에 서양인들의 출입이 쉽고 잦았던 홍콩을 무대로 한 서양 영화는 적지 않아서, 「홍콩 연락선」에서는 술에 취한 오

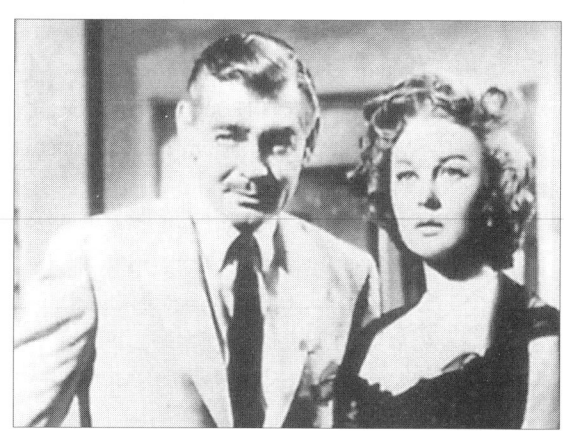

어네스트 K. 간의 소설이 원작인 「홍콩의 밤」에서는 서양 남녀가 동양에서 사랑과 모험을 함께 나눈다.

스트리아인 쿠르트 유르겐스와 선장 오손 웰스가 마카오로 가는 길에 한바탕 난리를 치르고, 「홍콩 비밀지령」을 받은 영국계 미국인 첩보원들은 유괴를 당한 아랍인 지도자를 구출하고, 「홍콩의 공포」에서는 딸을 죽인 살인범들을 찾아다니던 영국인이 홍콩의 범죄 조직을 일망타진하고, 「홍콩으로의 비행」에서는 극동에서 활동하는 조폭이 여자에게 정신이 팔려 밀수업자 친구들과 맞서다가 하마터면 목숨을 잃을 뻔한다.

「홍콩」에서는 나중에 아메리카 합중국의 대통령이 될 로널드 레이건이 고아가 된 소년에게서 값비싼 골동품을 탈취하려다가 마지막에 마음을 고쳐먹고, 우리나라에는 「라스트 홍콩 '97」이라는 말도 안 되고 뜻도 알 듯 모를 듯 해괴한 제목으로 비디오가 나온 「홍콩 '97(1994, 미국, 감/앨버트 퓬, 출/로버트 패트릭, 밍 나 웬)」은 백 년 동안 영국이 차지했던 홍콩을 중국이 되돌려받는 와중에서 사랑과 살인 사건이 얽혀드는 얘기이다.

찾아보기 ●---

- 「수지 웡의 세계(The World of Suzie Wong, 1960, 미국, 129분)」, 감/Richard Quine, 출/William Holden, Nancy Kwan, Sylvia Syms, Michael Wilding, Laurence Naismith
- 「유혹의 밤(Satan Never Sleeps, 1962, 미국, 126분)」, 감/Leo McCarey, 출/William Holden, Clifton Webb, France Nuyen, Athene Seyler, Martin Benson, Edith Sharpe
- 「모정(Love Is a Many Splendored Thing, 1955, 미국, 102분)」, 감/Henry King, 출/William Holden, Jennifer Jones, Murray Matheson, Torin Thatcher, Jorja Curtright, Virginia Gregg, Isobel Elsom, Philip Ahn
- 「홍콩의 밤(Soldier of Fortune, 1955, 미국, 96분)」, 감/Edward Dmytryk, 출/Clark Gable, Susan Hayward, Michael Rennie, Gene Barry, Tom Tully, Alex D'Arcy, Anna Sten

■「홍콩의 정사(Hong Kong Affair, 1958, 미국, 79분)」, 감/Paul F. Heard, 출/Jack Kelly, May Wynn, Richard Loo, Lo Lita Shek

■「홍콩 연락선(Ferry to Hong Kong, 1961, 영국, 103분)」, 감/Lewis Gilbert, 출/Orson Welles, Curt Jurgens, Sylvia Syms, Jeremy Spenser

■「홍콩 비밀지령(Hong Kong Confidential, 1958, 미국, 67분)」, 감/Edward L. Cahn, 출/Gene Barry, Beverly Tyler, Allison Hayes, Noel Drayton

■「홍콩의 공포(Terror of the Tongs, 1961, 영국, 90분)」, 감/Anthony Bushell, 출/Geoffrey Toone, Burt Kwouk, Brian Worth, Christopher Lee, Richard Leech

■「홍콩으로의 비행(Flight to Hong Kong, 1956, 미국, 88분)」, 감/Joseph M. Newman, 출/Rory Calhoun, Barbara Rush, Dolores Donlon, Soo Yong

■「홍콩(Hong Kong, 1951, 미국, 92분)」, 감/Lewis R. Foster, 출/Ronald Reagan, Rhonda Fleming, Nigel Bruce, Marvin Miller, Lee Marvin

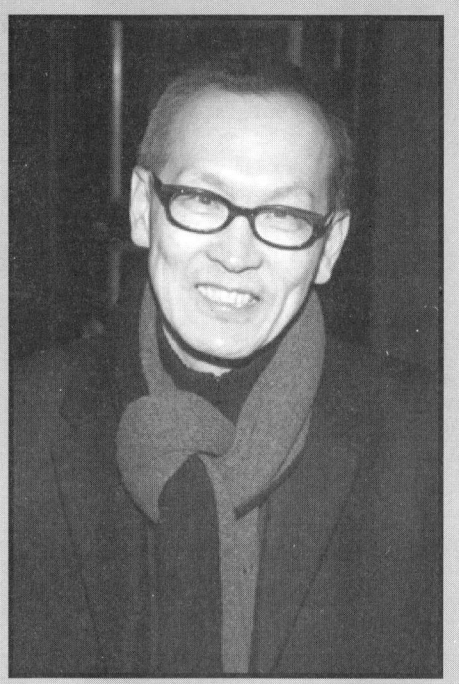

웨인 왕(Wayne Wang, 위)은 동양에 대한 동양인의 시각을 헐리우드에서 이끌어 나간다. 가운데 왼쪽 사진은 영화 「딤섬」의 한 장면이고, 오른쪽은 「차이니스 박스」의 선전물이다. 아래는 「찬의 실종」에서 배경 노릇을 한 차이나타운의 모습이다.

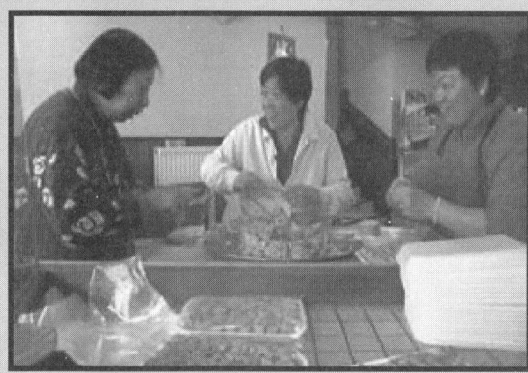

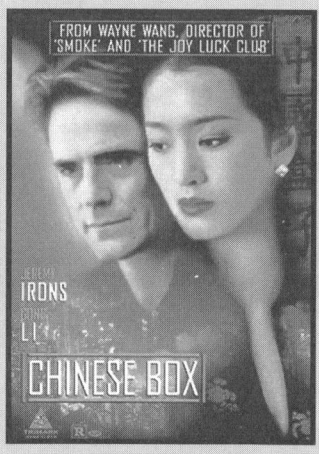

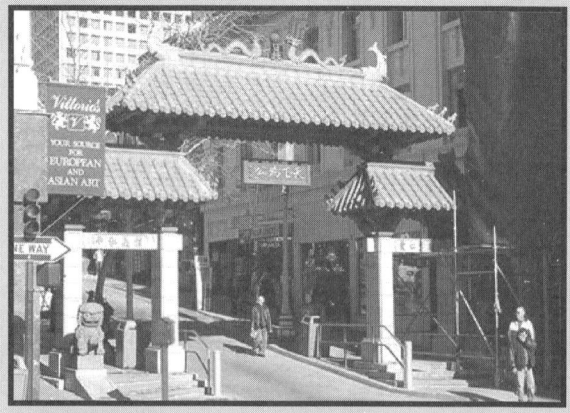

웨인 왕과 펄 벅의 시각

20세기에 마지막으로 이루어진 열강의 식민지 반환을 소재로 삼은 영화로는 「홍콩 '97」보다 제2회 부산 국제 영화제 개막작으로 선정되었던 「차이니스 박스」가 훨씬 진지하다. 중국에 반환되기 6 개월 전의 홍콩 모습을 비디오에 담는 영국 언론인과 과거의 상처를 숨기고 살아가는 중국 여인의 사랑과 갈등을 통해 중국 현대사에서 가장 중요한 순간들 가운데 하나를 조명하는 이 영화의 감독 웨인 왕(Waynee Wang)은 1949년 홍콩 태생으로 캘리포니아 오클랜드 예술대학에서 공부한 나음 미국에서 살아가는 중국인들의 정체성을 꾸준히 탐구해 왔다.

샌프란시스코의 차이나타운에서 4천 달러를 가지고 사라진 찬 훙(Chan Hung)을 찾아다니는 두 명의 택시 운전사를 등장시킨 「찬의 실종」은 왕 감독이 미국에서 만든 첫 작품으로서, 희극영화이면서도 이미 정체성 문제를 열심히 다룬다. 역시 샌프란시스코 차이나타운의 중국인들을 등장시킨 희극영화 「딤섬」은 동양화적인 여백의 화면 연출로 주목을 받았으며, 여기에서 부각시킨 어머니와 딸의 관계는 「조이 럭 클럽」을 통해 본격적으로 전개된다.

　고통과 가난의 삶을 탈출하여 희망과 행복을 찾아 이민길에 올랐던 제1 세대가, 미국에서 열심히 일하고 살아가며 안정된 기반을 잡아가는 사이에, 서양화한 제2 세대로부터 필연적으로 느껴야 하는 괴리감을 절묘하게 파헤쳐 동양계 미국인들로부터 크게 호응을 받은데다가, 이질적인 문화에 대한 호기심을 자극받은 서양인들에게서도 주목을 받아 대단한 인기를 끌었던 에이미 탄(Amy Tan)의 소설을 영화로 만든 「조이 럭 클럽」은, 네 쌍의 어머니와 딸뿐 아니라, 때로는 할머니와 증조모 세대까지 거슬러 올라가며 중국 여인들이 살아온 고난의 역사를 조명한다. 제목으로 내건 "조이 럭 클럽"은 "기쁨과 행운의 모임"이라는 뜻으로, 교회에서 만나 친해진 네 명의 제1 세대 중국 여인들의 친목회 이름이다.

　"여자가 밥을 빨리 먹으면 복이 달아난다"면서 여성을 천시하는 동

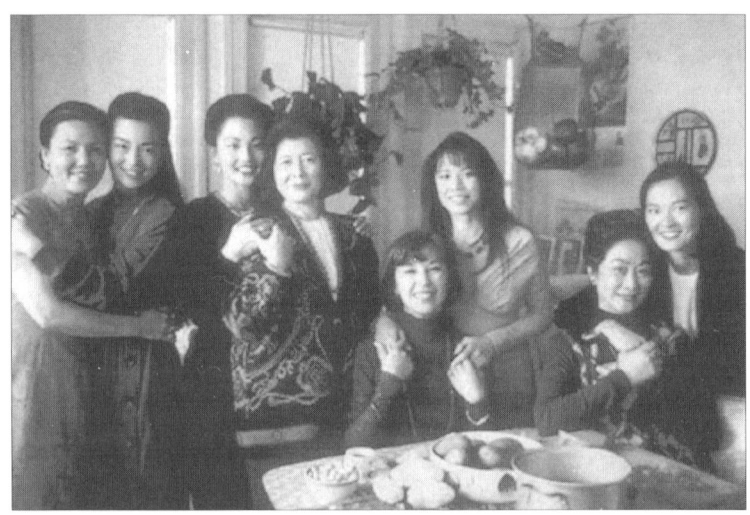

에이미 탄의 인기소설을 영화로 만든 「조이 럭 클럽」은 네 쌍의 모녀를 통해 중국에서 아메리카로 이민 온 어머니 세대와 미국인으로 태어난 딸의 세대가 겪는 문화적 갈등을 그린다.

양 나라에서 네 살 때 선을 보고 팔려간 신부는 일부러 정을 떼려는 어머니 밑에서 자라다가 열다섯 살에 시집을 가지만 "너는 바닥에서 자"라는 어린 신랑과 성생활이 이루어지지 않아 아이를 못 낳는다고 시어미에게 매를 맞고, 굴종하는 여인의 운명을 거역하기로 결심한 그녀는 상하이를 거쳐 미국으로 건너가 린도(Lindo)라는 서양 여자로서의 새로운 삶을 찾는다.

린도가 미국에서 다른 중국 남자를 만나서 낳은 웨이벌리(Waverly)는 〈라이프(Life)〉 잡지의 표지에 사진이 실릴 정도로 체스 실력이 뛰어난 신동인데, 딸을 훈장처럼 자랑하는 엄마 린도를 매우 못마땅해한다. 도도하면서도 도전적이고, 공격적인 서양 소녀로 성장한 웨이벌리는 그래서 "왜 엄마는 직접 체스를 배우지 않고 내 자랑만 해?"라고 항변한다. 한국의 수많은 '엄마'들도 그렇듯, 자신이 이루지 못한 꿈을 자식이 대신 이루어 주기를 바라는 동양적 사고방식을 그대로 간직하며 살아가는 부모에 대한 부담감이 싫어서이다.

린도는 "부모 귀한 줄 모르는 못된 자식"과 사이가 멀어지고, 엄마와의 대립을 통해 자신감을 잃게 된 신동은 평범한 아이가 된다. 그러나 웨이벌리는 엄마의 기분을 맞추기 위해 중국 남자와 결혼하지만 이혼으로 파탄을 맞는다. 그 다음 동거에 들어간 미국 남자 리치(Rich)는 식탁 예절 따위의 동양 문화를 너무 몰라서 또다시 엄마를 실망시킬까 봐 웨이벌리가 전전긍긍하는데, 이러한 대립과 갈등 속에서도 문화적인 장벽을 넘는 모녀 간의 화해가 이루어진다.

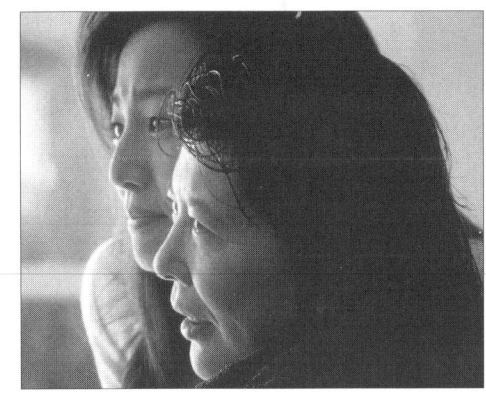

굴종하는 중국 여인의 운명을 거역하고 미국으로 건너간 엄마 린도는 체스의 신동인 딸 웨이벌리와의 끝없는 대립과 갈등을 거친 다음에야 엄청난 문화적인 세대차를 극복한다.

두 번째 주인공 잉잉(Ying Ying)은 "사나이다운 멋쟁이"를 열여섯의 나이에 만나 무도회에서 현란한 춤을 추며 황홀한 사랑 끝에 결혼하지만, 알고 보니 남자는 말끔한 신사 차림의 야수이다. 우리나라 자연주의 소설에도 자주 등장하는 오입쟁이나 노름꾼 계열에 속하는 못된 남편은 다른 여자를 집으로 데려다 같이 자는가 하면, 반발하는 잉잉을 폭력으로 다스린다. "잔인할 때 행복해지는" 남편 때문에 인생의 의욕을 잃은 잉잉은 넋이 나간 채로 목욕을 시키던 아기를 익사시키고, 미국으로 건너와 살면서도 희망을 찾지 못한다.

잉잉의 딸 리나(Lena) 역시 이기적인 구두쇠 해롤드(Harold, 중국계)와 불행한 결혼 생활을 하고, 불행을 벗어나지 못하는 딸을 위해 잉잉은 드디어 혁명을 일으킨다.

세 번째 가족사는 할머니 대로부터 시작된다. 남편이 죽은 다음 돈 많은 남자에게 강간을 당한 안메이(An Mei)의 어머니는 얌전히 수절하지 않고 다른 남자와 놀아났다고 소박을 맞아 오도가도 못하게 되자 강간한 남자의 네 번째 첩으로 들어가 멸시와 조롱을 받으며 힘겹게 살다가, 그녀가 낳은 아이까지 두 번째 부인에게 빼앗긴 다음 아편 덩어리를 삼켜 자살한다. "나의 약한 영혼을 죽여서라도 너에게 강한 영혼을 주겠다"던 어머니의 아픈 추억을 안고 미국으로 건너간 안메이는, 딸 로즈(Rose)를 이 영화에 등장하는 모든 인물 가운데 가장 미국 사회에 잘 동화된 여자로 키운다.

"영화 「수지 웡의 세계」에서나 발견되는 끔찍한 인종차별주의"로 각질화한 순수 백인 집안의 아들 테드(Ted)를 대학에서 만나 결혼한 로즈는 "난 월남 사람이 아니라 이 나라 사람"이라고 항변하면서도, 동양 여인의 헌신적인 면모를 보인다. 묵종을 원하지 않는 남편에게 다른 여자가 생긴 다음에야 그녀는 "헌신만이 여자의 길은 아니다"라는 진실을 깨닫고 잡지사를 경영하는 남편과 함께 당당한 미국인 부부로 다시 태어난다.

네 번째 집안의 딸 준(June)은 "(앞 세대의) 서러움 대신에 콜라를 먹고 자란" 까닭에 중국말을 모르고 한자로 된 편지조차 읽지 못한다. 준은 어려서부터 체스의 신동 웨이벌리와 경쟁을 벌여야 했던 "피아노의 천재"였지만, 무엇이나 다 첫째여야만 만족하는 어머니 수유안(Suyuan)을 실망시킨 다음 "여기는 중국이 아니고 나는 노예가 아니기 때문에 더 이상 고문 같은 피아노 렛슨을 받지 않겠다"고 반항하여, 순종하는 딸을 원하는 수유안을 다시 실망시킨다. 딸 웨이벌리를 체스의 여왕으로 키우려는 린도와, 딸 준이 피아노의 신동이 되기를 바라면서 린도와 자식 경쟁을 벌이는 수유안의 모습을 보면 영재도 아닌 자식을 영재교육이라며 혹사시키는 수많은 한국의 어머니들이 쓸쓸하게 연상되기도 한다.

준은 수유안이 죽은 다음 4개월이 지나고 나서야 어머니로부터 꿈과 희망의 상징이었던 백조 깃털을 물려받고, 혁명 당시에 엄마가 남편을 찾아 충칭으로 가던 길에 뼈아픈 사연으로 길거리에 버려야 했던 쌍둥이 언니를 찾아 중국으로 돌아감으로써 정체성의 확인을 위한 회귀를 이룬다.

「조이 럭 클럽」은 원작자 에이미 탄이나 마찬가지로 웨인 왕 감독 역시 동서양 양쪽 문화를 접한 다음 첨예해진 동양의 시각으로 동양인의 서양 체험과 정체성 추구를 하기 때문에, 양 문화의 충돌과 동화(同化, assimilation)를 여

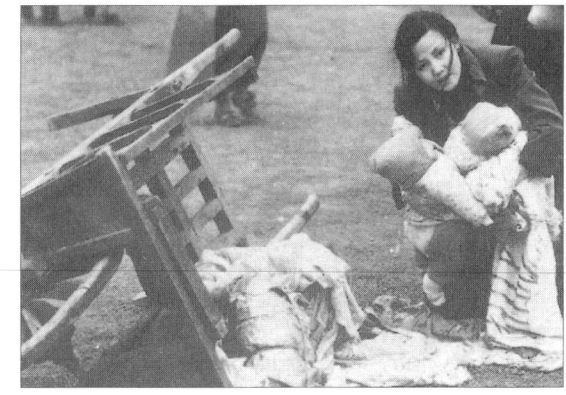

수유안은 피난길에서 쌍둥이를 버렸어야 할 정도로 혁명의 회오리 속에서 비참한 젊은 시절을 보냈고, 중국말을 못하고 한자도 읽을 줄 모르는 딸 준은 체험한 적이 없는 극한적인 어머니의 불행을 도저히 이해하지 못한다.

러 단층으로 잘라 표본처럼 보여 준다.

「찬의 실종」에서 요리사로 출연했다는 사실말고는 웨인 왕과 아무런 관계가 없는 피터 왕이 감독하고 주연을 맡은 영화 「만리장성」은 중국계 미국인 가족이 처음 중국 본토를 여행할 때 나타나는 문화의 충돌을 별다른 부담없이 이끌어 나간다.

다시 웨인 왕의 작품을 보자면, 「뜨거운 차 한 잔」은 1940년대 뉴요크 차이나타운의 중국인 2세들을 통해서, 1924년부터 제2차 세계대전이 끝날 때까지 미국으로 이민을 가는 남자들을 동반하지 못하도록 금지했던 시절, 이래저래 참으로 고달팠던 중국 여성들의 운명과 처지를 예리한 소수민족적 희극영화로 부각한다.

「인생은 싸고 화장실 휴지는 비싸다」라는 솔깃한 제목을 내건 영화는 특이하고 괴이하며 실험적이어서 주목을 받기는 했지만 중국인의 정체성 탐구로부터는 한 발짝 물러난 작품이다. 손목에 수갑으로 금속 가방을 채운 채 홍콩에 도착한 주인공이 가방을 전달해 주기가 불가능해지자 나름대로의 '모험'을 펼친다는 내용이다.

우리나라 극장에서 「대지(大地)」라고 간판을 내걸었던 다른 영화(「The Roots of Heaven」)와 차별화하기 위해 「펄 벅의 대지」라는 제목을 붙였던 영화는 중국인 왕룽 일가의 가족사를 미국인의 시각에서 그려냈다. 제임스 미치너와 제임스 클라벨보다도 동양에 관한 소설을 더 열심히 그리고 많이 썼던 펄 벅(Pearl S〔ydenstricker〕Buck, 1892~1973)은 중국에서 선교사로 10 년 동안 일한 아버지와 함께 중국 장쑤성의 "시간이 느리고 고요한" 전장(鎭江, Chinkiang)에서 "모든 변화로부터 한 발짝 물러난 시골의 삶"을 살았고, 중국인 가정에서 생활하며 영어보다 중국말부터 배웠기 때문에 어려서는 자신이 중국 아이인 줄 알았다고 한다.

미국으로 가서 고등 교육을 받은 다음 1917년 다시 중국으로 돌아

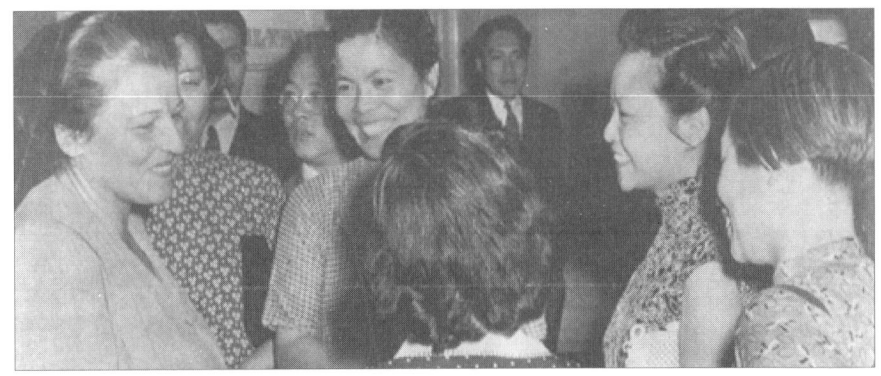

제임스 미치너와 제임스 클라벨보다도 동양에 관한 소설을 더 열심히 그리고 많이 썼던 펄 벅(중국명 寶 眞珠, 왼쪽 끝)은 중국이 미국을 이해하고 동화한 경우인 웨인 왕과는 반대로 미국이 중국에 동화하고 이해하는 시각을 보인다.

간 그녀는 장로교 전도회에서 파견한 농업 기술자 존 벅(John Lossing Buck)과 결혼하여 5년 동안 화베이(華北) 지방에서 가난한 중국 농민들과 살며 한발과 기근에 시달리는 사람들의 현실을 생생하게 체험한다. 1922년 선교사가 된 펄 벅은 난징대학에서 영어를 가르치며 글을 쓰기 시작하고, 첫 저서 『동풍서풍(East Wind: West Wind)』으로부터 『대지』의 주인공 왕룽의 후손이 등장하는 『붉은 흙(Red Earth)』을 집필하다 사망할 때까지 중국을 서양에 얘기하는 작업을 계속한다.

1932년 그녀에게 퓰리처 상을 안겨주고 1938년 노벨 문학상을 받게끔 크게 기여한 『대지』는 왕룽과 오란 그리고 그들로부터 비롯되는 한 가족의 역사를 어느 왕조의 얘기 못지않게 파란만장한 삶과 죽음, 사랑과 질병, 전쟁과 혁명의 서사시로 엮는다. 시간적인 배경은 청(淸) 말기에서부터 중화민국의 탄생에 이르는 기간이지만 역사적인 사건보다 흙에 대한 사랑과 인간의 삶 그리고 가난한 농민이 대지주로 성장하는 과정을 보다 열심히 조명한다.

영화 「대지」의 경우에도 물론 남녀 주인공 역이 서양 배우들에게 돌아가서, 왕룽 역은 오스트리아계의 폴 무니(본명 Muni Weisenfreund,

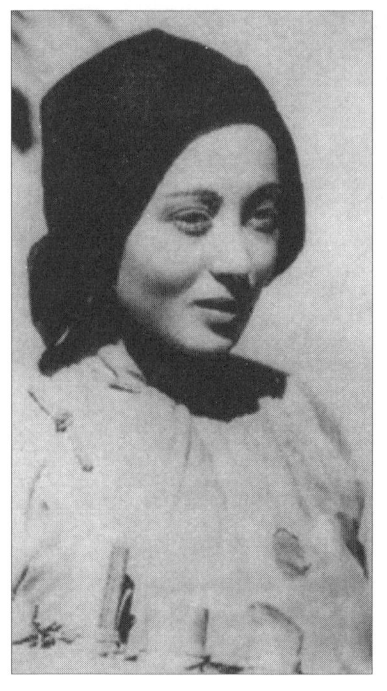

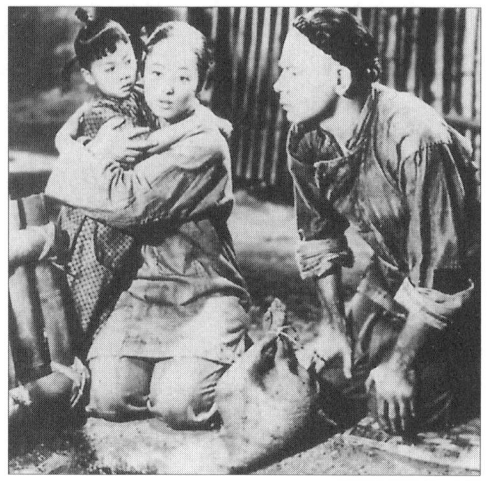

「펄 벅의 대지」는 왕룽과 오란 그리고 그들로부터 비롯되는 한 가족의 역사를 어느 왕조의 얘기 못지않게 파란만장한 삶과 죽음, 사랑과 질병, 전쟁과 혁명의 서사시로 엮는다.

1896~1967)가 맡았으며, 그의 아내 오란 역으로 아카데미상을 받은 루이제 라이너(1914~)는 뒷셀도르프 태생으로 독일에서 막스 라인하르트와 무대 작업을 했던 연기파이다.

MGM과 전속 계약을 맺고 헐리우드로 건너간 루이제 라이너는 "홍보 효과를 위해" 오스트리아의 비엔나 태생이라는 간판을 걸고 1936년 「거성(巨星) 지그펠드」에서 첫 번째 오스카상을 따낸다. 여러 영화(「Ziegfeld Follies」, 「Ziegfeld Girl」, 「Funny Girl」 등)에서 주인공으로 등장하는 실존 흥행주(impresario) 플로렌쯔 지그펠드의 전처인 가수 안나 헬드(Anna Held) 역을 맡은 그녀는 아직도 사랑하는 지그펠드에게서 재혼한다는 전화를 받고, 목소리밖에 듣지 못하는 상대방에게 쾌활한 축하의 말을 전하면서 관객이 고뇌하는 그녀의 표정을 지켜보게 하는 유명한 장면을 통해 고전적인 연기의 귀감을 남겼다.

이듬해 그녀는 「대지」에서 안나 헬드와는 정반대 성격인 미천한 중국 촌부의 역을 맡아 "별로 말도 없이 무표정한 얼굴(Charles Affron)"로 인생과 운명을 받아들이는 연기를 해내어 2년 연거푸 아카데미상을 받아냈다. 라이너에 대한 찰스 애프론의 평가는 다분히 서양적인 시각에 의한 것이어서, 가뭄 때문에 땅을 버리고 도시로 나가 왕룽이 인력거꾼으로 일하는 동안 자식들에게 비참한 표정으로 구걸하는 방법을 경망하게 가르치는 장면을 보면, 아무리 해마다 오스카상을 타는 연기라고 해도 동양하고는 거리가 멀다는 느낌을 받게 된다.

부잣집 여종이었던 오란은 왕룽과 결혼한 다음 남편이 조금씩 돈이 생길 때마다 땅을 사 모으는 동안 가축처럼 옆에서 일을 돕고, (소설에서는 밭에서 김을 매다가도 아기를 낳지만) 들일을 하다 말고 집으로 가서 혼자 아들을 낳아 농사일을 이어갈 자식을 생산한다. 궁핍한 도시 생활 끝에, 주인들이 피난을 가고 빈집에 누가 숨겨놓은 보석 꾸러미를 발견하여 고향으로 돌아가도록 남편을 '보필'한 사람도 오란이고, 대지주가 된 다음 하늘을 뒤덮는 메뚜기 떼와 홍수와 가뭄과 비바람

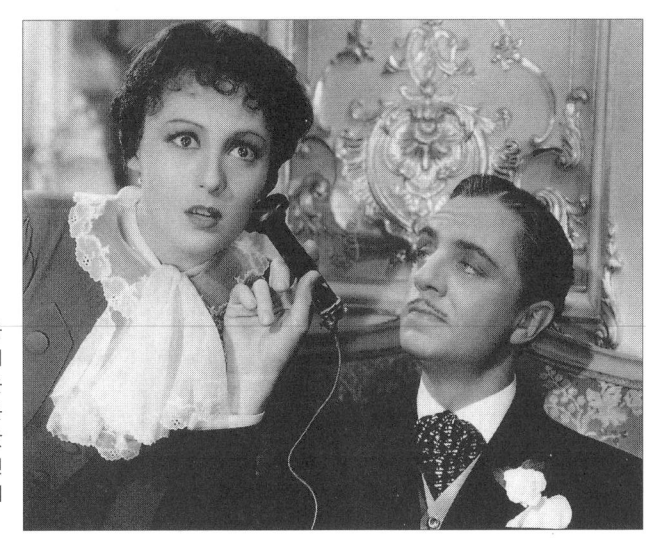

「펄 벅의 대지」에서 오란 역을 맡은 루이제 라이너는 「거성 지그펠드」(사진)에서 전화 장면을 통해 고전적인 연기의 귀감을 남기며 첫 번째 오스카상을 탔다. 하지만 오만한 성격으로 인해서 그녀의 영광은 오래 가지 못했다.

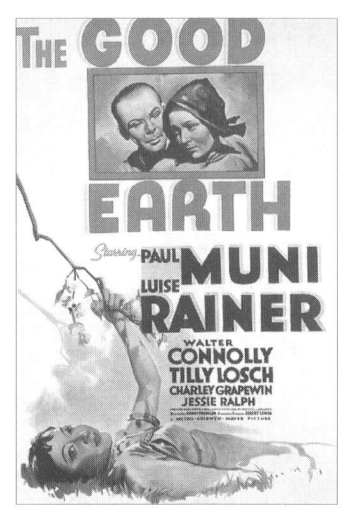

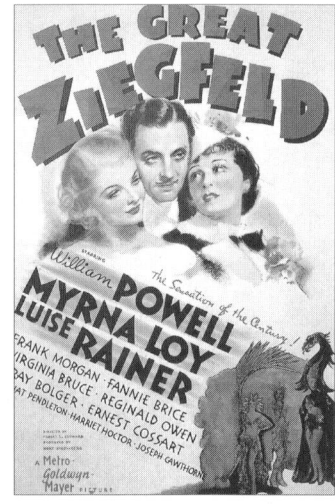

루이제 라이너가 두 해에 걸쳐 연거푸 아카데미 주연여우상을 탄 「펄 벅의 대지」(위)와 「거성 지그펠드」(아래)의 포스터

과 싸움을 벌일 때도 항상 오란은 남편 옆에서 자리를 지킨다.

『가시나무새』와 『자이언트』와 더불어 여성 작가의 손에서 태어난 가족사를 담은 서사시적 소설인 『대지』에서 오란은 끝내 죽음을 맞아야 하고, 왕룽이 "차라리 땅을 팔 테니까 나를 남겨두고 가지 말라"고 애원하자, "그러면 안 돼요. 나는 어차피 언젠가는 죽을 몸이지만, 대지는 내가 간 다음에도 그냥 남으니까요"라는 지극히 동양적인 대사로 루이제 라이너는 다시 전세계의 관객을 울렸다.

그리고는 다시 1년 후, MGM은 "까다롭다"는 이유로 루이제 라이너와의 계약을 끝내고, 그녀는 혜성처럼 나타났다가 결국 혜성처럼 순식간에 은막에서 사라져서, 오스카상으로 인해 가장 비참한 종말을 맞은 여배우로 기록된다.

라이너와 마찬가지로 1967년과 이듬해 연거푸 오스카상을 받았으며, 11차례나 후보에 올라 도합 네 개의 오스카상을 받아 기염을 통한 캐더린 헵번도, 이미 앞에서 잠시 언급했듯이, 펄 벅의 소설을 영화로 만든 「용자(龍子)」에서 중국 여인 비취(翡翠, Jade) 역을 맡았다. 일본군의 점령하에서 파괴되는 중국 마을이 무대인 이 영화에서 헵번의 상대역 링따우(Ling Tau)는 존 휴스턴 감독의 아버지가 맡았다.

제2차 세계대전 당시 헌신적인 미국인 의사(Dr. Gay Thompson)가 중국인 동지들과 함께 일본군에 맞서 싸우는 활극 「중국의 하늘」, 그

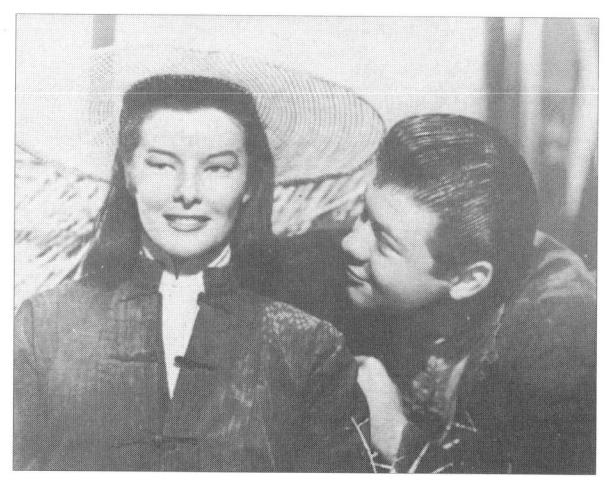

캐더린 헵번이 이상하게 생긴 중국 여자로 분장하고 주연을 맡았던 영화 「용자」의 원작도 펄 벅의 소설이었다.

리고 프란스 뉴엔의 중국 얼굴을 세계에 널리 알린 「유혹의 밤」도 알고 보면 펄 벅이 원작자이다.

중국이 미국을 이해하고 동화한 경우인 웨인 왕과는 반대로 미국이 중국에 동화하고 이해하는 형태로 새로운 정신적 탐험을 했던 펄 벅(중국명 寶眞珠)은 1927년 북벌군(北伐軍)의 난을 피해 중국을 떠나 일본으로 건너가지만, 동서양의 이해를 도모하는 여러 작품을 계속 집필하여 『숨은 꽃(The Hidden Flower, 1952)』에서는 일본을, 『오라, 내 사랑(Come My Beloved, 1953)』에서는 인도를, 그리고 『갈대는 바람에 시달려도(The Living Reed, 1963)』와 『새해(1968)』에서는 한국을 서방 세계에 일렸다.

조선 말기(1885)에서부터 해방을 거치는 격동기의 한국에서 김씨 일가가 겪는 사회적 변천을 그린 『갈대는 바람에 시달려도』는 출판 직후 장왕록(張旺祿) 교수가 우리말로 번역했으며, 얼마 전 그의 딸 장영희 교수가 새로 번역하기도 했다. 그런가 하면 펄 벅은 중국의 고전 『수허전』도 영어로 번역(『All Men Are Brothers』, 1933)했다.

▌「차이니스 박스(Chinese Box, 1997, 일본-프랑스-미국, 100분)」, 감/Wayne Wang, 출/Jeremy Irons, Gong Li, Maggie Cheung, Michael Hui, Ruben Blades

▌「찬의 실종(Chan Is Missing, 1982, 미국, 80분)」, 감/Wayne Wang, 출/Wood Moy, Marc Hayashi, Laureen Chew, Judy Mihei, Peter Wang, Presco Tabios

▌「딤섬(Dim Sum: a little bit of heart, 1984, 미국, 89분) 감/Wayne Wang, 출/Laureen Chew, Kim Chew, Victor Wong, Ida F. O. Chung, Cora Miao

▌「조이 럭 클럽(The Joy Luck Club, 1993, 미국, 135분)」, 감/Wayne Wang, 출/Kieu Chinh, Tsai Chin, France Nuyen, Lisa Lu, Ming Na Wen, Tamlyn Tomita, Lauren Tom, Rosalind Chao, Andrew McCarthy, Diane Baker, Chao Li Chi, Melanie Chang, Victor Wong, Lisa Connolly, Vu Mai, Ying Wu

▌「만리장성(A Great Wall, 1986, 미국, 100분)」, 감/Peter Wang, 출/Peter Wang, Sharon Iwai, Kelvin Han Yee, Li Qinqin, Hy Xiaoguang

▌「뜨거운 차 한 잔(Eat a Bowl of Tea, 1989, 미국, 104분)」, 감/Wayne Wang, 출/Cora Miao, Russell Wong, Victor Wong, Lau Siu Ming, Eric Tsang Chi Wai

▌「인생은 싸고 화장실 휴지는 비싸다(Life Is Cheap... but Toilet Paper Is Expensive, 1990, 미국, 89분)」, 감/Wayne Wang, 출/Spenser Nakasako, Lo Wai, Cara Miao, Victor Wong, Cheng Kwan Min

▌「펄 벅의 대지(The Good Earth, 1937, 미국, 138분)」, 감/Sidney Franklin, 출/Paul Muni, Luise Rainer, Walter Connolly, Charley Grapewin, Jessie Ralph, Tilly Losch, Keye Luke, Harold Huber

▌「거성 지그펠드(The Great Ziegfeld, 1936, 미국, 176분)」, 감/Robert Z. Leonard, 출/William Powell, Myrna Loy, Luise Rainer, Frank Morgan, Fanny Brice, Virginia Bruce, Reginald Owen, Ray Bolger, Stanley Morner(Dennis Morgan)

▌「용자(Dragon Seed, 1944, 미국, 145분)」, 감/Jack Conway, Harold S. Bucquet, 출/Katharine Hepburn, Walter Huston, Aline MacMahon, Turhan Bey, Hurd Hatfield, Agnes Moorehead, Frances Rafferty, J. Carrol Naish, Akim Tamiroff, Henry Travers

▌「중국의 하늘(China Sky, 1945, 미국, 78분)」, 감/Ray Enright, 출/Randolph Scott, Ruth Warrick, Ellen Drew, Anthony Quinn, Carol Thurston, Richard Loo

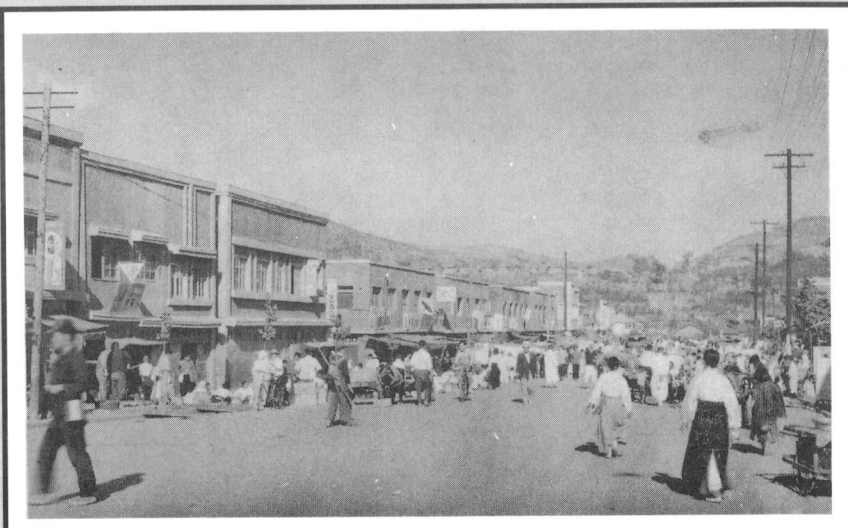

진주시장(晉州市場)

1950년대 대한민국 체신부에서 제작한 우편엽서에 자랑스럽게 소개한 진주시장 풍경의 왼쪽 끝에는 깡통을 든 거지가 보인다. 이렇듯 어려웠던 "저개발 국가" 시절에는 서양인들의 눈에 우리나라가 어떻게 보이는지 따위에는 신경을 쓸 겨를이 없었고, 서양 문학이나 영화에서 '한국'이 언급되기만 하더라도 "감지덕지 무한한 영광"으로 여겼다.

저개발 민족의 모습

1950년대 우리나라에서는 갖가지 "시골 영감의 서울구경" 얘기와 더불어 이런 우스갯소리도 유명했다. 어쩌다 모처럼 외국에 나간 한국인을 길에서 만난 서양인이 물었다. "Are you a Japanese?" 일본인이냐는 질문에 아니라고 했더니 재차 묻기를, "Are you a Chinese?" 중국인도 아니라고 했더니 서양인이 "그럼 도대체 어느 나라 사람이냐?"고 물었다고 한다. 전쟁 때문에 이름이 전세계에 알려지기는 했지만, 해외 여행을 하는 한국인이 그토록 없었던 시절이었다. 달러화를 아끼기 위해 해외 반출을 정부에서 철저히 규제했던 시절이라, 작가들이 펜클럽에 가입하는 이유가 국제회의 참석을 빙자하여 해외 여행을 하기가 용이하기 때문이라는 소리도 나돌았다. 권투선수 김기수가 시합을 하러 나갈 때도 1천 달러의 외화 사용을 위해 박정희 대통령으로부터 직접 허락을 받아야 했던 사건도 유명하다.

50년 전에는 이토록 경제적으로 국력이 약했던 대한민국이 '저개발 국가'로 분류되어, 서양의 문학이나 영화에서 나라 이름이 언급되기만 하더라도 "감지덕지 무한한 영광"으로 여겼지, 지금처럼 유색인종이나 동양을 비하시키는 헐리우드 영화의 왜곡된 '동양학(Orientalism)'을 아무도 문제로 삼으려 하지 않았다. 제2차 세계대전에서 패전한 지 얼마 안 되는 일본이나 혁명의 소용돌이를 겨우 벗어난 중국의 입장도 크게 다르지 않았다.

영국의 하녀(Gladys Aylward)가 선교사로 발탁되어 중국으로 가서 여러 해 동안 고생하고, 「전송가」의 딘 헤스 대령처럼 1백 명의 고아를 이끌고 위험한 일본군 점령지를 횡단하여 안전지대까지 데리고 가서 구해 준다는 '서양 구세주' 주제를 담은 앨런 버제스(Alan Burgess)의 소설 『작은 여인(The Small Woman)』을 원작으로 삼아 대단히 큼직한 여인 잉그리드 버그만을 주연시켜 「여섯 번째의 행복」이라는 영화가 제작되었을 때도 마찬가지였다.

미국 영화에서 대단히 왕성하게 활동했던 독일 배우 쿠르트 유르겐스가 중국인(Lin Nan the Mandarin) 노릇을 하고, 「브룩힐드의 종(Goodbye, Mr. Chips, 1939)」으로 우리나라 사람들에게 널리 알려진 폴란드 출신의 영국 배우 로버트 도나트도 역시 중국인(Hok A) 역을

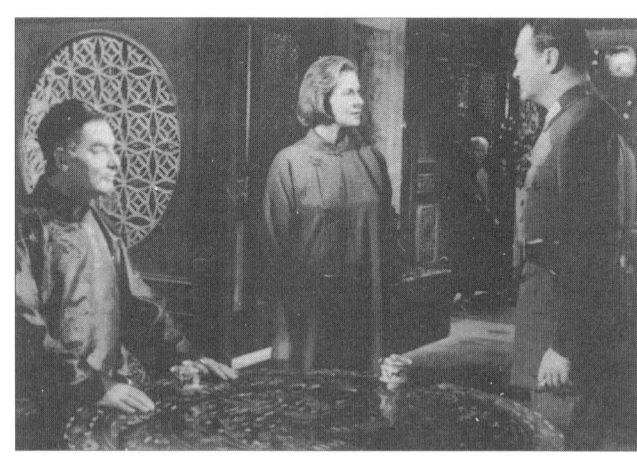

헐리우드 영화 「여섯 번째의 행복」에서 독일 배우 쿠르트 유르겐스(오른쪽)와 폴란드 출신의 영국 배우 로버트 도나트(왼쪽)가 중국인 역을 맡았을 때, 서양은 물론이요 동양에서도 사실성 고증을 고집하는 사람이 아무도 없었다.

맡았지만 아무도 흠을 잡지 않았고, 「베이징의 55일」에서처럼 마을 전체를 가짜로 만들어 놓고 영화를 찍었어도 동양의 사실성 고증을 고집할 필요성을 느낀 동양인은 별로 없었다. 그보다는 오히려 잉그리드 버그만과 쿠르트 유르겐스 같은 대배우들이 '동양 영화'에 등장한다는 사실이 감격스러워서인지, 일찍부터 서양 문물에 부지런히 혼을 빼앗겨 왔던 일본에서는 영화 잡지들이 너도나도 엄청난 지면을 할애하며 이 영화를 위해 홍보에 앞장서기도 했었다. 지금 사람들이 보면 참으로 '옛날애기'라는 생각에 저절로 웃음이 나올 만한 사실이다.

중국까지 가서 못된 짓을 한 과거를 청산하기 위해 신분을 감추고 성직자로 위장하여 은둔하는 인물을 주인공으로 삼은 또 다른 유명한 '선교소설'(William E. Barrett 원작)을 영화로 만든 「하느님의 왼팔」에서도 가장 중요한 중국인 역(험프리 보가트의 두목이었던 산적 Mieh

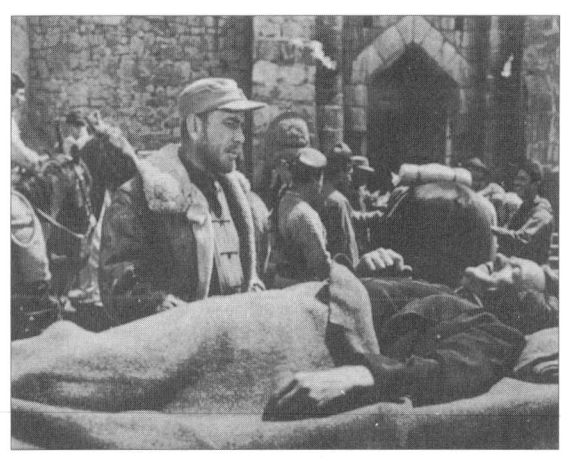
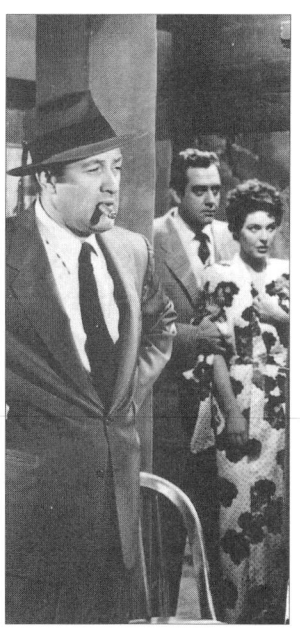

'선교소설'을 영화로 만든 「하느님의 왼팔」에서 중국인 산적 두목 역을 맡은 미국 배우 리 J. 코브의 전형적인 모습은 이렇다(오른쪽 사진). 유원지에서 벌어진 살인사건을 다룬 3-D 입체영화 「고릴라 탈출」에 나오는 이 장면의 뒤쪽에는 레이몬드 버(Raymond Burr)와 앤 뱅크로프트(Ann Bancroft)의 모습도 보인다. 왼쪽 사진은 「하느님의 왼팔」에서 진짜 신부를 굽어보며 갈등하는 가짜 신부의 모습이다.

Yang)도 물론 미국 배우 리 J. 코브의 몫이었다.

「안나와 샴왕(Anna and the King of Siam, 1946)」에서도 동양인(태국의 재상 Kralahome) 역을 맡았던 코브(1911~76)는 묵직한 몸집과 뒤틀린 입으로 당대 사람들에게는 악당 두목 단골의 조연배우로 깊은 인상을 남겼지만, 경력을 살펴보면 뉴요크 대학에서 회계학을 공부했고, 바이얼린도 배웠으나 손목을 다쳐 음악가로서의 활동을 포기했으며, 1949년 브로드웨이 「세일즈맨의 죽음」에서 윌리 로만 역으로 주목을 받은 훌륭한 연기자였다. 유럽에서였다면 훨씬 더 진지한 대우를 받았으리라는 평(John Baxter)을 들은 그는 「워터프론트」와 「까라마조프의 형제들」로 아카데미 조연남우상 후보에 오르기도 했었다.

중국을 무대로 한 또 다른 베스트셀러(Alice Tisdale Hobart)가 원작인 영화 「중국의 등불을 밝히는 석유」는 무대만 중국이었지, 선전문비슷한 제목에서 쉽게 짐작이 가듯, 미국의 석유회사를 위해서 헌신적으로 일하는 주인공과, 그를 위해서 헌신적으로 뒷바라지를 하는 아내가 등장한다. 이 영화에서 여주인공이 천명하는 "아내의 자리"는 몹시 원시적인 개념이지만, 1935년에 나온 영화라는 사실을 감안하면 역시 "참으로 옛날얘기"라며 웃어넘겨도 되겠다.

'중국인'으로 상징되던 동양인이 서양 여성보다 문학이나 영화에서 훨씬 더 천시와 괄시를 받던 '옛날'에, 묘하게도 1939년 동갑내기인 두 중국 여성, 그러니까 모델 출신의 프랑스계 중국 배우 프란스 뉴엔(「South Pacific, 1958」, 「Satan Never Sleeps, 1961」, 「Diamond Head, 1962」, 「The Joy Luck Club, 1993」)과 영국계 중국 여배우 낸시 콴(「The World of Suzie Wong, 1960」)의 획기적인 등장은, 1960년대에 시작된 여성해방운동과 묘하게도 시대적으로 일치한다.

그러나, 영화 「조이 럭 클럽」에서 지적하듯 「수지 윙의 세계」는 아직도 편견과 인종비하로 넘쳐흐르고, 경찰과 범죄를 다루는 "죄와 벌"

총서에서 보다 자세히 지적하겠지만, 오스트렐리아 영화 「뮤리엘의 결혼」에서 중국 식당 주인을 뮤리엘의 몰상식한 정치인 아버지가 '찰리 찬(Charlie Chan)'이라고 조롱하는 장면에서처럼, 1960년대 이후에도 수많은 영화에서 대부분 중국인 그리고 가끔 일본 국적의 동양인은 음흉한 악당이요, 동양의 유대인이요, 지저분하고 더럽고 시끄럽고 무식한 종족으로 재현되었다. 그러다가 산업화 시대를 지나 1980년대 국제적인 인지도가 높아진 다음에는 한국인도 「5-0 수사대(Hawaii 5-0)」 같은 텔레비전 수사극에서 걸핏하면 범죄자로 등장하고, 「펄프 픽션」이나 「몰락(Falling Down, 1993)」에서는 돈밖에 모르는 열등 인종 노릇을 하게 되었다.

이러한 일반적인 헐리우드 성향에 비하면 프랭크 캐프라의 옛날 영화 「옌 장군의 쓰디쓴 차」는 일찍부터 상당히 우호적이었다. 내란의

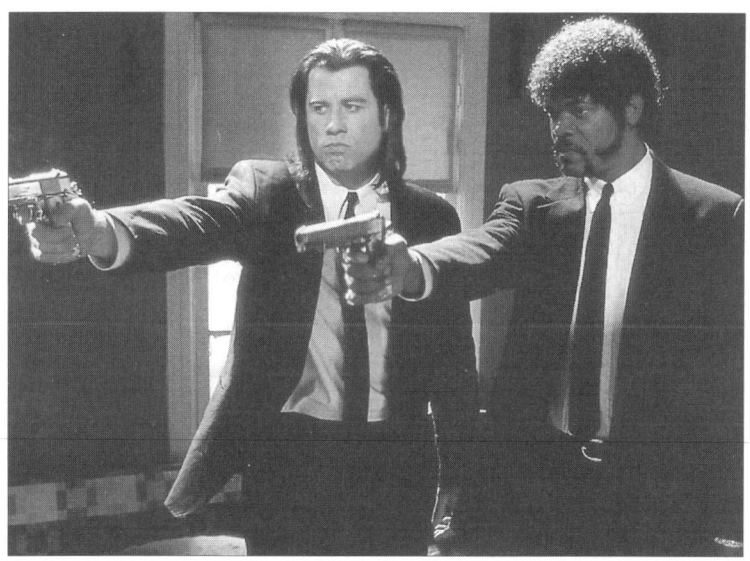

우리나라 극장에서 보여 줄 때는 번역을 의도적으로 빼먹었지만, 「펄프 픽션」에서는 식당에 권총강도가 들이닥치는 장면에서 한국인을 "주유소나 차려놓고 돈밖에 모르는" 열등 인간이라고 헐뜯는 대단히 거북한 내용이 나온다.

소용돌이에 빠진 중국을 여행 중이던 아메리카 여성 미건 데이비스(Megan Davis)는 폭격을 당하는 아이들을 구하러 달려 나갔다가 약혼자와 헤어진 다음 정신을 잃고, 의식을 되찾고 보니 엔 장군의 전용 기차에 포로로 붙잡힌 몸이다. 중국의 미래에 관한 정치적인 견해와 이념과 종교적인 의식이 다른 두 사람이지만 독군(督軍)과 미국 여성은 첨예한 대립을 거쳐 피부 빛깔을 초월하여 아름답고도 신비한 매혹에 서로 이끌리지만, 결국 여자를 '임자'에게 돌려준다는 「카사블랑카」적인 종결을 맺는다.

「엔 장군」에서 주인공 중국인 역을 맡은 배우는 스웨덴에서 헐리우드로 진출한 닐스 애스터(Nils Asther, 1897~1981)였다.

그러나 동서양에 얽힌 이러한 피상적인 감성과 인간 탐구는 중국계 미국인 작가들의 변질된 해석을 거쳐 이른바 제5 세대에 해당되는 중국 본토 감독들에 이르러서야 심층으로 내려간다.

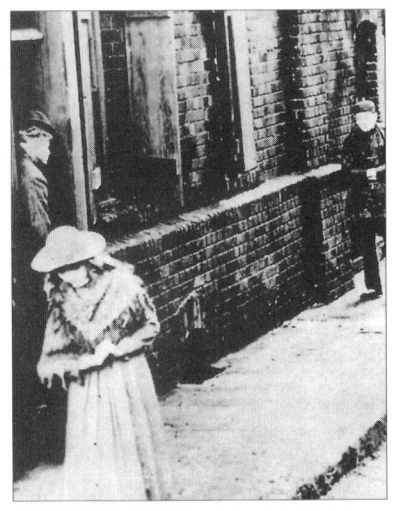

보호본능을 자극할 만큼 연약하면서도 강한 저항력을 보이는 역할을 단골로 했던 위대한 무성영화 배우 릴리언 기시의 대표작이요 그리피드 감독에게도 '성공작'으로 꼽히는 「짓밟힌 꽃송이」에서, 포악한 아버지로부터 여주인공을 구해내는 중국인 주인공 역시 미국 배우가 연기했다.

보호본능을 자극할 만큼 연약하면서도 강한 저항력을 보이는 역할을 단골로 했던 위대한 무성영화 배우 릴리언 기시의 대표작이요 그리피드 감독에게도 '성공작'으로 꼽히는 「짓밟힌 꽃송이」에서 포악한 아버지로부터 그녀를 구해내는 중국인 주인공(Cheng Haun) 역시 미국 배우(Richard Barthelmess)가 연기했다. 중국 남자의 보호를 받는다는 사실을 알고 격분한 아버지가 기시를 때려 죽이자 쳉 하운은 아버지를 통쾌하게 사살한 다음 그녀의 시체를 가지고 집으로 돌아가 비단 옷을 입혀서

눕혀 놓고는 그 옆에서 자살한다.

걸작 무성영화 가운데 하나로 꼽히는 「짓밟힌 꽃송이」는 1936년 영국에서 다시 영화로 제작되었다.

그 이외에 중국을 분위기로만 담았으며 별로 대단치 않은 영화를 정리하면, 모험을 찾아다니는 사나이와 여가수의 사랑을 그린 활극 「마카오」, 전쟁통에 적을 돕다가 진정한 동지를 찾게 되는 용병 이야기 「중국」, 존 홀이 악당들과 싸우며 사랑도 열심히 하는 「중국 해적선」, 살해당한 러시아 외교관의 일기장을 찾아다니는 작가의 얘기 「베이징에서 온 여인」, 그리고 홍콩으로 가는 그의 배에다 약혼녀와 애인을 함께 태우고 항해하다가 해적을 만나 고생하는 선장의 이야기 「중국해(中國海)」가 보인다.

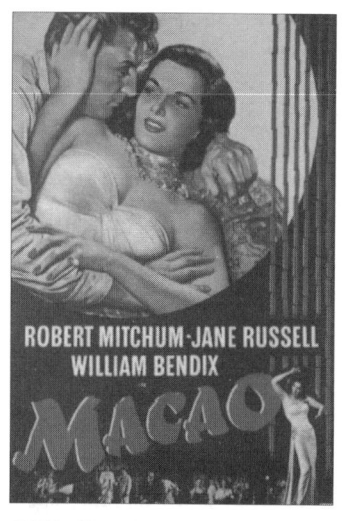

주연을 맡은 로버트 밋첨과 제인 럿셀("섹스 웨스턴"의 명성)은 물론이요, 조연급도 개성이 강한 윌리엄 벤딕스와 글로리아 그래험(프릿츠 랑의 「격노」)을 화려하게 전면에 배치한 「마카오」는 떠돌이(백수의 일종) 미국인을 동양에서 악당들을 물리치는 영웅으로 부각한다.

최근으로 와서는 미국과 중국의 열 살짜리 소년·소녀가 밀렵꾼들로부터 새끼 팬더곰을 구하기 위해 중국의 밀림을 헤매는 내용을 담은 가족용 영화 「팬더 구출 작전」을 통해서 동서양의 화합을 도모한다.

중국이라면, 앞으로 자세히 다루겠지만, 무술과 무협영화가 하나의 커다란 주류를 이루는데, 「깅하고 부드럽게」는 중국에서 영어 신생으로 2 년 동안 일하면서 무술을 배운 미국인에 관한 실화를 바탕으로 한 작품으로서 동서양의 문화적인 차이도 조명한 가족영화이다.

우리나라에서는 주제곡의 제목 「스카이 하이」를 간판으로 올린 「홍콩에서 온 사나이」는 마약 범죄 조직을 쿵푸로 소탕하러 시드니로 불려간 중국인의 이야기이다.

■ 「여섯 번째의 행복(The Inn of the Sixth Happiness, 1958, 미국, 158분)」, 감
/Mark Robson, 출/Ingrid Bergman, Curt Jurgens, Robert Donat, Ronald
Squire, Athene Seyer, Richard Wattis

■ 「하느님의 왼팔(The Left Hand of God, 1955, 미국, 87분)」, 감/Edward Dmytryk,
출/Humphrey Bogart, Gene Tierney, Lee J. Cobb, Agnes Moorehead, E. G.
Marshall, Benson Fong, Victor Sen Yung, Philip Ahn

■ 「중국의 등불을 밝히는 석유(Oil for the Lamps of China, 1935, 미국, 110분)」, 감
/Mervyn LeRoy, 출/Pat O'Brien, Josephine Hutchinson, Jean Muir, Lyle
Talbot, Arthur Byron, John Eldredge, Henry O'Neill, Donald Crisp

■ 「옌 장군의 쓰디쓴 차(The Bitter Tea of General Yen, 1933, 미국, 89분)」, 감
/Frank Capra, 출/Barbara Stanwyck, Nils Asther, Gavin Gordon, Toshia
Mori, Richard Loo, Lucien Littlefield, Clara Blandick, Walter Connolly

■ 「짓밟힌 꽃송이(Broken Blossoms, 1919, 미국, 95분)」, 감/D. W. Griffith, 출/Lillian
Gish, Richard Barthelmess, Donald Crisp, Arthur Howard, Edward Piel

■ 「마카오(Macao, 1952, 미국, 80분)」, 감/Josef von Sternberg, 출/Robert
Mitchum, Jane Russell, William Bendix, Gloria Grahame, Thomas Gomez,
Philip Ahn

■ 「중국(China, 1943, 미국, 79분)」, 감/John Farrow, 출/Loretta Young, Alan
Ladd, William Bendix, Philip Ahn, Iris Wong, Sen Yung

■ 「중국 해적선(China Corsair, 1951, 미국, 67분)」, 감/Ray Nazzaro, 출/Jon Hall,
Lisa Ferraday, Ron Randell, Douglas Kennedy, Ernest Borgnine

■ 「베이징에서 온 여인(That Woman From Peking, 1970, 미국-오스트렐리아, 86
분)」, 감/Eddie Davis, 출/Carl Betz, Nancy Kwan, Bobby Rydell, Sid Melton,
Don Reid, Eva von Feilitz

■ 「중국해(China Seas, 1935, 미국, 90분)」, 감/Tay Garnett, 출/Clark Gable, Jean
Harlow, Wallace Beery, Lewis Stone, Rosalind Russell, Dudley Digges,
Robert Benchley, C. Aubrey Smith, Hattie McDaniel

■ 「팬더 구출 작전(The Amazing Panda Adventure, 1995, 미국-중국, 85분)」, 감
/Christopher Cain, 출/Ryan Slater, Stephen Lang, Yi Ding, Huang Fei, Zhou
Jiugou, Yao Erga

■ 「강하고 부드럽게(Iron & Silk, 1990, 미국, 92분)」, 감/Shirley Sun, 출/Mark
Salzman, Pan Qingfu, Jeannette Lin Tsui, Vivian Wu

■ 「홍콩에서 온 사나이(The Man From Hong Kong 또는 The Dragon Flies, 1975, 오스트렐리아-중국, 103분)」, 감/Brian Trenchard Smith, 출/Jimmy Wang Yu, George Lazenby, Ros Spiers, Hugh Keays Byrne, Rebecca Gilling

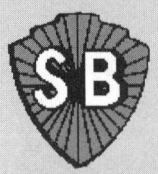

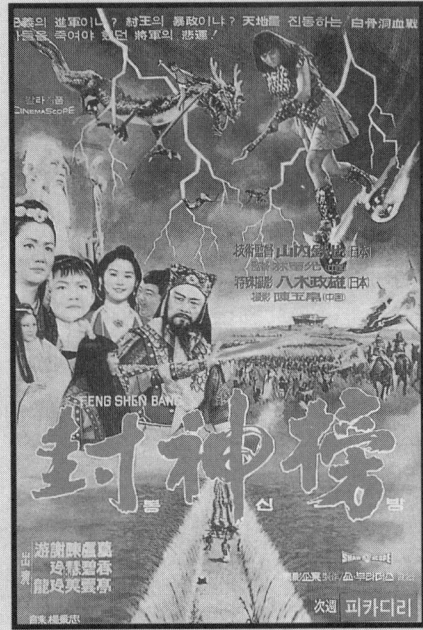

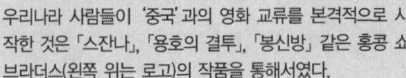

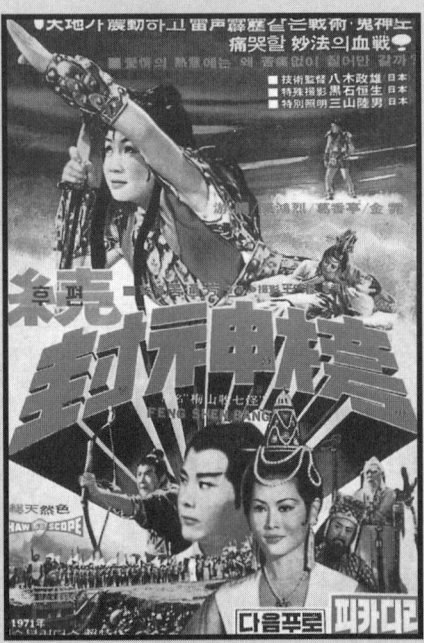

우리나라 사람들이 '중국'과의 영화 교류를 본격적으로 시작한 것은 「스잔나」, 「용호의 결투」, 「봉신방」 같은 홍콩 쇼브라더스(왼쪽 위의 로고)의 작품을 통해서였다.

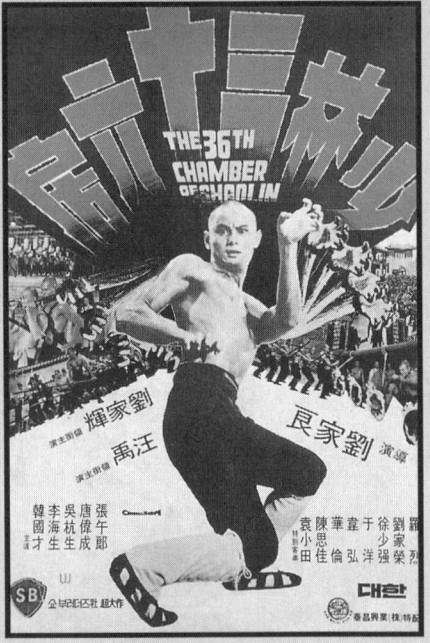

홍콩의 정체와 리샤오룽의 전설

우리나라 사람들이 영화를 통한 '중국'과의 문화적 교류를 가장 확실하게 피부로 느꼈던 것은 수입된 제품의 관람을 통해서였다.

예를 들어 1970년도 우리나라에 수입된 61 편의 외국 영화에 대한 영화진흥공사의 자료를 보면, 「80일 간의 세계일주」와 「내일을 향해 쏴라」를 포함하여 미국 영화가 37 편으로 단연 선두이고, 프랑스 영화가 「파리 대탈출」을 위시하여 10 편, 프랑스와 이탈리아 합작이 1 편, 이탈리아 영화가 2 편, 서독 영화가 3 편, 그리고 '중국 영화'가 8 편인데, 그 여덟 편 가운데 홍콩 쇼 브라너스의 작품만 꼽아보면 「스잔나(Susanna)」, 「복수(報仇)」, 「용호의 결투(龍虎斗, 영어 제목 The Chinese Boxer)」, 「애가(Love Without End)」, 「봉신방(Feng Shen Bang)」, 「천면마녀(The Temptress With 1,000 Faces)」, 그리고 「위험한 렛슨(Whose Body Is in the Classroom?)」 이렇게 여섯 편이다.

단 한 군데 영화사가 전체 수입 편수에서 10분의 1을 차지한다는 사실은 분명히 대단한 기록이다.

그리고 이때를 전후하여 우리나라에서는 '한·중 합작' 영화가 여러 편 선을 보이는데, 문화적으로 단절된 '중공'의 영화는 존재하지도 않았던 셈이기 때문에, 여기에서의 '중국'은 물론 홍콩을 의미했다. 그리고 '합작'의 중국 쪽은, 회사의 이름뿐 아니라 표징(logo)까지도 미국의 워너 브라더스를 그대로 모방했던, 홍콩 최대의 영화사 쇼 브라더스였다.

1950~60년대에 4천5백여 편의 극영화를 만들어낸 홍콩 영화 산업은 미국 전체의 제작 물량이 254편이었던 1961년 한 해에만도 302편의 영화를 제작했으며, 이렇게 동양의 헐리우드로 자리를 굳힌 홍콩 영화계를 주름잡았던 쇼 브라더스(Shaw Brothers Limited, 邵氏兄弟)를 설립한 런런 쇼(Sir Run Run Shaw, 중국명 Yifu Shao)와 런미 쇼(Runme Shaw) 형제는 중국 영화의 발상지 상하이 출신이었다.

홍콩에서 1909년 최초로 영화를 제작한 아시아영화사(亞細亞影業公司, Asia Film Company)의 설립자는 미국인 벤자민 브로드스키(Benjamin Brodsky)였고, 이렇듯 영국의 식민지 홍콩은 서양으로 열린 문을 통해 발전하면서 1920년대 장제스 군대를 피해 상하이로부터 도망쳐 나온 좌익 영화인들에 의해서 미묘한 정체성을 지닌 영화도시로 커가기 시작한다. 1940년대 후반까지도 상하이 영화 산업의 소비 기능을 주로 맡았던 홍콩은 본토의 불안정한 정치 상황으로부터 벗어나려는 영화 인력의 유입이 계속되고, 특히 쇼 브라더스가 완전히 본거지를 옮겨옴에 따라 1950년대 경제 안정과 더불어 본격적인 성장의 궤도에 들어섰다.

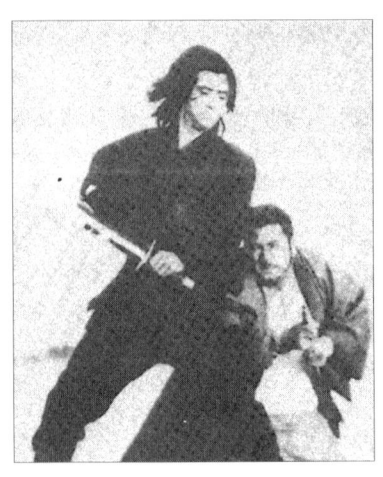

상하이 출신의 형제들이 홍콩에서 설립한 쇼 브라더스 영화사는 "외팔이 검객"(사진) 영화를 위시한 무협물로 "동양의 헐리우드"를 주름잡게 된다.

좌익 정치색이 강한 영화가 한때 왕성하게 제작되기도 했었지만 일본 검열 당국의 탄압을 받아 영화 산업 전체가 한때 힘을 잃기도 했었고, 인민공화국의 건국과 일본의 패전 이후 좌익 예술가들이 본토로 돌아가자 홍콩 영화는 다시 새로운 정체성을 찾기 시작한다. 그리고 우리나라에서도 정치적인 탄압이 심했던 시절에는 이른바 의식있는 영화 대신 희극물 따위가 명맥을 유지했듯, 서양화한 개방지구 식민지 홍콩은 본토에서 벌어지는 정치적 및 사회적 격랑으로부터 동떨어져 예술성이나 정치성이 결여된 희극물과 월극(粤劇) 계열의 오락영화로 기울게 된다.

정부 시책 차원에서부터 국제화를 표방하는 우리나라가 시급히 찾아야 할 해법이지만, 홍콩 영화는 노골적으로 서양을 모방하면서도 중국의 정체성을 자산으로 삼아서 나름대로의 고유분야를 개발하기에 이른다. 이른바 상하이 격투영화(武打片)의 기반 위에 무협소설의 전통을 살린 영화가 그것이었다.

동양적인 정서와 헐리우드 언어에 다 같이 익숙한 타이완을 위시하여 말레이지아와 싱가포르 등 동남아 관객들 사이에서 막강한 시장을 확보한 홍콩은 잔혹무비 폭력 미학을 자랑하는 「방랑의 결투」와 「외팔이」 영화로 무협물의 진가를 과시한 다음, 쇼 브라더스로부터 독립해 나간 쩌우원화이(鄒文懷, Raymond Chow)가 설립한 골든 하베스트 영화사(Golden Harvest Film Company, 嘉禾電影有限公司)가 리샤오룽(李小龍, Bruce Lee, 본명 Lee Yenn Kam, 1940~73)을 앞세우고 서양 시상을 쿵푸(功夫)로 격파하기 시작한다.

짧은 기간 동안 전세계를 휩쓴 몇 편의 작품을 남기고 젊은 나이에 갑작스럽게 세상을 떠난 리샤오룽은 동양의 제임스 딘으로 전설의 주인공이 되었지만, 과연 그는 누구였을까?

미국의 샌프란시스코에서 희극배우(Lee Hoi Chuen)의 아들로 출생한 그는 홍콩에서 어린 시절을 보내며 여섯 살 때부터 20여 편의 영화에 아역배우로 출연했다. 시애틀의 워싱턴 대학교를 졸업한 다음 모든 무

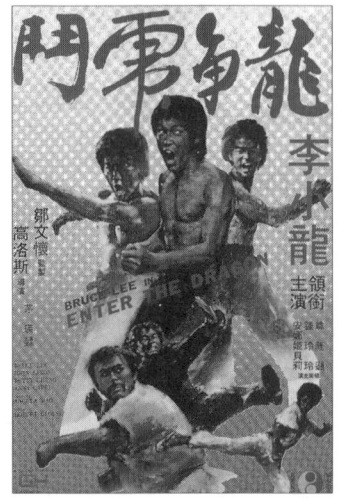

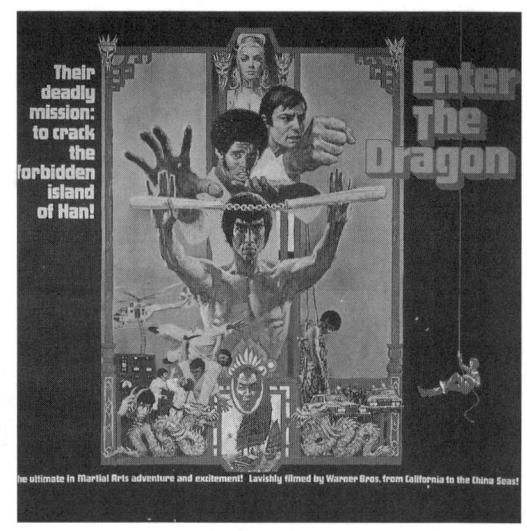

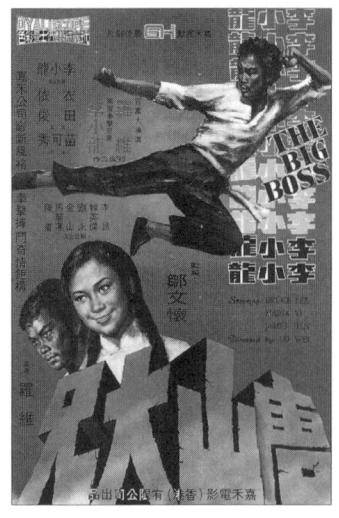

쇼 브러더스로부터 독립해 나간 쩌우원화이가 설립한 골든 하베스트 영화사가 리샤오룽을 대표적인 상품으로 내놓으면서 홍콩 영화는 서양 시장을 격파하기 시작한다. 「당산대형」(아래), 「용쟁호투」(위 왼쪽)의 격렬한 포스터가 인상적이며, 위 오른쪽은 미국에서 제작한 「용쟁호투」의 선전물이다.

술의 장점을 종합했다는 절권도(Jeet Kune Do 또는 Two Inch Punch)를 개발하고 영어로 책까지 써내면서 이름이 알려진 그는 미국 배우들의 무술 지도를 맡고는 했는데, 이런 인연으로 여러 텔레비전 연속물(「Green Hornet」, 「Batman」, 「Ironside」, 「Blondie」, 「Longstreet」 등)에 출연하기 시작했다. 그러다가 텔레비전에 나와서 무예 시범을 보이던 그의 모습이 쩌우원화이의 눈에 띄어 홍콩으로 가서 골든 하베스트의 「당산대형(唐山大兄)」의 주연을 맡아 폭발적인 인기를 얻는다.

저예산의 열악한 조건으로 태국에서 제작된 「당산대형」은 전형적인 헐리우드 B 영화의 공식을 따라서, 줄거리다운 줄거리도 없고, 속이 훤히 들여다보이는 얼음 속에 마약과 시체까지 감추는 등 객관성이나 현실감도 전혀 없고, 일본

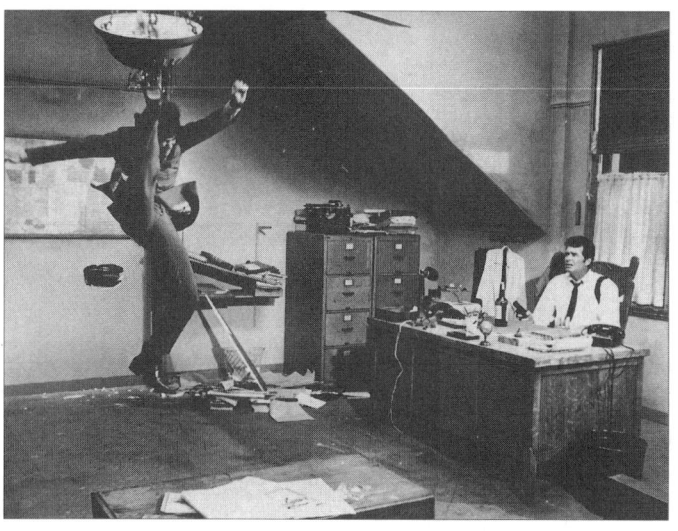

레이몬드 챈들러(Ray-mond Chandler)의 소설을 영화로 만든 「말로우(Marlowe, 1969)」에서 단역시절의 리샤오룽이 맡았던 역은 별로 대단치 않았지만, 주인공 제임스 가너(James Garner, 오른쪽에서 권총을 들고 있음)의 사무실을 그가 박살내는 이 희극적인 장면은 '고전'으로 꼽힌다.

의 사무라이 영화를 흉내낸 이탈리아 서부극(spaghetti Western)과 더불어 1960년대를 풍미한 대량학살 명청영화의 표본이었다. 그러나, 대량 판매가 항상 양서(良書) 여부를 측정하는 기준은 아니듯, 예술성은 아예 입에 올리기도 거북한 리샤오룽의 쿵푸 영화는 오락물로서의 공헌으로 인해서 대중성의 존재 가치를 부여받는다.

홍콩의 쿵푸 및 무술 영화는 폭력의 안무가 가장 큰 매력이다. 무작정 치고받는 수준을 넘어 정교하게 안무가 이루어진 폭력 장면은 곡예를 방불케 하고, 좀 지나치게 미화하자면, 때로는 발레를 연상시키기도 한다. 따라서 줄거리나 극중 상황은 흔히 무예의 안무를 선시하기 위한 핑계에 지나지 않는다.

그리고 「당산대형」의 성공은 무엇보다도 리샤오룽이라는 '배우'의 매력에서 기인한다. 제임스 딘과 마찬가지로 시력이 좋지 않았던 까닭에 계집아이처럼 흘기는 듯한 그의 눈초리가 고양이 소리 그리고 가볍고 경쾌한 몸놀림과 어울려 일종의 거세(去勢)된 인상을 만들어냈으며, 싸움은 잘해도 사랑을 못하는 생경한 불완전성까지도 선보인다.

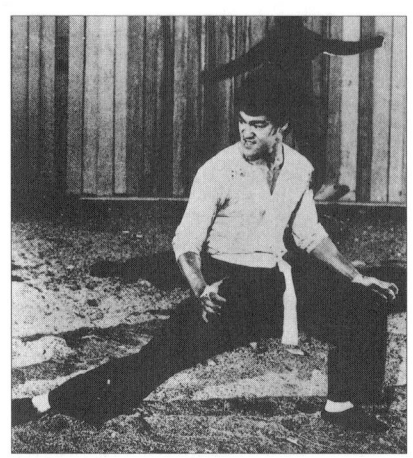

홍콩의 쿵푸 및 무술 영화는 과장된 만화적 폭력이 큰 매력으로 작용한다. 「당산대형」에서 뒤쪽 담벼락에 사람 모양으로 뚫린 구멍은 그런 대표적인 장치이다.

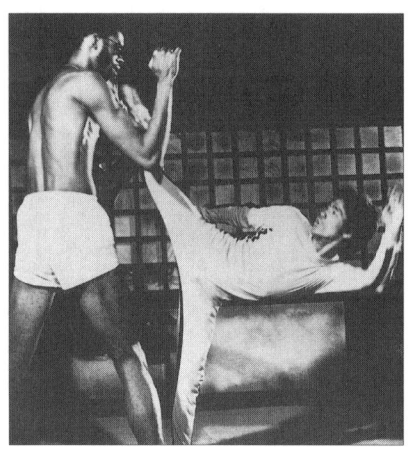

리샤오룽 영화의 만화적인 과장은 「사망유희」에서 몸집이 '왜소'한 동양인이 '크기'를 대변하는 미국의 거인(배우보다는 농구선수가 본직인 Kareem Abdul Jabbbar, 왼쪽)을 공격하는 장면을 통해 시각적으로 잘 나타난다.

서양의 초인(Superman, Batman 등등)과는 대조적으로 표독한 여성적 분위기를 풍기던 그는 몸집 또한, 서양인들의 기준에서 보면, 무척 '왜소(diminutive, Leslie Halliwell이 사용한 표현)'했으며, 이런 '작은 남자(little man, Maryann Oshana)'가, 대부분의 경우 혼자서, 힘과 근육보다는 뛰어난 순발력의 몸놀림, 그리고 상대방의 허점을 예리하게 찌르기를 가장 큰 무기로 삼는 권법으로 수많은 악당을 거꾸러뜨리는 맹활약이 수많은 사람들에게 한없는 대리 만족을 제공했다.

텔레비전에서 주간극으로 방영하던 범죄수사물 「롱스트리트」에서는, 무술 지도관 역을 맡은 리샤오룽이 주인공 경찰관에게, 손발조차 자유롭지 못할 때는 깨물어서라도 적을 공격하라("Bite!")고 가르치는 장면이 나온다. 비슷한 성향의 전술이지만, 리샤오룽의 영화에서 상대방의 급소(사타구니)를 기습 공격하는 장면이 얼마나 여러 차례 나오는지를 생각해 보면, 조금쯤은 약자의 비열함이 연상되기도 한다.

「당산대형」의 놀랍고도 예기치 못했던 대성공의 이유가 세계 각처에 흩어져 사는 중국인들의 주체성 회복을 촉진했기 때문이라는 분석도 나왔지만, 힘없고 억눌린 얼음공장 인부들을 위해 열심히 싸우는 그의 모습은 진정한 서부인 셰인을 생각나게 한다. 절대로 먼저 싸움을 걸지 않고, 더 이상 인내심이 허락하지 않을 때까지 참다가 일단 분노가 폭발하면 폭풍처럼 휩쓸어 버리는 행태 또한 "진정한 서부인은 쉽게 권총을 뽑지 않는다"는 헐리우드 고전 서부극의 공식 그대로이다. 폭력의 화신이 되어 법을 스스로 집행하는 자(vigilante)로 변신하는 모습은 물론 일본의 사무라이 영화에서도 자주 나타난다. 동서양을 막론하고 정의와 폭력의 개념은 항상 주관적이기 때문이다.

「당산대형」의 엄청난 성공을 보고 쩌우원화이는 방이 11개짜리인 대저택을 마련하여 리샤오룽의 가족을 아예 홍콩으로 데려다 놓고 많은 돈을 투자하면서 리샤오룽에게 제작 과정의 주도권을 맡겨 민족의 주체성 회복이라는 주제를 훨씬 노골적으로 표출시킨 「정무문(精武門)」을 만들게 한다. 열강의 침략이 계속되던 청나라 말기인 1908년, 신학문을 배우러 일본으로 유학을 갔다 돌아온 주인공 첸첸은 쿵푸의 대가이며 그의 스승인 후오얀지아가 일본인들의 사주로 독살당했다는 사실을 알게 되자, "동아시아의 나약한 민족(東亞病夫)"이라고 놀리며 중국인을 깔보는 일본인들에게 동료들이 온갖 수모를 당하는 모습을 지켜보던 끝에, 국권과 자유를 강탈하는 외국인에 대해서 통쾌한 보복을 펼친 다음에 3년 전에 제작된 「내일을 향해 쏴라(1969)」를 연상시키는 마지막 정지 화면에서 장렬한 최후를 맞는다.

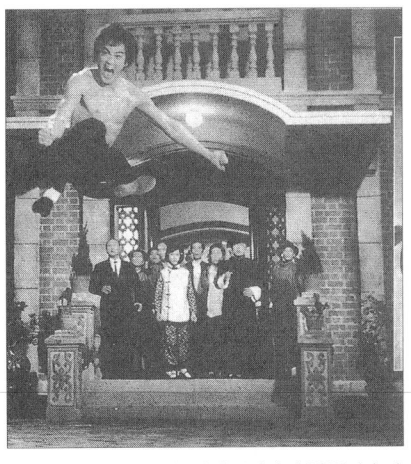

「당산대형」의 엄청난 성공에 흡족해진 쩌우원화이가 리샤오룽에게 제작 과정의 주도권을 맡겨 민족의 주체성 회복이라는 주제를 훨씬 노골적으로 표출시킨 「정무문」에서, 마지막을 장식한 정지 화면은 동서양을 다 함께 열광시켰다.

각(角)이 선명하고 절도있는 몸놀림에, 지극히 원시적으로 보이는 무기 쌍절봉을 들고, 단단하지만 작은 몸집 전체로

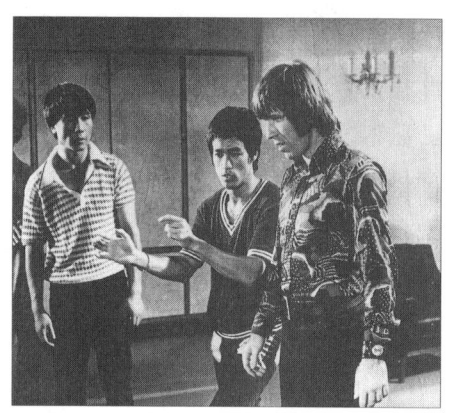

배우로 알려지기 전에 미국 연기자들에게 무술을 가르치기도 했던 리샤오룽은 훗날 「맹룡과강」의 연출을 맡아 공연자 척 노리스에게 본격적으로 연기 지도를 한다.

연기하며 싸우는 리샤오룽이 훨씬 잘 정돈되고 세련된 모습을 보여 주었으며, 작품성도 훨씬 밀도가 짙은 영화 「정무문」은 서울에서도 대단한 호응을 받았고, "중국인과 개는 출입금지"라는 팻말을 내건 공원 앞에서 시비를 걸어오는 일본인들을 속이 후련하게 잡아패는 장면은 임권택의 출세작 「장군의 아들(1990)」에서도 우미관을 무대로 되풀이된다.

이어서 리샤오룽은 로마에서 식당을 경영하는 친척들을 갈취하는 인종차별적인 서양인(이탈리아 불량배)들을, "용이 길을 찾는다! 용꼬리로 갈긴다!"는 등의 중계방송까지 곁들여 가면서, 중국의 무술로 거침없이 물리치는 홍콩 청년 역을 맡아 「맹룡과강(猛龍過江)」을 직접 연출하며 콜로세움으로 들어간다. 그리고 리샤오룽의 국제적인 상품성이 증명되자 헐리우드가 재빨리 반응을 보여 워너 브라더스는 샤오린사(少林寺)의 반역자가 요새화한 섬으로 침투하기 위해 무술 시합에 참가하여 맹활약을 벌이는 홍콩판 007 영화 「용쟁호투(龍爭虎鬪)」를 만든다.

리샤오룽은 나중에 제목이 너무 불길하지 않았느냐는 얘기가 나왔던 「사망유희(死亡遊戱)」를 겨우 3분의 1 가량 촬영했을 무렵인 1973년 7월 20일 오후, 남자들을 파멸로 몰아넣는 요부 역으로 유명한 타이완 여배우 베티 팅 페이(Betty Ting Pei)의 침실에서 대낮에 급사한다. 복상사(腹上死)라는 소문에 부검과 재판까지 벌어졌지만, "두통약에 과민 반응을 보였다"는 결론으로 사건은 일단락지었다. 그러나 장사속이 악착같고 철저한 영화업자들은 리샤오룽의 대역을 두 명 선발하여 대역으로 써가면서, 얼굴을 알아보지 못하도록 대부분의 장면을 밤이나 컴컴한 골목을 배경으로 잡고, 대역들에게 시커먼 안경을 쓰거나 수염을 붙이게 해서는 나중에 찍은 장면들을 이미 촬영해둔 리샤오룽 장면들과 엮어서 가짜 리샤오룽 유령영화를 완성한다.

「사망유희」는 본디 한국을 무대로 하여 주인공 탕룽(Tang Lung)이 각 층을 지키는 무술의 고수가 포진한 탑의 꼭대기를 향해 올라가면서 대결을 벌이는 줄거리로 엮을 계획이었다고 하지만(Richard Mwyers의 『Great Martial Arts Movies』 24쪽 참조), 리샤오룽의 사후에 이렇게 태어난 영화는 다른 영화에서 토막토막 잘라다

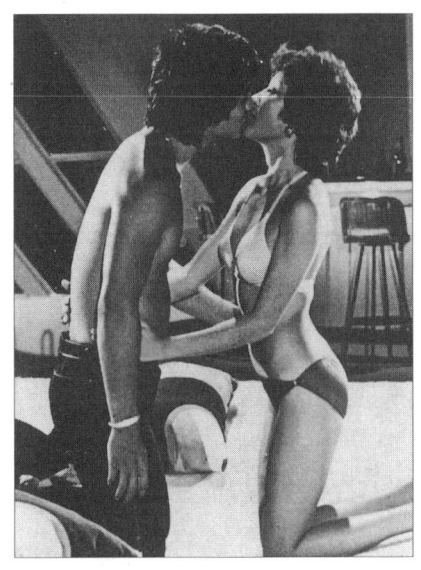

남자들을 파멸로 몰아넣는 요부 역으로 유명한 타이완 여배우 베티 팅 페이(Betty Ting Pei, 오른쪽)는 그녀가 복상사(腹上死)를 시켰다고 소문이 났던 리샤오룽과의 관계를 줄거리로 엮은 영화 「브루스 리 최후의 밤과 낮 (Bruce Lee: His Last Days, His Last Nights)」에서 염치없게 주연을 맡기도 했다.

누덕누덕 기워 붙이고, 미국의 변두리 배우와 유명한 농구선수 커림 압둘-자바와 2급 대역배우(stuntmen)들로 넘쳐 나면서 모터사이클이 질주하는 전형적인 헐리우드 도시 폭력영화가 되고 말았다.

만신창이가 되도록 리샤오룽을 읽어먹은 「사망유희」는 아무리 돈벌이도 좋지만 참으로 양심과 도덕성이 무엇인지, 씁쓸한 생각이 들게 만든다. 천재배우로 말끔한 퇴장을 했던 제임스 딘도 생각나고, 「환상지대(The Twilight Zone)」 촬영 중에 빅 모로우(Vic Morrow)가 사고로 목숨을 잃은 다음 그 '생생한 장면'을 영화에 사용하자는 일부 영화업자들의 제안을 끝내 들어주지 않았던 헐리우드의 양심 또한 아쉽다.

아무리 황당무계한 쿵푸 영화라지만 나름대로의 어법과 윤리를 갖추게 마련인데, 다른 영화를 만들고 남은 죽은 배우의 쓰레기 필름 토막들

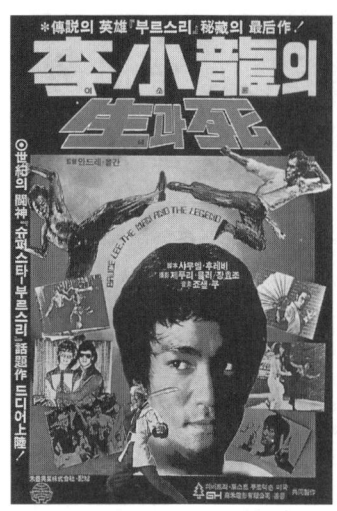

리샤오룽은 죽었어도 그의 영화는 진짜와 가짜가 계속 쏟아져 나왔다. 포스터는 그나마 비교적 양심적인 전기영화 「리샤오룽의 생과 사(Bruce Lee: The Man and the Legend, 1977)」로서, 우리나라에는 1979년에 정식 수입되었다.

을 여기저기 삽입하여 만든 「무적 브루스 리(Bruce Lee the Invincible)」, 「천황거성(天皇巨星, Bruce Lee the Star of All Stars)」, 「뉴기니의 브루스 리(Bruce Lee in New Guinea)」, 「신사망유희(The New Game of Death)」 같은 영화를 보면 관객을 우롱하는 공개적인 범죄행위라는 기분까지 들게 된다. 뿐만 아니라 비슷한 이름(Bruce Li로 활약한 Ho Tsung Tao와 Bruce Le임을 자처한 Huang Kin Lung)을 내걸고 리샤오룽의 후계자임을 자처하는 배우들까지 등장했다. 매디슨 스퀘어 가든에서 열렸던 무술 경기를 담은 미국 영화 「공포의 주먹, 죽음의 손길」에서도 리샤오룽의 유령이 씁쓸한 양념 노릇을 한다.

미망인 린다(Linda)가 쓴 책을 원작으로 삼아서 만든 리샤오룽의 전기영화는 제목이 「드래곤」이다.

어쨌든 리샤오룽의 출현은 예술성의 기여는 거의 하지 않았더라도 영화 산업에는 세계적인 충격을 주었던 사건이었다.

리샤오룽의 아들 브랜든 리(Brandon Lee, 1965~93)도 영화배우가 되어 아버지와 비슷한 차원의 영화를 몇 편 만들고는 촬영장에서 총기 사고로 사망하여 사후에 완성된 유작을 발표하는 묘한 대물림을 했다. 브랜든 리가 최초로 맡았던 중요한 역은 1985년 텔레비전 연속물 「쿵푸(Kung Fu: The Next Generation)」에서였는데, 이듬해 극장용으로 제작된 「영화 쿵푸」에서는 브랜든 리가 젊은 만주인 자객 역을 맡아 데이비드 캐러딘과 대결한다.

1972년 텔레비전 연속물로 처음 「쿵푸」가 선보일 때는 「당산대형」으로 갑자기 인기가 치솟기 시작한 리샤오룽을 주연으로 내세울 계획

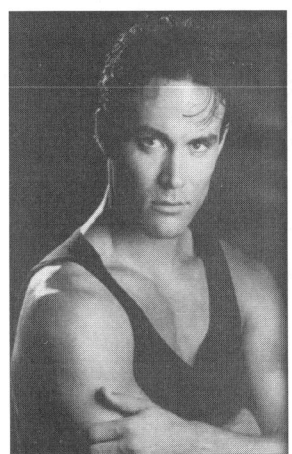
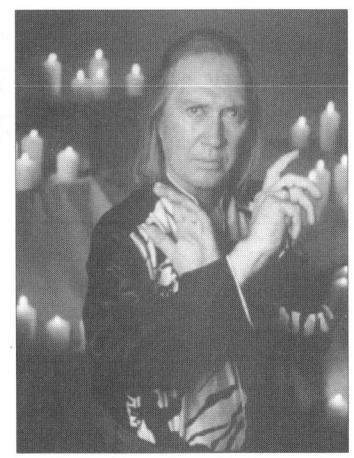

텔레비전에서 주간(週間) 연속물 「쿵푸」가 선보일 때는 「당산대형」으로 인기가 치솟기 시작한 리샤오룽을 주연으로 내세울 계획이었으나, 동양인에게 주연을 맡길 마음이 내키지 않았던 제작진은 몇 년 전 TV 연속물 「셰인」으로 인기를 끌었던 데이비드 캐러딘(오른쪽)을 점지했다. 「영화 쿵푸」에서 데이비드 캐러딘과 대결을 벌인 브랜든 리(왼쪽)는 리샤오룽의 아들이다.

이었다고 한다. 그러나 차마 동양인에게 주연을 맡길 마음이 내키지 않았던 제작진은 몇 년 전 TV 연속물로 만든 「셰인(1966)」에서 시청자와 낯을 익힌 데이비드 캐러딘을 점지했다.

텔레비전 「쿵푸」는 중국의 샤오린사(少林寺)에서 맹인 사부로부터 무술을 연마한 다음 살인을 저지르고 미국으로 도망쳐 시에라 네바다 철도 건설 공사장에서 일하던 혼혈 중국인 케인(Caine)이 주인공인데, 마치 「셰인」과 「당산대형」을 범벅한 인상을 주지만, 골격과 배경은 평범한 서부극이었다. 예를 들어 "미신(Superstition)" 편을 보면, 폐허가 된 광산촌에서 악덕 보안관에게 붙잡혀 누명을 쓰고 끌려가 강제 노동을 하다가 악당들을 모두 무찌른다는 일화로서, 이탈리아 서부극을 연상시킨다. 그리고 한국계 배우 오순택이 프란치스코회 신부로 출연한 일화에서는 개틀링 기관포(Gatling gun)로 무장한 강도단으로부터 황금배(Golden Chalice)를 찾아오는 '성배찾기(the Quest)' 주제까지 나타난다.

매주일 「도망자」의 리처드 킴블처럼 이리저리 떠돌아다니며 온갖 모험을 벌이는 케인은 분명히 서부의 방랑자이지만, 권총을 차고 말을 타고 돌아다니는 대신 맨발로 사막과 바닷가에서 퉁소를 불며 걸어가기가 보통이다. 완벽하면서도 일부러 서투르게 발음하는 영어를 구사하는 주인공 역을 맡은 데이비드는 유명한 성격파 배우 존 캐러딘의 아들로서, 텔레비전 연속물 「셰인」에서 보여 주었던 과장된 동작과 억지 연기를 눈에 거슬릴 정도로 「쿵푸」에서도 되풀이했고, 미국에서 활동이 왕성한 한국계 코미디언 마거리트 조(Margaret Cho)는 보다못해 언제인가 "그 프로그램은 「쿵푸」가 아니라 「저 친구 중국 사람 아니잖아(That Guy's Not Chinese)」라고 제목을 바꿔야 한다"고 일침을 놓았었다.

매회 엄청난 양의 폭력을 행사하는 주인공을 순진한 동양인이라고 시청자들에게 납득시키고 싶어서인지는 몰라도, 케인은 누가 밧줄로 묶으려고 해도 전혀 반항조차 하지 않고 순순히 끌려가 온갖 고통을 당하고, 아무 데서나 가부좌를 틀고 앉아 "내가 감옥에 있지 않고 감옥이 내 마음 안에 있다"는 식의 선문답(禪問答)적 잠언을 말끝마다 구사한다. 이렇게 유치한 동양 흉내를 내도록 그에게 가르친 어린 시절의 정신적인 스승 역을 맡은 배우는 필립 안이었다.

그리고 「쿵푸」의 주인공 데이비드 캐러딘의 쿵푸 실력에 대해서는 척 노리스(Chuck Norris)가 "그의 무술 실력은 나의 연기 실력과 막상

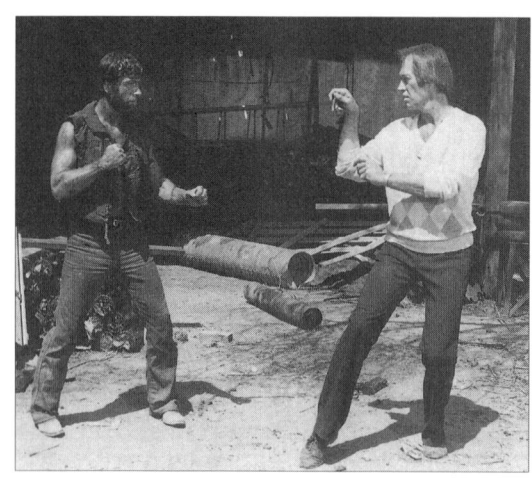

「외로운 늑대 맥케이드(Lone Wolf McQuade, 1983)」에서 주연을 맡은 척 노리스(왼쪽)는 그와 공연한 텔레비전 「쿵푸」의 주인공 데이비드 캐러딘(오른쪽)에 대해서 "그의 무술 실력은 나의 연기 실력과 막상막하"라고 혹평했다. 이 장면에서는 두 사람의 자세가 퍽 재미있게 대조적이다.

막하이다"라고 혹평했다.

이쯤에서 우리는 중국의 인명과 지명의 표기법에 대해서 잠시 생각해 보기로 하자. 다음 '찾아보기'의 도입부에서, 예를 들어 「복수」와 「당산대형」 항을 보면, 감독과 배우의 이름이 "張撤(Zhang Che 또는 Chang Cheh)," "뤼웨이(羅維, Lu Wei)," "李小龍(Bruce Lee)," "劉英(Tony Liu)," "苗可秀(Miao Ker Hsiu)" 등 혼란스럽기 짝이 없다.

우선 중국 인명은, 특히 홍콩의 경우, 그리고 중국계 미국인의 경우, 무엇이 성이고 무엇이 이름인지 분간하기가 대단히 어렵다. 「강하고 부드럽게」에는 Pan Qingfu와 Vivian Wu라는 두 배우가 출연하는데, 아무리 봐도 첫 사람은 성을 앞에 쓰고 나중 사람은 뒤에 쓴 인상이다. 그렇다면 「홍콩으로의 비행」에 출연한 Soo Yong은 어느 쪽이 이름이고 어느 쪽이 성일까?

「만리장성」의 경우 세 명의 중국인이 저마다 이름을 Kelvin Han Yee, Li Qinqin, Hy Xiaoguang이라고 적었다. '켈빈'이라는 서양 이름까지 등장했는데, 역시 성(Yee, Li, Hy)의 위치 선정이 통일되지를 않았고, 우리나라에서나 마찬가지로 같은 이(李)씨가 Lee와 Li 두 가지로 표기하여 정신이 없다. 그리고 우리 이름처럼 세 개의 한자로 구성된 성명을 영문으로 적을 때, 글자가르기 또한 일관성이 없어서, 「모정」의 작가 Han Suyin이나 「팬더 구출작전」의 Zhu Jiugou처럼 성과 이름만 분리하여 적기도 하고, 「찬의 실종」에 출연한 Laureen Chew처럼 서양 이름에 성만 그대로 뒤에 붙여 쓰기도 하고, 「조이 럭 클럽」의 Ming-Na Wen처럼 하이픈을 써서 이름을 앞으로 내놓기도 하고, 「드래곤」의 Kay Tong Lim처럼 서양 이름인지 중국 이름인지 분간하기 어려운 부분(Kay)이 들어가기도 하고, 「홍콩의 정사」에 나오는 Lo Lita Shek처럼 헷갈리고 장난스러운 이름도 나타난다.

이런 이름은 통일을 시키기가 불가능하기 때문에, 하는 수 없이 제

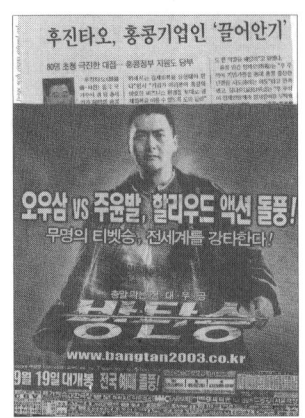

같은 신문에 실렸음에도 불구하고, 기사의 제목에서는 중국의 인명을 "후진타오"라고 옳은 발음을 따라서 쓴 반면에, 영화 광고는 "오유삼 vs 주윤발"이라고 석기시대식 표기를 했다. 영화업자들의 후진성을 잘 보여 주는 증거라고 하겠다.

작 주체의 국적에 따라, 그리고 본인들이 사용하는 그대로 적었지만, 문제는 '이소룡'이니 '이연걸'이니 '관지림'이니 해가면서 중국 이름을 한국식으로 표기한 경우이다.

한자는 글자가 아무리 같아도 나라마다 읽는 방법이 달라진다. 우리나라에서는 얼마 전까지만 해도 일본 이름을 우리 식으로 표기하거나 읽고는 했지만, 지금은 일본식으로 쓴다. 그리고 중국 이름도 당연히 중국식으로 읽거나 표기해야 하지만, 언론과 다른 매체에서 아무리 '장쩌민'이니 '베이징'이니 현실화하는데도 어쩐 일인지 영화업자들만큼은 꼼짝도 하지 않고 '성룡'이요 '주윤발'이다.

따라서 여기에서는 이제부터 중국에서 제작된 영화의 경우, 중국식 발음으로 적거나, 아니면 알아보기 쉽게 한자로 표기할 방침이다. 그리고 인명의 경우 우리나라에서도 '안 정효'라고 성과 이름을 따로 적자고 고집하는 사람들도 적지 않은가 하면 '안정효'로 붙여 적는 방법이 일반화했듯이, 중국 이름도 '마오 쩌 둥'이나 '마오 쩌둥'이 아니라 '마오쩌둥'으로 붙여 쓰기로 한다.

인명의 정확한 '번역'에 대해서 이렇게 강조하는 까닭은, 부분적인 표현이나 내용의 오역은 오히려 눈에 안 띄고 그냥 넘어가는 경우가 많아도 (앞에서 지적했던) 「모정(慕情)」의 'Oh-No'라는 일본 여자 이름처럼, 이상한 고유명사는 유난히 눈에 잘 띄고 우스꽝스러워 작품 전체가 번역 및 자막이나 덧녹음 과정에서 소홀했다는 인상을 주기가 쉽기 때문이다. 한국전쟁을 무대로 한 텔레비전 연속물 「M*A*S*H*」에서 피난을 가던 엄마가 지쳐서 따라오는 어린 아들을 돌아보며 "김 씨!"라고 한국말로 불러대던 장면이 바로 그런 경우이다.

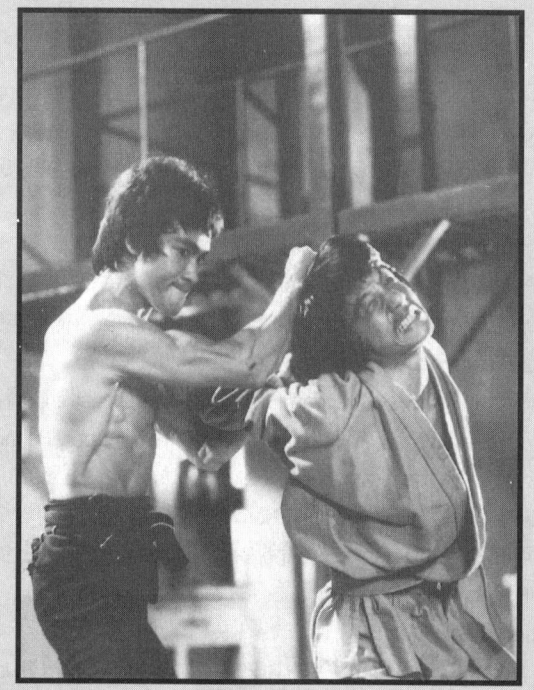

「용쟁호투」에서 리샤오룽(왼쪽)에게 머리채까지 꺼들려 가며 두들겨맞던 단역배우 청룽(오른쪽)은 훗날 세계를 정복하며 날아다니는 초특급 인기배우로 성공한다.

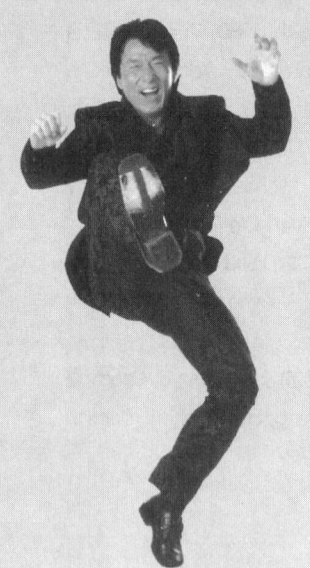

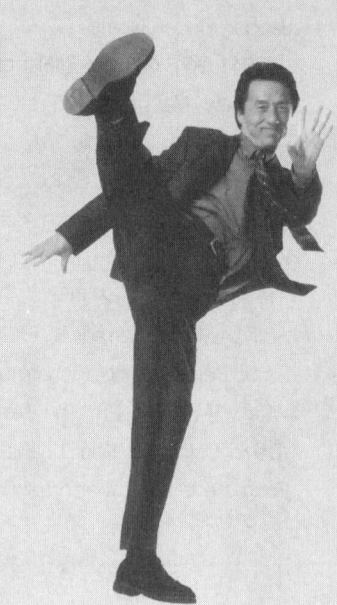

웃기는 쿵푸

리샤오룽의 아들 브랜든 리가 어렸을 때는 학교 친구들이 아무도 섣불리 집으로 놀러 오지를 않았다고 한다. 뒷마당에서 늘 어른들 대여섯 명이 고함을 치며 서로 집어던지고는 하던 광경이 무서워서였다고 한다. 그리고 브랜든은 아버지를 사부로 삼아 "서로 집어던지는" 무술 훈련을 받기는 했지만, 리샤오룽의 참된 후계자는 아들이 아니라, 우리나라에서는 성룡이라 하고 서양에서는 재키 찬이라 하며 중국에서는 청룽(成龍, 본명 Chan Kwong Sang, 1954~)이라고 알려진 배우이다.

쩌우원화이의 골든 하베스트 영화사가 리샤오룽을 앞세워 쇼 브라더스와의 경쟁에서 주도권을 잡은 다음, 선두를 빼앗기지 않는 데서 그치지 않고 오히려 패권을 더 확고히 하려는 전략에서 결정적인 병기로 내세운 배우는 「정무문」과 「용쟁호투」에서 묘기(stunt) 담당 단역배우였던 청룽이었다. 그리고 청룽은 이미 단역 시대에 스스로 자신이 가야 할 길을 정해 놓았는데, 그것은 리샤오룽의 반대편으로 가는 길이었다.

"리샤오룽이 높은 발차기를 할 만한 때면 난 낮은 차기를 합니다." 청룽의 설명이다. "리샤오룽이 상대방을 때려눕히고 늠름한 표정을 지을 만한 상황에서라면 나는 손이 아프다고 흔들어대면서 '아야, 아야' 비명을 지릅니다."

지극히 간단한 이런 청개구리 철학은 모방과 베껴먹기가 판치는 홍콩 영화계에서 단연 청룽을 독보적인 존재로 만들었다. 아버지 브루스 리의 후광에서 벗어나 자신만의 정체성을 마련하기 위해 무척이나 노력하던 초기에는 브랜든 리까지도 리샤오룽의 모든 동작과 자세를 피하고 청룽을 본받으려고 했었다.

리샤오룽 뒤집기의 대표작은 물론 청룽을 아시아 최고의 배우로 만들어 놓은 「취권(醉拳)」이었다. 중국 민중의 전설적인 영웅 황페이훙 (黃飛鴻)을 주인공으로 등장시키기는 했지만, 역사 의식이나 시대적

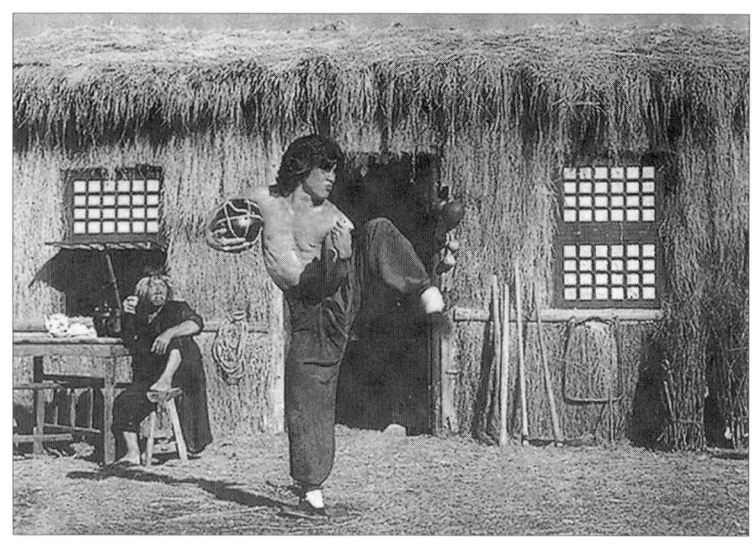

리샤오룽의 반대편으로 가는 길을 택한 청룽의 '웃기는 쿵푸'는 「취권」에서 비틀거리며 한국 관객을 열광시키고 정신없이 웃겼다.

인 배경은 아예 아랑곳도 하지 않고, 종발로 물 퍼담기나 맨손가락으로 호두깨기와 같은 기기묘묘한 무술 훈련 과정 그리고 칼과 오이의 대결 따위의 '웃기는 쿵푸'에 훨씬 열중하여 사람들을 열광시켰던 이 영화는 리샤오룽보다도 훨씬 더 권법을 극화하고 오락화했다.

'취권'은 제정신이 아닌 상태에서 비실비실 흔들거리며 싸우는 희한한 묘기였고, 뒤로 꺾어지기까지 하는 청룽의 유연한 몸이 뒷받침을 하기 때문에 설득이 가능하지만, "취하면 맞아도 안 아프다"면서 만취 상태의 장난스러운 동작으로 정통 무술을 이기는 장면을 보고 사람들은 "저 웃기는 놈"과 못난 자신의 동일시를 통해 대단한 만족감을 누렸다.

쿵푸 영화는 두 사람이 변화무쌍하고 다양한 동작을 무용처럼 구사하는 짝춤(pas de deux, 對舞)의 묘미와 더불어 희한한 등장인물이 현란한 구경거리가 되는데,「취권」에서는 주먹코에 온몸이 뭉툭뭉툭한 주인공 못지않게 그의 '못말리는 사부 왕거지'가 당시 서울 장안에서 대단한 화젯거리였다. 울퉁불퉁한 이빨에 걸레 같은 백발, 술을 안 마시면 힘을 못쓰던 심술궂은 딸기코 할아버지가 수건이나 끈으로 '무술' 솜씨를 발휘할 때마다 극장 안에서는 폭소가 터져나왔고, 1979년 국도극장에서 개봉되었을 당시 이 영화는 181일 상영에 89만 명의 관객 동원이라는 엄청난 흥행 기록을 수립했다.

한참 후에 선보인「취권 2」는 황제의 옥새 같은 중국 문화제를 대영 박물관으로 빼돌리려는 지배 세력 영국인들 그리고 그들의 앞잡이인 매국 폭력 세력과 황페이홍을 대결시키고, '만주 최후의 무인'의 입을 빌어「베이징의 55일」을 "열강이 연합하여 약육강식의 논리로 중국을 삼키려고 벌인 사건"이라는 해석도 내리지만, 역시 묘기백출을 계속하면서, 수다쟁이 어머니와 뱀장수 아가씨까지 관객웃기기에 바쁘다. 이렇게 뻣뻣한 의식의 벽을 무차별 허물다 보니, 자본주의의 첨병 노

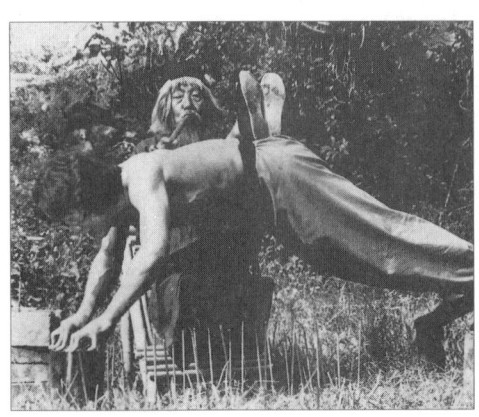

원조 「취권」에서는 주먹코 주인공 못지않게 "못말리는 사부 왕거지"가 당시 서울 장안에서 대단한 화젯거리였다. 사진은 심술궂은 딸기코 할아버지의 고약한 무술 훈련 방법 가운데 하나이다.

룻을 하는 홍콩에서 만든 영화 가운데, 「취권 2」를 필두로 해서 오직 청룽의 작품만이 중국 본토에서 수입.상영이 허락되었다.

홍콩 경극학교 출신인 청룽은 그야말로 온몸으로 연기하는 배우이다. 본디 대역 출신인 그는 대역을 쓰지 않기로 유명하고, 그래서 "부러지지 않은 뼈가 없다"고 자랑(?)까지 했다. 서양 관객을 겨냥해서 만든 영화의 끝에 소개하는 다시찍기 모음집(outtakes)을 보면, 화면에서 그토록 매끄럽고 유연하게 이어지는 역동적인 장면들이 사실은 얼마나 많은 실수를 거치며, 얼마나 많은 부상을 당해가면서 만들어낸 것인가 하는 사실을 깨닫고 놀라게 된다.

피아노줄이나 컴퓨터에 의한 조작이 아니고, 실제 묘기와 상황을 보여 주겠다는 정면 돌파 전략은 분명히 관객을 감동시키고도 남는다. 때로는, 아무리 인기도 좋지만 저렇게까지 자신의 몸을 혹사해야 하는지 불쌍하다는 생각까지 들 지경이다. 예를 들어 1986년 그는 담벼락에서 뛰어 나뭇가지를 잡고 내려가는 묘기를 촬영하다 떨어져 돌멩이에 부딪혀 머리가 깨지는 중상을 입었고, 뼛가루를 제거한 다음 동전만한 두개골의 구멍을 플라스틱으로 땜질까지 했다.

자신의 몸뿐이 아니라 주변의 모든 물건은 그의 손에 닿기만 하면 무기로 돌변하거나 곡예를 위한 소도구로 이용된다. 그리고 새로운 영화가 나올 때마다 관객은 새로운 소도구와 새로운 동작을 만나고, 도대체 저런 창의력이 어디에서 나오는지 놀라게 된다. 청룽은 비틀

비틀 「취권」으로 확보한 인기에 만족하여 현상유지를 하려 하지 않고, 50을 넘보는 나이에도 끊임없이 연구와 개발을 계속했다. 그리고 이러한 끝없는 노력은 동양 시장의 석권에 만족하지 않고 서양 정복의 꿈으로 이어갔고, 이러한 욕망은 리샤오룽을 통해서 확보한 해외 보급망을 타고 전세계로 진출하려는 골든 하베스트의 시장 개척 정책과 맞물리게 된다.

헐리우드로 건너간 '재키 찬'은 1930년대 시카고의 폭력 조직과 무술대회를 함께 엮은 「배틀 크리크」에서 상대방을 때려눕히기보다는 주먹을 이리저리 피해가며 악당들이 서로 치고받게 만드는 특유의 묘기를 부리지만, 미국에서는 아무래도 청룽의 철학을 이해하지 못해서인지 그를 "제2의 브루스 리"라고밖에는 인식하지 않았다.

청룽이나 마찬가지로 대역배우 출신인 미국의 활극배우 버트 레이놀즈와 함께 자동차 경주를 배경으로 삼은 「캐논볼」 영화도 그는 두 편을 만들었는데, 어마어마한 출연진을 보면 쉽게 짐작이 가겠지만, 다양하고 재미있는 등장인물들을 내세운 대륙 횡단 자동차 경기 영화 「검볼 경기」를 같은 해에 냉큼 재탕한 「캐논볼」을 5년 후에 다시 재

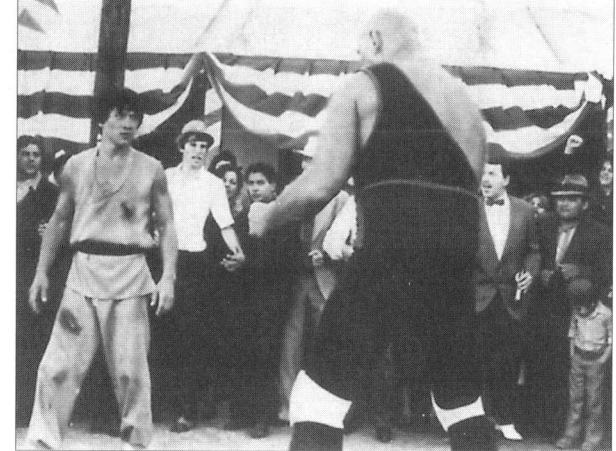

헐리우드로의 첫 진출을 시도한 '재키 찬'은 「배틀 크리크」를 만들기는 하지만, 청룽의 청개구리 철학을 이해하지 못한 서양은 그를 "제2의 브루스 리"라고밖에는 인식하지 않는다. 사진을 보면 청룽이 촬영하기조차 싫은 듯 어쩐지 퍽 맥이 풀려 보인다.

탕한 이 영화에서 재키 찬의 존재는 둘러리 양념에 지나지 않았다.

재키 찬이 뉴요크의 경찰관 역을 맡은 「프로텍터」를 촬영할 때는 감독이 "내가 당신을 클린트 이스트우드로 만들어 주겠다"고 하자 청룽은 "하지만 그건 내가 아니다!"라고 반박하기에 이른다. 골든 하베스트와 청룽의 욕심이 미국인의 계산착오로 와해되는 순간이었다고 하겠다. 청룽은 이렇게 미국 진출에 실패한 다음 홍콩으로 돌아가 「프로텍터」의 상당히 많은 부분을 다시 만들었고, 골든 하베스트로부터 독립한 다음에는 클린트 이스트우드의 「더티 해리」가 아니라 청룽의 경찰영화는 이런 식이어야 한다고 보여 주기 위해 네 편의 「폴리스 스토리(警察故事)」를 제작했다.

「취권」이 폭발적인 인기를 끌자, 등장인물과 역사적 배경이 생판 다른 작품(감/劉家良, 출/劉德華)에다 「취권 3」이라는 제목을 달거나, 잃어버린 아이와 흥신소가 얽힌 엉뚱한 얘기를 「신 취권(新醉拳, 1996, 감/朱延平)」이라고 뻔뻔스럽게 주장하는 모방의 천국 홍콩에서, 아무도 흉내내지 못할 자신만의 세계를 구축하기 위해 고군분투하는 청룽이, 범죄 조직으로 인해서 누명을 쓰고 사표를 제출한 다음 조직의 두

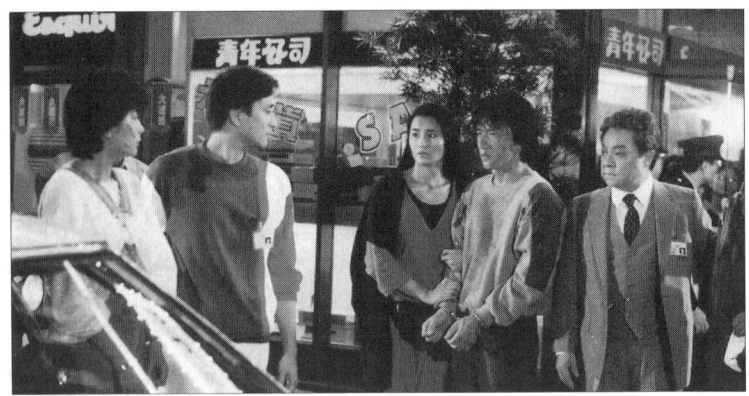

제2의 리샤오룽이 되기를 거부했듯이, 제2의 클린트 이스트우드가 되기도 거부한 청룽은 홍콩으로 돌아가 나름대로의 경찰 영화 네 편을 만든다. 사진은 첫 번째 「폴리스 스토리」의 마지막 장면이다.

목을 끝까지 추적하는 강도잡이 전문 경찰관(홍콩판 더티 해리)으로서 종횡무진 맹활약을 벌이고, 보복에 보복이 뒤따르는 와중에서 동남아는 물론이요 러시아의 설원까지 누비는 "경찰 이야기"는 더욱 완숙한 재키 찬의 모습을 보여 주는데, 끝까지 헐리우드를 공략하겠다는 의지가 담긴 이러한 변신은 이미 「프로젝트 A(A 計劃)」에서 시작되었다.

"A 계획"이란 홍콩 근해에 출몰해서 외국 선박을 약탈하는 해적선을 소탕하기 위해 중국의 해안경비대가 1903년에 수립한 작전인데, 이 영화에서 청룽은 이제 지치거나, 포기하거나, 안주해야 할 나이임에도 불구하고 더욱 눈부신 솜씨를 발휘하며 자전거 추격전을 벌이거나, 수갑을 찬 채로 국기게양대를 기어오르면서 '20세기형 쿵푸 영화'의 귀감을 만든다.

동양 3국이 서양 문화를 맹목적으로 숭배하고 흉내내던 시절을 거쳐, 일본의 「라쇼몽(羅生門)」이 미국 서부영화(「Outrage」)로 의상을 갈아입고, 서부영화를 흉내낸 구로사와 아끼라의 「7인의 사무라이」가 다시 서부극(「The Magnificent Seven」)으로 되돌아가는가 하면, 중국에서는 우유셴(吳宇森, John Woo)을 비롯한 영화인들이 헐리우드로 가서 동양 무예의 안무를 전파하기에 이르는 사이에, 청룽의 웃기는 쿵푸도 여러 형태를 갖추고 계속해서 태평양을 건너갔다.

사교 집단에게 납치된 옛 애인을 구하기 위해 주인공이 인디아나 존스 식의 모험을 벌이는 「용형호세」는 촬영 중에 재키 찬이 두개골 파열로 목숨을 잃을 뻔했던 사고 장면을 영화의 끝에 보여 주어 미국 흥행에서 엄청난 성공을 거두었고, 속편 「용형호제 2」에서는 나찌가 숨겨놓은 황금을 찾아 유럽과 아프리카로 활동 무대를 넓힌다.

코르시카의 형제들처럼 정신적으로 연결된 쌍둥이가 태어나자마자 헤어졌다가 각각 유명한 지휘자와 경주용 자동차 정비공으로 성장한 다음에 만나 납치된 친구를 구하기 위해 힘을 합치는 「쌍룡회」도 미국

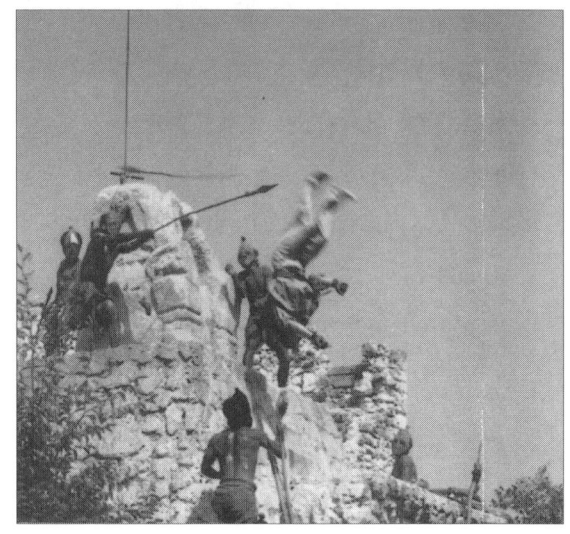

본디 대역배우 출신이지만 대역을 쓰지 않기로 유명한 재키 찬은 「용형호제」의 이 장면을 촬영하다가 두개골 파열로 목숨을 잃을 뻔했지만, 사고 장면을 영화의 끝에 덤으로 보여 주자 미국 흥행에서는 엄청난 성공을 거두는 결과를 가져왔다.

에서 크게 인기를 끌었고, 1996년에는 드디어 재키 찬의 이름이 당당하게 들어간 제목이 선을 보였다.

러시아 마피아와 CIA와 핵무기와 미녀들이 등장하는 007식 음모를 분쇄하러 뛰어드는 홍콩 경찰관을 주인공으로 내세운 「재키 찬의 제1격(第一擊)」에서 흥행에 실패한 다음, 같은 해에 청룽은 다시 미국과의 합작 영화 「청룽의 홍번구」에서 주연을 맡아 (사실은 캐나다의 뱅쿠버에서 촬영했지만) 뉴요크의 브롱스 뒷골목, 그러니까 미국 관객에게 낯익은 아메리카의 중국 마을(Chinatown)에서 가게를 털고 때려부수는 너절한 폭주족 조무래기 깡패 그리고 진짜로 흉악한 전문 보석 밀매단과 삼각 싸움판(rumble)을 벌인 결과, 최초로 미국 흥행 순위에서 제1위를 차지한다.

별다른 내용도 없이 서로 비슷비슷한 영화를 그만큼 많이 만들었으면 이제는 아무리 머리를 짜내려고 해도 정말로 더 우려먹을 건더기도 없을 법한데, 도대체 홍콩인들의 상상력은 바닥이 마를 줄을 몰라서, 클린트 이스트우드가 아니라 끝까지 청룽으로 남아서 버티는 재

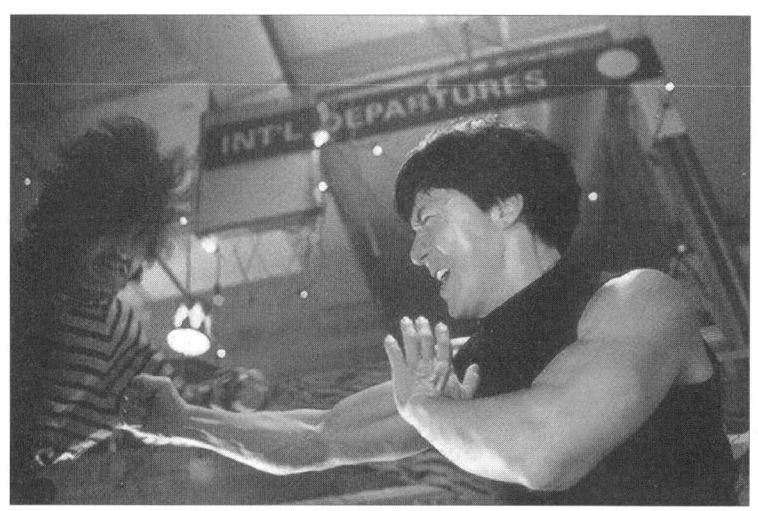

배우의 이름까지 제목에 달고 나간 합작 영화 「청룽의 홍번구」는 마침내 미국 흥행 순위에서 제1위를 차지한다.

키 찬은 뒤에서 덤비는 적을 훌렁 벗어 젖힌 저고리로 결박하기도 하고, 그의 손에 잡히면 자동차 통행 차단기와 냉장고 문짝과 장애아의 목발까지도 기막힌 무기로 돌변한다.

영화의 끝에 붙여 주는 잘려나간 장면 모음집은 「용형호제」에서 재미를 본 이후 이제 하나의 새로운 전통을 이루어 「홍번구」에서는 부상을 당해 번갈아 실려 나가는 대역배우들과 발에 깁스를 하고도 장난치며 돌아다니는 재키 찬의 모습을 보여 줌으로써 줄거리나 내용보다는 배우 청룽이 훨씬 볼 만한 구경거리임을 강조하여 그의 진가를 인정한다.

청룽은 자신의 영화에 대해서 이런 말을 했다. "재키 찬 영화의 줄거리는 간단합니다. 내가 착한 사람(nice guy)으로 나오고, 그리고 또 나쁜 사람이 나옵니다." 좋은 영화의 기준은 무엇이냐는 질문에 그는 이렇게 둘러쳤다. "나쁜 영화요? 아무도 안 보는 영화가 나쁜 영화입니다."

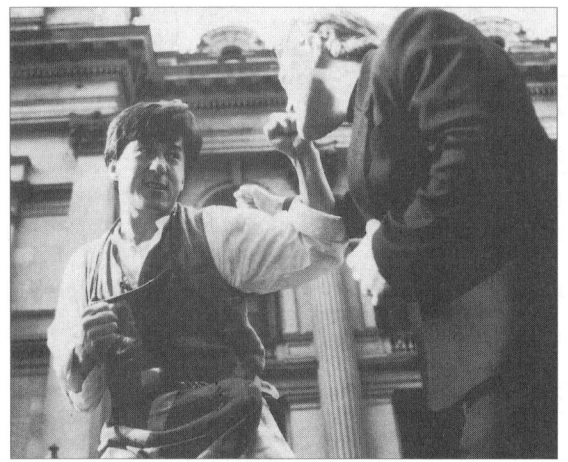

덧녹음을 하지 않고 아예 영어로 만든
「나이스 가이」(사진)를 비롯하여, 청룡의
영화는 21세기에 들어서서도 세계적인
성공의 행군을 계속한다.

비상계단 따위의 설비를 갖춘 미국적인 건물과 소도구를 한껏 활용
하는 「홍번구」에서는 지극히 미국다운 소도구인 자동차와 모터사이
클이 자주 등장하고, 영화의 마지막 부분도 전에처럼 맨손 곡예가 아
니라 대형 하버크래프트(Hovercraft)와의 대결로 장식한다.

「홍번구」처럼 덧녹음(dubbing)을 하지 않고 아예 영어로 만들었으
며, 중국 아가씨보다는 백인 여기자와 흑인 조수하고 중국인 주인공
이 더 사이가 가까워 보이고, 배경 장소(멜번)뿐 아니라 주변의 등장
인물들도 훨씬 더 서양화해서 명색만 홍콩이지 따지고 보면 실질적인
헐리우드 영화라고 여겨지는 「나이스 가이」에서는 자동차와 마차가
시선을 끌기도 하지만, 하버크래프트 대신에 무지막지한 초대형 트럭
이 마지막을 장식한다.

세계 시장을 염두에 둔 재키 찬 영화는 계속 나타나서, 영어로 녹음
이 된 「청룡의 CIA」는 아프리카의 사막과 네덜란드를 누비고, 「CIA」
와 같은 해에 선보인 「러시 아워」에서는 미국의 흑인 경찰관과 홍콩의
동양 경찰관이 짝을 지어 로스앤젤레스를 누비더니 21세기로 넘어온

속편에서는 홍콩을 무대로 활극을 계속한다.

바다를 건너가 그곳 영화에 출연하여 헐리우드로 진출하려던 첫 번째 계획에 실패한 다음, 이제는 사람이 찾아가는 대신 영화를 만들어 보내서, 중국식 헐리우드 영화인지 아니면 헐리우드식 중국 영화인지 정체를 규정하기 어려운 재키 찬 제품은 분명히 20세기의 한 가지 독특한 현상이었다. '세계화'에 성공한 홍콩 영화를 보면, 언어의 장벽을 많이 해소해준 식민지로서의 역사를 자랑으로 삼아야 할지 어쩔지 갈피를 잡기가 어려워지기도 한다.

청룽의 영화에서는 이제 중국이 별로 보이지를 않는다.

찾아보기 ●

Veronica Hamel, Bill McKinney, Gerrit Graham, Robert Carradine, Belinda
Balaski, Judy Canova, Carl Gottlieb

▌「프로텍터(The Protector, 1985, 미국-홍콩, 91분)」, 감/James Glickenhaus, 출
/Jackie Chan, Danny Aiello, Sandy Alexander, Roy Chiao, Bill Wallace

▌「폴리스 스토리(警察故事, Police Story 또는 Police Force, 1985, 홍콩, 89분)」, 감
/Jackie Chan, 출/Jackie Chan, 林靑霞(Bridget Lin), 張曼玉(Maggie Cheung),
Cho Yuen, Bill Tung, Kenneth Tong

▌「폴리스 스토리 2-구룡의 눈(Police Story Part 2, 1988, 홍콩, 90분)」, 감/Jackie
Chan, 출/Jackie Chan, Maggie Cheung, Bill Tung, Lam Kowk Hung, Crystal
Kwok, Cho Yuen, Henny Ho

▌「폴리스 스토리 3(超級警察, Police Story III, Supercop, 1992, 홍콩, 96분)」, 감
/Stanley Tong, 출/Jackie Chan, 楊紫瓊(Michelle Yeaoh Khan 또는 Michelle
King 또는 Michelle Yeoh), Maggie Cheung, Yuen Wah, Bill Tung Piu,
Kenneth Tsang

▌「폴리스 스토리 4(警察故事 IV:簡單任務, Police Story IV: Crime Story, 1995, 홍콩,
108분)」, 감/탕지리(唐季禮, Stanley Tong), 출/Jackie Chan, 樓學賢, 吳辰君

▌「프로젝트 A(Project A, 1983, 홍콩, 106분)」, 감/Jackie Chan, 출/Jackie Chan,
元彪, 洪金寶(Sammo Hung), Dick Wei, Isabella Wong

▌「프로젝트 A 2(Project A, Part II, 1987, 홍콩, 108분)」, 감/Jackie Chan, 출
/Jackie Chan, Maggie Cheung, David Lam, Rosamund Kwan, Carina Lau,
Bill Tung Pui

▌「용형호제(飛鷹計劃, Armour of God, 1986, 홍콩, 94분)」, 감/Jackie Chan, 출
/Jackie Chan, Rosamund Kwan, Alan Tam, Lola Forna, Maria Dolores

▌「용형호제 2(飛鷹計劃 2, Armour of God 2 또는 Operation Condor, 1991, 홍콩,
112분 또는 89분)」, 감/Jackie Chan, 출/Jackie Chan, Carol (Dodo) Cheng, Eva
Cobo deGarcia, Ikeda Shoko, Aldo Sanchez, Ken Lo

▌「쌍룡회(雙龍會, Twin Dragons, 1992, 홍콩, 100분 또는 89분)」, 감/Ringo Lam, 徐
克, 출/Jackie Chan, Maggie Cheung, Teddy Robin (Kwan), Nina Li Chi,
Alfred Cheung, Lai Ying Chow, Kirk Wong, (우유센)

▌「재키 찬의 제1격(Jackie Chan's First Strike, 1996, 홍콩-미국, 110분 또는 84
분)」, 감/Stanley Tong, 출/Jackie Chan, Chen Chun Wu, Jackson Lou, Bill
Tung, Jouri Petrov

▌「청룡의 홍번구(紅番區, Rumble in the Bronx, 1996, 미국 홍콩, 89분)」, 감
/Stanley Tong, 출/Jackie Chan, 梅艷芳, Bill Tung, 葉芳華(Francoise Yip), Marc

Akerstream, Garvin Cross, Morgan Lam, Kris Lord

▮「나이스 가이(Mr. Nice Guy, 1997, 홍콩, 113분)」, 감/洪金寶, 출/Jackie Chan, Richard Norton, Miki Lee, Karen McLymont, Gabrielle Fitzpatrick, Vince Poletto

▮「청룽의 CIA(Jackie Chan's Who Am I?, 1998, 홍콩, 108분 또는 117분)」, 감/Jackie Chan, Benny Chan, 출/Jackie Chan, Michelle Ferre, Mirai Yamamoto, Ron Smerczak, Ed Nelson, Tom Pompert

▮「러시 아워(Rush Hour, 1998, 미국, 98분)」, 감/Brett Ratner, 출/Jackie Chan, Chris Tucker, Elizabeth Peña, Tom Wilkinson, Philip Baker Hall, Mark Rolston, Tzi Ma, Rex Linn, Chris Penn, Ken Leung

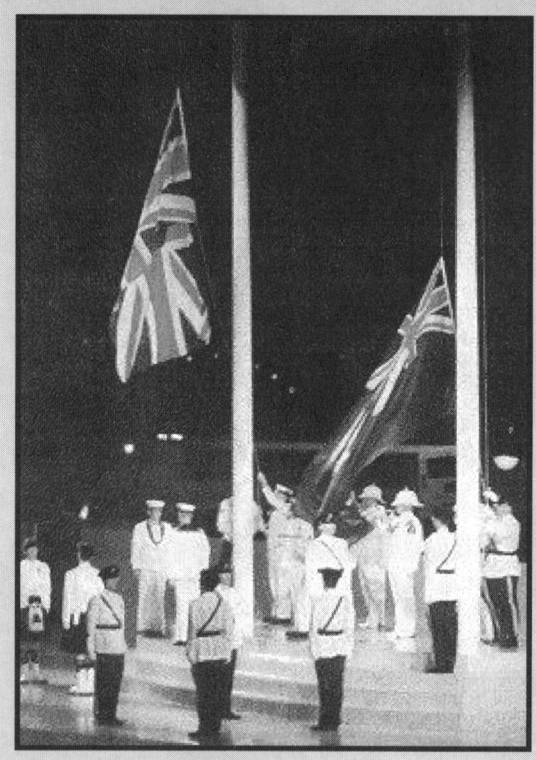

중국으로의 반환을 눈앞에 둔 홍콩은 서양의 자본주의 체제로 살아오다가 동양의 사회주의로 흡수되는 기로에 서서, 불확실한 미래의 정체성 때문에 고민과 불안에 빠져 영화 산업도 침체기로 접어든다. 사진은 홍콩의 반환을 위한 기념식이다.

동양의 검과 마법

"다양한 인종과 문화를 수용하여 새로운 하나"(e pluribus unum)의 정체성을 만들어내는 용광로 미국에서는 20세기 말에 이르자 서양의 모든 문화를 거의 다 흡수한 다음 새로운 사상과 철학을 얻기 위해 동양으로 눈을 돌리기 시작했고, 영화 또한 백인 위주의 오락 예술 형태를 벗어나려는 욕구에 얹혀 마침내 동양과 서양이 혼합된 홍콩과의 접목을 개시했다.

한편, 중국으로의 영토권 반환을 눈앞에 둔 홍콩은 서양의 자본주의 체제로 살아오다가 동양의 사회주의로 흡수되는 기로에 서서, 불확실한 미래의 정체성 때문에 고민과 불안에 빠져 영화 산업도 1990년대로 들어와 눈치를 보느라고 침체기를 맞았으며, 나름대로의 돌파구를 서양의 헐리우드에서 찾으려고 했다. 홍콩에서는 의사와 공인회계사들이 대부분 이주를 준비하고, 대기업의 간부들은 가족을 해외로 도피시켜 놓고, 강력범죄가 늘어나며 일확천금을 노리는 사람들이 극성을 부리는가 하면, 본토에서는 1989년 6월 베이징의 티엔안먼(天安

門) 사태가 암울한 미래를 예고하는 가운데 도피와 잔류의 갈림길에서 홍콩의 영화 산업은 범죄 조직에게까지 시달려야만 했다.

이렇듯 새로운 문화 형식과의 접목을 바라는 헐리우드와 도피성 진출이 필요해진 홍콩은 동서양의 통합된 시장을 노리면서 본격적인 짝짓기를 시작했고, 청룽이 닦아놓은 서양 정복의 길을 따라 저우룬파(周潤發, Chow Yun Fat), 리리엔지에(李連杰, Jet Li), 양즈치웅(楊紫瓊)이 헐리우드를 드나들게 되었으며, 서양인들이 닦아놓은 정복의 길을 역류하여 이제 동양인들이 서양 문화를 잠식하기에 이르렀다.

배우들뿐 아니라 우유센(吳宇森, John Woo), 황즈치앙(黃志强, Che Kirk Wong 또는 Kirk Wong), 린링둥(林嶺東, Ringo Lam), 쉬커(徐克, Tsui Hark) 같은 감독들도 헐리우드로 건너가 갖가지 현대 폭력물을 만들었는데, 그들은 헐리우드 흉내를 내면서도 화법만큼은 황당무계한 쿵푸 공식을 지켰으며, 이런 공식은 수많은 무협물과 역사물에서도 기본적인 뼈대를 이룬다.

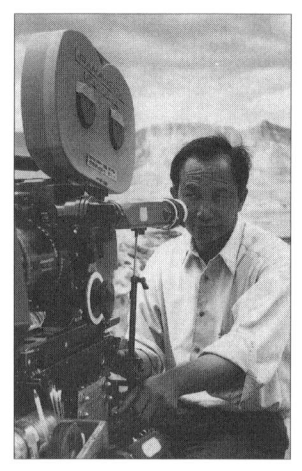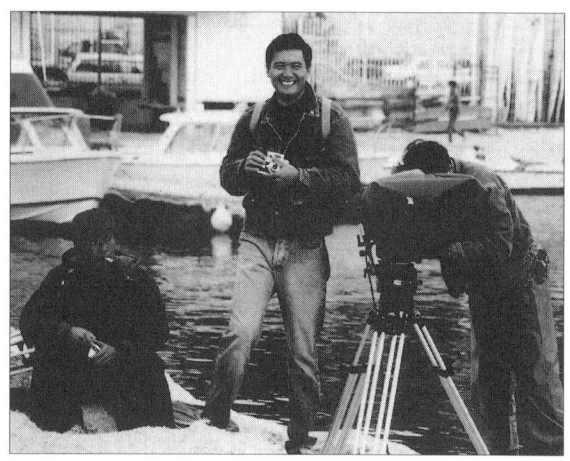

홍콩 영화인들에게 주어진 한 가지 선택은 헐리우드로의 진출이었다. 그래서 우유센(吳宇森, 왼쪽) 감독은 존 우(John Woo)라는 이름으로 미국 영화를 만들었고, 존 우의 영화 촬영 현장에서 저우룬파(周潤發, Chow Yun-Fat, 오른쪽 사진)는 일본 관광객처럼 사진기를 손에 들고 즐거워한다.

쿵푸물과 무협물, 그리고 (통칭 '홍콩 느와르'라고 하는) 폭력물은 자세히 들여다보면 시대적인 배경과 의상만 다를 뿐, 몸짓과 어법이 비슷하다는 사실을 깨닫게 되고, 따라서 무협 역사물 또한 쿵푸 영화나 마찬가지로 홍콩 영화의 간판 노릇을 한다. 현대 폭력물은 "문학과 역사"라는 부제가 달린 이 총서에서는 다루지 않고 "죄와 벌"의 몫으로 넘기겠지만, 여기에서는 우선 홍콩적 특징이 뚜렷한 역사물을 살펴보기로 하자.

홍콩 무협물의 원조는 1928년 상하이에서 만든 「화소홍련사」로 알려졌으며, 외딴 마을의 절대 권력자와 지방민을 이끌고 그에 대항하는 샤오린사의 영웅이 주인공이다. 영화에서 즐겨 차용하는 고전무협물인 「화소홍련사」는 쉬커의 총지휘하에 1993년 쿵푸대회 우승자를 주연으로 기용하여 홍콩에서도 영화로 선을 보였다. 「화소홍련사」와 비슷한 계열의 서양 영화로는 버트 랭커스터와 니크 크라바트의 '짝춤'이 볼 만한 「진홍의 도적」과 「쾌걸 다르도」를 꼽겠다.

홍콩 무술영화의 거목인 쉬커는 1951년 베트남 태생으로 사이공 함락 직전 13살의 나이로 탈출한 난민('boat people')이다. 베트남이나 마찬가지로 미래가 불안한 홍콩에서 '거품'처럼 성장한 그는 미국 텍사스 대학교에서 영화를 공부했고, 1984년 영화사(電影工作室)를 설립하고 우유셴과 청샤오둥(또는 칭시우퉁, 程小東) 등을 규합하여 홍콩 새물결(New Wave) 운동의 핵심 인물로 대두한다. 영화사가 제작과 산업을 주도하던 시대의 헐리우드나 마찬가지로 1970년대 홍콩에서는 감독을 월급쟁이 기술자로 간주했던 골든 하베스트를 위시한 몇몇 대형 영화사가 영화의 예술성과 산업을 함께 좌우하던 실정이었는데, 참신한 미국 유학파 실력자들이 직장과 경력을 얻기 위해 텔레비전 방송사에서 주로 활동하다가, 1979년에 이르러 쉬커, 여성 감독 쉬안화(許鞍華, Ann Hui), 옌하오(嚴浩), 팡위핑(方育平, Allen Fong), 위런

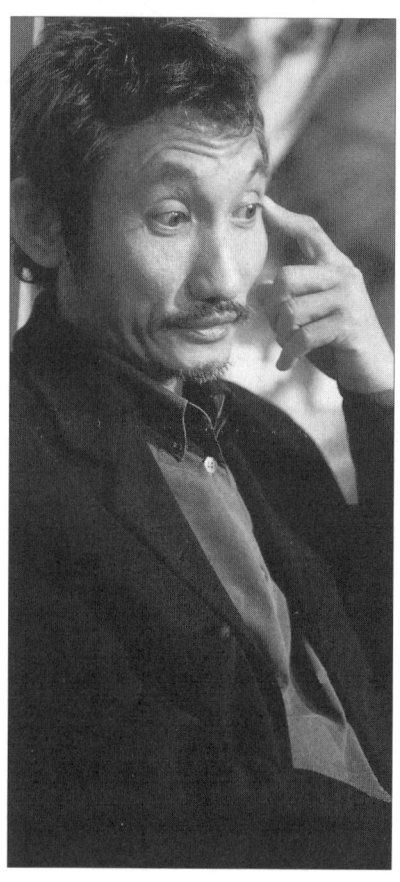

쉬커는 베트남에서 13살의 나이로 탈출한 난민으로, 불안한 홍콩에서 '거품'처럼 성장한 다음 새물결(New Wave) 운동의 핵심 인물로 대두한다.

타이(于仁泰, Ronny Yu) 등이 산업형 영화에 반기를 들고 홍콩 새물결 선언을 내기에 이른다.

영화는 공부가 아니라 오락이기 때문에 너무 심각해서는 안 된다고 믿으며 분야를 가리지 않고 상업적인 영화에도 열심이었던 쉬커는 무협 분야에서 중국 신화와 전설의 시대를 찾아가 1930년대의 인기 무협지 『촉산검협전』을 원작으로 삼아 조지 루카스(George Lucas)의 특수효과 전문 회사인 ILM(Industrial Light and Magic)까지 동원해 가면서 신선과 마왕의 영화를 만든다.

홍콩판 '검과 마법(sword and sorcery)' 영화인 「촉산」은 5세기 말, 11개국이 끊임없는 전쟁 때문에 무고한 양민이 학살되고 생활이 도탄에 빠지자 두 명의 무사가 천하를 구하기 위해 자청, 쌍검을 찾으러 다니는 얘기인데, 아무리 ILM의 솜씨라지만 특수효과가 조잡하고 귀신들의 족보도 복잡하여, 중국 문화에 대한 기초적인 지식을 웬만큼 갖추지 못한 사람이라면 갈피를 잡기가 어려우며, 작품면에서는 어린이용 만화영화 수준을 넘지 못한다.

미국으로 건너간 다음에야 중국인으로서의 정체성을 깨닫게 되었다던 쉬커는 「촉산」에서 헐리우드 기술과 홍콩의 중국성을 무리하게 물리적으로 접합하려 성공을 거두지 못하고는, 전영공작실에 특수효과 전담반(Cinefex Workshop)을 설치하여 홍콩 현실에 알맞은 기술을 개발하면서 청샤오둥으로 하여금 청조 괴담집『요재지이(聊齋志異)』에서 "섭소천(聶小倩)" 편을 가지고 「천녀유혼」을 만들게 한다.

화려한 중국 미술과 혼령의 세계를 영상화한 「천녀유혼」은 국제적으로 크게 성공하고, 홍콩에서는 지극히 당연한 현상이지만, 비슷비슷한 귀신영화가 한때 유행을 이루게 된다.

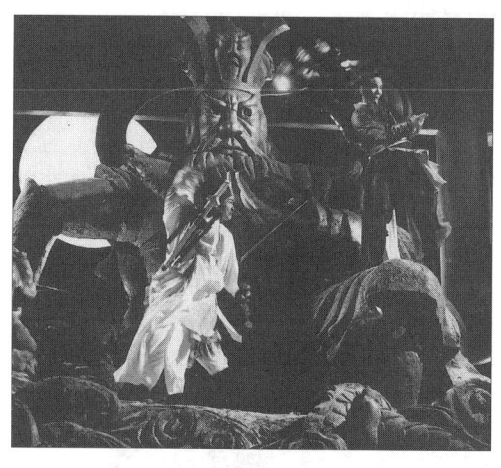

홍콩판 '검과 마법' 영화인 「촉산」은 헐리우드의 기술(특수효과)과 홍콩의 중국성을 무리하게 물리적으로 접합하려다 실패했다는 예증을 남겼다.

청샤오둥이 2년에 하나씩 「천녀유혼」을 3편까지 만드는 사이에, 우유센은 현대판 무협극 「영웅본색(英雄本色, A Better Tomorrow, 1986, 1988)」을 내놓고, 감독으로서의 쉬커는 1989년 「영웅본색」 3편을 만든 다음 중국 무협소설의 거장 진융(金庸)의 작품을 각색한 「소오강호」를 내놓는다. 어떤 무협영화를 만들어야 하느냐에 대한 시각이 다른 세 감독이 겨우 엮어놓은 「소오강호」의 실패를 겪은 쉬커는 줄에 매달려 날아다니거나 기계의 조작에 의존하지 않고 리샤오룽이나 청룽처럼 직접 몸으로 연기하는 배우가 필수적이라는 생각으로 무술에 능한 리리엔시에(李連杰)를 본토에서 데려다 역시 「소오강호」의 후속편으로 「동방불패」를 만든다.

쉬커와 리리엔지에가 다시 함께 만들어낸 「황페이홍(황비홍)」은 중국으로 밀고 들어오는 서양 문물과 맨손으로 맞서는 한의사 주인공의 모습을 보여 주는데, 여기에서 적으로 등장하는 외세 가운데 가장 큰 표적은 영국이 아니라 미국이다. 물론 영국인들도 닥치는 대로 중국인들에게 총질을 하지만, 미국의 금산(金山)으로 중국인들을 끌고 가

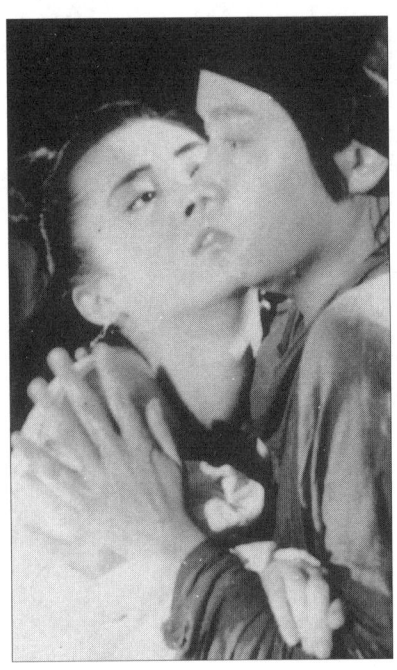

쉬커는 전영공작실에 특수효과 전담반을 설치하여 홍콩 현실에 알맞는 기술을 개발하면서, 화려한 중국 미술과 혼령의 세계를 영상화한 「천녀유혼」을 만들어 국제적으로 크게 성공한다.

서 노예처럼 부려먹는 양인들이 주적(主敵) 노릇을 한다.

「황페이홍」에서는 양키 하수인들과의 마지막 혈투에서, 동양인 주인공이 서양 물건인 총알을 손가락으로 쏘아 싸움을 끝내는 장면이 퍽 상징적이며, 앞에 나오는 여러 대사가 이 한 장면을 과녁으로 삼는다.

"동양놈들 다 미련해. 어차피 서양의 지배를 받아야 한다구."(미국인의 말)

"중국인이 왜 양복을 입어?" "외국이 그렇게 좋다면서 왜 돌아왔지?" "금산이 정말 존재한다면 왜 서양 배가 우리 땅에 들어왔겠어요? 어쩌면 우리 땅이 금산인지도 모르죠."(중국인의 말)

"무술을 아무리 잘해도 총을 당하지는 못한다. 무술만으로는 총을 못 이겨."(황페이홍의 말)

그런가 하면 시카고의 조폭들처럼 극장과 업소마다 돈(protection money)을 뜯으러 다니는 깡패가 상당히 큰 비중을 보이며 등장하는데, 홍콩 영화계에서도 범죄 조직이 당시 비슷한 행태를 보였다. 영화계를 장악하려는 암흑가 폭력 집단들의 싸움에 휘말려 1993년에는 리리엔지에의 매니저가 실제로 총을 맞고 죽기까지 했다.

"사나이는 마땅히 강해야 한다"는 부제가 달린 「황페이홍 2」에서는 총으로 무장한 '서양 오랑캐(양인)'들을 중국 땅으로부터 몰아내기 위해 백련교(白蓮敎)가 칼과 활로 싸우고, 주인공은 백련교와 맨손으로 맞서는 삼각관계를 이룬다. 1895년 청조가 무너져 가던 시기를 시대

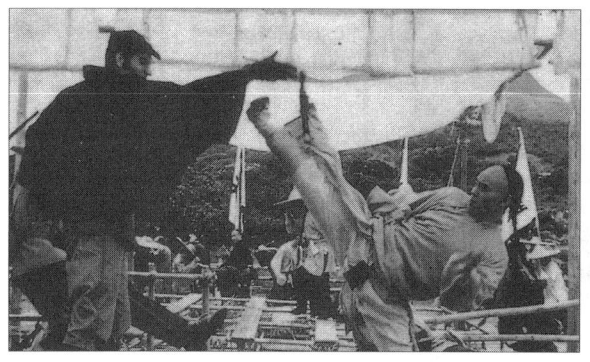
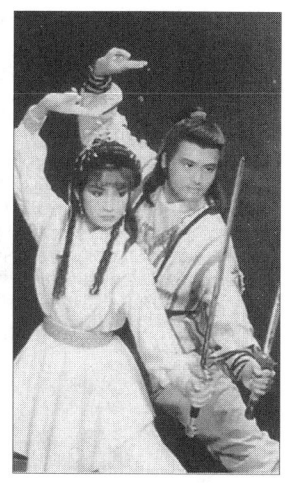

「소오강호」(오른쪽)가 크게 성공하지 못하자 쉬커는 철사줄이나 기계의 조작에 매달리지 않고 직접 몸으로 연기하는 배우가 필요하다는 깨달음을 얻어 리리엔지에를 본토에서 데려온다. 리리엔지에는 「동방불패」에 이어 「황페이홍」(왼쪽)에서도 무술 솜씨를 한껏 발휘한다.

적 배경으로 삼은 이 영화에서는 신해혁명(辛亥革命) 때 민단(民團)의 무술 지도를 맡았던 한의사 황페이홍이 양의사 쑨원(孫文)과 함께 힘을 모아 싸움으로써, 장제스와 마오쩌둥이 갈라서기 이전의 혁명기가 현대 중국의 이상적인 단계였다는 암시를 한다. 이런 암시는 "타이완을 사수하자"면서 도입 부분에 가두 시위가 벌어지는 장면에서도 확인이 가능하다.

그뿐 아니라, 흔들리는 기차 안에서 포크와 나이프를 제대로 써가면서 양식을 먹지 못해 애쓰는 황페이홍의 모습을 보여 주는 장면을 왜 그토록 길게 설정했는지, 백련교도가 영국 공사관을 쳐들어갈 때 (난생 처음 보는) 유리문을 그냥 뚫고 들어가는 이유가 무엇인지, 그리고 시계와 바이얼린과 피아노와 사진과 책뿐 아니라 점박이 달마시언까지도 서양 요물이라면서 백련교가 불태워 없애는 장면은 어떠한 시대적 배경을 마련하는지 곰곰이 따져 볼 만한 일이다.

쉬커의 「황페이홍 2」는 「황페이홍전(黃飛鴻傳, 1949, 감/湖鵬)」, 「황페이홍 용쟁호투(黃飛鴻龍爭虎鬪, 1958, 감/湖鵬)」를 위시하여 같은 인물을 주인공으로 삼은 100번째의 중국 영화로 꼽힌다. 그 이후에도 물론

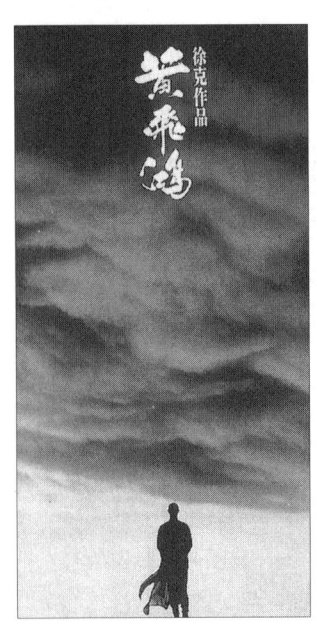

쉬커와 리리엔지에가 함께 만들어낸 「황페이홍」은 중국으로 밀고 들어오는 서양 문물과 맨손으로 맞서는 한의사 주인공의 모습을 보여 준다.

황페이홍 영화는 줄기차게 나타나서, 쉬커의 「황페이홍 3」, 「황페이홍 4(100분, 감/徐克, 출/趙文卓, 王靜瑩, 莫少聰)」, 「황페이홍 5(102분, 감/徐克, 출/趙文卓, 關之琳)」, 「황페이홍 무두장군(黃飛鴻無頭將軍, 90분, 감/徐克, 출/趙文卓, 莫少聰, 徐錦江)」, 「황페이홍 서역웅사(新黃飛鴻西域雄獅, 1997, 감/洪金寶, 출/李連杰, 關之琳)」, 「황페이홍 소림고사(黃飛鴻少林故事, 1995, 115분, 감/徐克, 출/趙文卓, 莫少聰, 熊欣欣)」, 「황페이홍 이상년대(黃飛鴻理想年代, 95분, 감/徐克, 출/趙文卓, 莫少聰)」가 쏟아져 나왔다.

그 이외에도 황페이홍의 이름을 제목에 달고 우리나라에 비디오로 보급된 영화로는 「황페이홍 일대종사(黃飛鴻一代宗師, 90분, 출/錢嘉樂, 林正英)」에다가 원제는 같으면서 우리나라에서는 「황페이홍 철계투오공(黃飛鴻一代宗師, 111분, 감/王晶, 출/李連杰, 張敏, 劉家輝)」이라고 개칭한 작품, 그리고 「황페이홍소전(黃飛鴻小傳, 1992, 95분, 감/李力持, 출/梁家輝, 曾志偉, Alan Tam)」에다가, 15편으로 이루어진 「황페이홍 여십삼이(黃飛鴻與十三姨, Master Hwang and Auntie 13, 각 90분)까지 나왔다. 그뿐이랴. 고아가 된 다음 태산으로 들어가 무술을 익힌 '황비홍'이 천하지배를 꿈꾸는 마왕과 대결하는 한국 영화 「소년 황비홍(감/김봉은, 출/이민호, 한보람, 90분)」은 아예 속편까지 나타났다.

이렇게 유사한 작품의 범람을 보면, 타이완의 해적 출판과 더불어 홍콩의 영화 베끼기가 얼마나 심각한 수준인지 쉽게 짐작이 간다. 그래서 사자놀이 경연대회를 둘러싼 대립 그리고 러시아 남자와의 삼각관계를 곁들인 「황페이홍 3」에 착수하기 전에 쉬커 감독이, 「천녀유혼」을 만들 때나 마찬가지로, 보안 유지에 얼마나 신경을 썼는지는 잘 알려진 사실이다. 심지어 쉬커는 자신의 황페이홍 영화를 남들이 베껴먹기 전에 스스로 줄지어 베껴냈다는 소리까지 들었으며, 원작을 존중할 줄 모르는 이런 풍토가 홍콩 영화의 침체를 가속화했다는 분석도 가능하다.

홍콩 영화 산업의 가장 심각한 약점은, 1960년대 한국에서나 마찬가지로 배우들의 겹치기 출연이 극도로 심하다는 사실 이외에도, 아예 극본에 대한 제안조차도 작가들이 내놓는 대신 영화사에서 주문을 받은 다음에야 그에 따라 집필에 들어가고는 했다는 헐리우드적 상황이다. 영화학교는 물론이요 시나리오 작가 양성 과정조차 없는 홍콩이고 보니, 작품은 없고 기술과 영상만 가지고 관객의 눈을 속이는 쪽으로 치중하여 영화 산업이 발전했던 셈이다.

「황페이홍」의 영어 제목이 세르지오 레오네의 서부극 「웨스턴 (Once Upon a Time in the West, 1969)」과 레오네 감독이 뉴요크 폭력배들을 등장시켜 만든 다른 영화의 제목(「Once Upon a Time in America, 1984)」과 묘한 일맥이 서로 통한다는 사실도 역시 상징적이다. 헐리우드를 모방하다가 오히려 거꾸로 잡아먹는 입장에 도달하기는 이탈리아 서부극이나 홍콩 무협물이나 마찬가지이기 때문이다. 대량학살 등 유사성을 보이는 홍콩 영화와 이탈리아 서부극에 관해서 이미 몇 차례 연관지어 언급했었지만, 홍콩의 무협물과 '스파게티 웨스턴'의 닮은 모습은 진융(金庸)의 원작에서 주인공과 이름만 차용

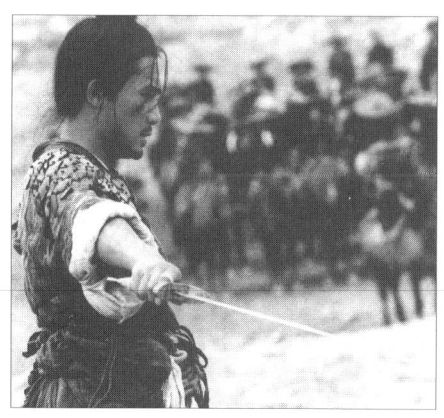

「동사서독」은 미국의 서부극에서 파생된 이탈리아의 '스파게티 서부극'에다 일본 사무라이 영화의 분위기를 가미한 다국적 영화이다.

하여 만든 「동사서독」에서 확연하게 드러난다.

모래바람이 휘몰아치는 붉은 사막의 외딴 주막을 운영하며 살인청
부업에 더 열심인 주인공 무사는 총 대신 칼을 들었을 뿐이지, 영락없
는 「황야의 무법자」이다. 일본 사무라이 영화의 분위기까지도 밑에 깔
고서, 말없이 굳은 표정으로 대결하는 고독한 떠돌이 검객은 서부의
방랑자요, 느린 동작으로 말에서 떨어지는 마적 떼와 홀연히 말을 타
고 나타났다가 사라지는 과묵한 사나이들, 「웨스턴」처럼 원한과 복수
의 끝에서 울리는 칼바람 소리까지도 이탈리아 황야의 총성과 어쩌면
그렇게 똑같은지 모르겠다.

그러나 공통된 영상 언어를 구사하면서도 사막을 거쳐가는 한많은
사연들을 살펴보면 거기에서는 동양이 보이고, 문짝 대신 걸어놓은
성성한 넝마의 무늬와 회전하는 새장의 어른거리는 그림자 속에서 들
려오는 줄거리도 퍽 좋고, 화면 구성까지도 매우 훌륭하다. 그리고 황
량한 강호의 사나이는 선문답도 한다.

"젊은 시절에는 산을 넘어가면 무엇이 나오나 한때 무척 궁금했지
만, 산 하나를 넘어 봤자 또 산이 나올 뿐이라는 진실을 나는 이미 깨
달았다."

찾아보기 ●---

■ 「화소홍련사(火燒紅蓮寺, 홍콩, 104분)」, 감/林嶺東, 출/季天笙, 李若彤
■ 「촉산(新蜀山劍俠, Zu Warriors of the Magic Mountain, 1983, 홍콩, 100분)」, 감/
  徐克, 程小東, 胡金銓, 출/鄭少秋, 元彪, 洪金寶, 林青霞
■ 「천녀유혼(倩女幽魂, A Chinese Ghost Story, 1987, 홍콩, 88분) 감/程小東, 출/王
  祖賢, 張國榮, 午馬
■ 「소오강호(笑傲江湖, Swordsman, 1990, 홍콩, 128분)」, 감/徐克, 출/許冠傑, 張學友
■ 「동방불패(東方不敗, 1992, 홍콩, 114분)」, 감/程小東, 출/李連杰, 林青霞, 關之琳
■ 「황페이홍(黃飛鴻, Once Upon a Time in China, 1991, 홍콩, 142분)」, 감/徐克, 출/

李連杰, 元彪, 張學友, 關之琳, 鄭則士, 牛馬, 劉洵, 表祥仁, 任世官, 黃子楊
- 「황페이홍 2(黃飛鴻之二, 男兒當自强, 1992, 홍콩, 115분)」, 감/徐克, 출/李連杰, 關之琳, 莫少聰, 甄子丹, 任世官, 梁日豪
- 「황페이홍 3(黃飛鴻之三, 獅王爭覇, 1992, 홍콩 115분)」, 감/徐克, 출/李連杰, 關之琳, 莫少聰, 劉洵, 熊斯炊欣, 趙箭
- 「동사서독(東邪西毒, Ashes of Time, 1994, 홍콩, 100분)」, 감/王家衛, 출/張國榮, 張蔓玉, 梁家輝, 林靑霞, 梁朝衛, 劉嘉玲, 楊采妮, 張學友

우리나라 음악(國樂)을 거의 쓰지 않고 양악만 배경에 깔아주는 우리 영화와는 달리 중국 음악으로 일관하는 「붉은 수수밭」에서처럼, 장이머우 감독의 '중국식 얘기하기(narrative)'는 대륙적 서사극의 우렁찬 분위기 속에서, 중국은 그들 자신의 방식대로 얘기할 터이며, 서양이 무서워서 무작정 흉내를 내지는 않겠다고 고집한다. 사진은 장이머우의 여러 모습

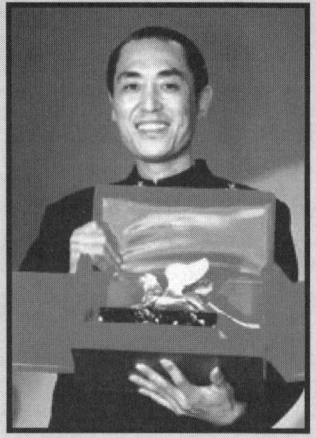

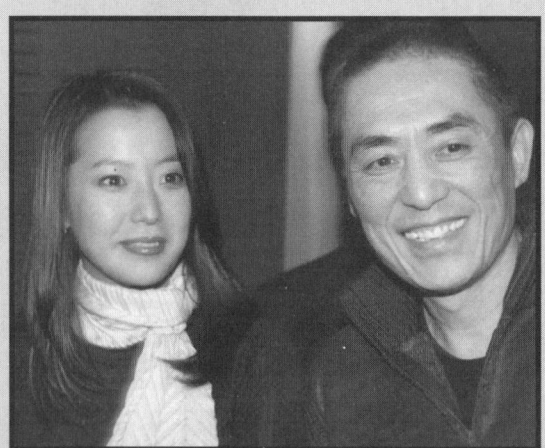

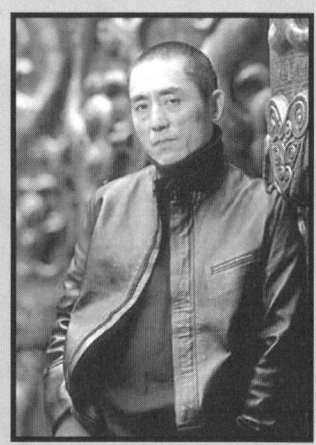

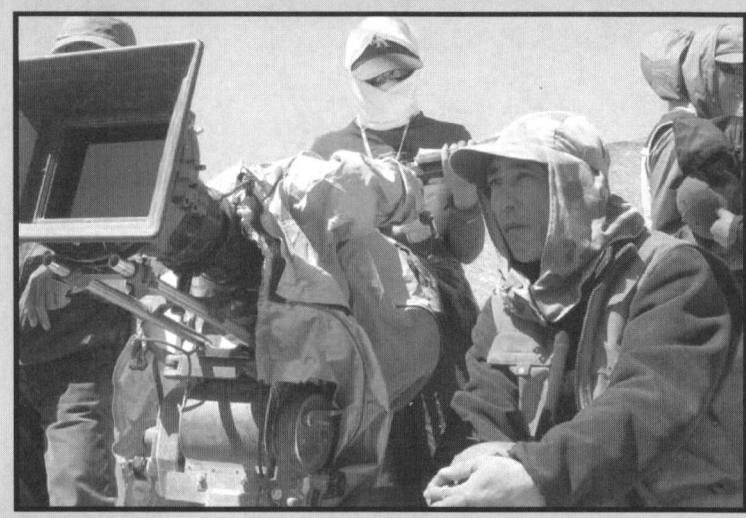

「붉은 수수밭」의 풍경

　　미학을 포기하지 않은 대륙의 예술 영화들로부터, 그리고 예술성보다는 역사성을 추구했다고 여겨지는 타이완 영화로부터 비록 차별화를 당하기는 하지만, 그래도 어쨌든 상업적으로는 중국에서 가장 성공한 홍콩 영화는, 명나라 시대를 배경으로 환상과 괴담과 궁중사극을 버무린 「협녀」 같은 영화로 기술면에서나마 세계적인 주목을 받기도 했지만, 이제 헐리우드로 많은 인력을 빼앗기고 사회주의 체제로 흡수된 다음이어서 과연 과거의 상상력과 실험 정신과 도전의 의지가 얼마나 다시 꽃피우려는지 아직은 미래를 가늠하기가 쉽지 않다.

　　그리고 지금까지의 홍콩 영화라면 워낙 우리나라에 수입된 작품이 많기 때문에, 예를 들어 비디오로 보급된 청룽의 영화라든가 아니면 무협영화만 가지고 목록을 만들려고 해도 대단히 많은 지면이 필요하고, 그래서 다른 관련 분야와 연결해서 몇 차례에 걸쳐 기회가 날 때마다 분산 소개하기로 하겠으며, "문학과 역사"에 해당되는 작품은 이쯤에서 마무리를 짓고 중국의 '본토 영화'를 살펴보기로 하자.

필자는 소설 『하얀 전쟁』을 영어로 개작하느라고 1987년 난생 처음 미국이라는 나라를 찾아갔을 때 로스앤젤레스에서 어느 한국인 극작가로부터 「붉은 수수밭」이라는 영화에 관한 얘기를 들었다. 그리고 마침내 영화 「붉은 수수밭」을 접한 순간, 가장 먼저 머리에 떠오른 생각은 정치와 이념 때문에 중국의 영화를 전혀, 중국이라는 나라 자체를 정말로 전혀 모르면서도 대한민국은 얼마나 태연하게 살아왔나 하는 부끄러운 자책감이었다.

온통 시네마스코프 화면을 가득 채운 붉은빛, 핏빛, 황톳빛이 고화질(HD)의 샅샅함 따위는 아랑곳하지도 않고 투박하게, 웃통을 벗어

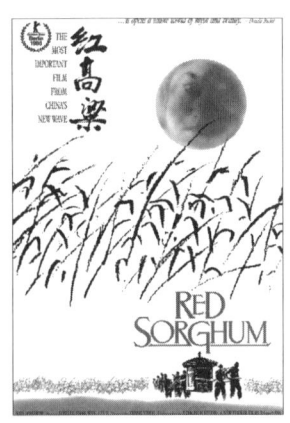

젖히고 우렁차게 민요를 합창하며 빨간 가마를 흔들어대는 빡빡머리 남자들과 시집가는 주얼(九月)이의 모습을 (웬만한 단편영화만큼이나) 긴 시간 동안 쫓아가면서 고량주의 얘기는 시작된다.

낯선 중국의 풍습을 접하게 된 관객은 대나무 울타리(竹의 帳幕) 너머에는 이념을 앞세운 선전용 영화말고는 예술과 인생은 존재하지 않는다던 대한민국의 판박이 반공 세뇌 교육에 배반감을 느끼지 않을 수가 없었고, 도대체 언제 중국 본토에서 이런 예술

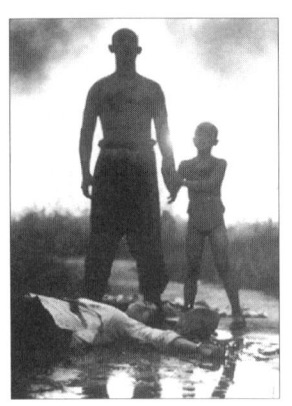

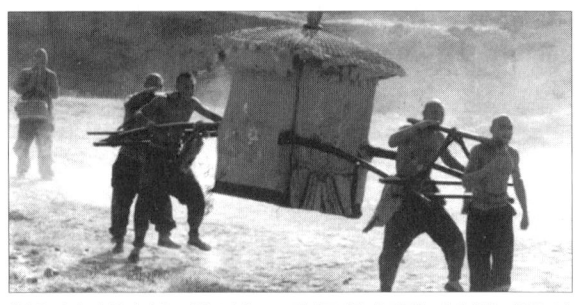

「붉은 수수밭」은 '자유 진영' 관객으로 하여금 '죽의 장막' 너머에서 이념을 앞세운 선전영화가 아닌 진정한 예술영화들이 언제부터 만들어지기 시작했을까 궁금한 생각이 들게 만들었다.

영화들이 만들어지기 시작했을까 궁금해지기 시작한다.

하지만 그런 예술사(藝術史)는 잠시 밀어두기로 하자.

서양을 공부한 홍콩의 작가들이 화면에 올리는 중국의 모습과는 너무나 크게 다른 「붉은 수수밭」의 중국이 「조이 럭 클럽」처럼 바다를 건너가 버린 중국인의 회상을 어떻게 자극했을까 궁금해진다. 중국을 '구경'한 서양인의 얘기가 아니라 드디어 스스로 모습을 드러내는 중국, 안에서 본 중국의 삶이 서양에 어떤 충격을 주었을지는 짐작하기가 훨씬 쉽다.

해설자는 산둥(山東) 성의 어느 외딴 마을, 50이 다 되도록 문둥이여서 장가를 못 간 양조장 주인에게 그의 할머니가 1929년에 시집을 갔다는 전설 같은 얘기를 느닷없이 꺼낸다. 문둥이가 차지하려는 싱싱하고 순결한 처녀―중국의 얘기는 그런 식이다. 장풍(掌風)의 위력이 어떻다거나 사람의 고기로 만두를 만들어 먹었다거나 하는 황당무계한 잔혹함이 그들 문화의 한 가닥이기 때문이다.

그것은 중국외인(中國外人)에게는 논리와 예측의 파괴를 강요한다. 이러한 중국식 얘기하기(narrative)는, 우리나라 음악('國樂')을 거의 쓰지 않고 양악만 배경에 깔아주는 우리 영화와는 달리 중국 음악으로 일관하는 「붉은 수수밭」으로 하여금, 대륙적 서사극의 우렁찬 분위기를 품게 한다. 중국은 그들 자신의 방식대로 얘기할 터이고, 서양이 무서워서 무작정 흉내를 내지는 않겠다고 말한다.

"말 한마디에 나귀를 내줄 만큼 대단한 집"으로 시집을 가게 된 주얼(九兒, 9월에 태어난 아이)은 어느 일가(一家)와 시대를 끌고 가는 대하소설적 구조의 여주인공이고, 우리는 여인의 운명과 모진 숙명에 시달리는 '여자의 일생'을 예측하지만, 「붉은 수수밭」은 그런 통계학적인 과반수 논법의 전개도 거부한다. 그리고 91분짜리 영화치고는 대단히 크고 웅장한 듯싶은데도, 전개 또한 빠르다.

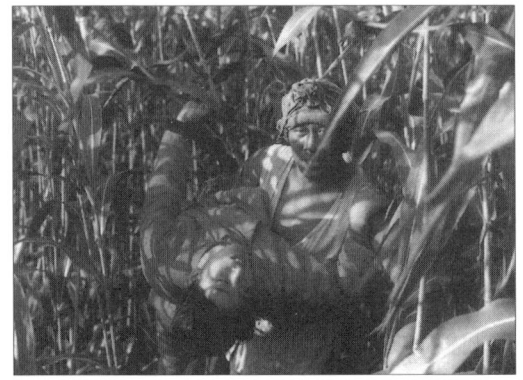

문둥이에게 시집가는 새색시를 신행(新行) 길에 「붉은 수수밭」에서 겁탈(사진)한 가마꾼은 "뒤돌아보지 말고 용감하게 앞으로 나아가라"는 노래를 부르며 집으로 가서 양조장 주인까지 죽여 없애고는 '혁명'을 완수한다.

　　해설자의 할아버지인 남주인공 가마꾼 위잔아오(余占鰲)는 새색시를 탐내고, 신행(新行) 길에 수수밭에서 그녀를 겁탈한 다음, "뒤돌아보지 말고 용감하게 앞으로 나아가라"는 노래를 부르고, 곧장 양조장 주인까지 죽여 아예 장애물을 없애 버린다. 너무나 큰 운명 앞에서 꼼짝도 못하게 된 여인이 어떻게 저항하려나 걱정을 하게 되는 순간, 강간에 동의한 간통으로 해방을 찾은 주얼이는 양조장의 여주인이 되고, 적당히 남성적이며 야만적인 가마꾼은 남들이 보는 앞에서 주인마님을 원시인처럼 거꾸로 들고 안방으로 들어가 차지해 버린다.

　　정말로 변하지 않으면서도 엄청난 혁명이 순식간에 이루어지는 나라 중국에서는 이런 식으로 퉁그러지는 논리가 전개되고, 기름진 서양의 때가 묻지 않은 미개한 모습을 용감하게 스스로 드러내며, 연극학교를 갓 졸업했고 치열교정조차 하지 않은 여배우 궁리를 당당히 앞세우고, 이렇게 그들 멋대로 영화를 만든다.

　　역사를 정리하려는 사회주의 국가의 단호함이 돋보이는 후반부의 얘기는, 원작이 모옌(莫言)의 소설 두 편 『붉은 수수밭(紅高粱)』과 『고량주(高粱酒)』이어서겠지만, 앞 부분 얘기와 완전히 단절된다. 갑자기 일본군이 쳐들어와서, 도로 공사에 중국인 40만 명을 동원하고 1천 명을 살해하는데, 그런 역사의 소용돌이 속에서 주얼이 양조장의 수수밭도 길을 내기 위해 초토화된다.

그리고는 백정을 시켜 산 사람의 가죽을 벗기는 일본군의 잔혹함에 시골 사람들은 액을 쫓는 핏빛 붉은 술을 마시는 예식을 치르고, 일식이 찾아와 온세상이 온통 붉어진 수수밭에서 고량주를 항아리에 담아서 만든 엉성한 지뢰와 폭탄으로 일본군을 서투르게 공격하다가 전설의 두 주인공이 모두 목숨을 잃는다.

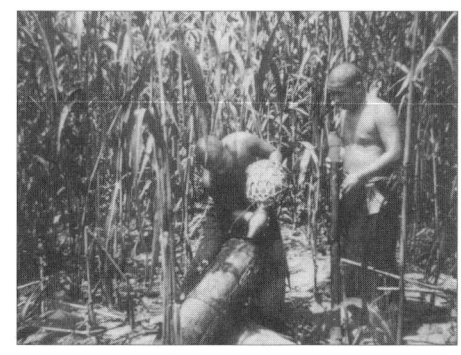

「붉은 수수밭」의 후반부에서는 주인공들이 고량주로 폭탄을 만들어(사진) 일본군에 저항하다가 모두 죽음을 맞는다.

첫 감독 작품 「붉은 수수밭」으로 베를린과 몬트리올 등의 국제 영화제에서 주목을 받은 장이머우 감독은, 1988년의 범작 「암호명 퓨마(代號美洲豹, Operation Cougar)」를 거쳐, 중국과 홍콩의 합작 영화 「진용(秦俑)」에서 배우로 출연하는 동안의 준비 과정을 거쳐, 일본 자본을 끌어내고 궁리를 다시 앞세워 「붉은 수수밭」과 여러 면에서 아주 비슷한 공식을 적용한 작품 「쥐더우(菊豆)」를 만들어 아카데미 최우수 외국영화 후보에 오른다.

우선 시공간적 배경이 역시 1920년대 어느 산골 마을이고, 50살의 문둥이 양조장 주인 대신 비슷한 나이의 염색공장 주인 양진산(楊金山)이 여주인공을 사다가 "돈을 주고 샀으니 내 마음대로 한다"면서 밤마다 가학성 변태행위로 괴롭히고 온몸에 멍이 들도록 두들겨팬다. 성불능자여서 두 명의 아내에게서 자식을 얻지 못하고 여자들을 괴롭히기만 하는 양진산은 물론 덩샤오핑(鄧小平)처럼 늙은 극소수의 절대권력자가 단단히 장악했던 중국 공산당을 상징한다.

그리고 가마꾼 대신 이번에는 주인의 조카이면서도 노예처럼 일하던 티엔칭(天靑)이 외양간 구멍으로 몰래 여주인공의 발가벗은 몸을

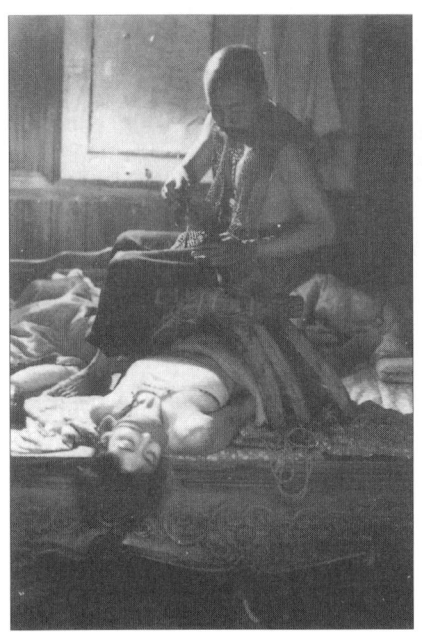
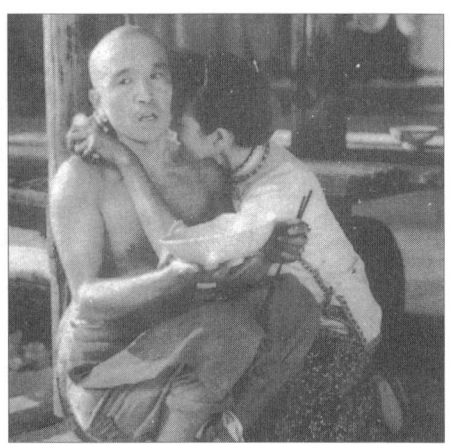

아카데미 최우수 외국 영화 후보에 오른 「쥐더우」에서 성불능자이며 가학적으로 여자들을 괴롭히기만 하는 염색공장 주인 양진산(왼쪽 사진의 남자)은 덩샤오핑(鄧小平)처럼 늙은 극소수의 절대권력자가 단단히 장악했던 중국 공산당을 상징한다. 핍박을 받던 여주인공은 노예처럼 일하던 양노인의 조카(오른쪽 사진의 남자)를 유혹하여 복수를 시작한다.

훔쳐보다가 들키고는 오히려 숙모로부터 "늙은이가 없는데 뭐가 두려워요? 목석인가 보군요"라는 적극적인 유혹을 받고, 결국 그들은 불륜을 통해서 해방을 맛보고, 숙부 양씨가 중풍에 걸려 꼼짝도 못하게 되자 남녀 주인공은 「붉은 수수밭」에서 주얼이와 가마꾼이 그랬듯이 늙은 주인의 재산을 차지한다.

시골 마을과 염색 공장이라는 이중으로 제한된 공간 속에 갇힌 주인공들은 노인의 횡포 때문에 받았던 고통에 대한 분풀이를 기묘하고도 잔인하게 실천하는데, 염색을 위한 목재 기구들의 기이한 풍경 속에서 바퀴 달린 통에 담겨 공중에 대롱대롱 매달린 노인의 모습은 가히 포우(Edgar Allan Poe)적이기까지 하다. 하지만 포악함을 잔혹함으로 앙갚음하려는 두 사람의 행각은 다시 악을 징벌하려는 악마처럼 침묵하며 버티고 서서 지켜보는 불륜의 아들에게서 최후를 맞는다. 문중회의에서 집안 어른들이 맑고 깨끗하라고 티엔바이(淸白)라는 이름을 붙여준 아들이 심판자의 역할을 스스로 맡고 나섰기 때문이다. 티엔바이는 문화혁명에 앞장서서 합리적인 윤리적 기준도 없이 엄청난 파괴력을 행사했던 무서운 아이들(홍위병)을 상징한다.

아들과 마을 사람들의 눈을 피해 욕정을 계속 채우려던 두 사람은 몰래 만날 장소가 없어지자 공기가 잘 통하지 않는 지하 토굴 속에서 금지된 불륜을 계속하다가 질식하여 의식을 잃고, 말없는 아들은 아버지를 끌어내 염색통의 물에 빠뜨려 죽이고, 겨우 정신을 차린 쥐더우는 악의 소굴에 불을 지른다. 원초적 관계와 근친상간 그리고 끝없는 보복이 얽힌 희랍 비극처럼 읽히는 내용이다.

민주화 운동이 실패로 끝난 직후 예술인들이 탄압을 받던 시기에 태어난 이 영화는 "소수의 늙은이"들이 통치하던 중국 정부로부터 국내에서는 상영 금지가 되었고, 아카데미 영화제에 작품을 제출했다는 이유로 관련자들이 징계를 받았다. 아버지가 국민당 장교였기 때문에 어려서부터 차별을 받으며 살아야 했던 장이머우 감독이 1966년 문화혁명을 맞아 고향 시안(西安)에서 쫓겨나 산시(陝西) 성의 한 농촌으로 하방되어 겪었던 고난, 그리고 부모가 반혁명분자로 체포된 다음 어린 두 동생을 부양하기 위해 섬유공장에서 일했던 시절을 영상으로 담아내는 과정에서, 주인공 노인의 행태를 통해 중국의 통치 형태를 상징했기 때문이었다.

'세 개의 중국'이 합작으로 만든 장이머우의 세 번째 영화 「홍등」은 궁리가 주연하는 '중국 여인 이야기' 3부작의 종결편이라는 기분이 들 정도로, 앞의 두 작품과 비슷한 면이 많으며, 화면은 계속해서 붉은 색으로 뒤덮이고, 시대적인 배경 또한 같은 1920년대이고, 문둥이가 사는 곳이어서 인적이 드물었던 「붉은 수수밭」이나 「쥐더우」의 '외딴 시골' 분위기도 약간 도시적이고 부르주아적이기는 하지만, 그대로 폐쇄적인 공간으로 이어진다.

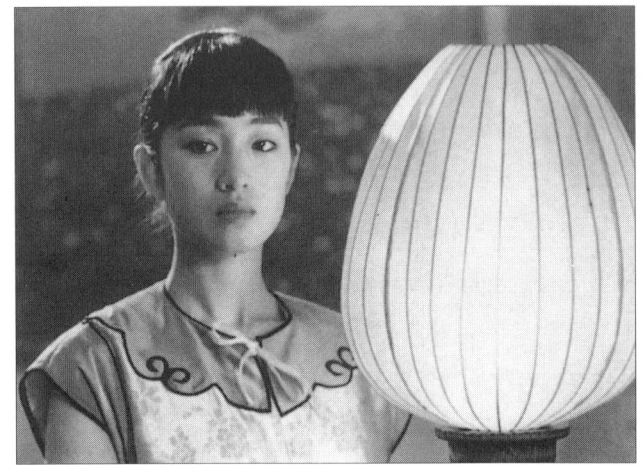

'세 개의 중국'이 합작으로 만든 장이머우의 세 번째 영화 「홍등」은 궁리가 주연하는 '중국 여인 이야기' 3부작의 종결편이라고 하겠다.

쑤퉁(蘇童)의 소설 『처첩성군(妻妾成群, Wives and Concubines)』을 원작으로 삼은 이 영화의 여주인공 쑹롄(頌蓮)은 대학을 반 년쯤 다니다가 아버지가 세상을 떠나는 바람에 돈만 아는 계모의 뜻에 따라 열아홉 젊은 나이에 부잣집 넷째 첩으로 팔려가 역시 기구한 비극적 운명을 시작한다. 아버지(53세)뻘인 신랑 천쭤쳰(陳佐千)이 보내준 꽃가마를 마다하고, 하숙을 옮기듯 달랑 가방 하나 들고 쑹롄이 '부잣집'에 도착하여 네 번째 마님으로 신고하는 순간부터 영화가 끝날 때까지, 관객은 바깥 세상을 보지 못한다.

1958년 우리나라 국전에서 부통령상을 받은 연정(然靜) 안상철(安想喆) 화백의 "잔설(殘雪)"을 연상시키는 촘촘한 무늬의 기와 지붕이 첩첩(疊疊)한 성(城)의 분위기를 마련하고, 「쥐더우」의 복잡하고도 투박한 기하학적 목재 기구들 대신 정갈한 직사각형의 뜰과 문과 그리고 또 수많은 직사각형이 중첩된 '부잣집'에서, 전통적인 '법도(法道)'에 갇힌 쑹롄은 괴이한 성(sex)의 예식을 접한다.

주인이 오늘밤을 같이 지내기로 결정이 내린 첩의 침소에는 문 밖에 홍등을 높이 내걸고, 남편을 모실 여자는 발바닥 안마를 받은 다음 예쁘게 몸치장을 한다. 어긋나거나 빗나가는 각도로 먼발치서만 찍었기 때문에 한 번도 얼굴을 제대로 보이지 않는 주인 천쮜첸은 성행위를 하는 동안 여자를 더 자세히 보기 위해 방 안에도 홍등을 잔뜩 밝힌다. 홍등가(紅燈家)의 뜰 좌우로 유곽처럼 늘어선 처소에서 네 명의 처첩은 성의 노예처럼 점호를 받는 자세로 문 밖에 도열해서 대기하고, 그곳에 보이지 않는 주인 천쮜첸은 그들 계급사회에서 정상을 차지하며 성행위를 즐기는 수컷의 절대적인 권위를 과시하느라고, 가장 하층인 종들의 입을 통해 그날 밤을 위해서 선택한 계집의 이름을 밝힌다.

경제력을 휘어잡은 봉건사회의 '주인' 천쮜첸은 「붉은 수수밭」이나 「쥐더우」에서와는 달리 이 영화에서는 끝내 궁리에게 자리를 빼앗기지 않는다. 하룻밤 간택을 받기 위해 문 밖에서 기다리는 대학 중퇴생 궁리의 모습은 역사보다 전통이 얼마나 느릿느릿 움직이는지를 잘 보

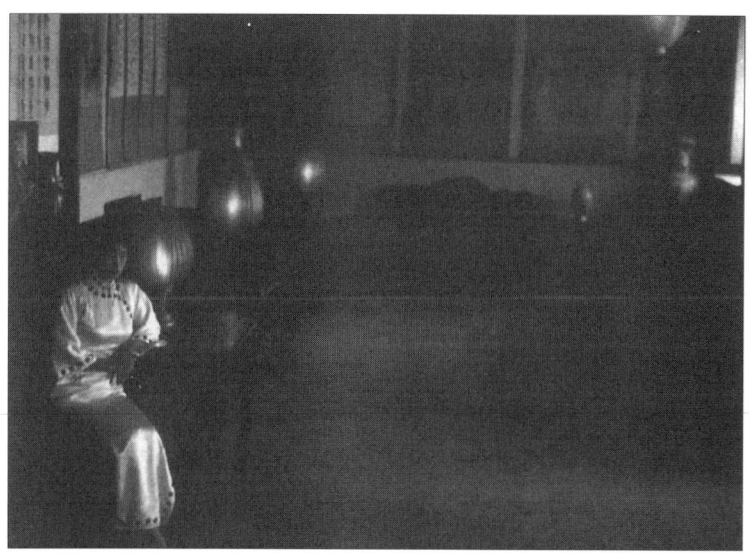

홍등가(紅燈家)의 뜰 좌우로 유곽처럼 늘어선 처소에서 네 명의 처첩은 성의 노예처럼 하룻밤 간택을 받기 위해 한없이 기다리기만 한다.

여 준다. 아무리 서양 교육을 받은 지식층 여자라도 전통적인 권위를 타고 앉은 봉건 군주 천쮜첸 앞에서는 그렇게 무기력하기만 하다.

아침마다 식탁에 네 명의 처첩이 둘러앉아 함께 밥을 먹는 예식의 전통과 법도에 반발한 쑹롄은, 주인 천쮜첸이 출타했기 때문에 참석하지 않은 식탁에서는 용감하게 자리를 박차고 일어난다. 그리고 여자로서의 가치를 잃고 '퇴물'이 된 첫째는 무너져 가는 봉건사회에서 마지막 굴레를 벗으려고 저항하는 젊은 여자의 이런 몸부림을 보고 한마디한다.

"이 집안은 너희들 때문에 박살이 나겠지."

절대권력에 항거할 능력이 없는 여자들은, 인생의 목적과 설계라는 말이 무의미할 만큼 늙어 버려 싸우기를 아예 포기한 첫 번째 마님을 제외하고는, 자기들끼리 서로 모질게 괴롭히고, 해치고, 그래서 결국 모두가 시달리며 지붕 위에서 헤맨다. 쑹롄은 "무얼 얻어먹겠다고 계속해서 서로 질투하고 모략하는지 모르겠다"면서도 누구 못지않게 치열한 암투를 시작한다. 겉으로는 상냥하고 친절한 체하면서도 뒤로 돌아다니며 온갖 간교한 음모를 꾸미는 둘째 부인 쥐윈(卓雲)이 그녀를 괴롭히기 위한 무술(巫術, voodoo)을 썼다는 사실을 알고 난 다음 쑹롄은 머리를 잘라 주다가 가위로 둘째의 귀를 베어 버리기도 한다.

혼자만 아들을 못 낳아 불리한 입장에 처한 둘째보다도 다른 첩들과의 경쟁에서 훨씬 적극적인 셋째 메이산(梅珊)은 경극 명창 출신으로서, 주인이 다른 처소로 들면 몸이 아프다고 엄살을 부리는 등 온갖 수단을 부려서 그녀의 처소로 천쮜첸을 끌고 가고는 하는데, 새벽에 뜰에 나가 귀신의 곡성처럼 노래를 불러대는 셋째와 마주친 넷째가 낮은 지붕들을 굽어보며 나누는 대화가 홍등 집안 여인들의 삶을 잘 대변한다.

"형님은 노래를 잘 부르는군요."

"잘 부르긴, 이건 연기에 지나지 않아. 잘하면 남을 속이게 되고, 못하면 자신을 속일 뿐이지. 자신조차 속이지 못한다면 귀신을 속일 수밖에."

"사람과 귀신의 차이가 뭐죠? 우린 살아 있어도 귀신이나 마찬가지인데. 도대체 이 집에서 우리들의 존재는 뭔가요? 개나 고양이나 쥐새끼하고 다를 바가 없어요. 사람이 아니고요."

서양에서는 이해하기 힘들 정도로 요괴적인 여인들의 대립 가운데 가장 치열한 관계는 깨우친 여성 쑹렌과 주인 천줘첸이 귀여워해 주니까 방안에서 몰래 홍등을 밝혀가며 네 번째 마님의 자리에 오르려다 뜻을 이루지 못한 하녀 옌얼(雁兒)의 관계이다.

50 년 전까지만 해도 우리나라에서 대물림을 하던 고부간의 갈등이나 마찬가지로 쑹렌은 부잣집 첩 생활을 시작하던 첫날부터 서릿발처럼 시작된 옌얼의 도전을 받고는, "어디까지나 마님은 마님이고 종년은 종년이야"라면서 자신의 한에 대한 분풀이를 하녀에게 맹렬히 자행한다.

반 년이 흘러가도록 전통과 법도를 끝내 극복하지 못한 쑹렌은 마

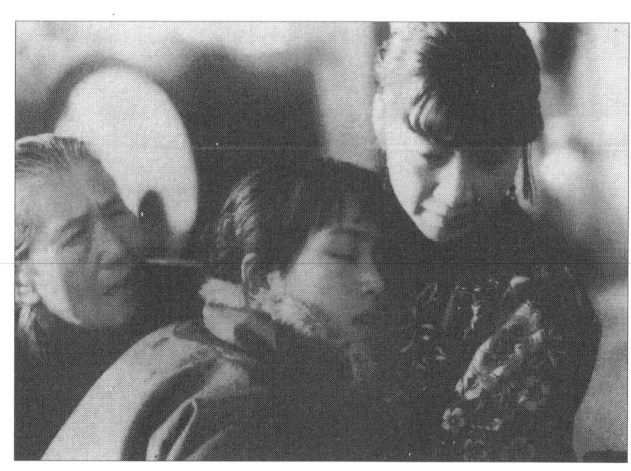

쑹렌은 마침내 첩들의 경쟁에 적극적으로 대처하기 위해 거짓말을 하여 영감님을 독차지하고 특별대우를 받기도 하지만, 결국 봉등(封燈)을 당한 다음 술에 취해 실수를 저지르고 끝내 정신이상을 일으킨다.

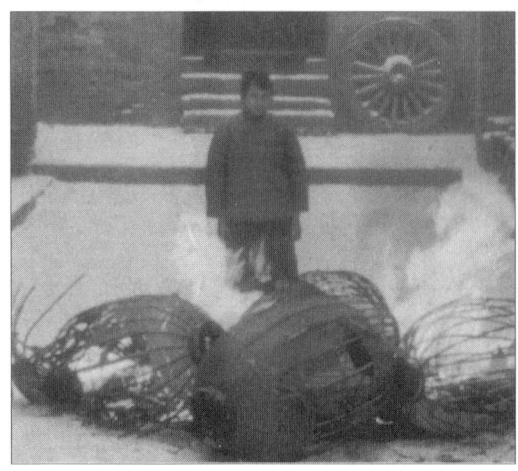

하녀가 몰래 만들어 숨겨놓은 홍등을 여주인공 쑹롄이 불태우고, 하녀와 넷째 마님의 갈등은 결국 두 사람 모두 파멸로 몰고간다.

침내 첩들의 경쟁에 적극적으로 대처하기 위해 "사랑을 받는 동안 아들을 낳아야 계속 주인을 차지한다"는 원칙을 따르기로 작정해서, 주인모시기의 횟수를 늘여 아들을 잉태하기 위해, 아직 하지도 않은 임신을 했다고 거짓말을 하여 영감님을 독차지하고 특별대우를 받기 시작한다. 그러나 빨래감에서 피묻은 쑹롄의 속옷을 발견한 옌얼이 둘째에게 비밀을 고해바쳐 분노한 주인은 쑹롄에게 봉등(封燈)을 명한다. 이 사건은 다시 쑹롄의 보복으로 이어지고, 옌얼은 잘못을 시인하고 용서를 빌라는 큰마님의 말을 끝까지 거역하고는 눈이 내리는 뜰에서 꿇어앉아 벌을 받다가 쓰러져 얼어죽고 만다.

충격을 받은 쑹롄은 스무 살이 되던 생일날, 혼자서 술을 먹고 취한 바람에, 셋째가 집안의 주취의와 불륜의 관계를 계속해 왔다는 비밀을 둘째에게 실수로 털어놓게 되고, 「제인 에어」와 「레베카」의 음산한 비밀의 방을 연상시키는 옥상의 골방으로 메이산이 발버둥치며 끌려가, 참혹한 자살로 옌얼에 이어 역시 죽음을 맞게끔 원인을 제공한 쑹롄은 끝내 정신이상을 일으킨다.

이듬해 여름이 되자 열서너 살밖에 안 되어 보이는 다섯째 마님이

들어와서는 발바닥 안마를 받고, 모든 얘기가 다시 되풀이된다.

찾아보기 ●---

▌「협녀(俠女, Touch of Zen, 1976, 홍콩, 175분)」, 감/胡金銓, 출/徐楓

▌「붉은 수수밭(紅高粱, Red Sorghum, 1987, 중국, 91분) 감/張藝謨, 출/鞏俐, 姜文, 滕汝駿

▌「쥐더우(菊豆, Ju Dou, 1989, 중국 일본, 95분) 감/張藝謨, 楊鳳良, 출/鞏俐, 李保田, 李緯

▌「홍등(大紅燈籠高高掛, Raise the Red Lantern, 1991, 중국-타이완-홍콩, 125분) 감/張藝謨, 출/鞏俐, 何賽飛, 馬精武, 曹翠芬, 周琦, 孔琳, 金淑媛

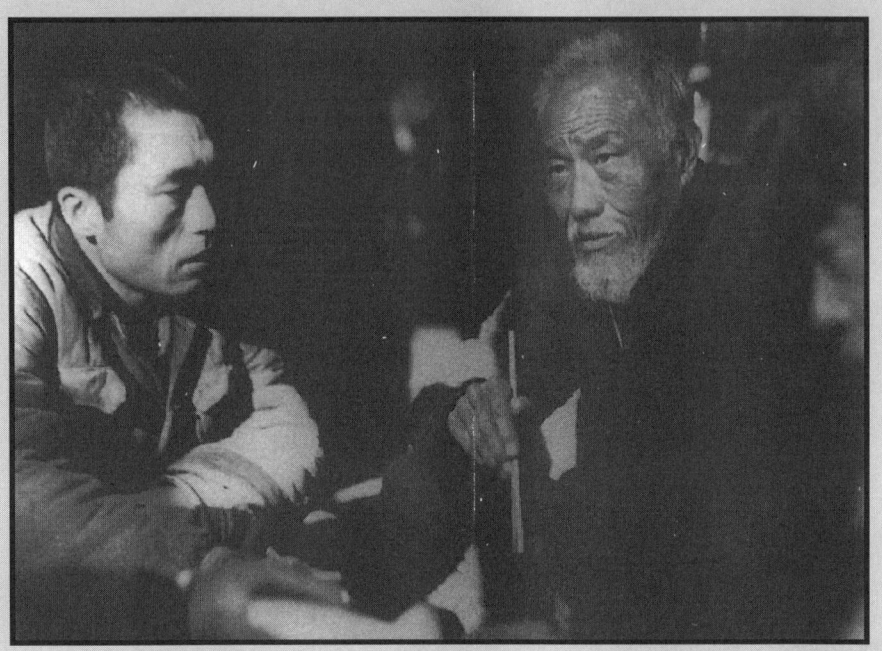

문학이나 음악 또는 미술과 같은 어떤 예술 분야에서 대가의 경지에 이른 인물은 지리적인 국경을 적용 시킬 수 없는 하나의 독립된 세계를 이룬다. 영화에서는 스웨덴의 잉마르 베리만이 그러하며, 중국의 장 이머우 또한 그러하다. 장이머우(왼쪽)는 우티엔밍 감독의 「오래된 우물」에 연기자로 출연하여 1987년 도꾜 영화제에서 남우주연상을 수상하기도 했다.

살아남은 승리자

중국이 한국전쟁에 적극적으로 참여하기 시작한 1951년에 태어난 장이머우는 섬유공장에 다니던 시절에 영화에 관심을 갖기 시작했고, 1978년 베이징전영학원 촬영과를 졸업한 다음 1982년 난닝(南寧)의 광시촬영소에서 일자리를 얻어, 장췬자오 감독의 「하나와 여덟(一個和八個, 1984)」에서 촬영 솜씨를 발휘했고, 이듬해 「황토지」와 「대열병」에서 천카이거와 공동 작업을 했다. 시안영화촬영소로 배속된 그는 우티엔밍 감독의 「오래된 우물」에 출연하여 1987년 도꾜 영화제에서 남우주연상을 수상하기도 했다.

이어서 「붉은 수수밭」, 「쥐더우」, 「홍등」을 거치면서 세계적인 작가로 부상했지만, 「홍등」이 지나치게 형식주의로 기울었다는 평을 듣고는 우리나라에서 「귀주 이야기」라고 제목을 잘못 붙인 「치우쥐 이야기」에서부터 '탈피'를 시도했다고 한다. 동양의 잉마르 베리만이라고 해도 손색이 없을 만큼 자신의 작품 세계를 굳게 다져 놓은 장이머우가 과연 서양 비평가들의 말을 듣고 궤도 수정을 해야 되겠다는 결심을 했다거나 실제로 타협을 했으리라고는 믿어지지 않지만, 그가 현재 진행 중인 영상세계의 구축은 변질이 아니라 성숙을 계속한다고 보인다.

장이머우의 화법이 다양화하는 흔적은 「치우쥐 이야기」에서부터 가시적으로 나타나기는 하지만, 영화의 원제목인 "치우쥐 소송에 임하다"라는 단일 사건을 줄거리로 삼는 까닭에, 지금까지 살펴본 세 편의 장이머우 영화에서처럼 일가(一家)를 통해 한 시대를 관찰하는 서사시적 규모와 역사 의식이라는 측면에서는 「치우쥐」보다 훨씬 밀접한 일관성을 보이는 「인생」부터 여기에서는 마저 살펴보기로 하겠다.

1992년 발표되어 우리나라에서도 "살아간다는 것"이라는 제목으로 번역된 전위작가 위화(余華)의 사실주의 소설이 원작인 「인생」은 처음으로 궁리가 뒤로 물러나고 남성이 주인공으로 등장하며, 시대적인 배경을 20 년 가량 현대(1940년대)로 끌고 와서, 무대를 외딴 시골로부터 도회지와 여러 지방으로 확대하고 이동하며, 「닥터 지바고」처럼 일대기를 꾸미며 역시 수많은 서양의 영화상을 받아냈다.

부잣집 아들답게 이름을 푸구이(福貴)라고 붙인 주인공은 인생에 대해서 별로 생각하지도 않고 아무런 의욕도 보이지 않으며 도박장에서 살아가는 허수아비 인간이다. 아내 자전(家珍)이 노름을 그만하라고 아무리 말려도 "노름은 아편이나 마찬가지여서 갑자기 끊으면 죽을지도 모르니까 차츰 끊을게"라고 건성으로 대답하고는 결국 도박빚으로 가산을 탕진한다. 그러면서도 아버지가 야단을 치면 "다 부전자전이라구요. 이걸 내가 누구한테 배웠겠어요? 집을 두 채나 날렸으면서 무얼 잘 했다고 큰소리예요?"라고 항변할 뿐, 전혀 후회나 고뇌를 하지 않는다.

도박장을 나와 돈이 없어 가마를 타지 못하고 뚱뚱한 하녀를 자가용 삼아 업힌 채 졸면서 집으로 돌아가는 푸구이의 한심한 모습을 보면 봉건사회가 무너지면서 시대의 변천을 따라가지 못해 무기력하게 몰락하는 지극히 퇴폐적이고 비생산적인 부르주아 남성상이 생생하다.

임신한 아내가 참다못해 친정으로 돌아가고, 아버지가 화병으로 죽고, 낡은 중국이 붕괴되고 혁명과 내전이 벌어지는 시기에, 남은 전재산을 초라한 손수레 하나에 싣고

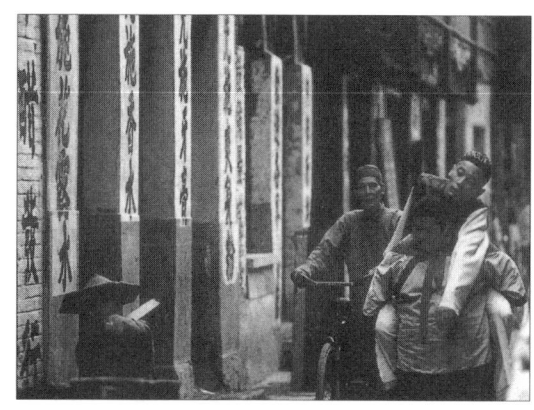

「인생」의 주인공 푸구이(福貴)가 도박장을 나와 돈이 없어 가마를 타지 못하고 뚱뚱한 하녀를 자가용 삼아 업힌 채 졸면서 집으로 돌아가는 한심한 모습은 봉건사회가 무너지면서 시대의 변천을 따라가지 못해 무기력하게 몰락하는, 지극히 퇴폐적이고 비생산적인 부르주아 계급을 생생하게 보여 준다.

길거리로 나앉아 행상을 하며 근근히 먹고 살던 푸구이는 취미로 삼았던 그림자 연극(影戱)을 하는 유랑극단을 만들어 순회 공연을 하던 중에 장제스 군대에 끌려가 부역을 하다가, 들판에서 잔뜩 얼어죽은 군인들의 처참한 시체를 보고는 "죽지 않고 고향에 돌아가게 된다면 열심히 살겠어"라고 결심한다.

전투 중에 구사일생으로 살아남아 인민해방군의 포로로 잡힌 그는 마오쩌둥을 영웅화하는 그림자극을 만들어 군인들을 위한 위문 공연을 해준 덕택에 혁명증명서를 받아들고 공산당 세상이 된 고향으로 돌아가 가족과 재회하지만, 딸은 열병을 앓던 후유증으로 (대단히 상징적인 장치로서) 말을 못하는 벙어리가 된 다음이었다.

어수선한 혁명의 회오리 속에서 반동 척결이 이루어지는데, 푸구이에게서 노름빚으로 저택을 빼앗아 간 사람은 지주의 신분으로 인민재판을 받고 처형되는가 하면, 푸구이는 타의에 의해 생명줄이나 마찬가지인 혁명증명서를 얻어 살아남는다. 병약하게 생긴 맥빠진 주인공은 역사의 흐름에 휩쓸려, 고래에게 잡아먹히는 크릴새우처럼, 아무

힘도 없이 떠내려가는 수억의 인민 속에 섞여, 참으로 이상하게 뒤바뀐 '운명의 장난'을 실감하고는, 계속해서 살아남기 위해 서서히 기회주의자가 되어, 반혁명분자로 몰리지 않으려고 공동 식당에서 죄없는 어린 아들을 마구 때리기도 한다.

그리고 푸구이가 아내에게 묻는다.

"그런데 우린 성분이 뭐지?"

"지주가 아니니까 그냥 평민이죠."

한때 우리나라 방방곡곡 마을마다 확성기를 통해 새마을 노래가 요란했듯이 혁명의 구호와 노래가 시끄러운 가운데 세월과 인생은 흘러간다. "15 년 내에 서방 국가를 따라잡기란 시간 문제요"라면서 "세방의 대포알로 타이완을 해방"시키기 위해 쇠붙이 징발에 앞장섰던 면장의 예언과는 달리, 지상의 낙원은 쉽게 이루어지지를 않는다. 대약진운동 혁명 대열에 나선 어린 아들 유칭(有慶)은 학교에서 벌이는 제철 작업에 늘 수면이 부족해서, 푸구이는 잠이 덜 깬 아들을 학교까지 업어다 주면서 이렇게 격려한다.

"병아리가 크면 닭이 되고, 닭이 크면 양이 되고, 양이 크면 소가 되고, 그 다음에는 공산주의가 되어 잘 사는 날이 와서, 고기와 만두를

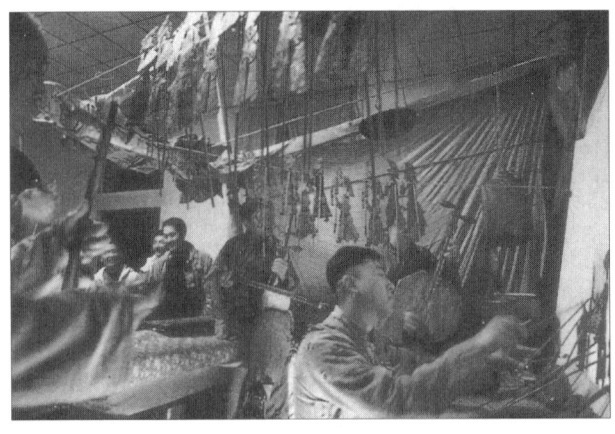

푸구이는 취미로 삼았던 그림자 연극(影戲)을 하는 유랑극단을 만들어 순회 공연을 하면서 인생의 격랑을 맞는다. 그의 인생은 결국 그림자 놀이에 불과했는지도 모른다.

매일 먹게 된단다."

　그러나 어린 외아들은 부족한 수면을 채우느라고 담 밑에서 낮잠을
자다가 신임 구장으로 부임해 온 공산당 간부의 차에 치어 갑자기 죽
고 만다.

　그리고 또 인생과 세월이 흘러 1960년대를 맞아 문화혁명을 거치는
사이에, 유청을 치어 죽인 구장과 세 방의 대포알로 아직 타이완을 해
방시키지 못한 면장이 주자파(走資派)로 몰려 숙청을 당하고, 신세대
가 세상을 뒤집어엎는다. 이런 와중에서 말 못하는 딸은 성분이 아주
좋은 문혁파 절름발이 청년과 결혼하여 출산을 하기 위해 병원으로
가고, 여기에서 저절로 자꾸만 폭소가 터져나오는 마지막 희비극이
벌어진다.

　"늙은이들은 반동이라 모두 축출했어요"라면서 겨우 간호원 훈련
밖에 받지 않은 홍위병 소녀들만이 환자를 치료하는 병원에서, 아무
래도 딸이 제대로 분만할지 걱정되어 사위가 손을 써서 "반동학술분
자"라는 쪽지를 목에 건 산부인과 의사 왕 교수를 데려오지만, 사흘이
나 굶어 기운을 못 차리는 그에게 푸구이가 사다 준 찐빵(饅頭) 일곱
개를 먹고 급체에 걸려 의사가 정신을 잃고, 홍위병 아이들이 어쩔 줄
몰라서 우왕좌왕하는 사이에, 심한 하혈을 계속하던 딸마저 말도 못
하고 세상을 떠난다.

　정말로 압도적이고도 인상적인 병원 장면은 무덤으로 이어지고, 죽
어간 젊은 딸의 넋을 위로하면서 푸구이는 세상의 이치를 이렇게 설
명한다. "찐빵을 먹은 다음 물을 마시면 일곱 배로 불어난다며? 그러
니까 (산부인과 의사 왕 교수가 먹은) 찐빵이 마흔아홉 개인 셈이지. 찐
빵을 조금만 사다 줬어도 딸이 살았을 텐데. 아니면 빵을 먹은 다음
체했을 때 물을 갖다 주지 말았던가."

　병원에서의 사건 때문에 손자의 아명은 찐빵이 되었고, 병아리를

집에서 키우려는 손자 찐빵에게는 푸구이가 세상의 이치를 이렇게 설명한다. "병아리가 크면 닭이 되고, 닭이 크면 양이 되고, 양이 크면 소가 된단다."

아들이 죽었을 때쯤의 나이가 된 손자가 묻는다. "소가 다 크면요?"

"그러면 너도 어른이 되지. 그리고 그때는 세상이 지금보다 살기에 좋아지겠지."

이렇게 중국 공산 치하에서의 인생에 대한 우화를 만들기 전에 장이머우가 발표한 「치우쥐 이야기」는 사회주의 권위주의라는 주제를 프란쯔 카프카의 『성(城, Das Schloß)』과 『심판(Der Prozeß)』의 분위기까지 동원한 우화로 만들어 담았다. 궁리가 맡은 여성의 역을 다시 전면으로 배치하고 무대 또한 시골로 되돌아간 이 영화에서는 펄 벅이 즐겨 다루던 중국인의 (우스꽝스러운) 체면지키기(face saving)라는 주제도 두드러진다.

중국 북부의 어느 시골 마을의 농부 완칭라이(萬慶來)는 고추를 말

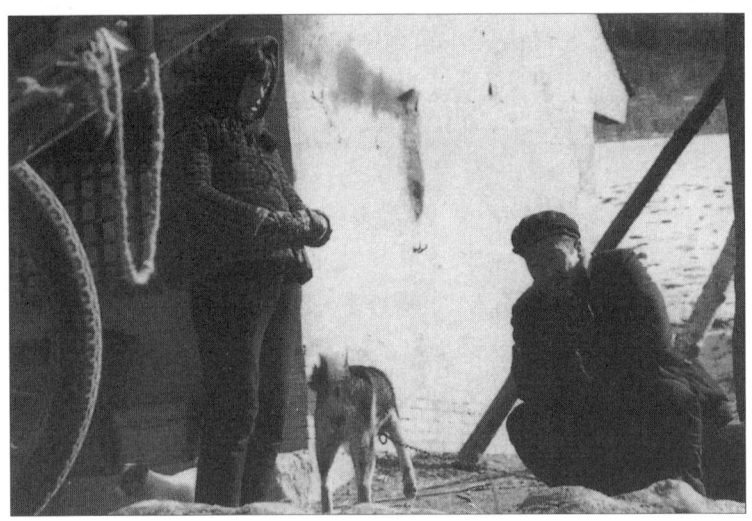

「인생」보다 훨씬 우화적인 「치우쥐 이야기」는 권위적 사회주의를 추적하기 위해 줄거리가 시골 마을에서부터 현대화한 도회지로 옮겨가며 동심원적인 전개를 펼친다.

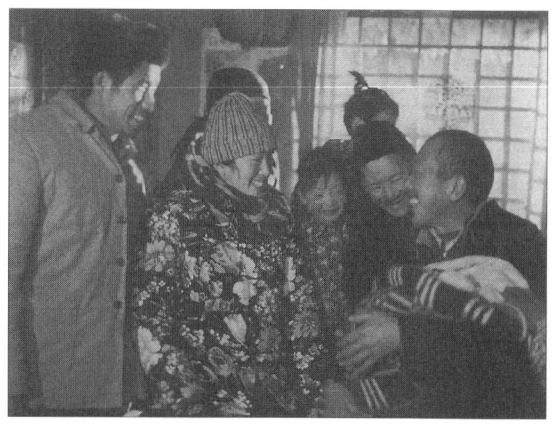

리지 못하게 막는 촌장 왕산탕(王山堂)과 말다툼 끝에 아들을 못 낳은 촌장을 놀리고, 이에 격분한 왕산탕은 농부를 몽둥이로 두들겨팬다. 남편이 심하게 다치자 아내 치우쥐는 사과를 받기 위해 찾아가지만, 촌장은 체면과 위신을 잃기 싫어서 사과하기를 거부한다.

어떻게 해서든지 사과를 받아내야 한다며 자신의 권리를 찾으려고 결심한 치우쥐는 향(鄕)의 공안국을 찾아가 국가 기관의 협조를 청하지만, 공안 역시 촌장의 체면을 살릴 생각뿐이고, 그래서 치우쥐는 동심원(同心圓)을 그리듯 마을에서 점점 더 멀리 떨어진 낯선 외부 세계로 찾아나서기 시작한다. 생경한 문화가 질펀한 현(縣)으로 나가 그곳 공안을 만나지만, 사과는 제쳐두고 경제적 보상만 인정하는 관리의 논리에 반발하여 치우쥐는 시누이와 함께 결국 시로 나간다. 하지만 거기에서도 치우쥐는 뜻을 이루지 못하고, 그래서 결국 소개받은 변호사를 통해 소송을 시작한다.

자존심 싸움이 주체하기 힘든 법정 싸움으로까지 확대되는 과정을 보여 주면서 장이머우는 단순한 사고력으로 살아가는 하찮은 촌부와 낡은 권위주의적 지배 체제를 대립시키고, 서양 문화가 침투한 도시와 좀처럼 변할 줄 모르는 시골의 괴리도 재미있게 보여 준다.

자연스러운 농촌의 삶과 인공적인 '국제 도시'의 구조적 부조화를 더욱 노골적으로 대비시킨 장이머우-궁리 영화로는 1930년대 상하이 범죄 조직 두목의 애인을 위해 말없이 시중을 드는 청년의 얘기를 담은 「상하이 삼합회」가 있다.

천카이거와 더불어 중국의 제5 세대 감독군을 이끄는 기둥 노릇을 한 장이머우는 제6 세대로 넘어가는 교량 역할도 한다는 평을 듣는데, 그런 명성에 걸맞게 문화혁명이라는 과거사를 극복한 그는 20세기의 마지막 작업인 「할말 있으면 해!(有話好好說)」에서 서구화한 현대 젊은이들에게로 눈길을 돌린다. 아직도 표현의 자유를 넉넉히 보장받지 못해서 그가 만든 여러 작품이 중국 내에서는 상영이 금지되었음에도 불구하고, "유감스러운 여러 제약을 암호(code)로 표현해서라도 극복하여" 할말이 있으면 다하고 싶다는 장이머우의 21세기 활약은 홍콩 영화의 미래 못지않게 흥미를 자아내는 예술 현상이다.

장이머우는 이렇게 말했다. "살아남는 자가 승리자이다."

찾아보기 ●--

▎「인생(活着, To Live, 1994, 중국, 145분) 감/張藝謨, 출/葛優, 鞏俐, 午翁, 郭濤, 姜武, 倪大宏, 劉天池, 肖鷹, 董飛, 黃宗洛, 張康
▎「치우쥐 이야기(秋菊打官司, The Story of Qiu Ju, 1992, 중국, 100분 또는 110분)」, 감/張藝謨, 출/鞏俐, 雷洛生, 寡治均, 劉佩琪
▎「상하이 삼합회(搖啊搖, 搖到外婆橋, Shanghai Triad, 1995, 중국-프랑스, 109분) 감/張藝謨, 출/鞏俐, 李保田, 李雪健, 孫淳, 王嘯曉

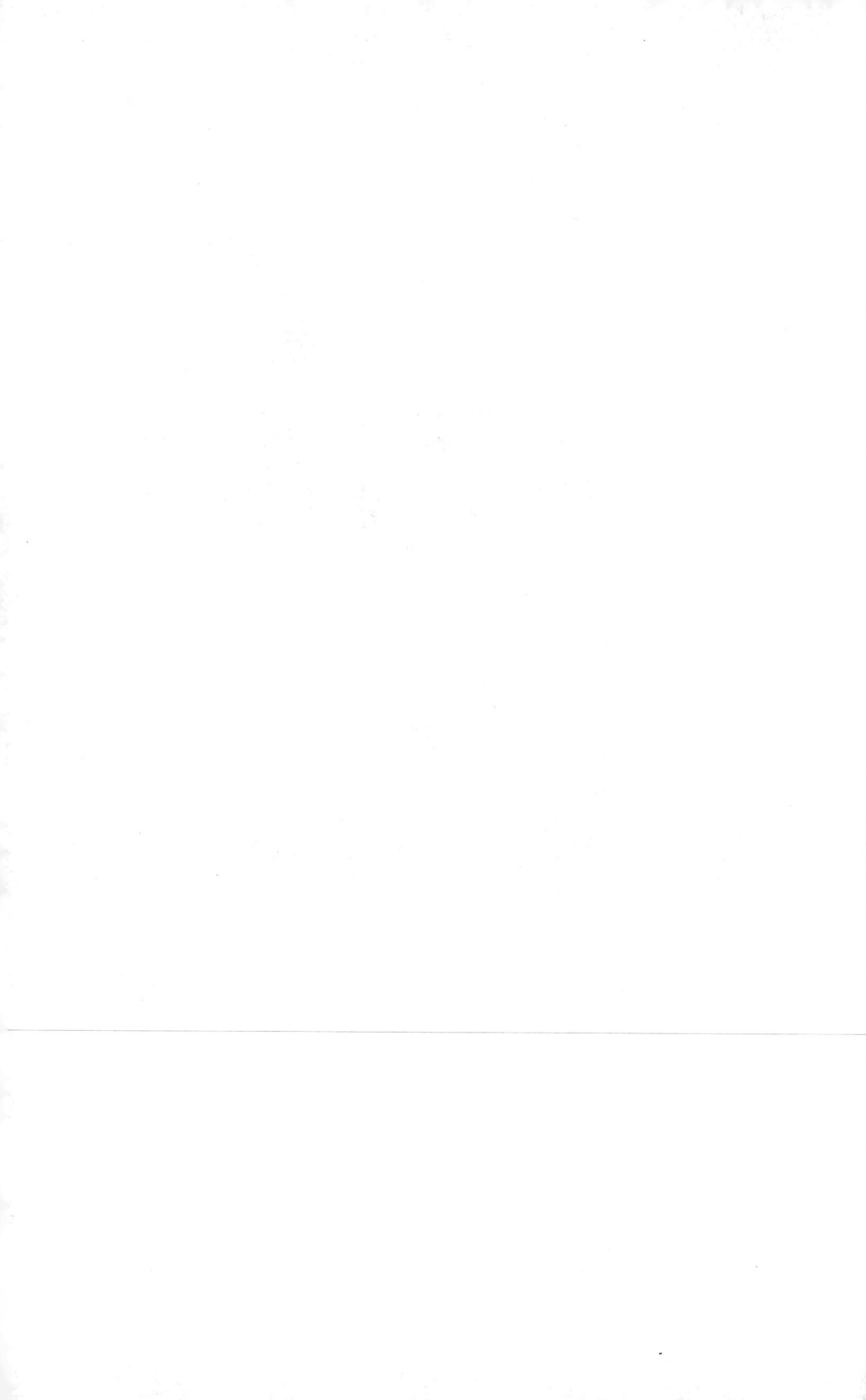

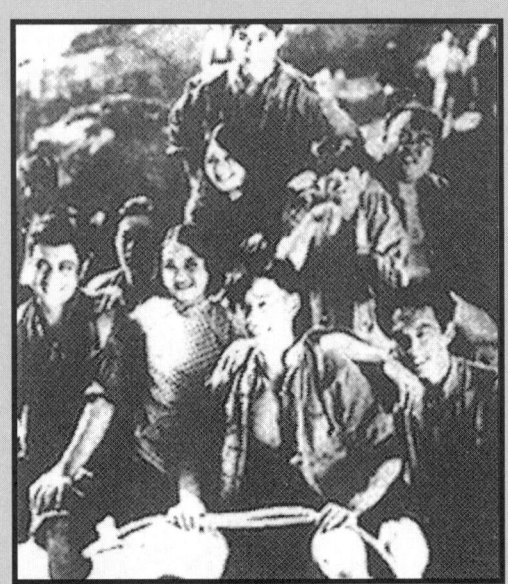

1942년 "문예 강화(文藝講話)"를 통해 마오쩌둥이 모든 예술 활동에
대해 적대적인 입장을 밝힌 중국 본토에서는 영화예술이, 특히 제1
및 제2 세대 동안에, 철저히 정치의 앞잡이 노릇을 해야 하는 수난을
당했다. 마오쩌둥이 집권하기 이전인 1934년에 제작된「대로(大路)」
(사진)도 상하이에서 실직한 후에 지방 도로 건설 현장에서 일하는
여섯 노동자의 얘기로서, 항일 투쟁을 고취하려는 정치적인 목적이
뚜렷했다.

중국 영화 수난사

　아돌프 히틀러는 올림픽과 더불어 영화를 선전 도구로 활용했고, 베니또 무쏠리니는 '영화의 도시' 치네치타(Cinecitta)를 "가장 강력한 무기"로 건설("신화와 역사의 건널목" 26~7쪽 참조)했다지만, 아마도 세계 여러 강대국 가운데 중국에서처럼 영화예술이 철저히 정치의 앞잡이 노릇을 해야 하는 수난을 당했던 나라는 또 없었으리라는 생각이다.

　중국에 의한 중국을 위한 중국의 영화는 아니었지만, 서양에 의한 서양 관객을 위한 중국에 관한 영화가 처음 제작된 때는 1896년, 뤼미에르사의 촬영기사들이 상하이를 찾아가면서부터였다. '국제 도시' 상하이가 서양이 중국으로 침투하는 관문 노릇을 했던 탓으로, 상하이를 거점으로 1920년대까지 서양에서 만든 '중국' 영화는 물론 인종 차별과 왜곡에 의한 중국상(中國像)에 초점을 맞추었고, 영국에서 제작한 「중국인 의화단원 살해」나 「의화단 포교지 기습 사건」 같은 작품은 중국의 문명과 '종족'을 비하시키며 식민 통치를 정당화하는 수단에 지나지 않았다.

1919년 5월 4일 베이징에서 시작된 정신 개혁 운동인 '5·4운동'은 「베이징의 55일」이후, 전승국들이 베르사이유 조약에서 독일의 조차지를 중국으로 반환하지 않고 일본에 귀속시키기로 한 결정에 대해 대학을 중심으로 벌어진 저항의 움직임이었다. 중국 전역으로 확산된 이 운동은 국가와 사회에 대한 새로운 인식의 초석을 마련했으며, 이때 일어난 정치 및 문화의 개혁 운동을 거쳐, 「황페이홍 2」에서 나타나듯이, 진보주의자 쑨원(孫文)은 신생 소비에트 연방 공화국(蘇聯)의 지원을 받아 권력을 잡았고, 1921년에는 중국 공산당이 창당되었다.

이 무렵에는 중국이 중국의 영화를 만들기 시작했지만, 유명한 전통극을 영상화하는 수준이 대부분이어서 곧 주제의 한계성에 봉착한다. 상업성에 끌린 외국 영화사들이 상하이 영화를 육성하기도 했던 이 시대에 서양의 연극 기법을 동원하여 식민통치하에서 아편 때문에 파멸을 맞은 어느 중국인 가족을 그린 중국적인 주제를 담은 첫 주요 '중국' 영화가 등장한다. 장스촨(張石川) 감독이 만든 「아편굴의 원혼(黑籍冤魂, 1916)」이 문제의 작품이다. 그리고 1920년대에 많은 제작비를 들여서 만든 중국 사극은 1970~80년대 무협영화의 원조 노릇을 한다.

중국의 영화 작가들을 세대별로 구분하는 기준에 대해서 활동 시기이냐 아니면 출신기(出身期)인가 서방의 영화학자들 사이에서 의견이 분분하지만, 1930년대에 크게 활약한 좌익 계열의 감독들을 제2 세대로 생각하면 무난하겠다. 1927년 상하이에서 노동자와 공산주의 동조자들을 학살한 장제스는 부패한 공무원과 지방 군벌의 도움으로 정권을 장악했으나, 만주사변을 일으키고 1932년 만주국을 세운 일본에 대해서 무기력한 모습을 보였고, 제2 세대 지식인들은 일본의 침략과 수수방관하는 정부를 반대하는 공산당 편으로 기울었다.

아직은 노골적인 정치 도구로서가 아니라 사회 계몽의 수단으로 좌익 작가들이 활용한 제2 세대 영화로서는 중국의 비단 생산을 보호하기 위해 값싼 일본 비단의 수입에 반대하는 투쟁을 그린 마오둔(矛盾)의 소설을 원작으로 삼은 「봄누에(春蠶, 1933, 감/程步高)」, 정부의 탄압을 피하는 암호만들기 기법의 효시를 보여 준 「어부의 노래(漁光曲, 1934, 감/蔡楚生)」, 도시 매춘부들의 삶을 그린 「신녀(神女, 1934, 감/吳永剛)」, 상하이에서 실직한 후에 지방 도로 건설 현장에서 일하는 여섯 노동자가 등장하는 「대로(大路, 1934, 감/孫瑜)」, 전쟁을 앞둔 암울한 사회상을 희극으로 만든 「거리의 천사(馬路天使, 1936, 감/袁牧之)」 그리고 직업이 없는 대학생들이 항일투쟁 전선에 나서서 길을 닦는다는 내용의 「교차로(十字街頭, 1937, 감/沈西苓)」가 대표작으로 꼽힌다.

이어서 항일전쟁으로 인해 영화 제작이 중단되는 한편으로 좌익 작가들은 다른 공산주의자들과 함께 옌안(延安)까지의 '대장정'에 나섰고, 상하이 상업 영화를 탈피한 다음이며 아직 마오쩌둥의 정책이 영화예술의 기나긴 동면기를 초래하기 이전인 중간 단계에서, 중국 영화는 짤막한 황금기를 맞는다. 이때 등장한 대표작으로는 남편에게

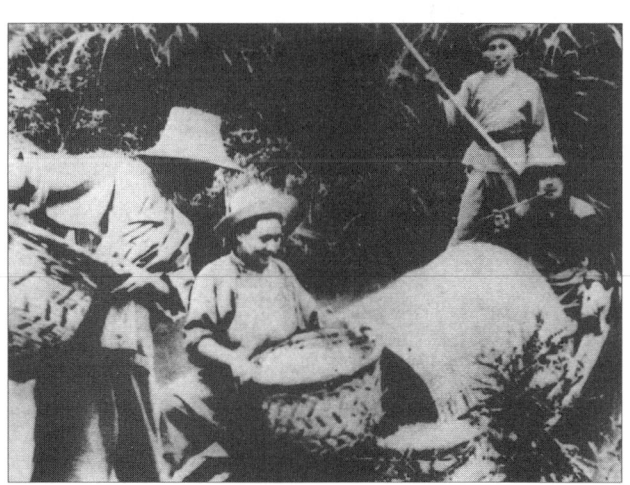

중국의 비단 생산을 보호하기 위해 값싼 일본 비단의 수입에 반대하는 투쟁을 그린 「봄누에」는 영화를 아직 노골적인 정치 도구로서가 아니라 사회 계몽의 수단으로 좌익 작가들이 활용한 제2 세대의 영화군에 속한다.

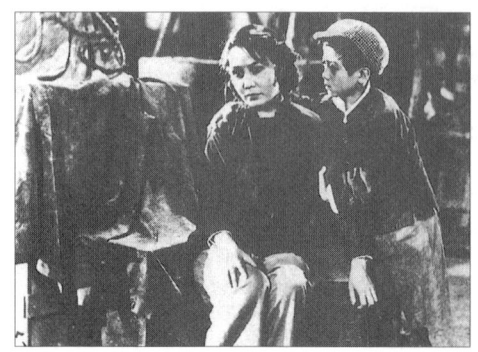

「봄날의 강물은 동쪽으로 흐른다」는 상하이 상업 영화를 탈피한 다음이며 아직 마오쩌둥의 정책이 영화예술의 기나긴 동면기를 초래하기 이전인 중간 단계의 짧막한 황금기에 빛났던 작품이다.

버림받은 여성이 항일투쟁과 어려운 현실 속에서 힘겨운 삶을 살아간다는 내용의 서사시적인 2부작 「봄날의 강물은 동쪽으로 흐른다(一江春水向東流, 1947, 감/蔡楚生, 鄭君里)」, 격동기를 살아가는 젊은 여성의 얘기 「구름과 달 아래 8천 리(八千里路雲和月, 1947, 감/史東山)」, 그리고 장제스의 몰락 직전 서민들의 삶을 부각한 「까마귀와 참새(烏鴉與麻雀, 1949, 감/鄭君里)」가 손꼽힌다.

대장정을 끝낸 마오쩌둥은 1942년 "문예 강화(文藝講話)"를 통해 예술에 대해서 적대적인 입장을 밝히고, 지식인과 예술인을 자신의 권력에 종속시키는 작업을 단계적으로 실시한다. 내전에서 승리한 그는 1949년 중화인민공화국을 선포한 다음 영화를 정치 선전 수단의 차원으로 묶어두고, 한국전쟁 참전을 계기로 미국 영화의 상영을 일체 금지하게 된다.

마오쩌둥의 정책에 입각해서 만든 주요 영화는 팔로군을 도왔던 캐나다 의사 노먼 베튠(Dr. Norman Bethune)에 관한 기록영화 「옌안과 팔로군」을 위시하여, 혁명과 건설을 주제로 한 노골적인 선전영화 「다리(橋, 1950, 감/王濱)」와 지주으로부터 도망쳐 동굴에서 살다가 해방 전선에 나서는 「백모녀(白毛女, 1950, 감/王濱, 水華)」가 범전(範典) 노릇을 하고, 비슷비슷한 선동적 영웅영화도 줄지어 나온다.

이렇게 사회주의 정권 수립 후 1950년대에 본격적인 활동을 시작한 감독들이 제3 세대를 형성하는데, 「백모녀」의 수이화와 더불어 우리나라에서는 「푸룽마을(부용진)」로 잘 알려진 시에진(謝晉)도 여기에 속한다.

　예술을 도구화한 관료주의에 대한 반발이 표면적으로 드러나기는 1957년부터였지만, 예술 논쟁은 항상 정치 논리에 밀려났고, 이념적 규범을 충실히 따른 「홍색낭자군(紅色娘子軍, 1960, 감/謝晉)」, 천카이거의 아버지가 공동 감독한 투쟁영화 「청춘의 노래(靑春之歌, 1959, 감/崔嵬, 陳懷皚)」, 대약진운동에 열성적인 여주인공을 내세운 「리솽솽(李雙雙, 1962, 감/魯韌)」 같은 영화들이 나타난다.

　영화를 통해서 인민을 세뇌하려던 정책은 오히려 인민이 영화를 피하게 만드는 결과만 가져왔고, 1957년 중뎬페이(鐘惦棐)가 기존의 예술 정책을 비판한 "영화의 징(電影的鑼鼓)"이 크게 호응을 얻으며 처음 가시적인 효과를 거두지만, 다시 정부의 반격을 받는다. 그러나 이미 해빙기의 싹은 돋아나는 중이었다.

　제4 세대는 참으로 파란만장한 회복기를 거친다. 문화혁명을 겪은 다음 마오쩌둥이 죽은 후에야 조금씩 변화가 찾아와서, 정치적으로는 권력을 잡았던 덩샤오핑이 밀려났다가 다시 중국을 지배하고, 정부가 경제 정책에 주로 신경을 쓰는 사이에 예술계는 차츰 기지개를 켠다. 물론 20세기가 끝날 때까지도 완전한 자유는 회복하지 못하지만, 여

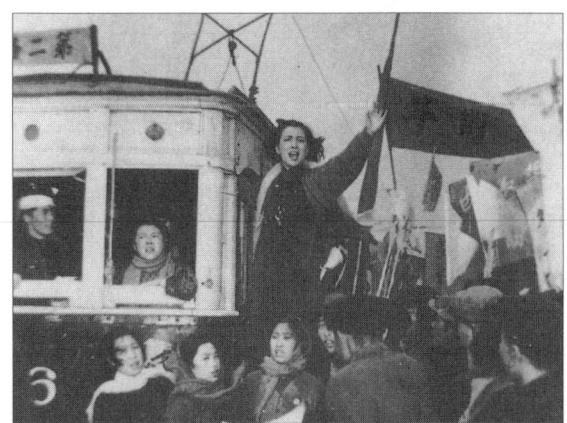

천카이거의 아버지 천화이아이가 공동 감독한 1959년작 투쟁영화 「청춘의 노래」는 정치이념적 규범을 충실히 따른 '모범작' 들 가운데 하나였다.

러 단계의 해빙기를 맞아 1979년에는 진보적인 5 · 4 전통의 작품들이 해금되고 복권된다. 그리고 시야가 넓어진 작가들은 아직도 권력의 눈치를 보면서 모범 영화를 만드는 사람들을 밀어내며 홍콩 영화를 흉내낸 오락물이 나타나고, 앙드레 바쟁(André Bazin)과 서방의 이론을 실험하면서 창조적인 작업이 훨씬 활발해진다.

그러다가 드디어 제4 세대의 중국 감독들이 해외에 알려지기 시작한다.

우리나라에서는 중국 전통 가면술로 한평생을 살아가는 광대의 생애를 그린 「변검」을 통해서 가장 먼저 선을 보인 우티엔밍(吳天明)은 전근대적인 시골과 현대적인 도시 사이에서 갈등하는 청년 가오자린(高加林)이 전통을 무시했다가 그에 대한 대가를 톡톡히 치른다는 사회비판적 영화 「인생(人生, 1984)」으로 명성을 얻어 시안영화촬영소의 소장이 되었으며, 1987년에는 정이(鄭義)의 소설로 「오래된 우물」을 만들었다.

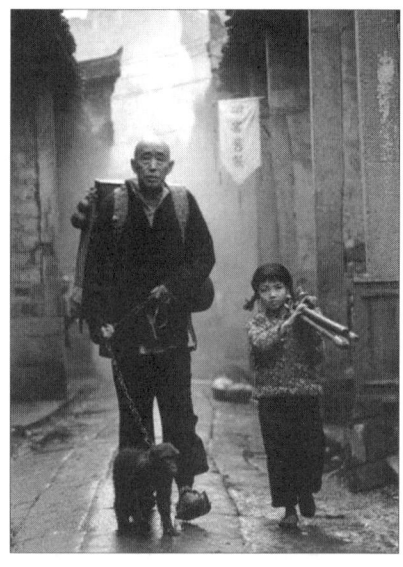

중국 전통 가면술로 한 평생을 살아가는 광대의 생애를 그린 「변검」(사진)을 만든 제4 세대 감독 우티엔밍은 감독으로서의 활동보다 천카이거와 장이머우 같은 제5 세대 감독들을 지원하는 '대부' 역할에 더 열심이었다.

"오래된 우물"은 아무리 뚫어도 물이 나오지 않는 외딴 마을 라오징(老井)의 이름으로서, 무비판적으로 서양을 좇아가는 도시와의 대비를 보여 준다. 장이머우가 주연을 맡은 이 영화는 도쿄 영화제에서 작품상을 받아 제4 세대의 대표작이 되었고, 이후 우티엔밍은 감독으로서의 활동보다는 천카이거에게 「아이들의 왕」을 감독하게 하고 장이머우의 「붉은 수수밭」이 완성되도록 돕는 등, 제5 세대 감독들을 지원하는 '대부' 역할에 더 열중했다.

시에페이(謝飛)가 만든 「후난의 소녀(湘

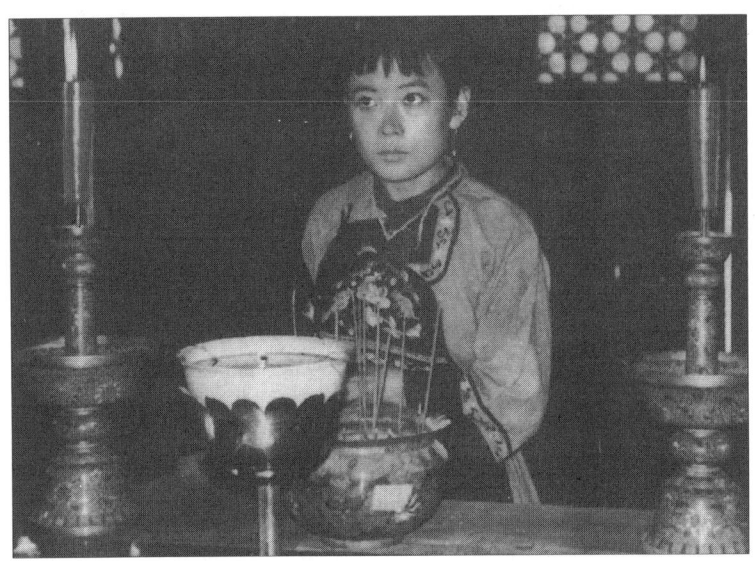

시에페이가 만든 「후난의 소녀」는 수천 년 동안 인간의 본성을 억압해온 전통 그리고 자연스러운 삶의 기쁨을 누리려는 소녀의 순박한 마음 사이에서 야기되는 갈등을 조명한다.

女蕭蕭, 1986)」 또한 후난(湖南) 성 남부의 외딴 마을에서 살아가는 처녀 샤오샤오(蕭蕭)를 주인공으로 삼아서 수천 년 동안 인간의 본성을 억압해온 전통과 자연스러운 삶의 기쁨을 누리려는 순박한 마음 사이의 갈등을 조명한다.

「후난의 소녀」에 나타나는 주제를 우리는 1993년 베를린 영화제에서 금곰상을 수상하여 시에페이가 세계적으로 가장 큰 성공을 거두게 해주었던 「씨잉훈누(香魂女)」에서도 만난다. 역시 문학 작품 쩌우다신(周大新)의 소설 『씨앙훈 호숫가의 기름집(香魂塘畔的香油坊)』을 원작으로 삼은 이 영화의 제목에 나오는 '씨앙훈(香魂)'은 옛날옛적 부잣집 아들과 가난한 집 딸이 사랑을 이루지 못해 자살했다는 전설의 호수이며, 주인공 샹얼싸오(香二嫂)는 통통한 첫인상이 억척스럽고도 순박한 시골여자이다. 부지런하고 생활력이 강한데다가, 일본 회사의 여사장이 찾아와 집에서 만들어 팔던 기름을 공장에서 생산하게 되어 생활도 어느 정도 넉넉해진다.

　가마우지로 고기잡이를 하는 아름답고 정겨운 곳, 그립고 아득한 고향을 연상시키는 마을에 이렇게 일본 자본이 손을 뻗고 시장 경제가 침투한다. 일본 여사장과 불안한 상담을 나누러 도회지로 나간 샹얼싸오는 촌스러운 모습으로 어색하게 호텔에 들어서고, 기름공장 견학과 화식집에서의 비싼 식사를 끝낸 다음, 일본 여자가 주는 선물을 받고 쑥스러워하며 "나한테는 안 어울려요" 소리를 반복하다가, 신세한탄을 늘어놓기도 한다. 일곱 살 때 집안이 망해서 팔려가 열세 살에 절름발이 남자와 결혼한 첫날밤에 씨앙훈 호수에 빠져 죽고 싶었노라고. 하지만, 지금까지 어영부영 20년을 견디며 살아 왔노라고.

　무위도식 백수 남편은 용돈을 타다가 장기를 두거나 홍콩에서 들여온 폭력영화를 보고, 온 집안 식구들이 왕골 수확으로 정신없이 바쁜데도 술집에 가 앉아서 시간을 보내고, 술에 취해서 잠자리를 강요하다 지친 아내가 싫다고 하면 주먹까지 휘두르는가 하면, 아들 때문에 무슨 의논을 하자고 할 때마다 "당신이 알아서 하라구"라면서 무능함과 무관심으로 일관한다.

　평생 모양을 내 본 적이 없었던 주인공은 일본 스카프를 두르고 마을로 돌아가 기름짜는 기계를 집안에 들여놓고는 '현대식 경영'을 시작하고, 소장에게 선물(뇌물)을 주면서 "일본인들은 빚을 안 갚으면 집과 땅을 다 빼앗는데요"라는 진보적인 원칙을 가르쳐 준다. 아직도 빈 병을 재활용하면서도 이렇게 때가 묻어 가는 시골 여인은 알고 보면 힘겨운 생활 속에서 짬을 내어 오래 전부터 젊은 남자와 틈틈이 간통을 하는 사이이다. 도회지와 씨앙훈 마을을 오가는 연하의 남자에게 그녀는 앙탈을 부리기까지 한다. "나를 첩이라고 생각해? 헤어진 마누라가 오라고 하면 날 버릴 거지?"

　그리고 그녀에게는 해결해야 할 문제가 하나 더 남았다. 스물두 살에 오줌도 제대로 못 가리고 인형과 함께 잠자리에 드는가 하면 간질로 자주 발작까지 일으켜서 '동네 바보(village fool)' 노릇을 하는 박약아 아들 뚠즈(墩子)에게 짝을 구해 줘야 한다.

며느리를 구한다는 소문이 돌자 매파를 앞세워 예쁘장한 아가씨가 찾아온다. 마작, 장기, 바둑, 체스, 포커까지 할 줄 알아서 뚠즈와 얼마든지 놀아주겠으며, 일본말도 조금 알고, 일도 잘한다던 아가씨는 헤어질 때 "사요나라"라고 인사를 한다.

기회를 잡으려는 이 똑똑한 아가씨를 마다하고 상얼싸오는 벌써부터 점찍어 두었던 예쁘고

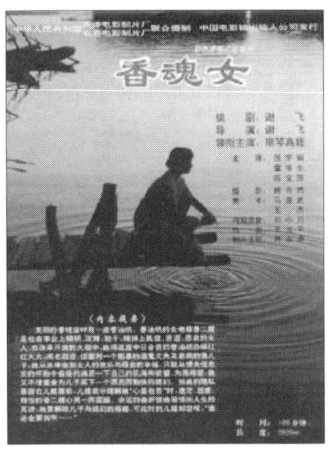

참한 동네 아가씨 환뻬이(环杯)를 소 열댓 마리 값인 150만 원을 주고 사다가 아들과 짝지워 성대한 결혼식을 올린다. "어머니 아버지 모두 날 사랑하지만 운명은 바꿀 길이 없다네"라면서 주인공의 삶을 슬퍼하는 주제가(主題歌)가 이렇게 해서 며느리에게 대물림이 된다.

「쥐더우」의 늙은 남편처럼 "물고 꼬집기만 하지 그 이상은 아무것도 못하는" 바보 남편에게 온몸에 멍이 든 며느리한테 "어쨌든 울지 말고 (아들과) 잘 살도록 해보라"는 상얼싸오의 부탁에도 불구하고, 간질 발작에 혼이 난 처녀 며느리는 밤중에 친정으로 도망치고 만다. 매파를 보내 설득해도 돌아오지 않는 며느리를 찾아간 상얼싸오는 한 많은 운명 앞에서 눈물을 흘리는 처녀에게 "오기 싫으면 가져간 돈에 이자를 계산하고 혼례 비용까지 물어내라"고 야단을 쳐 억지로 데리고 간다.

그러다가 젊은 애인에게 다른 여자가 생겨 헤어지게 된 상얼싸오는 갈대밭으로 들어가 비를 맞으며 대성통곡을 한 다음 집으로 돌아가,

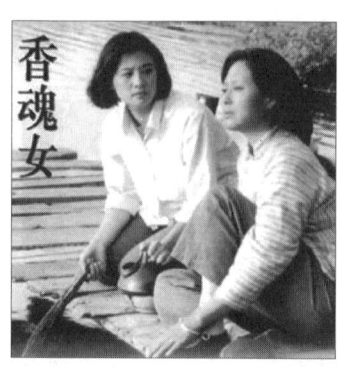

「씨앙훈누」의 시어미와 며느리는 그들이 함께
나눈 운명을 서러워하며 호숫가에 나가 함께
운다.

한밤중 호숫가에 나가 앉아 우는 며느리에게 말
한다.

"(내 아들과) 헤어지거라. 인생은 너무 길어.
상대를 구하면 내가 도와주마."

간통 사실을 포함하여 시어머니의 삶이 얼마
나 어려운지를 어느새 이해하게 된 며느리가 눈
물을 흘리며 말한다. "소용없어요. 이제 누가 날
데려가겠어요?"

시에페이 감독은 "교수들도 농촌에 내려가 4,
5년씩 보내야" 했고 "중국 영화가 10년 동안 걸음을 멈추고 시간을
낭비"했던 문화혁명 당시, 강가의 어느 마을에서 노동을 하며 보낸
시절을 회상하여 「씨앙훈누」를 만들었다고 했다. 그리고 시에진(謝
晉)은 "지식인들과 예술인들이 너도나도 청소부, 막노동꾼, 농부, 운
전사로 일해야 했던 시절" 길거리 청소부 노릇을 하던 나날의 기억을
가지고 구화(古華)의 소설을 각색하여 「푸릉마을(芙蓉鎭)」을 만들었
다고 한다.

중국 남부의 푸릉이라는 마을에서 신부농(新富農)이라는 낙인이 찍
혀 아침마다 길거리를 청소하는 벌을 받던 남녀가 사랑하게 되어 동
거를 시작하고, 동거를 했다는 새로운 죄 때문에 다시 벌을 받고 헤어
진 두 사람이 문혁 이후에 재회하여 두부집을 차린다는 내용의 이 영
화를 통해서 시에진은 "힘든 시대에도 희망을 버리지 못하는 사람들
을 그리려고 했다."

제4세대 감독 중에는 물론 황젠중(黃建中), 장난신 그리고 황수친
처럼 체제에 순응하는 감독들도 적지 않았다. 「양갓집 여인(良家婦女,
1894)」과 「정숙한 여인(貞女, 1987)」을 발표한 황젠중이 1986년에 발
표한 「산 자에 대한 죽은 자의 질문(一個死者對生者的訪問)」을 보면

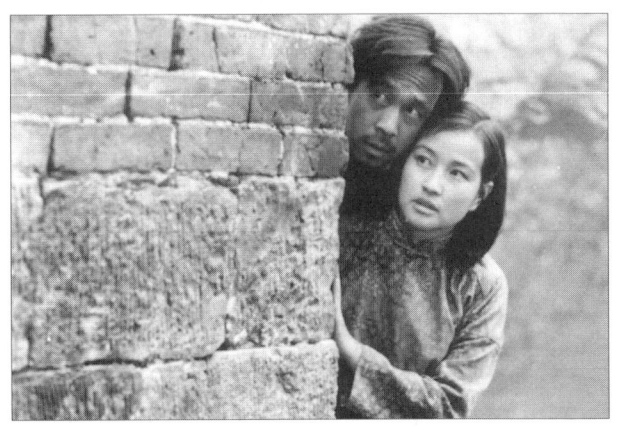

시에진(謝晉) 감독은 "지식인들과 예술인들이 너도나도 청소부, 막노동꾼, 농부, 운전사로 일해야 했던" 문화혁명 시절에 길거리 청소부 노릇을 하던 나날의 기억을 가지고 「푸룽마을」을 만들었다.

(중국처럼) 한없이 폐쇄적인 사회에서 주눅이 든 인간 군상을 구경하는 듯한 기분이 든다.

「죽은 자의 질문」은 베이징의 버스 안에서 소매치기를 발견하고는 경찰에 신고하려던 사람이 살해를 당하자 다른 손님들이 보이는 "지극히 인간적인" 반응을 소묘한다. 살인자가 같은 차에 탔는데도 사람들은 보복이 두려워 감히 입을 열지 못하고, 직접 소매치기를 당한 사람도 진실을 말하지 않는다. 답답한 나머지 살해를 당한 사람의 귀신이 찾아와서 그들의 비겁한 모습을 꾸짖는다.

그렇다면 버스에 탄 사람들은 누구였을까?

찾아보기 ●

▌「변검(變臉, 1995, 중국, 100분) 감/吳天明, 출/朱旭, 周任瑩, 趙志剛
▌「향혼녀(香魂女, 1992, 중국, 106분) 감/謝飛, 출/斯琴高娃, 伍宇娟, 雷恪生, 陳寶國, 琳琅, 張輝, 八尾昌里, 呂人紅, 王加林
▌「푸룽마을(芙蓉鎭, 1986, 중국, 135분)」, 감/謝晉, 출/劉曉慶, 姜文

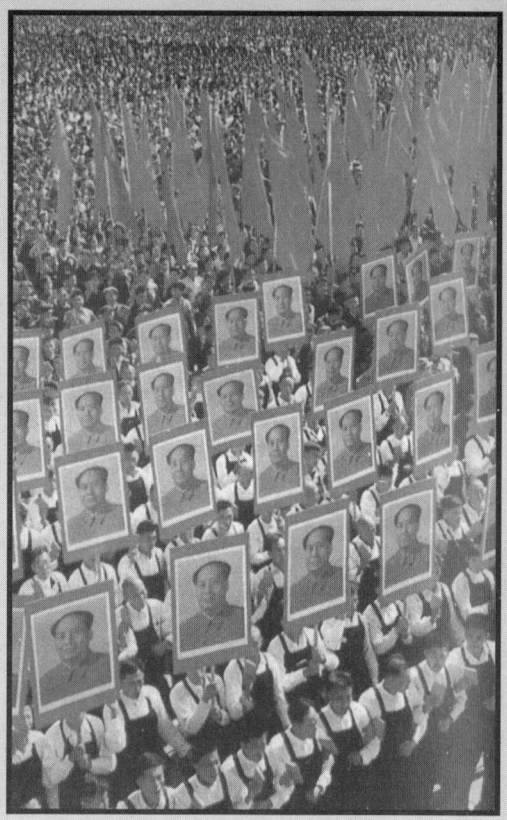

영화예술이 다시 동면기를 맞았던 문화혁명(왼쪽) 기간에는 여성 감독들의 두드러진 약진이 이루어졌으며, 훗날 하방영화라는 강렬한 체험적 주제를 담은 작품들의 탄생을 부산물로 낳았다. 아래 사진은 제2차 세계대전이 끝난 다음 조국으로 돌아가지 않고 중국을 고향으로 삼은 일본 여자가 주인공인 장난신 감독의 「원난 이야기」이다.

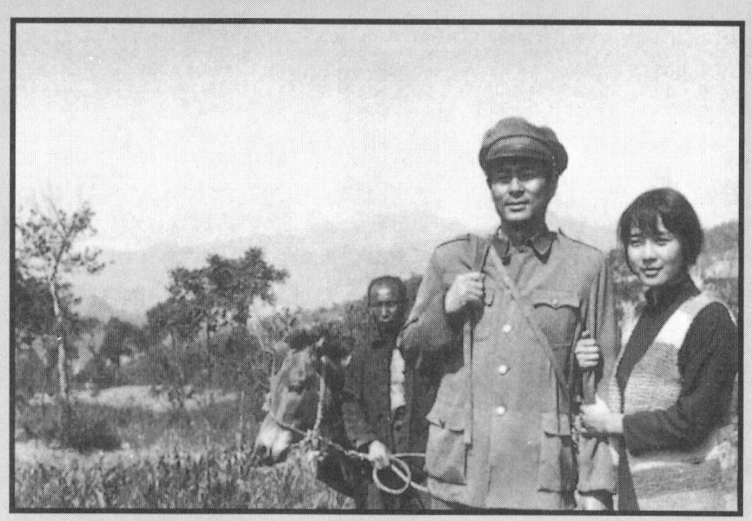

두 여감독의 사이

　영화예술이 다시 동면기를 맞았던 문화혁명 기간 때문에 제4 세대 감독들은 활동이 여의치 않아 뒤로 밀렸다가 제5 세대와 합류하는 현상을 보이기도 했는데, 그런 중에서도 제4 세대는, 비록 수적으로는 많지 않았지만, 여성 감독들의 두드러진 약진을 보았다. 그들 가운데 첫손 꼽히는 장난신 감독은 대도시에서 보다 나은 삶을 꿈꾸며 살아가는 젊은이들의 모습을 그린 「안녕, 베이징(北京你早, 1990)」과 제2차 세계대전이 끝난 다음 조국으로 돌아가지 않고 중국을 고향으로 삼은 일본 여자가 주인공인 「윈난 이야기(雲南故事, 1994)」를 만들었다.

　장난신이 장만린(張蔓菱)의 중편소설 『아름다운 곳』을 베이징영화대학 청년영화제작소에서 영화로 만든 「청춘은 아름다워」를 보면, 중국 근세사의 한 단면이요 문혁의 부수적인 현상이었던 하방(下放)의 참된 면모를 행간에서 접하게 된다. 하방운동이란 본디 1957년 이래 중국에서 상급 간부를 농촌으로 보내 하부 활동과 노동에 종사시켜서 농촌의 발전을 촉진하고 관료주의의 결점을 극복시키는 정풍 운동이었다.

「청춘은 아름다워」의 여주인공은 도회지에서 공부만 하던 열일곱 살의 여학생 리춘이다. 하방된 가족이 모두 뿔뿔이 흩어져 '집'조차 없어진 채로, 의사가 되려던 꿈을 접어두고는, "노동을 통해 정신력을 단련"시키기 위해 책을 한 가방 싸 짊어지고 리춘은 남쪽 변방으로 내려간다. 기차를 타고, 트럭을 타고, 그리고 다시 걸어서 도착한 곳은 우람한 용수(龍樹)가 지켜주는 타이족 마을이다. 새가 지저귀는 소리와 한밤중 물레가 돌아가는 소리, 그리고 종소리가 은은한 이 조용한 시골에서 리춘은 두 노인이 사는 집에 얹혀 지내며 마을 처녀들과 함께 노동을 시작한다.

벌목도로 대나무를 베고, 산으로 나무를 가고, 열매를 따고, 장마철에는 성한 손톱이 하나도 안 남을 정도로 100일 동안 모내기를 하고, 그러면 작업 성적은 일일이 점수를 매긴다. 그러나 이토록 고된 삶에서도 수다스러운 동네 처녀들은 웃음을 잃지 않고, 일이 끝나면 떼를 지어 폭포로 가서 발가벗고 헤엄을 치며, 자전거를 타고 몰려온 총각들이 수작을 걸면 노래로 화답한다.

해질녘이면 툇마루에 나가 앉아 책읽기만 좋아하던 리춘에게는 경쟁적으로 남자를 유혹하는 타이 처녀들의 모습이 낯설기만 하다. 그녀가 다니던 도회지 학교에서는 남학생이 보낸 연애편지를 공산당 지부에 "사상 보고"(신고)를 한 여학생도 있었으니 말이다.

장날이면 처녀들은 온갖 멋을 부리고 몰려가서 1전씩 내고 커다란 거울에 그들 자신의 모습을 비춰 보고는 흐뭇해한다. 털털한 차림이 자연스러워 좋고, "외모가 무엇이 그리 중요한가"라고 생각하는 리춘은 그래서 처음에는 따돌림을 당하지만, 할아버지의 충고에 따라 예쁜 타이 옷을 입기 시작하면서 "여자의 옷차림에 큰 마력이 숨어 있다"는 진실을 발견한다.

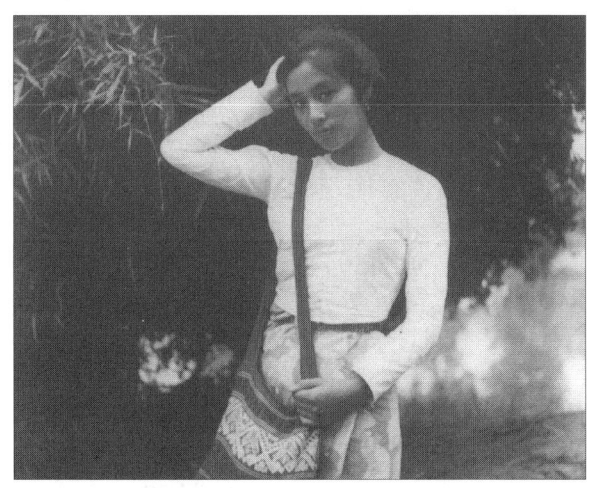

장난신의 「청춘은 아름다워」의 여주인공 리춘은 하방 생활을 통해 새로운 문화를 접한 다음 그곳의 삶에서 아름다움을 터득하고 서서히 동화된다.

　중국 영화를 보는 즐거움 가운데 하나는 미국 영화에서나 마찬가지로 워낙 광활한 대륙이어서 다양한 갖가지 문화와 향토색을 접하게 된다는 사실이다. 특히 중국은 문화적인 차단의 결과로 이러한 특성이 화석처럼 잘 보존되었다. 「청춘은 아름다워」의 여주인공 리춘도 하방을 가서는 새로운 문화를 접한 다음 그곳의 삶에서 아름다움을 터득하고 서서히 동화된다.

　영원히 끝나지 않을 듯싶은 느릿느릿한 시골 생활을 하는 사이에 그녀는 나이 스물을 넘기고, 도회지와 그녀를 맺어주는 유일한 통로인 우체국에서 역시 하방되어 온 청년 런자를 만나 귀중한 헌 책을 주고받으며 문명을 정성껏 간직한다. 장터에서 구한 헌 의학책 덕택에 독버섯을 먹은 아이의 생명을 구해준 리춘은 도회지에서 가져온 지식으로 인해 미신으로 귀신을 쫓으려는 사람들과 아직도 다른 세계에서 살아가지만, 런자가 "거짓말에 묶여 살았던 지난날 우리들은 정말로 바보였어"라고 하자 "여기 사는 것도 괜찮아"라고 말한다. 원시 사회로의 회귀에 대해서 새로운 인식이 생겼기 때문이다.

　그러나 문혁이 끝나고 정작 도회지로 돌아간 사람은 리춘이고, '출신 성분'이라는 새로운 운명에 억눌려 아무런 희망도 없이 살아가는 청년 런자는 홍수로 마을 전체가 휩쓸려 내려가는 자연 재해를 당해 목숨을 잃는다. 중앙의 권력이 이런 시골 구석에까지도 얼마나 무섭게 작용하는지를 암시하고, 아마도 바로 이런 무서운 힘이 바로 중국 민족이 맞은 재난이었다는 듯한 여운이 남는다.

런자는 언젠가 리춘에게 이런 말을 했다. "청춘은 잠깐이야. 저렇게 즐거워하는 처녀들도 시집가면 아줌마가 되고, 할머니가 되고, 빈랑(檳榔)을 씹어 입안이 새까맣게 된다구."

그리고 몇 년 후에 타이 마을로 찾아와 런자가 죽었다는 사실을 알게 된 리춘은 아무리 세월이 흐르고 세상이 바뀌어도 이곳은 영원히 아름답게 기억되는 곳이었다고 말한다.

그러나 아무리 세월이 흐르고 하방시대가 끝났어도 중국 영화의 수난은 좀처럼 끝날 줄을 몰라서, 1989년 9월 제1회 베이징 영화제를 위해 열린 학술회의에서는 '애국적'인 1950년대의 선전영화로 회귀해야 한다는 지침이 밝혀졌고, 틀을 벗어난 모든 혁신적인 작품은 은막에서 사라지게 된다. 전위예술은 격렬한 비판의 대상이 되었고, 장이머우의 「쥐더우(菊豆)」, 톈좡좡(田壯壯)의 「말도둑(盜馬賊, 1986)」, 리샤오훙(李少紅)의 「붉은 가마(血色淸晨, 1990)」, 장위안(張元)의 「어머니(媽媽, 1990)」 같은 영화들이 자취를 감추었다. 티엔안먼 사태 직전 도미한 우티엔밍(吳天明)은 조국으로 돌아갈 생각을 포기했고, 「마오쩌둥 이야기(毛澤東的故事, 1992)」를 만든 한싼핑(韓三平)은 베이징영화소의 소장 자리에 올랐다.

1990년대 중반까지도 예술 활동에 대한 억압은 계속되었고, 쉬커의 「청사(靑蛇, 1994)」와 허핑(何平)의 「쌍치진을 찾아온 칼잡이(雙旗鎭刀客, 1991)」처럼 의식이 사라진 오락물은 젊은 층의 대량 관객을 동원하면서 본토 영화도 미국과 홍콩 색채를 띠기 시작했다.

이러한 시대문화적 배경 속에서 또 다른 여감독 황수친(黃蜀芹)은 그녀가 1987년에 만든 「인간·영혼·감정(人·鬼·情)」에서처럼 예술 활동을 통해서 자신의 세계를 개척해 나가는 여성을 주인공으로 삼은 영화 「화혼(畵魂)」을 1989년부터 준비하지만, 민주화 운동 진압에 이어 일시적인 출국 조치를 당하는 바람에 빠리 현지 촬영을 못해서 1993년에야 겨우

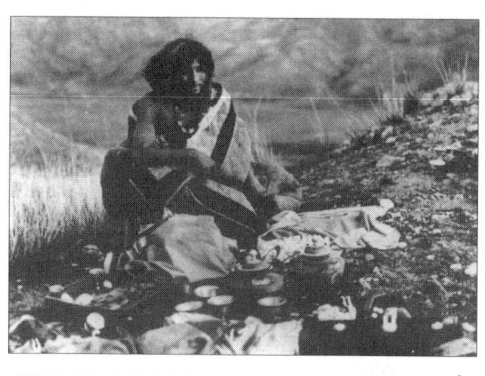

1989년 9월 제1회 베이징 영화제를 위해 열린 학술회의에서 '애국적'인 1950년대의 선전영화로 회귀해야 한다는 지침이 밝혀진 다음, 장이머우의 「쥐더우」와 리샤오훙의 「붉은 가마(血色淸晨, 1990)」 그리고 톈좡좡(田壯壯)의 「말도둑(盜馬賊, 1986)」(사진)처럼 정치적인 모범답안의 틀을 벗어난 모든 혁신적인 작품은 은막에서 사라졌다.

완성하여 흥행에서 엄청난 관객을 동원하며 대성공을 거둔다.

스난(石楠)의 실화소설이 원작인 「화혼」은 신해혁명 직후 안후이(安徽) 성 어느 도시의 유곽에서 창기(娼妓)의 종이었던 위량(玉良)이 화가로 대성한다는 일대기를 그리는데, 우선 화려한 색채부터가 대단히 서구적(또는 홍콩적)이다. 어려서 돈에 팔려간 위량을 첩으로 들어앉히는 남주인공 판짠화(藩贊化)라는 인물도, 비록 전근대적으로 처첩을 거느리기는 하지만, 일본 유학을 다녀온 서양화된 남자로서, 뇌물에 굴하지 않는 강직한 고위 관리이다.

판싼화가 기생과 동거한다는 소문 때문에 관직을 그만둔 다음 두 사람은 서양 문화가 활발한 상하이로 이사를 하고, '남편'이 유학 시절에 알았던 화가로부터 그림을 배우는 위량은 나체화에 관심을 노골적으로 보이다가 중국 사회로부터 반발을 산다. 아무리 상하이라고 해도 발가벗은 여자를 그리는 미술학원은 분노한 군중 때문에 문을 닫아야 한다.

문화적인 갈등은 거기에서 끝나지를 않는다. "남녀간에는 사랑이

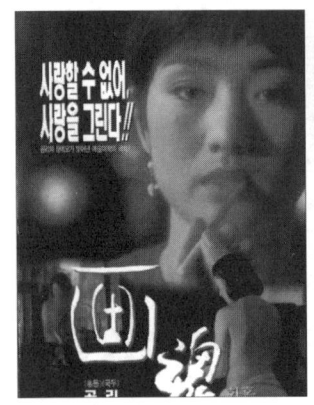
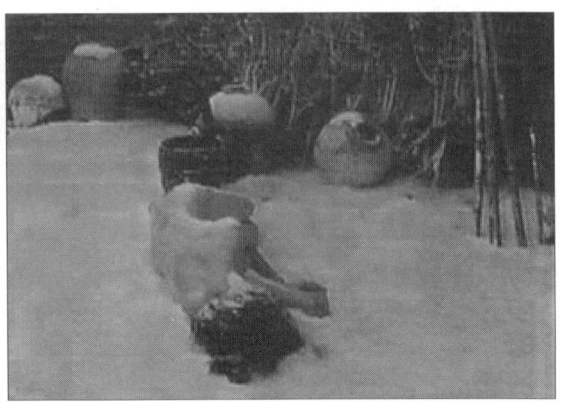

창기의 종이 서양화가로 성장하는 일대기를 그린 「화혼」에서는 나체화를 둘러싼 동서양의 문화적 괴리가 하나의 부수적인 주제를 이룬다.

있어야 성행위가 정당해진다"는 진보적인 사고방식의 소유자이면서도 판짼화는 본처에게서 아들을 얻지 못했다며 위량에게 아들을 생산해 주기를 바란다. 그러나 유곽에서 창기 생활을 시작할 무렵에 먹었던 독한 '차' 때문에 아기를 낳지 못하게 되었다는 진단을 받은 다음 위량은 남편 대신 편지를 보내 본처를 상하이로 불러오고, 지극히 전근대적으로 같은 집에서 처첩이 함께 생활하다가, 본처가 아들을 낳자 위량은 보다 자유롭게 그림을 공부하기 위해 빠리로 유학을 간다.

7년 동안에 유명한 서양화가가 되어 귀국한 위량은 양쪽 끝에 거울이 달린 침대를 들여놓은 방에서 남편과 생활하지만, 외국 생활에서 사고방식이 바뀐 그녀는 시력을 잃은 본처와 같은 집에서 생활하기가 무척 힘들어진다. 더구나 해외 유학파로서 당장 교수로 발탁된 그녀는 불이익을 당한 남성 교수들로부터 반발을 사고, 남편은 그녀가 빠리에서 거울을 보고 그린 자신의 나체화를 개인전에 전시하지 말라고 야단치면서, "아무리 10년의 세월이 지났다고 해도 여긴 중국이란 말야!"라고 상기시킨다.

이렇게 이중적인 가치관의 세계에서 살아가던 위량이 개인전을 여는 날 그녀의 과거를 신문에서 폭로하는 바람에 남편은 직장을 그만두게 되고, 두 사람은 결국 헤어진다. 아무리 세월이 흘러도 과거는 지워지지를 않고, 신분은 영원히 넘어서기가 불가능하며, 여자의 신분 탈출은 남자의 신분 하락을 가져오기 때문이었다.

그리고는 10여 년이 더 지나는 사이에 본처와 남편이 세상을 떠나고, 고향을 등지고 빠리에서 생의 대부분을 보낸 여주인공은 타국 땅에 묻힌다.

완고한 가부장적인 전통과 위계질서로 인해서 여성이 독립적인 세계를 구축해 나가기가 어려운 중국 사회의 모습은 또 다른 여성 감독 왕하오웨이(王好爲)의 작품들을 관통하는 주제이기도 하다. 「신용을 잃은 마을(失信的村庄, 1986)」에서 그녀는 낯선 새로움을 가난보다 훨씬 더 두려워하기 때문에 낡은 작업 전통을 고수하는 농민들을 내세워 "고립된 중국"의 그릇된 과거와 현재, 그리고 병폐를 보여 주려고 노력한다. 이런 경고성 자극은 1988년의 3부작 「집으로 가는 오솔길(村路帶我歸嫁)」, 「금색 깃발의 뒷면(金邊背後)」, 「마귀사냥(尋伐魔鬼)」에서도 이어진다.

찾아보기 ●---

▌ 「청춘은 아름다워(靑春祭, 1985, 중국, 96분)」, 감/張暖忻, 출/李鳳緖, 馮遠征
▌ 「화혼(畵魂, 1993, 중국-타이완, 135분)」, 감/黃蜀芹, 출/鞏俐, 尒冬升, 途式常, 方峯, 徐俊

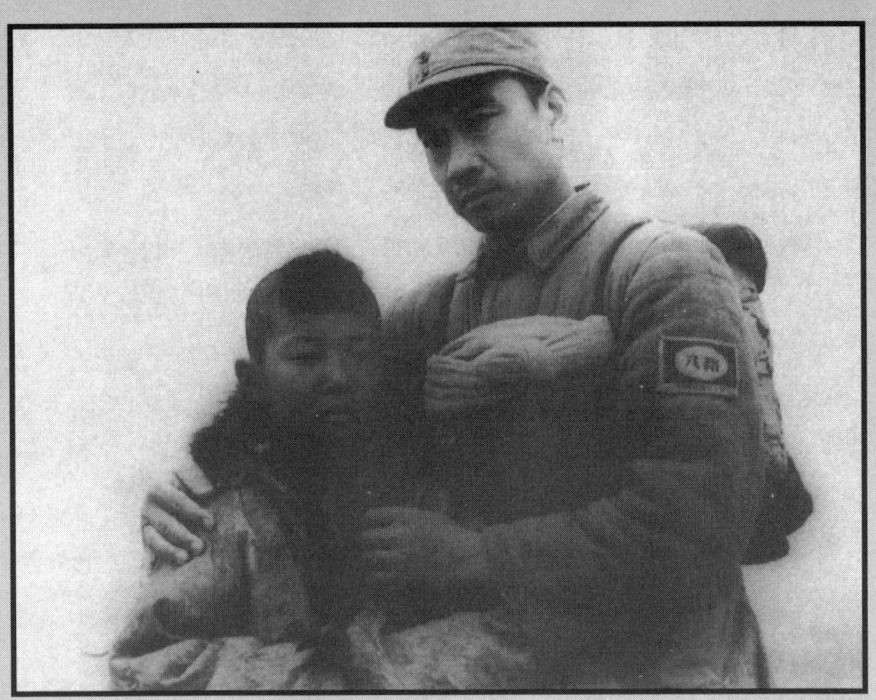

중국 역사와 전통의 뿌리를 찾아 옌안의 당 선전사업에 활용하려고 노래를 수집하기 위해 전국 각지를 돌아다니는 팔로군 장교의 얘기를 담은 천카이거의 「황토지」는 로카르노와 홍콩의 영화제를 통해 "제5세대"라는 말을 전세계에 알린 선언적 작품이다.

제5 세대의 등장

천카이거의 「황토지」는 1984년 로카르노 영화제 그리고 1985년 홍콩 영화제를 통해 "제5 세대"라는 말을 전세계에 알린 선언(manifesto)적 작품이다.

천카이거는 1952년 베이징 태생으로서, 중학생이던 16살에 홍위병으로 문화혁명에 직접 참여해서, 이념적 규범을 충실히 따른 '모범영화'「청춘의 노래(青春之歌, 1959)」를 만든 아버지 천화이아이(陳懷皚)를 고발했으며, 나중에는 자신도 윈난(雲南) 성으로 하방되어 고무농장에서 3 년 농안 노농하며 중국의 현실을 온몸으로 제험한 영화인이다. 하방 이후 군복무를 거쳐 1975년부터 베이징영화공작소에서 일하다가, 폐교되었던 베이징전영학원이 문을 열자 82년까지 그곳에서 연출을 공부하고, 졸업 후 전영학원 동기였던 장이머우가 촬영을 맡은 「황토지」를 완성한다.

비슷한 성장기를 보낸 베이징전영학원 출신 작가들이 중심을 이룬 제5 세대 감독들에게는 하방 체험이 지식인들로 하여금 중국 민중의 삶을 생생하게 이해하고 중국인으로서의 정체성을 찾는 하나의 과정으로 작용하기도 했다. 하지만 그 과정은 획일적이거나 수동적인 성격의 단순한 수용(收容)은 아니었다. 제5 세대는 중국 문화를 받아들이면서도 가부장적이거나 유교적인 전통을 솔직히 비판하고, 외국 문화를 받아들이면서도 중국인다움이라는 정체성을 잃지 않는 기준을 단호하게 지킴으로써 독창적이고도 다양한 표현양식을 저마다 적극적으로 개발했다.

천카이거와 장이머우뿐 아니라 텐좡좡과 우쯔뉴(吳子牛) 같은 감독은 개인의 발전을 억압하는 유교적 전통의 규범과 사회주의 획일화가 인간성과 창의성과 자연스러움을 압살하여 중국의 문화를 무기력하게 만들었다고 믿었다. 그래서 물론 창조성을 살리기 위해 경직된 공산당의 지침도 그들은 과감히 단절했지만, 급진적인 변화를 탄압하던 정치 구조 때문에 그들의 비판은 직접적인 대신에 은유적인 방법을 택했으며, 이것은 오히려 직설(直說)을 벗어나 예술적인 차원을 한 단계 더 높이 끌어올리는 결과를 가져왔다.

이토록 힘든 의식 작업을 거쳐 제5 세대는 전통 문화와 외래 문화를 비판적으로 접목시키는 데 성공했으며, 그렇게 함으로써 묻혀 버린 문화를 발굴하면서도 현대적으로 발전하는 이중의 목표를 달성하여 결국 전세계로부터 주목을 받기에 이르렀다.

영화 「황토지」를 보면 우선 천카이거 감독은 관객을 중국 역사와 전통의 뿌리로 데리고 간다. 지리적인 배경으로 선택한 산시(陝西) 성 북부의 산베이(陝北)는 황허 최상류의 황량한 땅으로, 중국 신화에서는 고비사막의 황사로 뒤덮인 이곳을 중국 나라의 발상지라고 말한다. 그리고 1939년 어느 날 이곳을 찾아온 사람은 민요의 선율에 혁명적 내용을 붙여 옌안의 당 선전사업에 활용하려고 노래를 수집하기 위해 전국 각지를 돌아다니던 팔로군 장교 구칭(顧青)이다. 말하자면 그는 중국의 뿌리를 사회주의 신세계와 접목시키는 작업을 하는 셈이다.

"공산주의는 곧 자유이다"라는 복음을 전파하기 위해 토굴 마을로 찾아간 구칭이 만나는 열세 살의 소녀 추이차오(翠巧)는 폐쇄된 사회의 새로운 싹으로서, 사회 개혁과 여성 교육, 특히 여자도 자유롭게 배우자를 선택해야 한다는 권리에 관한 얘기를 전해 듣고는 경직되고 고립된 사회로부터의 해방이라는 희망을 엿보기 시작한다. 그러나 구칭은 갑자기 마을을 떠나면서 그녀를 희망의 나라로 데려가지를 않고, 추이차오의 아버지는 마을 남자와 결혼하라고 그녀를 팔아 버린다. 추이차오는 스스로의 운명을 찾아 마을을 떠나지만, 그러나 폭풍우가 닥치고, 강물은 잠시 탈출을 꿈꾸었던 소녀와 온마을을 삼켜 버리고, 화면에는 다시 황색 대지만 남는다.

1986년 장이머우와 다시 함께 작업한 천카이거 영화 「대열병(大閱兵)」은 티엔안먼 광장에서 열리는 건국 기념 열병식에 참가하기 위해 맹훈련을 받는 군인들의 얘기이다. 철조망 안에 갇혀서, 반복되는 훈련을 통해, 수 개월에 거쳐 선발되고 다시 선발된 병사들은 베이징까지 수천 킬로미터를 강행군해서 현장에 도착하고, 그리고는 겨우 1 분

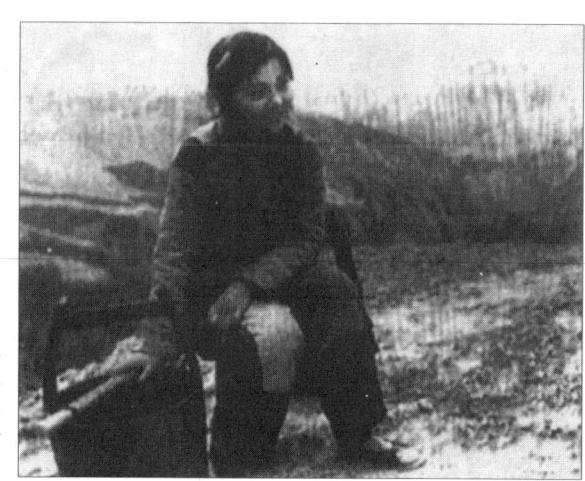

"공산주의는 곧 자유이다"라는 복음을 전파하기 위해 찾아온 구칭을 만나는 열세 살의 소녀 추이차오(翠巧)는 폐쇄된 사회로부터의 해방을 꿈꾸기 시작한다.

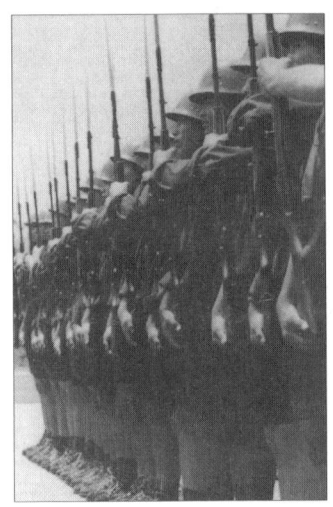

동안의 열병식에서 아흔여섯 걸음을 행진한다.

「대열병(大閱兵)」의 병사들은 베이징까지 수천 킬로미터를 강행군해서 현장에 도착하자 겨우 1분 동안의 열병식에서 아흔여섯 걸음을 행진한다.

우리나라에서도 번역된 아청(阿城)의 중편소설을 원작으로 삼은 「아이들의 왕(孩子王, King of the Children, 1987, 106분)」은 하방된 도시 청년이 초등학교 교사로 일하면서, '원칙'대로 가르치라는 정부의 요구에 맞서 창조적으로 생각하고 말하도록 아이들을 가르치고 싶어하는 「죽은 시인의 사회」 영화이고, 「현 위의 인생(邊走邊唱, 1992)」은 앞을 못 보는 예술가가 주인공이다.

천카이거에게 국제적인 명성을 안겨준 「패왕별희」에서는 중국 고유의 무대 예술인 경극(京劇)이 서양인들의 시선을 끄는 '주연'이다. 경극은 무려 366종에 달하는 중국 전통극 중에서 베이징을 중심으로 크게 성공한 작품군이어서 그런 이름([北]京劇, the Peking Opera)이 붙었으나, 본디 17세기 중엽 우베이(湖北)과 안후이 성 등 양

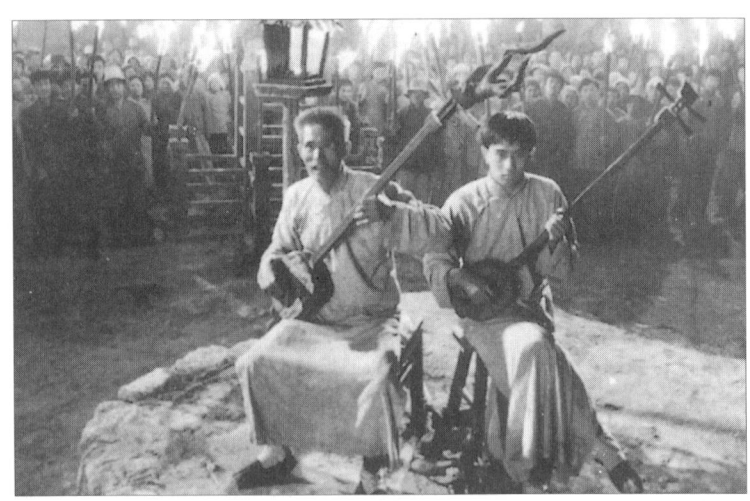

「현 위의 인생(邊走邊唱, 1992)」은 앞을 못 보는 예술가가 역시 눈먼 제자를 키워내는 서정적인 내용이다.

쯔(揚子)강 연안 지방에서 탄생한 무대예술이다. 현존하는 1천3백여 작품은 개작한 전기물이나 『수호전』, 『서유기』, 『홍루몽』, 『요재지이』 등 사전소설(史傳小說)과 신화나 전설에서 발췌한 내용이 대부분으로서, 1시간 반 가량의 길이가 보통이다.

경극의 대표적인 고전 종목은 「타어살가(打漁殺家)」, 「우주봉(宇宙峰)」, 「백사전(白蛇傳)」, 「양문여장(楊門女將)」, 「귀비취주(貴妃醉酒)」, 「안탕산(雁蕩山)」, 「야저림(野猪林)」, 그리고 「패왕별희」 등이 특히 유명하다.

작자 미상인 「패왕별희」는 『서한연의(西漢演義)』에서 발췌한 내용으로서, 영화의 영어 제목(Farewell My Concubine)에서 나타나듯이, 초나라의 패왕 항우(項羽)가 사면초가(四面楚歌)를 당한 다음 그가 아끼던 우미인(虞美人)과 마지막 주연을 벌이고 두 사람이 자결한다는 내용인데, 1918년 「초한(楚漢)의 싸움」이라는 제목으로 초연되었고, 이 경극은 특히 우미인 역을 맡았던 여형남우(女形男優) 메이란팡(梅蘭芳)의 연기로 유명하다. 참고로, 무대극에서 남자들이 여성 역을 맡

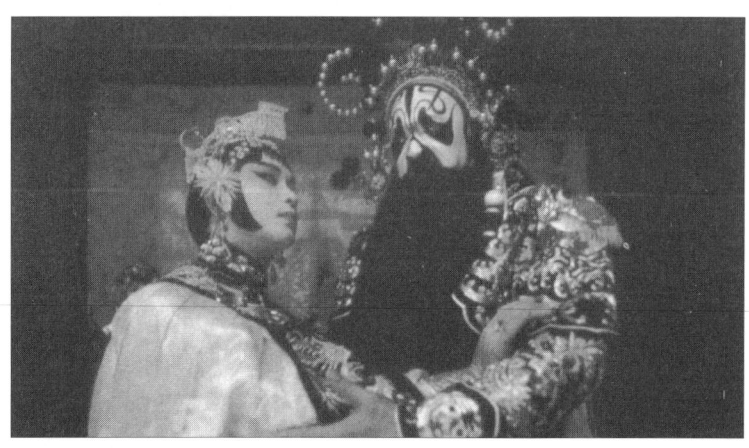

중국 고유의 무대 예술 경극에서 대표적인 고전 종목인 「패왕별희」는 초나라의 패왕 항우(項羽)가 사면초가(四面楚歌)를 당한 다음 우미인(虞美人)과 마지막 주연을 벌이고 두 사람이 자결한다는 내용이다. 사진은 영화에서 「패왕별희」를 연기하는 두 주인공

았던 전통은 영국의 셰익스피어 시대 연극도 마찬가지였다.

장이머우의 「인생(活着, 1994)」에서처럼 역사에 시달리는 중국 예술의 모습을 보여 주는 영화 「패왕별희」에서 내세운 등장인물은 경극에서 초패왕 역을 맡은 도안샤오로(段曉樓)와 상대역 우미인 역을 맡은 청데이(程蝶衣)다. 두쓰(豆子, '꼭지')와 '돌대가리(小石頭)'라는 아명으로 두 주인공이 어린 시절에 오래도록 혹독한 훈련 과정을 거쳐 명배우로 성장한 다음, 그들 사이에 끼어든 창녀 주센(菊仙)으로 인해서 양성애와 동성애의 묘한 삼각관계를 이룬 인간적 배경을 깔고, 영화 「패왕별희」는 1924년 독군(督軍)시대부터 문화혁명기를 거쳐 1977년까지 52 년 동안 경극이 거쳐온 고난사를 기록한다.

중국 본토에서 상영이 금지되었던 이 영화에서 잘 나타나듯이, 중국의 다른 모든 예술 활동이나 마찬가지로 경극은 일본의 침략, 혁명, 문혁 등을 거치며 수난을 거듭한다. 1949년 중국 정부 수립과 함께 전통극에 대한 개혁이 이루어지면서, "낡은 과거를 추방하고 새로운 것을 내놓는다"는 '백화제방(百花齊放)' 방침에 따라 봉건적인 요소를 걸러내는 개혁이 이루어진다. 1964년에는 베이징에서 현대 경극 경연 대회가 열려 연극 개혁이 문화대혁명의 도화선 노릇을 하고, 장칭(江靑) 등의 지도자는 고전 작품의 상연을 일체 금지하여 '진짜' 경극은 10여 년 동안 사라지고 만다. 영화의 도입부에서 "4인방 때문에" 공연을 못했지만 "이제는 세상이 좋아졌지"라고 하는 대사가 이 대목을 의미한다.

영화 「패왕별희」는 이런 '경극 현대화' 과정을 집중 조명하여, "관객 모두가 노동자인데, 왜 노동자가 무대에 오르면 경극이 아닌가요?"라는 '신세대' 배우들의 항변에서부터, 길바닥에 내다버린 아이를 도제로 키워놓은 샤오스(小四)가 "그런 말은 봉건사회에서나 통하겠지만, 지금은 새로운 세상"이라고 반항한 다음 우미인 역을 '꼭지' 데이에게

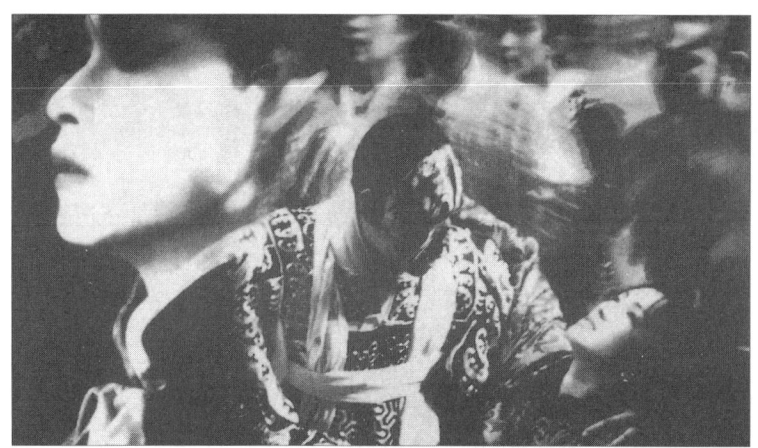

영화 「패왕별희」는 1924년 독군(督軍)시대부터 문화혁명기를 거쳐 1977년까지 52 년 동안 경극이 거쳐
온 고난사를 기록한다.

서 빼앗아가는 배반 행위로 보여 준다. 특히 세 주인공이 서로 파멸로
몰아가던 나머지 여주인공 주센을 자살로 인생을 마감하게 만들었던
길거리 재판 장면은 천카이거 감독 자신이 홍위병 시절에 어떤 행동을
했는지를 너무나 생생하게 연상시켜 소름이 끼칠 지경이다.

반동 연극인으로 규탄의 대상이 된 '초패왕' 샤오로는 길거리 수박
장수로 몰락하지만, 육손이로 태어나 창녀 엄마로부터 버림을 받았던
데이는 훨씬 더 비참한 운명을 맞는다. 가혹한 매를 맞으며 여성이 되
기를 강요받은 그는 결국 주어진 운명을 받아들여 "자웅이 공존하는
가상 성스러운 성지"에 이른 다음 극단을 후원하는 두 명의 남색가에
게 차례로 성의 노리개가 되고, 현실을 이겨내는 힘이 되었던 무대의
환상이 무너진 다음 '초패왕'의 보검을 뽑아 자결한다.

「패왕별희」를 다 보고 나면, 과연 중국에서는 이제 문화의 공포시
대가 끝났을까 하는 걱정과 더불어, 천카이거의 중국시대가 끝나간다
는 징후가 보여 아쉬움을 느끼게 된다. 마치 서양의 빤닥종이로 포장
한 중국 만두를 연상시키는 「패왕별희」는 중국을 잘 아는 서양인이 홍

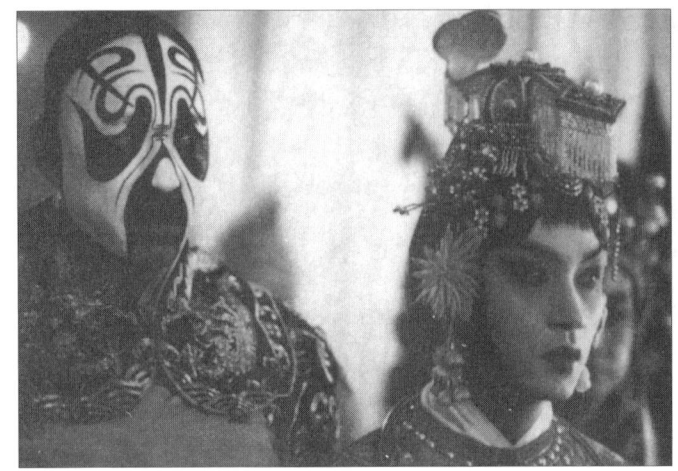

영화 「패왕별희」는 경극에서 초패왕과 우미인 역을 맡은 두 주인공 사이에 끼어든 창녀 때문에 양성애와 동성애의 묘한 삼각관계를 이룬다. 이 장면에서는 질투심으로 '꼭지' 가 계집아이처럼 앙탈을 부린다.

콩에서 만든 영상 제품이라는 인상을 준다. 「패왕별희」를 분기점으로 해서 천카이거는 서양의 미학으로 넘어가고, 이러한 변신은 1920년대 상하이를 무대로 한 「풍월(風月, 1996)」에서 훨씬 더 분명해진다. 그렇다면 중국다움(中國性)을 찾으려는 제5 세대의 작업은 새로운 전통의 시작이 아니라, 전통적인 과거를 매장하려는 사회주의적 (과거의) 억압에 대한 일시적인 반작용 현상과 청산작업이었을까?

그것은 좀더 두고 봐야 해답이 나올 듯싶다.

서양의 비평가들은 천카이거의 변신에 대해서 실망을 나타내기도 했는데, 그것은 아마도 서양은 동양인이 얘기하는 동양을 보고 싶지, 서양식으로 변형시킨 동양을 보고 싶지는 않았기 때문일지도 모른다.

「홍등(大紅燈籠高高掛)」의 원작자 쑤퉁(蘇童)은, 1940년대 쑤저우(蘇州)의 두 창녀가 살았던 고달픈 삶을 그린 소설을 통해서, 공산 정권 수립과 더불어 찾아온 봉건 착취로부터의 해방이 참된 해방은 아니었음을 지적한다. 그리고 이 소설을 원작으로 삼아 만든 영화 「연지(紅粉, 1994)」로 크게 성공한 리사오홍(李少紅)은 다시 「붉은 가마(血色淸晨, 1990)」를 발표하는데, 엄청나게 크고 넓은 중국 시골의 봉건적 전통 사회는 「패왕별희」처럼 쉽게 흔들리지는 않는다는 진리를 지적하기도 한다.

「붉은 가마」에서는 도회지로 나가 돈을 벌어온 총각과 그의 가난한 친구가 결혼 비용을 절약하기 위해 여동생을 서로 바꿔 결혼하지만, 한 아가씨가 초야에 출혈을 하지 않아 처녀가 아니라고 쫓겨난다. 분노한 신랑은 신부의 처녀성을 빼앗아간 남자가 하방되어 와서 초등학교 선생으로 열심히 일하는 도시 청년이라고 엉뚱한 결론을 내린다. 참으로 우직하고 비논리적인 이런 결론에 따라 돼지잡는 신랑 형제가 무자비하게 선생을 살해하는데, 영화는 이런 과정에서 마을 사람들이 보여 주는 갖가지 반응을 여러 갈래로 추적한다.

"든든히 먹은 다음에 죽이러 가겠다"면서 식탁에 칼을 꽂아놓고 튀김을 먹는 백정 형제는 단순히 뽑았던 칼을 도로 집어넣기가 창피해서 체면 때문에 끝내 살인을 저지른 다음에도 전혀 죄의식을 느끼지 않고, "알려줘 봤자 놀라기만 한다"면서 선생에게 경고조차 하지 않는 마을 사람들은 두 범인이 잡혀가는 뒷모습을 보고 "쟤들도 다 귀한 아들인데, 어디로 끌고 가는고?"라며 이상한 걱정을 한다.

"나를 찾아올 시간이 있으면 칼을 빼앗아 둬도 되잖아?"라고 여유를 보이는 촌장과 "처녀가 함부로 몸을 굴렸어"라면서 진실을 따지려고도 하지 않는 할머니, 그리고 살인사건을 조사하러 나온 사람에게 "뱃속에 히니기 들었는지 둘이 들었는지 어떻게 알아요? 그래서 쌍둥이를 낳았더니 호적에 올리는 벌금이 8만원이나 나왔다"고 푸념하는 아줌마—분명히 현대 추리극의 형태를 갖춘 비극영화이지만, 마을 사람들의 행태를 보면 웃음만 나오고, 그러나 도끼와 칼에 맞아 죽은 하방된 청년에게는 너무 미안해서 희극으로 분류하기도 난처한 이 영화를 보면, 마오쩌둥 사상이니 문화혁명을 아랑곳하지 않는 '옛사람'들의 모습이 조금도 달라질 줄을 모른다.

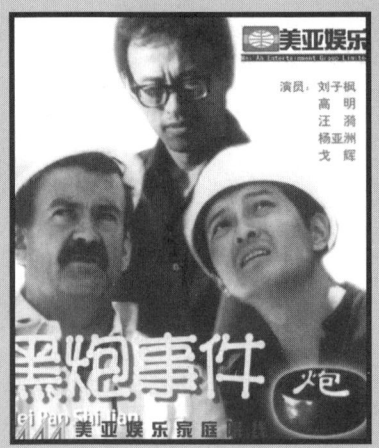

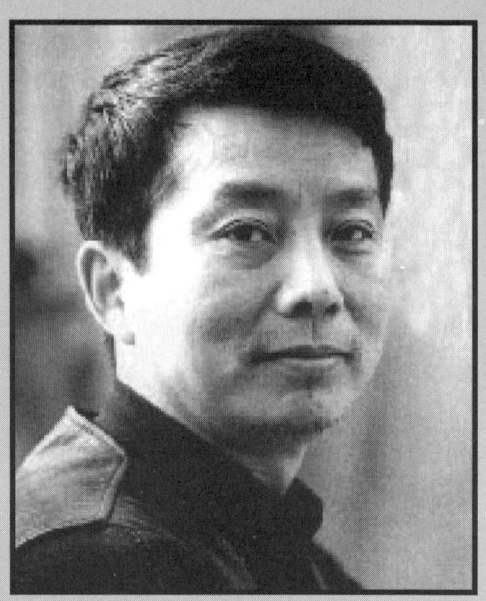

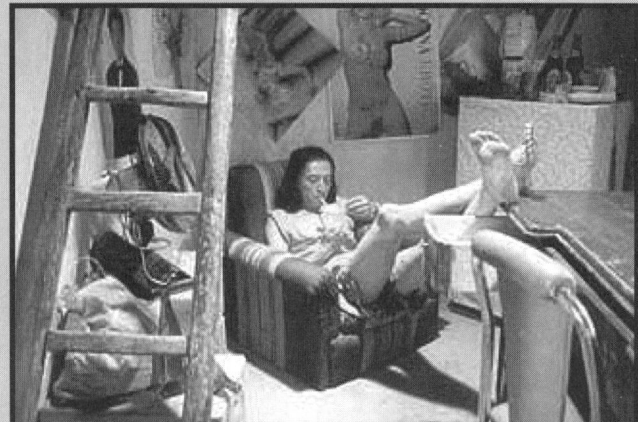

문화혁명과 하방정책에 시달리지 않았던 세대는 과거와 전통이라는 주제에 대해서 큰 관심을 보이지 않고 현대의 도시생활에 관한 영화를 주로 만들었다. 「흑포사건(黑炮事件, 1985)」과 속편 「전위(錯位, 1986)」에서는 소심한 공무원 자오수신(趙書信)을 통해 수십 년이 지나도 실현되지 않은 사회주의 지상낙원에서 실종된 가치관을 다루고, 「윤회(輪廻, 1988)」는 희망을 잃은 젊은이들의 세계를 그리며, 「왼쪽 깜박이 켜고 우회전(打左燈, 向右轉, 1996)」 역시 최근(1990년대)의 중국을 풍자적으로 비판한다. 오른쪽 위 사진은 황지엔신 감독이고, 왼쪽은 「흑포사건」의 선전물, 그리고 아래는 「왼쪽 깜박이 켜고 우회전」에 나오는 한 장면이다.

젊은 제6 세대

　제5 세대 감독이면서도 황지엔신(黃建新)은 문화혁명과 하방정책에 시달리지 않았던 탓인지 과거와 전통이라는 주제에 대해서 큰 관심을 보이지 않고 현대의 도시생활에 관한 영화를 주로 만들었다. 장시엔량(張賢亮)의 단편소설이 원작인 첫 작품 「흑포사건(黑炮事件, 1985)」과 속편 「전위(錯位, 1986)」에서는 소심한 공무원 자오수신(趙書信)을 통해 수십 년이 지나도 실현되지 않은 사회주의 지상낙원에서 실종된 가치관을 다루고, 「윤회(輪廻, 1988)」는 희망을 잃은 젊은이들의 세계를 그리며, 「왼쪽 낌빅이 켜고 우회진(打左燈, 向右轉, 1996)」 역시 최근(1990년대)의 중국을 풍자적으로 비판한다.

　그러나 지금까지 우리나라에 소개된 유일한 황지엔신 작품은 역사물 「목인(木人)의 신부」이며, 여기에서도 우리는 좀처럼 움직일 줄 모르는 유교적 전통과 변하지 않는 과거의 모습을 발견한다.

　영화는 (이제는 중국색이라고 동일시되는 황톳빛까지도 「붉은 수수밭」의 도입부와 비슷한 분위기 속에서) 결혼 행렬로 시작되는데, 황량한 붉은 사막에서 일행은 회오리(旋風) 파 마적단의 습격을 받고 신부가 납치를 당한다. 용감하고 충성스러운 우쾌(吳魁)는 단신 도둑들의 소굴인 마을로 찾아가 두목을 만나서 "털이 안 난 재수없는 여자"이니 손대지 말고 신부를 그냥 풀어달라고 청한다. 경극 배우 노릇도 하고 수염이 나지 않은 여형(女形) 두목 탱은 귀가 멀게 하는 독약을 탄 물을 마시는 우쾌의 용기에 감복하여 여자를 풀어준다.

하지만 그들이 집에 도착했을 때는 신랑이 신부를 구하러 간다고 무기를 준비하던 과정에서 오발 사고로 죽은 다음이었다. 전통을 중요시하여 20 년이나 수절한 집안 마님 유부인(柳太太)은 죽은 아들 대신 사람 모양으로 나무를 깎아 신부와 결혼식을 올리게 하고, 팔려온 젊은 신부는 밤이면 목인(木人)과 동침하고 낮이면 나무 남편을 마당으로 모셔내와 의자에 앉히고는 볕을 쬐게 하는 생과부 생활을 계속한다.

그러다가 어느덧 젊은 아씨와 우쾌는 통속사극적인 사랑에 빠지고, 아씨는 우쾌더러 멀리 함께 도망치자고 애원한다. 그들의 관계를 알아낸 유부인은 우쾌를 쫓아내고 며느리는 도끼로 발목을 잘라 족쇄에 채워 감금 생활을 시킨다. 정말로 잔인하다고 여겨지는 유교적 전통

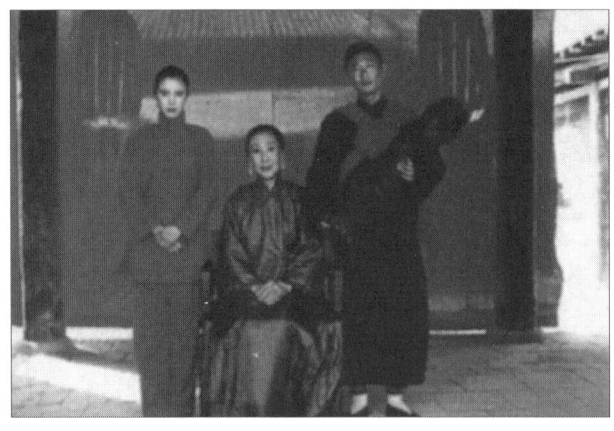

「목인의 신부」에서는, 특히 홍살 문적인 마지막 자막을 보면, 좀처럼 움직일 줄 모르는 유교적 전통과 변하지 않는 과거의 모습이 집요하다.

(유부인)에 분개한 우쾌는 집에서 도망쳐 마적들의 마을을 찾아가지만, 탱을 위시한 일당은 토벌대에 초토화되고 마을은 불타서 폐허로 변해 버렸다.

1년 후 마적단을 다시 조직해 두목이 된 우쾌가 마을로 돌아가 유부인을 처단하는데, "사람은 명예를 위해서 살아야 한다"고 믿는 마님은 우쾌에게 "발칙한 것"이라는 마지막 말과 함께 당당하게 교수형을 당한다. 우쾌가 이제 그의 신부가 된 아씨를 지게에 싣고 마을을 떠난 다음, "마을 사람들은 나중에 정절비를 세워 유부인을 기렸다"는 홍살문적이고도 집요한 자막으로 영화가 끝난다.

배우 부부의 아들로 1952년에 태어난 톈촹촹(田壯壯)은 홍위병을 거쳐 지린(吉林) 성에서의 하방 노동과 군복무까지 천카이거와 비슷한 젊은 시절을 보냈으며, 내몽골의 수렵생활을 담은 「사냥터에서(獵場扎撒, 1985)」와 티베트의 「말도둑(盜馬賊, 1986, 88분)」을 주인공으로 삼은 영화를 만들어 소수 민족을 조명함으로써 광대한 중국에는 한민족의 획일성뿐 아니라 다양한 문화와 삶과 사상이 공존한다는 사실을 보여 주었다.

우리나라에도 비디오로 출시된 「푸른 연」은 대본에서 드러난 "정치적인 성향"으로 인해 촬영이 중단되기도 하고 완성되기도 전에 상영금지 처분을 받아 홍콩의 공동제작자를 통해 '해외'에서 먼저 선을 보였고, 톈촹촹 감독은 2년 동안 활동을 금지당했다.

「패왕별희」의 '돌대가리(石頭)'보다도 더 심한 '테터우(鐵頭)'라는 별명이 붙은 아이 다위(大雨, 큰 비)의 눈을 통해서, 강요받은 이념에서부터 벗어나 자신의 삶을 살아가려는 인민대중의 혼란을 그린 이 영화는 세 차례에 걸친 어머니의 결혼 과정, 그리고 "나는 아버지를 쏴 죽이겠어!"라는 주인공의 외침과 "이제 또 무얼 바꿔 보겠다는 얘기야?"라는 할머니의 한탄으로 요약된다.

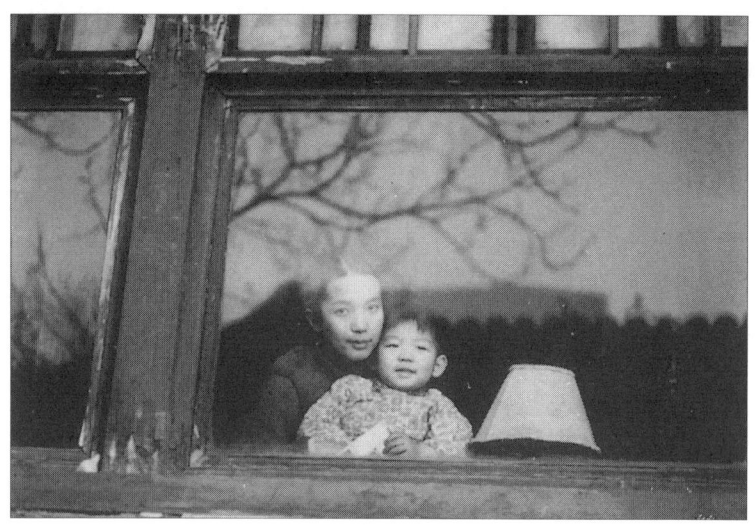

톈좡좡의 「푸른 연」은 대본에 나타난 "정치적 성향"으로 인해서 작품이 완성되기도 전에 상영금지 처분을 받았다.

할아버지가 대지주였고 부모는 지식인이었던 '나쁜 성분' 출신의 우쯔뉴(吳子牛, 1953~) 감독은 베트남과의 분쟁에 투입된 중국 군대를 다룬 「비둘기나무(蜥子樹, 1985)」, 칭하이(靑海) 황무지의 강제수용소를 무대로 한 「마지막 겨울날(最後一個冬日, 1986)」, 전쟁이 끝난 줄도 모르고 싸움을 계속하는 일본군의 얘기인 「만종(晩鐘, 1988)」, 대대로 갈등을 계속하는 두 마을을 그린 「즐거운 영웅(歡樂英雄, 1988)」과 그 속편 「음양계(陰陽界, 1988)」, 그리고 사냥을 하며 갈등과 화해를 거치는 두 남자의 얘기 「불여우(火狐, 1994)」에 이르기까지, 집단과 개인의 충돌 그리고 전쟁과 대립의 무의미함이라는 일관된 주제를 펼친다.

기타 제5 세대 감독으로는 진시황제(秦始皇帝)와 그의 친구 가오잔리(高漸離)의 애증을 그린 「진송(秦頌, 1996)」을 만든 저우샤오원(周曉文), 이혼에 얽힌 고통을 그리는 「마음의 향기(心香, 1992)」로 주목을 받은 쑨저우(孫周), 폭군 아버지 때문에 파탄을 맞은 가족 이야기 「백조의 노래(絶響, 1986)」를 만든 장쩌밍(張澤鳴), 「여자 이야기(女人的故

事, 1988)」에서 1980년대 상하이 젊은이들의 인생관을 비판적으로 부각시킨 여감독 펑샤오롄(彭小蓮) 그리고 역시 여성 감독으로 군 병원에 근무하는 간호병의 생활을 「여간호병(女兒樓, 1985)」에 담은 후메이(胡玫)를 꼽는다.

중국 영화의 새로운 세대는 1960년대에 태어나 80년대 후반에 베이징전영학원을 졸업하고

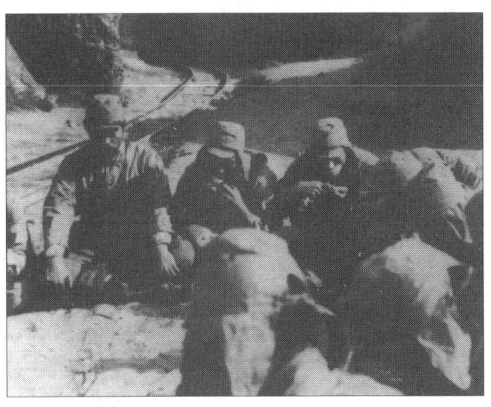

전쟁이 끝난 줄도 모르고 싸움을 계속하는 일본군의 얘기인 「만종」은 할아버지가 대지주였고 부모는 지식인이었던 '나쁜 성분' 출신의 우쯔뉴 감독의 작품이다.

90년대 초에 활동을 개시한 사람들인데, 생명까지 위협하는 탄압적 정책을 이겨내며 뚜렷한 세계관이나 예술관을 확립한 작가는 아직 등장하지 않았다. 더구나 다른 매체들의 등장과 경쟁으로 인해서 영화 산업이 주춤해진 전세계적인 현상에 밀리기도 해서, 황쥔(黃軍)처럼 국제적으로 알려진 감독들도 독창성을 포기하며 체제에 순응하고 말았다.

그러나 체제에 편입되기를 거부하며 자신의 세계를 추구하는 감독도 적지 않으며, 희망을 잃은 장애자의 가족을 그린 「어머니(媽媽, 1990)」를 만든 장위안(張元)이 여기에 속한다. 1994년 대대적인 반예술 탄압으로 상영과 활동 금지를 당하기 직전 그는 기록영화 작가인 두안진촨(段錦川)과 함께 티엔안먼 민주화운동을 무자비하게 진압한 공산당을 은유적으로 비판하는 「광장(廣場)」을 만들기도 했다.

「어머니」의 극본을 집필한 왕샤오솨이(王小帥)는 어느 예술가의 식물화한 삶을 그린 「겨울날, 봄날(冬春的日子, 1993)」에서 주인공으로 하여금 미국으로 이주하게끔 만들어서 경직된 사회를 벗어나기 전에는 희망이 없다는 결론을 간접적으로 내린다.

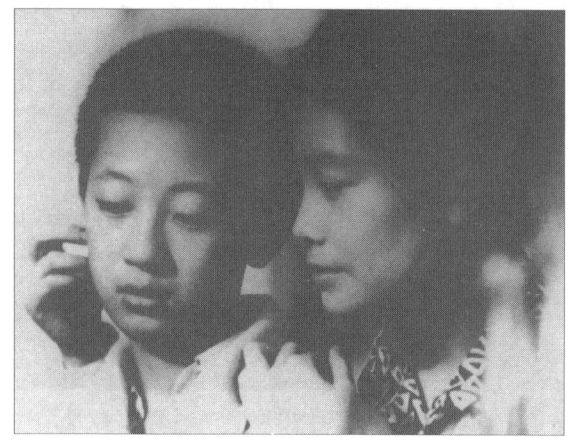

천카이거와 장이머우 밑에서 조감독으로 일했던 허젠쥔(何建軍)은 사회(체제)에 순응하지 못한 사람들이 정신병원에서 강제로 혹독한 재활 훈련을 받는 군상(群像)을 담은 「붉은 염주(縣戀, 1993)」와 남의 우편물을 열어보는 주인공을 통해 감시받는 사회를 그린 「집배원(郵差, 1995)」을 발표했다.

그밖에도 4 년 동안의 이탈리아 유학을 한 인연으로 「마지막 황제」에서 베르나르도 베르톨루찌의 조감독으로 일했던 여성 감독 닝잉, 젊은 세대의 방황을 그린 「쓰레기(頭髮亂了, 1995)」의 관후(管虎), 배우 출신의 장원(姜文) 등이 활동하지만, 아무래도 제5 세대의 영광을 이어가기가 힘에 부치는 듯한 모습이다.

하지만 비록 역사와 전통에 대해서 장엄한 해석을 내리지는 못할지언정 그들 나름대로 현재의 삶을 관찰하는 인간적인 시선은 확인이 가능하다. 그런 시선 한 가지를 우리는 닝잉의 「즐거움을 찾아서」에서도 만나게 된다.

천젠옹(陳建功)의 소설이 원작인 「즐거움을 찾아서」는 우리나라의 종로 거리 탑골공원을 무대로 했을 만한 영화이다. 전문 배우를 쓰지 않고, 중요한 등장인물이 모두 할아버지들뿐인 이 영화의 주인공은

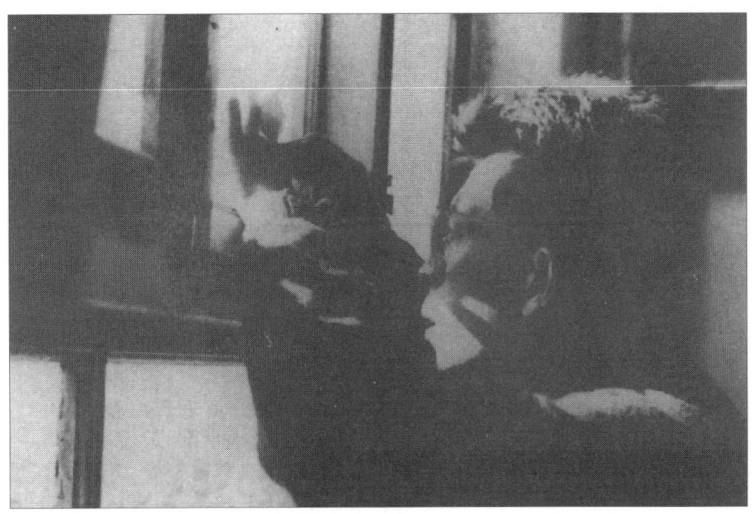

어느 예술가의 식물화한 삶을 그린 「겨울날, 봄날(冬春的日子, 1993)」에서는 주인공으로 하여금 미국으로 이주하게끔 만들어서 경직된 사회를 벗어나기 전에는 희망이 없다는 결론을 내린다.

베이징에서 경극을 공연하는 극장의 수위이며 어느 배우가 술에 취했거나 하면 대역까지 맡아서 하는 예순다섯 살의 '한선생'이다.

워낙 오랜 세월에 걸쳐 극장에서 자질구레하고 궂은 일을 모두 도맡아 했기 때문에 구석구석 모르는 것이 없어서이기 때문이겠지만, 공연 때마다 그는 모든 사람에게 온갖 잔소리에 참견을 쉬지 않고, 감독보다도 더 시끄럽게 배우들에게 '연기 지도'를 하며 설치고, 극장 문앞을 가로막는 빵떡장수도 열심히 쫓아 버리는 품이 영락없는 시어머니이다.

이런 한선생이 은퇴를 해서, 괘종시계의 중요성이 의미를 잃고, 갑자기 할 일이 없어져, 너무 많은 시간을 어떻게 보내야 할지 몰라 심심한 다른 늙은 인생들처럼 길거리를 배회한다.

그러다가 목욕탕 뒷골목에서 몰래 여탕을 들여다보는 바보 소년과 친구가 되어 텐탄공원에 모여 길거리 경극을 하는 다른 한가한 '탑골공원' 노인들과 만나 어울린다. 옛날에는 어쨌다며 과거를 뽐내고 살아가는 그들에게 한선생은 서당개 십 년 얻어들은 풍월로 「패왕별희」
의 우미인 역으로 유명한 메이란팡의 노래를 시범으로 보이고, 천옌
후와 천샤오후와 비샤오윈과 샹샤오윈의 창법에 관한 지식도 한껏 자
랑한다.

　내친김에 그들은 "무엇인가 배우고 즐거움을 찾기 위해," 마을회관
을 빌려 왁자지껄 사진을 찍어대며 노인경극단을 창립하고는, 룽탄
사찰 축제 경연대회에 참가하기 위해 날마다 모여 열심히 연습을 한
다. 감독을 맡은 양선생이 자꾸 병이 나는 바람에 실질적인 연출자가
된 한선생은 다시 그의 꼬장꼬장한 성격을 드러내며 연습 시간에 지
각하는 사람은 노래를 시키지 않는 등 '군기'를 잡기 위해 독불장군
노릇에 열심이고, 공무원 출신의 뺀질이 차오완유와는 사사건건 충돌
이다.

　경연대회에서 우승에 실패하자 "해방 이전에 우리 같은 사람들이
감히 어떻게 경극을 했겠느냐"며 다른 노인들은 아쉽더라도 만족이지
만, 상을 타고 싶은 욕심이 유난히 컸던 한선생은 급기야 단원들과 대

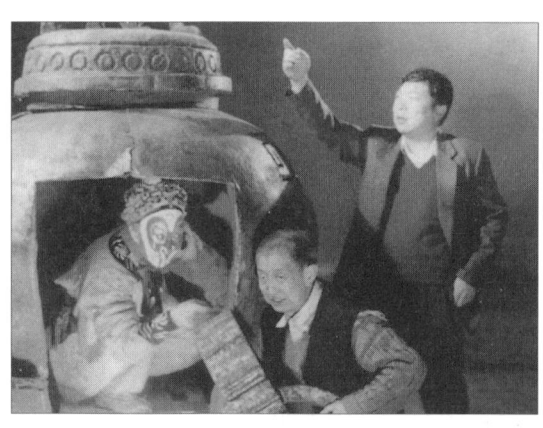

판 싸우고는 발끈 회관을 뛰
쳐나오고, 노래방을 짓기 위
해 마을회관이 철거된 다음
노인들은 다시 공원으로 밀
려난다.

　바늘귀를 꿰는 장면처럼
"호떡집에 불났다"는 옛 표
현이 그대로 어울리는 웃음
판(중국 풍경)을 곁들인 가
운데, 아이들처럼 삐쳐서 다
투는 노인들의 인간적인 모

「즐거움을 찾아서」는 우리나라의 종로 거리 탑골공원을 무대로 했을 만한
영화로서, "무엇인가 배우고 즐거움을 찾기 위해" 마을회관을 빌려 왁자지
껄 사진을 찍어대며 노인경극단을 창립하는 할아버지들의 진지한 모습이
정겹다.

습이 안쓰럽고도 정겨우며, 노인들에 대한 사회문제도 은근히 비치는가 하면, 퇴물들이 스스로 인생을 재활용하려고 열심히 목청을 가다듬어 노래하는 진지한 모습은 제5 세대의 시각만이 인간과 인생을 대변하지는 않는다고 머리가 끄덕여지기도 한다.

어쩌면 제5 세대 감독군 또한 하나의 획일성인지도 모른다. 그런 획일성이 때로는 강렬한 개성으로 나타나기도 하지만 말이다.

찾아보기●--

▌「목인의 신부(驗身, The Wooden Man's Bride, 1993, 중국-타이완, 109분) 감/黃建新, 출/張世, 王蘭, 王玉梅, 高明俊, 王馥葛, 崔絡文
▌「푸른 연(藍風箏, The Blue Kite, 1993, 중국-홍콩, 140분) 감/田壯壯, 출/呂麗萍 (Lu Liping), 李雪健(Li Xuejian), Ti Tian, Zhang Wenyao, Chen Xiaoman, Pu Quanxin
▌「즐거움을 찾아서(找樂, For Fun, 1992, 중국, 97분) 감/寧瀛, 출/黃宗洛, 黃文捷, 何明, 莫岐, 楊金聲, 白大鵬, 常來福, 南致祥

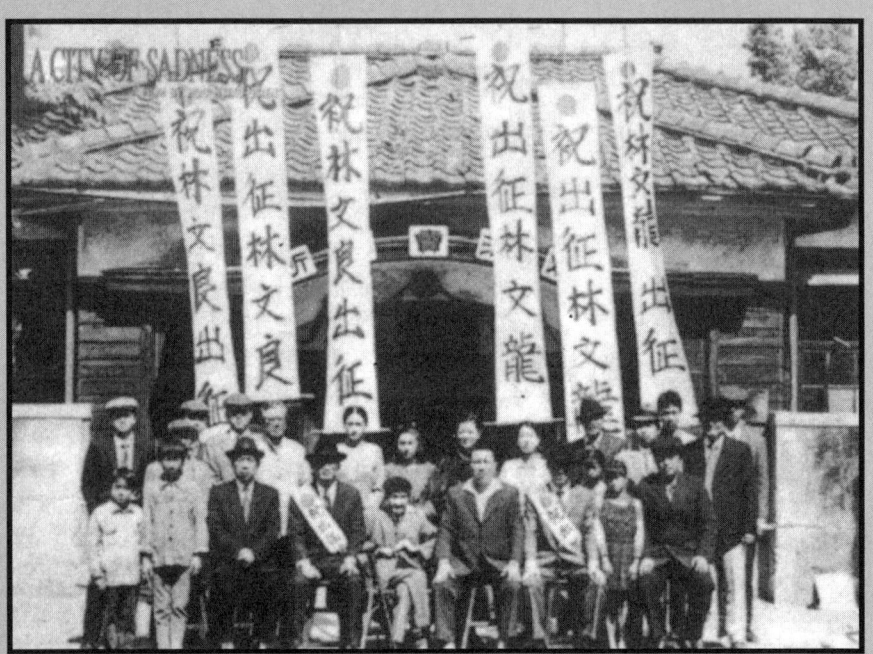

본토에서 마오쩌둥에게 정치 매체 취급을 받았던 영화예술은 중화민국 타이완에서도 장제스 군대가 접수하여 완전히 정치에 종속시키고 말았다. 한 가족을 통해 타이완의 현대사를 조명한 허우샤오셴의 「비정성시」가 빛을 보기 위해서는 1980년대로 접어들어 신랑차오(新浪潮, Taiwanese New Cinema, TNC)가 밀어닥칠 때까지 기다려야 했다.

세 번째 중국 타이완

세 개의 '중국' 가운데 중화민국 타이완에서 만든 영화는, 1895년 일본에 할양된 이후 1940년 일본의 전쟁 선전 정책의 영향을 받게 될 때까지, 이렇다 할 만한 독자적인 활동이 없었고, 해방 이후에는 장제스 군대가 접수하여 영화 산업이 완전히 정치에 종속되어 "타이완 영화에 반영된 문학과 역사"라는 항목을 따로 만들 만한 내용조차 넉넉하지를 못하다.

1960년대에는 비약적인 경제 발전과 더불어 「용문의 결투(龍門客棧, 1966)」 같은 무협영화와 무골(無骨) 애정영화가 쏟아져 나오기는 했으나, 이 또한 홍콩에는 크게 미치지 못하는 실정이다. 그러다가 장제스의 사망(1975), 기나긴 계엄령의 해제(1987), 권력을 승계한 아들 장징궈(蔣經國)의 사망(1988)에 이어 민주화운동을 거치며 1980년대로 접어들어서야 마침내 예술 및 영화 정책의 변화가 이루어지고 '새로운 영화' 신랑차오(新浪潮, Taiwanese New Cinema, TNC)가 밀려온다.

새로운 물결의 첫 세대 작가군에서 가장 두드러진 감독은 허우샤오센이겠고, 그에게 세계적인 명성을 가져다 준 대표작 「비정성시」는 역사에 시달리는 한 가족을 통해 타이완의 현대사를 조명한다. 소수민족 하카(客家) 출신으로 광둥(廣東)에서 태어나고 타이완에서 성장한 허우샤오셴은, 갈등하고 대칭되는 타이완의 지극히 짧은 (국가로서의) 역사를 직접 체험한 피해자로서, 농아(聾兒)와 일본인을 빌미로 자막을 자주 삽입하고 촬영기를 멀리 세워놓고 길게찍기(long take)를 활용하여, (감독 자신의 설명에 의하면) 의도적으로 낡은 옛 사진을 보는

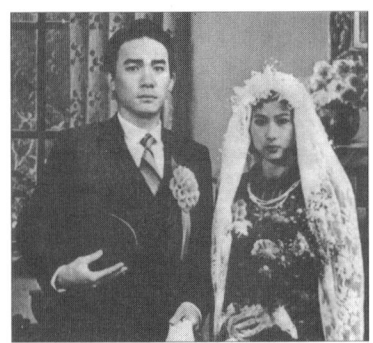 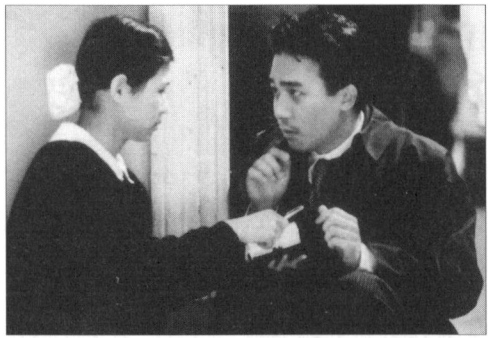

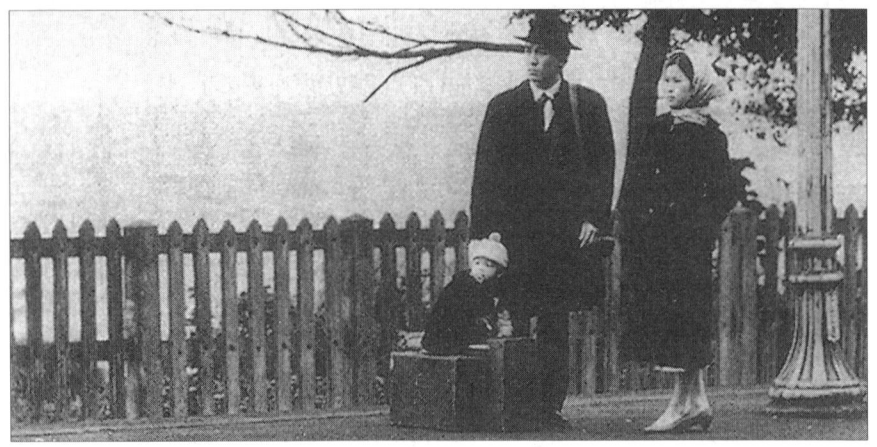

「비정성시」에서는 타이완이 51년 동안의 일본 통치로부터 해방되고, 마을 유지 임씨의 네 아들이 다시 모이지만, 그들의 삶은 순탄치를 못해서 맏아들은 외성인 폭력 조직에 살해되고, 둘째는 마약 범죄자들에게 칼부림을 당하고, 정신이상이 되어 징용에서 돌아온 셋째는 친일파 매국노로 몰려 수난을 당하고, 귀머거리 넷째는 2·28 항쟁에 가담한 혐의로 당국에 체포된다.

듯한 기록영화 분위기를 화면에 구성했다.

일본이 항복한 다음 장제스 정부가 수립될 때까지 (겨우 3 년밖에 되지 않는) 중화민국 건국의 격동적인 역사를 추적하면서, 본토의 제5세대 영화가 문화혁명을 열심히 조명하듯 이 영화는, 비록 국내에 보급된 비디오에서는 많이 삭제되었다지만, 2 · 28 항쟁을 위시하여 국민당의 폭력을 담담히 이중노출시켰다.

무장 단속반이 담배를 파는 여자를 구타하자 이에 항의하는 시민을 사살하여 1947년 2월 28일에 타이베이에서 발생한 대규모 시위에서 다시 정부군에게 3 명이 사살되고, 여기에서 촉발된 전국적인 항쟁과 학살에서 3월 13일까지 3만여 명이 목숨을 잃었다. 1 년 후 본토를 공산당에게 빼앗기고 타이완에 중화민국이 설립될 당시에 선포된 계엄령은 무려 38 년 동안 계속되었으며, 한국전쟁이 발발하고 미국이 우방국 타이완의 중화민국 정부를 정식으로 인정하자 장제스의 가혹한 압정은 '국제적인 인정'을 받아 더욱 힘을 얻었다. 그리고 북한과 중공의 연합군과 전쟁을 치른 대한민국 사람들에게는 장제스가 항상 "좋은 친구"였었다.

"일본인들로부터 마을 사람들을 보호"하기 위해 '장군의 아들'처럼 깡패 노릇을 했던 마을 유지 임씨의 맏아들(文雄)이 득남하던 날 타이완은 51 년 동안의 통치로부터 해방되고, 뿔뿔이 흩어졌던 형제들이 나시 보이고, 샤오상하이(小上海) 식낭에서는 "큰 돈을 벌게 해달라"면서 가족이 기도를 드리지만, 해방 직후의 삶은 그렇게 순탄치를 못하다. 둘째는 돈을 쉽게 벌기 위해 상하이에서 마약을 들여오는 범죄자들과 어울리다 칼부림을 당하고, 징용에 끌려가 행방불명이 되었다가 정신이상이 되어 돌아온 셋째(文良)는 병원 침대에 결박당해 지내다가 훗날 친일파 매국노로 몰려 다시 수난을 당한다. 여덟 살 때 나무에서 떨어져 귀머거리가 된 사진사 넷째(文淸)는 국민당에 항거하는 매형을 돕다가 2·28 항쟁에 가담한 혐의로 당국에 체포된다.

　실직과 범죄, 관리들의 부패와 지식층의 타락, 정치적인 혼란 속에서 집안을 이끌어가던 맏아들은 외성인 폭력 조직에 살해되고, 극적인 발전이 별로 돌출되지 않는 가운데, 붕괴되어 가는 한 가족은 개인으로서 살아가지를 못하고 비정한 공동체의 흐름에 실려 떠내려가기만 한다. 도망을 가려고 해도 섬을 벗어나지 못하고 너도나도 시국에 휘말려 개인의 삶을 누릴 권리를 박탈당하는 모습은 우리에게도 퍽 낯익은 '옛 사진'이다.

　허우 감독은 「비정성시」 한 작품으로는 타이완의 역사를 담기에 그릇이 너무 작다고 생각해서, 인형극 놀이꾼 리티엔루(李天祿)의 예술 평생에다 1909년 청조 말부터 일본 점령기까지의 역사를 이중노출시킨 「인형극 인생(戱夢人生, 1993)」을 만들었고, 항일 유격대원들이 1950년의 정치 논리에 희생되는 모습을 1990년대 시각으로 그린 「호남호녀(好男好女, 1996)」까지 만들어 타이완 역사 3부작을 완성한다.

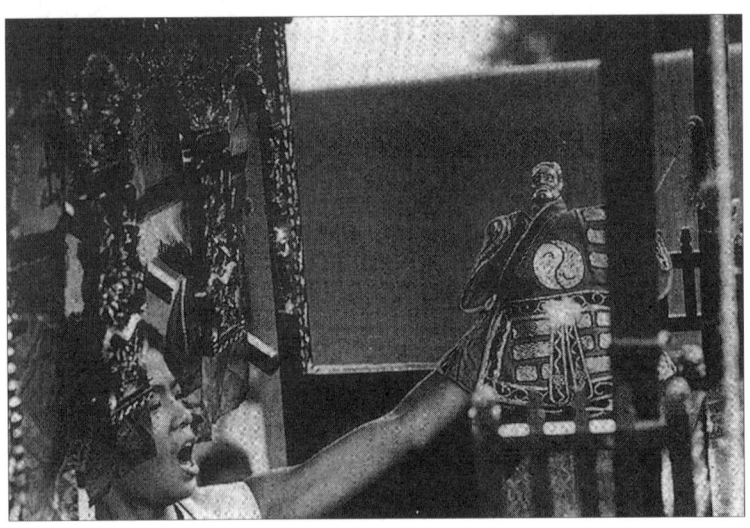

허우 감독은 「비정성시」로 시작하여, 「인형극 인생」(사진)을 거쳐 「호남호녀」까지 만들어 타이완 역사 3부작을 완성한다.

「비정성시」에 앞서 그는 본토 출신 외성인 3대로 이루어진 가족이 '고향'이 어디인지를 놓고 고뇌하는 「지나간 어린 시절(童年往事, 1985)」을 만들어 타이완 사람들의 또 다른 갈등 하나를 추적한다.

「비정성시」에서는 맏아들이 '외성인'에게 피살될 뿐 아니라, 칼과 낫으로 무장한 청년들이 기차 안에서 넷째를 '대륙인'으로 몰아 때려 죽이려 덤비는 장면이 나오는데, 이런 대목을 이해하려면 타이완의 인적 구성에 대한 상식이 필요하다. 타이완의 원주민은 고산족이고, 역사의 격랑에 밀려 바다를 건너온 '대륙인'은 청조 이후에 이주하여 사실상 타이완 사람이 된 '내성인(內省人),' 그리고 장제스와 함께 공산당에 밀려 넘어온 피난민 '외성인(外省人)'으로 분류된다.

아샤오(阿孝) 소년이 주인공인 영화 「지나간 어린 시절」은 허우 감독의 자전적 작품으로서, 뿌리가 튼튼하지 못한 가족의 할머니는, 유현목의 「오발탄」에 나오는 할머니처럼, 치매에 걸린 채로 고향으로 돌아가기 위해 길거리를 헤매고, 아버지는 힘겨운 섬 생활을 끝내고 본토로 돌아갈 날만을 꿈꾼다.

그런가 하면 「바람 속의 먼지(戀戀風塵, 1986, 감/侯孝賢)」는 광산촌에서 자란 두 본성인(本省人)이 보다 나은 삶을 찾아 타이베이로 갔다가 외성인과 마찬가지로 쓰라린 현실에 좌절한다는 내용이다.

「비정성시」와 더불어 타이완 새물결 영화의 걸작으로 꼽히는 양더창(Edward Yang) 감독의 「고링가 소년 살인사건」 역시 타이완으로 이주한 본토인의 이야기이다. 1948년 상하이 태생인 양 감독은 열 살 때 부모를 따라 타이완으로 이주했고, 타이베이의 젊은이들을 주인공으로 삼은 「공포분자(恐怖分子, 1986)」와 「타이베이 이야기(青梅竹馬, 1983) 같은 영화를 만들어, 중국의 전통과 서양 문화 어느 쪽에서도 만족과 의미를 찾지 못하는 세대의 모습을 소묘했다.

네 시간짜리 대형 작품인 「살인사건」은 양 감독이 실제로 체험한

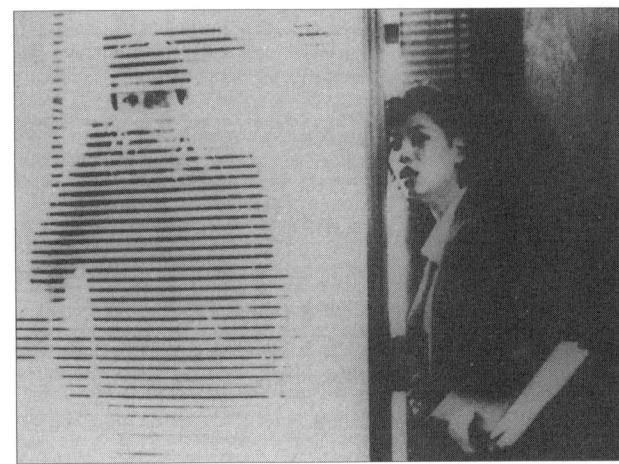

타이완 새물결 영화의 걸작으로 꼽히는 양더창 감독의 「타이베이 이야기」는 중국의 전통과 서양 문화 어느 쪽에서도 만족과 의미를 찾지 못하는 세대의 모습을 그려냈다.

애기로서, 본토의 군인 출신으로서 이주한 아버지 세대의 사회적 불안을 그대로 물려받은 중학생 샤오쓰가 주인공이다. 아버지는 고문을 당하고 출옥한 후 무기력한 인간이 되고, 불량 청소년의 집단 리틀 엘비스에 가입한 샤오쓰는 친구 허니가 다른 폭력 집단에 살해된 다음 그의 여자친구였던 밍과 가까워진다. 샤오쓰는 보호본능을 자극하여 남자들에게 기생하는 밍의 모습에 환멸을 느껴 살해한 다음 15년의 형을 선고받는다.

역시 본토에서 1949년 일곱 살의 나이에 타이베이로 이주한 왕퉁 (王童) 감독이 만든 타이완 역사 3부작은 일제시대 바닷가 작은 어촌에 떨어진 미군의 불발탄을 둘러싸고 벌어지는 희비극을 그린 「허수아비(稻草人, 1987)」로 시작하여 일본이 철수한 다음 바나나를 얼마든지 먹을 수 있다는 남쪽 나라 천국을 찾아 본토에서 타이완으로 도망온 농부의 아들 애기를 담은 「바나나 천국(香草天堂, 1989)」, 그리고 「침묵하는 산하(無言的山丘, 1992)」로 이어진다.

일본과 미국의 문화적인 그늘에서 삭막해진 타이완의 대도시와 낭만적인 전원생활을 대비시키며 고유한 전통을 재미있게 그려내는 리안(李安, Ang Lee, 1954~) 감독의 첫 작품 「쿵푸 선생」에서는 미국과 중국이 충돌을 일으킨다. 우리나라 제목에서는 '쿵푸'라고 붙였지만 사실은 체조식 권법인 태극권(太極拳, tai chi chuan)을 하는 노인이 국제결혼을 한 아들과 같이 살려고 영어는 한 마디도 못하면서 미국으로 건너가 서양 며느리와 문화적인 갈등을 빚는다.

다음 작품인 「결혼 피로연」에서는, 물론 동서양을 함께 이해하는 작가의 장점을 살려 관객을 실컷 웃겨 보자는 의도가 뚜렷하지만, 동양의 과거와 서양의 현재가 훨씬 더 노골적이고 첨예한 대립을 이룬다. 뉴요크에서 부동산업을 하는 타이완 청년 웨이퉁은 사이먼과 동성애 관계이지만, 손자를 애타게 기다리는 고향의 부모 때문에 고민이다. 그래서 생각해낸 묘안이 임신한 불법체류자 중국 아가씨 웨이웨이와의 가짜 결혼식이다. 부모는 즐거운 마음으로 결혼식을 보러 날아오고 성대한 피로연이 벌어지지만, 부모는 동성애 사실을 알아내

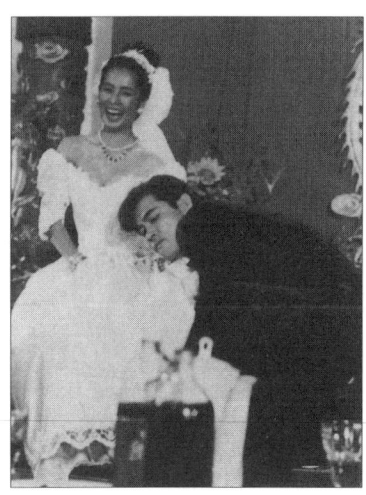
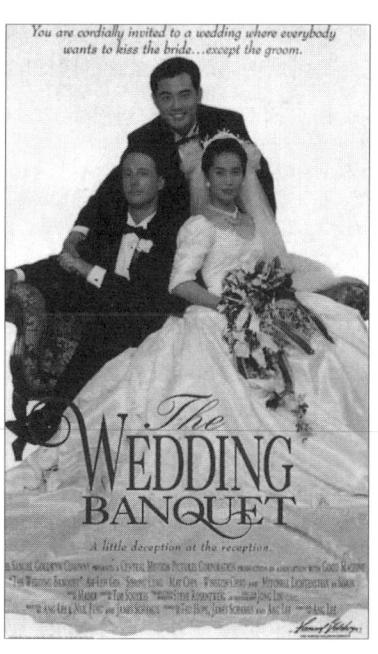

리안(李安) 감독의 「결혼 피로연」에서는 동서양을 함께 이해하는 작가의 장점을 살려 관객을 실컷 웃겨 보자는 의도가 뚜렷하며, 동양의 과거와 서양의 현재가 노골적이고도 첨예한 대립을 이룬다. 오른쪽 포스터는 미국에서 제작된 것이다.

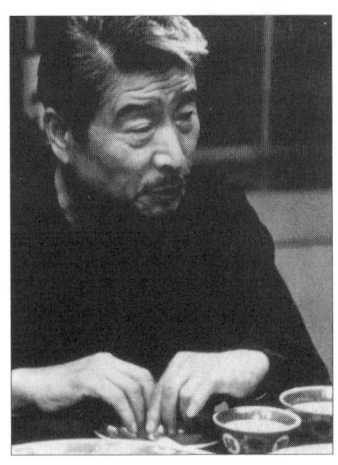

리안의 희극영화 「음식남녀」에서도 세대차와 시각차에 따른 충돌이 이루어지며, 주인공인 호텔 주방장 주사부가 그 한가운데 선다.

고는 크게 실망한다. 그러나 현실을 받아들일 수밖에 없는 동양의 부모는 공항에서 (검색대를 통과하기 위해서이기는 하지만) 두 손을 번쩍 들고 미국을 떠나 타이완으로 돌아간다.

「결혼 피로연」과 맥을 같이하는 리안의 희극영화 「음식남녀」에서도 세대차와 시각차에 따른 충돌이 이루어지는데, 그 한가운데 주인공인 호텔 주방장 주사부가 선다. 주름살이 깊은 그는 상처한 지 16 년이 되었고, 이제는 미각이 죽어 음식을 만들어 놓고 맛은 남더러 보라고 한다. 전통 요리사인 그는 무수한 그릇과 칼이 즐비한 주방에서 앞치마를 두르고, 팔을 걷어붙이고, 닭을 잡고, 개구리도 잡고, 부채질을 해가며 통닭구이를 만들고, 생선 주둥이에다 젓가락을 꽂아 수도(手刀)로 치고, 입으로 오리에 바람을 불어넣고, 지지고 볶아대며 두 손으로 원시적인 작업을 계속하고, 인생을 모두 요리에 비유해서 "음식과 남녀관계는 본능"이라고 믿으며, "딸년들은 요리나 마찬가지여서, 기껏 만들어 놓으면 남들이 먹어치운다"고 생각한다.

이런 주인공과 충돌을 일으키는 요소가 영화 여기저기 숨어서 기다린다.

그는 친구와 이런 식의 대화를 나눈다. "나 꼴까닥했다. 그러니까 부조금 내놔!"

참으로 직설적이고 원시적이다.

반면에 그의 딸들이 대변하는 젊은 세대의 대화는 이런 식이다. "사랑의 개념이 전입되지 않아서 혼란이 왔어요."

참으로 논리적이고 수준이 높지만 전혀 인간성과 정이 담기지를 않았다.

그리고 주사부가 이웃의 어린 계집아이에게 "너 도시락 안 가지고 가냐?"고 물었을 때, 계집아이는 "점심 여기 있잖아요"라면서 엄마가 준 돈을 보여 준다. 이렇듯 음식에 대한 개념의 세대차는 나중에 주인공으로 하여금 주방에서 은퇴하는 이유를 밝히는 설명에서도 나타난다. "중국 본토에서 타이완으로 요리가 건너온 지도 40 년이 되다 보니까, 모두 뒤죽박죽 뒤섞여 전통이고 뭐고 다 없어졌어."

그리고 이런 대립은 주사부와 세 딸의 관계에서도 분명하게 드러난다.

막내는 즉석에서 먹어치우는 속성 음식(fast food) 가게에서 일한다. 그리고 사랑도 비슷한 방법으로 해서, 금방 임신을 하는 바람에 결혼식도 올리

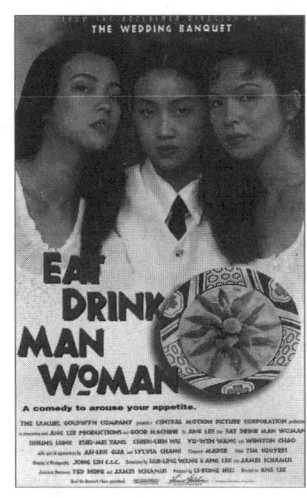

「음식남녀」에서 주사부가 "요리나 마찬가지여서, 기껏 만들어 놓으면 남들이 먹어치운다"고 정의한 세 딸은 전통을 벗어나 뿔뿔이 흩어진다. 미국에서 제작한 이 포스터에서 나타나듯, 영어 제목이 워낙 이상해서 세관에서는 외설물인 줄 알고 수입을 허락하지 않았다고 한다.

지 않고 세 자매 가운데 가장 먼저 살림을 차리고 나간다.

고등학교 화학 선생인 맏딸은 첫사랑 때문에 상처를 받았다고 거짓말을 하며 9 년 동안이나 남자를 멀리하며 교회만 열심히 다니고, 노래방에서도 무반주로 찬송가를 부르고, 워크맨을 차고 다니며 줄곧 찬송가를 듣고, 그러다가 느닷없이 학교 배구부 신임 코치를 사랑하여 역시 살림을 차리고는, 남편을 당장 개종시켜 세례를 받게 한다.

항공사 과장인 둘째는 (칼과 손으로 일하는) 아버지와 달리 첨단 장비(컴퓨터와 환등기 등등)를 가지고 근무하며, 남자들과의 경쟁에도 익숙하고, "부담없는 성생활"을 적극적으로 즐기기 때문에 가장 먼저 집을 나갈 듯싶지만, 모아놓은 돈을 몽땅 들여 마련한 아파트먼트가 화학 폐기물을 매립한 지역에 세운 불법 건물로 밝혀져 돈을 날리고, 안정된 부부생활을 원하던 애인이 다른 여자와 결혼하는 바람에 마지막

까지 아버지와 함께 지낸다.

영화에서 둘째가 끝까지 아버지 곁에 남게끔 설정된 까닭은 두 사람의 관계가 가장 첨예하게 대립되기 때문이다. 둘째는 어려서부터 열심히 요리를 배우려고 했으며 지금도 솜씨가 훌륭하여, 아버지가 일요일 가족 만찬 때 마련한 음식에서 무엇이 잘못되었는지를 일일이 찾아내고 지적한다. 그러나 아버지는 "주방장 되지 말고 보다 훌륭한 사람이 되라"면서 지금도 둘째는 부엌에 발을 들여놓지도 못하게 한다. 따라서 어렸을 때는 가장 가까운 사이였던 두 사람이 지금은 가장 사이가 나쁘다.

이 모든 갈등과 충돌을 아버지는 영화가 끝날 무렵 말끔히 보기좋게 해소한다. 우선 그는 둘째 딸의 친구인 이혼녀와 결혼한다. 그리고는 은퇴한 아버지 대신 가족 만찬의 식사를 준비하느라고 둘째가 요리한 음식에 대한 품평을 한다. 주인공에게는 남녀관계뿐 아니라 음식에 대한 '입맛'도 돌아왔던 것이다.

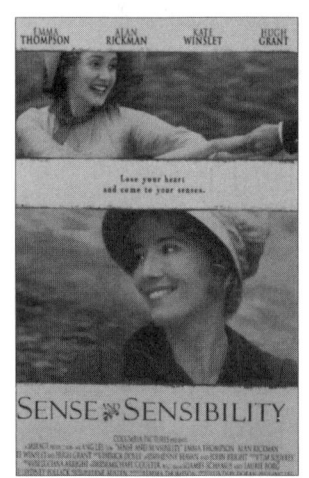

리안의 작품은 서양 영화인가 아니면 중국 영화인가? 헐리우드로 건너가서 서양 배우들을 출연시켜 제인 오스틴의 소설 『분별과 감성』을 영화로 만든 이런 작품에서는 국적을 따지려는 일이 무의미해진다.

어떤 평론가들은 「결혼 피로연」 같은 영화가 '서양적'이요 '상업적'이라는 비판을 했지만, 그런 비평은 과연 리안의 작품들이 서양 영화인가 아니면 중국 영화인가부터 가려낸 다음에 내려야 하는 것이 아닌가 생각된다. 그리고 「조이 럭 클럽」을 만든 웨인 왕이 과연 미국 감독인가 아니면 중국 감독인가도 생각해야 하고, 웨인 왕과 리안의 영화에 어떤 국적을 부여해야 하는지도 곰곰이 따져볼 필요가 생긴다. 더구나 헐리우드로 건너가서 서양 배우들(Emma Thompson, Hugh Grant 등등)을 출연시켜 제인 오스틴의 소설 『분별과 감성(Sense and Sensibility, 1995)』을 영화로 만든 이후, 리안의 국적을 따지려는 일은 전혀 무의미하다.

그 이외에도 타이완이 배출한 이름난 감독으로는 사회모순과 정체성 위기를 과격하고도 급진적으로 고발하는 쉬샤오밍(徐小明, 1955~), 미국에서 태어나 타이완으로 이주한 라이성촨(Stan Lai, 1954~) 등이 손꼽히지만, 여기에서는 전혀 '서양적'이지도 않고 '상업적'이지도 않으면서 국제적인 관심을 끌었던 영화 한 편을 더 살펴보기로 하자.

내용과 기술이 여러 면에서 촌스럽고 배경 또한 호숫가 외딴 촌인 「로빙화」는 쭝짜오쩡(鐘肇政)이 원작으로서, 국제적인 명성과 성공의 기준을 국제 영화제에서의 수상이라고 생각하는 사람들에게 특수효과에 돈을 전혀 들이지 않는 '조잡한' 작품이 때로는 얼마나 관객의 눈과 마음을 즐겁게 해주는지를 잘 보여 주는 귀감이 되겠다.

주인공은 가난한 홀아비가 키우는 착한 개구쟁이 구아밍(古阿明)과 더 착한 누나 차메이이며, "하고 싶은 말을 너무 많이 하는 바람에" 타

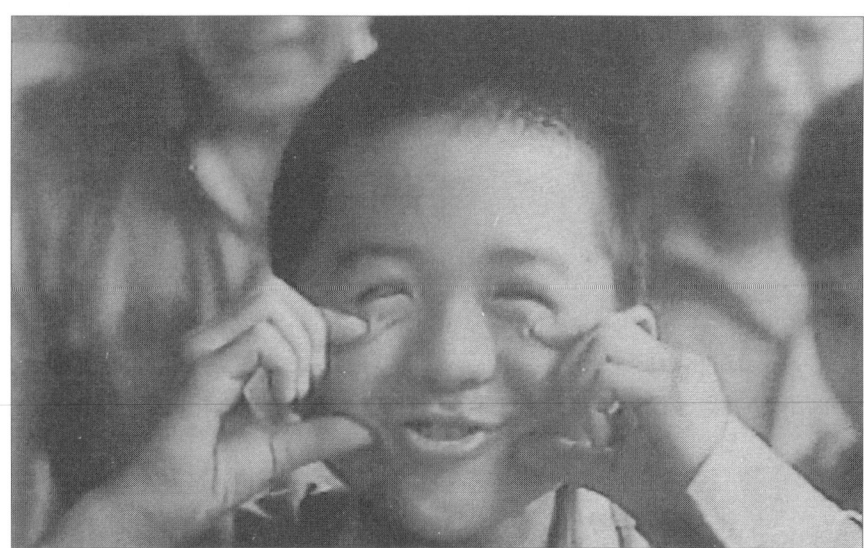

「로빙화」는 특수효과에 돈을 전혀 들이지 않는 '조잡한' 작품이 때로는 얼마나 관객의 눈과 마음을 즐겁게 해주는지를 잘 보여 주는 귀감이 되겠다.

이베이에서 이곳 촌구석(水城)으로 쫓겨온 꿔(郭)선생이 미술반에서 그들을 지도하는 과정이 기둥줄거리이다. 햇살을 받은 개는 따뜻해 보여서 새빨갛게 그리고, 아버지가 더위에 지쳐 차밭에서 쓰러지지 말라고 태양은 시원하게 파란 빛깔로 칠하는가 하면 심장병으로 입원한 병원이 "흰색뿐이니까 아무 빛깔도 없어서 싫다"고 하는 아밍의 천부적인 재능을 인정하는 꿔선생은 아이의 뛰어난 실력을 더욱 키워주기 위해 열심이다. 그러나 상상력은 별로 없어도 사실적인 그림을 잘 그리는 향장(鄕長)의 아들 린즈홍(林志鴻)을 학교 대표로 미술 경연대회에 참가시켜야 한다고 아부하는 대다수 선생들의 의견 때문에 꿔선생은 밀려난다.

1950년대 우리나라 시골 초등학교의 순박한 분위기가 그대로 전해지는 가운데 이렇게 어른들의 '정치'가 작용한 결과로, "뭐든지 부잣집 아이들이 다 잘하는 모양예요"라고 풀이 죽어 시름시름 앓다가 아밍은 죽고, 그 사이에 도시로 돌아간 꿔선생이 출품한 아밍의 그림은 국제 아동 미술전에서 대상을 받는다. 기자들이 마을로 몰려오고, 뒤늦게 아밍의 천재성을 기리는 행사가 학교에서 거행되는데, 축하 연설을 하는 향장이 "범죄 예방과 민생 치안을 잘 하겠다"고 다짐하는 마지막 장면이 퍽 인상적이다.

찾아보기 ●---

■ 「비정성시(非情城市, 1989, 타이완, 161분)」, 감/侯孝賢, 출/李天祿, 陳松勇, 高捷, 梁朝偉, 吳義芳, 辛樹芬, 陳叔芳, 柯素雲, 林麗卿, 張嘉年, 陽長江, 林揚, 長谷川太郎, 黃倩如

■ 「고령가 소년 살인사건(牯嶺街少年殺人事件, A Brighter Summer Day, 1991, 타이완, 185분, 237분) 감/陽德昌, 출/張震, 金燕玲, 張國柱

■ 「쿵푸 선생(推手, Pusing Hands, 1992, 미국-타이완, 100분) 감/李安, 출/Sihung Lung, Lai Wang, Bo Z. Wang, Deb Snyder, Haan Lee, Emily Liu

▌「결혼 피로연(喜宴, The Wedding Banquet, 1993, 미국－타이완, 111분) 감/Ang Lee, 출/Winston Chao, May Chin, Mitchell Lichtenstein, Sihung Lung, Ah Leh Gua, Tien Pien

▌「음식남녀(飮食男女, Eat Drink Man Woman, 1994, 타이완, 124분)」, 감/李安, 출/Sihung Lung, Kuei Mei Yang(楊貴媚), Yu Wen Wang, 趙文瑄(Winston Chao), Chien Lien Wu, Ah Leh Gua, Sylvia Chang

▌「로빙화(魯氷花, The Dull Ice Flower, 1989, 타이완, 96분)」, 감/楊立國, 출/黃坤玄, 李淑楨, 陳松勇

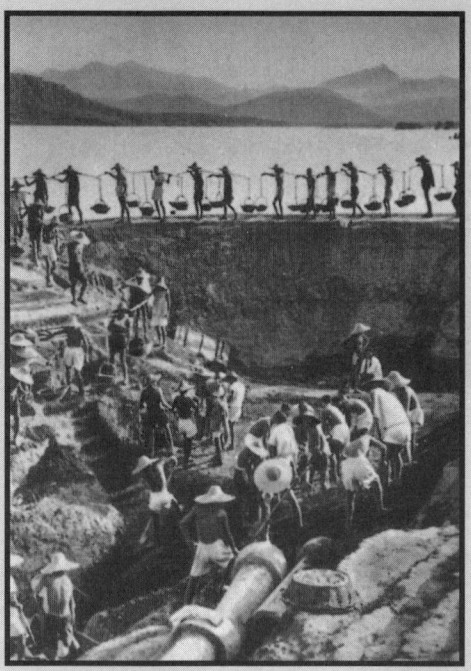

아무리 같은 아시아의 두 나라라고 하더라도 헐리우드 영화에서 중국과 일본을 보는 시각은 큰 차이가 난다. 중국인이라면 아메리카 대륙 횡단 철도 공사장에서 낯익어진 값싼 노동력을 연상하고 '사악한 일본인'은 태평양 전쟁에서 공포를 불러일으키는 무서운 적이었다. 왼쪽 사진은 원시적인 방법으로 저수지 공사를 하는 중국의 쿨리들이고, 아래 사진은 펠렐류(Peleliu)에서 일본군과 치열한 전투를 벌이는 미 해병대의 모습으로서, 중국과 일본에 대한 헐리우드의 상대적인 시각이 되겠다.

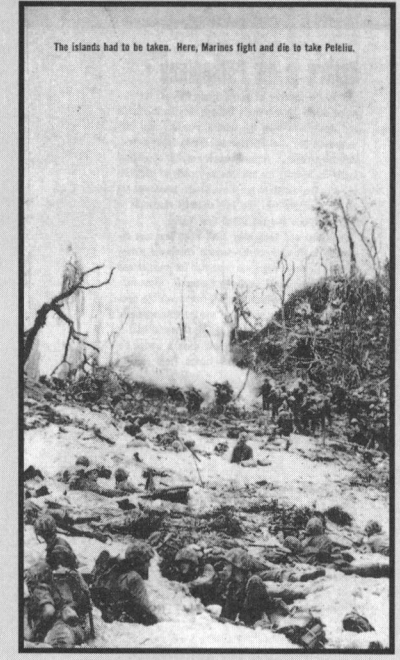

The islands had to be taken. Here, Marines fight and die to take Peleliu.

게이샤와 히로시마

일본 영화는 벌써부터 세계적으로 인정을 받아 많은 작품이 서양으로 진출했지만, 그런 일본 영화들을 살펴보기 전에 우선 서양(특히 헐리우드) 영화에서는 일본을 어떻게 재현하는지를 잠시 확인하도록 하자. 이미 언급한 바와 같이 헐리우드에서는 영화사(映畫史) 초기뿐 아니라 전성기에 이르기까지, 서구(西歐, Western Europe)에 대칭된 개념으로서의 '동양'이라면 '중국'과 동의어로 생각하기가 보통이었고, 중국인이라면 사탕수수 농장(하와이)과 대륙 횡단 철도(the Union Pacific) 공사장에서 낯익은 쿨리를 연상했다. 그래서 텔레비전 서부극 연속물 「보난자(Bonanza, 1959~73)」의 판더로사 목장에서 벤 카트라이트(Ben Cartwright) 일가를 위해 요리사(부엌데기)로 일하는 합 싱 같은 인물이 하나의 전형이 되었다. "깡총깡총 뛰어다니고(hop) 노래를 부르는 (sing) 하인"이 말하자면 중국과 중국인의 위상이었다.

그러나 일본에 대한 헐리우드의 시각은 조금 달랐다. 물론 째진 눈에 광대뼈가 튀어나온 멍청한 중국인과 비슷한 모습에다 (「티파니에서 아침을」에서의 미키 루니처럼) 안경을 쓰고 뻐드렁니가 튀어나온 일본인의 만화상(漫畵像)도 적지 않았지만, 그래도 미국은 일본을 결코 그렇게까지 만만하게 깔보지를 않았다. 그것은 아마도 역사적인 경험 때문이었으리라. 중국은 「베이징의 55일」에서처럼 벌써부터 미국이 짓밟아왔던 땅이었고, 그때 일본은 미국과 나란히 서서 중국을 짓밟던 열강이었으니까 말이다.

'멍청한 중국인'과 차별해서 '사악한 일본인'이 헐리우드 영화에 자주 등장했던 까닭은 제2차 세계대전의 경험 때문이었다. 전쟁영화는 이 책에서 다룰 분야가 아니어서 뒤로 미루겠지만, 어쨌든 전세계 어디라도 마음놓고 쳐들어가던 미국은 오직 일본에게만큼은 진주만에

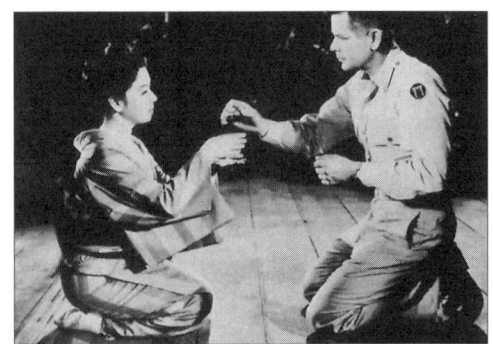

서 선제 공격을 당했고, 한국전쟁에서 나중에 끼어들었던 중국과는 비교가 안 될 정도로, 태평양 전선(the Pacific theater)에서 가미가제(神風) 일본이 정말로 무서운 적이라는 사실을 실감했었다.

일본이 두려움의 대상이요 어느 정도는 외경심을 보여야 하는 '맞상대'로 존중하는 헐리우드의 시각을 잘 나타낸 영화로는 말론 브란도가 째진 눈의 일본인 사끼니(Sakini)로 분장하고 나오는 「8 · 15의 찻집」이었다. 훌륭한 각색(「Three Coins in the Fountain」, 1954, 「Love Is a Many Splendored Thing」, 1955, 「High Society」,

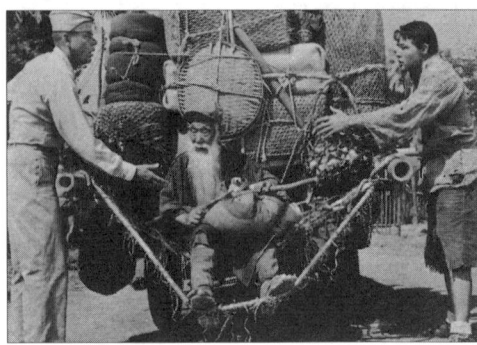

「8 · 15의 찻집」에서 미군 대위가 '연꽃' 아가씨로부터 깍듯한 대접을 받고 있다(위). 아래 사진에서 오른쪽의 '일본인'은 미국인 말론 브란도이고, 가운데 앉은 '일본인'은 한국계 미국인 필립 안이다.

1956, 「The World of Suzie Wong」, 1961, 등)으로도 유명한 존 패트릭(John Patrick, 1905~95)의 출세작인 희곡 「찻집」은 본디 번 스나이더(Vern J. Sneider)의 책이 원작으로서, 전후 오끼나와에 주둔한 미군 장교들이 주인공인데, 일본인 통역관 사끼니는 서양의 관객에게 말미에서 이런 예언적인 교훈을 전한다.

"이제 짧은 얘기 하나 끝났지만, 세계 역사는 안 끝났습니다. 사랑스러운 숙녀님들, 친절한 신사분들, 집에 가서 생각해 보세요. 처음에 진실이면 끝까지 진실입니다. 연극은 우리들로 하여금 많이 생각하게 만들어요. 생각은 우리들을 지혜롭게 만들고요. 그리고 지혜 때문에 인생은 견딜 만하죠."

그리고 이 영화의 한국 제목은 당시 시대상을 예민하게 반영한다. 「녹색의 장원」에서, 추장 역을 맡은 하야가와 세수에가 일본계 배우라는 이유로 그가 등장하는 모든 장면을 홀랑 잘라냈을 만큼 아직 반일 정서가 과민했던 시절이어서, 당국의 눈치를 보느라고 광복절('8·15')을 제목에 집어넣었으니까 말이다.

물론 브란도가 한국전에 참전한 미군 조종사로 나와 일본 여자와 낭만적인 사랑을 나누는 영화 「사요나라」도 마찬가지였다. 제임스 미치너의 원작 소설뿐 아니라 "사요나라는 일본의 작별인사(Sayonara, Japanese Good-bye)"라는 말로 시작되는 어빙 벌린(Irving Berlin)의 주제가 때문에 전세계적으로 널리 알려진 이 영화는 제작된 시 12년 만인 1969년에야 수입이 허락되었는데, 일본말 "사요나라" 대신 영어로 제목을 「굿바이」라고 바꿔야만 했다.

일본에 관해서 미국이 만든 영화는 물론 사악하고 악착같은 일본군을 기어이 물리친 다음 미 해병대 군가가 울려퍼지는 애국적인 전쟁영화가 주류를 이루었고, 그리고는 「8·15의 찻집」이나 「사요나라」, 그리고 군 보급품을 빼돌려 멋진 호텔을 짓는 얘기인 「끝난 다음에 깨

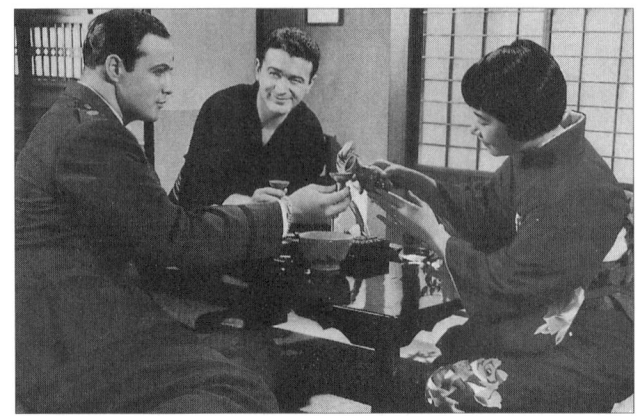

제임스 미치너 원작의 「사요 나라」에서는 말론 브란도가 한국전에 참전한 미군 조종사로 나와 일본 여자와 낭만적인 사랑을 나눈다.

위 주세요」 따위의 '이동 주보(camp follower)' 영화가 다른 하나의 큰 갈래를 이룬다. '이동 주보 영화'라 함은, "(전쟁 때) 베트남에서는 현지인들, 특히 여자들이 한국군을 굉장히 좋아했다"는 식의 과장된 자랑이나 뒷골목 무용담으로, 미군의 주둔지 주변에 모여드는 현지인과 점령군(occupation troops) 사이의 화기애애한 관계를 중심으로 엮어지는 내용이 특징이다. 일본을 무대로 한 이동 주보 영화로는 「8·15의 찻집」과 비슷한 얼개를 갖추어, 필요한 물자를 확보하기 위해 미군 오디 머피와 일본인으로 분장한 버지스 메레디트가 잔머리싸움을 벌이는 「조 버터플라이」가 손꼽히겠다. 전쟁 행위에 부수되는 비전투 상황을 다룬 이동 주보 영화에서는 헐리우드의 「모로코」에서처럼 현지 여성이 중요한 역할을 맡는데, 일본의 경우에는 '게이샤'가 여기에 해당되겠다.

대표적인 게이샤 영화로는 푸치니의 가극에서 음악을 없애 버리고 미국 남자와 일본 여자의 연애 얘기만 엮어놓은 「나비부인」, 19세기에 미국 대사 해리스(Townsend Harris)가 일본의 미녀와 연애하는 「흑선(黑船)」, 그리고 감독인 서양 남편으로부터 역을 따내기 위해 애쓰는 서양 여자 「벽안(碧眼)의 나비부인」도 있다.

「8・15의 찻집」에서, 오끼나와의 어느 마을 사람들에게 미국식 민주주의를 가르치러 갔다가 오히려 동양식 삶의 방식에 물들어서, 학교를 지을 목재로 시골 게이샤를 위해 찻집을 지어주는 미군 대위로 출연했던 글렌 포드는, 말랑드라마의 명장 더글라스 서크 감독이 한국을 무대로 해서 만든 「전송가(戰頌歌, Battle Hymn)」에다 「찻집」

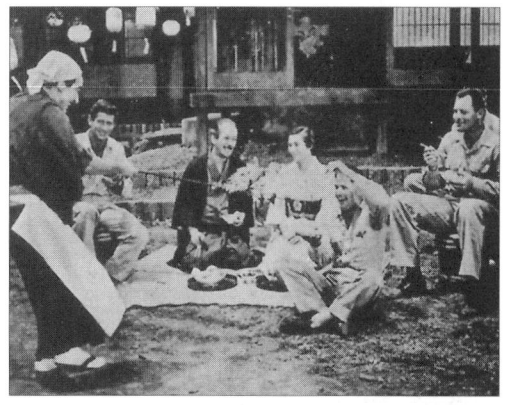

도꾜를 무대로 한 이동 주보 영화 「조 버터플라이」에서 사랑받는 미군으로 나오는 서부극 전문 배우 오디 머피(땅바닥에 앉은 남자)는 제2차 세계대전 동안 유럽 전선에서 가장 많은 훈장을 받아 미국 최고의 전쟁 영웅이 되어 출세한 인물이다.

의 주제를 섞은 변주라고 할 만한 「행복해서 울어요」에서는, 다른 세 명의 해군 사진촬영반과 함께 도꾜 게이샤의 집을 활동 근거지로 삼았다가, 게이샤가 고아원을 세우는 일을 도와주게 된다. 그리고 여기에서도 동양 여자를 미군이 그냥 얼마동안 데리고 놀다가 버리느냐, 아니면 진짜로 사랑해야 하느냐는 문제를 놓고 갈등 비슷한 경계선을 오가는 태도가 촌스러운 제목만큼이나 진지해 보이지를 않는다.

프랑스의 빠떼(Pathe) 영화사에서 제작하여 1966년 우리나라에 수입된 「잊지 못할 모정(Typhon sur Nagasaki, 1964, 감/Yves Cianpi, 출/Jean Maris, Danielle Darrieux, 岸惠子)」은 원사탄을 맞은 일본의 도시가 배경인데, 그보다 몇 년 전에 또 다른 원자탄 피폭 도시를 배경으로 삼아 프랑스(Pathe)에서 만든 「히로시마 내 사랑」에서는 동양과 서양의 성역할이 바뀌어 일본 남자가 서양의 여자와 연애를 한다. 그러나 서양인이 동양에 와서 바람을 피우는 상황('정복')은 변함이 없어서, 평화를 주제로 삼은 다국적 영화를 찍기 위해 히로시마를 찾아온 프랑스 배우(유부녀)가 일본인 건축가(유부남)와 바람을 피운다.

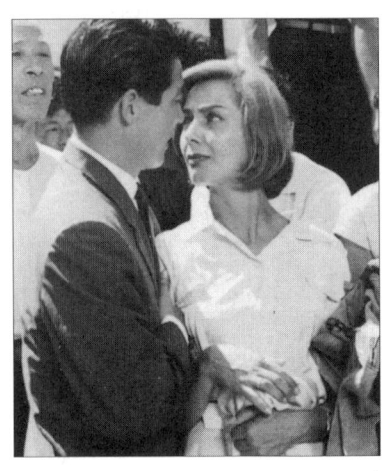

「히로시마 내 사랑」에서는 평화를 주제로 삼은 다국적 영화를 찍기 위해 히로시마를 찾아온 프랑스 배우(유부녀)가 일본인 건축가(유부남)와 바람을 피운다.

「히로시마 내 사랑」을 만든 알랭 레네 감독은 1922년 태생으로 빠리의 영화전문학교(Institut des Hautes Etudes Ciné matographiques)에서 공부했고, 열세 살에 8 밀리미터 촬영기로 영화를 만들기 시작했으며, 1946~48년에는 「반 고흐」를 비롯하여 예술가들에 관한 단편영화를 여러 편 제작했다. 영화 「반 고흐」도 많은 상을 받았지만, 그의 단편영화 가운데 가장 유명한 작품은 독일과 오스트리아에서 점령군으로 복무하던 기간(1945)의 경험을 바탕으로 하여 유대인 집단 수용소를 다룬 「밤과 안개(Nuit et brouillard, 1955)」이다.

「밤과 안개」에서 그가 보여 준 '시간에 대한 실험'은 이후 그의 작품세계에서 일관된 하나의 특징으로 나타나게 된다. 신소설(nouveau roman) 작가로서 나중에는 영화소설(ciné-romans)도 몇 편 썼던 알랭 로브 그리예(Alain Robbe Grillet, 1922~)가 각본을 맡았으며 레네의 가장 전위적인 작품으로 알려진 「지난해 마리엥바드에서(L'Année dernière à Marienbad, 영어 제목 Last Year at Marienbad, 1961)」는 실제 과거와 상상의 과거를 넘나드는 장치의 모호성 때문에 대단히 난해한 작품으로 분류된다. 공상과학 분야에도 관심이 많았던 레네는 고장난 시간기계(time machine) 속에 갇혀 끊임없이 과거를 다시 살아야 하는 인간의 조건을 그린 「사랑해, 사랑해(Je t'aime, je t'aime, 1968)」를 만들기도 했으며, 「히로시마 내 사랑」에서도 (특히 여주인공이) 과거와 현재를 끊임없이 넘나들어 줄거리가 매암을 돌며 전개된다.

그가 만든 첫 장편 극영화 「히로시마 내 사랑」이 깐느에서 프랑쑤아 트뤼뽀의 첫 작품 「4백 번의 구타(Les Quatre Cents Coups)」와 나란

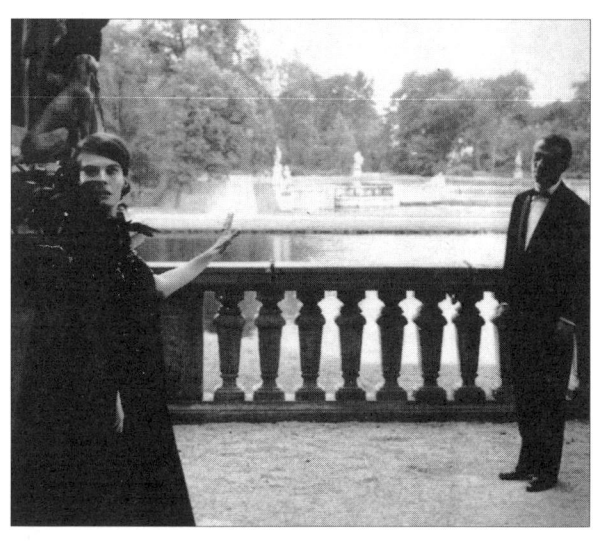

「지난해 마리엥바드에서」는 실제 과거와 상상의 과거를 넘나드는 장치의 모호성 때문에 대단히 난해한 작품으로 분류된다.

히 선을 보였기 때문에 레네가 「씨네마 뒤 까이에」를 구심점으로 삼은 새물결 감독군에 속한다고 생각하기 쉽지만, 그는 활동 시기도 그들보다 빨랐을 뿐 아니라, '누벨 바그'와는 어느 정도 거리를 유지하며 '좌안파(左岸派, the Left Bank group)' 작가들과 함께 활동했다. '좌안'은 세느 강의 왼쪽 강변 지역으로, 화가들이 많이 모여 살던 몽마르뜨르와 더불어 빠리의 예술인촌으로 유명하며, 알랭 로브 그리예와 마르그리뜨 뒤라스 같은 소설가들이 활동 무대로 삼았고, 1920년대에는 어니스트 헤밍웨이와 에즈라 파운드를 비롯하여 포드 매독스 포드, 거트루드 스타인, 존 도스 파소스, 어윈 쇼 같은 미국의 해외파 작가군(the expatriates)을 위한 "타향의 고향" 노릇도 했다.

좌안의 전위파(avant garde) 중에서도 최전위에 섰던 레네의 출세작인 「히로시마 내 사랑」의 빼어난 예술성과 영상 미학, 정적이고도 기록영화적인 구도, 그리고 마르그리뜨 뒤라스의 각본에 가득한 시적이고 수필적인 표현에 관해서는 수많은 영화사가들과 평론가들의 평가에 공감해야 옳겠지만, "문학과 역사"의 성격과 시각에서는 이 영화의 정치적인 입장 또한 생각해 봐야 할 일이다.

히로시마 원폭으로부터 14 년이나 지난 다음, 영화 속에서 만드는 영화의 장면인지 아니면 '현재'의 장면인지 분간이 안 가는 병원의 음산한 복도에서부터 시작되는 '기록영화'는 병상에 누운 말끔하고도 가련한 일본 여인들(안경을 쓴 여자도 포함됨)의 모습을 보여 주고, 네 차례 박물관으로 찾아가 "생생한 고통을 복원한" 유물을 관람하며, 여주인공의 목소리가 해설처럼 흘러나온다.

"너무나 완벽한 환상적 효과 때문에 관광객들은 모두 눈물을 흘리죠. (과거를 재생 또는 조작한 화면을 보고) 우는 일말고 관광객이 또 무얼 하겠어요? 사진에 찍힌 (한쪽 뒷다리가 잘린) 개의 모습은 영원히 보존되겠죠. 기형아가 태어나고 대가 끊겨도 삶은 계속돼요. 무서운 재를 머금은 비가 태평양에 내리고요. 분노한 사람들이 들고일어났어요. 분노가 온도시를 휩쓸었다고요. 그런데 누구에게 화를 내야 하죠?"

프랑스 여배우가 히로시마로 상징되는 패전 일본에 대해서 이토록 동정적인 까닭은 지금 그녀가 발가벗고 일본 남자의 품에 안겨 있기 때문이다. 아내가 '산'으로 간 사이에 서양 여자를 집으로까지 데리고

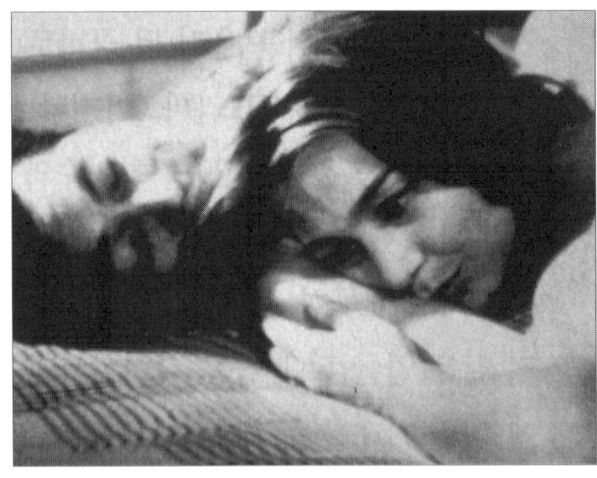

「히로시마 내 사랑」에서 일본 남자의 품에 안긴 프랑스 여배우는 가해자였던 일본을 피해자라고 주장한다.

가서 남자가 간통을 범하지만, 사실은 여행 중에 추억만들기를 위해 "이런 행각을 가끔 벌인다"는 여주인공은 고향 느베르에서 처녀 시절 프랑스를 점령한 적(敵)이었던 독일 군인과 시골 강변 폐허와 헛간에서 몰래 만나면서 "꿈같은 추억"을 만드는 경험을 했었고, 나중에는 그에 대한 대가를 치르느라고 머리가 깎인 채로 지하실에 감금당하는 악몽도 겪는다.

프랑스의 적국이었던 독일, 그리고 독일과 동맹국이었던 일본에 대해서 여주인공이 적국의 호동왕자를 사랑했던 낙랑공주처럼 행동하는 까닭은 뒤라스가 청춘시절에 경험했던 동양(중국 남자)에 대해서 어렴풋한 죄의식이나 그리움을 느끼기 때문은 아닌가 하는 추측도 가능하지만, 어디까지나 가해자였던 일본을 희생된 피해자로 보려는 시각이 적어도 (일본인을 제외한) 동양인의 입장에서는 퍽 거북하다.

물론 「밤과 안개」를 만들기도 한 레네 감독의 역사적 형평성을 문제로 삼아서는 안 되겠지만, 난징에서 일본군이 팔순 노파까지 강간하면서 자행한 야만적인 학살과 팔라우 등 태평양에 즐비하게 쏟아놓은 침략의 유물을 둘러보면, 만일 히로시마와 나가사끼에 원폭이 이루어지지 않았을 경우에 그런 만행이 얼마나 더 오래 계속되었을지, 상상하기도 어렵다. 교통법규를 어기고 한 시간 이상이나 경찰에게서 도망치다가 붙잡힌 라드니 킹(Rodney King)이, 마침내 체포된 다음, 화가 난 백인 경찰관들에게 매를 맞았다고 해서 폭동을 일으키고 한국인 상점들마다 쳐들어가 노략질을 한 로스앤젤레스 흑인들의 '정의감'과 「히로시마 내 사랑」의 역사 의식은 그런 면에서 공통점이 보인다.

또 다른 히로시마 영화 「잿더미에서 일어선 히로시마」는 하찌야 미찌히꼬(蜂谷道彦)의 『히로시마 일기(ヒロシマ日記)』를 원작으로 삼아 원폭을 함께 겪은 일본인 생존자와 미군 포로의 시각에서 만든 서양 영화이다.

「히로시마」는 트루먼(Harry S. Truman) 대통령과 원자탄 개발을 위한 맨하탄 계획(the Manhattan Project)을 거쳐 원폭 투하에 이르기까지를 기록영화처럼 엮었는데, 제작에는 미국이 전혀 참여하지 않은 뛰어난 작품이다. 일본과 캐나다에서 따로 만든 두 편의 영화를 하나로 엮어 넣은 형태를 취한 「히로시마」에는 군과 민간 통로를 거쳐 새로 발견된 자료를 동원하여 대단히 극적인 전개를 보여 준다.

그러나 히로시마 극영화의 대표작이라고 하면, 「나라야마 부시꼬(楢山節考, 영어 제목 The Ballad of Narayama, 1983)」와 「뱀장어(うなぎ, 1997)」로 두 차례나 깐느 영화제에서 대상을 수상하여 일본의 대표적인 감독이 된 이마무라 쇼헤이(今村昌平, 1926~)의 「검은 비」를 꼽아야 하겠다.

와세다 문학부에서 서양사를 전공한 다음 연극을 거쳐 영화에 입문했으며, 전후파(戰後派, après-guerre) 감독군에 속하면서 1960년대에 후배들과 함께 일본의 새물결운동을 이끌었고, 일본의 정신성과 감정을 탐구하는 '농부'임을 자처하고, 일본의 패전을 "강간당한 느낌"으로 해석하는 이마무라의 「검은 비」는 1945년 8월 6일 히로시마의 세도나이 바다에서 작은 배에 탄 여인이 강렬한 섬광을 본 다음 맑은 하늘이 어두워지고 시커먼 비가 내려 온몸이 젖으면서 비극의 시작을 펼친다. 원폭 후유증에 시달리는 마을 사람들 역을 희극배우들에게 맡긴 이마무라의 무정부주의적·폭발적·도발적 감각은 '은퇴'와 더불어 기록영화로 기울고는 하던 그의 "문화인류학자(cultural anthropologist)"적인 성향과 절묘한 배합을 이룬다.

이마무라의 히로시마 영화와 똑같은 제목으로 같은 해에 리들리 스코트가 만든 영화는 오사까에서 야꾸자 살인범을 추적하는 활극영화이다.

칠순을 넘긴 나이에 이마무라에게 황금종려상을 가져다준 「뱀장

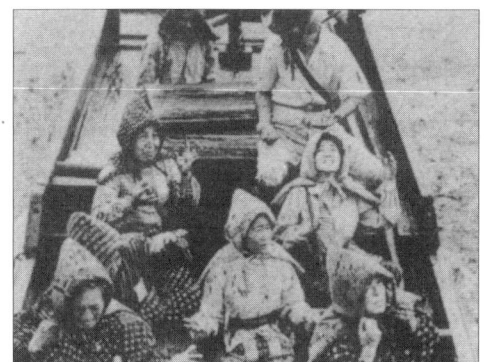

일본의 패전을 "강간당한 느낌"으로 해석하는 이마무라 쇼헤이의 「검은 비」는 히로시마 원폭 후유증에 시달리는 마을 사람들의 이야기다.

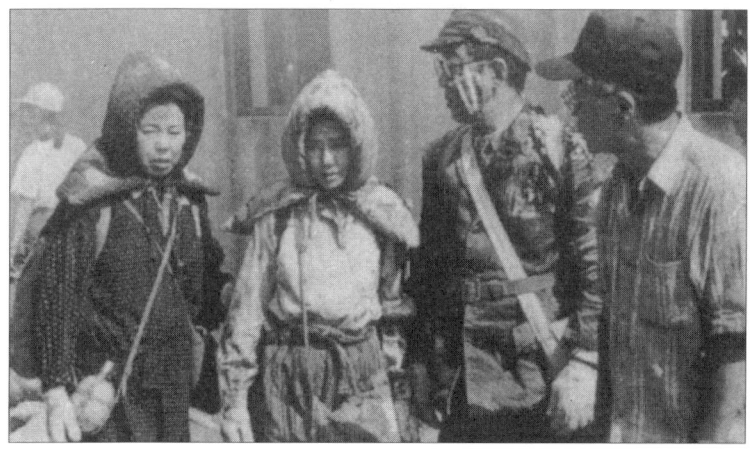

어」는 요시무라 아끼라(吉村昭)의 소설 『어둠 속의 빛(闇にひらめく)』이 원작으로서, 중년의 사업가인 야마시따가 불륜의 현장을 목격하고 격분하여 아내를 식갈로 잔인하게 실해한 다음 8 년 동인 옥살이를 하고 가석방이 되어 세상에 다시 나오지만, 인간들과의 관계를 회복하지 못해 뱀장어를 키우는 데만 집착한다. 이발소를 운영하던 그는 실연하고 독약을 먹은 다음 늪에서 신음하는 여자 게이꼬를 발견하고 구해주는데, 두 사람의 사이에 차츰 교감이 시작될 무렵에 게이꼬로 인해 다시 형무소로 돌아간다. 그러나 결론은 희망적이다.

이마무라가 1998년에 다시 깐느에 내놓았던 「간장선생」은 제2차 세계대전에서 패전이 가까웠을 무렵, 간염이 전국을 휩쓸어 버릴까 봐 겁을 내는 작은 마을의 헌신적인 의사와 주변 사람들의 소묘를 통해 일본 군국주의를 통렬하게 비판한다. 역시 서방에 널리 소개된 이마무라의 「에에쟈나이까」는 1860년대 파선을 당해 아메리카에서 지내다가 일본으로 돌아온 농부의 경험을 통해서 정치의 부패와 기만, 그리고 권력의 탐욕을 해부하는 걸작 영화로 알려졌다.

찾아보기 ●--

▌「8·15의 찻집(The Teahouse of the August Moon, 1956, 미국, 123분)」, 감 /Daniel Mann, 출/Marlon Brando, Glenn Ford, Machiko Kyo, Eddie Albert, Paul Ford, Harry Morgan

▌「사요나라(또는 "굿바이," Sayonara, 1957, 미국, 147분)」, 감/Joshua Logan, 출 /Marlon Brando, Ricardo Montalban, Miiko Taka, Miyoshi Umeki, Red Buttons, Martha Scott, James Garner

▌「끝난 다음에 깨워 주세요(Wake Me When It's Over, 1960, 미국, 126분)」, 감 /Mervyn LeRoy, 출/Dick Shawn, Ernie Kovacs, Margo Moore, Jack Warden, Don Knotts

▌「조 버터플라이(Joe Butterfly, 1957, 미국, 90분)」, 감/Jesse Hibbs, 출/Audie Murphy, Burgess Meredith, George Nader, Keenan Wynn, Fred Clark

▌「나비부인(Madame Butterfly, 1932, 미국, 86분)」, 감/Marion Gering, 출/Sylvia Sidney, Cary Grant, Charlie Ruggles, Irving Pichel, Helen Jerome Eddy

▌「흑선(The Barbarian and the Geisha, 1958, 미국, 105분)」, 감/John Huston, 출 /John Wayne, Eiko Ando, Sam Jaffe, So Yamamura

▌「벽안의 나비부인(My Geisha, 1962, 미국, 120분)」, 감/Jack Cardiff, 출/Shirley MacLaine, Yves Montand, Edward G. Robinson, Robert Cummings, Yoko Tani

▌「행복해서 울어요(Cry for Happy, 1961, 미국, 110분)」, 감/George Marshall, 출 /Glenn Ford, Donald O'Connor, Miiko Taka, Myoshi Ukemi, James Shigeta, Joe Flynn, Howard St. John

▌「히로시마 내 사랑(Hiroshima mon amour, 1959, 프랑스-일본, 91분) 감/Alain Resnais, 출/Emmanuele Riva, Eiji Okada, Stella Dassas, Pierre Barbeaud,

Bernard Fresson

▌「잿더미에서 일어선 히로시마(Hiroshima: Out of the Ashes, 1990, 미국, 100분) 감/Peter Werner, 출/Max von Sydow, Judd Nelson, Mako, Tamlyn Tomita, Stan Egi, Sab Shimono, Pat Morita, Kim Miyori

▌「히로시마(Hiroshima, 1995, 캐나다-일본, 195분) 감/Roger Spottiswoode, 구라하라 고레요시, 출/Kenneth Welsh, Wesley Addy, Richard Masur, David Gow, 이가와 히사시, Sheena Larkin, 마쯔무라 다쯔오, Jeffrey DeMunn, Ken Jenkins, Saul Rubinek, Timothy West, 사또 게이, 다까하시 고지

▌「검은 비(黑い雨, 영어 제목 Black Rain, 1990, 일본, 123분) 감/이마무라 쇼헤이, 출/다나꼬 요시꼬, 기따무라 가즈오, 이찌하라 에쯔꼬, 오자와 쇼이찌, 미끼 노리헤이, 이시다 게이스께, 고바야시 쇼지, 다까마루 야스꼬

▌「블랙 레인(Black Rain, 1989, 미국, 126분) 감/Ridley Scott, 출/Michael Douglas, Andy Garcia, Ken Takakura, Kate Capshaw, Yusaku Matsuda, Shigeru Koyama, John Spencer

▌「뱀장어(うなぎ, 영어 제목 The Eel, 1997, 일본, 117분)」, 감/이마무라 쇼헤이, 출/야꾸쇼 고지, 시미즈 미사, 쯔네따 후지오, 바이쇼 미쯔꼬, 에모또 아끼라, 아이가와 쇼, 도끼따 후지오, 다구찌 도모로

▌「간장선생(ガンゾ先生, 영어 제목 Dr. Akagi, 1998, 일본, 128분)」, 감/이마무라 쇼헤이, 출/에모또 아끼라, 아소 구미꼬, 가라 주로, 세라 마사노리, Jacques Gamblin, 마쯔자까 게이꼬

▌「에에쟈나이까/좋잖아?(ええじゃないか, 영어 제목 Eijanaika, Why not?, 1981, 일본, 151분 또는 121분)」, 감/이마무라 쇼헤이, 출/이즈미야 시게루, 모모이 가오리, 구사까리 마사오, 오가따 겐, 쯔유구찌 시게루, 바이쇼 미쯔꼬

일본의 식민지 통치에 대한 원한이 아직도 삭지 않아 반일 감정이 팽배했던 1963년에 제작된 한국 영화 「행복한 고독」은 포스터에 일본 의상 기모노가 등장하여 대단한 화제가 되었다. 수입 영화로는 프랑스 남자와 일본 여자의 사랑 이야기를 담은 「잊지 못할 모정(Typhon sur Nagasaski, 1964)」에서 일본 여배우의 기모노가 포스터를 환히 밝혔다.

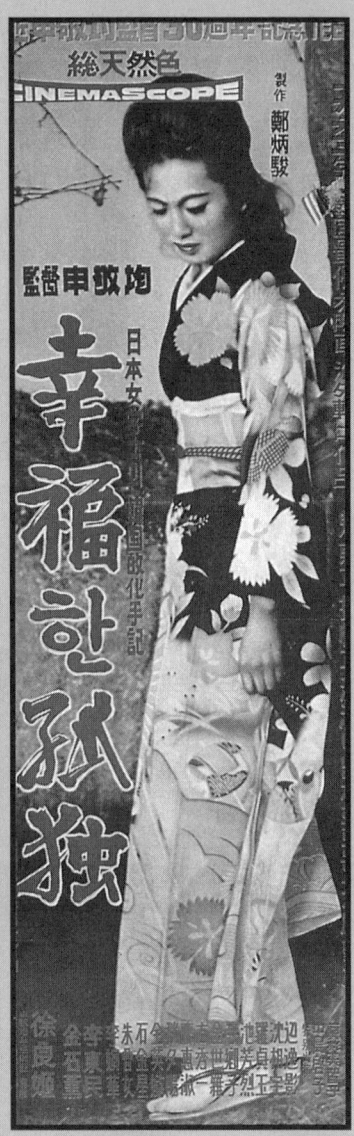

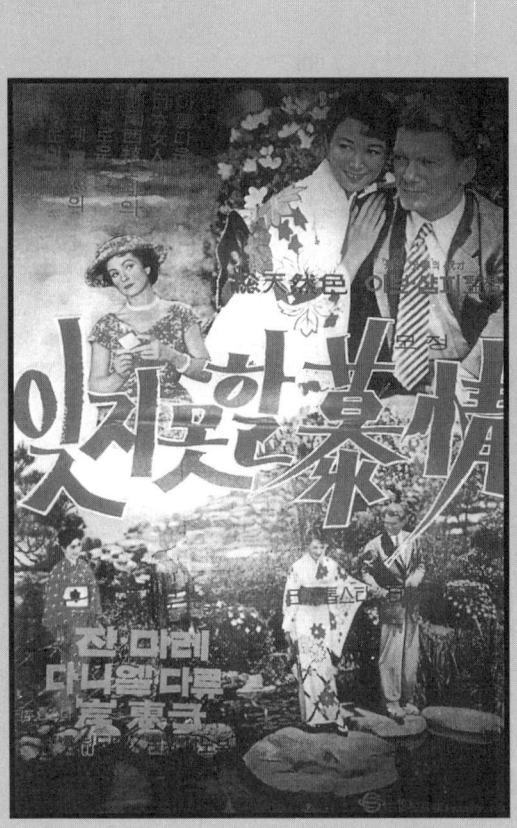

황군(皇軍)의 노래

1963년에 제작된 한국 영화 「행복한 고독」은, 영화연구가 정종화 (鄭宗和)의 기록에 의하면, "반일정신이 팽배한 실정에서 일본의 기모노가 당당하게 스크린에 모습을 드러내 화제를 모은 작품"이었다. 일본의 식민지 통치가 끝난 지 20 년이 되었어도 조선인들의 원한은 이렇듯 아직도 삭을 줄 몰랐고, 그래서 대학을 졸업한 일본 지식인 여성 도시꼬(明石程子)가 가족의 반대를 무릅쓰고 한국 남자와 결혼하여 귀화까지 하는 고마운 과정의 고뇌와 "행복한 고독"을 담은 수기가 영화로 제작되었으니, 한국 관객이 어느 정도의 성신적인 보상을 받았던 것은 분명하다.

하지만 「행복한 고독」보다 2 년 늦게 제작된 「사르빈 강에 노을이 진다」를 보면 일본에 대한 한국인들의 미움이 싱싱하게 건재한다. 김기팔(金起八) 원작 「사르빈 강」의 주인공 수남은 마쯔모도로 창씨개명을 하고 일본군 장교로서 버마(미얀마) 전투에 참전한 조선인으로서, 정체성을 잃지 않으려는 다른 '반도인' 학도병들을 이해하지 못해서 괴리감을 느낀다. 영화의 논리는 버마까지 쳐들어가 전쟁을 벌이는 일본인들은 물론 나쁘지만, 일본인으로서 살고 싶어하는 조선인이 더 나쁘다는 식이다.

당시의 제작 여건이 허락지 않아 버마 현지 촬영을 하는 대신 열대 수목을 가꾸는 사람에게서 나무들을 빌려다 경기도 광릉의 숲에 심어 놓고 밀림의 전투 장면을 찍었다는 「사르빈 강」의 주인공과는 달리, 동남아 현지가 아니라 (요즈음 월남전 영화의 대리 촬영지로 사랑받는) 필리핀으로 가서 만든 미국 영화 「메릴 특공대」의 주인공은 전혀 정체성에 관한 갈등을 느끼지 않는다. 필리핀에서 후퇴하며 언젠가는 돌아오리라("I shall return")고 약속했던 맥아더 장군처럼, 버마에서 후퇴하며 언젠가는 다시 돌아오겠다고 맹세한 미국-버마-중국 연합군의 사령관 조세프 스틸웰(Joseph Stilwell) 장군의 명령에 따라, 1942년 1월 3천 명의 지원병 부대를 이끌고 버마 정벌에 나선 프랭크 메릴(Frank Merrill) 준장이 영화의 주인공이기 때문이다.

활극배우 제프 챈들러는 「메릴 특공대」의 촬영 중에 입은 부상으로 작은 수술을 받다가 세상을 떠났고, 그래서 영화의 후반부는 계속 다리를 절며 촬영했는데, 그가 이 작품에서 최후로 맡았던 장렬한 역할은 국방부 홍보물에서 자주 나타나는 강인하면서도 따뜻한 이상적 철인(鐵人) 군인상이다. 메릴 장군은 3개월에 걸쳐 왈라붐(Walawbum)을 탈환한 다음, 인도로 침공하여 독일군과 연합 전선을 형성할지도 모르는 일본군을 차단하고 궤멸시키기 위해, 3년째 앓아온 자신의

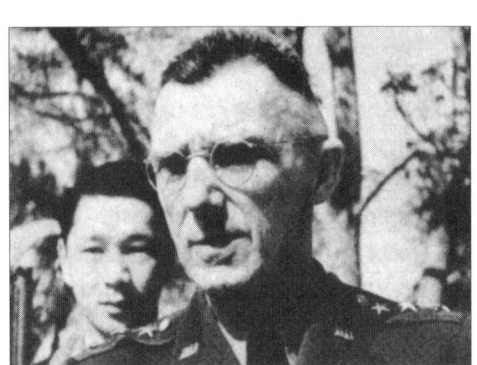

필리핀에서 후퇴하며 언젠가는 돌아오리라고 약속했던 맥아더 장군처럼, 버마에서 후퇴하며 언젠가는 다시 돌아오겠다고 맹세한 조세프 스틸웰 장군(사진)의 명령에 따라, 1942년 1월 「메릴 특공대」는 버마 정벌에 나선다.

심장병을 숨긴 채로, 말라리아와 장질부사 같은 풍토병과 굶주림으로 지리멸렬한 병력을 이끌고 버마 북부 미치나(Myitkyina)로 진군하는 애국적인 무용담을 남긴다. 비행장까지 갖추었던 미치나는 제2차 세계대전 중 동남아에서 손꼽는 일본군의 강력한 거점으로서, 수많은 조선의 여인들이 끌려가 종군위안부로서의 치욕적인 삶을 살았던 곳이다.

한편 「사르빈 강에 노을이 진다」의 주인공은 버마의 여성 유격대원 후라센과 알게 되어, 그녀를 통해 비로소 피압박 민족의 비애와 울분을 절감하고, 결국 침략자인 일본군에 총부리를 돌리고 투쟁하다가 민족의 해방을 맞는다. 그리고 버마 전선에서 종전을 맞은 일본군의 어떤 부대는 노래를 부르며 귀국한다.

「히로시마 내 사랑」하고는 상당히 다른 시각에서 만든 일본의 반전 영화 「버마의 현금」에서 집단 주인공 노릇을 하는 일본군 소대는 현금 연주에 뛰어난 미즈시마 병사의 제안을 음악학교 출신의 소대장이 받아들여 전쟁에 힘겨울 때마다 노래를 불러 정신적인 위안을 찾다가 '합창단 부대'라는 별칭까지 얻게 된다. 1945년 여름, 식량도 없이 산에서 산으로 도망 다니던 그들은 어느 달 밝은 밤에 산 속의 집에서 영국군과 대치하지만, 전투를 벌이는 대신 양쪽 병사들은 머나먼 타향 땅에서 고향을 그리워하며, 비록 언어는 통하지 않지만, "즐거운 나의 집"을 노래로 수고받아 감상적인 대화를 나누고, 날이 밝자 일본군은 사흘 전에 이미 전쟁이 끝났다는 반가운 소식을 듣게 된다.

합창단 부대는 즐겁게 투항하여 무동 수용소로 들어가고, 「파라다이스 로드」의 일본군과는 입장이 뒤집혀, 노래하는 포로들이 된다. 그러나 삼각산에서 항복을 거부하고 동굴에 바리케이드를 치고는 끝까지 항전하겠다는 이노우에 부대를 설득해서 데리고 내려오겠다는 임무를 띠고 미즈시마 혼자서 산을 올라갔다가, 영국군의 포격에 저항

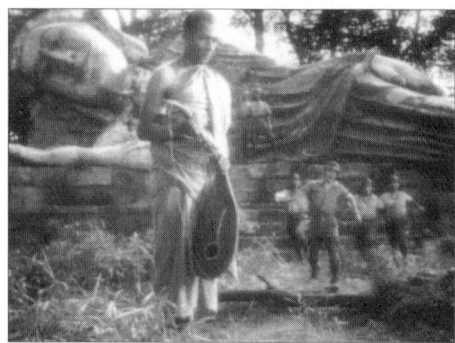
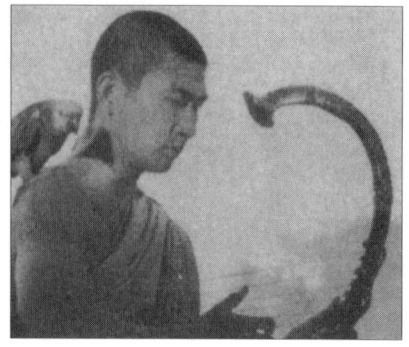
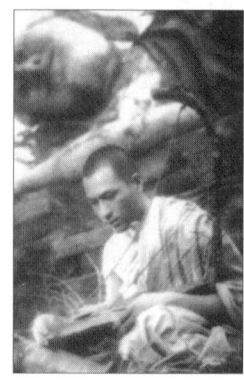

「버마의 현금」은 전국 방방곡곡을 찾아다니며 버림받은 전우들의 시신을 묻어주기 위해 귀국을 포기하는 황군 병사를 주인공으로 삼은 비장한 얘기다.

군이 전멸하고, 미즈시마는 열흘 동안 행방불명이 된다.

미즈시마는 목숨을 건지기는 했지만, 까마귀 떼의 밥이 될 전우들의 시체를 묻어주느라고 수용소로 돌아가지를 못했고, 개울에서 목욕하는 스님의 옷을 훔쳐 입고 머리를 깎아 신분을 감춘 그는 시체더미를 혼자서 화장하며 전쟁의 뒤처리를 스스로 떠맡는다. 전국 방방곡곡을 찾아다니며 버림받은 시체들을 묻어주기 위해 그는 거대한 불상의 발속에 숨어 살며 전우들과 합류하지도 않고, 끝내 귀국조차도 포기한다. 참으로 비장한 얘기다.

이찌가와 곤(市川崑, 1915~) 감독이 1985년에도 다시 영화화한 이 작품의 원작은 아꾸다가와상(芥川償)을 탄 다께야마 미찌오(竹山道雄)의 소설로서, 영화 「버마의 현금」은 일본의 보수주의자들로부터 크게 호응을 받았다. 그러나 전쟁의 피해자가 일본이라고 주장하는 「버마의 현금」에서는 물론 버마인들이 당한 고통은 전혀 언급하지 않는데, 사실상 미얀마인들의 역사관을 보면, 「사르빈 강에 노을이 진다」의 버마 여성 유격대원 후라센과는 달리, 제2차 세계대전 당시 일본의 침략을 서양인들로부터 그들을 구해준 해방으로 해석하는 경향이 많다.

일본 이전에 서양의 영국이나 네덜란드의 식민지였던 역사를 겪지 않은 한국인들로서는 이해하기가 힘든 시각이겠다.

반일 정서 속에서 성장한 필자가 이 작품을 UNESCO가 펴낸 영역본으로 처음 읽었을 때는 「히로시마 내 사랑」과의 첫 만남만큼이나 착잡한 기분이 들었었다. 패전한 일본군을 싣고 귀국한 군용선에서 병사들이 노래를 부르며 내리는 장면이 소설의 첫 대목인데, 그토록 '아름다운 군대'가 조선 여인들을 종군위안부로 끌고 다녔다는 역사적인 사실을 생각하면 더욱 그런 기분이 든다.

「버마의 현금」을 울린 이찌가와 감독은 1964년의 도꾜 올림픽 기록영화(「東京オリンピック」)를 만들기도 했는데, 레니 리펜슈탈(Leni Riefenstahl)의 베를린 올림픽 영화와 비견할 만한 예술 작품을 만들려고 욕심을 부렸지만, 민족주의자들로부터 심한 반발에 부딪혀 일본 선수들의 우승 장면을 더 집어넣고 재편집을 하는 수정 작업을 거쳐야 했다.

「버마의 현금」이 베네치아 영화제에서 상을 받은 이후로 (일본 영화를 접할 길이 없었던) 우리나라에서보다는 서양에서 훨씬 잘 알려진 이찌가와 곤은 처음 만화영화로 활동을 시작해서, 애거타 크리스티의 이름을 흉내낸 필명으로 각본을 쓰기도 했고, "허무주의자에 가까운 비관론자"(Patricia Erens의 평)라는 소리를 들을 정도로 어두운 심리 소묘를 통해 사회의 변두리적(marginal) 군상을 자주 그렸다. 그는 흑색 희극 기법을 즐겨 사용해서, 연재만화를 영화화한 「푸상(プサン, 1953)」에서는 원자탄 폭발 장면에서 영사기가 부서지는가 하면, 「억만장자(億萬長者, 1954)」에서는 방사능을 함유한 참치를 먹고 온가족이 몰살하고, 「열쇠(鍵, 1959)」에서는 이기적이고 혐오스러운 한 가족이 늙고 망녕이 든 하녀의 실수로 몽땅 독살된다.

자신의 성불능에 대해서 묘한 집착을 가진 늙은 남자가 이상한 정신적 보상을 받기 위해 그의 아름다운 아내로 하여금 젊은 의사와 간통을 하게끔 유도한다는 내용으로 엮어진 「열쇠」는 푸르딩딩한 시체 빛깔의 화면으로 유명하며, 1984년 이탈리아에서 다시 영화로 제작되었는데, 1958년 캐롤 리드가 만든 「키이(The Key)」하고는 다른 영화이니까 혼동하지 않기 바란다.

이밖에도 서양에 소개된 이찌가와 감독의 영화로는 존경하던 작가가 살해될 때까지 자신의 신분을 감추는 선생이 주인공으로 등장하는 「천민」, 오사까에서 샌프란시스코까지 단독 항해를 감행한 젊은이에 관한 실화를 바탕으로 삼아서 만든 「태평양을 나 홀로」, 부모의 죽음에 대한 복수를 하는 가부끼 배우의 얘기 「우께노조의 복수」, 그리고 제2차 세계대전이 일어나기 전 오사까에서 상류층 집안의 네 자매가 전통과 사회 변화에 임하는 자세를 보여 준 다니자끼 주니찌로(谷崎潤一郎)의 유명한 소설을 영화로 만든 「마끼오까 자매들(細雪)」이 있다.

「버마의 현금」처럼 황군(皇軍) 쪽의 시각을 곁들인 또 다른 유명한 일본의 반전영화는 고바야시 마사끼(小林正樹)의 6부작 「인간의 조건」이다. 이 영화의 원작은 고미가와 준뻬이(五味川純平)의 소설로서, 1960년대 초 우리나라에서도 대단한 선풍을 일으킨 필독서로 꼽혔었다. 만주

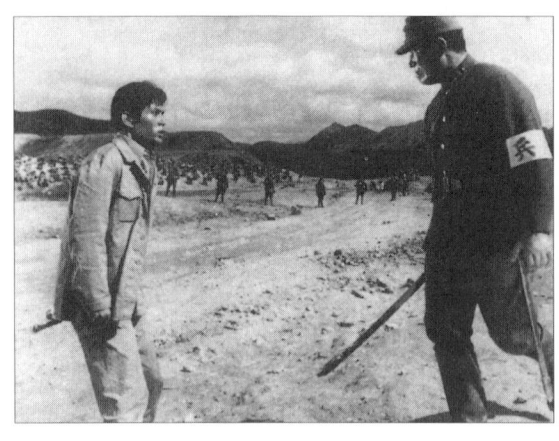

고바야시 마사끼(小林正樹)의 6부작 「인간의 조건」은 황군(皇軍) 쪽의 시각을 곁들인 또 다른 유명한 일본의 반전영화이다.

의 광산회사에서 근무하는 일본인이 학대를 받는 중국인들을 돕다가 군대에 끌려가 전쟁의 참상을 겪는다는 내용인데, 한국전쟁의 기억이 아직 생생하던 세대에게는 깊은 감동을 남겼다. 고바야시 감독은 나중에 제2차 세계대전이 끝난 다음 무고한 전범들을 다룬 「도꾜 재판(1983)」을 만들기도 했다.

황군의 적이었으면서도 퍽 특이한 시각으로 황군에 대한 쳐다보기를 한 영화도 나왔다. 스티븐 스필버그가 만든 「태양의 제국」이 문제의 영화이다.

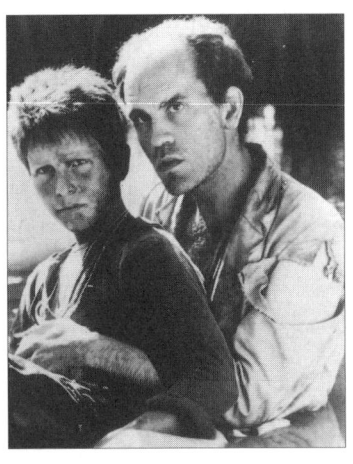

「태양의 제국」은 중국 땅에서 벌어지는 동양과 서양의 힘겨루기를 얘기한다.

'태양의 제국'은 일본이다. '떠오르는 태양' 또한 일본이다. 대동아 공영권을 위해서 떠오르는 태양은 일본이었고, 그래서 일본 국기에는 새빨간 태양만 동그랗게 떠 있다. 그리고 영화 「태양의 제국」은 서양(대영제국)이 중국의 상하이에다 은행과 상점과 수영장을 갖춘 저택까지 그대로 백인의 세계를 복제해놓고 살다가, 대동아 공영권을 부르짖는 동양(일본제국)에게 호되게 혼이 나면서 1941년 12월에 쫓겨나지만, 초라한 거리를 압도하며 버티고 선 「바람과 함께 사라지다」의 거대한 벽광고가 예고하고 상징하듯, 결국 다시 막강한 서양의 아메리카 제국이 황군을 몰아낸다는 내용이다. 무대는 그대로이고 정복자의 역을 맡은 배우들만 자꾸 바뀔 따름이다.

발라드(J. G. Ballard)의 자전적인 소설을 체코슬로바키아 태생으로 싱가포르를 거쳐 영국으로 활동무대를 옮긴 극작가 톰 스토파드(Tom Stoppard, 본명 Thomas Strausler)가 각색한 「태양의 제국」은 그러니까 중국 땅에서 벌어지는 동양과 서양의 힘겨루기를 얘기하기 때문에, 싱가포르에서 시작하여 인도네시아로 무대를 옮기는 「파라다이스 로드(Paradise Road, 1997)」와 대단히 분위기가 흡사하다.

그러나 영화의 주인공인 짐 그레이험 소년은 모형을 포함하여, 일본의 영번기(零番機, zero plane)에서부터 훗날 한국전쟁에서도 맹활약을 하게 되는 "하늘의 캐딜락" P 51 머스탱(Mustang)에 이르기까지, 모든 종류의 비행기에 홀렸으며, 그중에서도 특히 용감한 일본군을 숭배하는 영국 소년이다. 필요할 때면 그는 일본군에게 거수경례는 물론이요, 동양식으로 엎드려 큰절까지 한다. 말하자면 전혀 주체성이 없는 아이다.

방직공장을 경영하는 부자 아버지 밑에서, 중국에서 태어났기 때문에 영국에는 가 보지도 못한 채로, 중국인 하인과 중국인 운전사와 중국인 정원사와 중국인 집사를 거느리고, 사치스럽고도 풍요롭게 살던 열한 살의 아이는 소년단을 그만두고 자칭 무신론자가 되었으며, 합창단에서는 한눈만 팔고, 사람을 태우는 연을 만들려는 연구에 바쁘다. 그러나 일본군이 진주하여 피난길에서 부모를 잃은 소년이 집으로 돌아가서는 옛 하인이었던 중국인에게 뺨부터 호되게 맞고는 일본

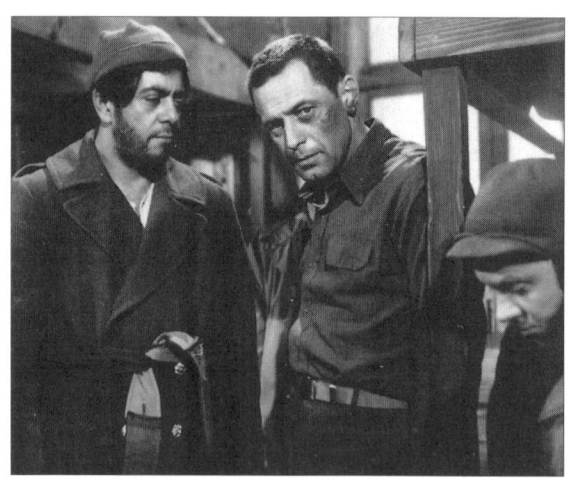

「태양의 제국」은 본질적으로 수용소 영화이며, 주인공 짐 소년은 「제17 포로수용소」의 세프톤(가운데)을 복제한 인물처럼 행동한다.

군의 포로수용소에서 3년 동안 살게 된다.

따라서 「태양의 제국」은 본질적으로 수용소 영화이며, 주인공 짐 소년은 「제17 포로수용소(Stalag 17, 1953)」의 세프턴(Sefton, William Holden)이나 싱가포르의 일본군 포로수용소가 무대이며 제임스 클라벨의 소설이 원작인 「왕쥐(King Rat, 1965)」의 주인공(Corporal King, George Segal)을 복제한 인물처럼 행동한다. 죽은 사람의 밥그릇 챙기기에서부터 비누 훔치기와 물물교환을 통해 요령좋게 살아남는 데서 그치지 않고, 소년은 "수용소에서 제일 바쁜 아이"가 되어 병마개에서부터 바늘에 이르기까지 못 구할 물건이 없고, 바구미의 비타민 함량을 따지는 "이상한 아이"가 되며, 지나칠 정도로 영악하게 어쩌나 수용소 생활에 잘 적응하며 즐기는지, "넌 전쟁이 끝나도 이곳을 그리워하겠구나"라는 소리를 듣는다. 마침내 그는 「파라다이스 로드」의 「파리대왕」으로 변신한다.

하지만 백구두를 신고 검은 안경을 쓰고 여송연을 물고 어른들의 경례를 받는 장면을 보면, 「쉰들러 리스트」도 그렇듯이, 스티븐 스필버그의 영화는 공상과학적 장난기가 지나치게 심해서, (군중의 폭동이나 저공 폭격 장면에서처럼) 국부적인 '실감'은 나더라도 성실한 작품으로서의 현실감은 도대체 나지를 않는다. 그것은 아마도 재능과 철학의 분기점인지도 모르겠다.

「8·15의 찻집」이나 마찬가지로 전후 미국과 일본의 관계를 반영하는 「병사와 고아」는 일본을 미워하던 미군이 일본 고아들을 돕고 통역을 맡은 일본 여자와 사랑하게 되면서 생각이 달라진다는 내용인데, 실화를 바탕으로 해서 만든 영화이다. 「사랑스러운 도망자」는 도쿄에서 비행기 추락사고를 당한 미국 소년이 일본 소년과 함께 아버지를 찾으려고 모험에 나서는 얘기이다. 주인공 소년이 아버지를 찾는 데서 그치지 않고 부모의 재결합까지도 성공시키는 이 영화에서 클린트

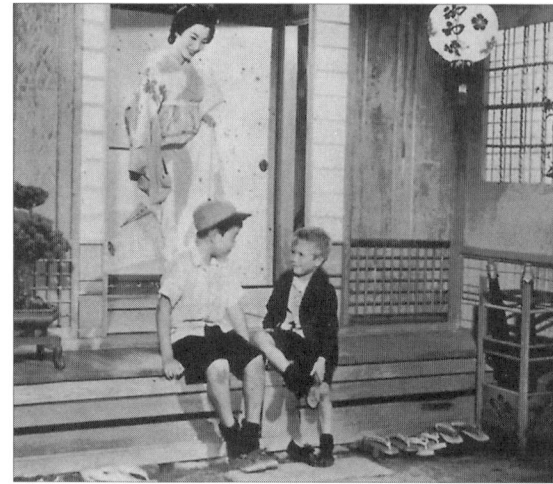

「사랑스러운 도망자」에서는 미국 소년과 일본 소년이 함께 모험에 나선다.

이스트우드가 미군으로 단역을 맡아 출연하는데, 그 이름이 참으로 멍청(Dumbo)하다.

일본을 무대로 한 활극 「일본에서 흘린 피」는 제2차 세계대전이 일어나기 전인 1930년대, 전세계를 지배하기 위한 다나까 계획의 비밀을 알아낸 미국의 신문기자가 목숨을 잃은 다음, 그 비밀 정보를 빼내기 위해 신문사 간부가 일본의 비밀 경찰과 벌이는 추격전이 기둥줄거리를 이룬다.

「해일(海溢)」은 대작 일본 영화 「일본의 침몰」을 미국에서 다시 만든 평범한 재난영화이다.

찾아보기 ●---

▌「행복한 고독(1963, 한국, 87분)」 감/申敬均, 출/金石薰, 徐良姬, 李東民, 李嬪華, 朱曾女, 石金星, 秋夕陽, 方秀一, 中島啓子
▌「사르빈 강에 노을이 진다(1965, 한국, 120분)」 감/鄭昌和, 출/申榮均, 金惠貞, 南宮遠, 尹一峰, 李藝春
▌「메릴 특공대(Merrill's Marauders, 1962, 미국, 98분)」, 감/Samuel Fuller, 출/Jeff Chandler, Ty Hardin, Peter Brown, Andrew Duggan, Will Hutchins, Claude

Akins, John Hoyt, Luz Valdez, Chuck Roberson, Charles Briggs

▌「버마의 현금(ビルマの竪琴, 영어 제목 The Burmese Harp 또는 The Harp of Burma, 1956, 일본, 116분)」, 감/이찌가와 곤, 출/미꾸니 렌따로, 야스이 소지, 미하시 다쯔야, 끼타바야스히 따니에, 이또 우노스께

▌「열쇠(鍵, 영어 제목 Odd Obsession, 1959, 일본, 96분 또는 107분) 감/이찌가와 곤, 출/기요 마찌꼬, 나까무라 간지로, 나가다이 다쯔야, 가노 준꼬

▌「천민(破戒, The Outcast, 1962, 일본, 118분) 감/이찌가와 곤, 출/이찌가와 라이쪼, 후지무라 시호, 나가또 히로유끼, 미꾸니 렌따로

▌「태평양을 나 홀로(太平洋ひとりぼのち, 영어 제목 Alone on the Pacific 또는 My Enemy, the Sea, 1963, 일본, 100분 또는 104분) 감/이찌가와 곤, 출/이시하라 유지로, 다나까 기누요, 모리 마사유끼, 아사오까 루리꼬, 하라 하지메

▌「우께노조의 복수(雪子丞變化), 영어 제목 An Actor's Revenge 또는 The Revenge of Ukeno jo, 1963, 일본, 114분) 감/이찌가와 곤, 출/하세가와 가즈오, 와까오 아야꼬, 야마모또 후지꼬, 나까무라 간지로, 이찌가와 라이조

▌「마끼오까 자매들(細雪, The Makioka Sisters, 1983, 일본, 140분) 감/이찌가와 곤, 출/기시 게이꼬, 사꾸마 요시꼬, 요시나가 사유리, 고떼가와 유꼬, 이따미 주쪼

▌「인간의 조건(人間の條件, 1959~61, 일본, 578분)」, 감/고바야시 마사끼, 출/나까다이 다쯔야, 야마무라 소우

▌「태양의 제국(Empire of the Sun, 1987, 미국, 152분)」, 감/Steven Spielberg, 출/Christian Bale, John Malkovich, Miranda Richardson, Nigel Havers, Joe Pantoliano, Leslie Phillips, Masato Ibu, Emily Richard, Rupert Frazer, Ben Stiller, Robert Stephens, Burt Kwouk

▌「병사와 고아(Three Stripes in the Sun, 1955, 미국, 93분) 감/Richard Murphy, 출/Aldo Ray, Phil Carey, Dick York, Chuck Connors, Mitsuko Kimura

▌「사랑스러운 도망자(Escapade in Japan, 1957, 미국, 93분)」, 감/Arthur Lubin, 출/Cameron Mitchell, Teresa Wright, Jon Provost, Roger Nakagawa, Philip Ober, (Clint Eastwood)

▌「일본에서 흘린 피(Blood on the Sun, 1945, 미국, 98분)」, 감/Frank Lloyd, 출/James Cagney, Sylvia Sidney, Wallace Ford, Rosemary DeCamp, Robert Armstrong

▌「해일(Tidal Wave, 1975, 미국, 82분)」, 감/Shiro Moriana, 출/Andrew Meyer, Lorne Greene, Kiliu Kobayashi, Rhonda Leigh Hopkins, Hiroshi Fujioka

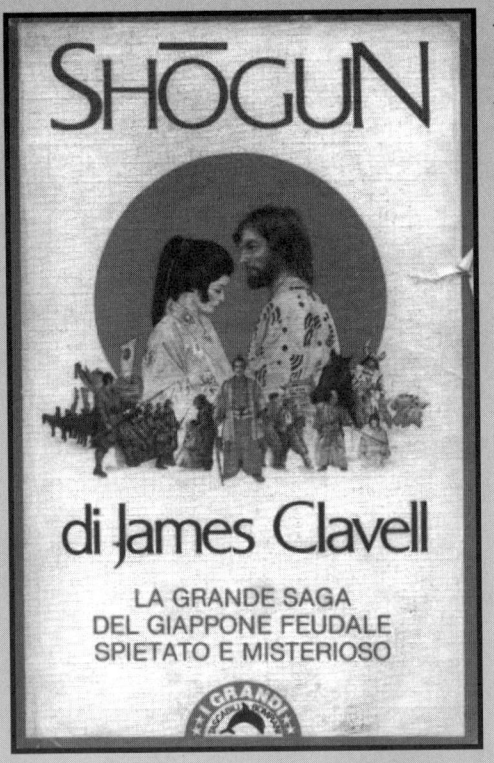

세계적인 성공을 거둔 소설 「쇼군」(위 사진은 이탈리아 판의 표지임)의 원작자 제임스 클라벨(아래 사진의 왼쪽 남자)은 펄 벅, 제임스 미치너와 더불어 동양통 작가로 잘 알려졌으며, 영화에서도 여러 분야에 걸쳐 왕성하게 활동했다.

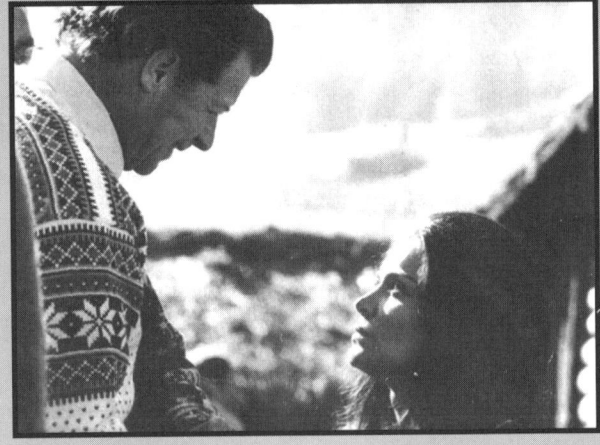

제임스 클라벨의 동양

일본 영화를 분류하는 방법은 몇 가지가 가능하겠지만, 고유분야 (genre)별로는 만화 및 동영상 영화, 현대물 말랑영화, 폭력적 야꾸자 영화, 그리고 미국의 서부극이나 마찬가지로 사극의 성격을 띤 활극 물 사무라이 영화로 분류해도 되겠다. 이 책에서는 아무래도 역사물 인 사무라이 영화가 일차적인 관심의 대상이 되겠는데, 무협적인 색 채가 강한 국내물보다는 국제정치의 역학에 견주어 서양의 눈으로 주 제를 풀어나간 작품부터 한 편 살펴보기로 하자.

대상 작품은 우리나라에시 영싱물보다는 소설로 훨씬 디 인기가 높 았던 「쇼군(將軍)」이며, 극장용으로 편집한 영화보다는 열 시간이 전 혀 지루하지 않은 텔레비전의 연속물(mini series) 쪽으로 읽어 보겠다.

에스파냐와 포르투갈이 차지한 땅(식민지)을 빼앗으러 네덜란드 함 대가 마젤란 해협을 거쳐 항해를 계속하다가 네 척이 해전에서 침몰 하고, 에라스무스 한 척만 남아 2 년 동안 에스파냐 전함들에게 쫓기 면서 고향으로 도망치던 중에 폭풍을 만나 표류하고, 영국인 키잡이 존 블랙톤(John Blackthorne)과 28 명의 선원만 살아남아 일본의 바닷가 마을에 상륙한다. 때는 서기 1598년이어서, 일본에서는 토호 세력 간의 내란이 6백 년 동안이나 계속되다가, 다이묘료고꾸(大名領國)들의 전국(戰國)시대를 거쳐 1590년 도요또미 히데요시(豊臣秀吉)가 일본 열도를 통일한 직후였다.

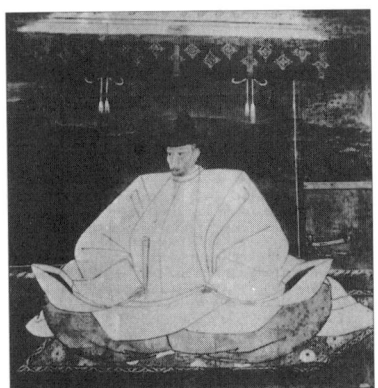

참고삼아 당시 우리나라의 사정을 살펴보면, 기묘사화(己卯士禍, 1519)와 을사사화(乙巳士禍, 1545)를 거친 다음 선조(宣祖, 1552 ~1608)의 통치하에서 정국을 주도하던 세력이 동인과 서인으로 갈리고, 동인이 다시 남북으로 분열되어, 1583년과 87년에는 야인들의 반란이 일어나는 등 국력이 쇠약해진 상태였다. 1590년에는, 우리나라의 역사 교과서에도 나오는 유명한 일화이지만, 일본의 동향을 살피라고 파견했던 황윤길과 김성일이 도요또미 히데요시에 대해서 상반되는 보고를 해서 국방대책도 제대로 세우지 못한 채로 1592년 임진왜란을, 그리고 1596년에 정유재란(丁酉再亂)을 당한다. 요즈음의 지리멸렬한 대한민국 정치풍토를 연상시키는 대목이다.

지역 무사인 오미와 이시도 그리고 바깥 세계에 대해서 알고 싶어하는 욕구가 강한 오사까의 진보적이고 막강한 실력자 도라나가 밑에서 포로로 잡혀 산 속에서 옥살이를

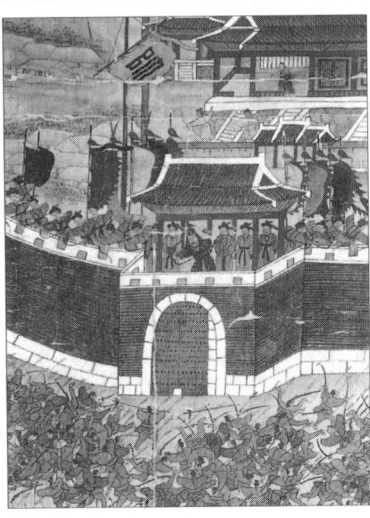

「쇼군」의 시대적인 배경은 1598년, 6백 년 동안의 내란을 거쳐 도요또미 히데요시(豊臣秀吉, 위)가 일본 열도를 통일한 직후였다. 이 무렵 조선에서는 사색당쟁으로 국력이 쇠약해져서, 일본의 동향을 살피라고 파견했던 황윤길과 김성일이 도요또미 히데요시에 대해서 상반되는 보고를 했고, 결국 임진왜란과 정유재란을 당한다. 임진왜란 당시의 공방전을 보여주는 그림(아래)을 보면, 왜군이 조선 군대보다 긴 창과 조총 따위의 훨씬 우월한 무기로 전투에 임하고 있음을 확인하게 된다.

하다가, (잔등에다 오줌싸기를 비롯하여) 동서양의 오기싸움을 거치고는, 권력다툼에서 밀려나던 도라나가의 도피를 돕고 지진에서 생명을 구해준 대가로 블랙톤은 차츰 신임을 얻어 2백 명의 무사를 거느린 최초의 서양인 사무라이가 된다는 줄거리를 갖춘 「쇼군」에서는 일본인의 정서와 전통을, 과거의 헐리우드 영화만큼 심하지는 않아도, 대단히 간단하게 도식화한다.

"얼굴이 셋이요 마음은 여섯"이라고 정의한 일본인을 「쇼군」에서는 사무라이(♂)와 게이샤(우)로 명확하게 유형화한다. 사무라이는 남성적 지배자이다. 그래서 '인간'이 아닌 평민들은 '어부'나 '요리사' 따위의 호칭으로만 통할 따름이고, 사무라이말고는 함부로 이름도 갖지 못한다. 블랙톤도 그래서 '키잡이'라는 뜻의 '안진(按針)'이라는 명칭으로 통한다.

일본 사회에 잘 적응한 다른 배의 키잡이 로드리게스(Rodrigues)는 "일본인들은 죽음이라는 한 가지 처벌밖에는 알지 못한다"고 사무라이 세계의 인명경시 사상을 설명하는데, 「쇼군」에서는 이런 풍조가 지나치게 과장되어 나타난다. 오미는 인사를 하지 않는다고 바닷가에서 어부의 목을 단칼에 잘라 버리고, 토굴에서 서양 선원들의 포로가 되

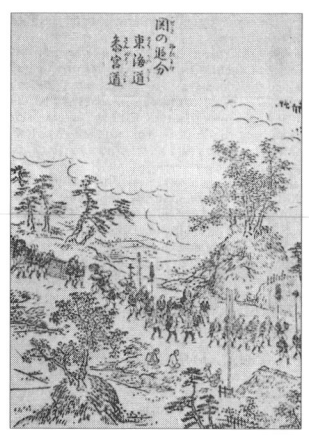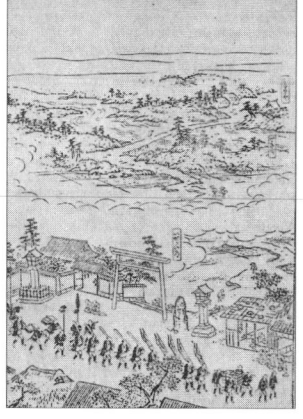

에도 바쿠후(江戸幕府)시대의 그림에 나타난 지방 토호의 행차 장면을 보면 당시 무사계급의 위용이 얼마나 대단했었는지 쉽게 짐작이 간다. 이 장면은 「쇼군」에서 그대로 재현되었다.

었던 오미의 부하는 수치스럽다고 '하라끼리(割腹)'를 하고, 안진을 암살하려다 숙소로 침투했다가 붙잡혀 실패한 비밀결사의 자객도 스스로 목숨을 버리고, 웅장한 목소리로 거들먹거리던 야부(도라나가와 오미의 중간 계급쯤 되는 사무라이)는 자결하라는 명령을 받고 사람들 앞에서 정말로 정말로 요란하고도 멋진 죽음의 예식을 치르고, 처마 밑에 매달아 놓았던 죽은 꿩 한 마리를 땅에 묻은 벌로 마당지기가 목이 달아나는가 하면 안진에게 수청을 들라고 배당된 열아홉 살의 후지꼬는 꿩을 제대로 지키지 못했다며 목을 베라고 칼을 갖다 바치고, 심지어는 "생과 사는 하나"라던 도라나가까지도 스스로 목숨을 끊으라는 이시도의 명령을 받는가 하면, 통역관을 하다가 안진의 정부가 되는 마리꼬 또한 이시도에게서 자결 명령을 받아 칼을 집어든 순간 아슬하게 위기를 벗어난다.

사무라이나 마찬가지로 「쇼군」에서는 일본 여자들도 틀로 찍어낸 듯 비슷비슷한 인물들뿐이다. 서양 무사를 주인공으로 내세운 작품이어서 그런지도 모르겠지만, '인간성'이나 '개성'을 갖춘 여자가 눈에

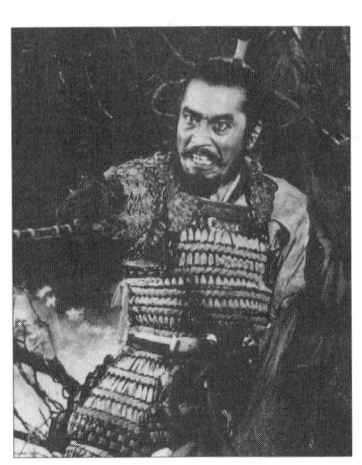

「쇼군」에서 막강한 실력자 도라나가 역을 맡은 미후네 도시로는 일본을 대표하는 사무라이 배우이다.

띄지를 않는다. 깍듯하게 예절을 지키면서도 영어를 알아듣지 못한 채로 킬킬거리기만 하고, 모든 여자는 성의 대상으로만 존재한다. 도라나가가 거느린 여자(consort)가 일곱 명이고, 안진에게 면도와 안마 시중을 드는 여자도 세 명인데, 모두가 '화류계(willow world)'이니까, 원하면 어떤 여자하고라도, 그리고 세 여자와 한꺼번에 잠자리를 같이해도 좋다고 통역관 마리꼬가 설명한다. 물론 안진에게는 '베개 같이하기(pillowing)'를 위해서 미모의 청상과부 후지꼬도 배당된다.

그러나 안진이 정작 눈독을 들인 상대는 도라나가의 호위대장인 명궁수 분따로의 아내인 통역관 마리꼬이다. 마침내 발가벗고 함께 목욕을 한 다음 서양 남자와 간통을 시작하면서 마리꼬는, 일본인들의 사랑과 전통에 대해서 긴 설명을 늘어놓고는, 간통한 여자를 남편이나 오빠가 때려죽이는 관습이 합법적이라는 설명을 곁들인다. 그리고 마리꼬는 역적의 딸인 그녀가 자결을 했어야 하는데, 결혼해줌으로써 분따로가 그녀의 생명을 구한 셈이고, 그래서 당연히 죽었어야 할 몸을 살려냈다는 이상한 이유로 남편을 증오한다. 그래서 남편에게는 지금까지 "호의적으로 몸을 허락한 적이 없다"면서, 안진이 그녀에게는 (이론적으로) 진정한 첫사랑이라는 고백을 한다.

마리꼬는 "잠자리가 남자한테는 대단히 중요하다"면서, 남성의 성욕 배설을 받아주는 여성의 역할을 미화하기까지 한다. 종군위안부를 '화장실'로 표현했던 황군 군의관의 논리와 일맥이 통하는 내용이다. 도라나가는 마리꼬와 분따로에게 잎사귀로 눈물을 받아내는 화해의 예식까지 치르도록 명령하지만, 마리꼬는 자객들의 손에 죽는 그날까지 남편 분따로는 거들떠보지도 않고 계속해서 서양 사무라이를 헌신적으로 사랑한다. 판단도 쉽게 하고, 행동도 간단하게 해야 한다면서, "인생을 간단하게 살려면 입만 다물면 된다"던 마리꼬의 입에서는 '운명(karma, 業)'이라는 말이 떠나지를 않는다.

이렇듯 서양 남성 관객의 시선(gaze)을 의식한 전개 공식이 한계성을 보이기는 하지만, 「쇼군」은 동양 관객에게 세계사적인 정보를 제공한다. 그것은 꽁꿰스따도르가 아메리카 대륙에서 자행되었던 정복 행위("정복의 길" 172쪽 그림 참조)가 동양에서도 똑같은 형태로 이루어졌다는 사실이다.

「쇼군」의 도입부를 보면 폭풍 속에서 암초에 부딪혀 파선을 당하며 정신을 잃었던 블랙톤이 다시 깨어났을 때 가장 먼저 눈에 띈 물건은

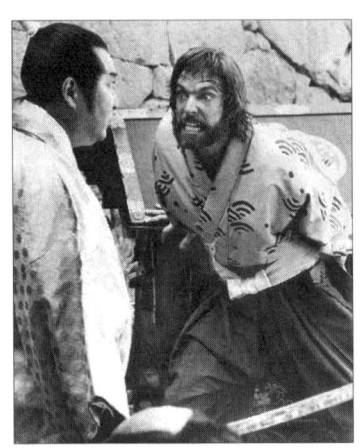

영화와 텔레비전 미니시리즈로 한꺼번에 선을 보인 「쇼군」은 동양을 구경한 서양인의 얘기라는 틀을 크게 벗어나지 않는다.

벽에 걸린 시커먼 대형 십자가이다. 그리고 예수회(Jesuits)의 알비또(Albito) 신부가 등장하면서 일본 정권과 밀착하여 정치에 깊이 관여했던 서양 성직자들의 정체가 밝혀진다. 포르투갈 신부인 알비또는 자국에 불리한 발언을 안진이 도라나가에게 할 때면 통역 과정에서 내용을 의도적으로 수정하기도 한다. 그래서인지 주인공 블랙톤은 무신론자로 설정되었고, 정복자의 역할을 맡은 악역 서양 종교인들은 파문과 지옥불로 위협하거나("You'll burn in Hell!"), 비밀 예식에서 자결을 강요하고 채찍질을 하는 사교 집단이나 마피아처럼 재현된다. 더구나 종교인들은 그들끼리도 처절한 대립을 벌여서, 프란치스코회의 늙은 도밍고(Domingo) 신부는 모함에 빠져 오사까 감옥에서 3년 동안 옥살이를 하며 일본인 죄수들에게 포교를 하다가 끝내 처형을 당하고 만다.

이 영화는 3분의 1 가량이, 그리고 나중에는 거의 절반이 일본말로 진행되며, 도라나가 역을 맡은 미후네 도시로는 단 한 마디도 영어를 입에 올리지 않는다. 그래서 알비또의 의도적인 오역을 피하느라고 마리꼬의 통역을 거쳐 도라나가와 대화를 나누는 안진 블랙톤은, 비록 포로의 몸이면서도, "적과는 전쟁을 하고 우방과는 교역을 한다"면서 사략선(私掠船) 논리("신화와 역사의 건널목" 242쪽 참조)를 펴면서 자신은 해적이 아님을 주장한다. 포로에게서 절대복종을 요구하면서도 영국의 항해술과 병술을 배우고 싶어하던 도라나가는 서방 열강의 "신세계 정복"에 대한 진실을 요구하고, 안진은 7년 전(1593년) 포르투갈과 에스파냐가 "미발견 세계"를 분할하는 협상에 따라 일본이 포르투갈의 소유로 결정났다는 사실을 알려준다. 조선을 정복하기 위해 두 차례나 출정했던 일본이 서양의 '소유'라는 황당한 얘기를 듣고 도라나가는 크게 놀란다.

블랙톤이 땅바닥에다 세계 지도를 그려가면서 도라나가에게 해준 설명에 따르면, 브라질의 황금으로 부자가 된 포르투갈과 에스파냐가 아직 기독교가 전파되지 않은 동양의 땅을 분배하는 과정에서 중국과 일본이 포르투갈의 소유가 되었다. 교황은 두 나라에게 이런 권한을 주면서 대신 천주교를 포교하라는 조건을 붙였다. 참으로 흥미있는 세계사 풀이와 읽기의 시각이다. 어쨌든 그래서, 정복에 앞장선 검(劍)과 십자가 가운데 검에 해당되는 흑선(黑船)의 페리에라(Ferriera) 선장은, 요꼬하마에서 출항을 앞두고, 포르투갈 예수회 성직자들을 "권력과 황금만 노리는 정치적 조직"이요 "고리대금업자"라고 규탄한다.

「쇼군」의 원작자 제임스 클라벨(James 「duMaresq」 Clavell, 1924~94)은 잉글랜드와 에이레의 혈통을 이어받은 오스트렐리아 태생의 작가로, 영국에서 활동하다가 1953년 미국으로 건너가 10년 후에 귀화했다. 또 다른 동양통 작가 제임스 미치너와 마찬가지로, 클라벨은 자신이 문학과는 거리가 멀다("I'm not a novelist, but a storyteller. I'm not a literary figure at all.")고 천명한 인물이며, 제2차 세계대전 중 일본군 포로수용소에서 겪은 자신의 경험을 토대로 한 첫 작품『왕쥐(King Rat)』를 1962년에 발표했다.

『왕쥐』가 1965년 영화로 제작된 나음 글라벨은『쇼군(1975)』을 위시하여 일본과 동양을 무대로 한 역사소설을 줄지어 발표해서 동양통으로 지반을 굳히는데, 1966년에 출판한『타이판(Tai-Pan, 太白)』은 홍콩을 본거지로 삼은 19세기 대상(大商)의 모험담을 담았으며, 1986년에 영화로 제작되었다.

우리나라에서 번역판이 나온 소설『노블 하우스(Noble House, 1981)』역시 제임스 클라벨의 작품이며, 그는 연출과 각색에서도 두드

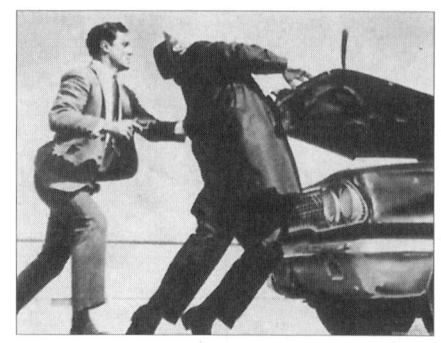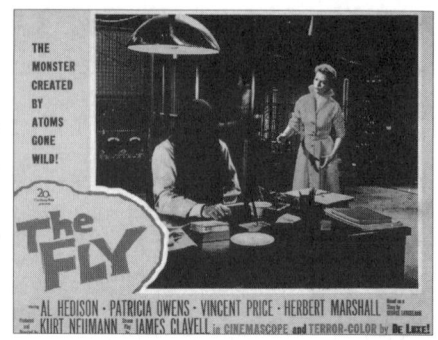

1958년에 제작된 「파리」의 선전물에는 극작가 제임스 클라벨의 이름이 당당하게 올라 있다(오른쪽). 왼쪽 사진은 미치광이 백만장자에게 넘겨주려고 사막에서 극비리에 연구하던 죽음의 병원체를 훔쳐내는 반역적인 과학자의 얘기를 담은 (클라벨 각본의) 영화 「사탄의 바이러스」이다.

러진 활동을 보였다.

원자 실험을 하다가 파리가 되어 버린 과학자를 주인공으로 삼았으며 속편이 둘이나 되고 1986년에 다시 영화로 선보인 「파리」는 클라벨이 각본을 썼으며, 중국에서 포로로 잡힌 미국인 간호원들이 겪는 시련을 그린 「다섯 개의 지옥문」은 각본뿐 아니라 제작과 감독도 맡았고, 스티브 매퀸의 「대탈주(The Great Escape, 1963)」, 캐나다 영화 「단맛과 쓴맛(The Sweet and the Bitter)」, 창녀를 구해주는 용감한 사나이가 주인공인 이색 서부극 「당당하게 걸어라」, 그리고 「언제나 마음은 태양」이 모두 그의 손을 거쳐서 나온 영화들이다.

앨리스테어 매클린(Alistair MacClean)의 소설을 클라벨이 각색한 「사탄의 바이러스」는 죽음의 바이러스가 담긴 병을 실험실에서 훔쳐낸 정신병자를 추적하는 흥미진진한 영화이고, 영국의 악당영화 「잭의 행방을 찾아라(Where's Jack?, 1969)」("지성과 야망" 220쪽 참조)도 클라벨의 감독 작품이다.

찾아보기 ●--

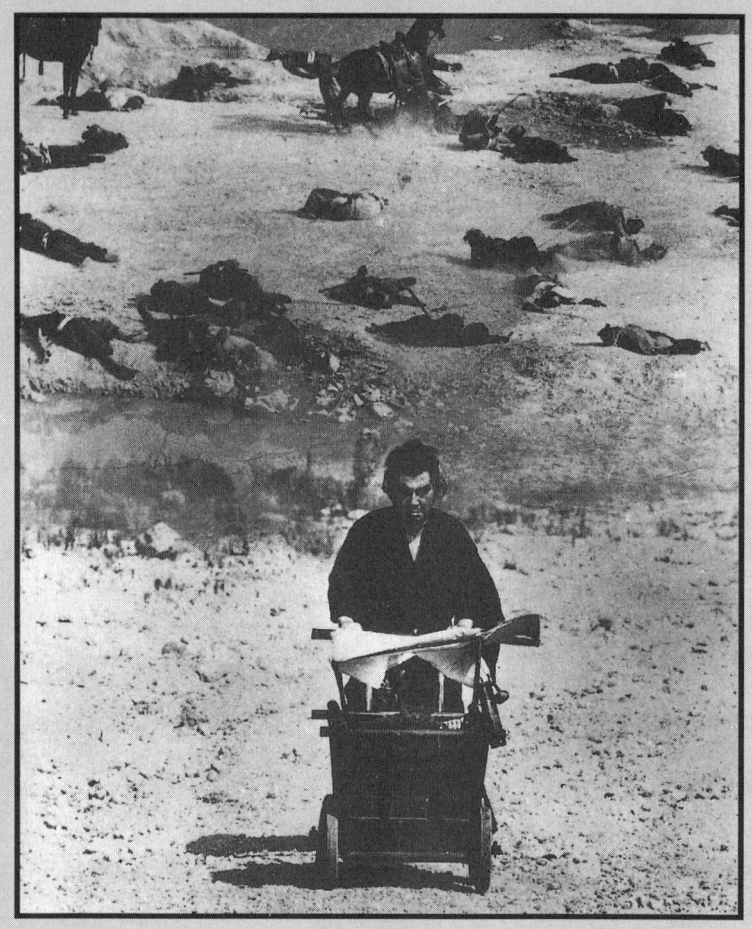

음모와 보복이 중첩되는 가운데 팔다리가 마구 잘려 나가고 유혈이 낭자한 잔혹무비 영화로 유명 "복수의 검"의 주인공 오가미 이또는 에도(江戶)시대의 실력자인 사무라이였다가 누명을 쓰고 쫓기는 몸이 되어, 어린 아들을 유모차에 태워 끌고 다니며 야기유 가문과 끝없는 대결을 벌여야 하는 방랑검객이다. 「번개 같은 죽음의 검」이라는 제목으로 미국에 소개된 6편의 마지막 장면에서 들판에 즐비하게 널린 시체가 참으로 끔찍하다.

사무라이와 게이샤

　우디 앨런의 천재적인 장난기는 일본도 그냥 내버려 두지를 않았다. 007 영화를 흉내낸 일본 영화 「열쇠 중의 열쇠」를 재조립해서 제멋대로 영어 덧녹음을 한 「타이거 릴리」에서는 계란 샐러드 요리법에 관한 비밀을 놓고 국제 첩보전이 벌어지는데, 등장인물들의 이름(Phil Moscoeitz, 데리 야끼, 스끼 야끼)까지도 희한하다.

　「쇼군 자객」은 「타이거 릴리」처럼 장난이 심하지는 않더라도, 두 편의 일본 영화를 한 편으로 엮어 제멋대로 미국화한 작품이다. 「아이가 달린 늑대」라는 연재만화를 원작으로 삼아서 1970년대에 미스미 겐지(三隅研次) 감독이 만든 "복수의 검" 사무라이 연속물에서 1편과 2편을 추리고 재편집해서 영어로 덧녹음해 내놓은 물건이다. 주인공 오가미 이또는 에도(江戶)시대의 실력자인 사무라이였다가 누명을 쓰고 쫓기는 몸이 되어, 어린 아들을 유모차에 태워 끌고 다니며 야기유 가문과 끝없는 대결을 벌여야 하는 방랑검객이다. 음모와 보복이 중첩되는 가운데 팔다리가 마구 잘려 나가는 유혈이 낭자한 잔혹무비

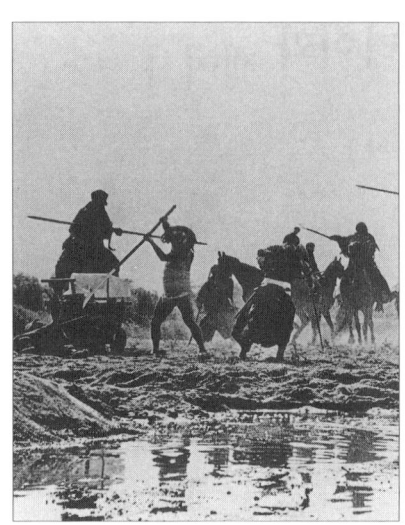

영화로 유명하며, 2편 「아들을 동반한 검객(子連れ狼 : 三途の川の乳母車)」은 우리 나라에서도 비디오로 출시되었다. "복수의 검" 6편은 약간의 편집만 거쳐 「번개 같은 죽음의 검」이라는 제목으로 「쇼군 자객」보다 먼저 미국에서 선보였다.

미국에서도 만화까지 출판된 "복수의 검" 영화 제5편인 「악마들의 땅으로 간 유모차」역시 미스미 겐지의 작품으로, 일곱 편 가운데 가장 걸작으로 꼽는다. 특히 다섯 명과 다섯 군데서 대결을 벌이는 도입부가 박진감이 넘치기로 유명하

미국에서 만화로도 출판된 "복수의 검" 영화 제5편인 「악마들의 땅으로 간 유모차」는 미스미 겐지의 방랑검객물 일곱 편 가운데 가장 걸작으로 꼽힌다.

며, 봉건시대에 대한 '언급'까지도 곁들었다.

미스미 겐지는 1962년 가쯔 신따로(勝新太郎)의 출세작인 "자또이치(座頭市)" 연속물의 첫 작품을 만들기도 했다. 삭발한 맹인 안마사 이치(市)는, 미국 서부의 사나이처럼, 싸우기를 원치 않으면서도 늘 싸움에 휘말려 10 대 1로 적을 해치우며 방방곡곡 돌아다니는 방랑

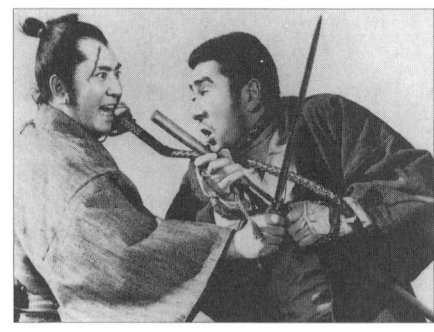
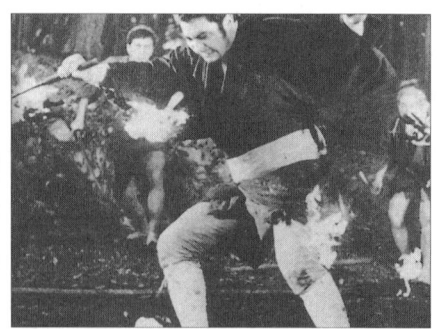

"자또이치(座頭市)" 연속물의 주인공 맹인 안마사 이치(市) 역시 방랑검객으로서, 「황금 천 냥(座頭市千兩首)」편(왼쪽)에 나오는 형제의 대결에서처럼, 칼을 거꾸로 쥐는 검법으로 유명하다. 「처절한 웃음의 여행(座頭市血笑旅)」(오른쪽)에서도 검을 거꾸로 쥐고 싸우는 주인공의 모습을 보여 준다.

검객으로서, 칼을 거꾸로 쥐는 검법으로 유명하다. 맹인 이치 얘기는 텔레비전 연속물로도 제작되었으며, 가쯔 신따로가 직접 감독한 1989년 판 영화 제작 도중에는 검술 장면을 지도하던 담당자가 진짜 칼에 맞아 사망하는 사고도 일어났다.

「피묻은 부시도 칼날」은 실질적으로는 미국이 만든 '일본' 영화인데, 제목에 나오는 '부시도(武士道)'와는 별로 관계가 없이, 19세기 일본에서 미국인들이 보검(寶劍)을 찾아 헤매는 쿵푸 활극이다. 「쇼군」의 미후네 도시로(三船敏郎)가 쇼군 역을 맡았다.

본격적인 일본 시대극이라고 할 만한 '복수극'의 대표작으로는 이나가끼 히로시(稻垣浩)의 「주신구라」가 꼽힌다. 야마모또 가지로(山本嘉次郎) 밑에서 조감독으로 일하며 구로사와 아끼라 감독이 가장 먼저 만들었던 영화를 포함하여 지금까지 80 차례 이상이나 영상화된 주신구라 주제는 그들이 섬기던 지도자가 부패한 군주로부터 자결하라는 명을 받고 죽자, 47 인의 충성스러운 사무라이는 주인을 지키지 못한

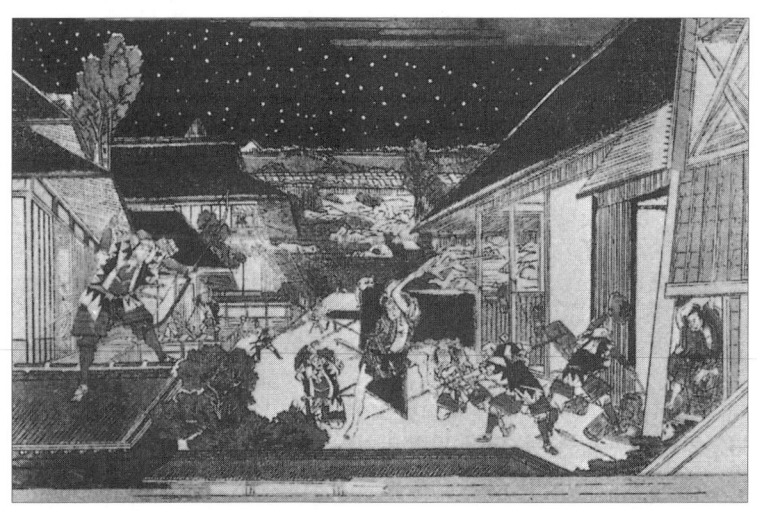

본격적인 일본 시대극이라고 할만한 '복수극' 의 대표작으로는 이나가끼 히로시(稻垣浩)의 「주신구라」가 꼽힌다. 19세기 초의 목판화에 담긴 이 그림은 무대극 「주신구라」 2막의 한 장면을 보여 준다.

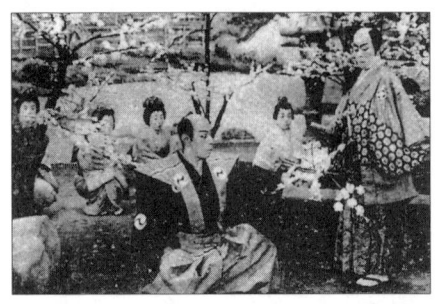

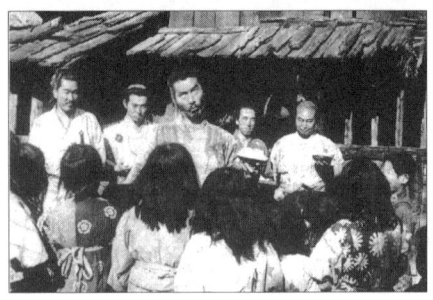

미끼노 쇼조가 1910년에 만든 「주신구라」(위)는 가장 초기
의 기념비적인 "주신구라" 영화로 꼽힌다. 아래는 1940년
대 초기에 선을 보인 「겐로꾸 주신구라」이다.

수치스러운 낭인(浪人)으로 전락하여, 3 년 동안 장사치나 광인 등으로 신분을 감추고 떠돌며 기회를 엿보다가, 마침내 복수를 한 다음 부시도의 계율에 따라 모두 스스로 목숨을 끊는다는 내용이다.

1928년 가부끼 배우 이찌가와 사단지(市川左團次)가 모스크바에서 「주신구라」를 연기하는 장면을 보고 세르게이 에이젠쉬쩨인이 몽따주 이론을 개발하는 자극을 받았다는 주장(요모따 이누히꼬의 『일본 영화의 이해』, 현암사, 87쪽 참조)도 제기되었다.

이나가끼는 전쟁 중에 나라를 위해서 목숨을 바치도록 애국심을 고취하기 위해 일본 민족의 영웅으로 여겨지는 검객을 주인공으로 삼은 「미야모또 무사시(宮本武藏, 1940~42)」를 만들기도 했다. 같은 맥락에서 미조구찌 겐지(溝口健二)도 47 인의 낭인에 관한 실화를 가지고, 과거의 주신구라 영화들이 역사적인 사실을 무시한 오락물로 전락했다는 의식을 살려, 사건 현장을 실제대로 재현하는 등 막대한 자본을 들여가며 제2차 세계대전 중에 제작된 일본의 최고 걸작 영화로 꼽히는 「겐로꾸 주신구라」를 만들었다.

「주신구라」에 등장하는 낭인이란 따로 섬기는 주인이 없는 부랑자 사무라이를 일컫는 말로서, 이런 방랑검객들은 서부극의 총잡이와 많은 공통점을 지닌다. 그러나, 고독한 방랑자로서 어느 마을에 나타나 한바탕 활약을 벌여 영웅 노릇을 하고 사라지는 총잡이와는 달리, 낭인들은 자객(살인청부업자)이나 범죄 하수인 노릇을 하는 계층이기가 쉽다. 방랑검객 영화(浪旅物)는 다른 사무라이 영화나 마찬가지로 헐리우드 서부극의 영향을 많이 받았는데, 아예 제목을 「로닌(浪人)」이라고 붙인 미국 영화는 프랑스에서 전개되는 일본식 서부극이라고 복잡하게 분류해도 되겠다.

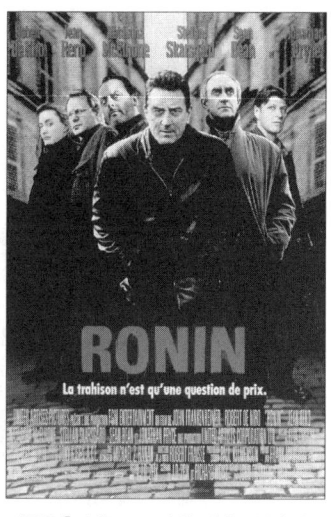

제목을 「로닌(Ronin, 浪人)」이라고 붙인 미국 영화는 프랑스에서 전개되는 일본식 서부극이라고 복잡하게 분류해도 되겠다.

존 프랑켄하이머 특유의 냉혹한 분위기 속에서 에이레와 소련이 서로 스케이트 가방을 차지하려고 치열한 최첨단 첩보전을 벌이는 「로닌」을 보면, 두 차례의 숨가쁜 자동차 추격전까지 벌어지고 무척 많은 사람이 하나씩 살벌하게 죽어가지만, 가방 속에 무엇이 들었는지는 끝내 밝히지 않는다. 그보다는 네 명의 용병(浪人) 사이에서 이루어지는 갈등과 죽음 그리고 복수가 주제를 이룬다.

「로닌」의 한 등장인물(Jean Pierre)은 47인의 낭인이 기라(吉良) 저택을 습격하는 장면을 모형과 인형으로 만들면서, 총상을 입은 미국인 주인공 쌤에게, 왜 그들이 복수를 한 다음 모두 자결했는지를 설명해 준다. 목숨보다도 더 소중한 무엇인가를 지키지 못했던 그들은 새로운 주인을 보시기보다 명예와 신념을 위해 죽음을 택했다는 것이다. 그리고 프랑스인 뱅쌍(Vincent)은 마지막에 이런 말을 남긴다. "질문도 없고 대답도 없다. 그냥 말없이 수행한다. 그것이 이 세계의 원칙이다."

47인의 낭인영화를 만든 미조구찌 겐지는 구로사와 아끼라 그리고 오즈 야스지로와 더불어 일본 영화의 3대 거장으로 꼽히는데, 후배인 구로사와가 「라쇼몽」으로 베네치아 영화제에서 대상을 받아 세계적

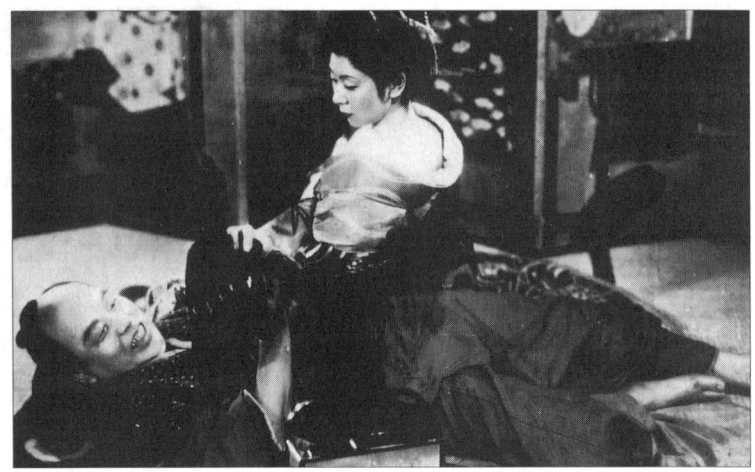

시대극 「오하루의 일생」은 늙은 창녀의 회상 형식을 취한 악한소설적 영화로서, 여성을 멸시하는 봉건사회에서 평생 시달리고 나서도 오히려 남성을 용서하는 비극적인 여인의 삶을 승화시켜 미학적으로 그려낸다.

인 감독으로 부상하자 자존심이 무척 강했던 그는 충격을 받고 부랴부랴 국제 영화제를 겨냥한 작품들을 만들어 발표했다. 그 첫 작품인 시대극 「오하루의 일생」은 베네치아 영화제에서 국제비평가상을 받아냈다.

늙은 창녀 오하루의 회상 형식을 취한 이 악한소설적(picaresque) 영화에서는, 교또의 사무라이 집안에서 태어난 여주인공이 낮은 신분의 남자를 사랑하다가 발각되어 영주에게 쫓겨나고, 다른 영주의 씨받이로 들어가 아들을 낳자마자 다시 쫓겨난다. 이어서 고급 기생으로 팔렸다가 다시 부유한 상인의 집을 거쳐 점점 몰락하며 떠돌다가 마침내 하류 사창가에서 늙어간다. 자신이 낳은 아들이 영주가 되어도 먼발치서밖에는 보지 못하는 신세가 된 오하루는 불가(佛家)로 들어가 비구니로 다시 태어나는데, 이렇듯 미조구찌는 여성을 멸시하는 봉건사회에서 평생 시달리고 나서도 오히려 남성을 용서하는 비극적인 여인의 삶을 승화시켜 대단히 미학적으로 그려낸다.

접속 편집 기법(montage)을 눈속임에 지나지 않는다고 믿었던 까닭에 길게찍기(long take)와 멀리서 잡은 그림틀로 서양 영화인들에게 깊은 인상을 남긴 미조구찌는 이듬해 「우게쯔 이야기」로 다시 베네치아에서 은곰상을 가져간다.

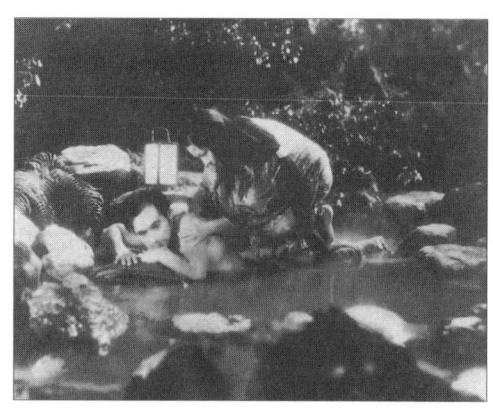

괴담작가 우에다 아끼나리(上田秋成)가 엮은 동명 소설집에서 뽑은 두 편의 이야기 「아사지의 여인숙」과 「욕망의 뱀」을 함께 엮어 영상화한 「우게쯔 이야기」는 16세기 초 내전으로 세상이 흉흉하던 시절, 어느 시골 마을의 도공 겐주로와 그의 처남 도베이가, 한 사람은 전쟁통에 일확천금을 하고 다른 사람은 사무라이가 되겠

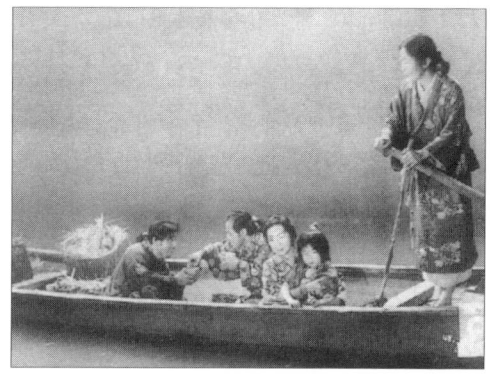

「우게쯔 이야기」 역시 숙명의 굴레를 벗어나지 못하는 여인들의 일생에서 시선을 떼지 않아서, 전쟁통에 온갖 수난을 겪은 다음 매춘부로 전락한 여인의 삶을 얘기한다.

다고 도시로 떠난 다음, 위험한 전쟁터에 남아서 살아가는 그들의 아내가 겪는 수난을 그렸다. 겐주로가 돈벌이보다는 미모의 사익한 귀신을 만나 쾌락에 빠진 사이에 그의 아내는 자식을 구하려다가 떠돌이 사무라이에게 죽음을 당한다. 그리고 도베이가 비겁한 술수를 써서 사무라이로 출세하려고 애쓰는 사이에 그의 아내는 매춘부로 전락한다.

물질적인 욕망과 허영에 혼을 빼앗긴 두 남자 주인공을 통해 시대상을 반영하는 한편으로 이 영화 역시 숙명의 굴레를 벗어나지 못하는 여인들의 일생에서 시선을 떼지 않는다. 특히 도공의 아내는 남편을 원망하기는커녕, 귀신이 된 다음에도 정성껏 남편을 돌봐주기까지 한다.

1956년 겨우 58세의 나이에 백혈병으로 세상을 떠나기 전, 그의 작품세계가 완숙해진 후반기에, 시달리면서도 헌신하는 여성상을 미조구찌가 이토록 열심히 그렸던 까닭은 어린 시절의 경험 때문이었다고 한다. 무능력하면서도 완고했던 그의 아버지는 목수일이 잘 안 되어 가세가 기울자 겐지를 초등학교 이상은 교육을 시키지 않으려고 했다. 그러나 한때 게이샤(藝者)였다가 돈많은 남자의 첩이 된 누이가 도와준 덕택에 그는 서양 미술을 공부했다.

1929년에 발표한 영화 「니혼바시(日本橋)」를 보면 여주인공이 부잣집 첩 노릇을 해서 번 돈으로 동생들을 가르치고 자립시킨 다음 비구니가 되어 떠난다. 겐지의 누나는 아버지도 먹여 살렸으며, 이런 아버지 밑에서 자란 미조구찌의 영화에서는 남자들이 대부분 비겁하고 무능하고 비열한 모습을 보인다.

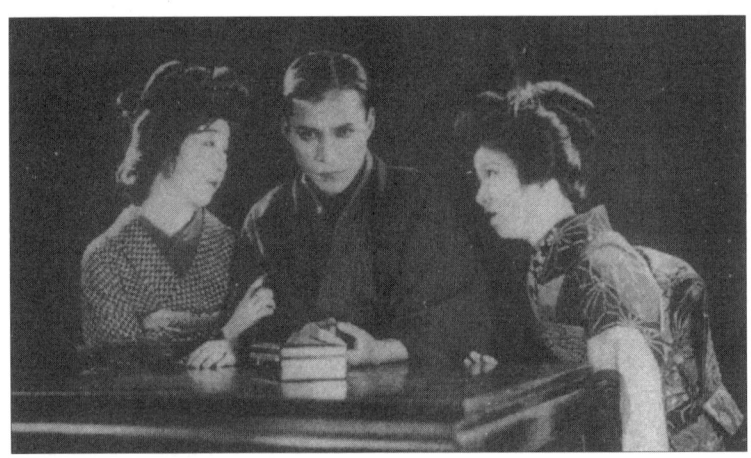

여주인공이 부잣집 첩 노릇을 해서 번 돈으로 동생들을 가르치고 자립시킨 다음 비구니가 되어 떠난다는 내용의 「니혼바시(日本橋)」는 미조구찌 겐지의 개인적인 경험을 강하게 반영했다.

신문사에서 삽화를 그리던 그는 수많은 책을 읽고 날마다 극장에 가서 독학으로 영화 공부를 했으며, 1920년 배우가 되었다가 각본을 쓰기도 하고, 그리고는 감독이 되어 1922~35년에 55 편의 영화를 만들었다. 별로 자랑스럽지 못한 작품들을 발표하다가 예술적인 전환기를 맞은 것은 1936년, 요다 요시가따의 각본을 만나면서부터였다. 요다과 함께 그해에 그는 아버지가 횡령한 공금을 갚고 오빠의 학비를 마련하기 위해서 약혼자 몰래 기생이 된 여인이 주인공인 「오사까 엘레지(浪華悲歌)」와 성격이 반대인 두 자매 기생이 주인공인 「기온의 자매(祇園の姉妹)」를 만들어 비평가들로부터 대단한 주목을 받기는 하지만, 어두운 현실과 민감한 주제를 다루었다고 검열 당국의 반발을 사서 결국 영화사가 망하게 만드는 결과를 가져 왔다.

미조구찌 감독으로 하여금 숙명의 시련을 겪는 여성상을 영상화하는 작업에 임하게 했던 데는 외적인 영향도 작용했다. 1931년 일본이 중국을 침략하는 전쟁을 개시하고 만주국을 세우자 재빨리 「만몽(滿蒙) 건국의 여명」을 만들었던 미조구찌 겐지는 국가주의에 호응하는 영화 제작에 열심이었는데, 패전 이후에는 점령군이 일본 사회를 민

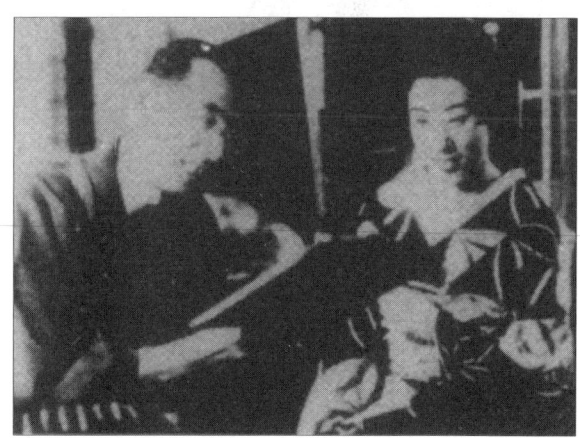

성격이 반대인 두 자매 기생이 주인공인 「기온의 자매(祇園の姉妹)」는 어두운 현실과 민감한 주제를 다루었다고 검열 당국의 반발을 샀으며, 결국 영화사가 망하게 만드는 결과를 가져 왔다.

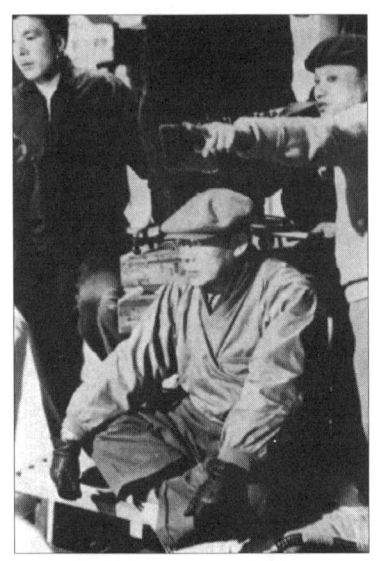

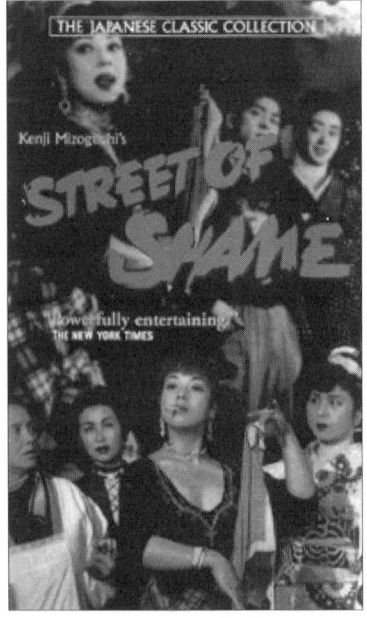

미조구찌 겐지의 마지막 작품 「적선지대」는 도꾜의 매음굴 '꿈나라'에서 일하는 다양한 창녀들의 얘기를 담았으며, 이듬해 정부에서 매춘 금지 결정을 내리는 데 크게 기여했다고 알려진 영화이다.

주화하려는 정책에 따라서 여성 해방 영화를 만들었다고 한다.

베네치아에서 3년째 연속 수상을 하는 영광을 그에게 가져다 준 영화 「산쇼 원님」도 모리 오가이(森鷗外)의 소설을 원작으로 삼고 자전적인 면을 가미하여 만든 작품으로서, 11세기에 원님이 귀양을 간 다음 아이들은 노예가 되고 어머니가 창녀로 팔려가자, 오빠를 장원에서 탈출시키고 자살하는 여성의 희생이 역시 커다란 주제를 이룬다.

미조구찌는 홍콩과 합작으로 「양귀비」도 만들었다. 재지(才智)와 가무가 뛰어난 미녀 양귀비는 당나라 현종의 총애를 받아 궁으로 들어가 나중에는 황후의 대접까지 받았고, 정무에 싫증을 느낀 현종의 마음을 사로잡아 그녀의 일족이 대거 고관이 되어 황족과 통혼했으며, 관료들까지도 그녀의 환심을 사려는 경쟁이 심했다. 그러나 사치스러운 부귀영화는 안록산의 난이 일어나자 끝나고, 그녀는 경호하던 병사들이 반란을 일으켜 불당에서 목을 매도록 강요당했다. 난을 진압하고 장안으로 돌아온 현종은 귀비의 화상 앞에서 평생 눈물을 흘렸다고 한다.

「소문난 여자(うわさの女)」에서도 미조구찌는 다시 게이샤들의 집으로 돌아가 모녀와 한 남자가 얽힌 삼각관계를 다루었고, 그의

마지막 작품 「적선지대」는 도꾜의 매음굴 '꿈나라'에서 일하는 다양한 창녀들의 얘기를 담았으며, 이듬해 정부에서 매춘 금지 결정을 내리는 데 크게 기여했다고 알려진 영화이다.

모성애를 주제로 설정한 「적선지대」에서는 미쳐 버린 늙은 창녀와 장성한 아들이 만나는 잔인한 장면, 그리고 냉소적인 여주인공이 아들과 만나는 대립적인 상황이 돋보이는데, 생명력이 끈질긴 여성과 비겁한 남성, 순결함과 죄악, 선과 악의 대립 등은 미조구찌 겐지의 작품세계를 관통하는 시각이었으며, 비록 나중에는 신비주의로 흘렀다는 비판을 받기는 했어도 그의 영상예술은 많은 서양 작가와 학자들의 연구 대상이었고, 앙드레 바쟁은 로베르또 롯셀리니에 비유할 정도로 그의 작품들을 높이 평가했다.

그는 요다에게 각본을 수정해 달라고 끊임없이 요구하고, 세부적인 사항에 광적일 만큼 철저했으며, 연기자들에게는 계산에 따라 의도적으로 군림했다고 하며, 완전주의자였던 미조구찌의 기법에서 서양 영화인들을 특히 매료시켰던 점은 최적의 거리에서 고정된 화폭에 담은 일련의 장면을 잘라내고 편집해서 하나의 촬영 장면이 하나의 편집 장면으로 나타나게 하는 효과, 그리고 균형을 이루는 두 개의 순간을 설정해서 한 등장인물의 움직임을 따라가다가 적절한 상황과 지점에 이르면 멈추게 하는 촬영 방법이었다. 이렇게 호흡이 길어진 연속성을 쫓아가다 보면 관객은 대립구조가 매끄럽고도 거침없이 펼쳐지는 가운데, 마지막으로 촬영기의 눈이 빛을 발하는 순간에 이르러서는 위대하고도 금욕적인 어떤 인생의 도를 터득했다는 성취감에 다다르게 된다.

▌「타이거 릴리(What's Up, Tiger Lily?, 일본 영화 제목 鍵の鍵, 일본 영화의 영어 제목 Key of Keys, 일본 영화 1964, 미국 영화 1966, 80분)」, 감/일본 영화 다니구찌 센끼찌, 재조립/Woody Allen, 출/미하시 다쯔야, 하나 미에, 와까바야시 에이꼬, 나까무라 다다오, Woody Allen

▌「쇼군 자객(Shogun Assassin, 1981, 일본-미국, 86분) 감/일본 미스미 겐지, 미국 Robert Houston, 출/와까야마 도미사부로, 도미까와 마사히로, 덧녹음/Lamont Johnson, Marshall Efron

▌「번개 같은 죽음의 검(Lightning Swords of Death, 1974, 일본, 83분) 감/미스미 겐지, 출/와까야마 도미사부로, 도미까와 마사히로, 가또 고

▌「피묻은 부시도 칼날(The Bloody Bushido Blade 또는 The Bushido Blade, 1979, 미국, 104분)」, 감/Tom Kotani, 출/Richard Boone, Frank Converse, James Earl Jones, Toshiro Mifune, Mako, Sonny Chiba, Laura Gemser

▌「주신구라(忠臣藏, 영어 제목 Chusingura, 1962, 일본, 108분 또는 204분)」, 감/이나가끼 히로시, 출/마쯔모또 고시로, 가야마 유조, 이찌가와 주샤, 미후네 도시로, 쯔까사 요꼬

▌「겐로꾸 주신구라 전편(元祿忠臣藏, 영어 제목 The 47 Ronin, Part I, 또는 The Loyal 47 Ronin, 1941, 일본, 112분)」, 감/미조구찌 겐지, 출/가와라자끼 조주로, 아라시 요시자부로, 이찌가와 우데몬, 다까미네 미에꼬

▌「겐로꾸 주신구라 후편(영어 제목 The 47 Ronin, Part II, 1942, 일본, 113분)」, 감/미조구찌 겐지, 출/가와라자끼 조주로, 아라시 요시자부로, 이찌가와 우데몬, 다까미네 미에꼬

▌「로닌(Ronin, 1998, 미국, 121분) 감/John Frankenheimer, 출/Robert De Niro, Jean Reno, Natascha McElhone, Stellan Skarsgård, Jonathan Pryce, Sean Bean, Skipp Sudduth, Michael (Michel) Lonsdale, Jan Triska, Catarina Witt

▌「오하루의 일생(西鶴一代女, The Life of Oharu, 또는 Diary of Oharu, 1952, 일본, 146분 또는 118분) 감/미조구찌 겐지, 출/다나까 기누요, 미후네 도시로, 야마네 히사꼬, 하마다 유리꼬, 스가이 이찌로

▌「우게쯔 이야기(雨月物語, Ugetsu, 1953, 일본, 96분)」, 감/미조구찌 겐지, 출/교 마찌꼬, 모리 마사유끼, 다나까 기누요, 오자와 사까에, 미또 미쯔꼬

▌「산쇼원님(山椒大夫, Sansho the Bailiff 또는 The Bailiff, 1954, 일본, 125분 또는 130분)」, 감/미조구찌 겐지, 출/다나까 기누요, 하나야기 기쇼, 가가와 교꼬, 신도 에이따로, 수가이 이찌로

▌「양귀비(楊貴妃, The Princess Yang Kwei Fei, 1955, 일본-홍콩, 91분) 감/미조구찌 겐지, 출/교 마찌꼬, 모리 마사유끼, 야마무라 소, 신도 에이따로, 오자와 사까에

▌「소문난 여자(うわさの女, The Woman of the Rumor, 1954, 일본, 95분)」, 감/미조구찌 겐지, 출/다나까 기누요, 구가 요시꼬, 오따니 도모에몬, 신도 에이따로

▌「적선지대(赤線地帶, Street of Shame, 1956, 일본, 96분)」, 감/미조구찌 겐지, 출/교 마찌꼬, 와까오 아야꼬, 미마스 아이꼬, 고구레 미찌요

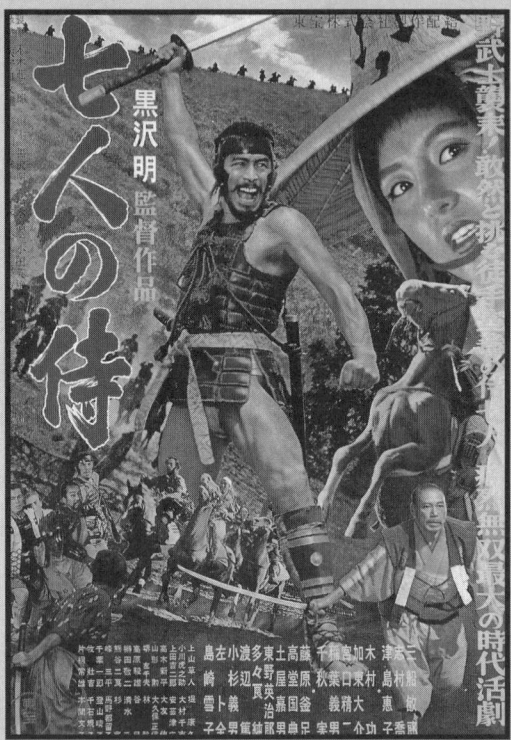

구로사와 아끼라(黑澤明)와 미후네 도시로(三船敏郞)가 함께 남성적 일본인의 영상을 진화시킨 작품들 가운데 대표작은 「7인의 사무라이」였다.

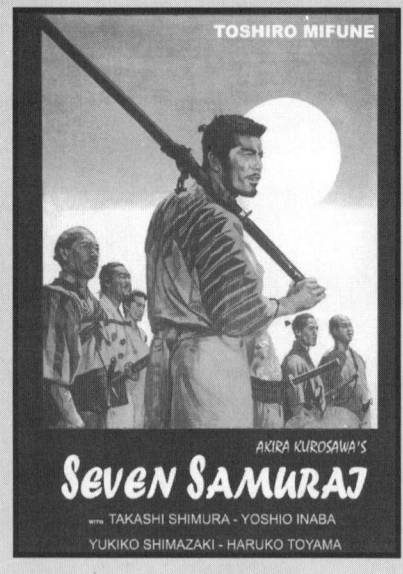

구로사와 서부극

1세기 후반 일본에는 1백 개가 넘는 작은 국가들이 존재했고, 30 개 정도로 줄어든 시기는 서기 250년경이며, 5세기에 야마또(大和)국가의 모체가 형성되어 6세기 말에 일본이라는 국호가 생겨난다. 7세기 중반에 세습제를 확립한 오끼미(大君, 王)가 등장하고, 족장은 씨민족과 예속민을 거느리고 오끼미에 봉사했으며, 9세기에는 율령국가의 기반이 무너지면서 장원이 발달했다. 그리고는 경작과 경영을 위해 무장한 지주 농민과 관리들 중에서 무사가 생겨났다. 유럽의 봉건제도하에서 용병과 군내가 생겨난 것과 같은 과정을 동해서었나.

"섬긴다"는 뜻의 동사 "사부라우(侯)"의 명사형이 와전되어 생겨난 명칭인 사무라이는 봉건제후에게 충성하고 봉사하기 위해 가마꾸라(鎌倉)시대에 금욕적인 군사규율문화를 발전시키고 무로마찌(室町)시대에 불교 정신을 가미하여 독특한 부시도(武士道)를 정착시켰다.

1274년 중국 원나라 쿠빌라이칸(忽必烈汗)의 침공 때 이른바 신풍(神風, 가미가제)의 도움으로 대승을 거둔 사무라이들은 그들이 신의

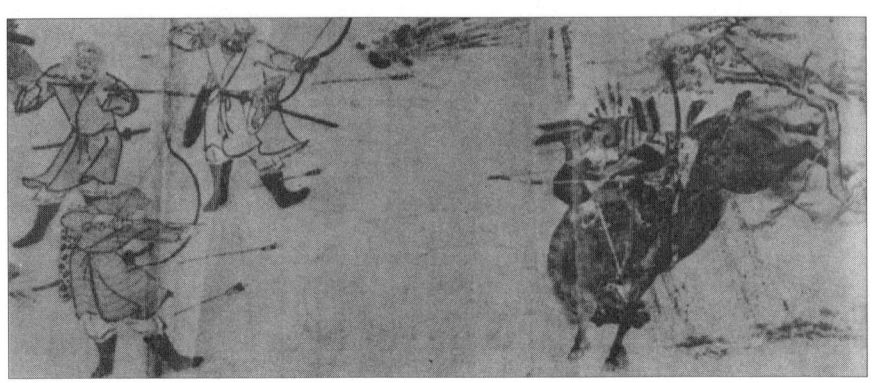

1274년 중국 원나라 쿠빌라이칸(忽必烈汗)의 침공 때 이른바 신풍(神風, 가미가제)의 도움으로 대승을 거
둔 사무라이들은 그들이 신의 특별한 가호를 받는다고 믿게 되었고, 무훈을 세워 하사받은 땅을 늘려가
며 부유한 사무라이들이 수많은 농민을 지배했다. 그림은 일본을 침공하는 원나라 병력

특별한 가호를 받는다고 믿게 되었고, 무훈을 세워 하사받은 땅을 늘
려가며 부유한 사무라이들이 수많은 농민을 지배했다. 1615년 엄격한
신분제도가 도입될 무렵에는 3천만의 인구 가운데 7 퍼센트를 구성했
던 지방 귀족 계급인 무사들이 농부(총인구의 80 퍼센트)와 장인과 상
인들보다 위에 군림하여, 사농공상(士農工商) 서열의 우리나라와는 대
조적으로 무농공상(武農工商)의 사회를 이루었다.

전사 계급 내에서도 다른 계층이 생겨나서, 하급 병사로부터 자신
의 영지에 살며 제후에 봉사하는 가신(家臣)이 따로 있었고, 이들이
이룬 사무라이 집단은 17세기 도꾸가와 바꾸후(德川幕府) 초기까지
지역적인 전투를 통해 세를 불리고, 중앙의 귀족이나 사찰 세력과도
대립 항쟁을 계속했다. 그들은 1300~1500년 에스파냐와 포르투갈의
중국 진출과 더불어 부패하기 시작하고, 그리고는 제임스 클라벨의
「쇼군」시대를 거치면서, 1542년 화기의 도입으로 인해 사무라이들은
총에게 밀려났고, 1871년 봉건제의 폐지와 더불어 영광의 시대는 서
서히 막을 내렸다. 1860년대의 마지막 저항에서 사무라이들은 천황에
게 끝내 굴복한다.

이러한 역사적인 배경을 깔고 사무라이나 낭인을 등장시킨 시대극을 '짠바라'라고 한다. 칼싸움의 음향과 동작을 묘사하는 "짠, 짠, 바라바라"에서 유래한 표현이다. 그리고 검객이 등장하는 영화라면 세계적인 각광을 받은 최초의 일본 영화인(映畫人) 구로사와 아끼라(黑澤明)와 미후네 도시로(三船敏郞)부터 얘기해야 한다. 그들은 앞("지성과 야만" 15~6쪽 참조)에서 소개한 「붉은 수염」뿐 아니라 여러 다른 작품에서 함께 일하며 남성적 일본인의 영상을 진화시켰다. 하지만 서방세계가 그들의 존재를 적극적으로 파악하기 시작하게 된 계기는 본격적인 '짠바라' 무사극이 아니었다.

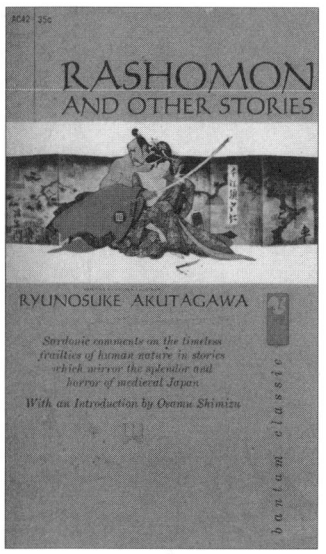

1951년 베네치아 영화제에서 황금사자상을, 그리고 다시 아카데미 최우수 외국어 영화상을 수상하여 일본뿐 아니라 아시아 영화예술의 위상을 높였던 『라쇼몽(1915)』은 아꾸다가와 류노스께(芥川龍之介, 1892~1927, 龍之助의 필명)가 전설집 『곤쟈꾸이야기(今昔物語, 31 권)』에서 취재한 역사물로서, 같은 세목의 영화하고는 다른 줄거리이다. 황폐한 도시의 라쇼몽에서 갈 곳도 없이 굶어죽기만을 기다리던 어느 대가(大家)의 하인이 다락에서 어느 노파가 잔뜩 쌓인 시체에서 털

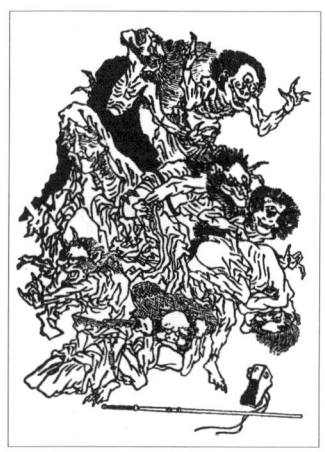

영어로 번역된 책의 표지와 삽화는 아꾸다가와 류노스께(芥川龍之介)가 전설집 「곤쟈꾸이야기(今昔物語)」에서 취재한 역사물 「라쇼몽(1915)」으로서, 같은 제목의 영화하고는 줄거리가 전혀 다르다.

을 뽑는 광경을 보고 설명을 들은 다음 살려는 의욕을 느낀다는 내용이며, 영화는 1921년에 발표한 단편소설 「숲속」을 기초로 삼았다.

이 영화는 개봉 당시 정작 일본에서는 별로 관심을 끌지 못했고, 어느 이탈리아 수입상의 권유로 영화사에서 베네치아 영화제에 출품하기는 했지만, 구로사와 감독은 그런 사실조차 몰라서, 시상식에는 참석조차 하지 않았었다고 한다.

영화의 내용은 12세기 헤이안 시대(794~1184), 전쟁으로 나라가 피폐했을 때인데, 숲속에서 사무라이가 살해되고 그의 아내는 강간을 당했다. 살인범이 누구인지를 가리는 조사가 시작되지만, 사건에 대해서 네 사람이 서로 엇갈리는 증언을 한다. 같은 줄거리이면서도 조금씩 내용이 달라지는 여러 증언의 모순을 강조하기 위해서, 배경음악으로는 라벨의 「볼레로」가 동원되기도 했다. 똑같은 짤막한 음절이 반복되는 듯하면서도 조금씩 미세하게 그러나 끊임없이 충격을 향해서 계속되는 낮은 포복처럼.

비가 억수로 퍼붓는 날, 교또의 성문 라쇼에서 비를 피하던 남자들이 어떤 강도에 관한 얘기를 주고받는다. 나무꾼은 여자의 모자 두 개를 발견한 다음 숲속에서 칼을 맞고 쓰러진 무사의 시체를 발견한 과

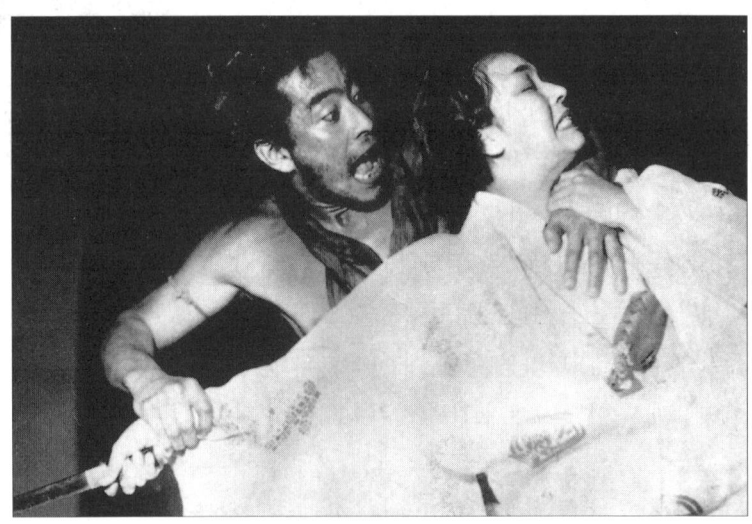

영화 「라쇼몽」은 숲속에서 사무라이가 살해되고 그의 아내가 강간을 당한 사건에 대해서 네 사람이 증언하는, 서로 엇갈리는 설명이 기둥줄거리를 이룬다.

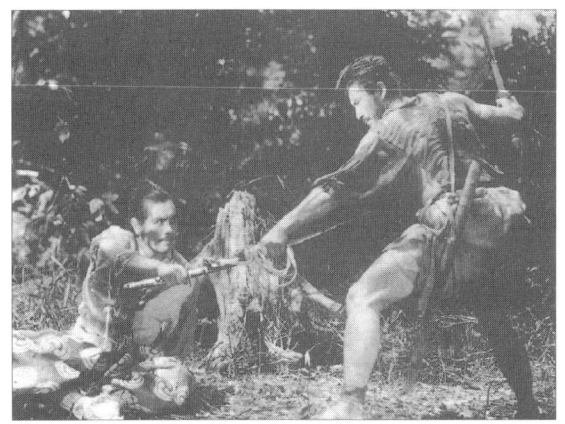
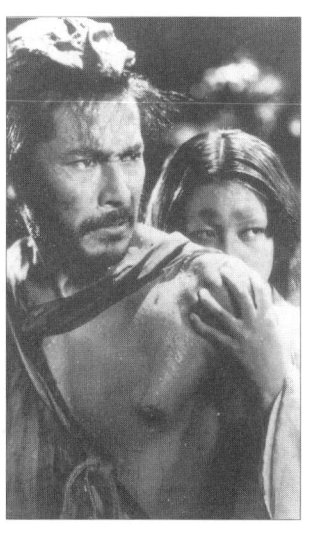

살인 혐의자로 잡혀온 도적 다조마루는 남편을 살해할 의도가 없었으나, 강간범에게 적극적으로 호응한 아내가 결투에서 이긴 남자를 따르겠노라는 제안을 했고, 자기는 정당한 결투에서 이겼노라고 주장한다.

정을 얘기한다. 승려는 말을 타고 같이 가는 부부를 보았노라고 말한다. 그리고는 강도가 어느 부부를 덮쳐 남자를 묶어놓고 그가 보는 앞에서 아내를 강간했다는 결론에 따라 그곳에서 활동하던 도적 다조마루가 살인 혐의자로 잡혀오는데, 그는 사무라이의 말과 무기를 갖고 있었다.

이때부터 조사가 시작되고, 끝까지 모습을 나타내지 않는 조사관의 시선을 대신한 촬영기의 눈을 보고 주요 등장인물들이 차례로 증언을 한다. 이 특수한 기법은 관객으로 하여금 심판자 노릇을 하도록 강요한다.

다조마루는 숲에서 낮잠을 자다가 사무라이 부부를 보고는 여자의 미모에 반해서 그들을 유인하고는 아내를 범했다는 사실을 인정하지만, 남편을 살해할 의도는 없었다고 말한다. 그는 성욕만 채우고 자리를 뜨려고 했으나, 강간범에게 적극적으로 호응한 아내가 결투에서 이긴 남자를 따르겠노라는 제안을 했고, 다조마루는 정당한 결투에서 이겼노라고 주장한다.

다음에는 근처 민가에 숨었던 아내가 잡혀와 증언을 하는데, 남편 앞에서 강간을 당하고 서럽게 울면서 차라리 몸을 더럽힌 자신을 죽여 달라고 했지만, 남편은 경멸하는 눈초리만 보냈고, 그래서 무심결에 단도로 남편을 찔러 죽게 했다는 내용이다.

다음에는 무당을 통해서 죽은 사무라이의 혼령이 증언한다. 다조마루가 그의 아내를 강간한 다음 "이제는 남편과 못 살게 되었으니 차라리 나하고 같이 가자"고 설득했으며, 아내는 남편을 살려두면 양심의 가책 때문에 행복해질 수가 없을 테니까 죽여 달라고 도적에게 부탁한다. 이에 환멸을 느낀 다조마루는 여자를 버리고 떠났으며, 아내 때문에 실망한 나머지 사무라이는 스스로 자결했노라는 주장이었다.

그러자 나무꾼은 그들 모두가 진실을 얘기하지 않았다면서, 숲속에서 몸을 숨기고 사건 전말을 지켜봤음에도 불구하고 금이 박힌 단도를 훔친 죄 때문에 그가 털어놓지 못했던 사실을 얘기한다.

같은 상황이나 사건을 여러 사람이 다른 시각에서 보고 저마다 다른 진실을 얘기한다는 '라쇼몽 주제'는 많은 영화작가들의 상상력을 자극하여 여러 아류 작품을 탄생시키는데, 올리버 스톤이 기획과 공동제작을 맡아 희한하게도 「라쇼몽」의 원산지 국가에서 개최한 도쿄 영화제에서 각본상을 받아낸 「철(鐵)의 미로」가 그런 대표적인 경우이다. 일본인 억만장자의 아들 스기따가 미국의 펜실바니아 철강 도시에서 놀이터를 건설하려다가 누구인가의 공격을 받고 반죽음을 당한 상태에서 발견

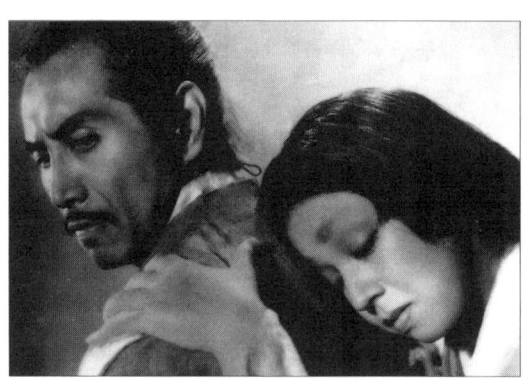

죽은 사무라이의 혼령은 무당을 통해서, 강간을 당한 아내가 다조마루를 따라가고 싶지만, 남편을 살려두면 양심의 가책 때문에 행복해질 수가 없을 테니까 죽여 달라고 도적에게 부탁했다고 증언한다.

되는데, 그에게 폭력을 가했다고 자수한 철강공장의 노동자가 일본의 경제적 침투로 일자리를 잃었기 때문에 보복하기 위해서 범행을 저질렀다고 주장하지만, 피해자의 아내는 전혀 다른 진술을 한다. 거기에다 일본의 문화적 충격으로 고민하는 크리스까지 등장하여 삼각의 혼미한 시각을 제시한다.

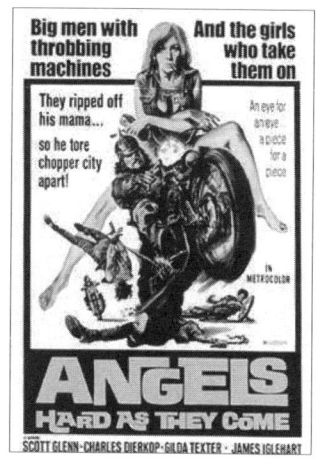

감독이 되기 전에 조나던 드미(Jonathan Demme)는 「천사들의 질주」를 써놓고는 "폭주족의 시각에서 본 「라쇼몽」"이라고 선언했다.

그런가 하면 감독이 되기 전에 조나던 드미(Jonathan Demme)가 방랑영화(road movie)를 뒤집어 가며 각본을 쓴 「천사들의 질주」가 "폭주족의 시각에서 본 「라쇼몽」임을 선언하고 나서기도 했다. 범죄영화 「문제의 여성」은 점쟁이의 죽음에 대한 수사를 하는 경찰관이 여러 혐의자로부터 엇갈리는 진술을 들으며 되돌아가기(flashback)를 통해 피해자가 어떤 사람이었는지를 조립하는 「라쇼몽」 상황(the Rashomon situation)을 그대로 답습했다.

가장 진지하게 만든 서양판 「라쇼몽」은 흑백영화를 좋아하는 마틴 리트 감독의 「가면과 진실」이다. 비활극적 서부극(「Hud」, 1963, 「Hombre」, 1967)에서 함께 작업한 폴 뉴먼을 주연으로 내세운 「가면과 신실」은 미국의 서부, 비가 주룩주룩 내리는 시골 간이역에서 기차를 기다리는 세 사람의 대화로 시작된다. 가짜 만병통치약 팔고 다니는 떠돌이 사기꾼, 은광을 찾다가 실패하고 떠나는 가난한 광부, 그리고 교회를 버리고 떠나는 신부가 어제 열린 재판에 관한 얘기를 나누고, 신부는 "서로 타인에게 행하는 인간의 잔인성과 횡포, 죄와 탐욕과 살인"을 개탄하며, "어딘가 해답이 있을 텐데" 그것을 찾지 못해서 "이리 떼를 피해 도망치는 목자"가 되었다.

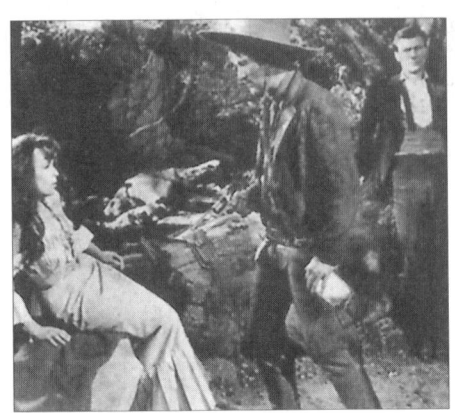

마틴 리트 감독과 폴 뉴먼이 함께 작업한 비활극적 서부극 「가면과 진실」은 가장 진지하고도 충실하게 만든 서양판 「라쇼몽」이다.

줄거리 전개는 구로사와의 「라쇼몽」 그대로이다. 광부가 산속에서 놀란 표정으로 죽은 남자의 시체를 발견하고, 보안관에게 잡혀온 멕시코인 산적 후안 까라스코(Juan Carrasco)는 마차를 타고 지나가던 부부를 습격하여 여자를 강간했다고 재판에서 자백한다. 처음에는 강도질만 생각했는데, "여자의 유혹적인 태도"에 성범죄까지 저질렀다는 주장도 한다.

여자가 지켜보는 가운데 권총 한 자루와 단검으로 강도와 남편이 결투를 벌이게 된 이유를 설명하면서 아내는 자신이 침모의 딸이었고, 부잣집 아들을 먼발치서 흠모하다가 결혼했으나 멸시만 받았다고 고백한다. 그들 부부는 남북전쟁으로 집과 농장을 다 잃고, 새로운 생활 터전을 찾아가던 길이었다. "이 악몽을 잊고 옛날처럼 그냥 살아가자"는 아내의 애원에, 그리고 "오늘일은 내가 자초한 것이 아니고, 나에게는 당신뿐"이라는 설명에, 몰락한 처지이면서도 자존심만큼은 한없이 강한 남부의 대령인 남편이 "개한테나 던져줄 뼈다귀 신세가 된" 아내에게 그토록 경멸하는 표정을 지었던 까닭은 보석이 박힌 단검을 훔쳐간 광부의 고백을 통해서 밝혀진다.

늙은 인디언 무당의 입을 통해 남편은 까라스코가 아내를 "독사의 혀를 놀려 능숙한 말솜씨로 설득"했노라고 증언했지만, 살인 현장을 목격한 광부의 고백을 통해서, 섬세하고 나약해 보이던 아내가 사실은 "천박하고 쓰레기 같은 여자"였음이 밝혀진다. 그래서 남편과 산적 두 남자가 모두 그녀를 버리려고 하자, "사냥개를 위해서라면 당장 결투를 하겠지만" 그녀의 명예를 지켜주기 위해서는 싸우지 않겠다는 남편의 말에, 아내는 그들의 자존심을 자극하여 결투를 하게끔 만든다. 두 사람의 대결은 결투가 아니라 희극적인 장난처럼 진행된다.

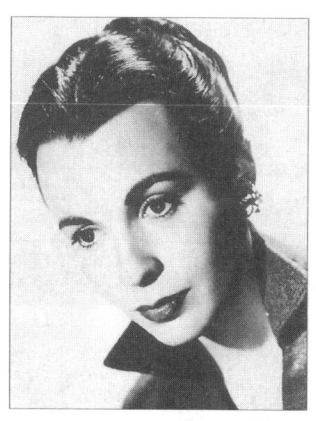

어설픈 싸움에서 창피한 죽음을 당한 남군의 대령과, 위대한 악당이라고 세상에 알려졌지만 사실은 하찮은 좀도둑인 범인과, 정숙한 여인이기는커녕 창녀처럼 살아온 아내에 관한 진실을 숨기기 위해 세 사람은 모두 나름대로의 신화를 만들어냈던 것이다. 구로사와 감독은 그들에 대해서 이렇게 설명했다. "인간은 자신이 실제보다 나은 사람이라고 믿기 위해서 치장하고 과장한다."

영화 「가면과 진실」에서 아내 역을 맡았던 클레어 블룸은 1959년 브로드웨이에서 「라쇼몽」이 공연될 때 로드 스타이거와 공연하며 같은 역을 맡았다.

영화 「가면과 진실」에서 아내 역을 맡았던 클레어 블룸은 1959년 브로드웨이에서 「라쇼몽」이 공연될 때 로드 스타이거(Rod Steiger)와 공연하며 같은 역을 맡았었다.

「라쇼몽」보다 5년 후에 제작된 구로사와의 대작 사극 첫 작품 「7인의 사무라이」도 서부극으로 다시 태어났다. 「7인의 사무라이」는 16세기 전국시대가 시대적인 배경으로서, 척박한 땅에서 겨우 지은 얼마 안 되는 농사를 수확할 즈음에 산으로 땔감을 구하러 간 농부가 마을을 약탈하려는 산적들의 계획을 알게 되고, 그래서 촌장은 악당 라이커 일당이 고용한 총잡이 윌슨(Stark Wilson, Jack Palance)을 거꾸러뜨리는 셰인처럼 마을을 지켜줄 칼잡이를 구하러 나선다.

마을 사람들을 훈련시켜 산적과 싸우기 위해 데려온 중년의 검객 감베이를 위시한 일곱 명의 사무라이는 처음에 마을 사람들의 불신을 사고, 농부들은 몰래 양식을 비축하기까지 하지만, 7인은 저마다 독특한 개성을 발휘하여 일심동체가 되어서 역동적이고도 치열한 빗속의 전투를 거쳐 적을 물리친다. 네 명의 사무라이와 수많은 마을 사람들

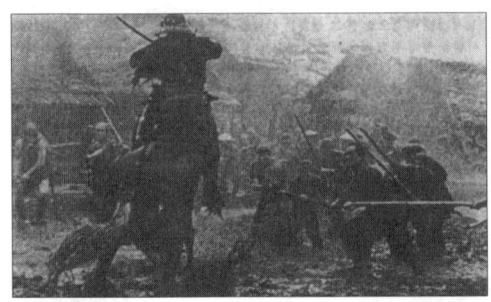

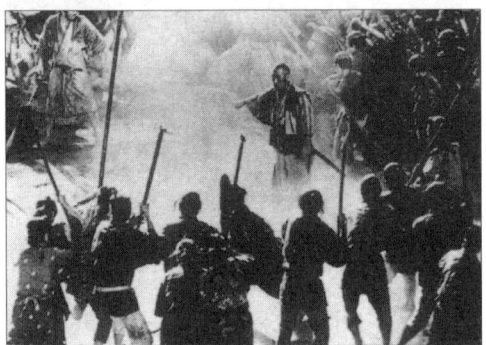

구로사와의 대작 사극 첫 작품인 「7인의 사무라이」는 산적의 약탈을 막아주는 칼잡이들이 아니라 "땅과 함께 영원히 살아갈 농부들만이 진정한 승리자"라는 결론을 내린다. 빗속의 전투 장면(위)은 유명한 고전이 되었다.

도 희생된다. 그리고 주인공은 "땅과 함께 영원히 살아갈 농부들만이 진정한 승리자"임을 깨닫는다.

구로사와는 처음에, 순진한 가짜 사무라이 감베이를 비롯한 뜨내기 낭인(직업적인 칼잡이) 7인이 끝내 농부들로부터 신임을 받지 못한 채 패배하는 얘기로 영화를 이끌어 가려고 했다지만, 존 포드를 '아버지'로 여겼던 그는 서부극의 공식을 적용하여 통쾌한 집단 활극을 탄생시켰고, 그리고는 미국에서 처음 이 영화를 수입할 때 붙여 주었던 제목 그대로 존 스터지스는 아예 '전통 서부극'

「멋진 7인의 사나이(The Magnificent Seven, 황야의 7인)」를 제작, 감독하여 다시 만들어냈다.

서부극을 모방해서 만든 사무라이극을 다시 서부극으로 만든 「황야의 7인」은 무대만 멕시코의 작은 마을로 옮겼을 뿐 같은 내용이며, "야만적이고 짐승 같은" 총잡이들이 겁탈이라도 할까 봐 동네 여자들을 모두 산속에 숨긴다거나, 젊은 총잡이와 동네 처녀가 사랑을 한다는 설정까지도 똑같다. 계속되는 산적의 위협 때문에 마을 사람들 사이에 갈등이 시작되고, 마을 사람들이 총잡이들을 적에게 넘기기도 하지만, 끝내 약속을 지키는 「황야의 7인」은 일본 원작에서나 마찬가지로 인간적이고도 다채롭게 설정해서, 그때까지는 조연급으로만 활

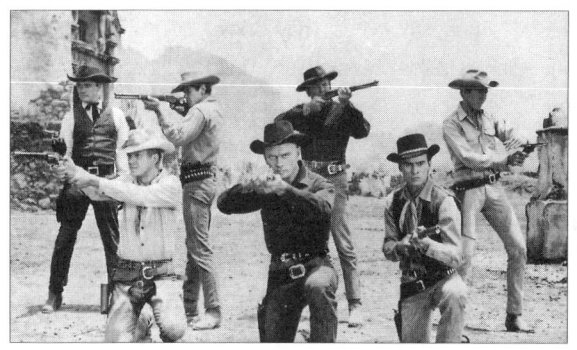
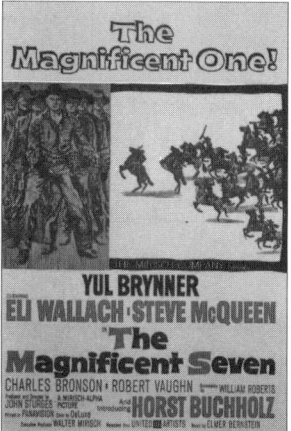

존 스터지스가 '전통 서부극'으로 개조한 「7인의 사무라이」는 미국에서 수입할 때 붙여 주었던 제목 그대로 「멋진 7인의 사나이(The Magnificent Seven, 황야의 7인)」가 되었다.

동하던 스티브 매퀸을 비롯하여 찰스 브론슨과 제임스 코번의 인기가 치솟게 만들었다.

「돌아온 황야의 7인」은 약한 자들을 보호하기 위해 새로운 총잡이들이 율 브리너의 주변에 모여드는 비슷한 내용의 옮어먹기 영화였고, 율 브리너까지 자취를 감춘 「황야의 총잡이 7인」은 멕시코의 혁명 지도자를 경비가 삼엄한 요새로부터 구해내는 이야기이다. 「달리는 황야의 7인」에서는 갓 결혼한 총잡이가 아내를 납치당한 친구를 위해서 산적과 싸운다. 그리고 「무적의 6인」은 현대의 중동으로 무대를 옮겨, 산적들에게 시달리는 외딴 마을의 사람들을 도와주러 잡다한 사연의 인물들이 모여들어 맹활약을 벌이는 무용담이다.

찾아보기 ●

▌「라쇼몽(羅生門, Rashomon, 1950, 일본, 88분)」, 감/구로사와 아끼라, 출/미후네 도시로, 시무라 다까시, 교 마찌꼬, 모리 마사유끼

▌「철의 미로(비디오 제목 "실패한 성공," Iron Maze, 1991, 미국-일본, 102분) 감/요시다 히로아끼, 출/Jeff Fahey, Bridget Fonda, 무라까미 히로아끼

▌「천사들의 질주(Angels 또는 Angels Hard as They Come, 1971, 미국, 90분) 감/Joe Viola, 출/James Iglehart, Gilda Texter, Gary Busey, Charles Dierkop, Gary Littlejohn, Larry Tucker, Sharon Peckinpah, Scott Glenn

▌「문제의 여성(The Woman in Question, 미국 제목 Five Angles on Murder, 1950, 영국, 89분) 감/Anthony Asquith, 출/Jean Kent, Dirk Bogarde, John McCallum, Susan Shaw, Hermione Baddeley, Charles Victor, Duncan Macrae

▌「가면과 진실(The Outrage, 1964, 미국, 97분)」, 감/Martin Ritt, 출/Paul Newman, Edward G. Robinson, Claire Bloom, Laurence Harvey, William Shatner, Albert Salmi, Paul Fix, Howard Da Silva

▌「7인의 사무라이(七人の侍, The Seven Samurai 또는 The Magnificent Seven, 1954, 일본, 208분 또는 141분) 감/구로사와 아끼라, 출/미후네 도시로, 시무라 다까시, 이나바 요시오, 기무라 고, 미야구찌 세이지, 찌아끼 미노루, 쯔시마 게이꼬, 가또 다이스께

▌「황야의 7인(The Magnificent Seven, 1960, 미국, 126분) 감/John Sturges, 출/Yul Brynner, Steve McQueen, Eli Wallach, Horst Buchholz, James Coburn, Charles Bronson, Robert Vaughn, Brad Dexter

▌「돌아온 황야의 7인(Return of the Seven, 1966, 미국, 96분)」, 감/Burt Kennedy, 출/Yul Brynner, Robert Fuller, Warren Oates, Jordan Christopher, Calude Akins, Emilio Fernandez

▌「황야의 총잡이 7인(Guns of the Magnificent Seven, 1969, 미국, 106분)」 감/Paul Wendkos, 출/George Kennedy, Monte Markham, James Whitmore, Reni Santoni, Bernie Casey, Joe Don Baker, Scott Thomas, Michael Ansara, Fernando Rey

▌「달리는 황야의 7인(The Magnificent Seven Ride!, 1972, 미국, 100분)」 감/George McCowan, 출/Lee Van Cleef, Stefanie Powers, Mariette Hartley, Michael Callan, Luke Askew, Pedro Amendariz, Jr.

▌「무적의 6인(The Invincible Six, 1970, 이란-미국-독일, 96분)」, 감/Jean Negulesco, 출/Stuart Whitman, Elke Sommer, Curt Jurgens, James Mitchum, Ian Ogilvy

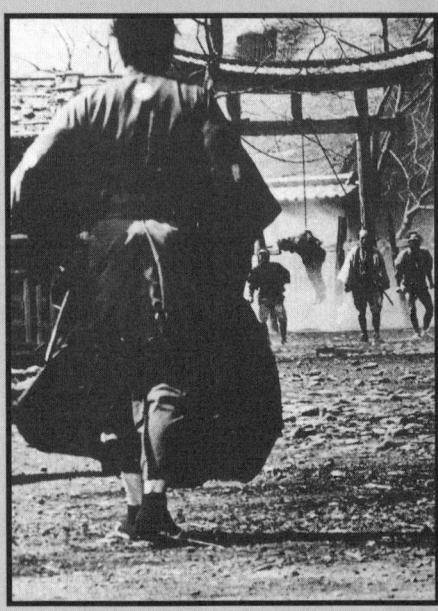

「라쇼몽」이나 「7인의 사무라이」의 경우처럼 「요짐보」 또한 미국의 서부영화를 흉내내어 만든 일본 영화가 이탈리아에서 만든 서부영화로 다시 모습을 바꿀 때까지, 여러 차례 탈바꿈을 할 운명을 지고 세상에 나타났다.

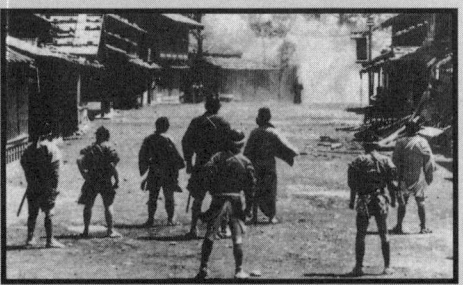

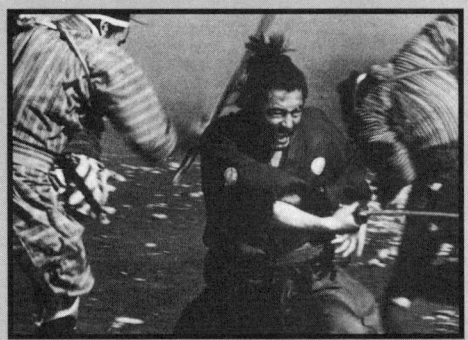

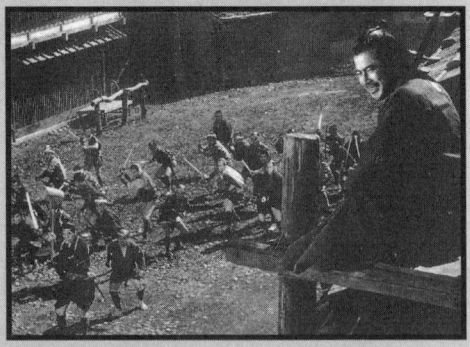

사무라이 구로사와

일본 영화계가 배출한 가장 대표적인 인물이라고 꼽으면 반론을 내
놓을 사람이 거의 없을 구로사와 아끼라는 「라쇼몽」으로 그의 나라 일
본을 서방세계에 알렸고, 이 한 편의 영화로 인해서 서양인들은 제2차
세계대전의 '적군(敵軍)'으로밖에는 파악하지 않았던 패전국을 "인간
이 사는 나라"로 새롭게 이해하며, 나아가서 동양의 예술에 관심을 갖
게 되었다. 그리고 「라쇼몽」은 서양 영화로 다시 제작되기도 했다.

구로사와의 「7인의 사무라이」역시 「황야의 무법자」를 위시하여 적
어도 다섯 편의 서양 영화를 낳았다.

「7인의 사무라이」보다 5년 쯤 후에 선을 보인 「요짐보」또한 미국
의 서부영화를 흉내내어 만든 일본 영화가 이탈리아에서 만든 서부영
화로 다시 모습을 바꿀 때까지, 여러 차례 탈바꿈을 할 운명을 지고
세상에 태어났다.

총잡이나 칼잡이 같은 '경호원'을 뜻하는 제목을 붙인 이 영화가 시
작되면, 유럽에서는 나뽈레옹 전쟁의 위기가 감돌고, 에스파냐 병력

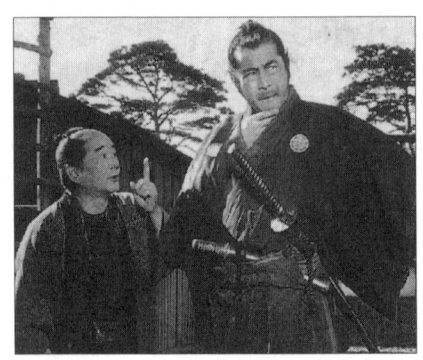

「요짐보」의 방랑검객은 마을을 장악하기 위해 필사적으로 싸우는 양쪽 파에 경매를 부치듯 경쟁을 시켜 자신의 몸값을 자꾸만 올린다.

은 멕시코의 후아레스 혁명정부를 진압하기 위해 베라 크루즈에 상륙하고, 미국에서는 남북전쟁이 터지기 직전이었던 1860년, 들개가 사람의 손을 입에 물고 어슬렁거리는 일본의 어느 마을에 뜨내기 무사가 나타나서, 갈림길에 이르자 어느 쪽으로 갈까 잠시 망설인다.

그는 자기 이름을 구와바다께 산주로(桑畑三十郞)라고 소개한다.

담 너머로 뽕밭을 둘러보다가 서른이라는 나이를 붙여 아무렇게나 지어 가진 이름이다.

별다른 인생의 목적도 없이 강따라 구름따라 정처없이 떠도는 서부의 방랑자가 영락없다.

「요짐보」 마을은 세이베이(淸兵衛) 파와 우시도라(丑寅) 파가, 미국 서부의 술집(saloon)을 연상시키는 마을 주막을 무대로 해서, 주도권 싸움을 계속하는 바람에 피폐했고, 방랑검객은 빼어난 칼솜씨와 지략을 동원해가며 양쪽 파에 경매를 부치듯 경쟁을 시켜 자신의 몸값을 자꾸만 올린다. 어느 쪽이건 일본판 셰인(Shane)을 영입하면 '대선 승리'가 확실해지기 때문이다.

감찰 관리(보안관)의 활약으로 마을의 대립이 잠시 진정되는가 싶더니, 이번에는 우시도라의 아들 노스께가 권총을 들고 나타난다. 산주로는 총과 칼의 대결이 무엇을 의미하는지 깨닫고 우시도라의 요짐보가 된다. 총과 칼의 대결과 비슷한 상황은 미국 서부에서 자동차의 등장으로 인해서 밀려나던 카우보이의 입장과 비슷하고, 커크 더글라스가 스스로 자신의 대표작이라고 꼽았던 「탈옥(Lonely Are the Brave, 1962)」에서 주인공 카우보이 잭 번스(Jack Burns)가 산속으로 도망치

면서 그를 추격하는 헬리콥터를 총으로
쏘아대는 장면은 이러한 상황의 대표적
인 상징 상황이다.

미녀를 사이에 두고 세이베이와 우시
도라 양파 사이에 다시 싸움이 치열해지
자「요짐보」산주로는 유럽의 기사도 정
신을 발휘해서 우시도라에게 포로로 잡
힌 여자와 가족을 탈출시키고, 그런 사
실이 발각되어 반죽음을 당할 정도로 폭
력을 당한다. 그리고 노스께의 권총이

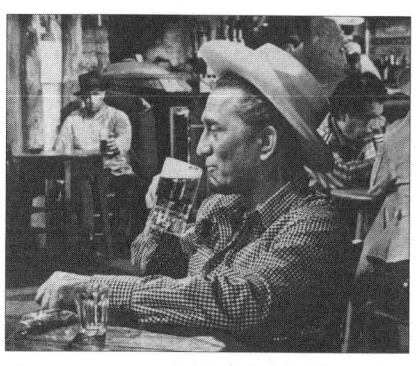

총과 칼의 대결이 무엇을 의미하는지를 의식해야 하는
요짐보 산주로는 사색적인 서부영화「탈옥」의 카우보이
잭 번스(Jack Burns, 사진의 커크 더글라스)처럼 과도기
적인 몰락의 영웅이다.

앞장서서 세이베이 세력을 전멸시킨 다음, 산사(山寺)에서 몸을 추스
린 산주로는 최후의 결전에서 권총패를 모두 제거한 다음 서부의 방
랑자 총잡이처럼 다시 바람같이 어디론가 떠나간다.

「요짐보」의 '원작'을 찾으려면 미국 영화「유리 열쇠」를 얘기해야
한다.「붉은 수염」에서도 교미를 한 다음 수컷을 잡아먹는 "사마귀 같
은 여자"라는 서양 박물학적인 상(像, imagery)을 차용했던 구로사와
아끼라는「요짐보」를 만들게 된 '영감(inspiration)' 또한 서양 영화「유
리 열쇠」에서 얻었다고 스스로 고백했기 때문이다.「유리 열쇠」의 주
인공 에드 보몬트(Ed Beaumont)는 정치계의 실력자 매드빅(Madvig,
얼핏 들으면 '미치광이 거물'이라는 'Mad Big'이라고 착각을 일으킴)의 심
복 부하로서, 별로 존경을 받지 못하는 그의 '윗사람'이 상원의원의
아들을 죽였다는 살인 혐의를 받게 되자 열심히 진실을 파헤쳐, 진짜
살인범은 홧김에 아들을 죽인 상원의원이었다는 사실을 밝혀내어 '주
인'을 구해낸다.

구로사와에게 '원작'을 제공한 영화「유리 열쇠」의 진짜 원작은 고전
추리물「말타의 매(The Maltese Falcon, 1931, 1941)」의 원작자이기도 한

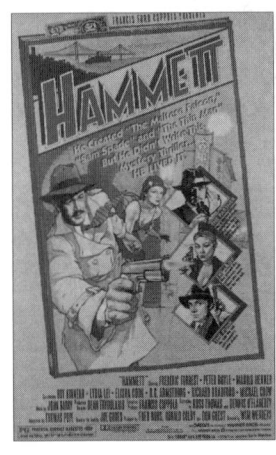

빔 벤더스의 영화 「해미트」의 주인공 대쉴 해미트는 고전 영화 「말타의 매」의 원작자인 탐정소설가로서, 그가 쓴 다른 소설을 영화로 만든 「유리 열쇠」는 구로사와 아끼라의 「요짐보」를 탄생시킨 '영감'으로 작용했다.

탐정소설가 대쉴 해미트(Dashiell Hammett, 1894~1961)의 소설인데, 빔 벤더스는 실존 인물 해미트에게서 '영감'을 받아 소설과 현실을 버무린 영화(pastiche) 「해미트」를 만들기도 했다. 1928년 샌프란시스코에서 행방불명이 된 중국 여자를 찾아 달라는 부탁을 받은 해미트가 이상한 사건으로 자꾸만 휘말려 들어가는 프란시스 코폴라 제작의 영화 「해미트」를 위한 '원작 소설'은 조 고어스(Joe Gores)의 작품이다.

「해미트」 비슷한 버무림 영화로는, 스테이씨 키치(Stacy Keach)가 주연했던 텔레비전 연속물 「마이크 해머(Mike Hammer)」의 주인공 탐정 해머를 창조해 낸 소설가 미키 스필레인(Mickey Spillane, 본명 Frank Morrison, 1918~)이 작가 미키 스필레인 역을 맡아 출연하여, 단원이었던 정신이상자가 곡마단으로 다시 찾아와서 벌이는 살인사건의 해결에 동원되는 「공포의 서커스」가 특이한 작품으로 꼽히겠다. 그리고 당시에 작가로서 대단히 왕성하게 활동 중이던 미키 스필레인은 영국 영화 「사라진 여비서」에서는 자신이 창조해낸 마

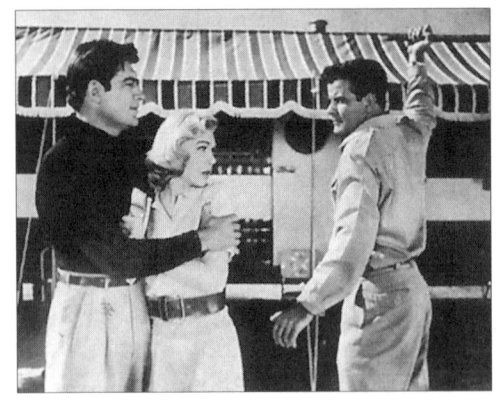

「공포의 서커스」는 소설가 미키 스필레인이 미키 스필레인 역을 맡아 출연하여 살인사건을 해결하는 '버무림 영화'이다.

이크 해머 역을 맡아서, 착한 여비서가 실종되자 죽은 줄 알고 너무 슬퍼 술독에 빠져 지내다가, 그녀가 살아 있다는 단서가 잡히자 정신을 차려 열심히 수사에 임한다.

「유리 열쇠」에서 흉악한 미국 '요짐보' 역을 맡았던 성격배우 윌리엄 벤딕스는 동양으로 가서 친구의 살해범을 찾아다니는 두 비행사의 얘기 「캘커타("동양의 빛과 그림자" 232쪽 참조)」, 그리고 전쟁터에서 돌아온 주인공이 부정한 아내의 살인범으로 몰려 고생하는 「비정도시(非情都市)」에서도 '셰인' 앨런 래드와 함께 공연했다. 그리고 앨런 래드-윌리엄 벤딕스와 함께 3인조 주연으로 「유리 열쇠」에서 남주인공이 사건을 해결하도록 도와주는 신비한 여인의 역을 맡았던 베로니카 레이크는 또 다른 범죄소설 작가인 레이몬드 챈들러(Raymond Chandler)가 각본을 맡은 「비정도시」에서도 결국은 앨런 래드와 윌리엄 벤딕스의 혐의를 벗겨 주고 주인공과의 재발견 및 재결합 과정을 거친다.

그래험 그린(Graham Green)의 『살인 청부(A Gun for Sale)』를 원작으로 삼은 영화에서뿐 아니라, 같은 해에 서둘러 만든 「유리 열쇠」에서도 베로니카 레이크와 앨런 래드 두 사람의 호흡이 워낙 잘 맞았던 터여서, 공군 조종사 출신의 주인공이 밀수업자의 일을 돕다가 살인 사건에 휘말리는 「사이공」에서도 그들은 함께 동양 여행을 한다.

알코올 중독으로 말년을 별로 화려하지 못하게 보내다 죽은 베로니카 레이크(1919~1973)의 마지막 작품인 「사이공」에서 앨런 래드는 밀수업자로부터 50만 달러의 보수를 받았고, 그래서 「사이공」의 광고물에서는 베로니카 레이크를 "50만 불짜리 금발미녀(the half-million dollar blonde)"라고 선전했지만, 이것은 분명한 "평가절하(undervalue)"였다는 재평가(Robert A. Nowlan, Gwendolyn Wright Nowlan, 『Movie Characters of Leading Performers of the Sound Era』)도

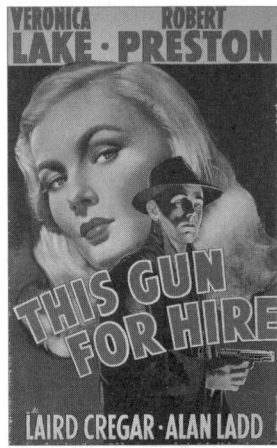

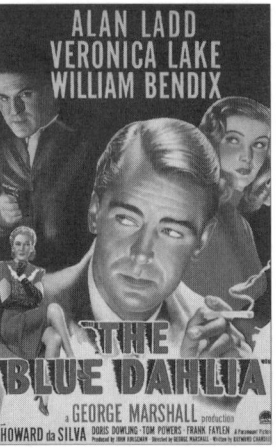

그래험 그린의 소설을 영화로 만든 「살인 청부」(위, 왼쪽)와 같은 해에 서둘러 만든 「유리 열쇠」에서도 베로니카 레이크와 앨런 래드 두 사람의 호흡이 워낙 잘 맞았던 터여서, 그들은 「비정도시」(위, 오른쪽)와 「사이공」(아래, 오른쪽)에서도 함께 공연했다. 참고로, 레이키-래드-벤딕스 3인의 호흡을 맞춘 이 영화들의 포스터는 「명작 헐리우드 포스터 제2권(Vintage Hollywood Posters II)」에 함께 실린 그대로 옮겨 놓았다.

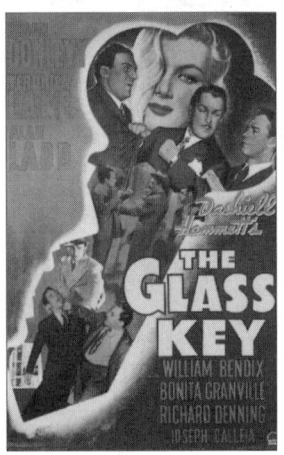

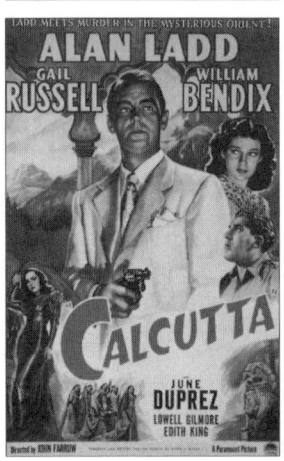

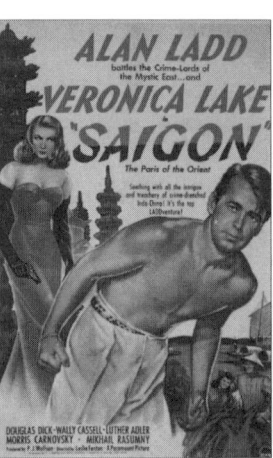

나왔다. 예를 들어 1960년도에 수입된 흑백 영화 「비정도시」에서 물결치며 신비하게 빛나던 그녀의 "백만 불짜리" 머리를 기억하는 사람들은 왜 로렌 바콜(Lauren Bacall)이 어니스트 헤밍웨이 원작의 영화 「탈출(To Have and Have Not, 1945)」에서 베로니카 레이크의 "전설적인 금발"을 그대로 흉내냈는지 이해가 가리라고 생각한다.

두 차례 영화로 제작되었던 「유리 열쇠」 가운데 구로사와 아끼라가 영감을 받았다는 작품은 베로니카 레이크와 앨런 래드가 주연한 1942

년 판이었다. 그리고 이렇게 추리소설로 태어나, 미국 범죄영화로 성장하여, 일본 무사영화로 변신한 「요짐보」는, 예언적인 조지 오웰(George Orwell)의 해 1984년에 다시 헐리우드로 돌아가서, 「쿵푸」의 데이비드 캐러딘이 주연을 맡은 베껴먹기 공상과학영화 「무사(武士)와 무녀(巫女)」로 탈바꿈한다. 두 개의 태양 주위를 공전하는 행성의 신화적인 나라에서 외톨이 무사가 양쪽을 저울질하며 줄타기를 하는 내용의 「무사와 무녀」에서는 예쁜 여주인공이 처음부터 끝까지 가슴을 드러내고 '연기'를 할 뿐 아니라, 유방이 네 개나 달린 '아름다운' 무희도 등장한다.

아예 존 포드를 '아버지'로 삼아 사무라이 서부극 「7인의 사무라이」를 만들었던 구로사와 아끼라가 다시 헐리우드 영화를 흉내내어 만든 「요짐보」는 이렇게 하나의 새로운 원전(原典, prototype)이 되어 헐리우드로 되돌아갔으며, 거기에서 그치지를 않고, 이탈리아의 세르지오 레오네는 희한하게도 서부극이라는 형식을 아메리카에서 차용하면서 내용과 주제는 동양의 검객 이야기 「요짐보」를 차용하여 「황야의 무법자」를 만들었고, 이렇게 복잡한 역사를 거쳐서 태어난 스파게티 웨스턴이라는 새로운 양식은 배우 클린트 이스트우드와 작곡가 엔니오 모리꼬네를 세계적인 인물로 만들어 놓았다.

「황야의 무법자」는 뽕밭과 나이를 이름으로

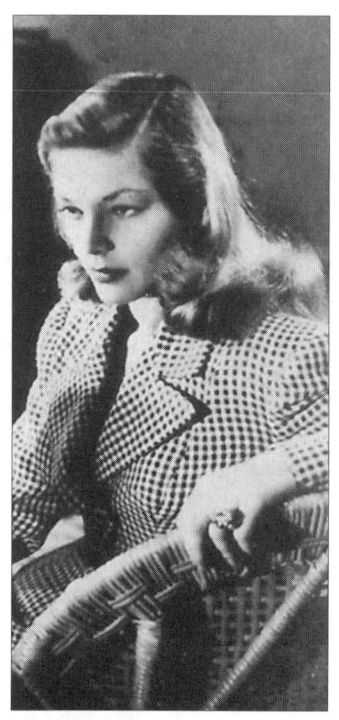

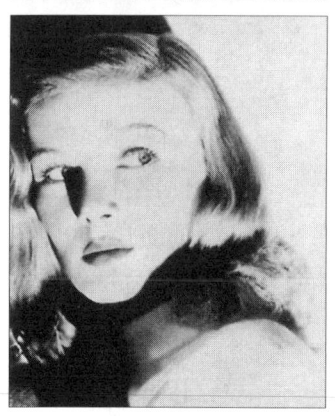

「탈출」(위)에서 주연을 맡았을 때 로렌 바콜은 베로니카 레이크의 물결치는 아름다운 금발을 그대로 모방했다고 한다. 아래는 「비정도시」에서의 베로니카 레이크

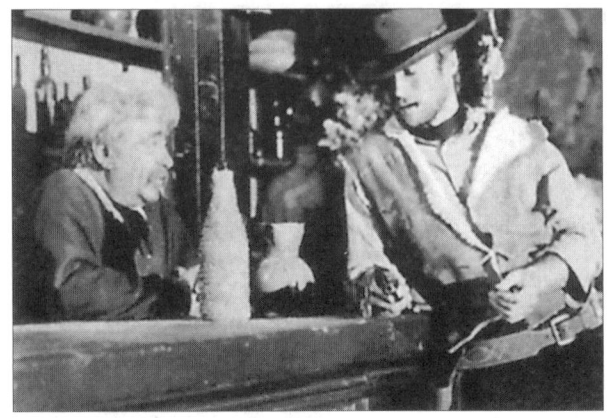

일본 영화 「요짐보」를 '원작'으로 삼아서 만든 이탈리아 서부극 「황야의 무법자」는 일본에서 「황야의 요짐보(荒野の用心棒)」라는 제목을 붙였다.

삼은 「요짐보」의 방랑객보다 한 술 더 떠서 아예 이름조차 없고("The Man With No Name"), 개척지의 작은 마을을 지배하려는 두 집안 사이에서 요짐보 상황을 이끌어간다. 서부극의 "방랑자 총잡이(the stranger in town)" 주제가 일본을 거쳐 이탈리아에서 멕시코 의상을 걸치고 정착한 셈이다. 그리고 헐리우드 서부극에서는 탁하기만 하던 총성이 이탈리아 서부극에서는 차가운 금속성으로 바뀌어, 총소리가 칼소리를 낸다.

그런가 하면 「요짐보」는 헐리우드로 역류해서, "(남들은 모두 다 죽어 넘어져도 끝까지 살아남아 홀로 서서 버티는) 마지막 한 사람(Last Man Standing)"이라는 제목을 달고 미국 조폭(갱스터)영화가 되기도 했다.

"양심같은 거 없는" 남자, 이름같지 않은 이름의 소유자 존 스미드 (John Smith)—폭력철학적 독백을 하는 주인공은 1930년대 금주법시대(the Prohibition era)의 뜨내기 총잡이, 「요짐보」 방랑객이 막대기를 던져 자신의 운명을 결정하듯 그는 멕시코로 가던 길에 황량한 텍사스 벌판에서 갈랫길에 차를 세우고는 빈 술병을 돌려 길을 찾아 황사(黃砂) 속의 작은 도시 제리코(Jericho)로 간다.

성경에 나오는 "향기의 도시" 여리고(Jericho)하고는 거리가 먼 국

경의 소도시 길거리에는 죽은 말이 썩어가고, 시카
고에서 활동하는 두 폭력 조직의 대리 집단 도일 파
와 스트로지 파가 극성을 부려, "제대로 된 사람"은
모두 떠나 버렸고, 밀주업에 종사하는 폭력배와 창
녀와 장의사와 무력한 보안관말고는 주민이 하나도
눈에 띄지 않는 유령도시이다. 대결 중인 두 집단
사이에서 "머리만 잘 굴리면 한몫 잡을 만한 곳"이
라는 판단에 존 스미드는 총솜씨와 큰소리(big talk)
와 잔꾀로 박쥐 노릇을 하며 양쪽을 오락가락하다
가, 몇 차례 벌집만들기 학살 장면을 거친 다음 황
무지에서 "마지막 한 사람"이 된다.

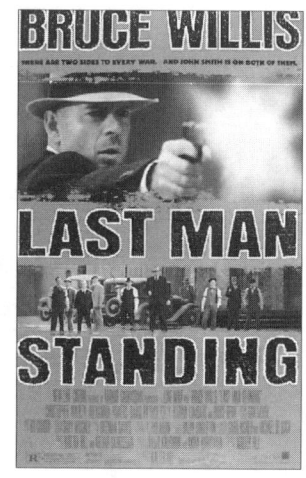

「요짐보」는 헐리우드로 역류해서, 「마지
막 한 사람(Last Man Standing)」이라
는 제목을 달고 미국 조폭(갱스터) 영화
가 되기도 했다.

「요짐보」와 「황야의 무법자」와 「마지막 한 사
람」은, 비록 저마다 생산지가 다른 영화이지만, 폭력은 만국어임을
보여 준다. 뒤집히고 꼬이고 뒤엉킨 법과 질서와 정의의 혼란된 개
념 속에서, 폭력의 언어는 의상이나 얼굴이나 국적이나 인종과는 관
계없이 쉽게 이해가 가능하고, 세 주인공은 옷과 얼굴이 달라도 행
동과 대사가 똑같다. 이러한 주인공들의 모습은 1950년대의 서부극
뿐 아니라, 랄프 넬슨(Ralph Nelson), 마크 롭슨(Mark Robson), 필
칼슨(Phil Carson) 그리고 심지어는 로저 콜만(Roger Corman)의 조
폭영화를 거쳐, 샘 패킨파와 아더 펜의 새물결 속에서도 자주 눈에
띄고는 했었다.

「요짐보」는 결과적으로 클린트 이스트우드를 대배우로 출세시켰을
뿐 아니라, 그가 만든 영화 「용서받지 못한 자(Unforgiven, 1992)」에도
영향을 주었다 하며, 제목까지도 같은 「보디가드(The Bodyguard,
1992)」에 끼친 영향은 일본 원작의 인용에서도 드러나고, 공간 감각이
뛰어난 희극적 활극인 「비밀 요새의 세 악인」과 「스타 워즈」를 비교해

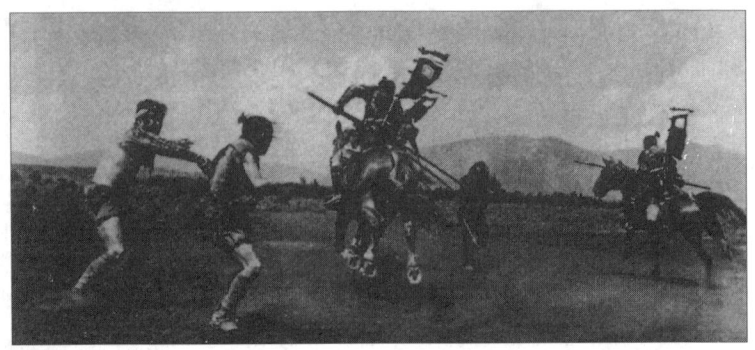

스티븐 스필버그는 공간 감각이 뛰어난 희극적 활극 「비밀 요새의 세 악인」(사진)에서 '영감' 을 얻어 「스타 워즈」를 만들었다고 한다. 「스타 워즈」의 속편 「제국의 역습」에서 물에 빠진 비행기를 정신력으로 건져내는 제다이 샤부(Jedi master) 요다는 몸집도 일본인처럼 작고, 얼굴도 일본계 배우(Pat Morita)를 닮았으며, 이름 또한 미조구찌 겐지와 작업을 같이한 각본작가 요다 요시가따와 같다.

가면서 구로사와 아끼라가 스티븐 스필버그와 조지 루카스에게 끼친 영향도 사람들은 열심히 언급한다. 이렇듯 구로사와 아끼라를 로제타 돌(Rosetta stone)로 삼아 동양과 서양은 영화 속에서 하나로 풀이되고, 그래서 세상은 돌고 도는지도 모른다.

이런 헐리우드의 서부극 또는 범죄영화적인 양상은 「요짐보」의 속편 「쓰바끼 산주로」도 역시 이어받는다. 무표정한 주인공의 이름은 이제 "동백나무 서른 살의 사나이"가 되었고, 그는 윗사람들의 부패상을 폭로하려는 아홉 명의 젊고 멍청한 무사들을 도우러 나선다. 이 영화는 본디 별로 폭력적이지는 않았지만, 흥행을 염두에 둔 제작자의 요구에 따라, 인간을 베어 넘기는 칼소리를 영화에 도입했던 구로사와 감독이 그 유명한 '피의 분출'을 가미했다고 한다. 산주로에게 칼을 맞은 상대방 무사의 가슴에서 폭포처럼 솟구쳐 나온 피는, 문제의 장면에서 결투 과정을 지켜보던 사람들의 경악하는 표정만큼이나 관객들로 하여금 충격에 반응하도록 만들었고, 5년 후에 세계의 관객은 그와 유사한 피의 분출을 샘 패킨파의 서부극 「와일드 번치(The Wild Bunch, 1969)」에서도 목격한다. 그리고 이어서, 이탈리아 서부극과 홍콩 쿵푸 영화가 부추기던 전세계적인 유행에 보조를 맞춰 일본 영화를 휩쓴 잔혹한 피쏟기는 구로사와 감독에게 훗날 죄의식을 느끼게 만들기도 했다.

어려서부터 역동적이고 속도감이 강한 검술뿐 아니라 시각적인 표현에도 관심이 많았던 구로사와는 미조구찌 겐지나 마찬가지로 중학 이후 본격적인 미술 공부를 했고, 빛에 대한 그의 이해는 「라쇼몽」에서 반사 광선의 기막힌 활용으로 나타난다. 18살에 프롤레타리아 미술 동맹에 가입하여 좌익 활동을 열심히 하는 바람에 수배를 당해 한때 도피 생활도 했던 구로사와 아끼라의 일생은 시대착오적인 사무라이를 연상시킨다. 그가 사무라이 영화의 명수였던 까닭은 어쩌면 사무라이 정신이 그만큼 강한 인물이었기 때문인지도 모른다.

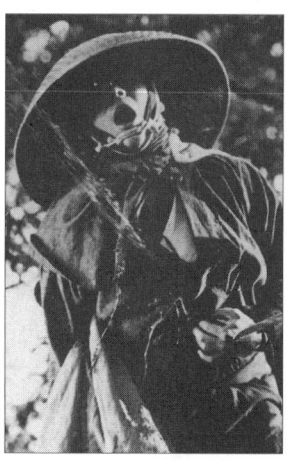

유모차 검객영화인 「쇼군 자객」에서 칼을 맞고 가슴에서 피가 솟구쳐 나오는 이런 끔찍한 장면의 '원작' 또한 구로사와 감독의 영화이다.

전쟁이 끝나갈 무렵인 1943년에 그가 처음 만든 영화 「스가따 산시로(姿三四郎)」도 전통 무도인 유술(柔術)을 다루지만 주인공은 단순한 승부가 아니라 삶의 진실을 각성하기 위해 금욕적인 사무라이처럼 훈련을 쌓아가는 모습을 보여 준다. 그 속편이 나오던 1945년 일본은 패전하고, 1952년에는 암을 선고받고 늙은 공무원이 타인을 위해 살아가며 삶의 잃어버린 의미를 되찾는 모습을 담은 「살아가기」를 통해 구로사와는 패전국민의 좌절과 고통에 공감하면서도 침체한 일본인들에게 인고의 미덕을 보

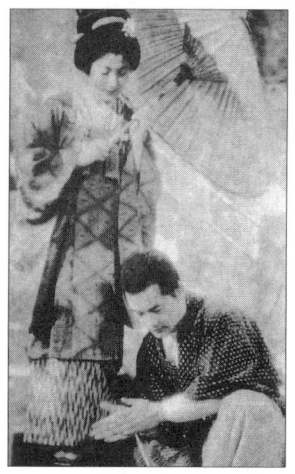

구로사와가 처음 만든 영화 「스가따 산시로(姿三四郎)」는 전통 무도인 유술(柔術)을 다루지만, 주인공이 사무라이처럼 금욕적인 훈련을 쌓아가는 모습을 보여 준다.

여 주는 한편, 강인한 사무라이 정신을 화면에 계속 재현하여 절망한 국민에게 위안과 용기를 심어준다.

1952년에 구로사와는 「호랑이 꼬리를 밟은 남자들」에서도 전쟁에는 졌더라도 자존심은 잃지 않아야 한다고 사무라이 정신을 부각하며 강조하고, 같은 해에 만든 「들개」 역시 전후 도꾜에서 빼앗긴 총을 찾기 위해 애쓰는 형사의 모습을 통해 자존심 되찾기를 그린다.

이렇듯 1950년대에 예술적 쇼군으로서, "영화의 천황"으로서, 일본인의 자존을 이끌어가던 구로사와 아끼라는 1965년 「붉은 수염」을 발표한 이후, 막차를 탄 총잡이나 칼잡이처럼, 시대로부터 밀려나는 수난의 후반기 영화인생을 맞는다.

찾아보기 •--

▌「요짐보(用心棒, Yojimbo, 1961, 일본, 110분)」, 감/구로사와 아끼라, 출/미후네 도시로, 시무라 다까시, 나까다이 다쯔야, 도노 에이지로, 가와즈 세이자부로, 야마다 이스즈

▌「유리 열쇠(The Glass Key, 1935, 미국, 80분)」 감/Frank Tuttle, 출/George Raft, Claire Dodd, Edward Arnold, Rosalind Keith, Ray Milland, Guinn Williams

▌「유리 열쇠(The Glass Key, 1942, 미국, 85분)」 감/Stuart Heisler, 출/Brian Donlevey, Veronica Lake, Alan Ladd, Joseph Calleia, William Bendix, Bonita Granville, Richard Denning, Morony Olsen

▌「해미트(Hammett, 1983, 미국, 97분)」 감/Wim Wenders, 출/Frederic Forrest, Peter Boyle, Marilu Henner, Elisha Cook, Jr., R. G. Armstrong, Richard Bradford, Roy Kinnear, Lydia Lei, Sylvia Sidney, Samuel Fuller, Royal Dano

▌「공포의 서커스(Ring of Fear, 1954, 미국, 93분)」 감/James Edward Grant, 출/Clyde Beatty, Pat O'Brien, Mickey Spillane, Sean McClory, Marian Carr, John Bromfield, Pedro Gonzales, Emmett Lynn

▌「사라진 여비서(The Girl Hunters, 1963, 영국, 103분)」 감/Roy Rowland, 출/Mickey Spillane, Lloyd Nolan, Shirley Eaton, Hy Gardner

▌「캘커타(Calcutta, 1946, 미국, 83분)」 감/John Farrow, 출/Alan Ladd, Gail Russell, William Bendix, June Duprez, Lowell Gilmore

▌「비정 도시(The Blue Dahlia, 1946, 미국, 103분)」 감/George Marshall, 출/Alan Ladd, Veronica Lake, William Bendix, Howard da Silva, Hugh Beaumont,

Doris Dowling

▌「사이공(Saigon, 1948, 미국, 94분)」 감/Leslie Fenton, 출/Alan Ladd, Veronica Lake, Luther Adler, Douglas Dick, Wally Cassell, Morris Carnovsky

▌「무사와 무녀(The Warrior and the Sorceress, 1984, 미국, 76분)」 감/John Broderick, 출/David Carradine, Luke Askew, Maria Socas, Anthony DeLongis, Harry Townes, William Marin

▌「황야의 무법자(Per un pugno di dollari, 영어 제목 A Fistful of Dollars, 1964, 이탈리아, 96분) 감/Sergio Leone, 출/Clint Eastwood, Gian Maria Volonté, Marianne Koch, Wolfgang Lukschy, Mario Brega, Carol Brown

▌「마지막 한 사람(Last Man Standing, 1996, 미국, 101분) 감/Wlater Hill, 출/Bruce Willis, Christopher Walken, Bruce Dern, Alexandra Powers, David Patrick Kelly, William Sanderson, Karina Lombard, Ned Eisenberg

▌「비밀 요새의 세 악인(隱し砦の三惡人, The Hidden Fortress, 1958, 일본, 90분 또는 126분 또는 139분) 감/구로사와 아끼라, 출/미후네 도시로, 우에하라 미사, 찌아끼 미노루, 후지와라 가마따리, 후지따 쯔스무, 시무라 다까시

▌「쯔바끼 산주로(椿三十郎, Sanjuro, 1962, 일본, 96분) 감/구로사와 아끼라, 출/미후네 도시로, 나까다이 다쯔야, 시무라 다까시, 가야마 유조, 단 레이꼬

▌「살아가기(生きる, 1952, 일본, 143분) 감/구로사와 아끼라, 출/시무라 다까시, 가네꼬 노부오, 오다기리 미끼, 이또 유노스께

▌「들개(野良犬), Stray Dog, 1949, 일본, 122분) 감/구로사와 아끼라, 출/미후네 도시로, 시무라 다까시, 아와지 게이꼬

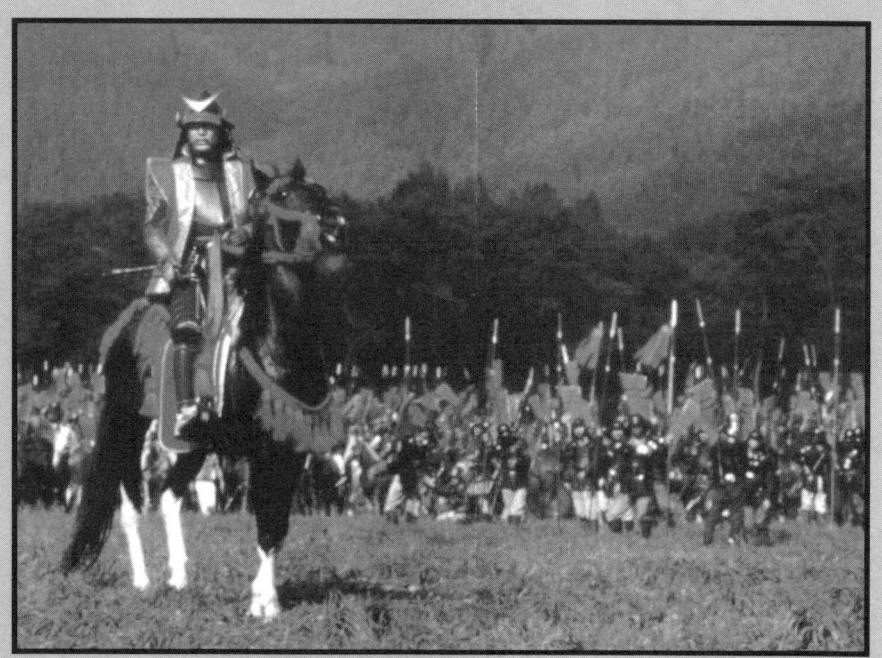

구로사와 아끼라는 일본 영화계가 감당하기에 작업의 규모가 지나치게 큰 거인이 되었고, 엄청난 투자
에 비해서 흥행수지를 맞추기 어려운 인물이라는 제작계의 기피 의식이 생겨났다. 윌리엄 셰익스피어의
희곡 「리어 왕」을 일본으로 무대를 옮겨 「란」(사진)을 프랑스 자본으로 만들었을 때는, 그에게 돈을 대지
않던 일본 영화계는 이제 구로사와를 그들과는 관계가 없는 '외국인' 이라는 시각으로 보기에 이른다.

동서양이 주고받은 돈과 원작

구로사와 아끼라가 「붉은 수염」을 만들던 무렵에는 일본은 이미 패전의 정신적인 후유증이 치료되었고, 경제대국("economic animal")으로 부상한 다음이었으며, 사무라이 정신이나 마찬가지로 서양에서도 사나이(machismo) 문화가 퇴락하던 중이었다. 그리고 그는 일본 영화계가 감당하기에는 너무나 작업의 규모가 큰 거인이 되어 버렸다. 감각적인 일본의 정서는 엄격하고 금욕적인 무사 정신을 기피하게 되었고, "상업성은 있으나 예술성은 없다"며 초기에 그의 작품 세계를 배타적으로 평가하던 비평계의 의구심은 비싼 투자에 비해서 흥행수지를 맞추기 어려운 인물이라는 제작계의 기피 의식으로 이어졌다. 영웅적인 서사극에 역동적인 힘을 담아내던 구로사와는 오즈 야스지로(小津安二郎)처럼 심미적이고 정적인 영화에는 익숙하지 못했기 때문에, 동양적이고 일본적인 나긋나긋한 정서가 부족하다는 인상을 주었고, 힘이 아니라 기발함을 노리는 현대물을 찾던 비평계와 관객으로부터 멀어져 점점 더 고립되었다.

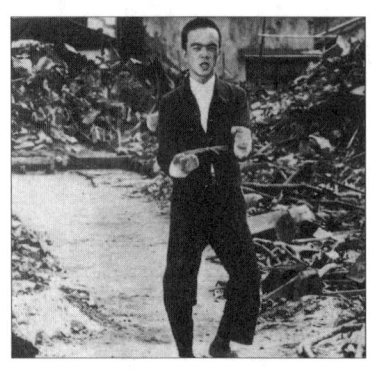

「도데스까덴」(사진)을 첫 색채영화로 만들었다가
흥행에 참패하자 구로사와 감독은 이듬해 자살을
기도한다.

그는 일본의 진주만 공격을 다룬 「도라! 도라! 도라!(Tora! Tora! Tora!, 1970)」를 연출하기 위해 미국으로 건너갔으나 헐리우드식 영화만들기에 익숙하지 않아 해고를 당하는 수모를 겪었고, 일본에서는 술주정뱅이 의붓아버지를 부양하기 위해 조화를 만드는 병약한 소녀와 쓰레기를 뒤져 무책임한 아버지를 먹여 살리는 어린 소년 그리고 도꾜 빈민굴에서 살아가는 고물상들의 삶을 그린 영화 「도데스까덴」을 첫 색채영화로 만들었으나 흥행에 참패하여, 이듬해 자살을 기도하기에 이른다. 구로사와의 「도데스까덴」을 원작으로 삼아 브룩클린으로 무대를 옮겨 미국에서 만든 피투성이 영화 「길바닥 쓰레기」도 제목 못지않게 쓰레기 영화라는 혹평을 들었다.

국내에서 제작비를 조달하기가 힘들어진 구로사와는 러시아와 합작으로 「데루스 우잘라」를 만들어 재기에 성공한다. 소박하고 마음이 착한 안내자가 탐험가에게 시베리아에서 살아남는 법칙을 가르쳐 가면서 두 러시아인 사이에 존경심과 우정이 피어나는 과정을 그린 이 영화로 그는 아카데미 최우수 외국어 영화상을 받는다.

「빠라도르의 달빛(Moon Over Parador, 1988, "정복의 길" 219쪽 참조)」과 엘 씨드 주제를 갖춘 「가게무샤」의 제작비 조달에는 스티븐 스필버그와 조지 루카스 그리고 프란시스 포드 코폴라가 발벗고 나섰으며, 이렇게 미국의 자본과 배급망을 통해 성공을 거둔 외제 일본 영화로 나이 70을 넘긴 구로사와는 일본의 관객에게 설욕을 하지만, 비평계는 말년에도 그에게 냉담했다. 16세기 말 일본을 지배하던 3대 실력자 가운데 한 사람이었던 다께다 신겐(武田信玄)이 죽은 다음 그의 대역을 하던 좀도둑이 위대한 영주의 정신력까지 이어받게 되는 과정

을 그린 이 영화로 그는 깐느 영화제에서 대상
을 받는다.

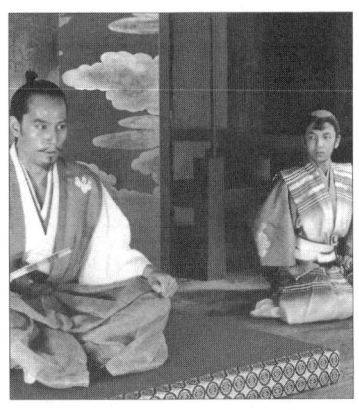

「빠라도르의 달빛」과 엘 씨드 주제를 갖춘 「가게무샤」(사진)의 제작비 조달에는 스티븐 스필버그와 조지 루카스 그리고 프란시스 포드 코폴라가 발벗고 나섰다.

나중에는 아카데미 공로상까지 받게 된 구
로사와의 사극 가운데 가장 웅대한 「가게무
샤」와 다른 말년의 사무라이 영화들이 완숙미
가 돋보이면서도 어딘가 허전함이 엿보이는
까닭은, '그림자 무사'처럼 말년에 일본 바깥
에서 겉돌기를 한 작품 활동 때문이었는지도
모르겠지만, 윌리엄 셰익스피어의 희곡 『리어
왕(King Lear)』을 일본으로 무대를 옮겨 「란」을
프랑스 자본으로 만들었을 때는, 그에게 돈을
대지 않던 일본 영화계는 이제 구로사와를 그들과는 관계가 없는 '외
국인'이라는 시각으로 보기에 이른다.

구로사와가 영상화한 셰익스피어 희곡은 「란」말고도 『맥베드
(Macbeth)』를 중세의 일본으로 무대를 옮겨 노(能)극의 양식을 접목시
켜 만든 「거미집의 성」과, 『햄리트(Hamlet)』 주제를 발전시켜 기업계
의 부패상을 그려낸 「악인이 더 편히 잠든다」가 있다.

셰익스피어의 작품뿐 아니라 구로사와 아끼라는, "지성과 야만"에
서 언급한 바와 같이, 막심 고리끼의 희곡 「밤 주막」과 표도르 도스또
예프스끼의 「백치」도 영화로 만들었으며, 그가 원작으로 삼은 서양 삭
품으로는 미국 작가 에드 맥베인(Ed McBain)의 범죄소설을 개작한
「천국과 지옥」도 포함된다. 에드 맥베인은 「폭력교실(Blackboard
Jungle)」의 원작자이며 「새(The Birds)」의 각본을 쓴 에반 헌터(Evan
Hunter)의 필명으로서, 그는 헌트 콜린스(Hunt Collins)와 살바토레 롬
비노(Salvatore Lombino)라는 이름으로도 활동했다. 운전사의 아들을
잘못 납치해간 자들에게 인질금을 물어주고 파산하는 훌륭한 사업가

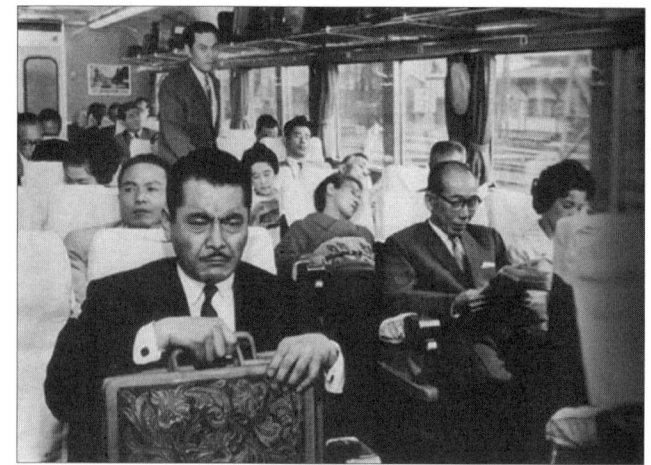

구로사와의 「천국과 지옥」은
에드 맥베인이라는 이름으로
에반 헌터가 집필한 30 권의
추리소설 가운데 하나를 원작
으로 삼았다.

의 얘기인 「천국과 지옥」은 에드 맥베인이라는 이름으로 에반 헌터가
집필한 30 권의 추리소설 가운데 하나를 원작으로 삼았다.

　동양적이라기보다는 서양적인 시각으로, 일본을 서구 형식으로 영
화에 담았다고 해서 국수주의적인 반발의 대상이 된 구로사와 감독이
다시 미국의 자본으로 만든 영화 「꿈」은 구로사와가 성장해 가면서 경
험하는 여덟 편의 짤막한 환상을 엮어놓은 작품으로서, 어린아이가
숲으로 들어가 여우들의 축제를 구경하는 "여우비", 복숭아나무의 정
령들과 대화를 나누는 (파스텔 그림 같은 화면의) "복숭아밭", 조난을
당한 세 사람에 관한 "눈보라", 전쟁터에서 죽은 부하들의 혼령을 만
나는 "땅굴", 반 고흐의 그림들 속에서 화가를 찾아 헤매는 "까마귀",
원자력발전소가 폭발하여 군중이 아비규환 속에서 헤매는 "후지산",
황폐해진 미래에 악마가 된 인간들을 만나는 "울부짖는 귀신" 그리고
자연과 인간의 조화를 꿈꾸는 "물레방아 마을"로 이어진다.

　그는 마지막 두 작품을 다시 일본의 자본으로 제작하게 되는데, 그
첫 번째인 「8월의 광시곡」은 「꿈」의 후반부에 대한 화답처럼 보인다.
무라따 기요꼬(村田喜代子)의 소설 『냄비 속(鍋の中)』이 원작인 「8월의

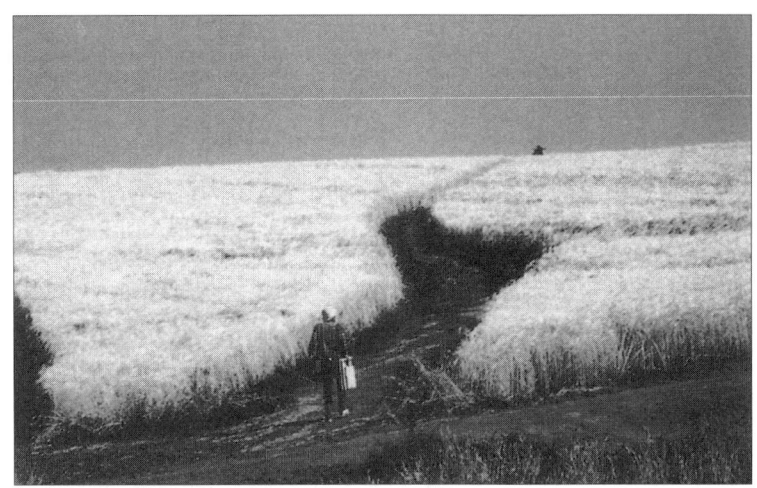

구로사와 감독이 다시 미국의 자본으로 만든 영화 「꿈」은 여덟 편의 짤막한 환상을 엮어놓은 작품이다.

광시곡」은 나가사끼에서 원자탄에 남편을 잃은 할머니가 미국인 조카를 만나 과거를 회상하며 역사의 현장을 둘러보고, "미국이 일본에게 사과한다"는 시각으로 줄거리를 전개하고 결론을 맺는다. 물론 구로사와의 시각은 「히로시마 내 사랑」과 마찬가지로 일본을 피해자로서만 부각한다. 구로사와가 이상형으로 그려낸 「붉은 수염」의 주인공 설정에 대해서 "중학생 수준의 사상"이라고 미시마 유끼오(三島由紀夫, 1925~70, 본명 平岡公威)가 조롱하던 말이 생각나게 하는 역사 의식이다.

구로사와 감독은 1993년 「아직이야(まあだだよ)」를 완성하고는 5년 후 세상을 떠났다. 다시 5년 후인 2000년, 그의 조감독으로 일했던 고이즈미 다까시(小泉堯史)는 구로사와가 준비해놓은 각본을 가지고 「비는 그치고(雨あがる)」를 완성했는데, 주인공은 평생 구로사와가 추구하던 자신만만한 사무라이가 아니라, 자신의 강한 면을 쑥스러워하며 아내에게 열등감을 느끼는 인물이다. 말년이 되어서야 구로사와는 통속성에서 찾아낸 진실에 가까이 다가가야 통속성을 탈피하게 된다는 깨달음에 이르렀던 것이다.

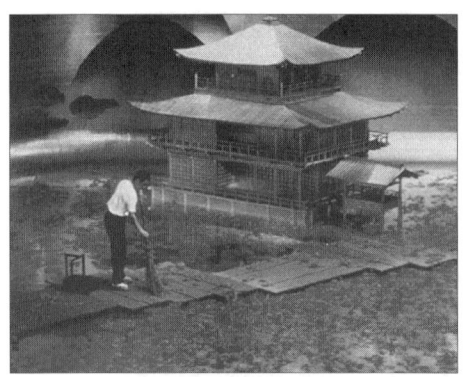

구로사와가 이상형으로 그려낸 「붉은 수염」의 주인공 설정에 대해서 "중학생 수준의 사상"이라고 혹평한 미시마 유끼오의 생애를 담은 「미시마」는 "세련되고 어려운" 미국 영화이다.

칼보다는 의술로 세상을 다스리려던 구로사와의 사무라이를 "중학생 수준"으로 혹평했던 미시마 유끼오는 일본 문인 가운데 대표적인 사무라이였다. 도꾜의 명문 집안에서 태어나 귀족집 자녀들만 다니는 학습원(學習院)을 거쳐 도꾜 대학 법학부 시절에 『꽃이 만발한 숲(花ざかりの森, 1941)』을 발표한 천재적인 소설가요 극작가이며 평론가였던 그는 전후 일본 젊은이들의 대변자로서 맹렬한 활동을 벌였고, 영화 「우국(憂國, 1966)」의 제작과 주연을 맡기도 했었다. 요미우리 문학상을 받은 『금각사(金閣寺, 1956)』는 우리나라에서도 번역이 되었다.

과격한 행동파였던 미시마는 일본 군국주의의 부활을 꿈꾸며 "방패회(楯の會)"라는 이름으로 사설 군대를 조직하기도 했으며, 그의 주장을 널리 알리기 위해 대중 앞에서 공개 할복 자살을 하여 세상을 떠들썩하게 만들기도 했었다. 흑백과 색채가 혼합된 「미시마」는 그의 생애를 담은 "세련되고 어려운" 미국 영화이다.

서양 문학을 자주 일본화했던 구로사와 아끼라와는 반대로 미시마 유끼오의 일본 문학은 서양에서 가끔 영화로 제작되고는 했는데, 영국에서 만든 「오후의 예항」은 뱃사람을 사랑하게 된 미망인과 정신적으로 불안한 아들이 엮어내는 아름답고도 관능적이며 기이한 얘기이다.

프랑스에서 만든 미시마 영화 「육체의 학교」에서는 부유층의 40 살쯤 되는 여인이 빠리의 술집에서 만난 젊은 사내와 집요한 사랑에 빠진다.

Jonathan Kahn, Margo Cunningham, Earl Rhodes

▌「육체의 학교(Ecole de la chair, 영어 제목 The School of Flesh, 1998, 프랑스, 107분)」, 감/Benoit Jacquot, 출/Isabelle Hyppert, Vincent Martinez, Vincent Lindon, Marthe Keller, François Berléand, Danièle Dubroux, Bernard LeCoq

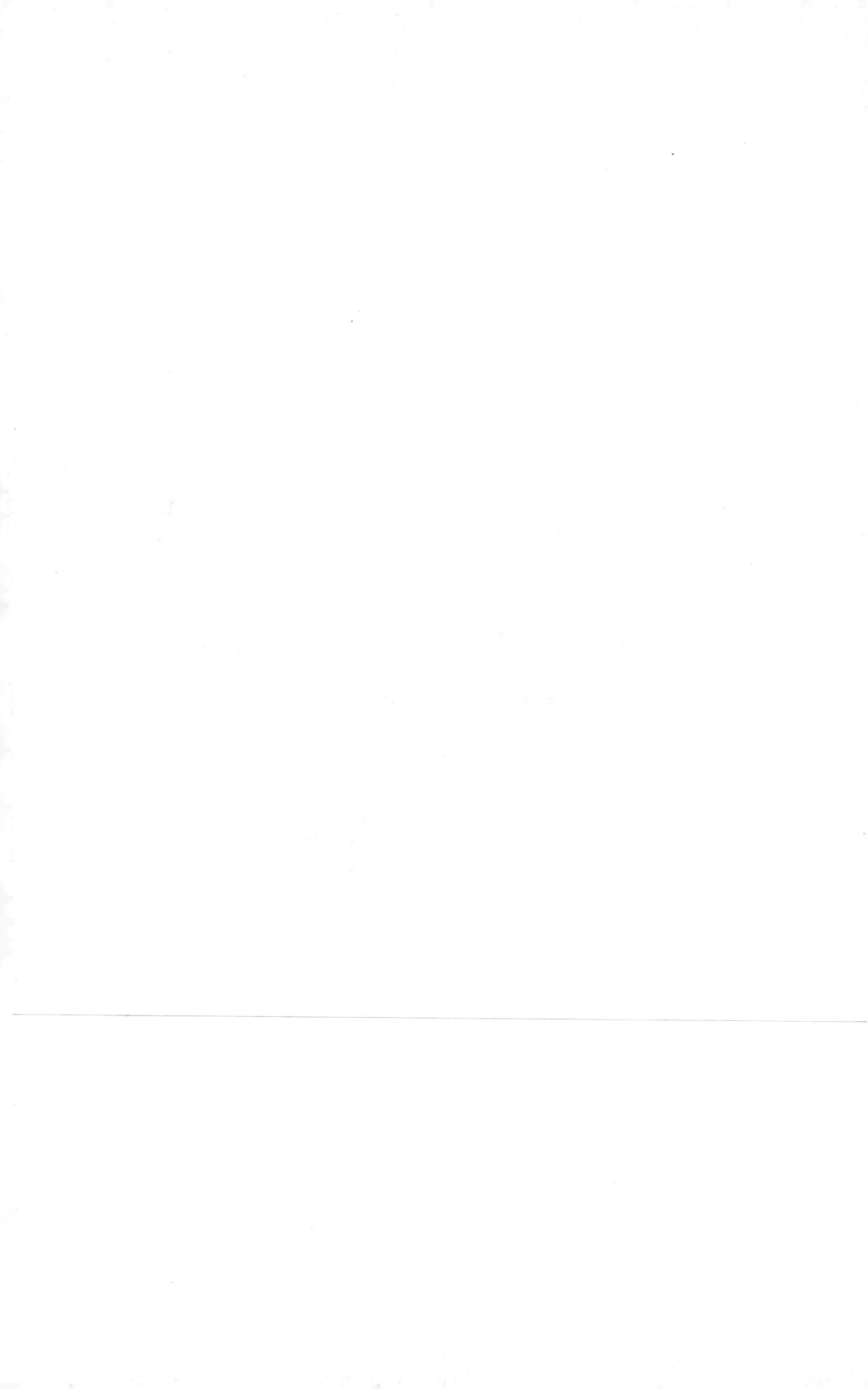

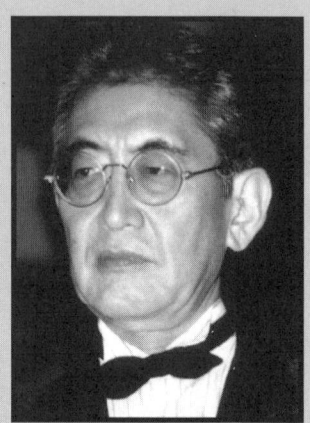

오시마 나기사(오른쪽 사진)는 재일동포 소년의 살인사건을
민족적 차별의 주제로 엮어낸 「교수형」(아래 사진)과 기록영
화 「윤복이의 일기」 등으로 한국과 인연이 깊은 감독이다.

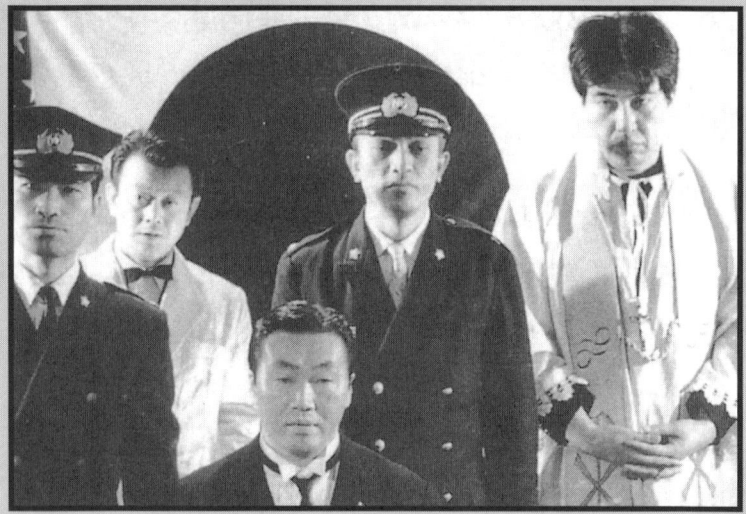

감각과 의상과 핌퍼넬

　구로사와나 마찬가지로 외국 자본을 동원하여 작품을 만들 만큼 세계적으로 널리 알려진 오시마 나기사(大島渚, 1932～)는 재일동포 소년의 살인사건을 민족적 차별의 주제로 엮어낸 「교수형(絞死刑, 1968, 117분)」과 기록영화 「윤복이의 일기」 등으로 한국과 인연이 깊은 감독인데, 그의 최신작 「고하또」는 동성애로 인해서 망가지는 사무라이 세계를 그려낸다.

　시바 료따로(司馬遼太郎)의 역사소설을 오시마가 각색한 이 영화는 1865년, 일본이 미국의 강제 개국으로 인해서 현대화하기 직전인 비쿠후(幕府)시대의 마지막 무렵, 쇼군을 끝까지 지키려는 정예 사무라이 집단 신센구미(新選組)로 들어온 무사 후보생 가운데 미소년 주인공 소자부로가 모든 사무라이를 동성애의 소용돌이 속으로 몰아넣는다는 줄거리로서, 무사 정신의 종말을 고하는 내용이기는 하지만 사실은 오시마가 줄기차게 추구해온 성적 관능 탐구의 연장선상에 놓이는 작품이다.

예술작품과 영상물, 그리고 심지어는 '망가(漫畵)'에서도, 오랫동안 군사 독재에 시달려온 우리나라보다 일본이 언제나 조금씩, 어쩌면 멀찌감치, 표현의 자유에 있어서는 항상 앞서 왔음은 누구나 다 아는 사실이겠다. 필자는 1972년 도꾜로 첫 출장을 갔다가 길거리에 야릇한 간판을 버젓하게 내건 성인용 극장들을 보고, 꼭 바람직스럽거나 존경스럽다고까지는 생각하지 않았어도, 그런 현상이 상징하는 자유를 퍽 부러워했었다. 한참 '뽀르노'의 전성기를 맞은 도꾜의 어느 극장에서는 한 시간 가량 되는 영화를 세 편씩 보여 주었는데, 마지막 회는 첫 번째 영화가 시작하고 나면 표를 팔거나 문을 지키는 사람도 아예 없었다. '뽀르노'는 그렇게 흔한 물건이었다. 그리고 안으로 들어가면 젊은 여자들끼리도 씩씩하게 와서 앉아 아이스크림을 먹으며 유유히 작품 감상을 했다.

일본의 영화 산업이 내리막길로 치닫던 1960년대 중반에 기반을 닦아 70년대 중반에는 전체 영화 제작량의 40 퍼센트까지 이른 "에로덕숀"은 주류 영화로서 대접을 받지 못하고 소규모 극장을 통해 영토를 확장해 나가다가, 1965년 '핑크 영화' 전문인 와까마쯔 고지(若松孝

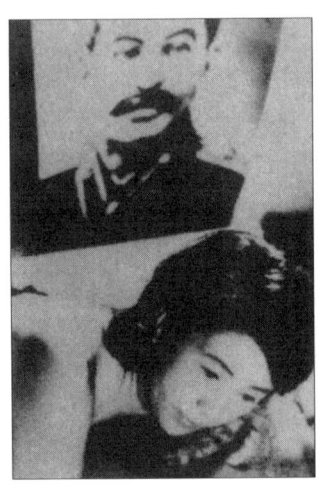
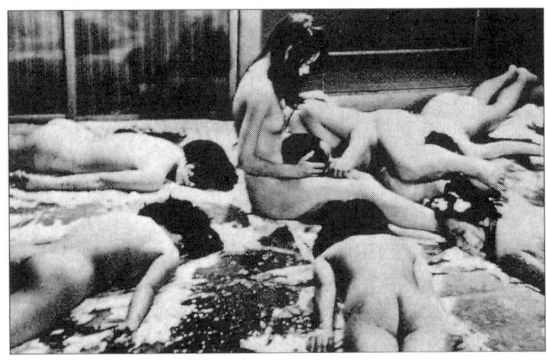

일본의 영화 산업이 내리막길로 치닫던 1960년대 중반부터 70년대 중반에는 "에로덕숀"의 제작이 활발했다. 왼쪽 사진은 '핑크 영화' 전문인 와까마쯔 고지가 베를린 영화제에 출품하여 논란을 일으켰던 「벽 속의 비사」, 그리고 오른쪽은 역시 와까마쯔 고지의 「더러워진 흰 옷(1967)」이다.

二)가 독일 배급업자를 통해 「벽 속의 비사」를 베를린 영화제에 출품하자 일본 언론이 국가적인 치욕이라고 흥분하는 사태까지 벌어졌다. 심심한 유부녀가 남편이 출근한 다음 옛날 애인을 데려다 집에서 정사를 벌이고, 이를 옆동에서 몰래 훔쳐보던 대학 입시생이 욕정을 못 이겨 그녀를 범하고 살해한다는 내용으로서 성행위 장면만 열심히 계속되는 영화였지만, 어쨌든 베를린 진출로 인해서 외설 예술이 관심을 끌며 일본에서 크게 화제가 되기도 했었다.

일찍부터 좌익 사상에 물들어 학생운동에 참여했다가 정치적인 성향이 강한 영화를 만들던 오시마 나기사가 이념 투쟁의 패배와 포기 이후 프랑스 돈으로 만든 영화 「감각의 제국」으로 세계적인 명성을 얻게 된 것도 비슷한 계기와 과정을 통해서였다. 1936년 실제로 일어났던 사건을 바탕으로 한 이 영화는 각본만 선보인 단계에서 이미 외설물 배포 혐의로 감독이 기소되었고, 일본에서는 현상을 할 곳이 없어 프랑스로 가서 작업 과정을 거친 다음 역수입하는 형식으로, 그것도 여기저기 잘리고 부분적으로 검열 장치를 한 다음에야 처음 일본에서 상영되었다. 그리고 베를린에서도 상영이 금지되고 필름이 압수되었으며, 제작된 지 25년이 지난 다음 한국에서 선을 보일 때는 16분이 잘려나갔다.

실제 인물이며 영화의 주인공인 아베 사다(阿部定)는 어느 요정의 게이샤로서 주인 이시나 기찌조(石田吉蔵)와 만나자마자 격징직이고 육체적인 사랑에 빠진다. 밤낮으로 아무 데서나 관계를 갖던 그들은 안주인에게 발각되자 다른 요정으로 장소를 옮겨 바깥세계와 단절된 채로, 아예 결혼식까지도 올린 다음, 성적인 쾌락에만 탐닉한다. 처음에는 남자가 주도하던 행위가 차츰 여자 쪽에서 요구가 강해지고, 그들은 온갖 체위와 기교를 도착적으로 시도하지만, 여자는 점점 더 허무감에 빠진다. 배가 부르면 졸립다면서 잠을 자지 않기 위해 밥도 먹

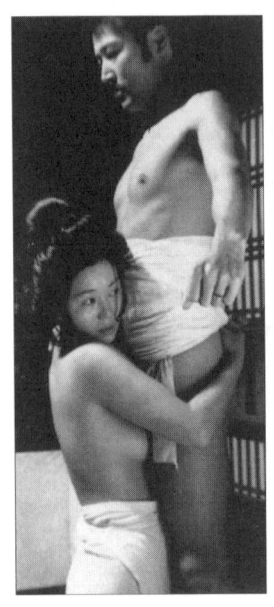
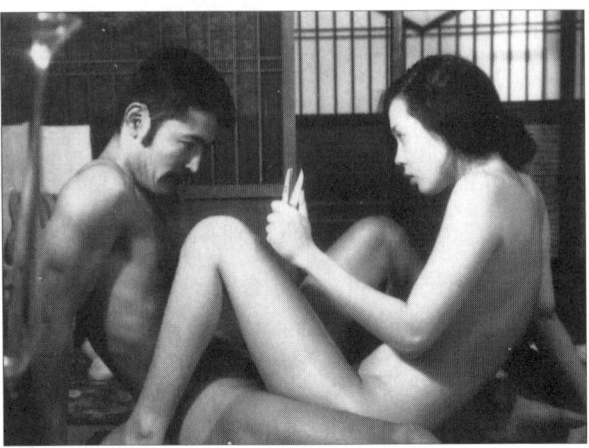

오시마 나기사가 이념 투쟁의 패배와 포기 이후 프랑스 돈으로 만든 영화 「감각의 제국」은 각본만 선보인 단계에서 이미 외설물 배포 혐의로 감독이 기소되었고, 일본에서는 현상할 곳이 없어 프랑스로 가서 작업을 거친 다음 역수입하는 형식으로, 그것도 여기저기 잘리고 부분적으로 검열 장치를 한 다음에야 처음 일본에서 상영되었다.

지 않고, 다른 게이샤들이나 옆집 할머니가 지켜보는 가운데에서도, 오직 죽음과 같은 극단적인 쾌락을 광적으로 계속 추구하던 여자는 변태적인 마녀가 되고, 끝내 영원히 남자를 소유하려는 욕망을 이기지 못해서, 절정의 순간에 남자를 목졸라 죽인 다음 그의 성기를 잘라 몸에 지닌다.

기찌조의 성기를 몸에 넣고 다니다가 나흘 만에 체포된 실제 아베 사다는 징역 6년형을 받았으며, 이 사건은 여러 차례 영상화되었다. 오시마 나기사의 영화에서 주연을 맡은 마쓰다 에이꼬(松田英子)는 실제 인물과 용모가 비슷한 여은행원 출신이었는데, 영화를 만든 다음 언론과 사회로부터 그녀에게 쏠린 시선을 견디지 못하고 정신이상을 일으켜 지금도 치료를 받고 있다는 후문이다.

노골적인 성을 주제로 한 예술성과 외설의 모호한 경계선 때문에 「감각의 제국」이 많은 사람들에게 판단의 혼란을 가져 온다고는 하지만, 아무리 예술이라고 우기려고 해도 이 ‘작품’은 당시 일본에 흔했던 '에로덕숀'과 다른 구석이 전혀 보이지를 않는다.

「감각의 제국」과 어딘가 뒷맛이 유사한 영화로는 그보다 몇 년 전에 세계적인 논쟁의 대상이 되었으며 우리나라에서도 수입 여부를 놓고 말이 많았던 「빠리에서의 마지막 탱고」가 되겠다.

조국을 버리고 떠돌아다니던 미국 중년남자 폴은 부정한 남자 관계를 계속하다가 자살한 아내 때문에 음울한 심정이고, 장교였던 아버지를 자랑으로 삼는 프랑스 아가씨 잔느는 지극히 정상적인 약혼자와의 젊은 관계에서 무엇인가 권태로운 허전함을 느낀다. 그리고 우연히 길거리에서 지나쳤던 폴과 잔느 두 사람이 빈집을 구하려다가 어느 아파트먼트에서 우연히 다시 마주치자, 우발적이면서도 대단히 자연스러운 성행위가 이루어진다.

아무런 책임도 지지 않으려고 이름조차 가르쳐 주지 않으면서 남자는 여자와 오직 성관계만을 계속하고, "식욕도 좋아지고 건강한 운동이기 때문에 성행위가 즐겁다"는 잔느와 자신의 외롭고 음산한 죽음의 여운으로부터 벗어나려는 폴은, 마주앉은 자세도 실험해보고, 온몸에 비누칠도 하고, 여자의 항문에 버터를 바른 다음 뒤에서 행하기도 하고, 그런가 하면 잔느는 상대방이 지켜보는 앞에서 자위행위도 하고, 두 사람은 선정적이고 자극적인 언어를 주고받는다. 그러면서도 여자는 행위 자체만이 목적인 행위로부터의 탈출을 원한다.

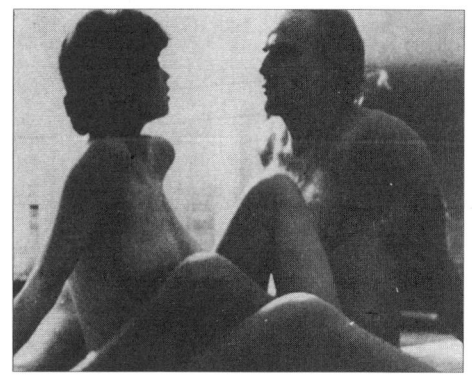

「빠리에서의 마지막 탱고」에서는 조국을 버리고 떠돌아다니는 미국 중년남자와 프랑스의 젊은 아가씨가 우발적이면서도 대단히 자연스러운 '관계'를 형성한다.

남녀 두 주인공이 오직 성행위에만 몰두하는 듯한 줄거리의 두 영화이지만, 「빠리에서의 마지막 탱고」는 「감각의 제국」하고는 아주 감각

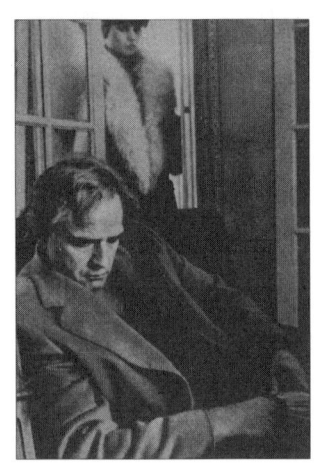

남녀 두 주인공이 오직 성행위에만 몰두하는 듯한 줄거리의 두 영화이지만, 「빠리에서의 마지막 탱고」(사진)는 「감각의 제국」하고 아주 감각이 달라서, 주체하기 어려운 인간의 고독을 응시한다.

이 다르다. 「감각의 제국」이 넘치는 성욕을 채우지 못해 정신을 못차리는 여주인공 아베 사다의 변태 행위 자체만 재현하는 데 바쁜 반면에, 「빠리의 탱고」는 주체하기 어려운 인간의 고독을 응시한다. 남편과 애인에게 똑같은 잠옷을 입혔던 폴의 아내 로자는 대단히 고독하다. 그래서 손톱으로 벽지를 뜯기도 한다. 그리고 간통까지 해보지만, 그래도 기쁨을 찾지 못한 채 자살로 생을 마감한다.

다채로운 경력을 거치며 여러 나라를 돌아다녔어도 마음의 고향을 찾지 못한 남주인공 폴은 빠리에서 싸구려 여인숙("flophouse")을 경영하는 마흔다섯 살의 남자이며, 아내가 자살한 다음 어린 여자 잔느를 만나 온갖 동물적인 행위를 실험하지만, 절망과 슬픔을 끝내 이기지 못해 아내의 시체 앞에서 눈물의 독백을 한다. 행복에 대한 끝없는 추구도 소용이 없고, 채워지지 않는 욕망에 대해서 그는 "죽을 때까지 인간은 절대로 고독을 못 벗어난다"고 말한다.

그런가 하면 잔느는 어설픈 환상을 꿈꾸며 엉터리 기록영화를 만드는 애인 톰에게서 채우지 못하는 성숙한 쾌락을 중년남자 폴에게서 구하지만, 남자의 태만한 행위에 실망하여 다시 해방을 찾으려 하고, 그녀를 놓아주지 않으려고 하는 짐승을 아버지의 권총으로 쏴 죽인다. 마지막 장면에서 잔느가 경찰에 진술해야 할 내용을 연습이라도 하는 듯 읊어대는 독백은 그래서 이해나 연결이 안 되는 인간 관계에 대한 비평처럼 들린다.

「감각의 제국」이나 마찬가지로 프랑스 제작사(Argos Films)와 오시마 나기사의 합작인 「욕정의 제국」 또한 1895년에 실제로 일어났던 불륜 사건을 소재로 삼았다. 어느 시골 마을의 인력거꾼 기사부로는 먹고 살기도 힘들어 하지만, 중년의 나이에도 욕정은 싱싱하던 그의 아내 세끼는 스무 살이나 아래인 사내 도요지와 눈이 맞아 격정적인 성생활을 즐기고, 그러다가 아예 남편을 둘이서 제거하여 시체를 우물 속에 던져 넣는다. 그러나 3년이 지난 다음 남편의 혼령이 자꾸 나타나고, 세끼는 죄의식에 시달리면서도 더욱더 욕정에 매달리지만, 두 사람은 경찰의 고문을 견디지 못해서 결국 죄를 자백한다.

프랑스의 돈으로 제작한 오시마의 영화 「막스 내 사랑(マックス モン・アムール, 1986)」은 숫놈 침팬지와 사랑을 나누는 여자의 얘기인데, 「킹 콩」에서 고릴라가 여주인공을 손가락으로 희롱하는 장면이 지나치게 음란하다고 사람들이 떠들어대던 시절하고는 격세지감이 느껴진다.

「고하또」에서 사무라이 세계를 무너뜨린 남성간의 동성애는, 영국과 뉴질랜드 자본까지 끌어들여서 만든 「전장의 메리 크리스마스」에서는 연합군 포로 감시원인 조선 청년과 뉴질랜드 병사 사이에서도 이루어진다. 제2차 세계대전 당시 포로수용소에서 문화와 군인정신에

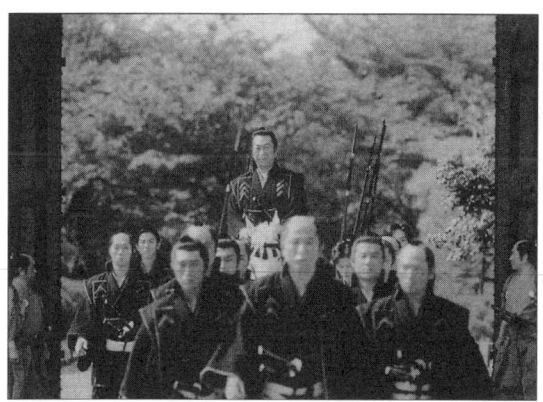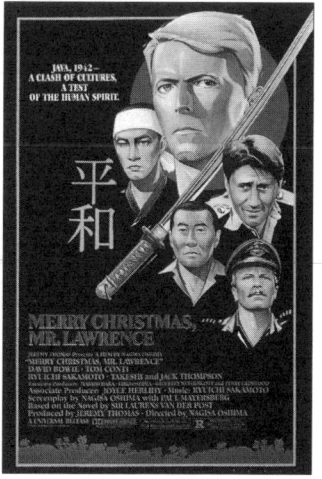

「고하또」(왼쪽)에서 사무라이 세계를 무너뜨린 남성간의 동성애는 영국과 뉴질랜드 자본까지 끌어들여서 만든 「전장의 메리 크리스마스」(오른쪽)에서는 연합군 포로 감시원인 조선 청년과 뉴질랜드 병사 사이에서도 이루어진다.

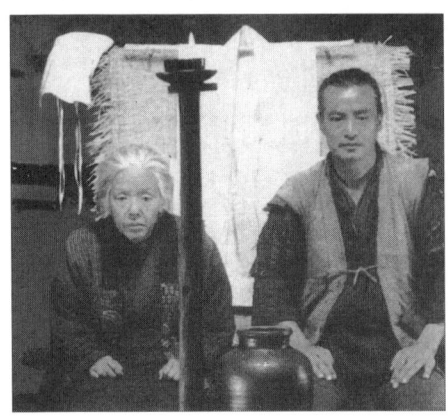
1983년 깐느 영화제에서 대상을 수상한 「나라야마 부시꼬」
는 우리나라 영화 「고려장」과 아주 비슷한 내용을 다룬다.

대한 개념이 워낙 상반되는 연합군 (서양) 포로와 일본군(동양) 사이의 오기싸움이 기둥줄거리를 이루는 이 영화에서는 일본이 피해자인가 아니면 가해자인가 하는 시각이 제작비의 출처와 정비례한다.

1983년 깐느 영화제에서 「전장의 메리 크리스마스」와 치열한 경합을 벌인 끝에 대상을 수상한 「나라야마 부시꼬」는 1 년의 절반 가량을 눈 속에 파묻혀 살아가는 산골 마을이 무대이다. 먹고 살기가 「오싱」("정복의 길" 95~97쪽 참조)의 마을만큼이나 어려워서, 나머지 사람들의 생존을 위해 칠순 노모를 아들이 산에 갖다 버려야 하는 비참한 얘기인데, 우리나라 영화 「고려장」에서는 기아에 허덕이는 화전민 마을에서 칠순 노모를 산 채로 업어다 버리지만, 자신도 나중에 그렇게 버림을 받으리라는 두려움에 어머니를 다시 업고 집으로 돌아온다.

여러 가부끼 극단을 전전하고 여장 전문배우로 일하다가 영화로 입문하여 에도(江戶)와 메이지 시대의 정서를 가장 잘 표현하는 감독으로 알려진 기누가사 데이노스께(衣笠貞之助, 1896~1982)는 가와바따 야스나리와 함께 작업한 초현실주의적 실험영화 「미친 듯 써 내려간 글(狂つた一頁, 1926)」로 유명하지만, 구로사와 아끼라와 미조구찌 겐지에 이어서 본격적으로 그가 서양에 알려지기는 「지옥문」이 깐느 영화제에서 황금종려상을, 그리고 아카데미 외국어 영화상을 받으면서였다. 12세기 사무라이가 유부녀와 사랑을 하다가 비극적으로 그녀에게 수치를 가져다 준다는 내용으로서, 근대화 이전 일본의 전통적인 색감과 영상, 그리고 기모노(着物) 의상이 서양인들의 이국적인 환상을 자극했다는 평을 들었다.

기모노를 걸친 게이샤와 더불어 일본 영화의 세계 정복에 앞장섰던 사무라이 얘기는 1999년에도 등장한다. 우리나라에서도 흥행에 성공했던 「사무라이 픽션」에서는, "MTV의 구로사와" 나가노 히로유끼(中野裕之) 감독이, 3백 년 전 사무라이의 영광을 첨단 기술과 기법을 통해 비틀어 놓는다. 보검을 둘러싸고 변변치 못한 무사들이 벌이는 소동이어서, "이설 사무라이물(異說侍物)"이라는 분류가 가능할지 모르겠다. 제목은 「펄프 픽션」적이고.

역시 의상이 큰 구경거리인 「리뀨」에서는 전국시대에 다도(茶道)를 창시하고 미와 지의 삶을 살아가면서 많은 사람들로부터 흠모를 받는 센노리뀨(千利休)에 대해서, 절대적인 권력을 휘어잡았던 도요또미 히데요시가 부러움과 열등감을 느낀다. 그리고 베네치아 영화제에서 은사자장을 받은 「센노리뀨 혼가꾸보우 유문」에서는 센노리뀨가 죽은 지 27년 후, 애제자 혼가꾸보우가 사무라이처럼 구도적인 삶을 살았던 스승이 도요또미 때문에 할복자살을 했는지를 알아보고, 센노리뀨의 생애를 담담하게 추적한다.

무성영화와 유성영화의 연결기에 시대극만 만들다가 스물아홉이라는 젊은 나이에 중국 전선에서 병으로 생애를 마친 야마나까 사다오가 만든 「단게사젠요와 백만 냥짜리 항아리」는 비자금 백만 냥을 파묻어 놓은 장소의 보물지도를 숨겨눈 항아리가 금붕어 어항으로 사용되는 가운데, 사무라이들이 활극을 벌이며 웃기는 영화이다. 군국주의에 희생된 천재 감독 야마나까의 마지막 작품 「인정 종이풍선」은 19세기 중반에 가와다께 모꾸아미(河竹默阿彌)가 집필한 4막짜리 가부끼 작품(『梅雨小袖昔八丈』)이 원작으로서, 감독 자신의 운명을 반영하듯 "고리끼의 『밤 주막』을 연상시키는" 어두운 분위기가 가득하다고 요모따 이누히꼬(四方田犬彦) 교수는 분석한다.

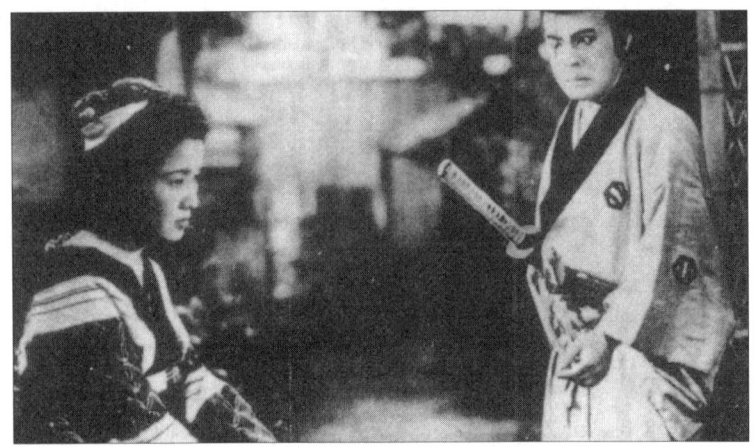

야마까 사다오가 만든 「단게사젠요와 백만 냥짜리 항아리」는 보물지도를 숨겨둔 항아리가 금붕어 어항으로 사용되는 가운데, 사무라이들이 활극을 벌이며 웃기는 영화이다.

　「천과 지」는 4천만 달러의 엄청난 제작비를 들여 영화의 대부분을 캐나다에서 촬영해서 국적이 미묘한 사무라이 대활극 영화이고, 「인간의 조건」 6부작을 만든 고바야시 마사끼(小林正樹)의 「할복」은 에도 시대 초기에 할복을 구실로 모여든 사무라이들을 내세워 무사 사회의 비인간성과 권력자의 위선을 부각시킨다. 1960년대에 만든 시대극과 더불어 「인간의 조건」에서 고바야시가 무사 사회와 군대 사회에 대하여 보여 주는 저항 의식은 그의 젊은 시절 경험에서 비롯되었다고 본다. 1942년 영화 작업을 시작한 지 몇 달 만에 징집되어 만주 전선으로 끌려간 그는 황군(皇軍)의 군국주의 사상에 반대하는 뜻으로 이등병에서 진급되기를 거부했고, 나중에는 포로가 되어 1946년까지 수용소 생활을 했다. 그의 작품들이 비인간적인 집단에게 짓밟힌 개인을 치열하게 다룬 것은 당연한 일이었다.

　우리나라에서 비디오로 출시된 「검객」은 인기 텔레비전 무협물 「필살」의 6백 회 기념작으로 1984부터 96년까지 제작한 여섯 편의 극장용 영화 가운데 네 번째이며, 핍박받는 서민층을 위해 조로(Zorro)나

핌퍼넬("신화와 역사의 건널목" 140~2쪽 참조)처럼 신분을 감추고 활동하는 검객이 주인공으로 나온다. 낮에는 "미나미마찌의 게으름뱅이"로 사람들이 깔보는 존재여서 아내와 장모까지도 경멸하지만, 밤만 되면 악인을 찾아 처리하는 무서운 자객으로 변신하는 나까무라 몬도는 에도시

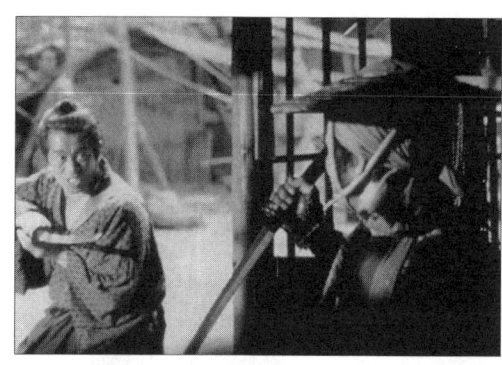

「검객」의 주인공은 핍박받는 서민층을 위해 조로(Zorro)나 스칼레트 핌퍼넬(The Scarlet Pimpernel)처럼 신분을 감추고 활동하는 검객이다.

대의 스칼레트 핌퍼넬이라고 하겠다.

핌퍼넬 주제의 영화는 다양한 형태로 발전해 왔는데, 그중에서도 레슬리 하워드가 제작, 감독, 주연을 맡았던 「핌퍼넬 스미드」는 지금까지도 "나만의 영화(cult movie)"로 인기가 꾸준하다. 「바람과 함께 사라지다」에서 애슐리 윌크스(Ashley Wilkes) 역으로 그의 섬약한 면을 인상깊게 표출시켰던 레슬리 하워드는 제1차 세계대전 참전에서 받은 정신적인 충격을 극복하기 위해 연기 생활을 시작했다는 특이한 경력의 소유자로서, 헐리우드의 인기배우가 된 다음 제2차 세계대전이 발발하자 영국으로 돌아가 영상물을 통한 반나찌 선전 활동을 적극적으로 벌였다. 1943년 6월 1일 리스본에서 비밀 임무를 마치고 귀국하던 그가 탑승했던 비행기를 나씨가 격추시켜 죽음을 맞았던 까닭이 윈스턴 처칠이 탄 비행기라고 독일군이 잘못 알았기 때문이 아니라 애초부터 레슬리 하워드를 노렸었다는 주장도 그래서 나왔다.

「핌퍼넬 스미드」가 끼친 선전 효과도 대단해서, 젊은 스웨덴 외교관은 이 영화를 본 다음 감명을 받아 헝가리의 유대인 수천 명을 나찌로부터 구해냈다고 한다. 영화의 주인공 호레이쇼 스미드(Horatio Smith)는 켐브릿지 대학교의 고고학 교수로서, 1939년 봄에 고대 아리

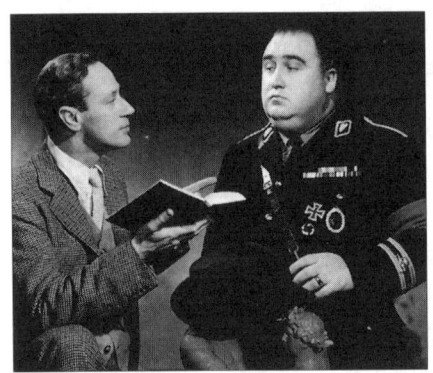

안 문명을 조사하기 위해 여섯 명의 학생을 데리고 독일 여행을 가서는 휘파람을 부는 신비한 사나이로, 그리고 허수아비로 변장해 가면서 구출 활동을 벌인다.

고고학자이며 온갖 모험을 벌이는 스미드 교수는 훗날 조지 루카스와 스티븐 스필버그가 인디아나 존스(Indiana Jones)라는 인물로 재생시킨다. 일본 영화 「비밀 요새의 세 악인」을 모방해서

「핌퍼넬 스미드」의 제작, 감독, 주연을 맡았던 레슬리 하워드(왼쪽)는 제1차 세계대전 참전에서 받은 정신적인 충격을 극복하기 위해 연기 생활을 시작했다는 특이한 경력의 소유자이다.

「스타 워즈」를 만들었다는 루카스와 스필버그는 「E. T.」에서도 조지 팔(George Pal)이 제작한 「우주전쟁(The War of the Worlds, 1953)」에서 외계인의 손가락을 그대로 복제해서 사용하는데, 이렇게 그들의 영화는 하나같이 어디선가 이미 보았던 듯한 인상을 줄 만큼 내용에서 독창성을 보이지 못하고, 그래서 기술적인 재현 능력말고는 창의력이 별로 없는 그들에 대한 과대평가도 이제는 삼가야 하지 않을까 하는 생각이다.

찾아보기 ●---

▐ 「고하또(御法度, 2000, 일본, 100분) 감/오시마 나기사, 출/비또 다께시, 마쯔다 류헤이, 아사노 다다노부, 다께다 신지, 崔洋一

▐ 「감각의 제국(愛のコリダ, 프랑스 제목 L'Empire de Sens, 영어 제목 In the Realm of the Senses 또는 Empire of the Senses, 1976, 일본－프랑스, 102분)」, 감/오시마 나기사, 출/후지 다쯔야, 마쯔다 에이꼬, 나까지마 아오이, 세리 메이까, 마쯔이 야스꼬

▐ 「빠리에서의 마지막 탱고(Last Tango in Paris, 1973, 프랑스－이탈리아, 129분)」, 감/Bernardo Bertolucci, 출/Marlon Brando, Maria Schneider, Jean Pierre Léaud, Darling Legitimus, Catherine Sola, Mauro Marchetti, Dan Diament

▮「욕정의 제국(또는 "사랑의 망령," 愛の亡靈, Empire of Passion 또는 The Phantom of Love, 비디오 제목 In the Realm of Passion, 1978, 일본, 110분)」, 감/오시마 나기사, 출/요시유끼 가즈꼬, 후지 다쯔야, 다무라 다까히로, 하세가와 마사미, 가와따니 다꾸조

▮「전장의 메리 크리스마스(戰場のメリークリスマス, Merry Christmas, Mr. Lawrence, 1983, 영국-일본, 122분)」, 감/오시마 나기사, 출/Tom Conti, David Bowie, 사까모또 류이찌, 비또 다께시, 미가미 히로시, Jack Thompson

▮「나라야마 부시꼬(楢山節考, The Ballad of Narayama, 1983, 일본, 120분)」, 감/이마무라 쇼헤이, 출/오가따 겐, 사까모또 스미꼬, 아끼 다께조

▮「고려장(高麗葬, 1963, 한국, 90분)」, 감/金綺永, 출/金振奎, 朱曾女, 李藝春, 鮮于龍女

▮「지옥문(地獄門, Gate of Hell, 1953, 일본, 89분)」, 감/기누가사 데이노스께, 출/교마찌꼬, 하세가와 가즈오, 야마가따 이사오, 센다 고레야

▮「사무라이 픽션(サムライフィクショソ, Samurai Fiction, 1998, 일본, 111분)」, 감/나가노 히로유끼, 출/후지꼬시 미쯔루, 호떼이 도모야스, 오가와 다마끼, 가자마 모리오, 나쯔끼 마리

▮「리뀨(利休, 1989, 일본, 135분)」, 감/데시가와라 히로시, 출/미꾸니 렌따로, 야마자끼 쯔또무, 미따 게이꼬, 마쯔모또 고시로, 나까무라 기찌에몬

▮「센노리뀨 혼가꾸보우 유문(千利休本覺坊遺文, 1989, 일본, 107분)」, 감/구마이 게이, 출/오꾸다 에이지, 요로즈야 긴노스께, 미후네 도시로, 아시다 신스께, 가또 쯔요시

▮「단게사젠요와 백만 냥짜리 항아리(丹下左膳餘話百萬兩の壺, 1935, 일본) 감/야마나까 사다오, 출/오오꼬우찌 덴지로, 사와무라 구니따로

▮「인정 종이풍선(人情紙風船, 1937, 일본) 감/야마나까 사다오, 출/가와하라자끼 조주로, 나까무라 간에몬, 야마기시 시즈에

▮「천과 지(天と地, Heaven and Earth, 1990, 일본, 106분 또는 119분) 감/가도까와 하루끼, 출/에노끼 다까아끼, 쯔가와 마사히꼬, 아사노 아쯔꼬, 와따세 쯔네히꼬, 자이젠 나오미, 이또 빈빠씨, 해설/Stuart Whitman

▮「할복(割腹, Harakiri, 1962, 일본)」, 감/고바야시 마사끼, 출/나까다이 다쯔야, 단바 데쯔로, 이와시다 시마

▮「검객(必殺4 恨みはらします, 1987, 일본)」, 감/후까사꾸 긴지, 출/후지다 마꼬또, 사나다 히로유끼, 무라까미 히로아끼

▮「핌퍼넬 스미드("Pimpernel" Smith 또는 Mister V, 1941, 영국, 122분)」, 감/Leslie Howard, 출/Leslie Howard, Mary Morris, Francis L. Sullivan, Hugh McDermott, Raymond Huntley, Manning Whiley, David Tomlinson

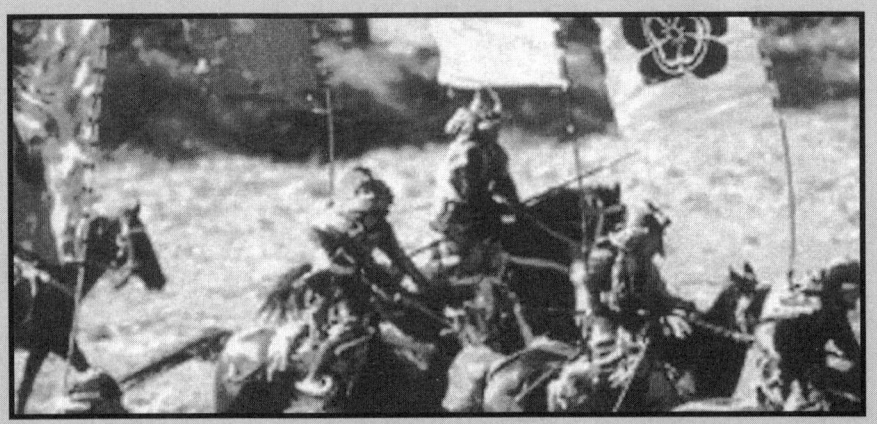

변두리 인간들의 염세적인 모습을 자주 그려온 시노다 마사히로가 시바 료따료의 역사소설을 원작으로
삼아서 만든 시대극 「올빼미의 성」은 어둠 속에서 활동하던 닌자의 존재를 조명한다.

닌자들이 서양으로 간 까닭은

　　오시마 나기사와 함께 일본의 새물결운동을 일으켰으며 변두리 인간
들의 염세적인 모습을 자주 그려온 시노다 마사히로(篠田正浩, 1931~)
가 시바 료따료의 역사소설을 원작으로 삼아서 만든 시대극 「올빼미의
성」은 어둠 속에서 활동하던 닌자(忍者)의 존재에 조명을 드리운다.

　　철두철미하게 부시도(武士道)를 지키며 살아가던 사무라이를 영광
스럽고도 화려한 귀족 무사라고 한다면, 그들 대신에 더럽고 치사한
일을 하기 위해 고용되는 첩자나 자객들의 집단이 닌자였다. 따라서
부시도를 어겨가며 온갖 나쁜 짓을 해야 했던 닌자는 죽은 나음에도
갈 곳이 없었으며, 살아서도 그들이 속한 집단의 비밀을 입 밖에 꺼내
지 않았다. 검과 독약을 무기로 삼았던 그들은 거의 3백 년 동안 일본
에서 활약했다고 한다.

　　「올빼미의 성」은 전국시대 말기인 1581년, 강력한 권력자 오다 노
부나가(織田信長)가 정국을 완전히 장악하는 데 그들이 방해가 된다는
두려움 때문에 닌자 집단의 본거지인 이가(伊賀)를 쓸어 버리라는 명

령을 내린다. 어린아이까지 몰살을 당한 닌자들 가운데 겨우 살아남아 지하로 숨어든 그들은 복수를 꿈꾸고, 10년 후 도요또미 히데요시가 권력을 잡은 다음에는 정권을 노리는 도꾸가와 이에야스(德川家康)가 숨어 사는 이가 닌자들을 규합하여 이용할 계획을 세운다. 그러나 히데요시를 제거하려던 도꾸가와가 계획을 은폐하기 위해 다른 닌자 집단을 동원하여 이가 닌자들을 없애려고 한다.

그들의 음산한 속성과 정체 때문이겠지만, 닌자들은 서양의 상상력을 자극하여, 제임스 본드 영화 「007 두 번 산다(You Only Live Twice, 1967)」에서 검정 옷차림의 닌자가 이미 선을 보였고, 로저 콜만(Roger Corman) 밑에서 일하다가 이스라엘 영화 산업을 키워놓고 헐리우드로 돌아가 수많은 영화를 제작하고 감독하여 영화계의 유대인 세력을 확립한 메나헴 골란도 1980년에 등장한 첩보소설 『닌자(The Ninja, 1980, Eric von Lustbader)』에 비상한 관심을 보이게 되었다. 과거의 동양에서 마술적 무술인들을 찾아내어 서양의 현대 첩보전에 이식한 분위기가 매혹적이기 때문이었다.

골란 감독은 무적의 가라데 챔피언이었던 마이크 스톤(Mike Stone)을 주연으로 필리핀에서 닌자영화를 촬영하기 시작했지만, 얼마 후

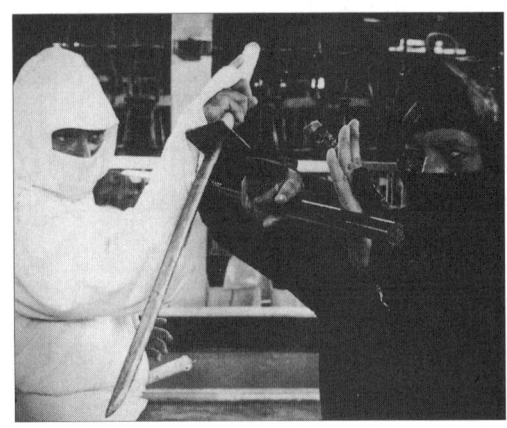

1980년에 등장한 첩보소설 「닌자」는, 과거의 동양에서 마술적 무술인들을 찾아내어 서양의 현대 첩보전에 이식한 매혹적인 분위기에 힘입어, 흑과 백의 대결이 노골적인 「닌자의 등장」(사진)이라는 3류 활극을 등장시켰다.

제작진과 연기자를 몽땅 이스라엘 사람들로 바꾸고 프랑코 네로를 주연으로 내세워 「닌자의 등장」이라는 3류 활극을 등장시켰다. 「닌자의 등장(Enter the Ninja)」이라는 제목은 물론 리샤오룽의 인기 영화 「용쟁호투(Enter the Dragon)」의 영어 제목을 그대로 흉내낸 것이었다. 이국적이고, 비극적이고, 인내하는 닌자의 모습 대신 희한한 초특급 악당이나 영웅으로 둔갑한 닌자들이 두건을 쓰고 검은 옷을 걸치고 나와서는 표창을 던져대는 "치고받기잡탕(chop socky)" 활극이라는 분야가 그렇게 해서 세상에 태어났다. 영어로 "chop socky"라고 하면 "당수(唐手)로 찍는다"는 뜻의 'chop'과 "주먹으로 때리다(sock)"를 묶어 미국식 중국 잡채(chop suey)를 연결지어 만들어낸 단어이다.

「닌자의 등장」은 마약 밀수와 살인과 납치를 일삼는 나쁜 닌자와 좋은 닌자가 대결하는 속편 「닌자의 복수」와 경찰이 죽여 버린 나쁜 닌자의 혼령이 백인 여자의 몸으로 들어가서 일을 벌이는 3탄 「닌자의 지배」까지 나타났다.

비록 형편없는 영화이기는 해도 「닌자」 3탄이 흥행에 성공하자, 로저 콜만의 감각을 살려서인지, 골란은 필리핀의 미군 부대에서 벌어지는 치고받기 활극 「아메리칸 닌자」를 만들고, 카리브 해의 어느 섬에서 행방불명이 된 해병대원들을 찾기 위해 마약업자들과 싸우는 「아메리칸 닌자 2」 "대결" 편도 만들고, 너무나 유치해서 흥행에서도 큰 성공을 거두지 못한 3탄 "뇌의 추적"도 만들고, 아랍인들에 억류된 미국인 인질들을 구해내는 4탄 "싹쓸이"도 만들었다.

심지어는 돌연변이를 일으킨 거북이 닌자도 나타났는데, 그들의 탄생은 아주 우발적인 과정을 거쳤다. 청룽(成龍)과 리리엔지에(李連杰)가 주연한 중국의 쿵푸 영화를 흉내낸 텔레비전 연속물 「헤라클레스의 전설적인 모험(Hercules: The Legendary Journeys)」과 「여전사 지나(Xena: Warrior Princess)」("전설의 시대" 159~169쪽 참조)가 세계적으로

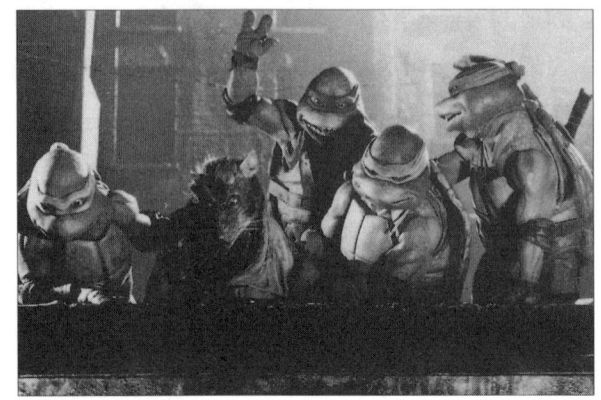

닌자영화의 열풍은 돌연변이 거북 닌자를 아주 우발적으로 탄생시켰다. 서양 영화에서는 주연배우가 아시아인이어서는 흥행에 성공하기 어렵다는 분석 결과에 따라서 국적 불명인 돌연변이 거북이를 만들어냈다고 한다.

대성공을 거둔 반면에 1989년 청룽이 첫 번째 헐리우드 진출에서 실패한 이유가 무엇인지 이유를 분석한 결과, 서양 영화에서는 주연배우가 아시아인이어서는 흥행에 성공하기 어렵다는 결론이 나왔고, 그래서 케빈 이스트만(Kevin Eastman)과 피터 레어드(Peter Laird)도 같은 공식을 적용해서 그들이 그리는 만화의 주인공 닌자들을 동양인으로 그냥 내보내지 않고 국적 불명인 돌연변이 거북이로 만들었다고 한다.

이렇게 태어난 「닌자 거북이」들에게 유명한 화가들의 이름을 붙여주었고, 첫 영화에서 도나텔로, 레오나르도, 미켈란젤로, 라파엘로는 뉴요크의 하수구에서 왕쥐와 함께 살며 텔레비전 여기자를 도와 흉악한 범죄 집단을 일망타진한다. 어린이 텔레비전 프로그램 「세서미 스트리트(Sesame Street)」로 유명한 짐 헨슨(Jim Henson)의 인형 공작소(Creature Shop)에서 만들어낸 거북이들은 속편 "비밀의 액체"를 거쳐, 3편 "맨하탄 사무라이"는 사악한 성주에 맞서 싸우려고 봉기하는 중세 일본의 마을 주민들을 돕기 위해 출동한다.

서양으로 간 닌자들의 행렬은 거기에서 그치지를 않고, 닌자 거북이 얘기는 텔레비전을 위한 만화 연속물로 이어졌고, 서양인(미국 아기)이 모세처럼 일본으로 흘러가서 전투 훈련을 받은 다음 베벌리 힐스로 돌아가서 활약을 벌이는 「베벌리 힐스 닌자」로도 이어졌다. 「베벌리 힐스 닌자」에는 한국계 배우 오순택이 출연하며, 「닌자의 땅 (Ninja Turf, 1986, 감/리처드 박, 출/필립 리, 준 정, 빌 월레스)」은 차이나 타운에서 마약조직의 돈을 훔친 고등학생을 주인공으로 내세워 한국인 2세들이 모여서 만든 대표적인 멍청영화이다.

영어 제목만 봐서는 「닌자의 땅(Ninja Turf)」과 별로 멀지 않은 곳에서 「파도타기 닌자(Surf Ninja)」도 눈에 띈다. 남부 캘리포니아에서 파도타기를 인생의 대부분이라고 생각하는 아이들이 어느 날 홀연히 나타난 정체불명의 사나이로부터 그들이 사실은 머나먼 아시아 바루산 왕국의 황태자였지만 못된 장군이 어쩌고저쩌고 해서 왕위를 찬탈당했다는 얘기를 듣고는 왕권을 되찾으러 모험의 길에 오른다는 내용이다. 닌자영화 열풍의 사생아쯤 되는 이 영화는 우리나라에서 비디오로 출시될 때 「총알 탄 사나이」로 이상한 인기를 누리게 된 레슬리 닐슨의 명성에 업히기 위해 「파도 탄 사나이」라는 제목을 달고 나오기도 했다.

북한으로 납치되었다가 탈출한 한국의 신상옥 감독이 미국으로 건너가 처음 만든 헐리우드 영화도 불법으로 쓰레기를 매립하는 악당들과 싸워 인디언의 식수원을 보호해 주는 '닌자 3총사' 이야기 「닌자 키드」였다. 누가 뭐라고 해도 한국 영화의 전성기에 아내 최은희와 함께 우리 영화계의 대들보 노릇을 했던 신상옥 감독이 서양에 가서 이런 수준의 영화를 만드는 기회밖에 얻지 못했다는 사실이 안타깝지만, 동양인에 대한 서양의 인식 그리고 한국 영화의 수준에 대한 객관적인 평가가 초래한 결과는 아니었을까 반성이 필요하겠다.

할아버지에게서 동양의 닌자 무술을 익힌 삼형제(Rocky, Tum Tum, Colt)를 주인공으로 삼은 '닌자 키드' 영화는 디즈니사에서 배급한 「3인의 닌자」가 예상밖의 성공을 거둔 덕택에 줄지어 나타났다. 주인공들을 납치하려는 악당들과의 엎치락뒤치락 웃기기 활극 「3인의 닌자」

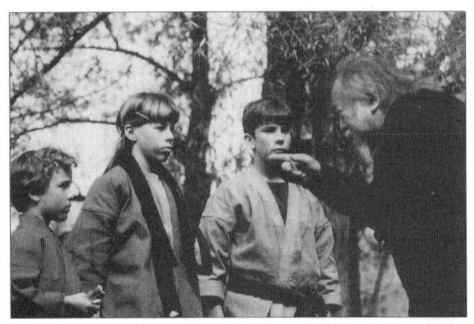
할아버지에게서 동양의 닌자 무술을 익힌 삼형제를 주인공으로 삼은 '닌자 키드' 영화의 족보에는 북한으로 납치되었다가 탈출한 한국의 신상옥 감독도 포함된다. 사진은 「3인의 닌자와 정오의 대결」이다.

는 「닌자 키드」를 거쳐 놀이터에서 인질극이 벌어지는 「3인의 닌자와 정오의 대결」, 그리고 옛날의 숙적이 노리는 할아버지를 도와주러 3형제가 일본으로 날아가는 「돌아온 닌자 키드」로 이어졌다. 그리고 보물지도를 놓고 3형제가 악당들과 어쩐다는 「아메리칸 호소자(3 Little Ninjas and the Lost Treasure, 감/에메트 알스톤, 출/조나던 안잘도, 스티븐 넬슨, 미국, 1990, 85분)」에 이르면 아무리 옭어먹기가 판치는 세상이라고 해도 좀 지나치지 않나 하는 생각까지 든다.

찾아보기 ●

▌「올빼미의 성(梟の城, 1999, 일본, 138분)」, 감/시노다 마사히로, 출/나까이 기이찌, 쯔루다 마유, 가미가와 다까야

▌「닌자의 등장(Enter the Ninja, 1981, 미국, 94분 또는 99분) 감/Menahem Golan, 출/Franco Nero, Susan George, Sho Kosugi, Alex Courtney, Will Hare, Zachi Noy, Dale Ishimoto, Christopher George

▌「닌자의 복수(Revenge of the Ninja, 1983, 미국, 88분) 감/Sam Firstenberg, 출/Sho Kosugi, Keith Vitali, Virgil Frye, Arthur Roberts, Mario Gallo

▌「닌자의 지배(Ninja III-The Domination, 1984, 미국, 95분)」, 감/Sam Firstenberg, 출/Lucinda Dickey, Jordan Bennett, Sho Kosugi, David Chung

▌「아메리칸 닌자(American Ninja, 1986, 미국, 95분)」, 감/Sam Firstenberg, 출/Michael Dudikoff, Steve James, Judie Aronson, Guich Koock, John Fujioka, Don Stewart, John Lamotta

▌「아메리칸 닌자 2(American Ninja 2: The Confrontation, 1987, 미국, 89분)」, 감/Sam Firstenberg, 출/Michael Dudikoff, Steve James, Larry Poindexter, Gary Conway, Jeff Weston, Michelle Botes

▌「아메리칸 닌자 3(American Ninja 3: Blood Hunt, 1989, 미국, 90분)」, 감/Cedric Sundstrom, 출/David Bradley, Steve James, Marjoe Gortner, Michele Chan, Calvin Jung

▌「아메리칸 닌자 4(American Ninja 4: The Annihilation, 1991, 미국, 95분)」, 감/Cedric Sundstrom, 출/Michael Dudikoff, David Bradley, James Booth, Dwayne Alexandre

▌「닌자 거북이(Teenage Mutant Ninja Turtles, 1990, 미국, 93분)」, 감/Steve Barron, 출/Judith Hoag, Elias Koteas, 목소리/Robbie Rist, Kevin Clash, Brian Tochi, David McCharen

▌「닌자 거북이 2(Teenage Mutant Ninja Turtles II: The Secret of the Ooze, 1991, 미국, 88분)」, 감/Michael Pressman, 출/Paige Turco, David Warner, Ernie Reyes, Jr., Michelan Sisti, Leif Tilden, Kenn Troum, Mark Caso

▌「닌자 거북이 3(Teenage Mutant Ninja Turtles III, 1993, 미국, 96분)」, 감/Stuart Gillard, 출/Elias Koteas, Paige Turco, Stuart Wilson, Sab Shimono, Vivian Wu, Mark Caso, Matt Hill

▌「베벌리 힐스 닌자(Beverly Hills Ninja, 1997, 미국, 88분)」, 감/Dennis Dugan, 출/Chris Farley, Nicollette Sheridan, Robin Shou, Nathaniel Parker, Soon Tek Oh, Cookie Hirabayashi, Chris Rock

▌「파도타기 닌자(비디오 제목 "파도 탄 사나이," Surf Ninja, 1993, 미국, 86분)」 감/Neal Israel, 출/Ernie Reyes, Jr., Rob Schneider, Nicolas Cowan, Leslie Nielsen, Tone-Loc, Ernie Reyes, Sr., Keone Young, Kelly Hu, Tad Horino

▌「닌자 키드(3 Ninjas Knuckle Up, 1995, 미국, 85분)」, 감/Simon S. Sheen(신상옥), 출/Victor Wong, Charles Napier, Michael Treanor, Max Elliott Slade, Chad Power, Crystle Lightning, Patrick Kirkpatrick

▌「3인의 닌자(3 Ninjas, 1992, 미국, 87분)」, 감/Jon Turtletaub, 출/Victor Wong, Michael Treanor, Max Elliott Slade, Chad Power, Rand Kingsley, Alan McRae, Margarita Franco, Patrick Laborteaux

▌「3인의 닌자와 정오의 대결(3 Ninjas: High Noon at Mega Mountain, 1998, 미국, 93분)」, 감/Sean McNamara, 출/Loni Anderson, Hulk Hogan, Jim Varney, Victor Wong, Mathew Botuchis

▌「돌아온 닌자 키드(3 Ninjas Kick Back, 1994, 미국, 99분)」, 감/Charles T. Kanganis, 출/Victor Wong, Max Elliott Slade, Sean Fox, Evan Bonifant, Caroline Junko King, Dustin Nguyen, Margarita Franco

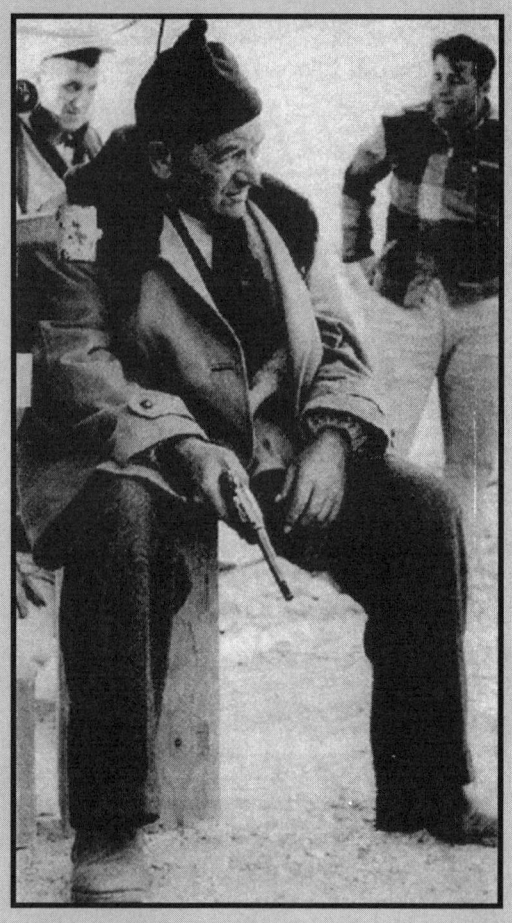

영화 산업에서 다수를 노예처럼 거느리고 작가를 봉급으로 고용하던 거대한 영화사 주도체제(studio system)가 막강한 기반을 잃으면서, 존 포드나 윌리엄 와일러(사진)가 촬영 시작을 알리기 위해 권총을 쏘아대던 대형 작가 시대 또한 석양을 맞았다.

명장과 거장의 차이

초특급 영웅(superhero)을 필요로 하던 정복의 시대가 지나고, 힘의 대립이 필요하던 냉전구도 또한 무너지면서 웅장하고 거대한 지배 체제의 역사와 사회가 서서히 사라져 갔다. 그러면서 증오와 양분법의 역사시대가 상대적이고 개인적인 차원으로 탈바꿈을 시작했다. 정치인들의 세계에서도 큰 목소리를 돋워가며 다수를 상대하는 웅변의 시대에서 기계 매체를 통한 은밀하고 개별적인 통신의 작은 목소리가 밀착된 힘을 내게 되었다. 문학에서는 빅토리아 왕조의 화려한 문체를 찾아볼 길이 없어졌고, 음악에서는 이고르 스트라빈스키에서 이미 교향악의 전형적인 음향을 잃었다. 이러한 세계적인 풍조와 흐름에 따라 영화 산업도 다수를 노예처럼 거느리고 작가를 봉급으로 고용하던 거대한 영화사 주도체제(studio system)가 막강한 기반을 잃으면서 독립 제작자와 감독이 여러 작은 영화나라를 만들기에 이르렀다. 존 포드나 윌리엄 와일러가 촬영 시작을 알리기 위해 권총을 쏘아대던 대형 작가들이 군림하는 세실 B. 드밀 시대 또한 석양을 맞았다. 그리고 하부구조가 재정립된 문화적 혁명은 헐리우드 제1 영화뿐 아니라 일본에서도 1960년대를 고비로 윤곽을 드러냈고, 이어서 쇼찌꾸(松竹)니 도호(東寶)니 하는 조직이 주도하던 전제적인 제작과 배급 관행이 힘을 잃었고, 대형 장식적인 영상예술은 점점 사소하면서도 은밀한 대화로 변했고, 정예 소수의 예술이 다수 대중의 창조를 허락하는 민주화가 이루어짐에 따라 평범한 의사소통의 차원으로까지 저 변확대가 이루어졌다.

그렇게 거인 구로사와 아끼라의 시대가 갔다.

'천황'이라는 칭호를 들었던 거장이 대작을 만들 수가 없어서 외국으로 돈을 구하러 다니던 사이에, 예술 지향의 영화가 약진을 계속했고, 제작과 배급뿐 아니라 등용의 작은 문이 여럿 생겨나면서, 쇠퇴기의 일본 영화는 세분화를 거쳐 1990년대에는 끝내 고유분야(genre)의 몰락을 겪었고, 연기자들도 전문화의 경향을 보였으며, 오시마 나기사의 정치성보다는 제한된 공간 속에서 인간이 드러내는 정서적 및 정신적 반응에 훨씬 더 빈번하게 관심을 보였다.

이러한 흐름 속에서, 비록 구로사와처럼 선이 굵지는 않았어도, 대도무문은 아닐지라도, 자신만의 오솔길을 평생 변함없이 닦았던 감독이 오즈 야스지로(小津安二郎, 1903~63)였다. 지극히 평범하지만 자양분을 많이 공급하는 작품을 만들어내는 자신을 두부장수에 비유했던 그는 물론 확립된 고유분야 체제 속에서 평생 영화 산업의 주류에 얹혀 일했고, 각 분야의 영화를 만들었지만, 1936년 이후 쇼찌꾸 영화사의 전문 분야인 '가정극(home drama)'에 전념하면서 자신만의 독특한 세계를 구축했다.

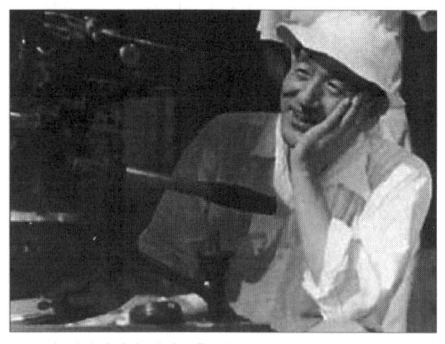

지극히 평범하지만 자양분을 많이 공급하는 작품을 만들어내는 오즈 야스지로 감독은 자신을 두부장수에 비유했다.

비록 거장(巨匠)은 아닐지라도 분명히 명장(名匠)이었던 그가 관심을 두었던 주제들이란 자식을 키워 시집장가 보내고, 직장을 구하고, 부부생활의 마찰을 해소하고, 어른들을 공경하는 따위의 중산층과 근로자들의 애환과 시련이 대부분으로서, 이런 "시시한 얘기"에 열중했던 그의 작품들이 지닌 형식과 표현 기법에 대한 재발견은 그가 세상을 떠난 다음에야 이루어졌다. 그래서 이제 그는 데이비드 보드웰(David Bordwell) 같은 세계적인 영화학자들로부터 일본의 동양적인 정서를 가장 잘 절제해 가며 표현하는 작가로 인정을 받았다.

오즈 "소시민 영화"의 대표적인 작품이며 영국의 유명 영화 잡지(《Sight and Sound》)가 세계영화사상 10대 걸작 가운데 3위로 꼽은 「도꾜 이야기」에서는 어느 바닷가 마을에 사는 노부부가 도꾜로 자식들을 찾아가지만, 먹고살기에 바쁜 젊은 세대가 함께 지낼 여유가 없어서 부모더러 온천 관광을 다녀오게 하고, 오히려 전쟁통에 남편을 잃은 며느리 노리꼬만이 두 노인을 정성껏 모신다. 도꾜 여행 이후 노모가 죽은 다음에도 자식들은 형식적으로 장례를 부지런히 치른 다음

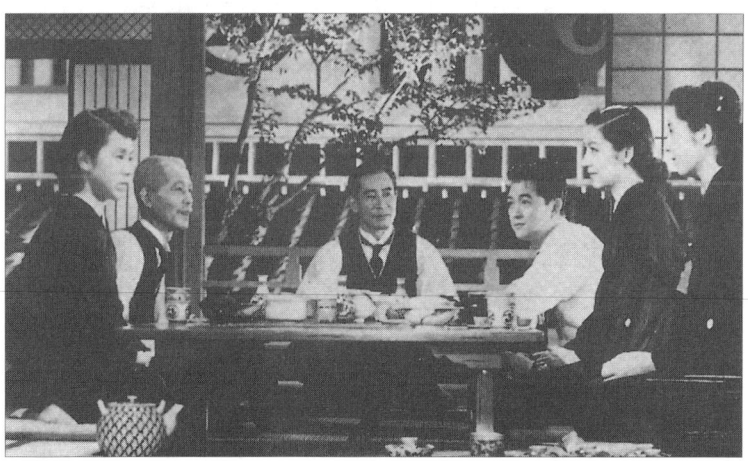

오즈 "소시민 영화"의 대표적인 작품 「도꾜 이야기」를 영국의 유명 영화 잡지는 세계영화사상 10대 걸작 가운데 3위로 꼽기도 했다.

서둘러 돌아가고, 며느리만이 홀로 남은 시아버지를 지켜준다. 그리
고 시아버지는 며느리를 재혼시킨 다음 빈 집에 홀로 남아 바다를 내
다본다.

노년층의 소외와 가족의 와해를 조용한 시각으로 담담하게 추적한
「도꾜 이야기」말고도 그는 개인의 힘으로 어쩌지 못하는 가족의 위기
를 다룬 영화를 1930년대에 여럿 만들었다. 산업화, 일본의 '가부장
적' 자본주의, 관료화된 사회로 인해서 생겨난 미세하고 우울한 현실
을 그는 거의 형이상학적인 차원으로까지 끌어올리고는 했는데, 「늦
봄」에서 시작하여 '외로운' 계절 제목으로 이어지는 1950년대 작품들
도 여기에 들어간다.

「아버지와 딸」이라는 단편소설을 영상화한 「늦봄」은 혼기를 맞은
딸과 홀아비 대학교수가 정답게 살아오던 끝에 서로 해방시켜 줘야
한다는 사실을 알면서도 자신은 스스로 해방되려고 하지 않으려는 애
틋한 마음을 담았다. 그러나 서로 아끼고 사랑하는 부녀도 결국 저마
다 따로 길을 가야 한다.

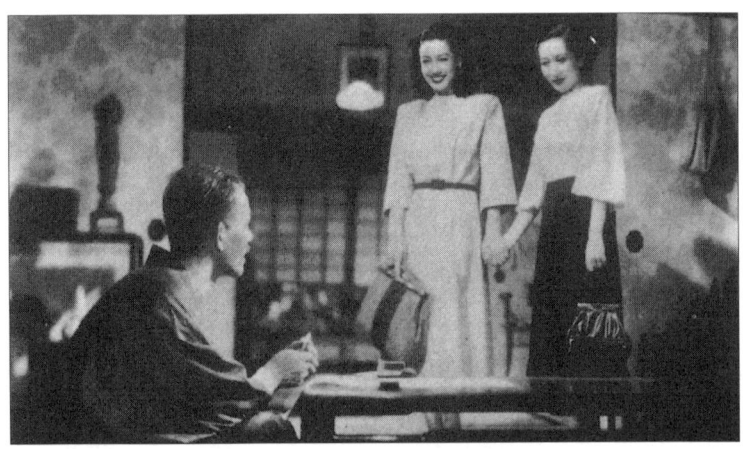

오즈 야스지로 감독이 산업화, 일본의 '가부장적' 자본주의, 관료화된 사회로 인해서 생겨나는 미세하고
우울한 현실을 형이상학적인 차원으로까지 끌어올리려고 했던 "외로운 계절" 영화는 「늦봄」이 출발점이
었다.

「초여름」은 스물여덟 살의 '노처녀'와 그녀를 결혼시키려는 노부모의 사이에서 벌어지는 미묘한 갈등을 그리고, 「초봄(早春, 1956)」은 바람을 피우는 남편 때문에 고통받는 아내의 얘기이다. 그리고 오즈 감독의 마지막 작품인 「어느 가을날 오후」는 딸의 결혼식을 준비하는 중산층 홀아비가 겪는 외로움과 인생의 덧없음을 관조한다.

세계적으로 널리 알려진 또 다른 오즈 영화는 그가 1934년에 무성영화로도 만들었던 「부초」이다. 사양길에 들어선 가부끼 유랑극단의 배우인 주인공이 바닷가 마을에 숨겨놓은 여인과 아들을 찾아가는 잔잔한 슬픔이 담긴 얘기이다.

유럽과 미국의 영화학자들이 대단한 관심을 보인 오즈 야스지로의 표현 기법은 좌우 상하 어느 이동도 극단적으로 피하고, 근접 촬영도 삼가서 정적인 구도를 유지하는 가운데, 겹치기(overlap)나 지우며 넘기기(dissolve, fade in, fade out)의 단절감을 없애고 공백을 활용하는 침착하고도 차분한 '동양적' 장치였다. 특히 많은 사람들이 눈높이를 낮춘 이른바 '다다미 촬영장면 (tatami shot)'을 오즈 감독 표현 기법에서 가장 두드러진 특징으로 꼽는다. 일본 가옥의 특성에 따라 실내 분위기를 정확히 포착하기 위해 촬영기의 다리를 잘라 버렸다는 일화도 심심치 않게 등장한다.

그러나, 관객으로 하여금 등장인물을 우러러보게 하려던 다른 목적을 위해서이기는 했지만, 오슨 웰스도 「시민 케인」을 촬영할 당시 마룻바닥을 파고 들어가 촬영기를

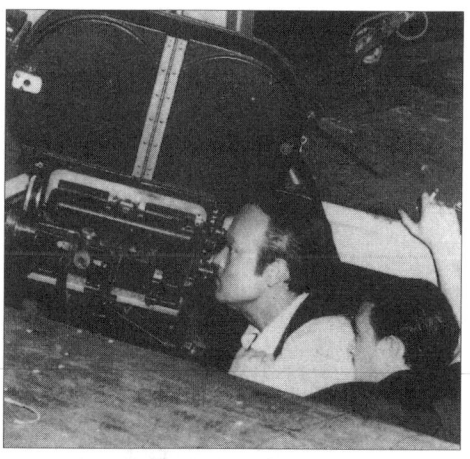

눈높이를 낮춘 '다다미 촬영장면(tatami shot)'에서 실내 분위기를 정확히 포착하기 위해 오즈 야스지로는 촬영기의 다리를 잘라 버렸고, 관객으로 하여금 등장인물을 우러러보게 하려는 목적을 위해서 오슨 웰스는, 사진에서처럼, 「시민 케인」을 촬영할 당시 마룻바닥을 파고 들어가 촬영기를 밑으로 주저앉혔다.

밑으로 주저앉혔던 적이 있다. 이 유명한 일화는 「시민 케인」을 만드는 과정을 담은 영화 「RKO 281」에서도 확인이 가능하다.

이렇듯 가장 일본적이요 가장 동양적이라고 알려진 오즈 야스지로 감독도 사실은 서양 감독들(Chalie Chaplin, Ernst Lubitsch, King Vidor)의 흉내를 많이 내서, 1920년대에는 그가 만든 여러 희극영화에서 "버터 냄새가 난다"는 소리를 들었다. 오즈 감독은 싱가포르의 포로 수용소에서 날마다 헐리우드 영화를 보았으며, 이때 「시민 케인」을 보고 일본의 패전을 확신했다는 일화도 전해진다.

오즈풍의 영화로 널리 알려진 「진흙의 강」을 만든 오구리 고헤이(小栗康平, 1945~)는 15년 동안에 네 편밖에는 영화를 만들지 않았으면서도 「잠자는 남자(眠る男, 1996)」에 안성기를 주연시키고, 아꾸다가와 상 수상자인 이희성이 재일동포 청년이 당하는 민족적 차별을 다룬 작품을 원작으로 삼아 「가야꼬를 위하여(伽倻子のたあに, 1984)를 만드는 등, 한국에 대해서 깊은 관심을 보여 왔다. 「진흙의 강」에서도

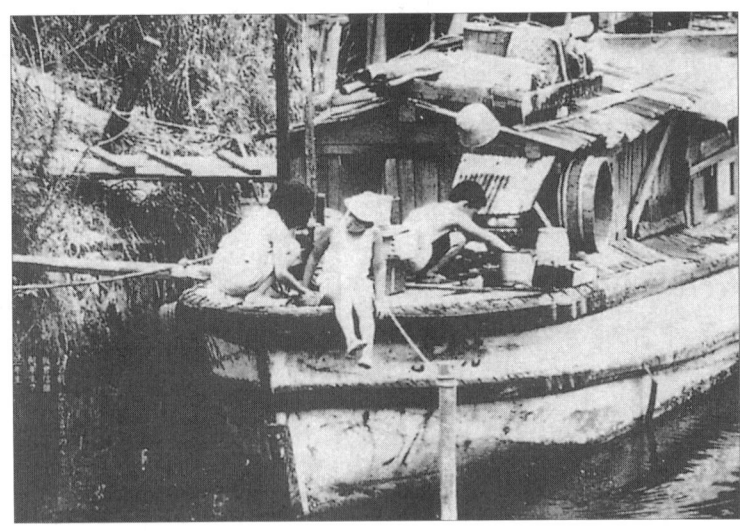

한국에 대해서 깊은 관심을 보였던 오구리 고헤이는 「진흙의 강」에서도 '조선인' 아이와 일본 아이의 관계를 다룬다.

'조선인' 아이와 일본 아이의 관계를 다룬다. 오사까 운하의 천변에서 식당을 운영하는 가족과 선상 가옥으로 운하를 따라 이동하면서 매춘부로 일하는 엄마와 남매가 등장하는데, 어른들의 세계 때문에 마음의 상처를 받는 두 소년의 우정이 기둥줄거리를 이룬다.

역시 세계적인 지명도가 높은 요시무라 고자부로(吉村公三郎, 1911~) 감독이 만든 「니시진의 자매」는 교또에서 비단을 짜는 한 가족이 산업화에 적응하지 못해 아버지가 자살하고, 남은 아내와 딸들이 생존을 위해 노력하는 용기를 보여 주는 영화이다.

미조구찌 겐지의 제자이며, 요시무라 고자부로와 함께 '근대영화협회'를 만들어 독립 영화사의 선구자 노릇을 한 신도 가네또(新藤兼人, 1912~)가 만든 「벌거벗은 섬」은 시대극으로 분류하기는 좀 무리이겠지만, 일본의 삶에서 한 단면을 잘 보여 주는 독특한 '하이마트' 작품이다. 어느 작은 섬에서 자연과 맞서 평범한 일상을 살아가는 부부와 두 아들의 얘기인데, 큰 섬에서 날마다 물을 길어다 농사를 짓는다는 지극히 간단한 줄거리이고, 단 한마디의 대화도 나오지 않는다. 모스크바 영화제에서 대상을 받고는 흥행에서도 크게 성공했다.

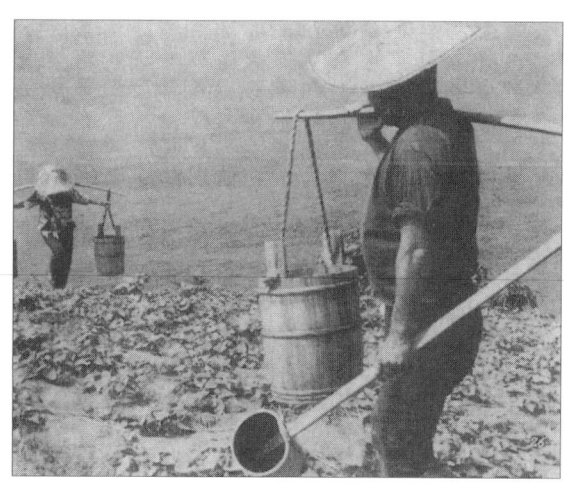

단 한마디의 대화도 나오지 않는 「벌거벗은 섬」은 모스크바 영화제에서 대상을 받았다.

히로시마 태생인 신도는 「원폭의 아이(原爆の子, 1952)」를 제작·감독하기도 했다.

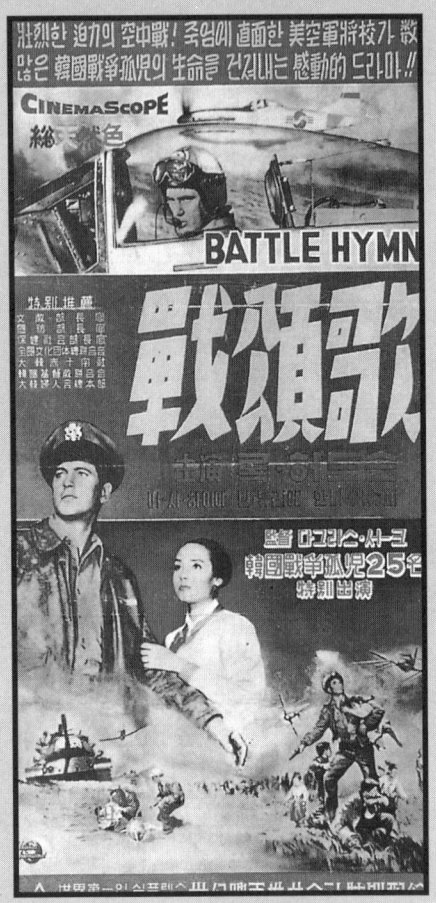

20세기 중반까지만 하더라도 한국을 진지하게 다룬 작품은 찾아보기가 어려워서, "한국 전쟁고아 25명 특별출연"을 자랑스럽게 선전했던 더글라스 서크 감독의 「전송가」처럼 6·25 동란을 다룬 전쟁영화가 대부분이었다.

일본의 그늘

　지금까지 살펴보았듯이, 한·중·일 3국 가운데 중국과 일본을 다
룬 서양 영화는 심심치 않게 많았지만, 아마도 미약했던 국력 탓이었는
지는 몰라도, 20세기가 다 넘어가도록 한국을 진지한 눈으로 다룬 작품
은 찾아보기가 어렵다. 그리고 한국이 주제를 구성하지는 못하더라도
무대 노릇이나마 한 영상물이라면, 1958년에 수입되었던 기록영화
「6·25의 밤(Korea Act Between the Wars)」, 극영화로는 훗날 텔레비전
연속물로 발전한 로버트 올트만(Robert Altman)의 「매시(M*A*S*H,
1970)」를 비롯하여, "한국 전쟁고아 25명 특별출연"말고는 선전할 만
한 자랑거리가 없었던 더글라스 서크 감독의 「전송가(Battle Hymn,
1957, Douglas Sirk)」나, 제목의 지명이 일본식으로 표기된 「원한의 도곡
리 철교(The Bridges at Toko-Ri, 1954, Mark Robson)」처럼 6·25 동란을
다룬 전쟁영화가 대부분이었다.

　한국인 등장인물이 눈에 띄기 시작한 때는 전두환 정권 초기로서,
주로 텔레비전 수사극 「5-0 수사대(Hawaii 5-0)」 같은 연속물을 통해

서였는데, 자니 윤 등이 당시에 맡았던 재미 한국인 역은 예외없이 마약 밀매와 살인을 일삼는 범죄자들이었다. 그리고 이런 시각은 마치 한국인을 겨냥해서 제목을 붙인 듯한 「몰락(Falling Down, 1993, Joel Schumacher)」과 「똑바로 살아라(Do the Right Thing, 1989, Spike Lee)」 그리고 (우리나라에서는 관객을 고려해서인지 자막을 번역하지 않고 넘어갔지만) 돈벌이밖에 모르는 한국인 주유소 주인이 대화에서만 등장하는 펄프 픽션(Pulp Fiction, 1994, Quentin Tarantino)」 같은 영화에서도 여전했으며, 「우리들만의 집」이 그나마 한국계 미국인을 따뜻한 시선으로 부각한 주요 영화였다.

1962년에 실제로 있었던 사건을 영화로 만든 「우리들만의 집」은 남편을 잃고 혼자 여섯 아이를 키우는 가난하고 억척스러운 여자 프란시스 레이시(Frances Lacey, Kathy Bates)가 감자튀김 공장에서 성희롱을 당하고 항의를 했다가 오히려 해고되자, 여자 혼자서 살아가기가 너무 힘든 도시 생활에 지친 나머지, 낡은 자동차에 가족을 몽땅 태우고 로스앤젤레스를 떠나 "그들만의 집"을 마련하기 위해 목적지도 없이 무작정 길을 떠난다. 며칠간의 방랑 끝에 아이다호의 어느 쓸쓸한 벌판 길가에서 누가 짓다 만 낡은 집을 발견한다. 길 건너 작은 농장에서 종묘상을 하는 집주인은 한국계인 문(Moon, 오순택) 아저씨로서, 갓 결혼한 아들을 위해 새 집을 짓기 시작했지만 한국전쟁에서 아들이 전사한 다음 지붕도 올리지 않고 벽도 없이 그냥 버려둔 집이었다.

버려둔 집을 구입하기 위한 돈이 없어서 대신 온가족의 노동력을 최저 임금에서도 10분의 1만 받으며 문 아저씨에게 제공하고, 목장과 고물상과 보울링장에서 너도나도 일자리를 구해 푼푼이 땅값을 갚아나가며 프란시스와 그녀의 착한 여섯 아이는 그들이 살 집을 짓느라고 눈물겨운 고생을 한다. 향토물이라고 해도 될 만한 이 영화에서는 가난과 고생, '불우한 빈민' 취급을 받기 싫어서 자존심을 굽히지 않

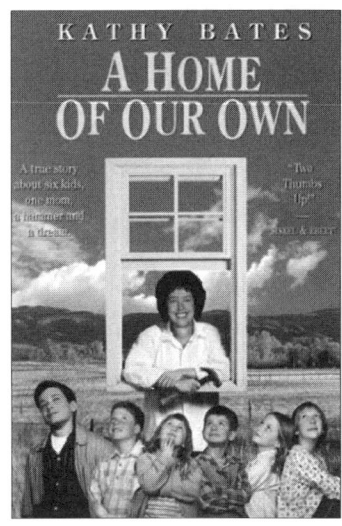

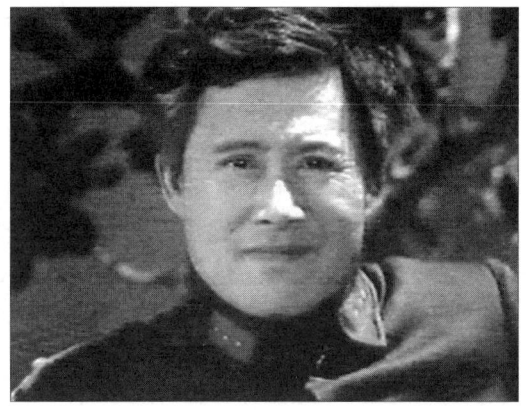

1962년에 실제로 있었던 사건을 영화로 만든 「우리들만의 집」에 이르러서야 드디어 친절하고도 마음이 따뜻한 한국인이 영화의 주인공으로 등장한다. 한국계 배우 오순택은 그의 연기생활에서 가장 호감이 가고 두드러진 역을 「우리들만의 집」에서 맡게 되었다.

는 서글픔, 열심히 건전하게 노력하는 생활의 의미, 사춘기를 맞은 맏
아들 셰인(Shayne)과의 갈등이 여러 차례 뭉클한 눈물을 자아내는데,
그럴 때마다 옆에서 열심히 도와주는 사람이 친절하고도 마음이 따뜻
한 한국인 문씨이다.

　"우린 차 안에 앉아 있는 게 아녜요. 우리들도 내려서 엄마와 함께
차를 밀고 있어요"라는 큰딸 린(Lynn)의 대사처럼, 김승호 시절의 우
리 서민영화 분위기가 가득한 「우리들만의 집」에서는 성탄절에 아이
들에게 못과, 망치와, 수평을 선물로 자식들에게 주었다가 울음바다
를 만들기도 하고, 엄마는 데이트를 해주는 조건으로 전깃줄과 두꺼
비집을 선물로 받는가 하면, 기껏 거의 다 지은 집이 "뒷간 화형식"에
서 옮겨 붙은 불씨에 홀랑 타버리기도 하지만, "피하지 못하면 받아들
일 수밖에 없는 현실"에서도 끝내 한국인 문씨 덕택에 그들은 결국 보
금자리를 마련한다.

　한국인 등장인물에 한국전쟁까지 배경에 깔려서인지, 「우리들만의
집」은 전후 한국인들이 겪어야 했던 가난과 "집없는 서러움"이라는

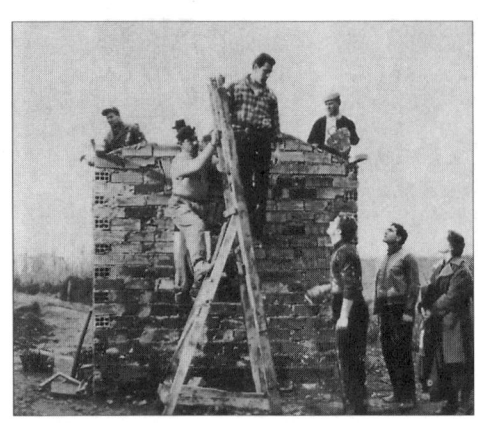

비또리어 데 시까의 신사실주의 영화 「지붕」은 전후 한국인들이 겪어야 했던 가난과 "집없는 서러움"이라는 정서와 기막히게 맞아떨어져 상당한 공감을 불러일으켰다.

정서와 기막히게 맞아떨어져 상당한 공감을 불러일으켰던 비또리어 데 시까의 신사실주의 영화 「지붕」을 여기저기서 연상시키기도 한다. 제2차 세계대전이 끝난 다음 주택난이 심한 로마에서 소박하고 젊은 부부가 집을 구하지 못해서 고생하다가, 단속 경찰관들의 눈을 피해가며 기찻길 옆에다 무허가 토막집을 짓는 얘기를 담은 「지붕」에서는, 마지막에 여러 사람들이 도와주는데도 밤 사이에 집을 다 짓지 못하고, 경찰관이 아침에 조사를 나왔을 때는 지붕 한 쪽이 뻥 뚫린 상태였다. 지붕을 다 얹으면 무허가더라도 그냥 살게 해주지만, 지붕을 다 얹지 못한 집은 철거를 당하게 마련인데, 젊은 부부가 더 가련해 보이라고 자기 아기를 안겨주는 이웃 여인이라든가, 서민들의 따뜻한 인정에 마음이 움직여 "지붕도 다 얹었구만"이라면서 돌아서던 경찰관의 모습이 그 시절에는 어쩌면 그토록 눈물겨웠는지 모른다.

어쨌든 한국 배우가 "마음씨 착한 이웃집 아저씨" 정도의 조연을 맡은 영화 「우리들만의 집」을 가지고 이렇게 장황히 언급해야 하는 까닭은 그동안 서양 영화에 나타난 한국인의 위상이 그만큼 초라했기 때문인지도 모른다. 「당신에게 일어날 수 있는 일(It Could Happen to You, 1994, Andrew Bergman)」이나 「아웃브레이크(Outbreak, 1995, Wolfgang Petersen)」 같은 영화에서 '돈벌레'나 질병의 원인처럼만 부각되던 한국인의 행태학을 고려하면 말이다.

등장인물뿐 아니라 영화 자체도 한국은 일본이나 중국에 비해서 세계적인 인지도가 매우 낮다. 20세기를 넘긴 다음에야 헐리우드에서 우리 '원작'을 사간다느니, 국산 영화가 호황을 맞았다느니 하는 반가운 소식이 자주 들려오지만, 20세기의 한국 영화는 그리 자랑할 만한 수준은 아니었다는 것이 솔직한 진실이다.

필자는 『옥스포드 영화 연구(The Oxford Guide to Film Studies)』를 번역하면서 프랑스의 새물결(nouvelle vague), 이탈리아의 신사실주의(neo realism), 신독일 영화(new German cinema), 인도의 식민지시대 이후의 영화, 영국과 에이레 영화, 이란과 러시아 영화, 중유럽 영화, 오스트렐리아 영화, 캐나다 영화, 아프리카와 남 아메리카 영화, 스웨덴과 멕시코와 브라질 영화 등 전세계 각국에 관한 항목은 접하면서도, 그 방대한 책에서 한국 영화 및 영화 산업에 관해서는 꼭 두 마디, "헐리우드 영화 수입을 연간 약 5퍼센트까지 낮추기 위해 1990년 미국 영화 수출 협회와 대결 구도를 보였던 한국의 경우" 그리고 (외화 개방에 반대하는 항의의 표시로) "관객에게 겁을 주기 위해 한국 영화계 사람들이 「위험한 정사(Fatal Attraction)」를 상영하는 동안 극장에다 뱀을 풀어놓은 해괴한 저항 행위(bizarre acts of resistance)"를 언급했을 따름이다. 그러나 일본 영화는 독립된 항목이 나오고, 중국은 본토

reserves had been frozen to prevent foreign exchange from leaving the country. Shooting took place in Zanuckville, named to honour the studio head. A formulaic western, the film failed, but then the need to use money lying idle was probably the sole reason for its coming into being. Three decades on, *Captain Invincible* represented another outcome of the state producing conditions for foreign filmmaking. Taxation incentives designed to make the industry less dependent on canon-forming cultural bureaucrats and more attentive to the private sector saw the Australian Treasury subsidizing US producers to make a film set almost 'nowhere'. It concerns a lapsed American superhero, played by Alan Arkin, who migrates to Australia and dipsomania following McCarthyite persecution, reviving his powers and sobriety to thwart a villainous Christopher Lee. Recut by US producers following difficulties obtaining American distribution, the text

378

tries (Wasser 1995: 433; Danan 1995: 131–2, 137; Hirsch 1992: 677).

At the level of distribution and exhibition, the picture is unstable. As Chinese-language groups develop in many parts of the world, sometimes US exports do not even meet quota limits set on them in those territories, while Indonesia has seen a decline in Hollywood popularity since the mid-1980s (Sen 1994: 63–4). America blames this on government intervention but it may have more to do with the popularity of Hong Kong and Taiwanese film. Meanwhile, US government agencies pressure proprietors and politicians around the world to open up the audiovisual sector to additional imports, leading to bizarre acts of resistance such as Korean film industry people releasing snakes into theatres during screenings of *Fatal Attraction* (Adrian Lyne, 1987) to scare audiences away (Buck 1992: 129).

US film revenue from members of the European

『옥스포드 영화 연구』 378쪽 ∨를 한 부분에서는 "관객에게 겁을 주기 위해 한국 영화계 사람들이 「위험한 정사(Fatal Attraction)」를 상영하는 동안 극장에다 뱀을 풀어놓은 해괴한 저항 행위"를 언급한다.

와 홍콩과 타이완을 따로 다루어서, 무려 세 항목을 실었다.

그리고 전세계 영화 4만 편을 소개한 레너드 몰틴(Leonard Maltin)의 『영화와 비디오 안내집』 2000년 판에도 중국과 일본 영화는 수십 편씩 소개가 되었지만, 우리 영화는 「달마가 동쪽으로 간 까닭은」 단 한 편 뿐이었다는 사실도 이미 언급한 바가 있다.

한국 영화에 관한 외국 학자들의 연구도 이루어지지 않지만, 국내에서도 영화를 연구하는 이들은 헐리우드와 누벨 바그 등 서양 영화 공부에 치우칠 따름이요, 학문으로서 진지하게 우리 영화예술을 살펴보는 대신 연대기적인 개괄론 수준에 머물기가 보통이다. 이런 현상은 아직도 영화예술을 학문으로 보려는 인식이 우리나라에서는 부족하기 때문이 아닌가 생각된다.

그렇다면 직접 영화를 만드는 사람들은 어떠한가? 스티븐 스필버그가 영화 한 편으로 벌어들이는 돈이 자동차 몇 대를 수출하는 돈과 맞먹는다는 계산을 앞세워 영화를 뒷받침하지 않는 한국의 자본을 영화인들이 탓하기도 하지만, 그렇다면 우리나라의 스티븐 스필버그는 누구일까? 워낙 큰 시장이기 때문에 그들의 영화를 홍보하러 프랑스에서 장 르노가 날아오고, 미국에서 톰 크루즈가 부지런히 찾아오는 나라에 살며 영화를 만들지만, 참된 작가와 좋은 작품이 없어서가 아니라 '손님(시장)'이 없기 때문에 영화예술이 발달하지 못한다는 주장은 21세기로 접어든 다음의 '호황 논리' 때문에 이제는 설명의 신빙성과 설득력이 부족하다.

요즈음에 와서야 해외 시장 개척에도 성공하고 등을 돌렸던 국내 관객을 다시 돌아오게 하는 데 한국 영화가 성공했다고 자축하는 분위기도 고조되었지만, 헐리우드 공식에 맞춰 만들어낸 이른바 '한국형 블록버스터'들은 과연 어느만큼이 '한국'인지 잘 판단이 서지 않는 경우도 나타난다.

헐리우드로 진출하여 기껏 닌자영화밖에 만들 기회가 주어지지 않았던 신상옥 감독에 관한 슬픈 역사적 사실도 앞에서 잠깐 언급했지만, 우리 영화의 세계 진출은, 영화인들의 의지 자체도 그리 강하지 않았었지만, 영화작가의 예술성과 작품세계를 인정받으려고 했던 일본이나 중국에 비하면, 별로 바람직하지 못한 방향으로 이루어졌다고 하겠다.

1966년에는 이런 일도 있었다. 미국 내에서는 B 영화 전문배우로서 이탈리아 등지로 돌아다니며 무수한 '외국' 작품에서 활동했던 존 아이얼랜드(John Ireland)와 연기보다는 가슴의 부피로 한때 대단한 화제가 되어 페데리꼬 펠리니의 「달콤한 인생(La dolce vita, 1962)」 같은 영화에서 연기나 얼굴보다는 몸집으로 밀고 나갔던 아니타 에크버그(Anita Ekberg)가 한국으로 찾아왔다. 당시의 언론 보도와 홍보 자료에 의하면 "최초의 한미 합작 영화"를 만들기 위해서였다.

한국측 제작자는 곽정환이었으며, 미국의 데이비드 리치와 한국의 장일호가 "공동으로" 감독했고, 뚱보 악역 배우 빅터 부오노(Victor Buono)와 나란히 한국의 신영균과 최지희와 권오상이 공연했던 이 영화는 한국에서 본 디 영어 제목(「The Seoul Affair」)을 그대로 살린 「서울의 정사」는 물론이요, 「캐서린의 탈출」과 「서울의 탈출」이라고 제목을 몇 차례 바꿔가기까지 하며 떠들썩하게 열심히 홍보도 했다.

한국 영화의 획기적인 해외 진출이라도 이루어지는 듯한 인상을 받았던 필자는 베트남으로 전쟁을 하러 가느

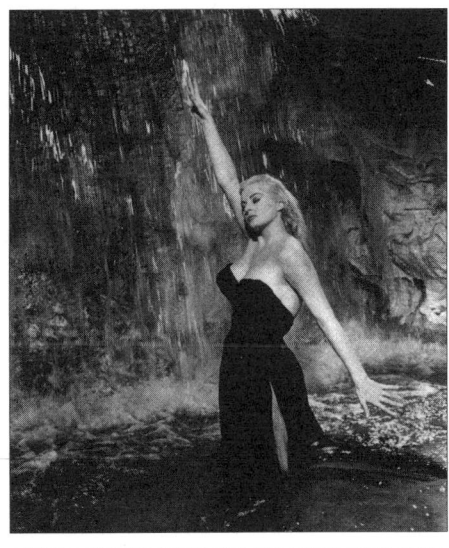

페데리꼬 펠리니의 「달콤한 인생」에서 로마의 트레비 분수로 들어가 이렇게 가슴을 자랑했던 아니타 에크버그가 "최초의 한미 합작 영화"를 만들러 서울로 왔을 때, 대한민국의 언론은 일본의 「라쇼몽」이나 중국의 「붉은 수수밭」 같은 작품을 세상에 내놓기라도 하는 듯 열심히 홍보했었다.

라고 당시에는 영화를 볼 기회가 없었고, 1970년이 되어서야 강릉의 어느 뒷골목 극장에서 겨우 「서울의 정사」를 붙잡아 보게 되었는데, 외국의 두 조폭 집단이 4백만 달러를 놓고 살인을 벌이는 이 영화에서는 (광화문 지하도에서 파는 가짜 청자처럼 보였던) "명나라 보물"까지 등장하여 한국보다는 중국 냄새만 물씬했었다.

「서울의 정사」는 미국 영화였으며, 한국은 어느 정도의 자본과 신영균이나 최지희 같은 "엑스트라 배우"를 제공하고 흥행에만 열중했을 따름이었지, 우리의 영화 예술이나 문화를 해외에 알리려는 노력의 흔적은 전혀 보이지 않았다. 그리고 이제는 국내외 어느 영화 안내서를 찾아봐도 「서울의 정사」를 소개하는 글 한 줄 찾아보기 어렵다.

천재 라운규, 일찍이 베를린 영화제에서 인정을 받은 김승호의 「마부」, 「꼬방동네 사람들」로 도꾜 영화제에서 신인 감독상을 받아낸 배창호, 로카르노의 배용준 감독, 1986년 베네치아 영화제에서 임권택의 「씨받이」로 그리고 1989년 모스크바에서 「아제아제 바라아제」로 여우주연상을 받은 강수연, 1991년 낭뜨 영화제와 「그들도 우리처럼」의 심혜진, 몬트리올 영화제에서 「아다다」로 1987년에 여우주연상을 받은 신혜수와 4년 후 다시 「은마는 오지 않는다」로 받아낸 여우주연상(이혜숙)과 각본상(장길수), 도꾜 영화제의 대상을 받은 「하얀 전쟁」, 그리고 20세기의 마지막 10년 동안에 단발적으로 여러 다른 우리 영화가 외국인들의 시선을 끌기는 했지만, 잉마르 베리만처럼 한 나라의 영화예술을 이끌고 나가는 거장이나 명장은 우리나라에서 찾아보기가 힘들다. 하다못해 중국의 장이머우나 일본의 구로사와 아끼라처럼 뚜렷한 대변자도 임권택 이전에는 나타나지를 않았다.

거장이 없다면 과두체제의 군단이라도 튼튼해야 하는데, 한국의 영화계는 여기에서도 그리 탐탁한 역사적 배경을 마련하지 못했다. 타이완과 일본과 홍콩과 브라질을 포함한 전세계가 새물결에 휩싸였던 시절에도 우리나라에서는 이렇다 할 혁신적인 영화예술운동은 일어나지 않았다. 영화를 예술이나 학문으로 인정하기를 거북해했던 한국에서는 독일처럼 조직적인 홍보와 정책적인 지원을 통해 정부가 새물결을 주도하기는커녕, 우리나라에서는 예술성의 목을 죄는 영화법을 만들고 71개의 영화사를 16개로 '통합'하며 "체제 비판은 용납하지 않는다"고 횡포를 일삼았던 군사 정권이 오히려 국가 차원의 방해공작만 계속했기 때문이다.

역사적으로 우리 영화는 처음부터 독창성과 의식과 표현의 자유를 보장받지 못한 환경에서 태어나 유아기를 보냈다. 「국경」을 단 하루만 상영한 다음 조선총독부가 만든 무성영화 「월하의 맹세」를 우리 영화의 시발점으로 삼도록 강요를 받아야 했던 종속된 식민문화를 토대로 해서 한국 영화는 싹이 돋아났다. 우리 영화의 대표성을 지녔다고 사람들이 얘기하는 「춘향전」도 첫 작품은 일본인들이 만들었다. 일본의 통치를 받아야 했던 영화인들은 의식을 표현할 자유가 없었고, 우리의 역사를 앞세우는 정통 시대극도 마음대로 만들 처지가 아니었다.

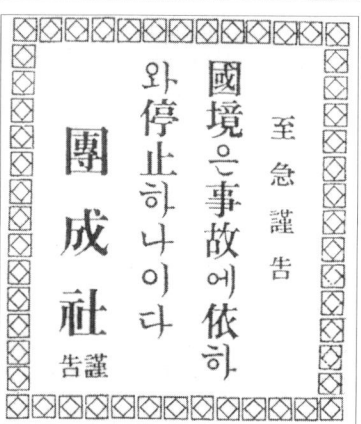

위 〈매일신보〉의 기사를 보면 "조선에서는 처음 보는 조선 영화" 「국경」을 상영하게 되었으며, "기필코 대성황을 이루리라"고 예측한다는 소식을 전하지만, 아래 "매우 급하게 알리는 광고(至急謹告)"는 상영이 중단되었음을 전한다. 「국경」을 단 하루만 상영한 다음 조선총독부가 만든 무성영화 「월하의 맹세」를 우리 영화의 시발점으로 삼도록 강요를 받아야 했던 종속된 식민 문화를 토대로 해서 한국 영화는 이렇게 싹이 돋아났다.

일본의 식민 통치가 우리 영화에 던진 그늘은 해방 이후에도 제대로 걷히지를 않았다. 일본이 물러갔다고 해서 한국인들은 과연 참된 한국 영화를 얼마나 열심히 만들었는가 하는 회의를 떨쳐 버리기가 어렵기 때문이다.

이것은 영화를 통제하는 세력으로 자리를 잡아가는 텔레비전의 생리와 행태에서도 확인이 가능한 현상이다. SBS-TV의 주부를 대상으로 한 살림장만 퀴즈라든가 심지어는 농촌을 배경으로 한 「좋은 세상 만들기」에서부터 KBS-2TV 「이경규 심현섭의 행복남녀」("신고합니다")와 「야!한밤에」("러브 콘티")에 이르기까지, 어느 프로그램이 좀 "떴다" 하면 당장 일본 텔레비전을 베꼈다는 의혹이 제기되는 고질적인 현상을 보면, 모방의 울타리를 벗어나지 못하는 한국 텔레비전의 지적 연령에 대한 회의가 느껴지고는 한다. 어떤 방송 연출자들은 "발상의 방식이 비슷하다고 해서 표절로 모는 건 무리라고 생각한다"라는 항의를 하고, 심지어는 "모방은 창조의 어머니"라고 역설하던 반송인까지 만났지만, '비슷한 발상의 방식'이 지나치게 많다는 인상을 받게 되는 까닭은 무엇일까? 그리고 텔레비전 방송국마다 표절 시비를 해결(담당)하는 전문 변호사를 따로 두기까지 했다는 현실을 한국저작권협회에서 들었을 때는 참으로 '전문'도 여러 가지라는 생각도 들었다.

텔레비전에서 뿐만이 아니라 일본 베끼기의 역사를 살펴보면, 멀리는 「만추」에서부터 최근에는 「접속」에 이르기까지, 영화도 비슷한 실정이었다. 그리고 일본 베끼기가 가장 왕성하던 시절에 시나리오 작가들은 그런 사실을 폭로한 신문을 얼마나 열심히 반박하며 무죄를 주장했던가. 이승만 정권의 일본 문화 폐쇄 정책에 따라, 일본 영화를 접할 기회가 없었던 대중이 확인하기가 힘들다는 상황을 틈타서, 국가 차원의 보호를 받아 원작료 걱정도 하지 않으면서, 한국의 영화는 마음놓고 중독성 모방과 표절을 자행하고, 그래서 "혼자서는 아무것도 못하는 한국인"이 되고 말았는지도 모른다. 더구나, 「오싱」의 경우("정복의 길" 95~7쪽 참조)에서처럼, 생활문화적인 유사성으로 인해서 일본 영화를 '국산'으로 가공하기는 또 얼마나 손쉬운 작업이었던가.

그러나 이제는 통신과 교류의 발달로 일본 베끼기는 시치미를 떼기만 하면 무사하던 상황이 아니다. SBS-TV의 「쇼! 무한탈출」이 겨우 2회째 방송을 내보낸 다음 일본 텔레비전을 그대로 베꼈다는 시청자들의 비난을 받고 방송위원회의 중징계를 눈앞에 두게 되자 스스로 폐지하겠다고 방송사에서 결정을 내린 경우가 그런 예이다.

한국 영화의 '쫓아다니기'와 베끼기는 일본하고만의 문제가 아니다. 우리 영화를 보면 일본 영화뿐 아니라 중국 영화, 프랑스 영화, 헐리우드 영화, 보다 광범위하게 얘기해서 세계 모든 나라의 영화와의 유사성이 보이지만, 우리 쪽에서 세계에다 내놓고 "이것이 한국 영화다"라고 주장할 만한 '정체성'이 무엇인지 설명하기가 어렵다.

그럴 만도 하겠다. 감수성과 예술성을 앞세운 일본은 구로사와 아끼라의 「라쇼몽」과 「7인의 사무라이」에서부터 동그라미 연기를 입에서 뿜어내려고 애쓰는 아기 고질라까지 동원하여 서양을 공략하기 시작했고, 홍콩이 세계의 조명을 받는 데는 런런쇼(Run Run Shaw)와 쿵푸가 앞장섰다. 그러나 세계의 눈은 한국 영화의 정체성을 삭발까지 해가면서 보호를 받으려는 폐쇄적 영화 운동의 개념으로 받아들였다. 물론, 직배 반대 운동에서 앞장을 섰던 영화인들의 설명을 들으면, 한국 영화는 검열 따위의 족쇄를 채워놓아 표현의 자유조차 충분하지 못한데, 과잉 표현을 일삼는 서양 영화의 완전 개방을 허락하면 그것은 지나치게 일방적인 처사라는 얘기이지만, 이러한 배경을 모르는 외부인들에게라면 "한국 영화는 자생력이 생길 때까지 국가의 보호를 받아야 한다"는 요구가 별로 설득력이 생기지를 않는다.

지정학적 고립이 한국 영화가 해외에 알려지지 않은 까닭이라는 주장도 하기가 어렵다. 비록 한반도가 동쪽으로는 식민지 통치 때문에 국교 단절이 오래 갔던 일본, 서쪽으로는 공산국가여서 적으로 등지고 살았던 '중공,' 북으로는 이데올로기 전쟁을 거치면서 냉전시대의

'주적(主敵)'이 되어 버린 같은 민족의 절반, 남쪽은 바다로 갇히기는 했지만, 그렇다면 우방과의 관계에서는 얼마나 우리 위치가 꿋꿋했을까? 그리고 일본과 중국이 서양 영화에 역공을 감행하여 정체성과 경쟁력을 갖추는 동안, 한국 영화는 왜 자생력을 키우지 못했을까?

찾아보기 ●

▌「우리들만의 집(A Home of Our Own, 1993, 미국, 104분)」, 감/Tony Bill, 출/Kathy Bates, Edward Furlong, Soon-Teck Oh, Tony Campisi, Clarissa Lassig, Sarah Schaub, Miles Feulner, Amy Sakasitz, T. Z. Lowther
▌「지붕(Il Tetto, 영어 제목 The Roof, 1956, 이탈리아, 98분) 감/Vittorio De Sica, 출/Gabriella Pallotta, Giorgio Listuzzi, Gastone Renzelli, Maria Di Rollo

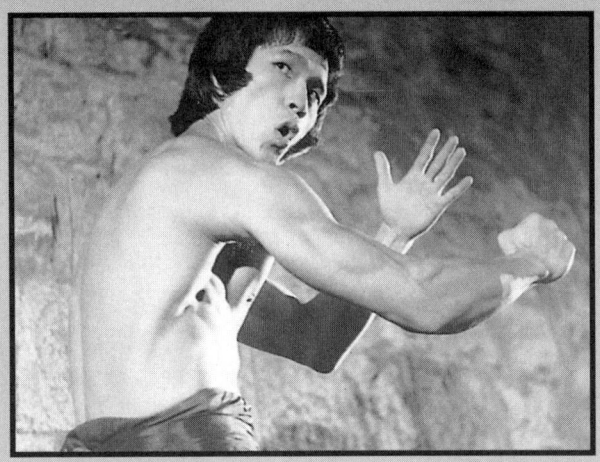

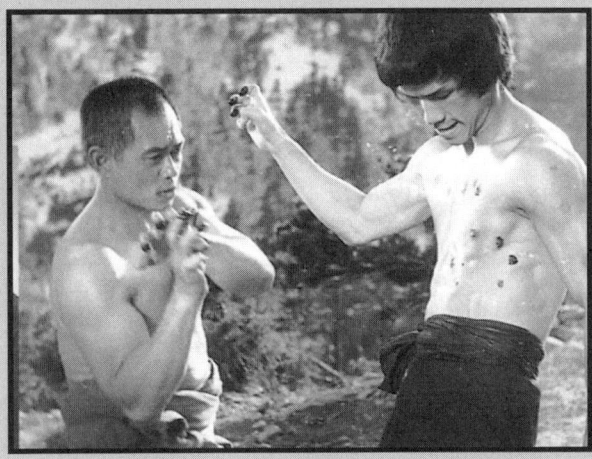

1977년도에 제작된 「속·정무문」은 여소룡과 김청란이 주연이다. 영화의 주인공은 "백면의 서생인 소청룡으로서, 중국 최고의 가라데 고수인 일본인 하야가와에게 어머니와 형을 잃는" 인물이다. 줄거리를 보면, 복수를 위해 태권을 배우러 한국으로 찾아온 소청룡이 결국 소기의 뜻을 달성하고 정무문의 영광을 되찾는다. 그리고 여기에 실린 장면들을 보라. 「속·정무문」은 어느 나라 영화일까?

무사들의 국적

다른 곳에서 이미 밝힌 바와 같이, 필자의 소설 『헐리우드 키드의 생애』의 주인공 임병석은 우리 문화, 특히 우리 영화예술의 슬픈 자화상으로서 제시한 인물이었다. 그는 헐리우드라는 영화 도시가 상징하는 서양 문화에 중독된 흉내 문화의 산물이기 때문이다. 임병석이 써내는 각본은 그래서 첫눈에 잘못 보면 독창적인 '작품' 같지만, 알고 보면 여기저기서 서양 영화를 조각조각 훔쳐다 짜깁기를 한 흉내에 지나지 않는다.

우리는 주변에서 헐리우드 키드 현상을 너무나 자주 만난다. 우리들의 혼이 담기지 않은 '우리 작품'을 만드는 사람들이 왜 그리도 많을까 싶을 정도로 말이다. 「서편제」와 「춘향뎐」과 「취화선」을 만들며 임권택 감독이 고군분투하는 가운데, 헐리우드식도 아니고 작가주의도 보이지 않는 수많은 한국 영화에서 넘쳐나는 총질을 보자. 공기총조차도 성능이 좋으면 함부로 집에 두지 못하는 나라가 한국인데, 왜 한국 영화에서는 아무나 총질을 하는지, 당위성을 설명하기가 어렵다. 유럽 영화가 헐리우드에 밀리기 시작하면서 한국인은 독일이나 프랑스의 영화는 멀리하게 되었고, 그래서 한국 영화에 나오는 한국인들은 미국 영화의 미국인처럼 생각하고 행동한다. 헐리우드 키드처럼 말이다. 그리고 프랑스 영화를 미국식 폭력배(ganster)가 지배하던 장 가뱅 시대의 프랑스인들처럼 말이다. 그리고 한국의 핵잠수함에 탑승한 「유령」("동양의 빛과 그림자" 131~4쪽)의 한국인들이 그렇듯 말이다.

언젠가 서태지는 텔레비전 인터뷰에서 2002년 월드컵 행사 때 출연하게 되었다면서 "한국 음악을 알리는 좋은 기회가 되리라고 생각합니다"라고 말했다. 하지만 서태지의 노래가 '한국' 음악이라는 주장을 받아들이기는 참으로 어렵다. 'New Kids on the Block'이라는 이름을 연상시키는 '서태지와 아이들'의 음악은 한국인이 노래를 불렀다는 행위 자체를 제외한다면, 과연 얼마만큼이 우리 음악이라고 인정해야 좋을까? 그리고 '아이'들 가운데 하나는 미국 토속 텔레비전 쇼인 「히 호(Hee Haw)」에 고정 출연했던 미니 퍼킨스처럼, 가격표를 떼지 않은 모자를 쓰고 출연했으며, 사람들은 이것이 매우 '독창적'인 모습이라고 신문에 글을 쓰기도 했었다.

요즈음 베트남이나 중국에서 돌풍을 일으킨다는 젊은 '한류' 가수들의 '한국 음악'도 마찬가지이다. 정말로 국적이 석연치 않다. 말도 그렇게 하고, 옷도 그렇고, 이제는 한국의 많은 배우와 가수들이 미국이나 일본 사람처럼 보이려고 지나치게 노력하는 듯한 인상까지 받게된다. 미국 흑인 율동과 박자에 맞춰, 미국과 일본 혼합식 춤을 추며, 일본식 미국 머리와 의상을 하고, 기초적인 문법조차 맞지 않는 영어 가사까지 섞어 가면서, '노래'를 부르는 대신 음향과 조명에 따라 몸짓하는 요즈음 '가수'에 이르면 '정체성'이나 '장인 정신'이나 '주체 의식'에 관해서는 사전적 정의를 적용하기가 매우 어려워진다.

외국에 수출하기 위해서 외국식 영화 언어를 한국 영화에 사용했다는 「쉬리」의 선언 역시 어쩌면 또 다른 형태의 의타적 상업주의인지도 모른다. 어차피 영화라는 매체 자체가 외국에서 들여온 예술 형식이니 아무러면 어떠랴 싶겠지만, 이러한 변호는 유아기의 논리이겠다. 그리고 차라리 유아기의 한국 영화는 "국적불명의 국산 영화"라는 소리만큼은 듣지 않았다. 개척기 영화인들은 경제성보다 (식민 통치의 한계성 속에서나마) 민족성을 먼저 생각했으니 말이다.

그러나 예술성과 사명만을 생각하기에는 일찍부터 영화가 지나치게 큰 돈이 걸린 사업이었다. 프랑스와 독일과 이탈리아와 브라질과 그리고 또 많은 다른 나라에서 저마다 이름이 조금씩 다르기는 했어도 영화의 '새로운 물결' 운동의 예술 혁명을 거치면서 과거를 어느 정도 썻어내기는 했지만, 지구촌 개념으로 전세계 시장이 평정되고 단일화하면서 광역 상업주의는 더욱 강해졌다. 그러나 그렇게 비대해지는 시장을 공략하는 경쟁력이 강해지기는커녕 한국과 다른 군소 세력은 탈식민지 시대를 맞아 헐리우드가 주도하는 예술 패권주의와 상업적 팽창주의에 밀려 점점 취약해지기만 했다.

'소수 정예'를 침몰시킨 다음에 이루어진 부와 지능의 평준화는 양극에 선 치부와 무기력의 시대를 열었고, 모두 떼를 지어 베끼고 흉내를 내기만 할 뿐, 천재가 나타나지 않는 시대를 준비했다. 떼돈을 뭉치는 가능성이 눈앞에 보이면서 혼자 누리는 개인수의적 예술은 자꾸만 시들어 갔다.

헐리우드 키드의 시대는 그래서 슬프다.

재능이 뛰어난 소인은 많아도 거인이 별로 눈에 띄지 않는 민중의 시대가 영화의 세계에도 도래했고, 19세기의 신동과 20세기의 천재가 자취를 감추면서 기업 영화가 기치를 들었다. 더구나 정보의 발달로 어느 누구든지 쉽게 어느 정도까지는 예술의 흉내를 내기가 쉬워졌고, '후기현대주의(post modernism)'을 빌미로 인터넷에서 뽑아낸 자료를 조립하는 신문화가 발달하면서, 구성하고 재창조하는 능력까지도 조루증에 빠졌다. 그러니까 이제는 세부적인 구성을 위한 '재주'를 갖추기는 했어도, 하나의 '본체(entity)'를 만들지 못하는 예술가의 시대가 온 셈이다. 실체는 그렇게 사라져 간다. 통합되고 세계화하는 과정에서 개성과 국적과 동질성을 유지하기가 불가능한 까닭은 그것이 국제화를 지향하는 발전을 위해서 필연적으로 치러야 하는 대가요 희생이기 때문이다.

"전설의 시대" 영화에서는 물론 독창성이나 표절의 문제가 제기되지를 않는다. 호메로스가 원작료를 요구할 리도 없고, 신화나 『천일야화』나 『콩쥐팥쥐』의 저작권 분쟁도 대두하지 않을 테니까 말이다. 그러나 정당한 경쟁력을 키우기보다는 개방을 반대하며 노골적으로 훔쳐다 쓰기만 계속해도 될 만큼 어수룩한 시대는 이미 오래 전에 끝났다. 그럼에도 불구하고 대한민국은 서울 올림픽 개최에 따른 압력에 마지못해서 1987년 국제 판권 협약에 가입했을 때도, 이른바 지식인층에서, 지적 재산권에 대한 원작료가 "외화 낭비"라고 비난하던 나라였다. 당시 우리나라의 대리석 수입액이 8백만 달러에 달했다는 사실에 대해서는 아무도 문제를 삼지 않았으면서도 말이다.

이러한 문화적 배경으로 인해서, 세계적인 이탈리아 감독 비스꼰띠(Luchino Visconti)의 처녀작 「강박관념(Ossessione, 1942)」이 미국 작가 제임스 캐인(James Cain)의 소설(『The Postman Always Rings Twice』)을 표절했다고 국제적인 문제로 대두되고도 거의 반 세기가 다 된 다음에도 대한민국은 해적 출판 세계 1위를 놓고 타이완과 치열한 경쟁관계였다. 그토록 우리 문화는 정체성에 대한 의식이 희박했었다. 그러다 보니 이제는 어떤 영화를 보고 "참 잘 만든 우리 작품"이라는 표현을 쓰기가 망설여진다. 혹시 나중에라도, 실제로 그런 일이 심심치 않게 일어나듯이, 그것이 표절 작품으로 밝혀질지 몰라서 걱정이 되기 때문이다.

이러한 선입견 때문이겠지만, 방기환의 소설이 원작으로서 조선조 성종 때 사대부집 규수가 미천한 사내와 힘든 사랑을 하던 끝에 기생이 되어 육체로 양반들을 성의 노예로 만든다는 상당히 선정적인 시대극 「어우동」에서 (다른 사람의 목소리로) 이보희가 부르는 우리 노래의 가락까지도 어쩐 일인지 중국 노래처럼 들리고, 최근에 엄청나게 많은 돈을 들여 만들었다는 우리 영화 「무사」 또한, 장이머우의 황토 색채에 이르기까지, 어딘가 중국 영화 같다는 생각이 자꾸만 든다.

그리고 1969~70년에 쏟아져 나온 무협물은 제목만 봐서는 한국과 중국 어느 쪽 국적의 영화인지 첫눈에 분간하기조차 쉽지를 않다. 예를 들겠다.

「비연맹녀」—고구려를 침공한 당나라의 졸장 우신탁에게 부모를 잃은 촌장의 딸이 무술을 닦아 여검객이 되어 복수를 한다.

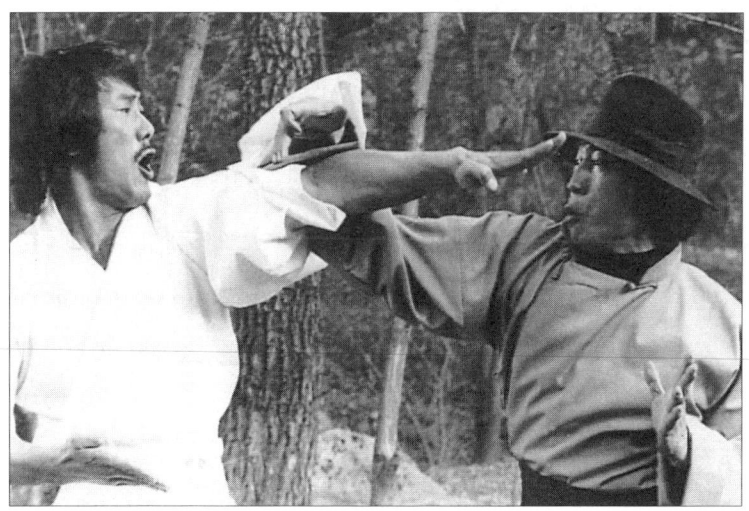

앞에서 사진으로 소개한 「속·정무문」과 같은 해(1977)에 제작된 「무협문」은 1945년, 조국의 독립을 위해 투쟁하는 무궁화단의 젊은이들이 주인공이다. 하지만 영화를 보면 별로 독립정신이 보이지를 않는다.

「백면검귀」─검왕이 되기 위해 스승까지 죽이고 일부러 눈에 상처를 입혀 장님이 된 주인공이 형의 원수를 갚으러 돌아다닌다.

「신검마검」─젊은 검객이 부모의 원수인 노검객을 찾아 헤맨다는 내용인데, 타이완과의 합작으로서 '원작'도 타이완에서 건너왔기 때문에 사실 우리 영화라고 하기가 퍽 어렵겠다.

「유정검화」─원수지간인 두 무사 가문의 아들과 딸이 사랑하는 로미오와 줄리에트 주제를 담은 '활극시대물'이다.

「독룡마검」─도사에게 검술을 익힌 다음 복수를 하기 위해 원수를 찾아다닌다는 얘기로, 원작(楊道)과 감독을 비롯하여 한국보다는 중국(타이완) 영화 쪽이 훨씬 가깝다.

「용호칠협」─7인의 무사가 스승의 복수를 위해 무술을 연마한 다음 원수를 찾아간다는 내용으로, 역시 한·중 합작이다.

「용호풍운」─황실의 경전을 악당으로부터 되찾아주기 위해 모여든 협객들의 얘기로, 경전을 탐내는 용과 대의명분을 지키려는 호가 대결한다.

중국과 중국 영화에 업히려는 이런 성향은 합작이나 흉내에 그치지 않고 아예 소재와 배경까지도 중국에서 가져다 쓰기에 이르러, 명나라 때 우쳉엔(吳承恩)이 지은 신마소설(神魔小說) 『서유기』만 해도, 신상옥이 제작한 "한중 합

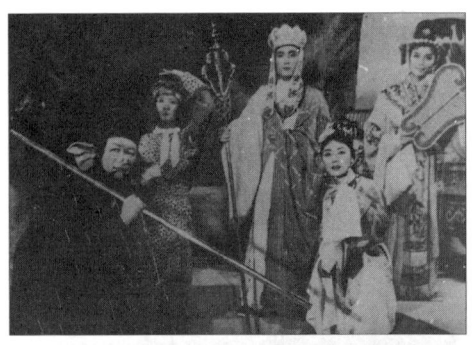

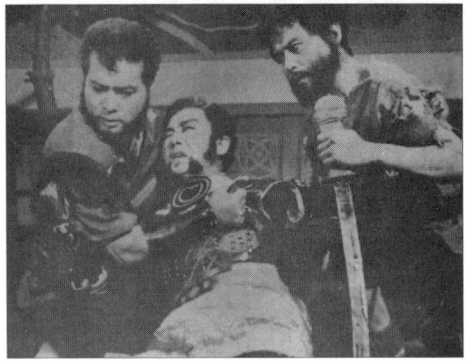

1960년대 한국 사극영화가 한참 열심히 제작되던 무렵에는 중국에 업히려는 성향도 상당히 노골적이어서, 「손오공」(위)이나 「진시황제와 만리장성」(아래) 같은 제목도 흔하게 발견되었다.

작"「서유기」와 '합죽이'의 원숭이 분장이 퍽 재미있었던 「손오공」, 역시 한중 합작인 「철선공주」, 그리고 「신서유기」와 「손오공 대전홍해야」에 「돌아온 손오공」이 뒤를 이었다.

중국 고전인 로관중(羅寬中)의 『수호전』도 「수호지」라는 제목의 한국 영화가 되었고, 한·중 합작인 「대벽관(大劈棺)」은 중국의 고사를 영상화한 괴기시대물이다. 아내의 절개를 의심했던 남자가 죽은 다음 그의 제자가 문상을 왔다가 아내와 사랑하게 되자 갑자기 병에 걸리고, 치료를 위해 뇌수를 꺼내 먹으려고 관을 파냈더니 죽은 남편이 살아나온다는 식의 으스스한 얘기이다.

이밖에도 별로 역사성도 없으며 작품성도 그리 대단치 않은 중국과 한국의 트기(混血) 영화로는 제목이 내용을 몽땅 말해주는 「아편전쟁」과 「광야(曠野)의 왕자(王者) 대 칭기즈칸」, 고대 중국의 무자비한 정복왕의 딸이 아버지의 학정을 속죄하기 위해 굶주린 노예들을 이끌고 무인도로 들어가 부처님에게 불공을 드려 아버지를 선도한다는 내용의 「대폭군」, 고대 중국 초나라의 쌍둥이 왕자가 권력을 탐내서 한 명이 다른 한 명에게 철가면을 씌워 지하감옥에 가둔다는 어디(프랑스)서 많이 들어본 듯한 내용의 「철면황제」, 고대 중국 제나라에서 역신들의 반란으로 거지가 된 왕자와 연나라 공주가 절에서 눈이 맞아 서로 번갈아가며 구해주는 「거지왕자」, 중국의 춘추전국시대에 국권을 둘러싸고 충신들과 간신들이 암투를 벌이는 「밀사」, 그리고 진나라 시절 역신들의 반정으로 인해 유모와 함께 겨우 피신한 왕자와 사랑에 빠지는 역적의 딸 「달기」도 나타난다.

하지만 「진시황제(秦始皇帝)와 만리장성(萬里長城)」에서 황금빛 비단 옷을 걸친 김승호 진시황이 중국 아가씨 김지미와 침실에서 희롱하는 장면을 보게 될 때쯤이면, 정말로 그렇게까지 우리나라의 역사에서는 소재가 빈곤해서 중국의 임금님 침실까지 기웃거려야 하는지

의아한 생각이 들게 된다.

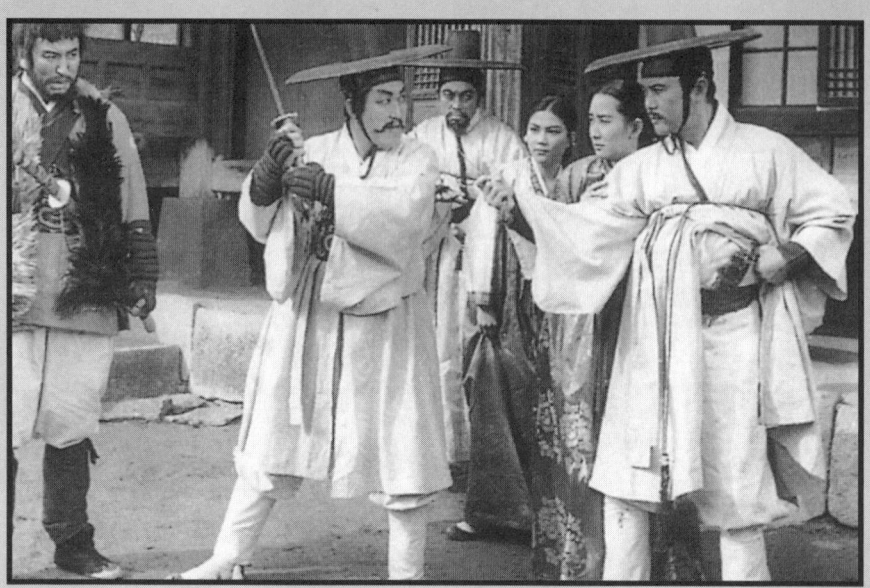

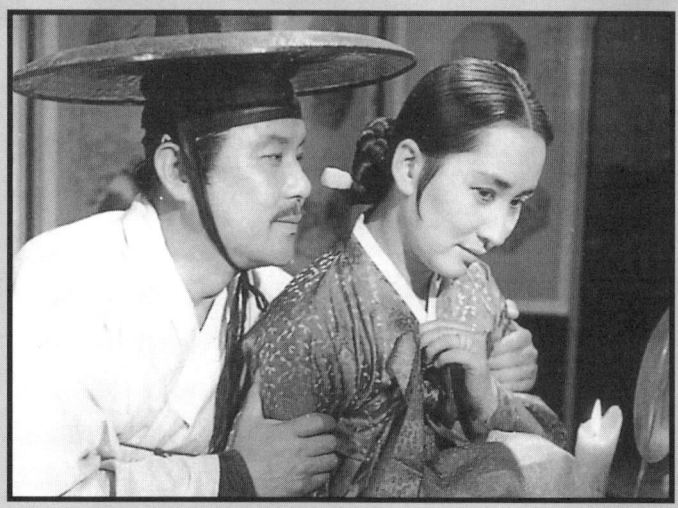

전성기의 우리 시대극에서는 사실성·역사성·예술성은 아예 내다버린 흥행 위주의 활극이 범람했으며, 광해군의 학정에 반기를 든 검객들의 얘기 「팔검객」에서는 당대 가장 지적인 배우로 알려졌던 김진규까지도 칼을 휘둘렀다.

칼잡이들의 행진

지극히 개인적인 견해이지만, 우리 시대극은 중국의 제5 세대 작가들처럼, 그리고 이두용이나 임권택 같은 몇몇 감독이 그랬듯이, 전통 사회에서 억눌린 여성상을 보다 적극적으로, 보다 진지하게 추구했더라면 훨씬 더 높은 예술성을 찾지 않았을까 하는 생각이 든다. 그것은 한국의 시대극에서는, '한(恨)의 영화'("정복의 길" 89~123쪽 참조)가 국민 정서와 잘 맞아떨어지면서, 커다란 하나의 맥을 이루고 발달되어 왔기 때문이다. 피해자로서의 여성을 주인공으로 내세운 최은희식 영화는, 비록 의식의 고양(高揚)보다 한풀이의 수단으로서, 훗날 「미워도 다시 한 번」류의 최루성 말랑영화로, 그리고는 술집 여자 영화로까지 이어졌는데, 장이머우처럼 통속물의 차원을 넘어서는 문학적 언어로 정리하여 보다 광범위하고 체계적인 작업을 거쳤다면 훨씬 높은 차원의 예술로 승화하지 않았을까 하는 아쉬움이 생기기도 한다.

그러나 어차피 논리보다는 정서가 지배적인 기능을 발휘하는 우리

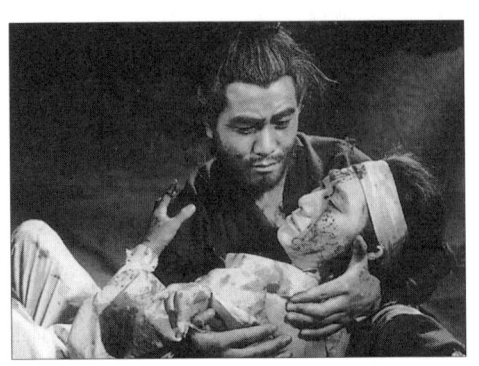

모함에 빠져 옥살이를 하다가 가족이 살해를 당했다는 얘기를 듣고 탈옥하여 복수를 하는 「필살의 검」에서는 원수의 칼잡이가 주인공의 아들이어서, 숙명적인 대결이 이루어진다.

시대극에서는 사실성·역사성·예술성에 관한 한 "묻지 마"라는 수식어가 필요한 흥행 위주의 활극이 범람했고, 사극이 가장 활성화되었던 1960~70년대 우리나라 영화관에서는 정체와 국적이 불명한 검이 여기저기서 번득였다. 이런 검들이 말이다.

모사꾼과 산적이 호송금을 탈취하려고 동시에 공격한 다음 남의 아내를 빼앗으려는 계략과 복수담이 얽힌 「유성(流星)의 검」, 노략질을 일삼는 도승지를 징벌하려는 진짜 일지매와 도승지가 동원한 가짜 일지매도 등장하는 「괴도(怪盜)의 검」, 모함에 빠져 옥살이를 하다가 가족이 살해를 당했다는 얘기를 듣고 탈옥하여 복수를 하는 「필살의 검」, 세자 책봉과 간신들의 모함이 충신의 승리로 귀결되는 「무정검」, 보검을 둘러싼 검객들의 치열한 싸움을 그린 「뇌검」, 무능한 왕을 뒤에서 조종하기 위해 두 파의 검객들이 대결을 벌이는 내용으로서 임권택 감독이 각본까지 쓴 「월하(月下)의 검」, 여검객과 암행어사와 길떠나기로 엮어진 임권택의 활극 「15야」, 백제의 멸망에 임하여 배반과 복수가 벌어지는 내용으로서 역시 임권택이 각본을 쓰고 감독한 「비검」, 두목을 구출하고, 두목의 딸을 사랑한다는 이유로 쫓겨나고, 그래서 두목에게 복수를 한다는 「복수의 마검(魔劍)」, 과거를 보러 가던 길에 흡혈귀에게 홀린 남편을 아내가 마검으로 구해내는 「백골령(白骨嶺)의 마검」, 조선조 말엽 암행어사가 마패의 위력보다는 무예와 기지로 탐관오리들을 혼내주는 「마패와 검」, 방랑과 무술과 대결과 악인의 자결로 이어지는 홍콩과의 합작 「중원제일검」, 떨어져 살던 형제가 우연히 만나

한편이 되어 칼을 휘두르는 「쌍룡
검」, 한 여자를 사랑하던 두 남자가
모함과 복수의 과정까지 거치는
「쌍검」과 백제 쌍칼장군의 아내가
노예시장에서 신라의 왕자에게 팔
려갔을 때 이미 임신했던 아들이
장성해서 부자가 최후의 결전을 벌
이게 되는 「쌍검무」도 나왔다. 이
서구(李瑞求) 원작인 「쌍검무」는 이

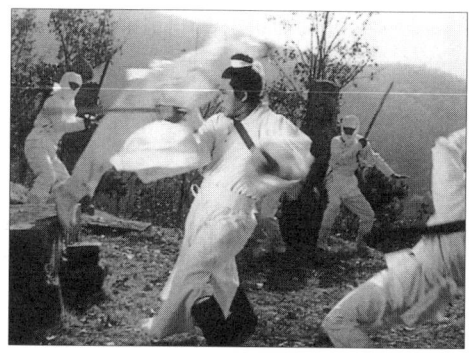

「복수의 마검」에서는 한창 시절의 김희라가 건달 칼잡이 역을
맡아 날렵한 몸짓을 보여 준다.

듬해 "장사공(張史公) 원작"에 「사자성」이라는 제목으로 다시 영상화
되었다.

그리고 이토록 다양한 온갖 칼을 휘두르는 검객(劍客)의 정체 또한
종잡기 힘들어서, 제목에서부터 외국 흉내를 낸 흔적이 뚜렷한 「팔없
는 검객」은 한 여자를 사랑한 두 남자가 서로 팔을 자르고 맹인을 만
드는가 하면, 일본 영화 「요짐보」가 원조인 이탈리아 서부극의 제목을
닮은 홍콩과의 합작 「석양의 협객(俠客, 1969)」은 백련교의 교주를 죽
이고, 부모의 원수를 갚는 「용문(龍門)의 여검(女劍)」도 홍콩과의 합작
이다. 여성 검객은 「용문의 여검」 말고도 해적들에게 무참히 죽은 촌장
의 딸이 도사에게 무예를 닦은 다음 복수를 하는 「한맺힌 여검객」과
역시 복수극을 벌이는 「3인의 여검객」도 있다.

미국 서부의 총잡이 그리고 일본 칼잡이나 마찬가지로 조선의 검계
(劍界)에도 떠돌이가 적지 않았을 터여서, 「유랑의 검호(劍豪)」는 사또
에게 멸족을 당한 집안의 생존자들이 30년 후에 복수를 하러 나서는
얘기이고, 일본 영화의 제목을 연상시키는 「나그네 검객 황금 8백 관
(黃金八百貫)」에서 청부 검객들이 치열한 혈전을 치른 다음 손에 넣은
금괴 상자 안에서는 "무일물처무진장(無一物處無盡藏)"이라는 글귀만

이 덩그러니 기다렸다는 내용인데, 두 영화 모두 칼부림을 끝낸 다음 쓸쓸히 길을 떠나는 장면으로 마지막을 장식한다.

셰인이나 7인의 사무라이처럼 무엇인가 할 일을 끝내고 쓸쓸하게 떠나가는 검객의 모습은 우리나라 칼쌈영화에서도 자주 눈에 띄어서, 「대검객」의 외팔이는 한맺힌 복수를 끝낸 다음 방랑의 길을 떠나고, 「팔도 검객」에서는 주인공이 팔도의 의협 검객들과 의형제를 맺어 간신들의 모함 때문에 목숨을 잃은 아버지에 대한 복수를 한 다음 방랑의 길을 떠나고, 「팔검객」은 광해군의 학정에 반기를 든 검객들의 애기이고, 홍콩과의 합작 「2대 검왕」에서는 형제처럼 가깝게 자란 두 검객이 여자 때문에 서로 죽이려고 애를 쓰다가 살아남은 한 남자가 허무함을 느껴 방랑의 길을 떠난다.

변두리 검객으로서는 임진왜란 직후 왜적 첩자에게 목숨을 잃은 아버지의 원수를 갚으러 나선 12살의 「꼬마 검객」에, 일본 사무라이와 복수를 하러 길을 나선 여검객까지 등장하는 희극 「무정한 검객」그리고 구봉서가 가짜 검객 노릇을 하며 돌아다니는 「요절 검객 팔도 검풍」도 있으며, 「풍운의 검객」은 왕위를 노리는 궁중의 음모를 통쾌하게 칼로 해결하고 「일지매 3검객」에서는 일지매와 세 명의 검객이 왕

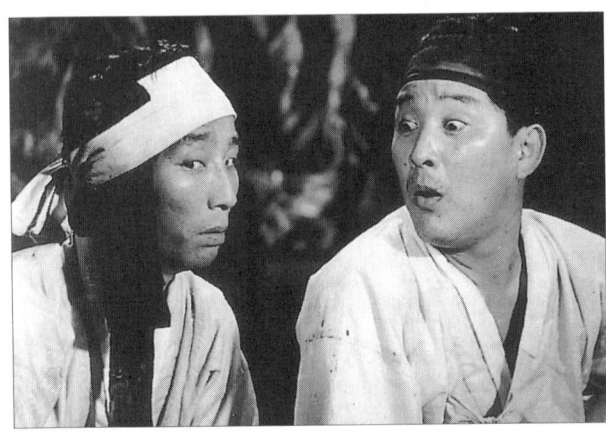

장난영화 「무정한 검객」에서는 임진왜란 직후 명검을 손에 넣기 위해 밀파된 사무라이를 구봉서와 서영춘이 보기좋게 물리친다. '막둥이'와 '살살이'는 또 다른 장난 검객영화 「요절 검객 팔도 검풍」에서도 함께 활약한다.

위를 노리는 궁중의 음모를 해결한다.

검객 이야기는 최근까지도 우리 곁을 떠나지 않지만 이제는 별로 관객의 시선을 끌지 못하는 실정이며, 사실 활극 계열의 시대극은 과거에도 그리 뚜렷한 개성을 보여 주지는 못했다. 우리나라에서 지금까지 제작된 영화의 총편수와 비교해 보면 김지미가 "8백 편 가량"의 영화에 출연했다는 사실이 무엇을 의미하는지 쉽게 이해가 가지만, (박노식을 비롯하여) 항상 비슷비슷한 얼굴에, 제목도 비슷비슷하고, 내용도 서로 비슷비슷했던 우리 사극은 비슷한 시기의 이탈리아 사극처럼 어느 영화가 어느 영화인지 분간하기도 힘들 지경이다.

일찍이 무성영화 시대에 단성사에서 제작한 한국의 로빈 후드 얘기인 「의적」으로부터, 또 다른 의적 흑두건이 쫓겨난 임금의 왕위를 되찾아주는 중국 고대 야사를 원작으로 삼은 「흑도적」, 아버지의 복수를 하려는 흑두건과 제2의 흑두건 그리고 암행어사까지 등장하는 「암행어사와 흑두건(黑頭巾)」, 의협심이 강한 바람둥이로 부각된 「호걸 춘풍」, 두 명의 여자 검객이 원수를 갚기 위해 적의 소굴로 잠입했다가 홀연히 나타난 방랑검객을 만나 대활약을 벌이는 「내장성(內藏城)의 대복수(大復讐)」, 임진왜란 직후 단신으로 난적의 소굴로 들어가는 용감한 사나이를 주인공으로 내세운 임희재(任熙宰) 원작의 「두 나그네」, 임진왜란 당시 조선의 의혈청년이 일본으로 건너가 도요또미 일당을 박살내는 「풍운의 임란야화(壬亂夜話)」, 곽재우가 의병을 일으켜 공을 세운 다음 모든 벼슬을 사양하고 방랑검객처럼 비파산으로 떠난다는 「홍의 장군」, 백제 개로왕의 손자가 역모의 누명을 쓰고 쫓겨났다가 악당들을 처치하고 명예 회복을 하는 「공산성(公山城)의 혈투」, 스승을 잃고 입산하여 무술을 연마한 후 복수를 끝내고 자결하는 내용으로서 김광주(金光洲)가 원작자인 「비호」, 양민을 괴롭히는 산적들을 물리치는 방랑검객이 나오는 홍콩 합작 영화 「마곡(魔谷)의 결투(감/안현철, 1969)」, 역시 홍콩 합작에 안현철 감독으로 같은 해에 제작되었으며 무술을 연마하고 산을 내려와 복수에 임한다는 내용인 「야적(夜笛)」, 원수의 딸을 사랑해서 고민하는 「의협 방랑(義俠放浪)의 형제」, 아내를 겁탈한 현감에게 암행어사가 복수를 하는 「수라문(修羅門)의 혈투」, 억울한 처지의 양민들을 방랑검객이 도와주는 「불한당」, 간신을 물리친 다음 사랑하는 여인과 산으로 들어가 그림같은 집을 짓고 농사도 짓고 살아가는 가수 검객 남진의 이야기 「5인의 자객」, 고려 예종 때 간신들을 제거하여 조정을 바로잡는 「풍운아」, 부모의 원수를 갚으려고 산적의 소굴로 찾아갔다가 여두목과 사랑하게 되는 남자의 이야기 「군도」에 이르기까지, 온갖 변주가 이루어지기는 해도 어쩐 일인지 그 많은 얘기들 가운데 '진짜'처럼 여겨지는 영화가 별로 없다.

이런 작품들은 과연 우리 영화였던가? 중국의 무협 사극이나 일본의 사무라이 사극을 보면, 당장 문화의 국적이 눈에 띄지만, 우리 검극(劍劇)의 '한국성'은 무엇이라고 설명이 가능한가?

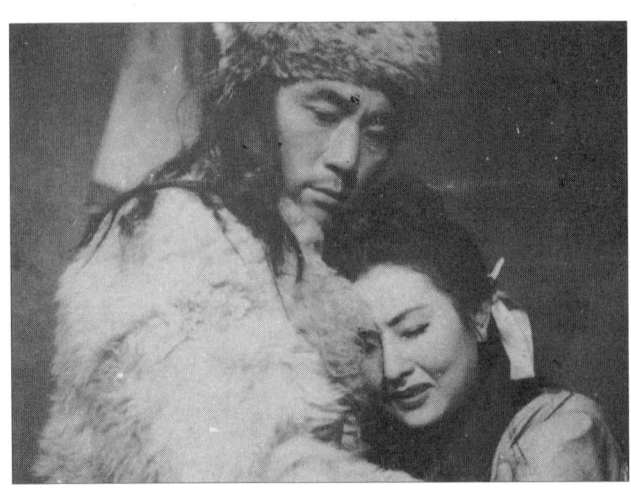

부모의 원수를 갚으려고 산적의 소굴로 찾아갔다가 여두목과 사랑하게 되는 남자의 이야기 「군도」는 뛰어난 두 주연 여배우(최은희와 문정숙)의 경연에 힘입어 흥행에서도 성공을 거두었다.

검술영화가 우리에게 우리들 자신의 경험이었다는 현실감을 주지 못하게 된 이유는 아마도, 문학에서도 무협소설이 발달하지 못했던 이유나 마찬가지로, 우리나라는 사농공상의 국가로서, 무신이 지배하던 일본과는 달리, 예로부터 무(武)보다는 문(文)을 숭상하던 나라였기 때문이라고 여겨진다. 따라서 무술영화는 아무래도 활극 분야로서 훨씬 더 잘 발달된 이웃 나라로부터 영향을 받을 수밖에 없었겠지만, 사무라이의 부시도가 워낙 특성이 강하게 강조되는 일본 검극은 이질감이 느껴지고, 그래서 한국 관객에게 낯익은 피아노줄 공중 곡예와 황당무계한 요술을 부리는 중국 영화를 훨씬 더 열심히 모방하지 않았나 하는 추측이 가능하다.

찾아보기 ●--

■ 「팔없는 검객(1969, 한국, 9권) 감/임원식, 출/吳英一, 金芝秀, 金昌淑

■ 「용문의 여검(1969, 한국-홍콩, 9권) 감/安賢哲, 출/이대엽, 伊仙, 江紋

■ 「한맺힌 여검객(1969, 한국, 9권) 감/安達昊, 출/李鄕, 申東一, 문희

■ 「3인의 여검객(1969, 한국, 9권) 감/최인현, 출/윤정희, 이대엽, 李秀貞

■ 「유랑의 검호(1968, 한국, 9권) 감/金時顯, 출/박노식, 남정임, 윤일봉, 김석훈

■ 「나그네 검객 황금 8백관(1968, 한국, 9권) 감/정창화, 출/박노식, 남정임, 태현실

■ 「대검객(大劍客, 1968, 한국, 9권) 감/康範九, 출/이대엽, 남궁원, 윤정희

■ 「팔도 검객(八道劍客, 1970, 한국, 9권) 감/金曉天, 출/박노식, 고은아, 남정임

■ 「팔검객(八劍客, 1963, 한국, 9권) 감/李康天, 출/김진규, 이예춘, 엄앵란

■ 「2대 검왕(二代劍王, 1970, 한국-홍콩, 8권) 감/姜照遠, 출/강남, 이자영, 金榮仁

■ 「꼬마 검객(1970, 한국, 9권) 감/李圭雄, 출/문희, 金廷勳, 허장강

■ 「무정한 검객(1969, 한국, 9권) 감/沈雨燮, 출/구봉서, 서영춘, 崔仁淑

■ 「요절 검객 팔도 검풍(腰折劍客八道劍風, 1969, 한국, 9권) 감/金基豊, 출/구봉서, 梁薰, 서영춘

■ 「풍운의 검객(1967, 한국, 9권) 감/임권택, 출/남궁원, 남정임

■ 「일지매 3검객(一枝梅三劍客, 1967, 한국, 9권) 감/張湖, 출/김진규, 남정임, 이대엽

■ 「검객이야기(1995, 한국, 90분) 감/김종기, 출/김현수, 이보나, 김원복, 이솔비, 김학성, 송혜인, 권윤미, 홍영미

■ 「귀천도(歸天刀, 1996, 한국, 94분) 감/이경영, 출/김민종, 이경영, 김성림, 장동직, 독고영재, 조선욱, 이기영, 장지연

■ 「의적(義賊, 1920, 한국, 2권) 감/金陶山, 출/李基世, 李應洙, 卞基鐘, 安光湖

■ 「흑도적(黑盜賊, 1966, 한국-홍콩, 9권) 감/최경옥, 출/최은희, 김진규, 박노식

■ 「암행어사와 흑두건(1969, 한국, 9권) 감/金基豊, 출/장동휘, 박병호

■ 「호걸 춘풍(豪傑春風, 1987, 한국, 115분) 감/이혁수, 출/이대근, 이미지, 김상순, 명희, 김형자

■ 「내장성의 대복수(1969, 한국, 9권) 감/安冕熙, 출/문오장, 최인숙, 尹良河

■ 「두 나그네(1967, 한국, 9권) 감/최인현, 출/신영균, 남정임, 남궁원

■ 「풍운의 임란야화(1968, 한국, 9권) 감/권영순, 출/박노식, 남정임, 박암

■ 「홍의 장군(紅衣將軍, 1973, 한국, 88분) 감/이두용, 출/황해, 고은아, 도금봉, 신구

■ 「공산성의 혈투(1968, 한국, 90분) 감/이강천, 출/박노식, 문희, 최성호, 張赫

■ 「비호(飛虎, 1969, 한국, 9권) 감/권영순, 출/박노식, 백영민

■ 「의협 방랑의 형제(1969, 한국, 9권) 감/張鎭源, 출/김지수, 문오장, 윤양하

■ 「수라문의 혈투(1967, 한국, 10권) 감/김시현, 출/신영균, 김동원, 김신재

■ 「불한당(不汗黨, 1963, 한국, 10권) 감/장일호, 출/박노식, 도금봉, 최남현, 양훈

▌「5인의 자객(1968, 한국, 9권) 감/최경옥, 출/南珍, 김지수, 이향, 남정임
▌「풍운아(風雲兒, 1968, 한국, 9권) 감/임원식, 출/신영균, 김지미, 전계현
▌「군도(群盜, 1961, 한국, 10권) 감/유심평, 출/최무룡, 문정숙, 최은희

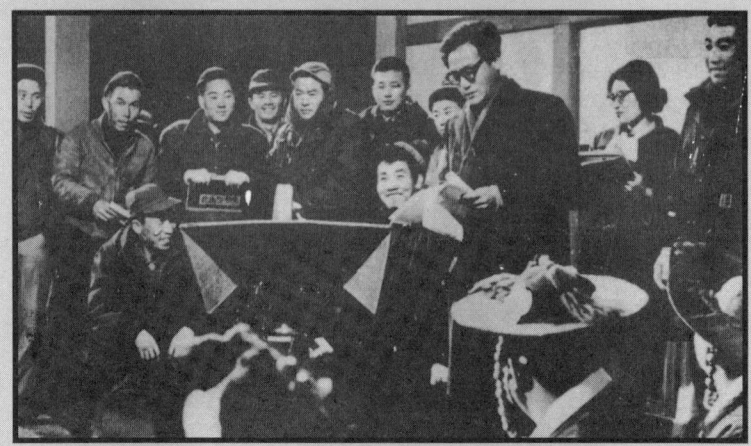

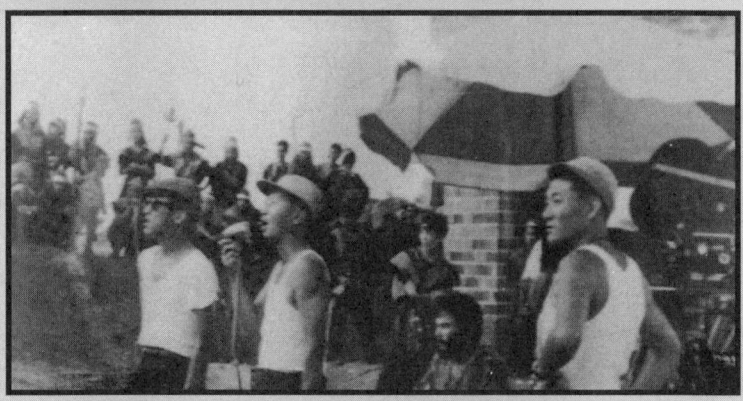

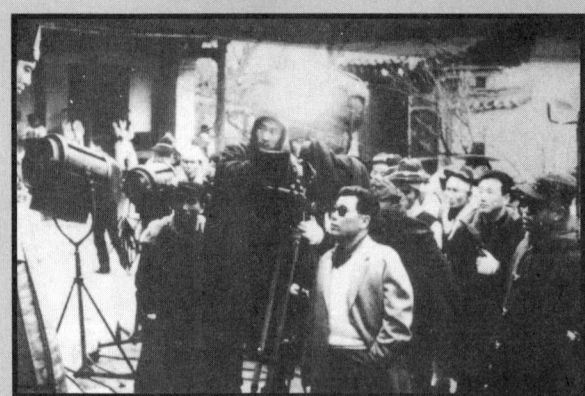

1960년대 전성기 한국의 역사물은 '한'(恨)이 담긴 여성극과 궁중사극을 보다 집중적으로 발전시켰다면 어떤 정체성을 확립했을 만한 가능성도 보인다. 사진은 1년 전에 만들었던 「오발탄」보다 군사정권의 기호에 훨씬 더 잘 맞았을 만한 「성웅 이순신」을 연출하는 1962년의 유현목 감독(위)과, 같은 해에 중국 얘기를 들고 나온 권영순 감독의 「진시황제와 만리장성」을 위한 야외 촬영 현장(가운데), 그리고 1964년 「평양감사」를 연출하는 조긍하 감독(아래)의 모습이다.

악의 패기(覇氣)

  일본의 짠바라나 중국의 전통사회 시대극과는 달리, 우리나라에서
는 영화뿐 아니라 텔레비전 연속극에서도 궁중사극이 잘 발달되었던
까닭은 왕들의 얘기가 그만큼 더 서민들의 관심을 끌었기 때문이겠
다. 1960년대 우리나라에서 색채영화와 대형영화가 본격적으로 발전
하면서, 헐리우드의 성서극이나 마찬가지로 화려한 궁중 풍경과 의상
은 훌륭한 구경거리였다. 전쟁이 끝나고 겨우 10 년밖에 되지 않았던
가난한 시절, 대한민국 인구의 절대 다수를 구성했던 서민은 화려한
궁중사극에서 권력과 풍요힘에 대한 시각적인 대리만족을 얻었으리
라는 생각이다.
  이미 완료된 역사적인 과거에 대해서 새로운 전제를 내걸고 다른 결
과를 추리한다는 행위가 모순적이기는 하지만, 1960년대 전성기 한국
의 역사물은 '한(恨)'이 담긴 여성극과 궁중사극을 보다 집중적으로 발
전시켰다면 어떤 뚜렷한 정체성을 확립했을 만한 가능성도 보인다. 온
갖 음모와 질시와 은근한 욕망을 배경에 깐 궁중사극은 심리극으로 발

전시키기도 어렵지 않았겠고, 그랬다면 중국이나 일본의 피투성이 무협괴기물을 부지런히 흉내내는 대신, 선비정신이 깃든 조선적(朝鮮的) 정치극까지도 스스로 키워낼 잠재성이 보였으리라는 생각이다.

궁중사극에서 관객에게 가장 널리 알려진 통치자는 연산군(1476~1506)이겠다. 즉위한 다음 처음에는 왜구를 무찌르고 빈민을 구제하는 등 다소 치적을 쌓았으나, 무오사화와 갑자사화를 일으키는가 하면 성균관을 유흥장으로 삼았던 연산은 러시아의 라스뿌찐이나 마찬가지로 악의 화신으로서 영화적 흥미의 대상이었고, 소설문학에서 반영웅(anti hero)이나 반항아가 파괴력을 힘과 패기의 상징처럼 과시하듯, 연산군의 만행은 극중인물로서 매혹적이고 화려한 개성을 제공했다.

본격적인 연산 영화의 첫 작품은 월탄(月灘) 박종화(朴鍾和) 원작에 임희재가 각본을 맡은 1961년 판 「연산군」이었다. 요즈음의 기준으로 본다면 임권택의 「취화선」이나 이광모의 「아름다운 시절」과는 비

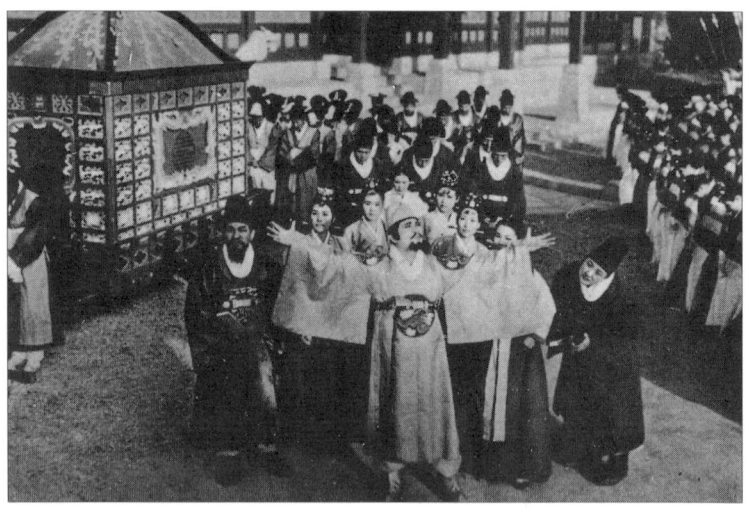

심리극과 정치극의 요소까지도 십분 살릴 만한 궁중사극의 대표적인 인물은 연산군이었다. 사진은 월탄 박종화 원작의 1961년 판 「연산군」이다.

교조차 안 되는 촌스러운 영상미에 산만한 줄거리와 난삽한 편집이 매우 눈에 거슬리지만, 대형 화면에 가득 넘치던 신영균의 박력과 폭군에 대한 시각의 특이성 때문에 당시 많은 관객을 끌어모았다.『금삼(錦衫)의 피』라는 제목에서 잘 드러나듯이 원작은 연산군 모자에 대한 편들기가 심해서, 송아지를 죽였다고 즉석에서 연산이 사령을 죽이는 행위를 "의분이 북받쳐" 그랬다고 설명하는가 하면, "떡메로 주둥이를 치겠다"는 그를 "착한 연산"이라고 부르기도 하고, 포악함을 효심의 발현으로 해석하는 등 역사적 당위성에 문제가 많이 보이지만, "속시원한 복수극"으로 이해를 한다면 영화보기가 그만큼 편하겠다.

신상옥 감독은 이듬해 같은 원작으로 훨씬 정돈이 잘된「폭군 연산」을 다시 만들어 흥행에 크게 성공했으며, 1987년에도 박종화의 연산 얘기는 장록수 쪽으로 좀더 관심을 돌려 다시 영상화되는가 하면, 임권택의「연산일기」도 같은 해에 선을 보인다.

연산에게 진상할 여인을 전국 방방곡곡에서 채굴해내는 작업을 맡았던「채홍사」라는 명칭은 박정희 대통령에게 여자를 골라 바치던 자들에게도 훗날 적용되었으며, 이서구 원작의「청산별곡」에서는 폭군 연산에 항거하는 우국지사 한 사람이 산색시와 사랑을 하고,「꽃가마」는 연산 휘하에서 벌어지는 권력다툼과 사랑 얘기이다.

세안대군(齊安大君)의 종으로 연산의 총희(寵姬)가 되어 숙원(淑媛)에 올라 관선(官船)으로 미곡 7천 석을 무역하는 등 국사를 어지럽히다 중종반정 때 참형을 당한 장록수(張綠水)는 이미 조선키네마에서 만든 무성영화「신(神)의 장(粧)」에서 안평대군을 사랑하다 뜻을 이루지 못하고는 연산과 운명을 같이하고, 임희재 원작의「요화(妖花) 장록수」는 부모의 원수를 갚기 위해 연산의 후궁으로 들어간다.「신의 장」은 검열에서 말썽이 생겨「암광(闇光)」이라는 새로운 제목으로 소개되었다.

　방송극과 영화를 통해 연산군과 장록수 못지않게 유명해진 희빈장씨(禧嬪張氏)는 어려서 나인(內人)으로 궁에 들어가 숙종의 총애를 얻어 인현왕후에게 온갖 나쁜 짓을 하다 사약을 받았다. 임희재 각색의 「장희빈」과 이서구 원작의 「요화 장희빈」이 있으며, 「황혼의 검객」은 장희빈 휘하의 악당들을 처치한 다음 황혼 속

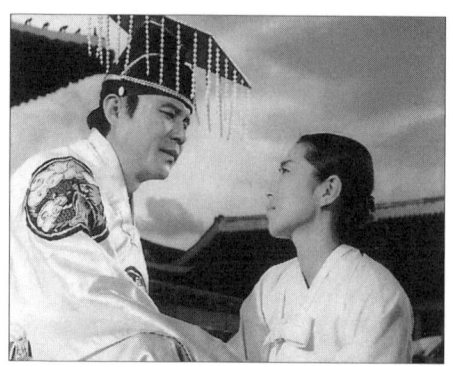

연산군과 장록수 못지않게 유명한 인물 희빈장씨(禧嬪張氏)를 주인공으로 삼은 1960년대 영화는 임희재 각색의 「장희빈」(사진)과 이서구 원작의 「요화 장희빈」이었다.

으로 사라져 가는 검객의 얘기이다.

　광해군(光海君, 1575~1641)은 당쟁을 종식시키기 위해 애쓰고 탁월한 외교 정책을 펼쳤음에도 불구하고, 많은 학자와 문신을 박해하고 영창대군을 역모죄로 죽이는가 하면 인목대비를 삭호(削號)한 다음 유폐시키는 등 폭군 노릇을 하다가 「인조반정」으로 쫓겨났다. 「12인의 야도(野盜)」에서는 억울하게 죽은 충신들의 후손이 인조반정에 가담하고, 「애란」에서는 인조반정이 이괄의 난과 임경업 장군의 진압으로 이어지고, 「미녀와 도적」에서는 광해군 시절에 나쁜 흑두건 일당과 착한 백두건 검객들이 대결을 벌인다.

　왕이 주인공인 영화로는 이광수 원작으로 고구려를 창건한 「사랑의 동명왕(東明王)」, 간신과 색정에 빠져 국사를 돌보지 않는 「진성여왕」, 훈민정음을 창제한 「세종대왕」, "알개" 조흔파(趙欣坡) 원작의 「태조 이성계」, 최인욱(崔仁旭) 원작의 「태조 왕건」이 나왔고, 야사(野史)적인 내용으로는 왕이 되어서도 어릴 적 강화도에서 같이 놀던 아가씨를 잊지 못하는 얘기를 담은 이서구 각본의 「철종(哲宗)과 복녀(福女)」, 같은 해에 같은 원작자와 같은 감독에 같은 배우들이 같은 내

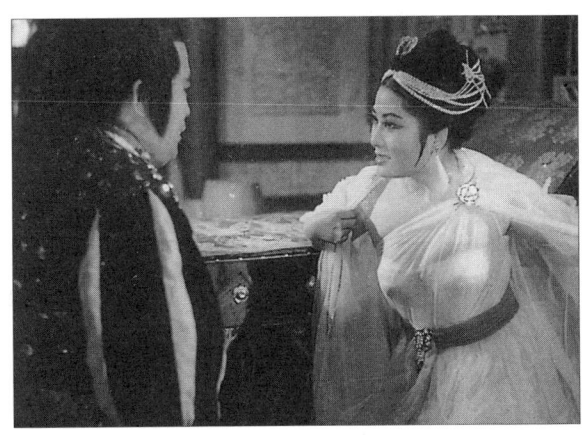
간신들의 도움으로 등극하여 색정에 빠져 국사를 돌보지 않고 놀아나던 「진성여왕」은 오빠 어지루 왕자와 충신들의 반정을 겪고 물러난다.

용을 새로 만들어낸 영화 「강화도령」, 왕인 줄 모르고 사랑했다가 힘겨운 궁궐 생활이 싫다고 촌가로 돌아가는 아가씨의 이야기 「임금님의 첫사랑」, 그리고 이광수 원작의 「세조대왕」은 단종을 몰아내고 수많은 충신을 죽인 다음 왕위에 오르지만, 불교에 귀의해서도 마음의 평화를 찾지 못한다.

어린 나이에 등극한 단종이 세조로부터 사약을 받은 궁중비화 「단종애사」는 이광수 원작에 이서구 각색으로 1963년에, 그리고 유치진(柳致眞) 각본으로 1956년에 영상화되었고, 신봉승 각본인 「칠삭동이의 설중매」는 어린 단종을 옹위하는 구신들과 수양대군의 암투를 그렸지만, 텔레비전 연속극으로 방영되었을 때 정진을 유명하게 만든 한명회가 주인공이다. 「풍랑객」은 단종의 유배를 반대하는 충신들의 밀서를 전하려다 뜻을 이루지 못하지만, 단종이 죽은 다음 악당들을 처치하고 정처없는 방랑의 길을 떠난다.

당쟁에 희생된 「사도세자」의 슬픈 얘기는 「눈물젖은 왕관」이라는 제목으로도 영화가 나왔고, 이서구 원작의 「망부석」은 사도세자가 뒤주 속에서 억울한 죽음을 당한 후 혜빈 홍씨가 궐 밖에 나가 살며 세손을 보호하느라고 시련을 겪는 내용이다. 「수양(首陽)과 백두건」에서

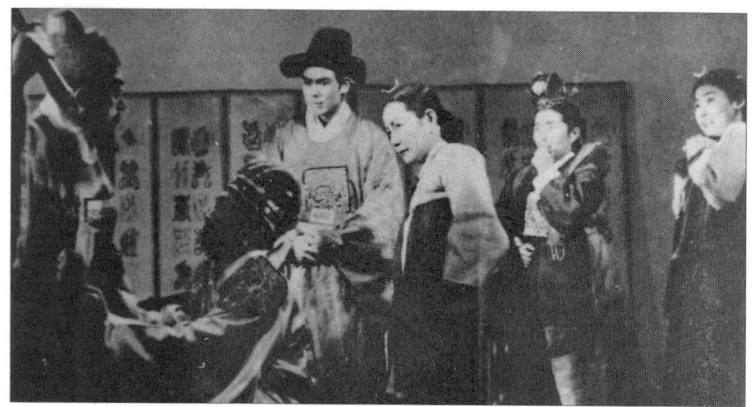
어린 나이에 등극한 단종이 세조로부터 사약을 받은 궁중비화 「단종애사」는 이광수 원작에 이서구 각색으로 1963년에, 그리고 유치진(柳致眞) 각본으로 1956년(사진)에 영상화되었다.

는 말년에 자신의 과거를 후회하는 세조가 폐비 홍씨의 세 옹주를 찾아오게 한다.

사도세자를 희생시킨 당쟁이 기둥줄거리를 이루는 영화를 찾아보면 숙종 시절의 「당쟁비화」, 당쟁에 부모가 희생된 남녀의 사랑을 암행어사가 구해주는 「천안 삼거리」, 당쟁에 시달리는 서민들을 그린 「묘향비곡」, 왕권을 놓고 사색당쟁을 벌이는 사람들의 얘기인 「나그네 임금」이 나오고, 영조시대 간신의 모함에 2대가 수난을 겪는 「십년 세도」, 간신에게 조정의 유생들이 대거 학살을 당하는 「오복문」, 충신이 역모의 누명을 쓰는 「낭」, 사위가 되기를 거부한다고 해서 역모의 누명을 뒤집어 씌우는 「삼현육각」, 사돈을 맺어 권력을 잡으려다 마음대로 안 되니까 역적으로 몰아 죽이려고 하는 「원앙선」, 각각 소현세자와 봉림대군을 옹립하려는 두 세력의 암투를 그린 「심야의 난입자(亂入者)」, 그리고 정조시대 왕권을 둘러싸고 벌어지는 음모를 추리극 형식으로 그린 이인화 원작의 「영원한 제국」도 같은 계열에 속한다.

「풍운의 궁전」에서는 왕위 계승을 둘러싸고 암투가 벌어지다가 간신배 일당이 왕세자를 독살하기 위해 궁녀들을 매수하고, 「일등 공신」

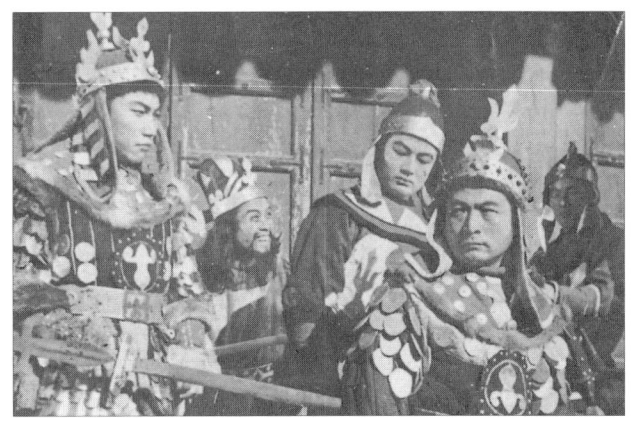

「풍운의 궁전」에서는 왕위 계승을 둘러싸고 암투가 벌어지다가 간신배 일당이 왕세자를 독살하기 위해 궁녀들까지 매수한다.

은 서자 출신이어서 출세가 어려워 당쟁에 뛰어든 주인공이 결국 하향한다는 내용이고, 「7부 열녀」에서는 당쟁의 제물로 희생된 부모의 원수를 갚기 위해 기생이 된 여주인공이 적들을 하나씩 유혹하여 복수를 하다가 결국 자결한다.

고구려 신대왕 말년에 간신 일당에게 복수를 하고 아버지의 원수를 갚고 천하를 주름잡기 위해 왕의 후궁이 되는 「영화(榮和)마마」는 장덕조(張德祚) 원작이고, 「태자(太子)바위」에서는 황룡국의 모란공주가 고구려의 왕을 독살하기 위해 후궁으로 들어가고, 신라 말엽 간신들의 모함으로 어마마마를 잃은 「왕자 미륵」은 시녀의 손에 자란 다음 복수를 하고 왕위에 오르며, 이광수 원작의 「마의태자」는 신라의 마지막 왕자 김추(金秋)가 망국의 설움을 안고 삼베옷을 길치고는 입신헌다는 내용이고, 「단장록」은 왕자의 난을 일으킨 왕자 방원의 얘기이다. 방원이 형제를 죽이고 왕권을 장악하자 태조가 고향 함흥으로 들어가 은거한 얘기는 영화 「함흥차사」가 되었다.

현군 세종대왕에게 왕위를 넘겨주기 위해 동궁 양녕대군이 거짓 광태를 부리고 주색에 빠지는 얘기가 조흔파 각본의 「주유천하」에 담겼고, 「방랑대군」에서는 시골 처녀와 사귀던 세자 양녕대군이 간신 이숙

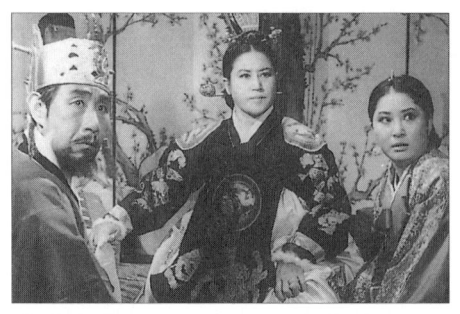
왕위 계승권을 둘러싸고 벌어지는 궁중비화 「문정왕후」는 도금봉(오른쪽)이 주연했던 비슷한 계열의 다른 영화 「진성여왕」과는 진지한 분위기가 크게 다르다.

번의 모함에 빠져 폐위되지만, 나중에 왕이 된 총명한 세종은 양녕대군과 시골 처녀의 동거를 윤허한다. 「복면대군」에서는 왕의 형인 경해군이 간신들의 모함을 피해 궁에서 나와 가명을 쓰고 돌아다니며 민정을 살펴 왕을 돕다가, 권세와 영광을 마다하고 방랑의 길을 떠난다.

왕가의 여성을 등장시킨 영화는 왕위 계승권을 둘러싸고 벌어지는 궁중비화 「문정왕후」, 주색잡기에 빠진 광해군 때문에 고생이 심한 「인목대비」, 줄줄이 딸을 낳다 화가 나서 왕이 버린 일곱 번째 공주의 효심을 그린 「7공주」, 궁중 법도가 까다로워 사랑놀이도 제대로 못하다가 강화도로 쫓겨가서 한껏 사랑하며 행복했다는 「공주 며느리」, 대궐에서 빠져나와 장터에서 만난 선비한테 반해서 상사병에 걸린다는 애기를 최은희가 감독한 영화 「공주님의 짝사랑」, 그리고 「구슬공주」는 대를 이을 태자가 없는데 여자로 태어나서 억울하게도 마부의 아들과 바꿔치기를 당한다.

궁중에서 조금 은밀한 쪽으로 눈을 돌리면, 「비전」에서는 청상과부가 된 대왕대비가 밤의 고독을 이기지 못해 눈먼 남자를 침소로 끌어들이고는 하다가 결국 자결하고, 「칠보(七寶) 반지」에서는 질투심에 눈이 먼 왕비가 왕의 총애를 받는 후궁을 살해하려는 계획을 세우고, 베를린 영화제에 출품했던 「내시」에서는 출세에 눈이 먼 대감이 딸을 상감의 후궁으로 들여보내자 그녀를 사랑하던 남자도 내시가 되어 궁중으로 들어가 불륜의 관계를 계속하고, 「속 내시」는 「내시」의 속편이 아니라 내시들이 정권을 잡기 위해 무모한 시도를 하다가 혼이 나는 내용이고, 「상궁나인」은 덧없고도 고뇌에 찬 궁궐 여인들의 삶을 그리

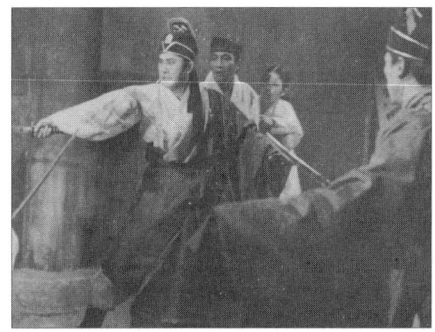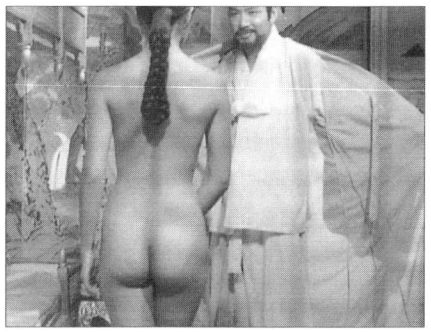

출세에 눈이 먼 대감이 딸을 상감의 후궁으로 들여보내자 그녀를 사랑하던 남자도 내시가 되어 궁중으로 들어가 불륜의 관계를 계속한다는 내용으로 1968년에 신상옥 감독이 만든 「내시」(왼쪽)는 베를린 영화제에 출품했으며, 1986년에는 이두용 감독이 같은 영화를 훨씬 화려하게 다시 만들었다(오른쪽).

며, 제목만 봐도 내용이 훤해지는 「낙화암과 삼천궁녀」는 장덕조가 원작자이다.

찾아보기 ●

- 「12인의 야도(1962, 한국, 10권)」, 감/姜燦雨, 출/신영균, 엄앵란, 박노식, 최성호
- 「애란(愛亂, 1963, 한국, 10권) 감/趙肯夏, 출/김진규, 김혜정, 박노식, 방성자
- 「미녀와 도적(1964, 한국, 10권)」, 감/이강천, 출/박노식, 최지희, 김희갑
- 「사랑의 동명왕(1962, 한국, 10권)」, 감/崔薰, 출/신영균, 문정숙, 朴錫姬
- 「진성여왕(眞聖女王, 1964, 한국, 10권)」, 감/河漢洙, 출/도금봉, 신영균, 허장강
- 「세종대왕(世宗大王, 1964, 한국, 10권)」, 감/안현철, 출/최남현, 문정숙, 황정순, 허장강
- 「태조 이성계(太祖李成桂, 1965, 한국, 10권)」, 감/최인현, 출/신영균, 김지미, 이경희
- 「태조 왕건(太祖王建, 1970, 한국, 10권)」, 감/최인현, 출/신영균, 김지미, 박암, 김동원
- 「철종과 복녀(1963, 한국, 10권)」, 감/신상옥, 출/신영균, 최은희, 김희갑, 한은진
- 「강화도령(江華道令, 1963, 한국, 11권)」, 감/신상옥, 출/신영균, 최은희, 김승호, 도금봉
- 「임금님의 첫사랑(1967, 한국, 9권)」, 감/이규웅, 출/신성일, 문희, 황정순
- 「세조대왕(世祖大王, 1970, 한국, 10권) 감/이규웅, 출/김진규, 김지미, 허장강, 柳美
- 「단종애사(端宗哀史, 1963, 한국, 13권)」, 감/이규웅, 출/金雲夏, 전계현, 이예춘, 허장강
- 「단종애사(端宗哀史, 1956, 한국, 12권)」, 감/전창근, 출/黃海南, 엄앵란, 전창근, 주선태
- 「칠삭동이 설중매(1988, 한국, 113분)」, 감/권영순, 출/정진, 천은경, 신성일, 김희라
- 「풍랑객(風浪客, 1968, 한국, 9권)」, 감/임원식, 출/신영균, 최은희, 남정임
- 「사도세자(思悼世子, 1956, 한국, 10권)」, 감/안종화, 출/황해남, 엄앵란, 윤인자, 李龍
- 「눈물젖은 왕관(1966, 한국, 9권)」, 감/하한수, 출/박노식, 조미령, 장훈
- 「망부석(望夫石, 1963, 한국, 10권)」, 감/임권택, 출/이경희, 최남현, 신성일, 姜美愛
- 「수양과 백두건(1964, 한국, 10권)」, 감/이강천, 출/김진규, 박노식, 김혜정
- 「당쟁비화(黨爭秘話, 1961, 한국, 10권)」, 감/安成燦, 출/신영균, 주증녀, 최남현, 劉桂仙
- 「천안 삼거리(天安三巨里, 1964, 한국, 10권)」, 감/金基惠, 출/신영균, 엄앵란, 신성일
- 「묘향비곡(妙香悲曲, 1964, 한국, 10권)」, 감/이만희, 출/박노식, 문정숙, 장혁, 최성호
- 「나그네 임금(1967, 한국, 9권) 감/최인현, 출/신성일, 문희
- 「십년세도(十年勢道, 1964, 한국, 10권) 감/임권택, 출/신영균, 전계현, 김동원, 李秀練
- 「오복문(五福門, 1966, 한국, 9권) 감/최인현, 출/김지미, 이예춘, 남궁원, 김혜정
- 「낭(浪, 1968, 한국, 9권)」, 감/姜照遠, 출/신영균, 문희, 박암
- 「심현육각(三絃六角, 1968, 한국, 9권)」, 감/최인현, 출/남궁원, 박노식, 남정임
- 「원앙선(鴛鴦船, 1964, 한국, 9권)」, 감/김기덕, 출/신성일, 엄앵란, 전계현
- 「심야의 난입자(1969, 한국, 9권)」, 감/金泳孝, 출/오영일, 남정임, 최경옥
- 「영원한 제국(1995, 한국, 126분)」, 감/박종원, 출/안성기, 김혜수, 조재현, 김명곤, 최종원, 김희라
- 「풍운의 궁전(1957, 한국, 8권)」, 감/정창화, 출/金美線, 成笑民, 金雄, 김승호
- 「일등 공신(一等功臣, 1967, 한국, 9권)」, 감/申敬均, 출/미상

- 「7부 열녀(七夫烈女, 1967, 한국, 9권)」, 감/최인현, 출/신영균, 남정임
- 「영화마마(1964, 한국, 10권)」, 감/임권택, 출/도금봉, 김진규, 김운하
- 「태자바위(1969, 한국, 9권)」, 감/이규웅, 출/남궁원, 김지미, 도금봉
- 「왕자 미륵(1959, 한국, 10권)」, 감/李泰煥, 출/방수일, 도금봉, 김신재
- 「마의태자(麻衣太子, 1956, 한국, 11권) 감/전창근, 출/이향, 유계선, 조미령, 김동원
- 「단장록(斷腸錄, 1964, 한국, 10권) 감/임권택, 출/신영균, 도금봉, 태현실
- 「함흥차사(咸興差使, 1965, 한국, 10권) 감/任源稷, 출/박노식, 태현실, 남궁원, 최남현
- 「주유천하(周遊天下, 1962, 한국, 10권)」, 감/안현철, 출/신영균, 도금봉, 전계현, 김동원
- 「방랑대군(放浪大君, 1968, 한국, 9권)」, 감/최인현, 출/신영균, 남정임, 오지명
- 「복면대군(覆面大君, 1963, 한국, 10권)」, 감/盧泌, 출/김진규, 도금봉, 허장강
- 「문정왕후(文貞王后, 1967, 한국, 9권)」, 감/라봉한, 출/이순재, 최은희, 남정임, 김동원
- 「인목대비(仁穆大妃, 1962, 한국, 10권)」, 감/안현철, 출/신영균, 주증녀, 김진규
- 「7공주(七公主, 1962, 한국, 10권)」, 감/정창화, 출/김승호, 문정숙, 주증녀
- 「공주 며느리(1967, 한국, 9권)」, 감/이규웅, 출/신영균, 문희, 정애란, 윤인자
- 「공주님의 짝사랑(1967, 한국, 9권)」, 감/최은희, 출/남정임, 金光洙, 한은진, 박병호
- 「구슬공주(1968, 한국, 9권)」, 감/이규웅, 출/오영일, 홍세미, 김동원
- 「비전(秘殿, 1970, 한국, 9권)」, 감/이형표, 출/남궁원, 김지미, 문희, 허장강
- 「칠보 반지(1968, 한국, 9권)」, 감/이규웅, 출/김진규, 金英美, 문희
- 「내시(內侍, 1968, 한국, 10권)」, 감/신상옥, 출/신성일, 윤정희, 박노식, 도금봉
- 「속 내시(續內侍, 1969, 한국, 10권)」, 감/신상옥, 출/신성일, 문희, 신영균
- 「내시(內侍, 1986, 한국, 110분)」, 감/이두용, 출/안성기, 이미숙, 남궁원, 김진아
- 「상궁나인(尙宮內人, 1966, 한국, 9권)」, 감/이규웅, 출/김진규, 남정임, 전계현
- 「낙화암과 삼천궁녀(1960, 한국, 10권) 감/이규환, 출/盧能杰, 卞基鐘, 김승호, 최남현

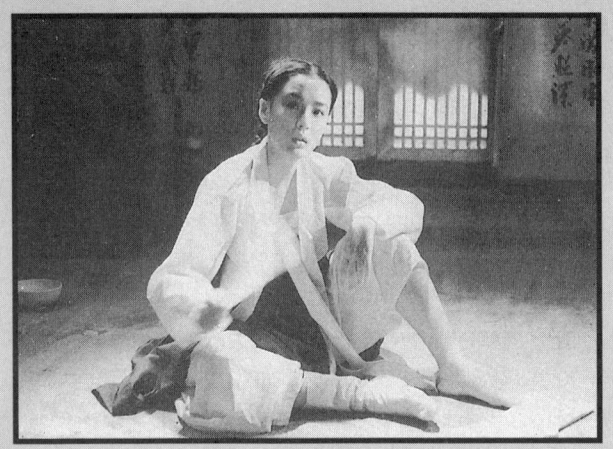

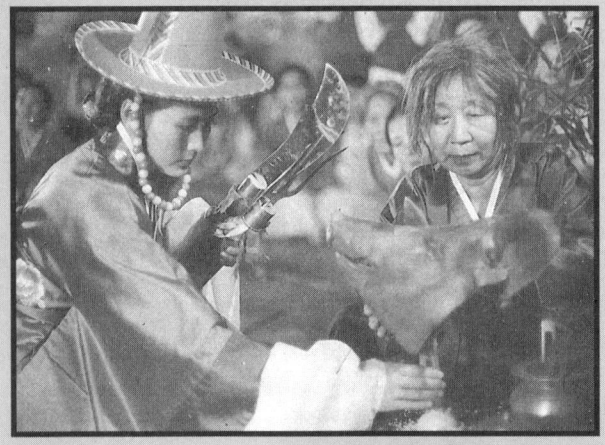

20세기를 얼마 남겨놓지 않고 해
외에서 임권택 감독의 「씨받이」(위)
나 이두용의 민속사극 「피막」(가운
데) 또는 「물레야 물레야」(아래) 같
은 한국 작품들이 시선을 끌기 시
작했다는 사실은 국제화와 현대화
를 빙자한 획일화를 벗어나기 위해
서는 과거로 돌아가야 특수한 정체
성을 보여 줄 수 있다는 반증을 제
시한다.

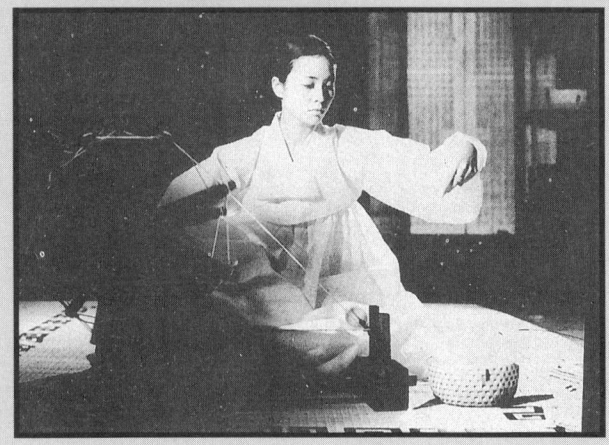

대궐 밖의 사람들

20세기를 얼마 남겨놓지 않고 우리나라 영화가 해외에서 시선을 끌기 시작한 가장 두드러진 분야는 시대극이었고, 그것도 서민이나 여성의 짓밟힌 삶을 그린 작품들이 앞장을 섰다. 국제화와 현대화를 빙자한 획일화를 벗어나기 위해서는, 우리들 자신의 과거로 돌아가야 특수한 정체성을 보여 줄 수 있다는 반증을 제시한다.

명실공히 대한민국 영화를 대표하게 된 임권택 감독의 「씨받이」는 남아선호사상이 지배하던 가부장적인 사회에서 대리모(代理母, surrogate mother)의 슬프고도 짧은 생애를 그렸고, 이두용의 민속시극 「피막」은 사회 규범에 얽매여 정상적인 삶을 빼앗긴 청상과부의 얘기이며, 「물레야 물레야」 또한 겁간을 당해 시댁에서 쫓겨난 다음 사대부집 남자의 씨내림을 하고는 강제로 죽음을 당하는 얘기이다.

「피막」의 각본으로 대종상을 받은 윤삼육이 만든 「살어리랏다」는 성문 밖 백정촌에서 들개처럼 살며 "나라의 권세가 바뀔 때마다 죄없이 죽어야 하는 수많은 사람들"의 목을 치는 "원통하고 분통한" 망나니들 얘기이다. 김대감이 처형당할 때 시신만이라도 깨끗이 해달라고 부탁하러 온 딸 숙영낭자를 겁탈한 만석이가 죄의식을 느껴, 마침 종으로 팔려가게 된 그녀를 구해 부부의 연을 맺고 자식까지 낳고 살아가다가, 밀려난 세도가들과 함께 정권을 잡으려는 숙영의 큰아버지 일당에게 속아 망나니 만석이 의금부 벼슬자리를 준다는 말에 목숨을 걸고 열심히 자객으로 일하지만, 결국 이용만 당한 다음 죽는다는 내용이다.

이 영화에서는 참수 예식, 장례 행렬, 탈춤, 민속음악, 성황당 따위의 향토색과, 전통 의상에 미술(조용삼), 산하의 모습에서 어린 아들의

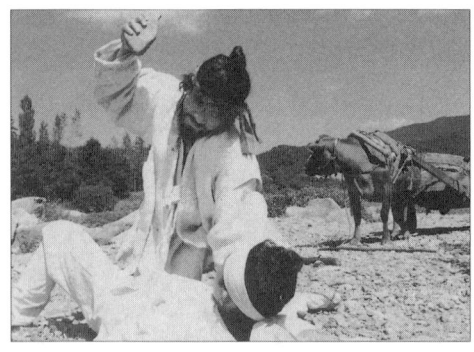

불알만지기 등, 지방색으로 머물기 쉬운 요소들을 적절히 배치하여 참으로 비참한 줄거리와 함께 매우 자연스럽게 흐르는데, "양반들이라 그런지 (시체의) 살갗이 두꺼워 바늘이 들어가질 않는다" 같은 끔찍한 대사와 더불어 시대극 만들기의 여러 요령이 교본처럼 보이기도 한다.

윤삼육 각본의 「살어리랏다」는 보다 덜 살벌한 내용으로 「망나니」라는 제목을 달고 영화로 20 년 전에 선보이기도 했었다.

망나니 영화의 원조격인 「망나니 비사(悲史)」는 소실로 삼으려는 나쁜 교리로부터 도망친 진사의 딸을 숨겨주었던 인연으로 부부의 연

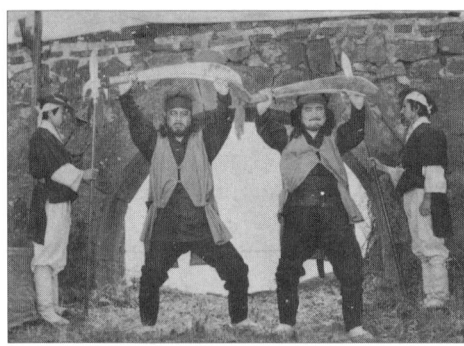

윤삼육 각본의 「살어리랏다」(위)는 성문 밖 백정촌에서 들개처럼 살며 "나라의 권세가 바뀔 때마다 죄없이 죽어가는 수많은 사람들"의 목을 치는 "원통하고 분통한" 망나니들 얘기이다. 「망나니」(아래)는 「살어리랏다」의 원조 영화이다.

을 맺은 망나니가 결국은 진사의 집안이 역적으로 몰리자 아내의 목숨을 자신의 손으로 끊게 된다는 얘기이다. 「사노」에서는 노비 들판이 사랑하는 하녀를 주인이 겁탈하자 들판도 상전의 부인을 겁탈한 다음 도망쳐 망나니가 되는데, 나중에 죄인으로 잡혀온 주인을 망나니 들판이 처형하게 된다.

「낭자(娘子) 망나니」는 상놈이 진사의 딸을 사랑하게 되어, 그녀를 차지하기 위해 그녀가 망나니라는 헛소문을 퍼뜨리고는 결국 그녀를 차지해서 행복하게 살았다는 통속시대물이다. 「사랑과 눈물의 만리성(萬里城)」도 신분의 벽에 막힌 사랑 얘기로서, 양반집 도령이 벼슬과 명예를 버리고 상민의 딸과 맺어진다는 결론을 내린다. 「산적의 딸」에서는 두목의 딸을 놓고 두 부하가 삼각관계를 이룬다.

「애정 삼백년」에서는 공주와 평민 남자가 현세와 내세를 오가며 3백년 동안 사랑을 나눈다. 「두견새 우는 사연」에서는 양반집 아들을 사랑하던 퇴기의 딸이 상사병에 걸려 죽은 다음 귀신이 되어 그녀를 배반한 양반 아들을 찾아간다. 박종화 원작인 「아랑(阿娘)의 정조(貞操)」에서는 백제 개로왕이 목수의 아내 아랑의 정조를 빼앗으려고 온갖 유혹과 횡포를 자행하지만, 끝내 목적을 달성하지 못한다. 「정조성」에서는 장군의 아내 애랑을 사모하던 무사가 남의 여인을 밤했나는 죄로 처형을 당한다. 「마보 칠성이」는 우직한 머슴으로서 상전의 딸을 사랑하는데, 그가 금의환향해서 보니 주인집 딸이 창녀가 되어 병들어 죽는다.

「일편단심」은 사랑하는 남녀를 괴롭히던 사또가 암행어사에게 혼난다는 얘기이고, 「양산도」에서는 피리를 잘 부는 사냥꾼과 마을 처녀가 부모의 반대로 사랑을 이루지 못하자 둘 다 죽어 버리고, 「꽃버선」에

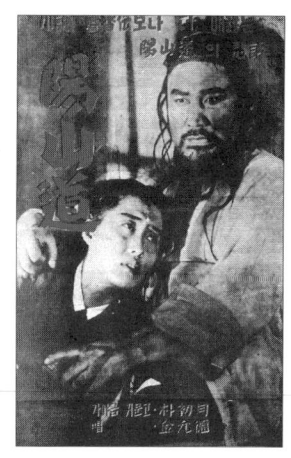

「양산도」에서는 피리를 잘 부는 사냥꾼과 마을 처녀가 부모의 반대로 사랑을 이루지 못하자 로미오와 줄리에트처럼 남자가 먼저 자살하고 여자도 뒤따라 자살한다는 애달픈 얘기다.

서는 광해군 말년 형조판서 김대감의 소실로 들어갔던 아가씨가 정경
부인의 모함으로 쫓겨나고, 미인이지만 아이를 낳지 못하는 「숙부인」
은 씨를 받기 위해 기생을 집에 들여놓고, 「청사초롱」에서는 암행어사
와 기생이 짝을 맺고, 「정경부인」은 첩들 때문에 쫓겨났다가 착한 기
생 덕택에 본처의 자리를 재탈환한다.

「규방」은 첩을 거느린 남편에 대한 아내의 "지나친" 질투와, 무관심
한 남편 때문에 방종해지는 아내와, 아이를 낳지 못해서 남편의 축첩
을 이해하는 아내의 얘기이고, 「독수공방」은 역신으로 몰려 처형된 대
감의 딸이 기생으로 지내다가 하인이었던 칠복이가 장원급제하여 그
녀를 구해준다는 얘기이다.

역사를 훌쩍 거슬러 올라가면, 「여진족」의 추장이 적국 요나라의
공주를 사랑하고, "고대왕국"이 무대인 「마법선」은 궁중에서 벌어지
는 한국판 검과 마법영화이고, 「방아타령」에서는 신라에 병합된 우산
국의 공주가 왕비의 자리에 오르지만 거사를 획책하다 발각되어 쫓겨
나고, 조남사(趙南史) 원작인 「가야(伽倻)의 집」은 고구려에 빼앗겼던
일월성을 백제가 되찾는 얘기이고, 「가시나이」는 고려에서 원나라에
처녀를 조공으로 바치던 시절 남장을 하고 숨어 살던 "가시나이"들에
관한 얘기이다.

김마부(金馬夫) 원작의 국극을 무성영화로 만든 「고구려의 혼」은 고
구려가 신라에게 멸망하는 내용이고, 「여장부」에서는 두 여인을 놓고
번민하던 백제 장군이 전쟁터에 나가서 죽고, 박종화 원작의 「풍운 삼
국지」는 후삼국을 통일하여 고려조를 창건하는 과정을 보여 준다. 신
라 「화랑도」의 주인공 어진랑은 부모의 원수를 갚기 위해 백제의 성
안으로 잠입했다가 공주와 사랑에 빠져 국가냐 사랑이냐 고민을 하
고, 「천관녀」라는 기생 때문에 김유신은 애마의 목을 베고, 김유신의
아들로서 상감의 총애와 공주의 사랑을 받던 화랑 「원술랑」 영화의 원

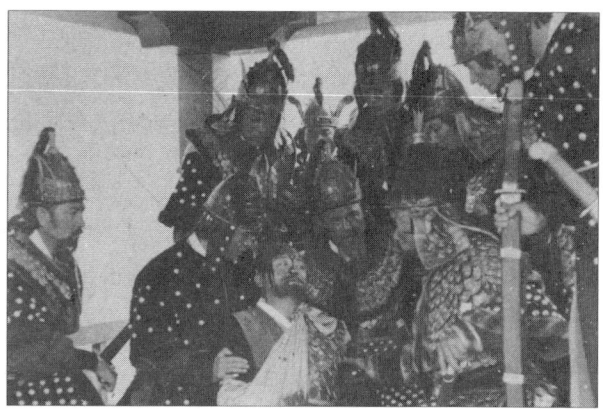
박정희 정권으로부터 전폭적인 지원을 기대하고 「난중일기」(사진)의 영화 제작에 참여한 김진규는 대통령이 약속을 지키지 않아서 파산지경에 이르렀다.

작은 유치진의 희곡이다.

그밖의 전기시대물로는 이은상(李殷相) 원작의 「성웅 이순신」, 박정희 대통령으로부터 전폭적인 지원을 기대했다가 약속을 지키지 않는 바람에 김진규가 제작에 참여한 다음 파산지경에 이르도록 만들었던 「난중일기」, 권력에 너무 욕심을 부렸던 「장보고」, 연적이었던 유자광의 모함으로 형장으로 끌려간 「남이장군」, 사임당과 아들의 얘기인 「율곡과 그 어머니」, 반대 세력의 모함으로 목숨을 잃는 조광조의 얘기 「정동대감」이 나왔다.

기타 단발성 시대물을 몇 편 더 정리하자면, 지배계급 양반들에 대한 일반 상민들의 항쟁이었던 「동학란」, 동학 2대 교주 해월 최시형의 시련을 그린 「개벽」, 조신 말기 제주도 대정(大靜) 군수의 심부름꾼이었다가 천주교인들의 행패와 세금에 시달리는 주민들이 1901년 5월 민란을 일으키자 민군(民軍)의 주장(主將)으로 싸운 「이재수의 난」, 당나라 30만 대군의 침공 속에서도 사랑이 싹트는 「안시성(安市城)의 꽃송이」, 오만한 청나라 칙사에게 돌을 던지는 「횃불」, 상노의 신분을 속이고 과거에 급제하여 고을 원님이 되는 얘기 「왕과 상노(常奴)」, 어명을 빙자하여 온갖 횡포를 자행하는 고을 부사가 약혼녀를 능욕하자

검술을 연마하여 복수를 한다는 「어명」, 고을 사또에게 시달리던 여인
이 한양으로 올라와서 울리는 「신문고」, 충신이 간신들에게 몰려 죽음
을 당하는 「님은 가시고」, 탐관오리들을 솎아내다 오히려 간신들의 모
함에 밀려 옥살이를 하고는 정치에 환멸을 느껴 초야로 돌아가는 「평
양감사」, 간신배들이 들끓는 조정에 대해서 환멸을 느껴 낙향한 다음
실성한 사람처럼 방울을 흔들고 다니면서 시정을 살폈다는 「방울대
감」, 신라의 무장이 낳은 자식들과 부모의 애정과 효성을 그린 「세 쌍
둥」, 어린 신랑 때문에 색시가 고생하는 「개구쟁이 도련님」, 도적의
누명을 썼다가 풀려나는 「원님댁」, 관속들의 노략질과 행패를 척결하
고 선정을 베푸는 「총각 원님」이 나온다.

　윤삼육 각본에 이두용이 연출한 「업」은 병마를 쫓는 힘을 지녔다는
목경(木莖)을 깎아 파는 구산을 벌하기 위해 아예 그의 남근을 잘라
성문에 걸어놓은 사또가 알고 보면 전생에서 똑같은 상황을 거꾸로
겪었다는 내용이다. 하지만 곤장을 맞고 몹쓸 병까지 걸린 구산의 처
를 보쌈해서 범한 다음 사또가 소실로 들이면서 줄거리가 갈팡질팡하
고, 처첩들의 미움과 원한과 저주가 미신 사상에 업히면서 괴기영화

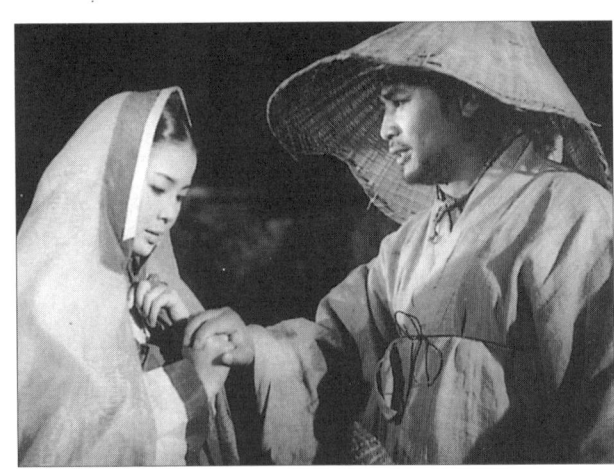

벼슬을 내놓고 낙향한 다음 실성
한 사람처럼 방울을 흔들고 다니
면서 시정을 살피던 「방울대감」(사
진)은 기생에게서 조정의 반란 음
모를 알아내고는 간신배들을 일망
타진한다.

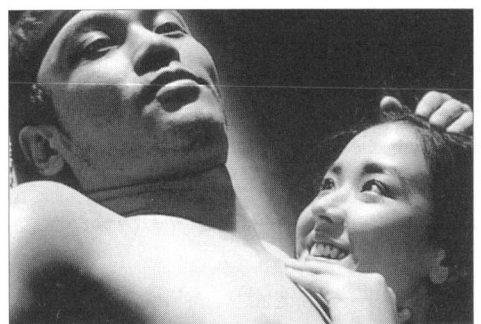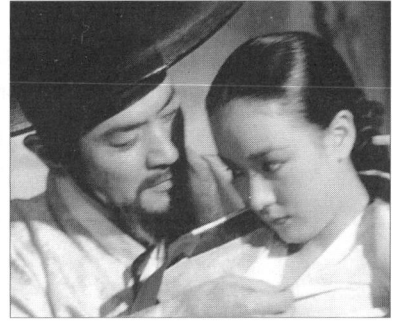

윤삼육 각본에 이두용이 연출한 「업」은 병마를 쫓는 힘을 지녔다는 목경(木莖)을 깎아 파는 구산(왼쪽 남자)을 벌하기 위해 아예 그의 남근을 잘라 성문에 걸어놓은 사또(오른쪽 남자)가 알고 보면 전생에서 똑같은 상황을 거꾸로 겪었다는 내용이다.

쪽으로 아슬아슬하게 기울기도 하고, 좀더 세련되었더라면 좋았겠다는 아쉬움을 남기는 작품이다. 미신을 호기심이 아니라 미학으로 승화시키는 감각도 개발하면 좋겠다는 생각도 든다.

어쨌든 「업」을 보면 남궁원과 박노식과 김진규 같은 배우가 어째서 요즈음 영화에 어울리지를 않는지, 그리고 왜 1980년대 이후에는 시대극이 그늘로 숨어 버렸는지, 그리고 또 우리 시대극도 일본의 구로사와 아끼라 그리고 중국의 장이머우가 만든 시대극이나 마찬가지로 참 어둡다는 기분도 느끼게 된다.

그렇다면 중국과 일본과 한국, 동양 3국의 시대적 빛깔은 왜 꼭 어두워야만 했을까?

찾아보기 ●---

▌「씨받이(1986, 한국, 95분)」, 감/임권택, 출/강수연, 윤양하, 이구순, 김형자
▌「피막(1980, 한국, 93분)」, 감/이두용, 출/유지인, 남궁원, 김윤경, 태일, 황정순
▌「물레야 물레야(1983, 한국, 100분)」, 감/이두용, 출/원미경, 신일룡, 최성호, 문정숙
▌「살어리랏다(1993, 한국, 100분)」, 감/尹三六, 출/이덕화, 이미연, 장항선, 이일웅, 남보원, 양택조, 남포동, 선우용녀, 이기영, 이무정
▌「망나니(1974, 한국, 95분)」, 감/변장호, 출/백일섭, 박지영, 김무영

- 「망나니 비사(1955, 한국, 10권)」, 감/金聖珉, 출/田澤二, 盧耕姬, 李敏, 이경희
- 「사노(私奴, 1987, 한국, 113분)」, 감/엄종선, 출/이대근, 원미경, 남궁원, 조용원
- 「낭자 망나니(1967, 한국, 10권)」, 감/라봉한, 출/박노식, 변기종, 남정임, 황정순
- 「사랑과 눈물의 만리성(1963, 한국, 9권)」, 감/櫓赫進, 출/박암, 이민자, 김혜정, 朴鐘華
- 「산적의 딸(1957, 한국, 10권)」, 감/尹藝潭, 출/羅一, 吳小華, 崔駿
- 「애정 삼백년(愛情三百年, 1963, 한국, 10권)」, 감/윤봉춘, 출/김진규, 조미령, 최남현, 황정순
- 「두견새 우는 사연(1967, 한국, 9권)」, 감/이규웅, 출/신성일, 김지미, 金孝眞
- 「아랑의 정조(1964, 한국, 10권)」, 감/장일호, 출/김진규, 엄앵란, 장동휘
- 「정조성(貞操城, 1965, 한국, 9권)」, 감/최인현, 출/신영균, 김지미, 박노식
- 「바보 칠성이(1961, 한국, 10권)」, 감/김화랑, 출/김승호, 김지미, 허장강
- 「일편단심(一片丹心, 1961, 한국, 10권)」, 감/김수용, 출/조미령, 신영균, 허장강, 주증녀
- 「양산도(陽山道, 1961, 한국, 10권)」, 감/안현철, 출/최무룡, 조미령, 김승호
- 「꽃버선(1969, 한국, 9권)」, 감/조긍하, 출/김진규, 문희, 이순재, 朴景柱
- 「숙부인(淑夫人, 1966, 한국, 8권)」, 감/임원식, 출/최은희, 남궁원, 박노식
- 「청사초롱(靑紗草籠, 1967, 한국, 9권)」, 감/임권택, 출/신영균, 남정임
- 「정경부인(貞敬夫人, 1965, 한국, 10권)」, 감/이규웅, 출/김진규, 김지미, 조미령, 한은진
- 「규방(閨房, 1968, 한국, 9권)」, 감/鄭素影, 출/신영균, 김진규, 윤정희, 문정숙
- 「여진족(女眞族, 1969, 한국, 10권)」, 감/이규웅, 출/신영균, 박노식, 윤정희
- 「마법선(魔法扇, 1969, 한국, 9권)」, 감/李昌根, 출/김승호, 남국원, 이예춘, 윤정희
- 「방아타령(1966, 한국, 9권)」, 감/이규웅, 출/김진규, 남정임, 전계현
- 「가야의 집(1963, 한국, 10권)」, 감/이규웅, 출/김지미, 최무룡, 조미령, 이예춘
- 「가시나이(1965, 한국, 10권)」, 감/全應杜, 출/신영균, 김혜정, 이민자, 서영춘
- 「고구려의 혼(1949, 한국, 16밀리 2백자)」, 감/임운학, 출/국극단 배우 총출연
- 「여장부(女丈夫, 1964, 한국, 10권)」, 감/조긍하, 출/신영균, 도금봉, 전계현
- 「풍운 삼국지(風雲三國志, 1967, 한국, 9권)」, 감/최인현, 출/신영균, 김지미, 남궁원, 박노식
- 「화랑도(花郞道, 1962, 한국, 10권)」, 감/장일호, 출/신영균, 문정숙, 주선태, 金貞玉
- 「천관녀(千寬女, 1963, 한국, 10권)」, 감/안현철, 출/김진규, 도금봉, 박노식
- 「원술랑(元述郎, 1961, 한국, 11권)」, 감/장일호, 출/김지미, 방수일, 최무룡, 김승호
- 「성웅 이순신(聖雄李舜臣, 1962, 한국, 12권)」, 감/유현목, 출/金昇鎬, 윤일봉, 조미령, 김승호
- 「난중일기(亂中日記, 1977, 한국, 125분)」, 감/장일호, 출/김진규, 정애란, 김진, 김홍량
- 「난중일기(1997, 한국, 70분)」, 감/변강문

▌「장보고(張保皐, 1965, 한국, 10권)」, 감/안현철, 출/신영균, 이민자, 최성호, 方漢基

▌「남이장군(南怡將軍, 1964, 한국, 10권)」, 감/안현철, 출/신영균, 김지미, 이예춘

▌「율곡과 그 어머니(1963, 한국, 10권)」, 감/李鐘機, 출/김석훈, 주증녀, 이민자

▌「정동대감(貞洞大監, 1965, 한국, 10권)」, 감/이규웅, 출/김진규, 김지미, 이예춘

▌「동학란(東學亂, 1962, 한국, 10권)」, 감/崔薰, 출/신영균, 김승호, 최남현, 김지미

▌「개벽(開闢, 1991, 한국, 146분)」, 감/임권택, 출/이덕화, 이혜영, 김명곤

▌「이재수의 난(1999, 한국, 100분)」, 감/박광수, 출/이정재, 심은하, 프레드릭 앙드로, 윤소정, 명계남, 여균동, 방은진, 오윤홍, 정원종, 세바스티안 타벨, 이두일, 정공철

▌「안시성의 꽃송이(1964, 한국, 10권)」, 감/이규웅, 출/김석훈, 김혜정, 김동원

▌「횃불(1963, 한국, 10권)」, 감/신상옥, 출/신영균, 최은희, 이예춘, 한은진

▌「왕과 상노(1965, 한국, 9권)」, 감/임권택, 출/신영균, 김지미, 김승호

▌「어명(御命, 1967, 한국, 9권)」, 감/강조원, 출/오영일, 문희, 남정임

▌「신문고(申聞鼓, 1963, 한국, 11권)」, 감/임권택, 출/김진규, 이경희, 허장강, 전계현

▌「님은 가시고(1958, 한국, 10권)」, 감/白明鉉, 출/羅一, 金槿子, 鄭德順

▌「평양감사(平壤監事, 1964, 한국, 10권)」, 감/조긍하, 출/신영균, 최은희, 김혜정

▌「방울대감(1968, 한국, 9권)」, 감/라봉한, 출/신영균, 윤정희, 남정임

▌「세 쌍둥(1959, 한국, 11권)」, 감/李昌根, 출/김진규, 문희, 이순재, 朴景柱

▌「개구쟁이 도련님(1969, 한국, 10권)」, 감/朴文秀, 출/남정임, 김정훈, 한은진, 최남현

▌「원님댁(1969, 한국, 9권)」, 감/라봉한, 출/김진규, 김지미, 安聖愛

▌「총각 원님(1967, 한국, 9권)」, 감/최인현, 출/신성일, 남정임

▌「업(業, 1988, 한국, 105분)」, 감/이두용, 출/남궁원, 강수연, 김영철, 김윤경, 민복기, 태일, 양택조, 변희봉, 최재호, 주상호, 한국남, 정규영, 박광진

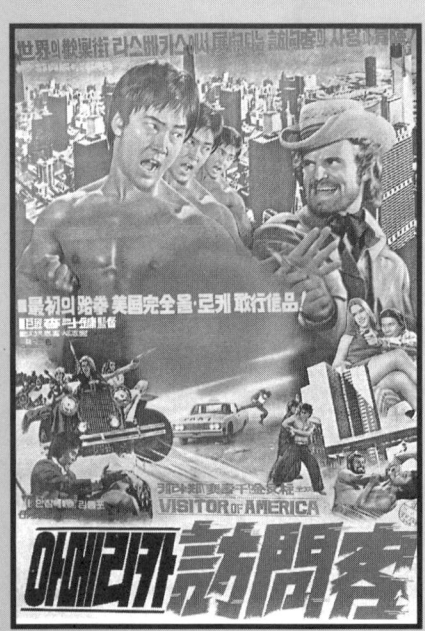

예술을 위해서보다는 생존을 위해서 영화를 만들어야 하는 현실적인 여건 때문에 임권택 감독이 "기억하고 싶지 않은" 수많은 활극을 만들었듯이 「초분(1977)」, 「피막(1980)」, 「물레야 물레야(1983)」, 「내시(1986)」를 만든 이두용 또한 1970년대 한국의 활극을 주도했던 감독으로, 1976년에는 라스베이거스에서 태권도로 무장한 한국인이 단신 미국 악당의 소굴로 쳐들어가는 국적불명의 영화 「아메리카 방문객(Visitor of America)」(왼쪽 포스터)을 만들기도 했다. 그보다 2 년 후에 등장한 「죽음의 다섯 손가락」(아래 사진)은 훨씬 사연이 복잡하다.

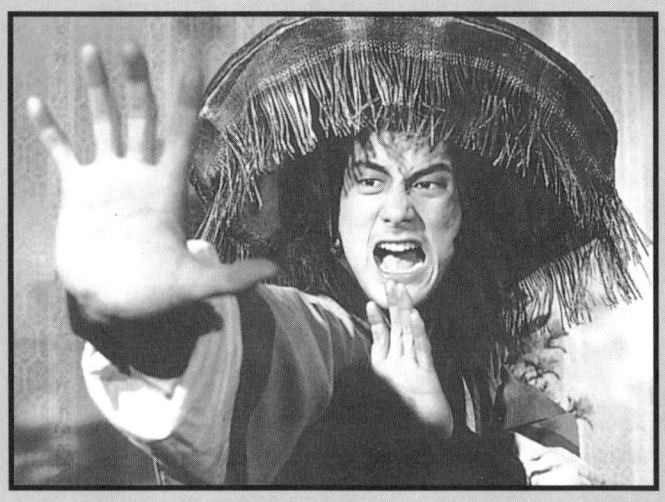

죽음의 열 손가락

1978년에 제작된 한국 영화 「죽음의 다섯 손가락」은 활극 역사물로서, 한국영상자료원과 조선일보사가 펴낸 『한국 영화 75년사』에서는 줄거리를 이렇게 소개한다.

"일도는 도탄에 빠진 중생을 구하라는 천산진인의 명을 받아 만주 장춘에 나타나 탁리구봉, 악명래 등 악당들에게 다섯 손가락의 혈장이 찍힌 사령부첩을 전함으로써 혈투가 벌어진다. 한편 일도를 살부의 원수로 알고 복수에 나선 연자심이 삼귀노파들과 함께 가담함으로써 청옥비취 관음불상을 노리고 몰려든 적면독우의 7대문파 악당들이 가세하여 더욱 고조된다. 그러나 결국 연자심은 일도에 대한 오해를 풀게 되고 계략으로 이들 7대문파 고수들이 관음불상을 놓고 싸워 서로 죽이게 하고 자심의 원수인 적면독우도 일도와 합세 처치한다."

줄거리와 사진 자료를 보면, 「죽음의 다섯 손가락」은 한국 역사물의 쇠퇴기로 접어들면서 떼를 지어 나타나기 시작한 국적불명의 영화들 가운데 하나라는 짐작이 쉽게 간다.

제목부터가 그렇다.

「죽음의 다섯 손가락」이라는 제목의 원조는 가문의 명예를 위해서, 그리고 조국을 위해서 일본인들과 무술로 맞서 싸우는 중국인에 관한 홍콩 영화를 수입했을 때 미국에서 영어로 붙인 이름이었다. 무술이나 주먹으로 일본인들과 맞서 통쾌하게 싸우고 때려눕히는 화풀이 주제라면 리샤오룽의 「정무문」이나 리리엔지에의 「황페이홍」 그리고 우리나라에서는 임권택의 「장군의 아들」까지도 관통하는 흐름인데, 「죽음의 다섯 손가락」이 영어권 시장에서 두드러지게 주목을 받는 까닭은 쿵푸 영화의 매력을 미국인들에게 맛보인 첫 영화가 「당산대형」이나 「취권」이 아니라 「죽음의 다섯 손가락」이었기 때문이다.

「죽음의 다섯 손가락」이 미국에서 쿵푸 열풍을 불러일으킨 현상을 두고 무술영화에 대한 여러 권의 저서를 발표한 리처드 마이어스(Richard Meyers)는 이렇게 개탄한 바가 있다. "돈에 굶주린 영화배급업자들은 1970년대 초에 게걸스러운 서양의 무술 시장을 노리고 가장 값싼 영화들을 동양에서 마구 쓸어들이기 시작했다. 이런 영화들은 거의 모두가 정신나간 쓰레기(chaotic garbage)여서, 중국의 매혹적인 문화에 관해서는 거의 아무것도 보여 주지 못했다."

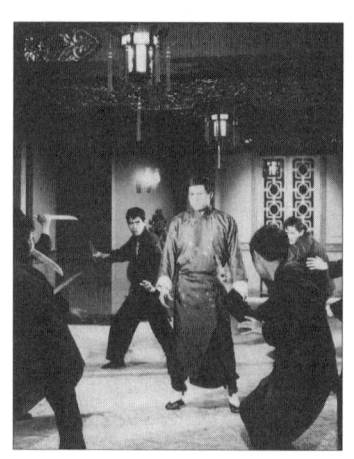

「죽음의 다섯 손가락」이라는 제목의 원조는 가문의 명예를 위해서, 그리고 조국을 위해서 일본인들과 무술로 맞서 싸우는 중국인이 주인공인 홍콩 영화(사진)를 수입하면서 미국에서 영어로 붙인 이름이었다.

선풍적인 인기를 일으키며 하나의 영화역사적 사건을 만들어낸 이 영화에 홍콩에서 붙인 본디 영어 제목은 「Five Fingers of Death(죽음의 다섯 손가락)」가 아니라 "권격왕(拳擊王)"이라는 뜻의 「King Boxer」였다. 그리고 1972년 우리나라에 「철인(鐵人)」이라는 제목으로 수입된 이 영화를 감독한 사람은, "찾아보기"에서 쳉창호(Cheng Chang Ho)라는 표기법을 보면 자칫 중국인이라고 착각을 일으키기 쉽지만, 알고 보면 한국인 정창화(鄭昌和, 1928~)이다. 한국 활극영화의 독보적인 존재였던 그는 악당들을 처치한 다음 서부의 사나이처럼 떠나가는 「황혼의 검객 (1967)」과, 절벽 위에서 대결하는 두 검객이 일격을 가한 다음 사무라이들처럼 동작을 정지하는가 하면 이탈리아 제품의 서부극 분위기까지도 물씬 풍기며 청부 검객이 등장하는 「나그네 검객 황금 108관 (1968)」 같은 뛰어난 오락작품들을 만들고는, 전성기를 맞은 쇼 브라더스와 전속 계약을 맺고 1968년 홍콩으로 가서 1977년까지 무려 10년 동안, 「죽음의 다섯 손가락」과 「천면마녀(千面魔女, 1969)」를 위시한 여러 '중국 영화'를 만들었다.

한국인이 만든 중국 영화의 영어 제목과 한국인이 중국 영화처럼 만들어 우리말로 붙인 제목을 합산하여 「죽음의 열 손가락」에 이르게 된 복잡하고도 착잡한 족보를 생각하면, 적어도 활극 분야의 시대물에서는 한국이 과연 어디로 갔어야 하는가 궁금해진다.

중국을 한국으로 삼는 이런 현상은 전두환의 통치기간과 맞아떨어지는 1970년대 말에서부터 1980년대로 이어졌는데, 이 시기는 전세계적으로 신기한 구경거리 '요지경'으로서 발명된 영화가 "전설의 시대"와 "고전의 시대"를 거쳐, 20세기 중반에 오락과 예술로 서서히 분리되었고, 그와 더불어 "까이에 뒤 씨네마"를 분기점으로 삼아 작가영화와 멍청영화가 양분화한 다음, '진설'로시의 역사를 별로 가공하지 않고 그냥 영화의 원자재로 사용하던 아메리카 합중국의 건국신화인 서부극에 이어 온갖 분야의 역사물이 전세계적으로 침체기에 들어가고, 과거의 전설과 고전도 바닥이 나자 미래의 상상과 가공에 의존하는 공상과학 영화와 심각함의 부담이 없어서 좋은 희극이나 멍청영화에 밀려 사극이라는 고유분야(genre) 자체가 사라지고는, 문예물과 예술품의 형태로만 '사극'이 드문드문 재현되던 무렵이었다.

당시 우리나라에서 상대적으로 유난히 왕성하게 제작되던 중국식 한국 시대물 활극은 제목부터가 노골적으로 홍콩 영화를 흉내냈으며, 일반 시민이 한국 제품을 중국 영화라고 착각하게 다분히 의도적으로 유도하기까지 했다. 말하자면 이태원의 자랑스럽지 못한 명성을 전세계에 떨치게 한 손가방과 시계 따위의 가짜 외제 '명품'을 만드는 그런 식이었다.

영어나 한자를 그냥 한글로 옮겨 적기만 하는 무책임한 행위로 인해서, 과연 청룽의 영화에 붙은 「龍的心」이라는 제목이 헐리우드 영화 「Dragonheart」와 똑같은 말이라는 사실을 (중국말로 "용적심"이 무슨 뜻인지를 모르거나 영어로 "드래곤하트"가 무슨 뜻인지를 모르거나 아예 "용적심"과 "드래곤하트" 둘 다 무슨 뜻인지를 모르는) 한국 관객 가운데 과연 얼마나 많은 인구가 알고 있는지 의심이 가지만, 영화업자들은 수입한 영화를 보여 주면서 뜻조차 제대로 전달되지 않는 네 글자짜리 중국 제목을 그냥 한국식 발음으로 적는 데서 그치지 않고, 아예 우리 영화의 제목에 가짜 홍콩 상표(제목)를 붙여 놓는 경우도 적지 않았다.

예를 들면 북만주의 어느 마을에서 태권도장을 연 조선인과 경쟁을 벌이는 가라데 도장의 일본인이 무술로 대결하는 항일영화의 제목은 「맹룡노호」이고, 사명대사가 일곱 제자를 8도에 파견하여 지리를 답사케 한 다음 파천의 무술인과 힘을 합쳐 팔도경락도를 왜인(일본인)들에게서 탈취하는 영화의 제목은 「파천신권」이고, 청나라 탐관오리에게 시달리는 조선의 유민들을 돕기 위해 한국의 무술인이 중국으로 들어가 동지를 규합하고 맹활약을 벌이는 영화의 제목은 「칠협팔의」이고, 고려의 젊은 군장이 몽골군과 싸우다 낙오되어 떠돌다가 용호비권의 권법을 배워 부하들의 원한을 풀어주는 영화의 제목은 「낭화비권」이고, 청조 말엽 만주 변경에서 무술 대결이 벌어지고 한국인 김일도가 왕새우와 그의 사부 쌍삼을 무찔러 복수하는 영화의 제목은 「인무

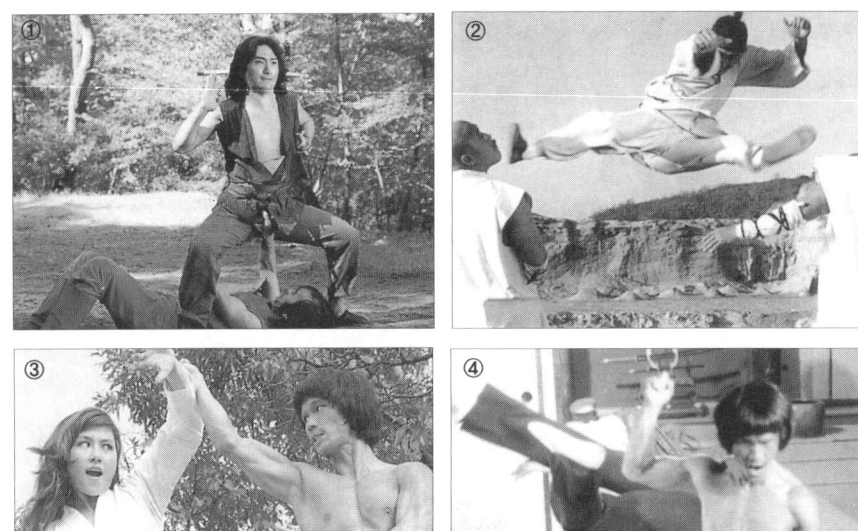

네 글자짜리 중국식 제목을 가짜 홍콩 상표처럼 한국 영화에 붙여놓은 경우로는 주인공의 의상까지도 청룡의 「취권」을 연상시키는 「팔대취권」(1), 사명대사가 끼어드는 「파천신권」(2), 한국의 무술인이 중국으로 들어가는 「칠협팔의」(3), '항일영화' 「맹룡노호」(4) 등 부지기수이다.

가인」이고, 복수를 하기 위해 해골반지의 주인을 찾아 헤매다가 웃으면서 죽게 만드는 침술을 익히는 영화의 제목은 「팔대취권」인데 주인공의 행동과 옷차림과 모든 것이 어쩌면 그렇게 청룡의 「취권」을 그대로 닮았는지 모르겠고, 꼭 네 글짜는 아니디리도 내용과 (연기라고 하기는 좀 어려운) 동작에서 중국 냄새와 흉내가 적극적인 수준이라고 여겨지는 영화 쪽으로도 눈을 돌리면, 한국의 태권도인이 홍콩의 영화사로부터 출연 초청을 받고 갔다가 중국식 쿵푸 무술 연기를 강요당하자 갑자기 민족주의적인 정신이 발동하여 거부하는 바람에 어쩌고저쩌고 하는 영화의 제목은 「돌아온 용쟁호투」이고, 일제치하에서 친일파 두목 때문에 부모를 잃은 조선인 남녀가 괴승으로부터 비천권법을 익혀

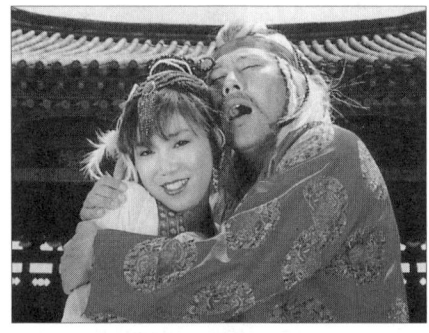

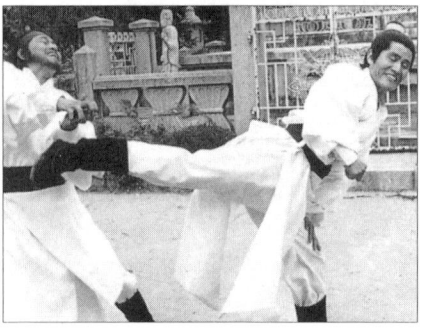

홍콩의 쿵푸 영화를 통해 귀에 익어진 샤오린(소림)사의 이름도, 「소림사 물장수」(위)와 「소림사 목련도사」(아래)에서처럼, 한국 영화의 제목에 줄지어 등장한다.

복수하는 영화의 제목은 「비천권」이고, 1940년 타락한 무도인들이 들끓던 만주의 청심관 도장의 말괄량이 딸 랑랑의 활약상을 그린 영화의 제목은 「요사권」이다.

홍콩의 쿵푸 영화를 통해 한국인들의 귀에 익은 샤오린(少林)사의 이름도 심심찮게 한국 영화의 제목에 등장해서, 용비천이라는 샘물을 발견하여 돈 재미를 보던 물장수 현보가 상인들을 괴롭히는 건달패에 걸려 혼이 날 때 도와준 아가씨 옥룡에게서 무술을 배워 불량배들과 싸워 이기는 영화의 제목은 「소림사 물장수」이고, 무술 대결로 사람을 죽이고 회의를 느낀 고수(高手)와 스스로 창안한 권법에 정진하는 젊은이가 엮어나가는 영화의 제목은 「소림관 지배인」이고, 청조에 패망한 명조의 유신들이 조국 광복을 위해 싸우도록 도와주는 삿갓 도사가 가짜 목련도사와 대결하는 영화의 제목은 「소림사 목련도사」이고, 청나라에 패망한 명나라를 다시 찾기 위한 투쟁은 「4대 소림사」에서도 벌어지고, 패망한 명나라 유신들의 여러 자손이 조직한 천지당이 등장하는 영화의 제목은 '샤오린사'와 발음이 비슷한 「사룡사」이다. 그외에도 샤오린의 이름을 빛낸 한국 영화로는 「소림 신방」, 「소림 용문방」, 「소림천하」, 「소림사 용팔이」, 「소림사 주천귀동」, 「소림사 흑표」, 「소림사의 결투」, 「소림대사」, 「소림사 십대장문」, 「소림사 왕서방」, 「소림 10대 여걸」, 「소림과 태극문」, 「소림관문돌파」, 「소림사 주방장」과 「돌아온 소림사 주방장」, 「불타는 소림사」, 「소림 백호문」 따위가 줄줄이 선을 보였고, "그럼 필름을 남기남"이라는 말로 유명하다는 남기남 감독은 마녀가 훔쳐간 보검집을 찾으려고 거지 스님의 도움을 받는 「영구와 땡칠이 소림사 가다」를 남김없이 만들기도 했다.

그리고 또 어떤 '권법' 영화들을 보면, 중국 쿵푸 영화를 만들려고 아무리 노력해도 종주국만큼 좋은 오락물을 생산하기가 쉽지 않아서인지, 관능적인 일본의 외설적 사탕발림을 입혀 놓기도 하는데, 물론 이런 경우에는 권법에서 중국에 미치지 못하듯 관능에서도 또한 일본에 미치지 못하기가 십상이다. 남자배우들이 정신없이 치고받는 동안 여자들은 부지런히 옷을 벗어대는 일-중-한 삼국의 (정신적인) 합작품들은 그래서 참으로 '국제화'라는 분류를 하기가 내키지 않는다.

이런 계열 작품으로는 돈벌이 살인 무술대회에서 죽은 아버지의 원수를 갚으러 주인공 황석불이 만주로 찾아가는 「애권(愛拳)」, 편리하게 '대신따이(挺身隊, 종군위안부)' 출신이면서도 무술 솜씨가 뛰어난 정체불명 미녀들에게 석불이 납치되는 「여·애권」, 여인방에 갇힌 미녀들을 석불이 구해주는 「소애권(小愛拳)」, 주무기인 애권의 힘을 빌어 석불이 일본인 사까모도를 무찌르는 「신애권(新愛拳)」, 그리고 대원군의 쇄국정치 직후 친청파, 친일파, 친로파가 내세우는 무술인 앞잡이들을 태권도 고수가 박살내는 「소권」도 세상에 나왔다. 그리고 '애권' 영화들을 줄지어 만들어낸 이형표 감독은 1950년대 말 "서민들의 애환"을 따뜻하고도 정성스럽게 담아낸 「서울의 지붕밑」처럼 인상적인 예술품도 남겼다는 사실이 한국의 영화 현실을 참담하게 반영한다는 아쉬움이 남기도 한다.

스스로 무엇인가를 이룩하지 못하고, 이렇게 중국식 또는 일본식 영화만들기에서처럼, 남들을 쫓아다니며 흉내만 내는 수준에서 그친다면, 적어도 세계적인 영화학자들의 판단으로는, 극동(極東) 3국 가운

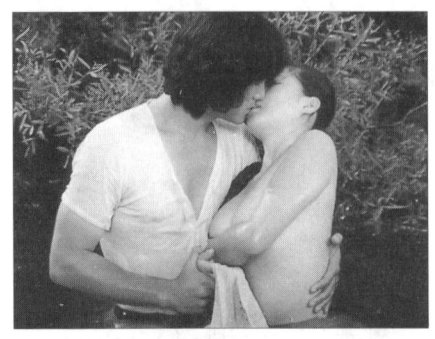

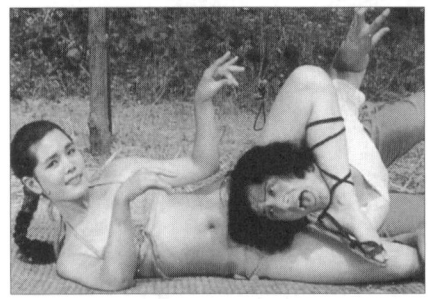

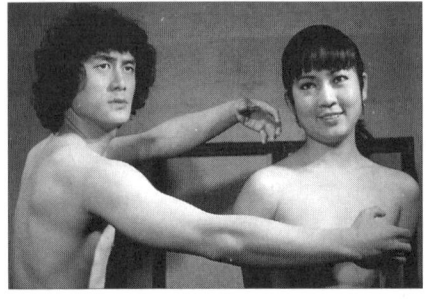

남자배우들이 정신없이 치고받는 동안 여자들은 부지런히 옷을 벗어대는 일-중-한 삼국 합작품으로는, 1950년대 말 「서울의 지붕밑」을 발표하기도 했던 이형표 감독의 "애권" 연속물 「여·애권」(위), 「소애권」(가운데), 「신애권」(아래)도 손꼽힌다.

데 한국은 영화예술에서 가장 열등한 위치를 벗어나기가 어렵겠다. 20세기를 넘기면서 겨우 인정받기 시작한 한국 영화는 아직 연대기적으로 또는 총체적으로 국제영화학의 연구 대상이 되지 못하며, 기술적인 발달이나 단발성(單發性) 성공작 또한 아직은 하나의 강력한 흐름을 구성하기에 힘겨운 모습이다.

역사물은 중국을 베끼고, 텔레비전은 부지런히 일본을 표절하기에만 바빠서는, 한국 영상예술의 세계화란 정복이 아니라 종속의 형태로 귀착되고 말 듯싶다. 궁중사극이 비교적 발달했던 한국의 시대극은, 물론 궁중사극의 세계적인 대가였던 윌리엄 셰익스피어의 수준은 꿈도 못 꿀 일이었겠지만, 전세계에 퍼진 화교를 대상 시장 (potential market)으로 삼았던 중국처럼 자체 소비처조차도 발견하지 못했고, 한국인을 위해 한국인이 만든 한국의 영화가 무엇인지도 정립하지 못한 셈이다. 외국 영화(헐리우드와 홍콩)에 빼앗긴 관객을 되찾기 위해, 한국인의 정서에 잘 맞는 영화를 만들어내려고 노력하기보다는, 외화 흉내를 내려는 의도 자체가 방향 감각이 잘못된 것이기 때문이다.

차라리 김승호 시대의 풍속극처럼 사람들의 정서나마 제대로 담는 방법과 표현력을 터득하고 발전시켰더라면, 남 아메리카나 동부 유럽의 환상적 상상력의 영상예술처럼, 나름대로의 보물을 발굴했을지도 모르겠다.

비록 유치한 감상주의라고 할지라도, 정서는 지극히 민족적이면서도 범세계적인 만국어이기 때문이다.

찾아보기 ●--

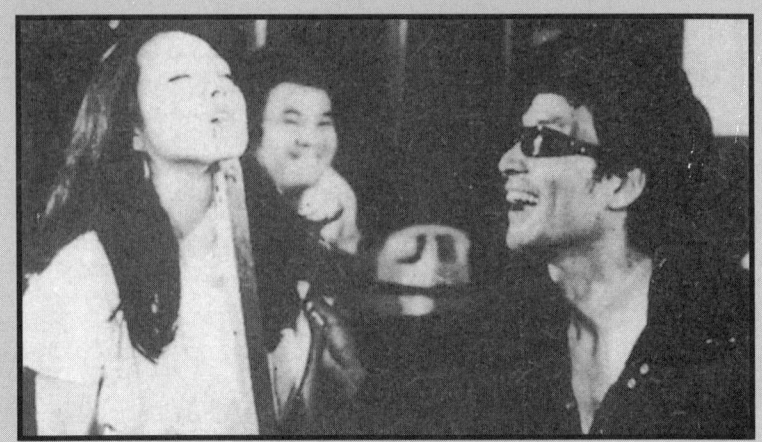

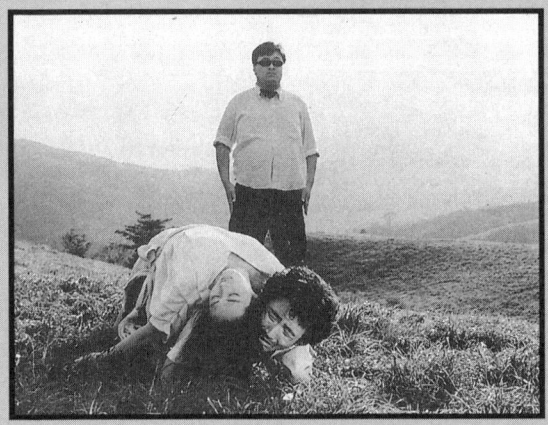

「바보선언」은 우리 영상예술이 거쳐온 대단히 의미심장한 하나의 시대를 대표하고 상징하는 선언적인 작품이라고 여겨진다. 이 영화를 만들기 위해 사전 검열을 받아야 했던 "모범적인 각본"은 실제로 촬영이 시작한 다음부터는 거들떠보지도 않았으며, 그래서 첫 촬영을 위해 촬영기를 들고 이화여자대학교 앞으로 나갔을 때 이장호 감독은 무슨 장면을 찍어야 할지도 몰랐다.

"문학과 역사"를 끝내며

『헐리우드 키드의 20세기 영화』에서 우리나라 뿐 아니라 전세계의 역사를 담은 문학작품, 그리고 그러한 문학에서 영화로 옮아간 작품들을 중심으로 각 대륙의 시대극을 둘러본 "문학과 역사"를 마무리지으면서, 마지막으로 이장호 감독의 「바보선언」을 살펴보고 싶은 이유는 그것이 우리 영상예술이 거쳐온 대단히 의미심장한 하나의 시대를 대표하고 상징하는 선언적인 작품이라고 여겨지기 때문이다.

밑바닥 인생을 살아온 동철은 그가 사귀게 된 여대생을 친구와 함께 납치할 계획을 세우지만, 일고 보니 혜영은 기찌 여대생 노릇을 하는 창녀이다. 그들 세 사람은 창녀촌과 해수욕장을 거치며 사랑도 하고, 혜영은 손님이 강요하는 술을 너무 많이 마시고 죽는다는 대충 줄거리인데, 이 영화에서는 '얘기'가 그리 중요하지 않다.

각본은 윤시몬이 썼다고 하지만, 사실 이 영화를 만들기 위해 사전 검열을 받아야 했던 "모범적인 각본"은 실제로 촬영이 시작한 다음부터는 거들떠보지도 않았다고 한다. 제목도 십여 개를 만들어 검열 담당자들에게 제출했고, 그 가운데 당국자들이 「바보선언」을 선택했다고 한다. 그래서 첫 촬영을 위해 촬영기를 들고 이화여자대학교 앞으로 나갔을 때는 무슨 장면을 찍어야 할지도 몰랐고, 육교 밑에서 여자들의 치마 속을 훔쳐보는 장면도 무작정 찍어놓았고, 편집한 영화는 이 작품을 만든 감독이 아예 존재하지도 않는다는 뜻으로 이장호가 건물에서 뛰어내려 죽어 버리는 장면으로 시작했다.

작품이 완성된 다음에는 검열 과정에서 소설가 박완서의 완강한 저항으로 인해서 한 장면도 잘려나가지 않았지만, 이장호 감독은 주무부서로 불려들어가 스스로 한 장면만 잘라달라는 부탁을 받게 되었다. 문제의 장면은 입대 전야에 부르는 노래의 가사에서 "영자가 어찌고 순자가 어찌고" 하는 대목이 문제가 되었다. 당시 쿠데타로 권력을 잡은 전두환의 부인 이름과 같다는 이유에서였다. 그래서 이장호 감독은 '순자'의 녹음띠(soundtrack)에서 'ㅅ'만 잘라내 '운자'라는 이름으로 바꿔야 했다.

전두환과 이주일이 "두 사람 다 하룻밤 사이에 유명해졌고 둘 다 머리가 벗겨졌고 둘 다 웃긴다"는 우스갯소리가 시중에 나돌아 코미디언이 활동을 못하게 되었고, 얼굴이 전두환과 비슷하게 생겼다는 희한한 이유로 텔레비전 연기자 박용식도 출연 정지를 당했던 시절이다. 술집이나 택시 안에서도 말을 잘못했다가는 당장 경찰서를 거쳐 남산으로 끌려가야 했던 이런 참담하고도 암울한 시대에, 군대나 정치는 물론이요 산업과 공해 등, 무엇 하나 작품을 통해서 표현하기가 불가능했던 시절이니, 그런 풍토에서 우리 영화나 문학 그리고 어떤 예술도 발전하기를 기대할 수는 없었다.

순자의 전성시대 이전에도 무신 정권뿐 아니라 종교 단체와 이익 집단 그리고 명예에 신경을 곤두세우는 귀족 직종 등이 예술적 표현에 대해 끊임없이 압력을 자행해 영상예술의 발전을 짓밟아댔고, 30

년에 걸친 군사독재에 의해 차근차근 길들여진 영화인들은, 사극의 한 분야라고 할 수 있는 전쟁영화에서는 애국심 고취를 위해 국군은 죽거나 패배하면 안 된다는 고정관념을 굳혔고, 방송 분야에서는 정권 홍보를 위해 역사를 왜곡하는 행위에도 동참하게 되었으며, 국방영화와 체제영화도 열심히 만들었고, 예술성이 쇠퇴해 가는 사이에 10대영화, 향락영화, 최루영화, 외화 수입 혜택을 따내기 위한 가짜영화를 양산했다. 뿐만 아니라 또 다른 독재자 이승만의 시대에는, 앞에서 지적한 바와 같이, 반일 정책의 우산 밑에서 무차별 베껴먹기에 의존하기도 했다.

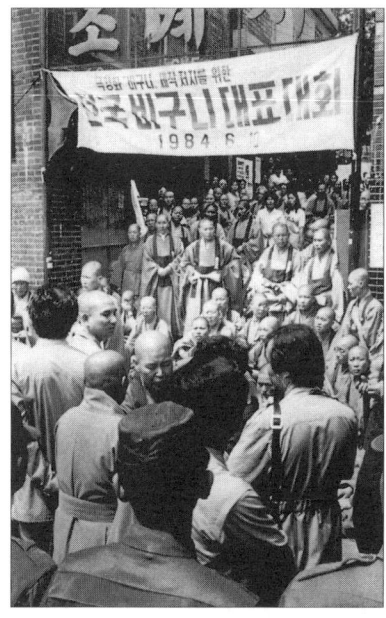

우리나라에서는 무신 정권뿐 아니라 종교 단체와 이익 집단 그리고 명예에 신경을 곤두세우는 귀족 직종 등이 예술적 표현에 대해 끊임없이 압력을 자행했다. 1984년 6월 영화 「비구니」의 제작을 저지하기 위해 시위에 나섰던 스님들도 같은 역을 맡았었다.

이렇듯 시대극은 영화로서의 흐름이 아니라 시대상에 끌려 다니는 실정이었고, 20세기를 겨우 10 년 남겨놓고서야 서서히 해방을 맞으며 우리 영화는 조금씩 세계에 알려지기 시작했다.

인간도 동물이기에 모방과 흉내를 거쳐 학습을 계속하고 발전하지만, 이제는 중국과 일본을 뒤져서 소재와 주제를 찾아내지 말고, 참된 우리 영화를 만들기 위해 진지한 창조적 연구를 해야 할 때가 되었다는 생각이다. 우리 문화 유산을 개발할 시간과 여유가 없었다는 핑계도 이제는 시효가 지났다. 그리고 적어도 시대극에서는 서양이나 중국이나 일본의 어법말고 우리만의 환상 언어를 찾거나 만들어야 하고, 설화나 신화를 인용만 할 것이 아니라 여러 차원에서 활용하여 미학적 언어로 키워가는 노력도 필요하겠다.

세계인들에게 우리들의 참된 모습을 보여 주려면, 우리는 우리들 자신의 과거부터 알아야 하고 우리들의 얘기를 해야 한다.

찾아보기 ●---

▌「바보선언(1983, 한국, 97분)」, 감/이장호, 출/이보희, 김명곤, 이희성, 김지영